Marita Sydow Hamann
**Die Erben der alten Zeit**
Das Amulett

GRASSROOTS
EDITION

Marita Sydow Hamann

# Die Erben der alten Zeit

## Fantasy-Trilogie
### Teil 1:

# Das Amulett

Die Originalausgabe dieses Romans ist 2010
bei Pro Business GmbH erschienen.

Marita Sydow Hamann
Die Erben der alten Zeit
Fantasy-Trilogie
Teil 1: Das Amulett
1. Auflage 2013
ISBN 978-3-200-03083-1

© Copyright Grassroots Edition des Verlages Santicum Medien GmbH, Villach
www.grassroots-edition.com

Umschlaggestaltung und Satz: Stefan Sternbacher
Amulett-Design und -Herstellung: Franziska Kölbel
Kartenillustration: Marita Sydow Hamann
Repro: Euro Rotelli
Druck und Bindung: GGP Media GmbH, Pößneck
Printed in Germany

*In Erinnerung an Jolene (1986-2009)*

*Für meine Patenkinder
Nikita und Helene
sowie für Alica*

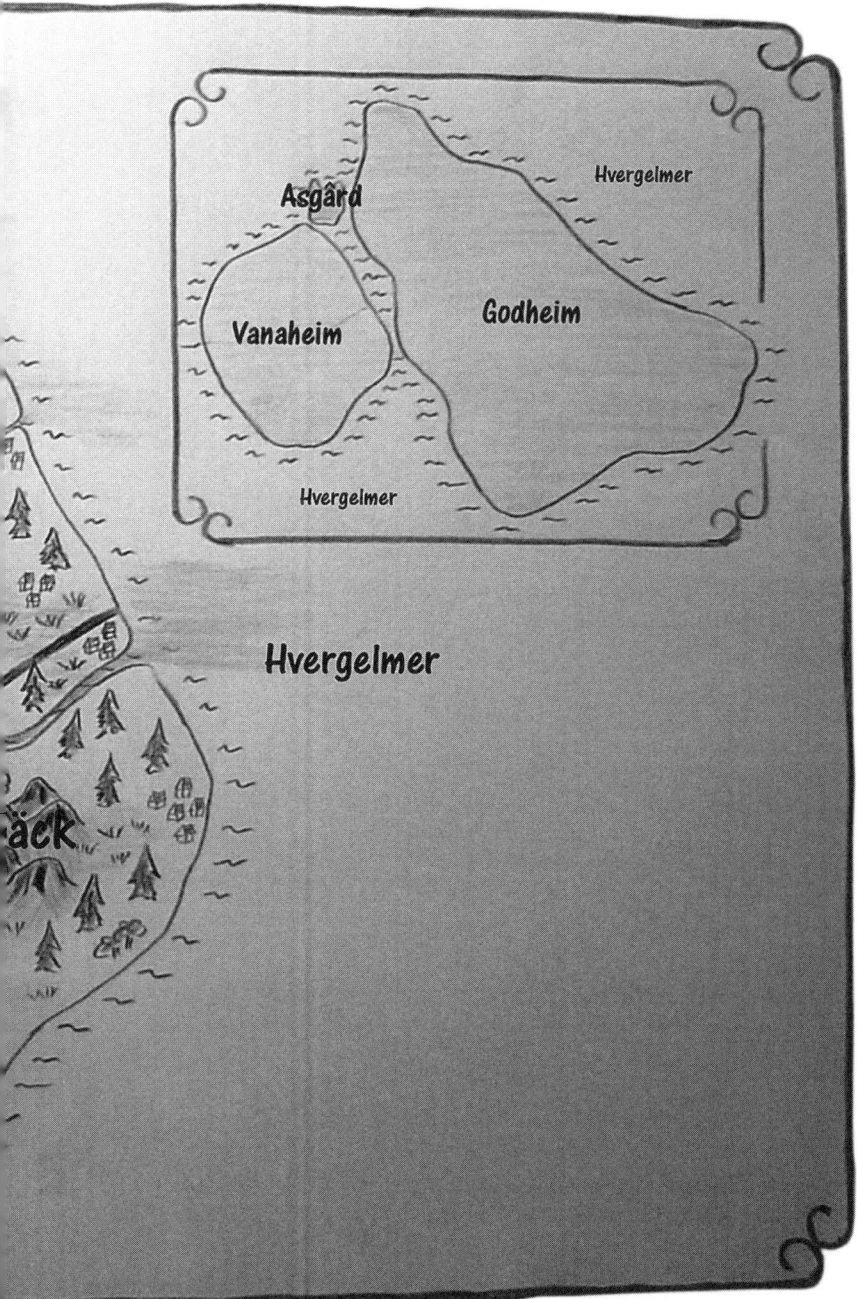

Asgård

Vanaheim

Godheim

Hvergelmer

Hvergelmer

Hvergelmer

Hvergelmer

äck

# Inhalt

# *Prolog*

Ingrid Olafsson war verständlicherweise etwas nervös. Man hatte ihr von dem Baby erzählt, das auf ein neues Zuhause wartete. Für Ingrid war es nicht das erste und ganz sicher auch nicht das letzte Kind, das sie auf seinem Weg durchs Leben betreuen würde. Sie war Sachbearbeiterin beim Jugendamt und so einiges gewohnt.

Doch dieses Mal lagen die Dinge etwas anders.

Es geschah natürlich öfters, dass sie wegen ihrer Schützlinge Kontakt zur Polizei hatte. Mit dem Geheimdienst hatte Ingrid aber jetzt zum ersten Mal zu tun.

Der kleine Raum, in dem sie nun wartete, war spärlich weiß möbliert. Steril - dieses Wort fiel ihr dazu ein.

*Kein Ort für Kinder.*

Wie gut, dass sie bereits Pflegeeltern gefunden hatte. Die Johanssons würden wunderbare Eltern abgeben, dafür hatte Ingrid über die Jahre ein Gespür entwickelt. Ein warmherziges junges Paar, das keine eigenen Kinder bekommen konnte.

Die weiße Tür wurde aufgerissen. Ingrid zuckte erschrocken zusammen. Herein marschierte ein grimmig aussehender Mann mit einer Akte in der Hand.

»Wo ist das Kind?«, entfuhr es Ingrid.

»Alles zu seiner Zeit«, wies der Mann sie zurecht.

*Was denn noch?*, dachte Ingrid. Sie musste doch bereits einen langen Vortrag über Geheimhaltung über sich ergehen lassen. Und sogar eine Geheimhaltungsklausel unterschreiben, bevor ihr zwei todernst dreinschauende Beamte von den seltsamen Umständen erzählten, unter denen das Baby gefunden worden war. Es sei buchstäblich aus dem Nichts aufgetaucht, es gebe keine Anhaltspunkte dafür, wer die leiblichen Eltern seien, wurde ihr unter anderem erklärt.

Der Beamte räusperte sich und reichte Ingrid die Akte. »Ich weise Sie ein letztes Mal auf Ihre Verschwiegenheitspflicht hin«, brummte er. Ohne Ingrids Reaktion abzuwarten fuhr er fort: »Die von Ihnen ausgesuchten Pflegeeltern sind von uns bewilligt. Sie werden aber nicht in den Fall eingeweiht.«

Ingrid nickte. Es gab eine *offizielle Version* bezüglich der Auffindung des Kindes, die sie den Eltern erzählen durfte. Die entsprach aber nicht den Tatsachen. Die Wahrheit stand in der streng geheimen Akte.

*Zumindest die Wahrheit, die man ihr mitgeteilt hatte.*

»In dieser Akte wird alles noch einmal genau erläutert. Von nun an betreut ein Kollege von mir diesen Fall. Er wird selbstverständlich mit uns Kontakt halten«, sagte der Beamte.

*Selbstverständlich,* dachte Ingrid und verkniff sich einen Kommentar.

Wie auf Kommando ging die Tür ein zweites Mal auf. »Darf ich vorstellen: Stig Larsson!« Herein kam ein freundlich lächelnder Polizist, den Ingrid sehr gut kannte.

»Stig, wie schön, ein sympathisches Gesicht zu sehen!« platzte es aus ihr heraus.

Der Sachbearbeiter blickte säuerlich. »Wie nett, dass Sie sich bereits kennen«, knurrte er. »Das erleichtert meine Arbeit ungemein.« Mit diesen Worten verschwand er durch die Tür, ohne sich von Ingrid zu verabschieden.

Stig zuckte amüsiert mit den Schultern. »Torbjörn ist wirklich reizend«, grinste er.

»So heißt er also. Er hat sich bei mir nicht einmal vorgestellt!«, sagte Ingrid empört.

Die Tür ging ein drittes Mal auf. Eine ältere Frau betrat den Raum. Im Arm hielt sie ein Baby mit pechschwarzen Haaren. Es schlief selig und wachte nicht einmal auf, als die Frau es Ingrid überreichte – das Kind, das angeblich aus dem Nebel gekommen war.

# 1. Die Akte Charlotta Johansson

Eine schmale Gestalt lag unter einer warmen Decke in einem kleinen Zimmer in der südschwedischen Stadt Lillby und lauschte angespannt hinaus in die Dunkelheit.

Jedes auch noch so kleine Geräusch erschien dem Mädchen unnatürlich laut – wie das Ticken der Wanduhr im Zimmer nebenan und das raschelnde Werkeln einer Maus irgendwo in der Wand am Fenster. Ein dumpfes Gurgeln kam aus den veralteten Heizungsrohren und im Flur konnte man die klickenden, tapsenden Schritte der Katze hören, die nicht fähig war, ihre Krallen ordentlich einzufahren.

Jeder Laut für sich alleine war ausreichend, einen Bären aus seinem Winterschlaf zu holen. So schien es ihr.

Charlie starrte jetzt mit weit aufgerissenen Augen in den dunklen Raum, so als ob ihr die offenen, sehr außergewöhnlichen Sehorgane beim Horchen behilflich sein konnten. Sie atmete leise und sehr flach. Ihr durfte kein entscheidendes Geräusch entgehen.

Seit geraumer Zeit hatte es keinen verdächtigen Laut mehr gegeben – kein verräterisches Husten, keine Schritte auf dem kalten Linoleumfußboden, kein Umblättern von Seiten in einem Buch.

*Sollte sie es jetzt wagen?*

Der Rucksack lag tief unter dem Bett verstaut. Fertig gepackt mit den wichtigsten Sachen, die sie brauchen würde – wie Kleidung, ein Foto ihrer verstorbenen Eltern, ein wenig Schnur mit einem Angelhaken, eine Landkarte, drei Feuerzeuge und die Taschenlampe. Außerdem hatte sie ein Messer mit einem Griff aus Horn und einen Kompass dabei, die sie von ihrem Vater bekommen hatte. Und das Buch *Ronja Räubertochter* – das einzige, was Charlie von ihrer Mutter geblieben war.

Ungefähr 200 Kronen Taschengeld hatte das Mädchen gespart. Diese lagen sicher in einer der kleinen Reißverschlusstaschen an der Seite des Rucksacks.

*Und dann war da noch ihre Akte.*

Charlie lief ein Schauer über den Rücken. Sie spürte, wie sich ihre Nackenhaare sträubten. Die Erinnerung an ihr Zusammentreffen mit diesem Johann Pettersson stieg in ihr hoch.

Charlie war mit Klassenkammeraden unterwegs gewesen. Es war bereits spät am Abend, und Charlie hätte längst wieder im Heim sein sollen, ihrem derzeitigen Zuhause. Sie widerstand dem Drang, auf die Uhr zu sehen – wenn sie nicht wusste, wie spät es war, konnte sie immer noch behaupten, sie hätte die Zeit vergessen. Charlie zog eine Grimasse. Sie wusste natürlich, dass sie sich selbst belog. Die Gruppe Jugendlicher schlenderte über einen menschenleeren Spielplatz – eine Schaukel knarrte im leichten Wind. Charlie grub ihre Hände tiefer in die Jeanstaschen und blies sich eine schwarze Locke aus dem Gesicht.

»Hej, Tommy!«, rief Liam. Wie gefällt dir mein neuer Klingelton? Liam fuchtelte mit einem Gerät in der Luft herum und hielt es unvermittelt an Tommys Kopf. Das Geräusch eines Rasierapparats ertönte. Man konnte förmlich hören, wie sich das Gerät durch die Haare fraß. Tommy fuhr entsetzt zur Seite, stieß Liam von sich und fasste sich an den Kopf. Hektisch fuhr er sich durch die Haare, Panik lag in seinen blauen Augen. Die Gruppe brüllte vor Lachen, auch Charlie. Liam schwenkte vergnügt sein Handy.

»Cool, was? Ich habe doch gesagt, es ist ein Klingelton!«, grinste er und schlug Tommy auf die Schulter. Charlie sah, wie Tommy um Fassung rang. Jetzt auszuflippen, wäre absolut uncool. Tommy schaffte ein gequältes Lächeln, bevor er sich wieder fing.

Auf einmal kam ihnen ein Mann entgegen. Er hielt eine Flasche in der Hand und torkelte.

»Seht euch den an«, spottete Tommy und begann den etwa 50-Jährigen nachzuahmen. Tommy musste nach der panischen Reaktion mit dem Handy seinen Coolheits-Faktor auffrischen, also stolperte er mit einer imaginären Flasche in der Hand von einer Seite der Gasse zur anderen. Viele in der Gruppe lachten.

»Lass das«, fauchte Elin, die den Betrunkenen ängstlich beäugte. Dieser war schlampig gekleidet, groß und kräftig gebaut. Seine dunklen Haare hingen ihm fettig ins unrasierte Gesicht. Elin versuchte,

Tommy an der Jacke zu packen, doch er entwischte ihr in einem weiteren Anfall von gespielter Trunkenheit. Charlie sah, wie der Typ Tommy wütend anstarrte. Bevor irgendjemand reagieren konnte, stürzte sich der Mann vorwärts, warf sich auf Tommy und riss ihn zu Boden. Die Flasche zerbrach in tausend Scherben. Charlie sah, wie sich Tommys Augen vor Schreck weiteten, bevor er krachend auf dem Asphalt aufschlug. Dann reagierte sie.

Sie rannte auf den Angreifer zu, der Tommy unter sich begraben hatte wie ein Riese einen Zwerg. Liam und zwei andere Jungs folgten ihr.

Der Mann rappelte sich mühsam auf und sah sich vier Jugendlichen gegenüber, die wütend die Fäuste ballten. Tommy schnappte hörbar nach Luft und rollte sich aus der Gefahrenzone. Er war blass und hielt sich mit schmerzverzerrtem Gesicht die Seite. Elin eilte besorgt zu ihm.

Der ungepflegte Riese grinste Charlie, Liam und die zwei anderen an. Warmer, alkoholhaltiger Atem und der penetrante Geruch von altem Schweiß stiegen ihnen in die Nase. Der Mann rülpste laut und wischte sich mit einem dreckigen Handrücken über den Mund.

»Ihr kleinen Mistkerle. Ihr glaubt, ihr wärt was Besseres, was?«, zischte er und kam drohend näher.

»Los, kommt, wir hauen ab!«, rief Elin, die Tommy aufgeholfen hatte und ihn nun beim Gehen stützte.

»Ich glaube, er hat mir eine Rippe gebrochen«, wimmerte Tommy leichenblass. Liam wurde krebsrot im Gesicht.

»Das wirst du büßen! Wir zeigen dich an!«, brüllte er den Mann an. Dieser schnaufte verächtlich.

»Ja, ja, die Polizei. Geht nur zur Polizei, die wird euch sicher helfen!« Er machte noch einen drohenden Schritt auf sie zu. Alle wichen zurück, außer Charlie. Irgendetwas hielt sie fest. Sie stand nun sehr nahe vor dem Mann, der seinen Blick nun ganz auf sie allein richtete. Er starrte ihr provozierend in die Augen und erstarrte. Seine Pupillen weiteten sich, und eine Art Erkennen zeichnete sich auf seinem Gesicht ab.

»Du!«, spuckte er hervor und schwankte einen Schritt rückwärts.

»Du…«, wiederholte er und sah Charlie an, als wäre sie ein Geist.

Charlie lief ein Schauer über den Rücken. Sie kannte den Typ nicht. Doch anstatt wegzulaufen, stand sie wie angewurzelt da. Ihr Herz raste. Sie spürte etwas – eine Energie, eine Verbindung, einen glühenden Faden.

Dieser Penner war wichtig! Aber wieso?

»Kenne ich Sie?«, fragte Charlie leise und sah dem Mann direkt in die Augen. Er wich noch einen Schritt vor ihr zurück, Charlie machte einen Schritt auf ihn zu. Der Besoffene machte eine abwehrende Handbewegung.

»Diese Augen!«, flüsterte er und starrte Charlie fassungslos an. »Nein, das kann nicht sein«, murmelte er weiter.

»Was kann nicht sein?«, fragte Charlie und ging einen weiteren Schritt auf den Mann zu.

»Charlie, komm da weg!«, rief Liam, doch Charlie hörte ihn in ihrer Erregung nicht. Sie folgte einem Gefühl.

Dieser glühende Faden, ein Band…

Charlie konnte das Band sehen, fühlen, spüren.

Was war hier los? Wer war dieser Mann?

Plötzlich trat ein böses Funkeln in die Augen des Betrunkenen. Mit einer überraschend schnellen und sicheren Bewegung brachte er seinen Arm hoch. Er packte Charlie am Hals – sie stand so nahe, dass er sich dafür nicht einmal vom Platz bewegen musste – und zog sie nur wenige Zentimeter vor sein nach Alkohol stinkendes Gesicht. Charlie würgte. Panik stieg in ihr auf, doch sie brachte keinen Ton heraus. Der glühende Faden lief nun über die Hand des Penners. Er verbrannte ihre Haut – wie eine Schlinge legte er sich um ihren Hals.

»Du! Das Kind, das aus dem Nebel kam!«, stieß der Mann hervor. Sein Gestank stieg ihr ungefiltert in die Nase.

»Niemand hat mir geglaubt! Sie haben mich für verrückt erklärt, mich, Johann Pettersson! Niemand hat uns geglaubt. Mein ganzes Leben zerstört! Wegen dir!« Er drückte noch fester zu. Charlie rang nach Luft. Trotzdem wehrte sie sich nicht sondern wartete wie gebannt auf mehr.

Was hatte er noch zu sagen?

Schreie ertönten um sie herum, jemand zerrte an ihrem Arm, trat nach dem Mann.

»Du kleine Hexe aus dem Nebel«, zischte der Betrunkene ohne sich um Liam zu kümmern, der ihm nun am Hals hing.

»Was willst du hier bei uns?«, wisperte Johann Pettersson ganz nah an ihrem Ohr. Charlie wurde schwindlig. Sie sah das glühende Band noch deutlicher als zuvor. Sie fühlte es – heiß, erdrückend, unnatürlich. Und plötzlich wurde ihr die Gefahr bewusst – sie bekam keine Luft mehr! Sie begann sich zu wehren, machte sich stark. Das Band pulsierte – brannte hell und explodierte unter den würgenden Fingern des Mannes. Mit einem Schmerzensschrei ließ er Charlie los und taumelte rückwärts. Er starrte sie entsetzt an. Dann kehrte der wissende Ausdruck in seine Augen zurück:

»Hexe!«, zischte er noch einmal. Charlie wurde fortgerissen. Ihre Klassenkameraden zogen, stießen, zerrten sie die Gasse hinauf. Ein letzter Blick zurück zeigte ihr den Mann, der immer noch dastand und ihr hinterher schrie.

»Hexe! Du gehörst nicht hierher!« Er hielt sich seine Hand – sie war krebsrot.

Charlies Hals hatte hingegen keinen Kratzer abbekommen. Doch das Ereignis hatte sie aufgewühlt.

Was war da nur geschehen?

Dieses glühende Band…

»Kanntest du den Typ?«, fragte Liam. Charlie schüttelte den Kopf.

»Der gehört ja in die Klapsmühle!«, wetterte er und wandte sich dem verletzten Tommy zu.

Charlie lief schweigend neben den anderen her. Ihre Gedanken kreisten. Sie war erregt. Die Begegnung mit Pettersson hatte etwas mit ihrer Herkunft zu tun! Sie musste erfahren, was er gemeint hatte.

Ein leises Hüsteln und dumpfe Schritte im Flur rissen Charlie aus ihren Erinnerungen. Jemand, vermutlich Camilla, die heute Nachtschicht hatte, schlurfte in ihren rosa Plüschhausschuhen an der Zimmertür vorbei. Vor der Tür verharrte die Nachtschwester horchend. Charlie räkelte sich geräuschvoll, seufzte im vorgetäuschten Schlaf und wälzte sich herum. Die Person auf der anderen Seite der Tür schlurfte zufrieden weiter auf ihrem Weg zur Toilette. Das ließ sich nur kurze

Zeit später durch das Surren der Belüftung ausmachen, die sich automatisch in Gang setzte, sobald jemand den Lichtschalter betätigte.

Charlie seufzte resignierend.

*Camilla schlief also noch nicht.*

Ihr angespanntes Warten und Horchen sollte wieder von vorne losgehen.

Anscheinend hatte Camilla ihre abendliche Kaffeeorgie wieder einmal übertrieben. Charlie überlegte, ob sie ihren Plan nicht lieber ein anderes Mal durchführen sollte – wenn, wie eigentlich geplant, Maria Nachtschicht hatte. Maria schlief immer fest wie ein Fossil. Nichts und niemand konnte ihre Nachtruhe stören. Leider war Maria krank, und keiner wusste, wie lange sie das Bett hüten musste. Für Maria war jetzt also Camilla eingesprungen. So ziemlich der schlimmste Ersatz, den man sich vorstellen konnte – zumindest wenn man bei Nacht und Nebel das Weite suchen wollte.

*Also doch die Flucht verschieben?*

Charlie verwarf diesen Gedanken schnellstens.

*Viel zu riskant. Ingrid würde Verdacht schöpfen.*

Ingrid konnte das Verschwinden der Akte *Charlotta Johansson* jederzeit bemerken. Charlie musste ihr Glück heute Nacht versuchen. Riskant hin oder her, irgendwann musste doch auch jemand wie Camilla einschlafen.

*Die Akte Charlotta Johansson.*

Charlie dachte an den vergangenen Nachmittag zurück.

*Anstatt nach der Schule den langen Weg durch die Stadt bis zu ihrem jetzigen Zuhause zu gehen, hatte Charlie die breite Straße vor der Schule überquert und war rechts in eine Gasse eingebogen. Mit gemischten Gefühlen beobachtete sie von der nächsten Straßenecke aus das gelbe Gebäude schräg gegenüber. Das Sozialamt. Menschen betraten und verließen – allein oder paarweise – das wuchtige Gebäude aus Stein. Gemauerte Häuser gibt es in Schweden fast ausschließlich in Städten. In Wohnsiedlungen und auf dem Lande sind nahezu alle Villen und Häuser aus Holz oder haben zumindest eine Holzverkleidung. Warum wurden in den Städten Steinhäuser gebaut? Charlie hatte vorher noch nie darüber nachgedacht. Sie ließ kurz, ganz kurz – um auch ja nichts zu verpas-*

sen – ihren Blick umherschweifen. Die großen mandelförmigen Augen sahen sich um. Na gut. Einige der Häuser in dieser Gasse waren ebenfalls aus Holz. Links stand ein blaues, großes Gebäude mit dunkelblauen Fenstern, daneben ein weißes Haus mit Türmchen und weiter hinten ein gelbes mit weißen Fenstern. Gelbe Häuser waren auch auf dem Land oft zu finden. Meistens waren die alten Hütten und Häuser aber rot mit weißen Fenstern und weißen Ecken und Kanten.

Jäh wurde Charlie aus ihren Überlegungen gerissen. Ihr sehniger, eher jungenhafter Körper spannte sich wie eine Feder. Sie zog sich schnell weiter in die Gasse zurück. Dabei ließ sie den Eingang zum Sozialamt keinen Moment lang aus den Augen. Eine Frau trat heraus und bewegte sich raschen Schrittes zu einem der parkenden Autos, einem alten Volvo, stieg ein und fuhr zügig davon.

Das war für Charlie das Startsignal. Sie hatte eine halbe Stunde Zeit, ehe Ingrid aus der Mittagspause zurückkehren würde.

Charlie schlenderte betont gleichgültig auf das Gebäude zu. Sie tat so, als würde sie sich das Schaufenster des Juweliers neben dem Sozialamt ansehen und wartete, bis kein Mensch im Vorflur zu sehen war. Dann huschte sie schnell hinein. Sie hastete die steile Treppe hinauf, lugte um die Ecke und schlich leise zu der Tür mit dem Schild Ingrid Olafsson, Sozialarbeiterin und Sachbearbeiterin. Charlie atmete schnell. Vorsichtig öffnete sie die weiße Holztür einen winzigen Spalt und spähte in das kleine Büro. Bis auf einen vollgepackten Schreibtisch, einige Regale, überquellend mit Akten und Ordnern, und einen Tisch mit zwei Stühlen war der Raum glücklicherweise leer. Charlie schlüpfte hinein und zog die Tür leise hinter sich ins Schloss. Sie sah sich um.

Wo sollte sie bloß anfangen?

Sie hatte bereits eine Viertelstunde gesucht und aufgehört, bei jedem kleinen Geräusch zur Eissäule zu erstarren, als sie endlich fündig wurde. Eine Akte mit dem Namen Charlotta Johansson darauf. Charlie hielt den schmalen Ordner eine Weile fest in beiden Händen.

Was würde sie darin finden? Die Wahrheit über ihre Herkunft? Irgendwelche Geheimnisse oder nur eine Dokumentation ihres bisherigen Lebens?

Gedankenverloren starrte Charlie auf die Akte in ihren schmalen Händen. Sie war ein Pflegekind, das wusste sie. Und irgendetwas stimmte mit ihr nicht. Das hatte sie deutlich an den Blicken gemerkt, mit denen Ingrid Olafsson sie musterte, wenn sie sich unbeobachtet glaubte. Und nun auch noch diese beunruhigende Begegnung mit diesem Johann Pettersson, der irgendetwas zu wissen schien. Sie wollte endlich die Wahrheit erfahren! Wer war sie? Und gab es vielleicht doch Hinweise auf ihre leiblichen Eltern?

Schritte im Treppenhaus rissen Charlie aus ihrer Starre. Schnell legte sie die paar Schritte vom Schreibtisch zur Tür zurück. Ein Umschlag fiel aus der Akte, die sie in der Aufregung verkehrt herum gehalten hatte. Sie öffnete die Tür einen Spalt breit und hörte für einen Moment auf zu atmen. Wer da raschen Schrittes den Flur entlang kam, war niemand anderes als Ingrid Olafsson!

Hatte sie so lange für ihre Suche gebraucht?

Charlies Kopf fuhr herum.

Sie musste sich irgendwo verstecken! Doch wo?

In diesem kleinen Büro gab es keine Möglichkeit, sich unsichtbar zu machen! Charlie machte einen Schritt rückwärts, trat auf den Umschlag und verlor beinahe die Balance. Nicht auszudenken, welchen Lärm es gemacht hätte, wäre sie rückwärts in das Regal voller Akten und Ordner gestürzt. Sie hob den Umschlag auf, stopfte ihn in die Jackentasche und tauchte in Sekundenschnelle unter den Schreibtisch.

Die Klinke wurde herunter gedrückt und die Tür geöffnet. Da rief eine helle Stimme: »Hallo Ingrid! Kommst du bitte gleich zur Besprechung ins Konferenzzimmer? Wir haben das Meeting eine Stunde vorverlegt, weil wir danach noch Annas Geburtstag feiern wollen!«

Charlie hörte Ingrid antworten:

»Ja selbstverständlich, Moment noch!«

Die Tür wurde sperrangelweit aufgerissen und Ingrid stürmte herein. Sie warf eine Akte und eine Tasche auf den ohnehin schon überfüllten Schreibtisch, griff nach einem Stift sowie einem Notizblock und verschwand genauso schnell wie sie gekommen war. Charlie hatte nicht ein einziges Mal während Ingrids Anwesenheit Luft geholt. Jetzt atmete sie hektisch ein und aus, um das Schwindelgefühl wieder loszuwerden, und wischte sich mit dem Jackenärmel die Schweißtropfen aus dem Gesicht.

*Sie horchte den sich schnell entfernenden Schritten im Flur nach, rappelte sich mühsam auf und kroch unter dem Schreibtisch hervor. Den Aktenordner fest an sich gedrückt, die Jacke darüber gezogen, machte sie sich so schnell wie möglich aus dem Staub.*

*Sie stolperte die Stufen hinunter, stieß die schwere Glastür auf und prallte dort mit einem dicken, älteren Herren zusammen, der mit seinem Bauch voran das Sozialamt betreten wollte.*

*Charlie murmelte hastig »Entschuldigung...« und sauste davon. Zwei Straßen weiter lehnte sie sich schwer atmend an eine Hauswand. Ihre schwarzen Locken fielen ihr wirr über Schulter und Rücken. Sie zitterte am ganzen Körper und unterdrückte ein glucksendes, hysterisches Kichern. Den Ordner aber hatte sie immer fest an sich gedrückt gehalten.*

*Ingrid Olafsson.*

Bei dem Gedanken an ihre Sozialarbeiterin beschlich Charlie wieder das Schuldgefühl, welches sie auch am Nachmittag auf dem Sozialamt gespürt hatte. Ingrid, ihre Ingrid, die so viel für sie getan hatte.

Mit neun Jahren war Charlie in die dritte Klasse derselben Schule gegangen, die sie heute Vormittag, fünfeinhalb Jahre später, wohl zum letzten Mal besucht hatte. Damals war sie ein ganz normales, fröhliches junges Mädchen gewesen. Ein Mädchen, das gerne mit Freunden spielte, durch den Wald streifte, *Strick und Paradies* hüpfte und mit Murmeln Geschicklichkeitswettbewerbe gewann. Ein Mädchen, das das Leben mit allen seinen Schwierigkeiten und Möglichkeiten erlebte – in sicherer Gewissheit, dass alles schon irgendwie funktionieren und am Ende immer gut ausgehen würde.

Für den guten Ausgang sorgten nur allzu oft ihre Eltern, die immer für sie da waren. Ihre Eltern, die sie bedingungslos liebten, sie beschützten und gegebenenfalls dem Lehrer erklärten, dass Charlotta es bestimmt nicht böse gemeint hatte: Sie wäre nur in ihrem Übermut wieder einmal über das Ziel hinaus geschossen, sie habe sich auch schon bei allen Beteiligten entschuldigt. Und abgesehen davon wäre es ja auch nicht so furchtbar schlimm, seinen Namen in den Schnee zu pinkeln. Jungs machten dies ja ständig. Nun, sie würden die Tatsache ja einsehen, dass Charlie ein Mädchen sei und kein Junge, aber Charlie hätte ja nicht wissen können, dass ein Elternpaar der an der Geschichte beteiligten Jungs ihren nackten Hinterteil hatte sehen können. Sie wollte ja bloß beweisen, dass Mädchen alles tun können, was Jungs so tun. Diese Jungs hätten Charlotta nun mal eben nicht herausfordern sollen.

Kurzum: Charlie war ein Wildfang mit viel Temperament. Sie gehörte zu jenen Mädchen, die nicht nur vom Körperbau her eher jungenhaft aussehen – abgesehen von ihren langen schwarzen Locken – sondern auch bei Spiel und Spaß ein eher robustes Verhalten an den Tag legen.

Trotz ihres Temperaments hatte Charlie das Herz am rechten Fleck. Sie nahm Schwächere – ob Menschen oder Tiere – in Schutz, wenn sie der Meinung war, dass Hilfe benötigt wurde. Wie jedes Kind hatte sie Vorlieben und auch Dinge, die sie hasste, wie Hausaufgaben, Lakritz und Fußball.

Am liebsten ritt sie auf ihrem Isländer durch die schwedischen Wälder und begleitete ihren Vater Per zum Off-Road – das war seine große Leidenschaft gewesen. Er und sein bester Freund Jonas nutzten jedes freie Wochenende, um auf einem großen, extra dafür vorgesehenen Gelände mit ihren selbst gebauten Geländewagen über Stock und Stein, durch matschige Tümpel und über steile Hänge zu brettern.

Per ließ Charlie oft ans Steuer. Seit sie über das Lenkrad gucken konnte – anfangs noch auf Pers Schoß – konnte Charlie ein Auto lenken. Später lernte sie auch Kuppeln, Bremsen und Gas geben. Per erzählte jedem, der es hören wollte, wie außergewöhnlich talentiert seine Charlie mit dem kleinen Jeep umgehen konnte. Dass sie dabei jedes Mal dreckbespritzt, bis auf die Knochen durchnässt und mit Matsch verschmierten Haaren nach Hause kamen, störte Vater und Tochter wenig. Mutter Lena besaß ja eine Waschmaschine.

Charlie war also ein ganz normales schwedisches Kind.

Na ja, vielleicht nicht ganz. Die meisten Menschen in Schweden haben blonde Haare, blaue Augen und helle Haut. Einige haben auch dunkle Haare – aber glänzend schwarze Locken, wie Charlie sie hatte, waren für gebürtige Schweden eher ungewöhnlich. Doch das Seltsamste an Charlotta Johanssons Erscheinung war nicht ihr Haar, auch nicht ihr blasses, längliches Gesicht oder ihr sehniger Körper. Nein, das Merkwürdigste an ihr waren die Augen. Deren Mandelform und

Farben ließen jeden erstaunt, fasziniert und ungläubig zweimal hinsehen.

Charlies rechtes Auge war hellblau. Nicht ungewöhnlich für Schweden, oder ein anderes skandinavisches Land. Aber ihr linkes Auge war grün. Ein tiefes, dunkles, kräftiges Grün. Der Kontrast zwischen dem hellblauen und dem dunkelgrünen Auge war so scharf und aufsehenerregend, dass er niemandem entging, der Charlie auch nur kurz anblickte. Und alle schauten sie an. Immer wieder, denn Augen mit zwei verschiedenen Farben sind äußerst selten.

Per und Lena waren blond und blauäugig. Typische Schweden eben. Dass sie nicht ihre leiblichen Eltern waren, war Charlie bekannt, solange sie sich zurückerinnern konnte. Sie war als Baby zu den Johanssons in Pflege gekommen.

Ingrid Olafsson hatte das schwarzhaarige Kind bei Per und Lena untergebracht und Charlie hatte sich niemals gewünscht, andere Eltern zu haben. Natürlich hatte sie irgendwann wissen wollen, wo sie herkam und wer ihre richtigen Eltern waren. Per und Lena hatten ihr die Papiere gezeigt, die sie bekommen hatten, und ihr erklärt, dass sie an einem warmen Julitag in der Badeanstalt unter einem Baum gefunden worden war. Niemand wusste, wo sie herkam oder wer sie dort abgelegt hatte – und niemand hatte je nach dem schwarzhaarigen, etwa fünf bis sechs Monate alten Baby gefragt oder einen Hinweis auf dessen Herkunft geliefert. Das Findelkind wurde Charlotta genannt und erhielt den Nachnamen ihrer Pflegeeltern Per und Lena Johansson.

Charlotta Johansson wuchs gut behütet und beschützt bei zwei liebevollen Menschen auf. Ihr fehlte es an nichts, und sie hätte sich im Traum nicht vorstellen können, dass sie sich eines Tages sehr, sehr einsam und verlassen fühlen würde. Ihr Leben war geordnet gewesen – bis zu diesem Sonntag kurz nach ihrem neunten Geburtstag.

Sie konnte sich an kaum etwas erinnern: Nur daran, dass sie und ihre Eltern mit ihrem Volvo auf der Nachhausefahrt waren, als es passierte. Und an den entsetzten Aufschrei ihrer Mutter. Als nächstes war ihr im Gedächtnis geblieben, dass sie in einem hellen Zimmer mit weiß bezogenen Betten aufwachte. Ihr Schädel brummte, sie hatte Schwierigkeiten sich zu orientieren und einen klaren Gedanken zu fassen. Die Stunden danach lagen wie in einem dichten Nebel. Jemand, vermutlich ein Arzt, erklärte ihr, sie sei in einen Unfall verwickelt gewesen. Dann wechselte er den Verband an ihrem Kopf. Sie müsse sich ruhig verhalten, denn mehrere Knochen seien gebrochen. Draußen warte eine Frau namens Ingrid Olafsson, er würde sie gleich hereinlassen, fügte er hinzu.

Ingrid berichtete ihr dann unter Tränen, dass Per und Lena bei dem Verkehrsunfall ums Leben gekommen waren. Ein Reh war ihnen vor das Auto gelaufen. Per hatte nicht mehr rechtzeitig bremsen können. Sie waren vom Weg abgekommen und frontal gegen einen Baum geprallt. Charlie dachte zuerst, sie hätte einen schrecklichen, sehr realistischen Albtraum.

In den darauf folgenden Wochen weinte Charlie viel. Als Ingrid ihr eines Tages erklärte, sie müsse eine neue Pflegefamilie für sie suchen, wurde dem Kind schlagartig bewusst, dass es nun niemanden mehr hatte. Nicht einmal Jonas, der beste Freund ihrer Eltern, der sich nach dem Unfall rührend um sie kümmerte, konnte ihr aus ihrer Einsamkeit helfen.

Er hätte Charlie nur allzu gerne zu sich genommen. Doch leider waren ihm nach der Trennung von seiner Partnerin Britta ein riesiger Berg Schulden sowie die Erkenntnis geblieben, dass sie ihn mächtig über den Tisch gezogen hatte. Um über die Runden zu kommen, bewohnte er seitdem eine Einzimmerwohnung bei einem Bekannten auf einem kleinen Hof in der Nähe von Storby. Das Sozialamt war verständlicherweise nicht der Meinung, dass die Einzimmerwohnung eines Mannes, der Tag und Nacht arbeiten musste, um seine Schulden abzubezahlen, der angemessene Wohnort für ein neunjähriges Mädchen sei. Leider – und wirklich schade. Denn Jonas war die einzige Person, die für Charlie einem Verwandten am nächsten kam.

Fünfeinhalb Jahre waren seitdem vergangen.

Charlie hatte in dieser Zeit erschreckend oft die Pflegefamilien und damit die Schule gewechselt. Und obwohl sie immer rasch Freunde fand, gehörten diese nach jedem Schulwechsel auch genauso rasch wieder der Vergangenheit an. Das Sprichwort *Aus den Augen, aus dem Sinn,* war hier leider nur allzu treffend. Es kostete Kraft, sich an eine neue Familie, eine neue Schule und neue Lebensumstände zu gewöhnen – eine Anstrengung, die sie vermied, indem sie von sich aus wieder alle Brücken abbrach und nur nach vorne schaute.

Charlie streckte sich vorsichtig, schlug die warme Bettdecke zur Seite und begann, sich leise anzukleiden. Sehr vorsichtig schlüpfte sie in dunkle Jeans, schwarze Socken und in ein enges schwarzes Träger-Shirt mit der Aufschrift *Protected by Witchcraft*. Sie hatte es sich wenige Wochen zuvor von ihrem ersparten Taschengeld gekauft. Anna, ihre letzte Pflegemutter, war darüber wenig begeistert gewesen. Sie hatte ihr verboten, das T-Shirt zu tragen, und es ihr weggenommen. Als Charlie in das Heim kam, erzählte sie Ingrid davon. Da das Gesetz besagte, dass bei einem Wohnortwechsel sämtliches Eigentum eines Pflegekindes mitzunehmen sei, bekam Charlie es zurück.

Über das Shirt zog sie einen dicken, warmen, dunkelroten Kapuzenpullover. Sie lauschte noch einmal angespannt. Seit einer halben Ewigkeit hatte sie schon nichts Verdächtiges mehr gehört. Ob Camilla nun wirklich schlief oder nur lautlos in halbwachem Zustand vor sich hin döste, wusste sie natürlich nicht. Aber sie musste davon ausgehen, dass Camilla letztendlich doch ins Reich der Träume gedriftet war. Ansonsten würde es Morgen werden, und Charlie wäre immer noch nicht auf und davon.

*Nichts zu hören.*

Lautlos fiel Charlie vor dem Bett auf die Knie und streckte sich nach dem Rucksack. Vorsichtig zog sie ihn hervor. Nachdem sie ihre Jacke zugeknöpft hatte, tauchte Charlie nochmals unter das Bett und fischte ein Paar Schuhe heraus.

Sie wollte durch das Fenster verschwinden. Die Haustür war zu riskant. Sie blickte sich noch ein letztes Mal um und schulterte den Rucksack. Leise öffnete Charlie das einzige Fenster im Raum. Es führte zum hinteren Teil des Gartens, so wie auch das Fenster des Personalschlafraumes, das etwa fünf Meter rechts von ihr lag. Geschmeidig schwang sie ihre schmale, sehnige Gestalt durch die enge Fensteröffnung und landete sanft auf dem moosbewachsenen Rasen. Sie streckte sich, um das Fenster wieder zufallen zu lassen. So würde man ihre Abwesenheit möglichst spät bemerken, hoffte sie.

Der nächste Tag war ein Samstag. Da würde sie ausschlafen dürfen. Das Personal würde irgendwann am Morgen leise die Tür öffnen, um nach ihr zu sehen. Anita oder Camilla würden dann hoffentlich das offene Fenster nicht sofort bemerken und sich von der dicken Wolldecke täuschen lassen, die Charlie sorgfältig unter der Bettdecke drapiert hatte. Sie würden sie dann wie üblich noch eine Stunde schlafen lassen.

In einer Stunde konnte sie etwa sechs Kilometer weit kommen, hatte sie sich ausgerechnet. Ein Blick auf ihre Armbanduhr verriet ihr, dass es höchste Zeit war. Zwei Uhr nachts. Camillas Unruhe hatte sie mehrere Stunden gekostet. Während Charlie sich an der Hauswand Richtung Waldrand entlang schlich, rechnete sie nach.

*Von zwei Uhr bis etwa acht Uhr, wenn sie Glück hatte bis neun Uhr morgens. Sie hatte sechs bis sieben Stunden Vorsprung!*

Im besten Fall. Maria ging immer gegen elf Uhr ins Bett und schnarchte fünf Minuten später, dass sich die Balken bogen. Bei ihr hätte Charlie drei Stunden mehr Zeit gehabt! Nun, daran war jetzt nichts mehr zu ändern. Am Ende des Gartens zog sich Charlie hastig an dem robusten Holzzaun empor, der das ganze Heim umgab, und schwang dann ein Bein hinüber. Das zweite zog sie wie gewohnt gekonnt hinterher. Auf der anderen Seite glitt sie vorsichtig hinunter und schlug dann zielstrebig den Weg Richtung Wald ein. Das Heim lag am Waldrand in der Baronessestraße. Die nähere Umgebung kannte Charlie gut. Später würde sie die Landkarte zu Hilfe nehmen. Sie wollte nachts auf Waldwegen in Richtung Norden wandern und sich tagsüber in den dichten Wäldern Smålands verstecken.

*Hauptsache weg von hier, irgendwohin, wo sie keiner fand.*

Niemals wieder wollte Charlie in eine Pflegefamilie. Sie hatte für alle Zeiten genug von neuen Eltern. Sie lief nicht zum ersten Mal weg. Doch dieses Mal würde sie keiner finden!


Der Mond war fast voll. Ab und zu leuchtete die helle Scheibe kraftvoll zwischen den Wolken hervor. Das dunkle Grau der Nacht wechselte dann zu einer helleren Färbung und ermöglichte eine schärfere, aber dennoch farblose Sicht. Die Bäume warfen dunkelgraue Schatten auf den Waldweg. Hie und da wechselten Rehe lautlos über den Pfad und sogar ein Fuchs sah die schmale Gestalt erstaunt an, die dort einsam des Weges schritt. Charlies Gedanken kehrten zu den Ereignissen des Freitagnachmittags zurück.

*Nachdem sie sich von dem Schrecken erholt und aufgehört hatte zu zittern, war Charlie bewusst langsam davon geschlendert. Ungeduldig war sie. Aber trotz ihrer Wissbegier konnte sie sich beherrschen. So wenig wie möglich auffallen, lautete ihr Vorsatz. Im Stadtpark setzte sie sich bei einem Spielplatz auf eine Bank und atmete tief durch. Dann öffnete sie die Akte* Charlotta Johansson.

*Die erste Seite war ein Register. Unter Punkt 1 stand* Persönliche Daten. *Sie öffnete diesen Teil und überflog ihn hastig:*

| | |
|---|---|
| **Name:** | Charlotta Johansson |
| **Geburtsdatum:** | genaues Geburtsdatum unbekannt |
| *(Ja, das stimmte. Sie war jetzt ungefähr 14,5 Jahre alt)* | |
| **Fundort:** | Badeanstalt Kullarna in Lillby |
| **Bes. Kennzeichen:** | ein rechtes blaues und ein linkes grünes Auge |
| **Pflegeeltern:** | Per und Lena Johansson |
| | Heim in Lillby |
| | Lars und Carina Fredriksson |
| | Heim in Lillby |
| | Anders und Petra Söderholm |
| | Heim in Lillby |
| | Clara und Åke Ledin |
| | Heim in Lillby |
| | Anna Bengtsson |
| | Heim in Lillby |

*Nichts Neues. Dass niemand genau wusste, wann sie zur Welt gekommen war, war ihr bekannt. Wie sollte man das auch wissen? Sie war an diesem warmen Sonntag gefunden worden und niemand hatte gesehen, wie sie dahin gekommen war. Lena hatte ihr erklärt, dass anhand ihrer Größe und ihres Gewichtes ihr ungefähres Alter ermittelt worden war. Sie blätterte zur ersten Seite zurück und überflog das Register.*

2. Pflegeeltern – Daten, Ereignisse
3. Krankheiten-Behandlungen
*(Na, da konnte ja nicht viel stehen. Sie war kerngesund.)*

4. Dokumentation
5. Finanzen, Abrechnungen, Pflegegeld u.a.
6. Fundtag
7. Schulische Leistungen, Zeugnisse

*Ihr Finger schnellte zu Punkt sechs zurück. Hier standen Details zu ihrem Auffinden! Hastig blätterte sie bis zu Punkt sechs vor: Es handelte sich um einen Polizeibericht, der mit dem Tag ihres Auffindens datiert war.*

**Polizeibericht**

**A) Zeitpunkt:**  Morgens 5:30 Uhr

*Charlie hielt inne.*
Morgens 5:30 Uhr? Es war doch strahlender Sonnenschein gewesen. Das hatten ihr Per und Lena und auch Ingrid erzählt!
*Sie las weiter:*

**B) Fundort:** Kullarna Badeanstalt Lillby unter einem Baum
**C) Fundstück/gefundene Person:** Weiblicher Säugling, etwa fünf bis sechs Monate alt
**D) Beschreibung:** Etwa 67 cm lang; schwarze, lockige Haare; rechtes Auge blau, linkes Auge grün; bekleidet mit einem seidenähnlichen Gewand/Kleidchen in schimmerndem Grün und Blau; keine Strümpfe oder Schuhe
**E) Umstände des Auffindens:** Diese werden als geheim eingestuft und sind nur der Polizei sowie dem/der zuständigen Sachbearbeiter/in mitzuteilen.

*Charlie riss erstaunt ihre Augen auf.*
Geheim?
*Aufgeregt las sie weiter.*

**Die offizielle Version**
Fundzeitpunkt: Gegen Mittag
Umstände des Auffindens: Badegäste fanden an diesem warmen

Sommertag einen Säugling in einem Kinderwagen. Allem Anschein nach war das etwa fünf bis sechs Monate alte Mädchen dort von seinen Eltern oder einem Elternteil zurückgelassen/ausgesetzt worden. Das Kind war bei bester Gesundheit. Niemand hat seit diesem Tag ein Kind mit einer passenden Beschreibung als vermisst gemeldet oder danach gefragt. Die leiblichen Eltern sind zu keinem Zeitpunkt in Erscheinung getreten.

*Ja, das war die Version, die Charlie kannte. Mit wachsender Spannung blätterte sie weiter:*

*»Als geheim eingestufter Polizeibericht«* stand in großen Buchstaben auf dem nächsten Blatt Papier. Ansonsten war das Blatt leer. Weiß und leer. Charlie blätterte zur nächsten Seite:
*»Abschließender Bericht«* stand hier ebenfalls in großen Lettern. Verwundert blätterte Charlie zurück.
Und wo war jetzt der als geheim eingestufte Polizeibericht?
*Verzweifelt blätterte sie vor und zurück. Sie war so nahe an der Wahrheit dran! Und jetzt sollte sie doch nichts erfahren? Schnell überflog Charlie die Seite. Sie hoffte hier auf einen Hinweis zu stoßen.*

**Abschließender Bericht:**
Auch nach ausführlichen Untersuchungen und Bemühungen seitens der Polizei, des Sozialamtes sowie des Einwohnermeldeamtes und der Einwanderungsbehörde konnte keine plausible Erklärung für die besonderen Ereignisse gefunden werden. Die derzeitigen Pflegeeltern Per und Lena Johansson sind bereit, dem Findelkind Charlotta auch weiterhin ein Zuhause zu geben. Dieses Arrangement wird solange aufrechterhalten, bis entweder Per und Lena Johansson ihre Pflegeelternschaft kündigen oder bis von Seiten der Behörde – aufgrund neuer Erkenntnisse das Findelkind betreffend – ein neues Verfahren eingeleitet wird.

Was für besondere Ereignisse? Was war da geheim?
*Charlie blätterte wieder zu dem fast leeren weißen Blatt Papier zurück. Sie hielt die Seite mit der Überschrift »Als geheim eingestufter*

Polizeibericht« *zwischen ihren schmalen Fingern und starrte auf die feinen, mit Schreibmaschine getippten Buchstaben.*

Und was jetzt?

*Plötzlich bemerkte Charlie, dass die Seite dicker war als die anderen Blätter der Akte. Ähnlich dick wie das Registerblatt.*

Waren die Seiten zusammengeklebt?

*Charlie rieb das Blatt zwischen ihren Fingern hin und her.*

*Dann bemerkte sie es. Das Blatt war andersherum zusammen gefaltet, so dass die Öffnung links lag. Eine Perforation hielt es zusammen wie ein Siegel. Sie war anscheinend noch nie geöffnet worden. Charlie trennte vorsichtig die Perforation auf und dachte dabei:* »Ingrid ist sicher persönlich von den besonderen Umständen des Falles unterrichtet worden. Sie war ja von Anfang an meine Sachbearbeiterin. Aber warum hat sie den Bericht nie geöffnet?«

*Charlie beantwortete sich diese Frage selbst. Ingrid wusste sicher bereits Bescheid. Solange sie das Dokument verschlossen ließ, konnte niemand unbemerkt die Akten nach dem* Geheimnis *durchstöbern.*

*Charlie hatte die Perforation ganz geöffnet und schlug das Blatt auf. Darauf stand in großen Buchstaben:*

**Umstände des Auffindens der Person:**
**Streng geheimer Polizeibericht über die Ereignisse:**
Gegen 5:30 Uhr morgens fanden zwei Poolarbeiter einen Säugling auf dem Gelände der Badeanstalt Kullarna in Lillby. Es war neblig und die Angestellten Johann Pettersson und Sven Svensson hatten sich eigenen Angaben zufolge gerade an einen Baum gelehnt, um eine Zigarette zu rauchen. Plötzlich sei direkt vor ihnen, aus dem Nichts heraus, eine rollende Kiste aufgetaucht. Sie sei, Sven Svenssons Worten nach, ,aus dem Nebel gekommen' und an ihnen ,vorbeigerollt'. Johann Pettersson habe sich so erschreckt, dass ihm seine Zigarette aus dem Mund gefallen sei. Svensson selbst sei sogar rückwärts in den Baum gestolpert. Er habe sofort die nähere Umgebung abgesucht, aber nichts und niemanden gehört oder gesehen. Auch Pettersson schwört, niemanden gesehen oder gehört zu haben.

Die von der Polizei im Zuge der Amtshandlung sichergestellte einfache Holzkiste war mit Holznägeln zusammengezimmert. Die vier

Räder, die Achsen und die Radnaben waren ebenfalls aus Holz. In dieser Kiste lag auf einem Tierfell ein Säugling, etwa fünf bis sechs Monate alt, mit schwarzen Haaren. Das Mädchen war mit einem seidenähnlichem Gewand gekleidet und trug außer seinem grün-blauen Kleidchen lediglich eine Kette um den Hals.

Es handelt sich hierbei um ein einfaches Lederband mit einem Anhänger aus hellem, fast weißem Stein, der einem Amulett ähnelt. Allem Anschein nach ist der Anhänger ein Teil eines größeren Steines, da auf der rechten Seite eine Bruchkante zu sehen ist. In den Stein sind mit roter Farbe Verzierungen geritzt worden.

Nachdem die Zeugen nach einer Weile festgestellt hatten, dass sich offensichtlich niemand einen schlechten Scherz mit ihnen erlaubte, benachrichtigten sie umgehend die örtliche Polizeibehörde. Diese nahm unverzüglich die Ermittlungen auf. Die Zeugen Svensson und Pettersson wurden aufgrund ihrer verwirrenden Aussage mehrfach vernommen. Leider ohne neue Erkenntnisse. Die rätselhaften Umstände in diesem Fall konnten bisher nicht aufgeklärt werden. Bei den Zeugen wurden bei den Vernehmungen Anzeichen eines nervösen Zusammenbruchs festgestellt. Sie begaben sich auf Anraten der Polizeipsychologin in psychiatrische Behandlung.

*Charlie starrte aufgewühlt auf die Namen.*

Johann Pettersson. Das war der Penner, der sie in der Gasse angegriffen hatte!

*Er und sein Kollege hatten sie also damals gefunden.*

In psychiatrischer Behandlung? Ja, so hatte sich der Mann aufgeführt – wie ein Irrer.

*Charlie schüttelte ungläubig den Kopf und las weiter.*

Die behandelnden Ärzte vermuten ein mögliches Trauma aufgrund eines Gewaltverbrechens oder aber eine einfache Sinnestäuschung aufgrund der Wetterverhältnisse. Eine Sinnestäuschung erscheint einerseits als Erklärung der Ereignisse sehr plausibel, andererseits wirft sie die Frage auf, wie zwei erwachsene Männer der gleichen Täuschung erliegen konnten. Die Ermittler fanden keine Spuren, die auf einen kriminellen Hintergrund hinweisen könnten.

Die Kiste, der Anhänger sowie das Seidenhemd werden sicher verwahrt. Der Anhänger wurde nach gründlicher Untersuchung dem betreuenden Sozialamt zurückgegeben. Er besteht aus einem gewöhnlichen Quarzgestein und ist dem Findelkind, das den Namen Charlotta erhielt, bei dessen Volljährigkeit auszuhändigen. Es wurde beschlossen, dass bis auf weiteres die Sachbearbeiterin Ingrid Olafsson Charlottas Vormundschaft übernimmt.

Auch jetzt noch, viele Stunden später, war Charlie über diesen seltsamen geheimen Polizeibericht sehr bestürzt. Der Schauer, der ihr gerade über den Rücken lief, wurde nicht von der kühlen Nachtluft an diesem frühen Morgen verursacht. Nein, die mysteriösen Umstände ihres Auftauchens vor etwas mehr als 14 Jahren waren es, die Charlie erschaudern ließen.

*Wie ließ sich das alles erklären?*

Mechanisch setzte sie einen Fuß vor den anderen und ging dabei ihren verwirrten Gedanken nach. Seit ihrer Flucht aus dem Heim waren etwa vier Stunden vergangen. Bei ihrem letzten Blick auf die Armbanduhr war es 5:40 Uhr gewesen. Den holprigen Pfad durch das Waldgebiet nahe dem Heim hatte sie seit längerem verlassen. Seitdem schritt sie die Schotterwege durch Smålands Wälder entlang. Diese verbanden kleinere und größere Höfe sowie kleinere Siedlungen in den Wäldern mit den Hauptverkehrswegen Südschwedens. So früh an einem Samstagmorgen waren wenige Menschen unterwegs, aber Charlie war darauf gefasst, bei jedem verdächtigen Geräusch einen Satz in das Unterholz zu machen.

Die anfänglich leichte Wolkendecke hatte sich in der vergangenen halben Stunde in eine dicke, graue Masse verwandelt. Es war ungemütlich kalt geworden. Charlie bekam aber davon nichts mit. Sie lauschte auf Geräusche und grübelte. Für viel mehr war in ihrem Gehirn kein Platz.

*Also*, sagte sie zu sich selbst. *Ich wurde an diesem Julitag gefunden, genau wie mir erzählt wurde. Auch, dass ich fünf bis sechs Monate alt war, stimmt überein. Und ich wurde tatsächlich im Freibad gefunden, sogar der Baum stimmt. Ja, aber dann... dann stimmt gar nichts mehr! Es war frühmorgens und neblig! Nicht mittags, warm und sonnig! Es war*

*auch kein normaler Kinderwagen, in dem ich lag, sondern eine mysteriö-*
*se Holzkiste, die als geheim eingestuft und sicher verwahrt wurde!*
Genauso wie ihr angebliches *Seidenhemd.*
*Was daran wohl so besonders war?*
Charlie seufzte resignierend. Das würde sie wohl nie erfahren. Es
war ja *geheim.* Sie überlegte weiter:
*Der Rest stimmt wieder überein. Es hat tatsächlich nie jemand nach*
*mir gefragt, und kein Mensch weiß, woher ich eigentlich komme. So wie*
*es aussieht, werde ich wohl nie erfahren, wer meine leiblichen Eltern*
*sind!*

Charlies blasse Stirn legte sich in Falten. Das einzige, was sie mit ihrer mysteriösen Vergangenheit verband, war dieses einfache Halsband
aus Lederriemen mit dem zerbrochenen Stein. Sie griff automatisch
in ihre Jackentasche.
Sie ließ den Stein nachdenklich zwischen ihre dünnen Finger gleiten. Er fühlte sich warm an, wohltuend und geradezu beschützend.
Beruhigt umschloss sie den Anhänger mit ihrer Faust und rief sich das
Aussehen des Amuletts vor Augen.

*Nachdem sie gestern Nachmittag den als geheim eingestuften Poli-*
*zeibericht mindestens dreimal gelesen und versucht hatte, einen klaren*
*Gedanken zu fassen, war es ihr plötzlich wie ein Blitz durch den Kopf*
*geschossen: Der Umschlag! Auf der Parkbank sitzend, fummelte Charlie*
*zitternd und ungeschickt an ihrer Jackentasche herum, bis sie den wei-*
*ßen Umschlag mit der Aufschrift ‚Charlotta Johansson‘ endlich in ihren*
*Händen hielt. Derselbe Umschlag, der in Ingrid Olafssons Büro nur kur-*
*ze Zeit zuvor laut zu Boden gefallen war und sie dadurch fast verraten*
*hätte. Sie öffnete das Kuvert und zog einen langen Lederriemen hervor.*
*An dessen Ende hing ein Stein. Charlie musterte ihn neugierig. Er sah*
*genauso aus wie im Polizeibericht beschrieben. Es war ein sehr heller,*
*fast weißer Quarz, beinahe dreieckig. Eine Seite war abgerundet, die bei-*
*den anderen hatten eine Bruchkante. In die Vorder- und Rückseite des*
*Steines waren Verzierungen geritzt worden. Die Ritzen waren mit roter*
*Farbe ausgefüllt. Es war ein dunkles, leicht schmutziges Rot. Es erinnerte*
*Charlie an getrocknetes Blut. An der Bruchkante befanden sich eben-*

*falls rote Farbreste, ganz schwach nur. Sie sahen fast aus wie Schmutz. Instinktiv versuchte Charlie, den vermeintlichen Dreck mit dem Finger abzureiben, was ihr aber nicht gelang. Mit einem Aufschrei sprang sie kurz darauf von der Parkbank hoch und ließ den Stein auf den Rasen fallen. Sie starrte den weißen Anhänger erschrocken an. Als nichts weiter geschah, nahm sie ihn wieder vorsichtig in die Hand.*

Tatsächlich! Der Stein war warm.

*Als sie ihn aus dem Umschlag holte, war er kühl – wie es sich für einen Stein nun mal gehörte, der an einem Tag im Mai in einem Umschlag in der Jackentasche lag. In ihrer Hand wurde er langsam immer wärmer.*

Auch normal.

*Jedes Kind kannte diesen Effekt. Aber dann war er so warm geworden, dass sie ihn erschrocken fallen ließ – aus Angst sich zu verbrennen. Nun lag der flache Stein wieder auf ihrer Handfläche und sie betrachtete ihn nachdenklich. Er war sehr warm, wurde aber nicht heiß. Sie hatte sich nicht verbrannt, sie hatte sich nur sehr erschreckt.*

Auf einem schmalen, schotterbelegten Waldweg schritt ein Mädchen zügig voran. Nachdenklich hielt es den warmen Stein fest umschlossen.

*Sehr seltsam,* dachte es. *Alles war wirklich sehr seltsam und äußerst verwirrend.*

Das Mädchen konnte ja nicht ahnen, dass dies nur der Anfang war...

# 2. Im Nebel

Charlie folgte einem Schotterweg, der in Richtung Torpa führte. Bis sieben Uhr hatte sie sich schon viermal mit einem Hechtsprung in den Wald gerettet, um sich vor entgegenkommenden Autos in Sicherheit zu bringen. Beim letzten Mal war es äußerst knapp gewesen. Der Nebel war in den letzten Stunden dichter geworden und hing nun in dicken, weißen Schwaden zwischen den hohen Fichten sowie über den kleinen Lichtungen.

Es wurde immer riskanter, die Wanderung fortzusetzen. Charlie wollte auf keinen Fall gesehen werden. Sie war erschöpft und befürchtete, beim nächsten Mal nicht mehr rechtzeitig hinter einem Baum verschwinden zu können. Deshalb bog sie in den nächsten Waldweg ein und suchte sich einen geschützten Platz, um etwas zu essen und sich auszuruhen. Nach der langen nächtlichen Wanderung war sie hungrig und müde. Etwas zu essen und ein wenig Schlaf würden ihr gut tun. Sie ließ sich seufzend auf einem dicken Baumstumpf nieder und holte eine Tüte Erdnüsse hervor.

Während Charlie ihre Nüsse knabberte, kramte ihre Hand automatisch in der Jackentasche. Sobald sie den seltsamen, flachen Stein mit ihrer Hand umschloss, wurde dieser immer wärmer. Charlie war während des raschen Nachtmarsches nicht kalt gewesen. Aber jetzt, wo die Wärme des Steines langsam durch ihren Körper sickerte, wurde ihr bewusst, dass sie langsam zu frieren begonnen hatte. Nachdenklich zog sie den Stein hervor und betrachtete ihn.

*Ob er mich auch wärmt, wenn ich ihn um den Hals trage?*

Langsam hob sie das Lederband hoch und ließ ihn über ihre wuscheligen Haare gleiten. Sorgfältig strich sie alle langen Locken zur Seite, bis der Lederriemen um ihren Hals lag und der weiße Stein an ihrer Jacke herunterbaumelte.

*Nichts!*

Keine wohltuende Wärme. Dann kam ihr eine Idee.

*Vielleicht muss der Stein Körperkontakt haben?*

In ihrer Jackentasche war er ja auch kühl gewesen. Erst in ihrer Hand hatte er seine Temperatur geändert. Charlie öffnete den Reißverschluss ihrer Jacke ein Stück und ließ den Anhänger unter ihr *Protected by Witchcraft*-Shirt gleiten. Kühl legte sich der Stein auf ihre Brust. Nach einer Weile spürte sie, wie er langsam warm wurde und sich die Wärme wohltuend in ihrem Körper ausbreitete. Sie legte eine Hand von außen auf die Jacke und konnte den Anhänger als kleine Erhebung auf ihrem Brustkorb fühlen.

*Körperkontakt!*

Sie hatte recht gehabt. Zufrieden atmete sie ein paar Mal tief durch. Dann zog sie ihre Regenjacke aus dem Rucksack hervor. Sie rollte sich auf dieser wasserdichten Unterlage neben dem Baumstumpf zusammen und schlief augenblicklich ein.

*Sie flog leicht wie ein Vogel durch dichten Nebel. Je schneller sie wurde, desto freier fühlte sie sich. Begierig sog sie die kühle, feuchte Luft in ihre Lungen. Ein helles Lachen suchte sich, erst leise und dann immer kräftiger, den Weg durch ihre Kehle. Sie fühlte, wie ihre Stimmbänder kraftvoll vibrierten. Plötzlich teilte sich der Nebel und schuf einen schmalen Tunnel. Am Horizont zeichnete sich ein schwarzer Punkt ab, auf den sie langsam zuflog. Je näher sie kam, desto aufgeregter wurde sie. Langsam, sehr langsam flog sie näher. Jetzt konnte sie es erkennen: Was von weitem wie ein schwarzer Punkt ausgesehen hatte, waren Haare. Schwarze, kurze Haare lockten sich um den Kopf eines Jungen, der mitten im dichten Nebel auf einem Baumstumpf saß. Je näher sie kam, desto schärfer wurden seine Umrisse. Er war schmal und sehnig. Die Haare waren ungleichmäßig kurz geschnitten; auf der linken Seite fiel ihm eine lange, gelockte Strähne in den Nacken. Der Junge wickelte diese dunkle Strähne immer wieder um den Zeigefinger und ließ sie dann bedächtig bis zum Ende des Fingers gleiten.*

*Sie flog näher heran und umkreiste langsam den Jungen. Er blickte vor sich auf den Waldboden. Sein rechtes Auge verbarg sich hinter einer längeren, schwarzen Haarsträhne. Der Junge hatte ein leicht blasses, längliches Gesicht, lange Wimpern und hohe Wangenknochen.*

*Plötzlich flog sie schnell und geradewegs auf den Jungen zu! Der Windstoß, den sie mit sich führte, blies die schwarze Haarsträhne zur Seite. Der Junge schlug die Augen auf und starrte ihr entgegen. Mit einem grünen und einem blauen Auge!*

Als Charlie aufwachte, war es später Nachmittag. Ein Blick auf die Armbanduhr verriet ihr, dass es genau 17:33 Uhr war. Der Nebel hatte sich nicht gelichtet. Dicke, weißgraue Nebelschwaden hingen zwischen den Bäumen. Trotz des feuchtkalten Wetters war ihr wohlig warm. Ein gezielter Griff an die Brust bestätigte ihr, woran das lag. Die Wärme des Steines strömte sanft durch ihren Körper.

*Warum wurde im Polizeibericht dieser ganz offensichtlich ungewöhnliche Stein als ganz normales Quarzgestein beschrieben?*

Charlie räkelte sich und fuhr sich durch die zerzausten Haare.

*Vielleicht ist der Stein bei der Polizei nicht warm geworden?*

Sie gähnte und setzte ihre Überlegungen fort.

Der Stein gehörte offensichtlich ihr. Sie hatte ihn um den Hals getragen, als sie an jenem Morgen als Baby im Nebel aufgetaucht war. Aus dem Nichts sozusagen. Aus Nebel, ähnlich dem, der sie jetzt hier im Wald umgab. Also war es wohl ihr Stein.

*Vielleicht wurde er auch nur bei ihr warm?*

Aber wenn das so war, warum dann?

*Möglicherweise als Zeichen dafür, dass er ihr gehörte?*

Was war, wenn der Stein tatsächlich nur auf sie reagierte? Gab es etwas Besonderes an ihr?

Sie überlegte.

Sie hatte schwarze, lange Locken. Doch es gab auf der Welt viele Menschen mit schwarzen Haaren. Ihre Augenfarbe war etwas Besonderes. Zwei unterschiedlich gefärbte Augen hatte nicht jeder.

*Konnte es vielleicht damit zusammenhängen?*

Oder wärmte der Stein vielleicht nur denjenigen, der fror? Den Menschen im Labor war vielleicht einfach nicht kalt gewesen.

*Nein!*, dachte Charlie, *das konnte nicht sein.*

Am Vortag auf der Parkbank hatte sie definitiv nicht gefroren. In Gedanken versunken wickelte sie eine ihrer langen schwarzen Locken um den Zeigefinger und ließ das Haar langsam bis zur Fingerspitze gleiten. Am Ende angekommen, wickelte sie die Strähne wieder auf den Zeigefinger und wiederholte die Prozedur. Als sie zum dritten Mal anfing, ihr Haar aufzuwickeln, schoss ihr plötzlich ein Bild durch den Kopf.

*Wo hatte sie das schon einmal gesehen?*

Ein Junge in ihrem Alter hatte die gleiche Bewegung mit einer langen Haarsträhne im Nacken gemacht!

*Ein Traum! Sie hatte es geträumt! Gerade eben, als sie geschlafen hatte!*

Charlie setzte sich kerzengerade auf. Es war ein Junge mit schwarzen Locken und zwei Augenfarben gewesen! Ein blaues und ein grünes Auge! Genau wie bei ihr selbst! Der Junge hatte auf einem Baumstumpf gesessen. Im Nebel!

Aufgeregt zog Charlie eine Strähne nach vorne und betrachtete ihr schwarzes Haar. Dann fiel es ihr wie Schuppen von den Augen.

»Wenn ich mir die Haare abschneide, sehe ich aus wie dieser Junge!«, stieß Charlie laut hervor.

Sie erschrak vor dem Klang ihrer Stimme in der Stille des Waldes. Beunruhigt warf sie einen schnellen Blick um sich herum. Sie war allein. Natürlich. Sie saß auf einem Baumstumpf mitten im Wald!

*Auf einem Baumstumpf?*

Sie wiederholte ihren Gedanken leise für sich selbst:

»Ich würde aussehen wie ein Junge! Keiner würde mich erkennen! Ich habe mich ja selbst nicht einmal erkannt! Der Teenager im Traum war ich!«

Wie hypnotisiert starrte sie ihre langen Locken an. Niemand würde nach einem Jungen mit kurzen, schwarzen Haaren suchen. Man würde sie auf ihrer Wanderung gen Norden zumindest nicht sofort erkennen. Charlie warf die lange Strähne mit einem Schwung nach hinten und begann, in ihrem Rucksack nach dem Messer zu suchen – dem Messer mit dem Griff aus Horn, das sie von ihrem Vater Per bekommen hatte.

Sie startete hinten und arbeitete sich Strähne für Strähne durch ihr dichtes Haar nach vorne. Immer mehr schwarze Haarsträhnen sammelten sich zu ihren Füßen, zerzaust und durch die feuchte Nebelluft noch mehr gekräuselt als sonst. Das Messer war scharf, aber selbst mit einem Spiegel hätte sie es nicht so gleichmäßig hinbekommen wie mit einer Schere. Als sie fertig war, standen die kurzen Locken auf ihrem Kopf ungleichmäßig in alle Richtungen. Ohne es zu wollen, hatte sie links hinten und rechts vorne eine längere Strähne stehen lassen. Sie fuhr sich mit beiden Händen durch die Haare und zog die längeren Locken durch ihre Finger. Sie griff zum Messer und setzte es im Nacken an. Sie zog die lockige Strähne lang und spürte, wie sich das Haar über der Klinge strammzog. Nur ein Schnitt, aber sie zögerte. Sie dachte an ihren Traum und ließ das Messer langsam wieder sinken.

*Nein*, dachte sie. *Das soll wohl so sein. Ich habe es nicht mit Absicht so geschnitten, und trotzdem ist es so geworden wie in meinem Traum.*

Ein leichter Schauer lief ihr über den Rücken. Sie hatte keine Angst, aber seltsam war es schon. Viele merkwürdige Dinge waren passiert, seit sie ihre Akte gelesen hatte. Ihr Gefühl sagte ihr, dass sie auf ihren Traum hören sollte. Also verstaute sie das Messer wieder, kratzte den Wust Haare zusammen, der um sie herum zerstreut lag, und stopfte ihn in einen Spalt zwischen den Wurzeln des Baumstumpfes. Dann schulterte sie ihren Rucksack und schritt, nach einem letzten Griff zum Amulett, den Pfad entlang, der zum Schotterweg Richtung Torpa führte.

Charlie war dem Seitenweg am Morgen nur ungefähr zweihundert Meter in den Wald gefolgt. Hinter der nächsten Biegung konnte sie ihr Ziel durch die Nebelschwaden erkennen. Plötzlich schob sich eine extrem dicke Nebelwand vor Charlie. Vorsichtig tastete sie sich hinein. Nur ein paar Schritte, dann würde sie den Schotterweg wieder vor sich sehen, so hoffte sie.

Doch der schwere, feuchte Nebel umschloss das Mädchen. Undurchdringlich. Er erstickte jedes vorhandene Geräusch. Es wurde totenstill. Die gewohnten Laute des Waldes, wie das Rauschen der Bäume im leichten Wind oder das Knacken von Zweigen, sie waren alle verschwunden, als hätten sie niemals existiert und würden niemals wieder zu hören sein.

*Stille.*

Charlie hörte ihr Herz dumpf und kraftvoll schlagen. Sie hörte auch ihren eigenen Atem laut und überdeutlich. Ebenso das Rauschen ihres eigenen Blutes. Der Stein lag schwer und warm auf ihrer Brust.

Er schien noch wärmer zu werden. Sie ging einen weiteren Schritt vorwärts, setzte den Fuß auf den weichen Waldboden auf und lauschte.

*Nichts!*

Sie machte noch einen Schritt und stampfte extra stark auf.

*Nichts! Kein einziges Geräusch war zu hören!*

Ihr Herz schlug schneller und sie machte zwei weitere hastige Schritte. Plötzlich riss der Nebel auf. Mit einem Schlag kehrte das Leben um sie herum zurück. Sie konnte Vögel singen hören, auch das Rauschen und Plätschern eines Baches und das klopfende Hämmern eines Spechtes in einem der hohen Bäume über ihr.

Sie trat aus dem Nebel in strahlenden Sonnenschein! Vor ihr breitete sich eine mit Frühlingsblumen übersäte Wiese aus, und am Waldrand graste ein mächtiger, schneeweißer Elch.

Fasziniert starrte Charlie das riesige Tier an. Es gab weiße Elche. Sie hatte davon gehört. Aber gesehen hatte sie noch nie einen. Der weiße Elch hatte offensichtlich ihre Witterung aufgenommen. Er hob seinen wuchtigen Kopf mit den majestätischen Schaufeln. Lange starrten Mensch und Tier einander an, bis der Elch endlich sein Haupt neigte und sich in aller Ruhe mit seinem Geweih am rechten Vorderlauf kratzte. Dann setzte er sich langsam in Bewegung und verschwand kurze Zeit später ästekrachend im Unterholz.

Charlie stand noch eine ganze Weile wie festgewachsen auf der Wiese. Sie blinzelte, um aus diesem traumähnlichen Zustand zu erwachen und wollte gerade einen Schritt vorwärts machen, als ihr klar wurde, dass der Schotterweg vor ihr verschwunden war!

Sie suchte fieberhaft nach dem kleinen Pfad, den sie doch gerade eben noch entlanggegangen war! Sie drehte sich hastig nach rechts und links und versuchte sich zu orientieren. Kein Pfad hinter ihr, kein Schotterweg vor ihr!

*Das konnte doch nicht sein!*

Stattdessen befand sie sich mitten auf einer blumenübersäten Wiese.

*War sie vielleicht in die verkehrte Richtung gegangen und dabei auf der Lichtung gelandet?*

Sie rannte wie von der Tarantel gestochen los. Der Rucksack auf ihrem Rücken hüpfte hin und her, während sie aufgeregt den Waldrand untersuchte.

*Hier irgendwo musste der kleine Pfad doch sein!*

Panik stieg in ihr hoch. Hatte sie sich verlaufen?

*Nein, bestimmt nicht!*

Kurz bevor sie in die Nebelwand eingetaucht war, hatte sie den Schotterweg, der nach Torpa führte, *sehen* können. Er war nur etwa 50 Meter entfernt gewesen!

Verzweifelt blieb sie stehen und überlegte.

*Wie konnte das passiert sein?*

»Eins nach dem anderen«, rief sie sich selbst zur Ordnung. Also, sie hatte den Weg *sehen* können. Dann war sie in diese dicke Nebelwand getreten und hatte ein, zwei – wie viele? – Schritte gemacht? Sie zwang sich, ruhig durchzuatmen und zählte konzentriert nach.

Ein Schritt hinein, dann zwei, höchstens drei Schritte, wobei sie auch nach Geräuschen gelauscht hatte. Ja, und dann war sie einige Schritte vorwärts gestürmt.

Sie warf einen Blick über die Lichtung und blieb an jenem Punkt hängen, von wo aus sie den weißen Elch am Waldrand beobachtet hatte.

*Nein! Definitiv nicht so weit!*

So viele Schritte war sie bestimmt nicht gelaufen! Sie konnte sich zwar nicht erinnern, wie viele es genau gewesen waren, aber bestimmt nicht mehr als vier oder fünf!

*Das wusste sie genau!*

Und bis zur Mitte der Wiese waren es mehr! Sehr viel mehr!

Sie sah sich ratlos um.

*Wie war sie bloß hierher gekommen? Und wie – um Himmels willen – war der Nebel so schnell verschwunden?*

Die Sonne strahlte warm und hell auf Charlie herab, als hätte sie den ganzen Tag noch nichts anderes getan. Ein Bach plätscherte irgendwo im Dickicht.

Charlie ließ den Blick über die fast runde Wiese gleiten. So viele Blumen auf einmal hatte sie noch nie gesehen. Gelbe, rote, blaue und auch orange und lila Blüten leuchteten ihr in einem Farbenmeer entgegen. Wäre sie nicht so verwirrt gewesen, hätte sie sich bestimmt an dem Anblick erfreut und einen riesigen Strauß gepflückt. Aber jetzt hatte sie keinen zweiten Blick dafür übrig. Charlie dachte fieberhaft darüber nach, wo sie wohl war, wie sie hierher gekommen war – und vor allem, wie sie den Weg nach Torpa wieder finden konnte.

Eine halbe Stunde später schlug sich Charlie einen Weg durch das Unterholz. Nachdem sie sorgfältig die Wiese und die nähere Umgebung inspiziert hatte, war sie zu dem Schluss gelangt, dass sie wohl oder übel quer durch den Wald gehen musste, um dann hoffentlich irgendwo auf einen Pfad oder größeren Weg zu stoßen. Småland war zwar von großen Wäldern bedeckt, aber diese waren von vielen Schotterstraßen durchzogen. Hatte sie einen Weg gefunden, wollte sie ihm folgen, bis ein Hinweisschild auftauchte. Dann würde sie auf ihrer Karte nachsehen, wo sie sich befand. So wahnsinnig weit von Torpa entfernt würde sie sich schon nicht wiederfinden, versuchte sie sich einzureden.

Bei ihrer Inspektion der Wiese war sie über jede Menge großer und kleiner Steine gestolpert. Bei näherer Betrachtung hatte sie festgestellt, dass es sich vermutlich um die Grundmauern eines vor langer Zeit verfallenen Hauses handelte. Vor wie langer Zeit wusste sie natürlich nicht – aber sie hoffte, dass es dort, wo es ein Haus gab, auch noch andere Häuser in der Nähe geben musste. Und wo Häuser waren, gab es auch Wege, die zu diesen führten.

Schon nach kurzer Zeit stieß sie auf einen Trampelpfad. Das Plätschern des Baches war lauter geworden.

*Und jetzt? Links oder rechts?*

Sie zögerte, folgte dann aber dem Pfad nach rechts und stieß schon nach einer halben Minute auf Gebüsch, das ihr den Weg versperrte.

*Hm*, dachte Charlie. *Umkehren?*

Sie drehte sich ein paarmal um sich selbst, ging einige Schritte nach links in den Wald und schaute um das Hindernis herum.

*Nein! Das konnte doch nicht wahr sein!*

Hinter dem Busch breitete sich wieder ihre fast kreisrunde Blumenwiese aus!

*Typisch!*, dachte Charlie leicht ärgerlich. Sie war natürlich in die falsche Richtung gegangen!

*Na ja*, überlegte sie, *ich habe zumindest recht gehabt. Hier stand einmal ein Haus, und das ist der Pfad, der davon wegführt.*

Vielleicht war es ja sogar der Pfad, auf dem sie gekommen war? Vielleicht hatte sie sich beim Schrittezählen geirrt und es waren doch mehr gewesen, als sie gedacht hatte?

Sie wendete und folgte dem Pfad jetzt in die andere Richtung. Sie rannte fast, so eilig hatte sie es. Sie hoffte, den Schotterweg jeden Augenblick vor sich auftauchen zu sehen.

Eine Stunde später hatte sie es aufgegeben, nach dem Schotterweg Ausschau zu halten. Ihr Laufschritt war in ein langsameres Wandertempo übergegangen, und zum ersten Mal nahm sie sich Zeit, den Wald um sich herum genauer zu betrachten. Ein kleiner Bach begleitete den Pfad. Er erklärte das Rauschen und das Plätschern, das Charlie auf der Blumenwiese gehört hatte. Das Wasser schmeckte kühl und frisch. Charlie hatte ihre Wasserflasche nachgefüllt.

*Verdursten würde sie schon mal nicht.*

Große Nadelbäume wuchsen in gebührendem Abstand zueinander rechts und links des Pfades. Auf den ersten Blick sahen sie aus wie Fichten. Sie hatten einen dicken, hohen Stamm mit Rinde und immergrünen Nadeln. Aber diese Bäume hier waren trotzdem irgendwie anders. Charlie verlangsamte ihr Wandertempo und sah genauer hin. Die Stämme waren dunkelgrün und die Rinde wirkte irgendwie… schuppig! Anders als die typisch braune und gefurchte Rinde der in Skandinavien allgegenwärtigen Fichten.

Charlie ließ ihren Blick ungläubig den Stamm eines mächtigen Baumes empor schweifen. Sie versuchte, die Nadeln genauer zu betrachten. Was sie da sah, waren keine spitzen Nadeln, sondern hellgrüne, schuppenförmige Blätter!

Charlie machte einen Satz und versuchte, den Ast über ihr zu ergreifen. Sie verfehlte ihn knapp und der Rucksack plumpste ihr bei der Landung auf dem Waldboden unsanft in den Rücken. Charlie ließ ihn von den Schultern gleiten und sprang noch einmal. Diesmal erwischte sie einen kleinen Zweig und zog an ihm einen stattlichen Ast zu sich hinunter. Die Blätter waren ebenso dick und fest wie Tannennadeln, nur eben rundlich. Weiter oben am Ast saßen kleine und größere braunrötliche Zapfen zwischen den hellgrünen Schuppennadeln.

»Hatschi!«, trompetete es plötzlich in ihrer Nähe. Erschrocken sprang Charlie einen Schritt rückwärts, bekam die Schuppen des emporschnellenden Astes ins Gesicht geschleudert und taumelte auf den Pfad zurück. Aufgeregt hin und her schauend, rieb sie sich die schmerzende Nase. Tränen waren ihr in die Augen gestiegen und verschleierten die Sicht.

»Wer ist da?«, rief sie ängstlich.

Niemand antwortete. Unsicher schaute sie sich genauer um. Der Wald war hier sehr offen. Es wuchsen fast nur hohe, alte Bäume. Nur vereinzelt hatte ein junger Baum Wurzeln geschlagen.

*Nichts und niemand war zu sehen!*

»Hallo?«, rief sie noch einmal und lauschte dann angespannt. Nichts war zu hören, außer dem Geplätscher des Baches. Zitternd schulterte sie ihren Rucksack und eilte davon. Sie hatte das Gefühl, beobachtet zu werden. Ständig warf sie unruhige Blicke über die Schulter und musterte den Wald um sich herum genau. Je intensiver sie lauschte, desto mehr Geräusche filterte sie heraus.

Der Wald um sie herum schien zu leben! Es flüsterte, schniefte, kicherte, gähnte und nieste. Aber so genau sie auch um sich schaute, sie konnte niemanden erkennen.

Mit der Angst im Nacken eilte Charlie den Pfad entlang.

*Würde der Wald denn niemals ein Ende nehmen?*

Sie warf einen Blick auf die Armbanduhr. 20:05 Uhr, seit mehr als zweieinhalb Stunden lief sie nun schon durch diesen Wald! Und da war noch etwas.

*Acht Uhr?*

Gestern um diese Zeit war es schon fast dunkel gewesen.

*Wieso war es noch taghell?*

Während Charlie weiter durchs Unterholz stolperte, ging sie alle Ereignisse durch, seit sie am Nachmittag aus dem seltsamen Traum erwacht war.

*Da war noch alles normal gewesen, oder?* Sie wiederholte in Gedanken: *Der Nebel, der Baumstumpf, der Pfad, alles war so wie vor dem Einschlafen.*

Dann hatte sie sich die Haare abgeschnitten und war losgegangen. Im Nebel. Sie konnte den Schotterweg durch die Nebelschwaden sehen.

*Auch da war noch alles normal gewesen!*

Und dann? Ja, dann war da diese dicke Nebelwand gewesen. Sie erinnerte sich an die seltsame Stille und konnte die Wärme des Steines fast noch einmal fühlen. Ja! Und danach war sie in den strahlenden Sonnenschein getreten, mitten auf diese Blumenwiese! Charlie überlegte:

*Sonne statt Nebel, Wiese statt Pfad, dichter Wald statt Schotterweg, der weiße Elch, Bäume mit Schuppennadeln und grüner Schuppenrinde und ein Wald, der zu leben scheint...*

Außerdem war sie jetzt schon eine Ewigkeit gelaufen, ohne auf einen größeren Weg gestoßen zu sein – und dämmern müsste es auch schon.

»Wo bin ich?«, murmelte Charlie.

*Das hier konnte nicht Småland sein!*

Verzweifelt sah sich Charlie noch einmal um. Die grünen Schuppenriesen ragten hoch in den Himmel, um sie herum flüsterte und murmelte es.

*Wo bin ich - und wie, um Himmels willen, bin ich hergekommen?*

Die Panik steigerte sich. Charlie rang nach Luft und atmete ein paarmal tief durch.

»Ich wollte ja weg von allem! Weit weg! Aber doch nicht so!«, flüsterte sie den Tränen nahe. Tapfer zwang sie sich, weiterhin einen Fuß vor den anderen zu setzen.

*Dieser Pfad musste doch irgendwohin führen, oder?*

Charlie konnte die Wärme des Steines beruhigend auf ihrer Brust spüren.

*Der Stein!*, schoss es ihr durch den Kopf. *Der Stein muss das alles bewirkt haben! Er hat mich gewärmt, als ich gefroren habe. Den Traum hatte ich auch erst, als ich den Stein umgehängt hatte, und im Nebel ist er auf einmal noch wärmer geworden!*

Vor Aufregung bekam Charlie rote Wangen und ging noch schneller. Kleine Schweißperlen bildeten sich auf ihrer Stirn.

*Als ich durch die Nebelwand gegangen bin, muss mich der Stein irgendwie an einen anderen Ort gebracht haben! Oder in eine andere Zeit vielleicht?*

Die Gedanken kreisten in ihrem Kopf.

*Konnte das denn sein?*

*Jetzt hör aber mal auf, Charlie!*, rief sie sich selbst zur Ordnung. *Das ist doch völlig unmöglich! So etwas gibt es doch gar nicht!*

Dass sie überhaupt so etwas Törichtes denken konnte, machte Charlie noch verlegener. Ja, es war ihr peinlich, so kindisch gewesen zu sein.

*Aber irgendwas stimmt ganz und gar nicht,* meldete sich eine vorsichtige Stimme weit hinten in ihrem Gehirn, *ganz und gar nicht!*

Charlie wusste einfach nicht, was sie denken sollte! In einem war sie sich allerdings sicher: Sie war nicht da, wo sie sein wollte. In Småland gab es keine derartigen Bäume.

*Oder vielleicht doch?*

Vielleicht hatte irgendein Bauer eine neue Baumart aus dem Süden angepflanzt?

*Konnte das sein?*

Ja, das musste des Rätsels Lösung sein!

*Und die merkwürdigen Geräusche?*

Wahrscheinlich bildete sie sich das alles nur ein. Sie hörte Laute, die gar nicht da waren, weil sie Angst hatte. Lena hatte es ihr damals erklärt, als sie sich abends eingebildet hatte, Schritte im Flur zu hören. Danach waren die Schritte verschwunden.

*Es war alles nur Einbildung.*

Gerade als Charlie erleichtert aufatmete und einige Minuten beruhigt ausschritt, huschte etwas über den Trampelpfad! Sie blieb wie angewurzelt stehen. Ungläubig starrte sie auf die Szene, die sich vor ihren Augen abspielte. Was da gerade vorbei flitzte, war ein Wesen, das mindestens tausend Beine hatte! Nur dass es im Unterschied zu einem Tausendfüßler wesentlich größer war.

Es sah aus wie eine einen halben Meter lange und etwa zehn Zentimeter dicke schwarze Wurst, die sich auf unzähligen Beinen mit rasender Geschwindigkeit vorwärts bewegte! Ansatzlos legte es eine Vollbremsung hin, wobei es alle Füße gleichzeitig in den Waldboden rammte! Als Charlie genauer hinsah, bemerkte sie, dass die Wurst eigentlich aus vielen aneinandergereihten Panzergliedern bestand und dass sich unter jedem Panzerteil vier Beine befanden. Auf dem Rücken des Tieres verteilten sich viele leuchtend gelbe Farbkleckse. Mit einem schmatzenden Geräusch begann der Tausendfüßler direkt vor Charlies Augen eine dicke, weiße, schleimige Masse auszuscheiden, um gleich darauf mit lauten Furzgeräuschen Luft in seinen eigenen Kot zu blasen! Charlie starrte fasziniert auf diese unglaubliche Prozedur. Der Tausendfüßler schien Schaum zu schlagen! Immer mehr weißer, blasiger Schaum wuchs aus dem Hinterteil des Tieres.

Dann raschelte und knackte es laut und Charlie wurde auf Anhieb klar, warum der Tausendfüßler es so eilig gehabt hatte. Aus dem Wald schoss eine dachsähnliche Dampfwalze, dem Tausendfüßler dicht auf seinen tausend Fersen. Buchstäblich in letzter Sekunde verkroch sich das Tier rückwärtsgehend in seinem schleimigen Schaumhaufen. Angewidert umkreiste der Dachs den klebrigen, knisternden Schaumberg, schnüffelte, kam näher, zögerte, kam wieder näher.

Offensichtlich kannte der Angreifer die Verteidigungstaktik des Tausendfüßlers und wusste, dass er die schleimige Burg durchdringen musste, um an den Leckerbissen zu kommen. Frühere Versuche hatten ihn offensichtlich gelehrt, vorsichtig zu sein, denn der Dachs wagte es kein einziges Mal, mit dem Schaum in Berührung zu kommen. Stattdessen fing er an, die Umgebung zu beschnüffeln. Er lief noch ein paarmal im Kreis um den Schaumberg herum und entdeckte Charlie, die gebannt das Schauspiel verfolgt hatte. Der Dachs erstarrte mitten in der Bewegung, musterte Charlie eingehend und rannte dann so schnell ihn seine kurzen Beine tragen konnten quer durch den Wald davon.

Charlie betrachtete noch eine Weile ungläubig die Szene. Knisternd zerplatzten viele der winzig kleinen Bläschen. Nichts geschah. Anscheinend hatte der Tausendfüßler nicht vor, seinen Zufluchtsort so bald zu verlassen. Charlie beschloss weiterzugehen. Sie machte einen großen Bogen um das seltsame Tier und setzte ihren Weg durch den Wald fort.

Sie wusste nicht, was sie von diesem schaumfurzenden Vieh halten sollte. So etwas hatte sie noch nie gesehen. Verzweifelt suchte sie nach einer sinnvollen Erklärung. Sie brauchte eine Bestätigung dafür, dass alle Ereignisse zwar sehr ungewöhnlich, aber dennoch völlig normal waren. Und sie musste unbedingt herausbekommen, wo sie war, endlich ein Ortsschild oder ein menschliches Anwesen finden!

# 3. Vanaheim

Charlie stand auf einem Hügel und blickte ins Tal hinunter. Dort unten, zwischen Bäumen und Sträuchern, konnte sie die Dächer einiger Häuser erkennen.

*Ein Dorf! Endlich!*

Charlie atmete erleichtert auf. Die Dämmerung hatte eingesetzt, es wurde jetzt zusehends dunkler. Charlie beeilte sich. Sie lief den sandigen Weg entlang auf das Dorf zu. Sie wollte vor Einbruch der Dunkelheit dort sein.

Sie hatte keine Ahnung, wie spät es tatsächlich war, denn ihre Armbanduhr musste kaputt sein oder sich verstellt haben. Es konnte unmöglich schon fast Mitternacht sein.

Die letzten Stunden war Charlie durch dichten Wald, über Wiesen und steiniges Gelände gewandert. Dreimal war sie an eine Weggabelung gekommen. Hinweisschilder gab es eigenartigerweise keine. Dreimal musste sie sich entscheiden, welche Richtung sie nun einschlagen sollte. Wer weiß? Wäre sie an der ersten Gabelung links statt rechts abgebogen, wäre sie vielleicht schon vor Stunden auf Häuser gestoßen!

Am Rande des Dorfes verlangsamte sie ihren Laufschritt und spähte in die kleine Ortschaft hinein.

*Merkwürdig,* dachte Charlie, *die Häuser sind zwar aus Holz, aber nicht eines ist bemalt. Keine typischen roten oder gelben Schwedenhäuser.*

Das Dorf bestand aus schmalen, flachen Blockhäusern. Das Holz hatte eine natürliche graubraune Färbung. Charlie wusste nicht genau warum, aber anstatt wie geplant irgendwo anzuklopfen und nach dem Ortsnamen zu fragen sprang sie, als sie Stimmen hörte, hinter den nächstbesten Busch.

*Was sollte das? Hier hatte sie doch die Chance, die sie wollte!*

Sie wollte gerade wieder hervorkriechen, als ihr bewusst wurde, weshalb sie den Drang verspürte, sich zu verstecken.

Zwei Männer kamen um eine Hausecke gebogen und unterhielten sich leise. Sie redeten in einer Sprache, die Charlie eigenartig fremd, aber dennoch irgendwie bekannt vorkam. Charlie spitzte die Ohren und versuchte, dem Gespräch zu folgen. Anfangs verstand sie gar nichts. Nach einer Weile bemerkte Charlie, dass sie mit einiger Anstrengung die meisten Worte erkennen konnte. Die Endungen waren anders und auch der Satzbau glich nicht ganz dem Schwedisch, das sie kannte. Aber der Grund, warum sie anfangs gar nichts verstanden hatte, war die Art, wie die Männer die Wörter und Satzteile betonten. Sie sprachen einen ihr völlig fremden Dialekt! Das klang zwar fast wie Schwedisch, aber irgendwie auch doch wieder nicht. Verzweifelt versuchte Charlie, sich einen Reim auf die Unterhaltung der Männer zu machen.

»... schon Neues über die Triade gehört?«, fragte der eine.

»Nein, leider nicht. Aber ich halte dich auf dem Laufenden. Ist doch klar«, antwortete sein Gegenüber.

»Der Markt in Bragesholm wäre fast ausgefallen. Die Händler wurden durch unerwartete Kontrollen aufgehalten«, ergänzte der erste Mann. Der zweite seufzte leise: »Was glauben die eigentlich zu finden, da traut sich...«

Konzentriert hatte Charlie das Gespräch verfolgt. Doch plötzlich legte sich eine Hand von hinten auf ihre Schulter! Gleichzeitig hielt eine zweite Hand ihren Mund zu und erstickte gerade noch den entsetzten Aufschrei.

»Sei still, ich tue dir nichts!«, zischte eine Stimme hinter ihr – oder zumindest glaubte sie, dass die Person hinter ihr ungefähr das sagte.

»Wenn du still bist, lass' ich dich jetzt los«, flüsterte die Stimme etwas freundlicher. Charlie schluckte und nickte langsam. Ihr Mund wurde freigegeben. Sie drehte sich hastig um und versuchte dabei gleichzeitig, möglichst viel Abstand zwischen sich und ihren Angreifer zu bringen. Dabei geriet sie mit dem Busch ins Gehege, der ihr zuvor als Versteck gedient hatte. Sie versuchte, sich aus den Ästen zu befreien.

»Schscht!«, zischte die Stimme. Eine Hand packte Charlie am Arm und zog sie hastig zu Boden.

»Sollen die dich vielleicht beim Spionieren entdecken?«, flüsterte die Stimme drohend.

»Ich *spioniere* nicht«, schnappte Charlie zurück und starrte geradewegs in die Augen eines Jungen, der etwas jünger war als sie selbst. Er hatte kurze, helle Haare, etwas schief sitzende Augen und ein leicht unsymmetrisches Gesicht. Es war nicht hässlich, nur ein wenig ungewohnt. Der Junge starrte erstaunt zurück.

»Du bist nicht von hier, was?«

Es war mehr eine Feststellung als eine Frage. Der Junge zupfte an ihrer Jacke.

»Seltsamer Stoff«, murmelte er. »Los, komm!«, befahl er dann und zog Charlie mit sich fort.

Es war schon fast dunkel. Charlie trabte folgsam neben dem Buben her, der zielstrebig das Dorf umrundete und dann einem Pfad ins Dickicht folgte.

Ihr Führer trug einen graubraunen Seidenumhang, dessen Saum in Fetzen hing. Darunter trug er dunkle Hosen aus demselben seltsamen, gleitenden Stoff. Am rechten Knie klaffte ein großes, ausgefranstes Loch.

»Wie heißt du?« , fragte er.

»Charlie«, antwortete sie leise.

»Wie? Karle?«

»Nein, *Charlie*«, verbesserte sie ihn. Der Junge blieb einen Augenblick lang nachdenklich stehen.

»Noch nie gehört. Wo kommst du her?«

Charlie schwieg. Nicht, dass sie ihm nicht antworten wollte – sie konnte nicht.

*Was sollte sie sagen?*

Aus Lillby? Dort, wo es normale Fichten und keine gigantischen Tausendfüßler gibt? Dort, wo die Häuser farbig sind und wo es vor allem Menschen gibt, die so sprechen wie sie?

*Okay,* dachte sie. *Lillby.* Vielleicht kannte der Junge es ja.

»Ich verstehe«, murmelte er ehe sie Luft holen konnte um zu antworten. »Du kannst in einem Schuppen gleich in der Nähe schlafen.

Dort bist du während der Nacht sicher. Ich bringe dir unauffälligere Kleidung und etwas zu essen. Du solltest in diesem Dorf nicht betteln gehen, glaub mir.«

Der Blick des Jungen bohrte sich in den ihren. Sie senkte automatisch und schuldbewusst den Kopf, obwohl sie ja nun wirklich nicht vor hatte zu betteln.

*Betteln!*

»Ich weiß ja nicht, wie das bei euch so ist, da wo du herkommst«, fuhr der Junge fort, »aber hast du vielleicht eine Blumenschale am Ortseingang gesehen?«

*Blumenschale?* Sie verstand überhaupt nichts!

Er runzelte besorgt die Stirn und fuhr seine Belehrung fort:

»Also, pass auf, es ist ganz einfach«.

*Der hält mich für total bescheuert oder für zurückgeblieben oder sonst was!*, dachte Charlie.

»Du musst dich so unauffällig wie möglich verhalten. Kinder ohne Eltern und Zuhause sind hier nicht geduldet. Leider gibt es nur allzu viele von ihnen«, fügte er hinzu. »Steht eine Holzschale mit Blumen am Dorfeingang, gibt es meist ein bis zwei spendable Haushalte im Dorf. Ist die Schale leer, gibt es an diesem Tag nichts zu holen. Gibt es gar keine Schale, suchst du am besten schnellstens das Weite.«

Der Junge blieb stehen und musterte Charlie.

»Hast du das verstanden?«, fragte er, als er ihr vor Erstaunen weit geöffneten Mund sah. Sie nickte hastig. Sie hatte zwar nicht jedes Wort mitbekommen, aber das mit den Blumenschalen hatte sie schon kapiert. Der Junge machte auf dem Absatz kehrt und setzte seinen Weg durch das Unterholz fort. Charlie folgte ihm mit einem Meter Abstand.

*Spinnt der?*, grübelte sie. *Oder spinne ich? Betteln? Blumenschale? Viele elternlose Kinder? Okay, das hier ist definitiv nicht Schweden!*

An einem verfallenen Schuppen blieb ihr zerlumpter Führer stehen. Er schob Charlie durch die niedrige Holztür in einen nach altem Heu riechenden kleinen Raum.

»Warte hier«, befahl er und war auch schon verschwunden.

Ratlos starrte Charlie in die Dunkelheit.

Wie lange würde er wohl wegbleiben?

*Was hatte er gesagt? Was zu essen und unauffälligere Kleidung?*

Charlie zuckte mit den Schultern. Gut, sich anzupassen schien in ihrer Situation nicht verkehrt. Ihre Situation? Was genau war ihre Situation?

*In diesem Schuppen ist es aber auch stockdunkel!*, dachte Charlie. Sie kramte die Taschenlampe heraus und leuchtete den Raum aus. Jede Menge altes Holz und Heu, alles mit staubigen Spinnweben überzogen, lag wild herum. Es gab nur diesen einen Raum. Der hintere Teil des Daches war halb eingestürzt, ein großer, schwerer Ast eines dieser seltsamen fichtenähnlichen Bäume hing durch die Öffnung hinein.

Charlie begann, Holzscheite beiseite zu räumen und häufte dann auf einer ebenen Fläche eine dicke Schicht Heu auf. Zumindest würde sie weich und hoffentlich trocken schlafen. Sie warf einen skeptischen Blick auf das kaputte Dach über sich. Dann ließ sie sich rückwärts auf ihr Lager fallen und knipste die Taschenlampe aus. Sie musste Batterien sparen.

*Wer wusste denn schon, ob es hier welche gab!*

Einige Halme piksten sie in den Nacken. Das kurze Haar polsterte nicht so gut, wie sie es von früher gewohnt war. Sie legte sich bequemer zurecht und ging in Gedanken alles noch einmal durch.

*Der Stein! Der Stein war definitiv kein normaler Stein!*

Je länger sie darüber nachdachte, desto sicherer war sie sich, dass der Stein der Grund all dieser Merkwürdigkeiten war. Erst nachdem sie ihn umgehängt hatte, waren diese seltsamen Dinge geschehen.

*Und der Nebel?*

Im Polizeibericht stand, dass die Kiste, in der sie lag, aus dem Nebel gekommen war. Sozusagen aus dem Nichts.

*Das Baby Charlie hatte denselben Stein um den Hals getragen.*

Wie elektrisiert setzte sie sich auf. Mit weit aufgerissenen Augen starrte sie in das Halbdunkel. Ein fast voller Mond hatte sich über die Öffnung im Dach geschoben und tauchte den Innenraum des kleinen Schuppens nun in ein graues Schummerlicht. Charlie konnte die Konturen des Durcheinanders um sich herum erkennen.

Bevor sie ihren letzten Gedanken vertiefen konnte, hörte sie von draußen ein leises Rascheln. Dann wurde die Tür des Schuppens langsam aufgeschoben und herein schlüpfte der Junge, vollgepackt mit lumpigen Klamotten, Decken und etwas zu essen. Er warf einen prüfenden Blick auf Charlie und ihr Nachtlager.

»Ein Bett hast du dir ja schon gebaut«, flüsterte er zufrieden. »Hier, zieh das an!«

Er warf Charlie eine graubraune Hose, ein Hemd in der gleichen schmuddeligen Farbe und einen dunkelgrünen und schon diverse Male geflickten Umhang zu. Alle Sachen waren aus dem gleichen fließenden Stoff, den auch der Junge trug. Charlie zögerte. Sie hielt die Kleidungsstücke hoch, sah den Jungen an und fragte:

»Wie heißt du?«

Der Junge lächelte zum ersten Mal, seit sie ihm begegnet war, und hielt ihr ein Paar sehr seltsame Schuhe entgegen.

»Biarn«, antwortete er. »Du solltest besser die hier anziehen, auch wenn deine...«, er zögerte und sagte schließlich »... sehr *stabil* aussehen...«

Charlie hatte einfache Halbschuhe an. Was Biarn ihr reichte, waren so eine Art Ledermokassins.

*Indianerschuhe*, dachte Charlie, *und außerdem heißt er ‚Biarn‘. Und der findet* meinen *Namen seltsam!*

Charlie ließ sich nichts anmerken. Sie legte Schuhe, Kleidung und Umhang auf ihre Heumatratze.

»Danke«, sagte sie schließlich mit einer Handbewegung in Richtung Klamottenberg. »Ich werde mich gleich umziehen.«

Die beiden Jugendlichen standen sich eine Weile schweigend gegenüber. Dann räusperte sich Biarn.

»Ich habe nicht mehr viel Zeit. Hier ist noch etwas zu essen und eine Decke. Du kannst hier schlafen, musst aber vor Sonnenaufgang wieder weg sein. Es könnte jemand vorbeikommen. Kriegst du das hin?«

»Ja«, sagte Charlie. Dann fiel ihr ihre Uhr ein.

»Wie spät ist es?«, fragte sie hastig. Biarn sah sie verdutzt an.

»Spät? Was meinst du?«, fragte er.

»Äh. Na ja, wann geht morgen früh die Sonne auf und wie lange ist es noch bis dahin?«

Biarn starrte Charlie fassungslos an: »Du meinst, du kannst die Sterne nicht lesen?«

Charlie wusste nicht, was sie antworten sollte. Sie stand einfach nur da und ließ die Arme baumeln.

*Sterne lesen? Gab es hier etwa keine Uhren?*

Biarn sah Charlie irritiert an.

»Ich habe keine Zeit, dir jetzt die Sterne zu erklären. Ich komme morgen vor Sonnenaufgang vorbei und wecke dich!« Mit diesen rauen Worten und einer nicht ganz glücklichen Miene verschwand er wieder.

Charlie begann ihre *neue* Bekleidung genauer zu untersuchen. Hose und Hemd waren dünn, aber dicht gewebt. Der Umhang und die Decke bestanden zwar aus demselben Stoff, waren aber wesentlich dicker und kräftiger. Die Fäden der Decke waren sogar noch ein wenig dicker als die des Umhanges. Die Schuhe waren aus weichem, dunkelbraunem Leder, auch die Sohle. Die war einfach nur viel dicker und härter als der Rest.

Charlie zog sich aus und probierte das neue Gewand. Sie schaute kritisch an sich hinunter. Hose und Hemd waren ein ganz klein wenig zu groß, aber sonst sehr bequem. Die Schuhe passten sogar nahezu perfekt. Ihre eigene Unterhose und das Shirt *Protected by Witchcraft* behielt sie unter der neuen Garderobe an. Nach einigen Überlegungen verstaute sie ihre Jeans und ihren Kapuzenpullover im Rucksack. Der war jetzt mehr als voll. Charlie hatte Schwierigkeiten, den Reißverschluss zu schließen. Ihre Halbschuhe knotete sie mit den Schnürsenkeln an der Seite des Rucksackes fest.

Dann öffnete Charlie vorsichtig das kleine Bündel, heraus fielen ein Laib Brot, ein Stück getrockneter Schinken und vier Früchte. Zumindest nahm Charlie an, dass es sich um Früchte handelte. Sie hielt eines der eierförmigen Objekte hoch und drehte es misstrauisch hin und her. Die Frucht war groß wie eine Faust und feuerrot mit orangen, warzenförmigen Knubbeln auf der Schale, aus denen dünne braune Fransen wuchsen. Sie sahen aus wie kleine Haarbüschel. Charlie quetschte vorsichtig an der Frucht. Ihr Daumen hinterließ eine breite Druckstelle.

*Weich*, dachte sie. *Hm, muss man die jetzt schälen, oder ist die Schale essbar wie bei einem Apfel?*

Charlie warf noch einen misstrauischen Blick auf die Warzen-Haar-Büschel und entschied sich prompt fürs Schälen. Mit ihrem Messer entfernte sie vorsichtig die Haut. Sie saß ähnlich fest wie bei einer Kiwi. Der rote Saft rann ihr über die Finger. Dann schnitt Charlie ein Stück ab und roch daran. Der Duft war süßlich. Charlie nahm einen winzigen Bissen und kaute vorsichtig. Der süßsäuerliche Geschmack der Frucht breitete sich schlagartig in ihrem Mund aus. Das Obst war sehr saftig und schmeckte wirklich gut. Während sie genüsslich die restliche Frucht verzehrte, schnitt sie sich ein Stück Brot und ein Stück Schinken ab.

Den Rest verpackte Charlie wieder in dem Seidentuch. Dieses presste sie in eine der Seitentaschen des Rucksackes. Das Brot war grob und schmeckte nussig. Der Schinken war etwas salzig, aber ebenfalls sehr lecker. Er schmeckte ähnlich wie Rehschinken. Charlie hatte oft Reh gegessen. Einer ihrer Pflegeväter war begeisterter Jäger. Die Gefriertruhe war stets gerammelt voll mit Reh, Elch und Kaninchen. Auch wenn ihr der blutrünstige Jagdeifer ihres Pflegevaters sehr zuwider war – er jagte aus Lust und nicht aus Hunger – hatte Charlie zumindest immer genügend zu essen bekommen. Sie hatte sogar zugeben müssen, dass ihr Wild schmeckte. Sie aß eben gerne Fleisch.

Gedankenverloren vor sich hin kauend, saß Charlie auf ihrer Heuunterlage. Ab und zu nahm sie einen Schluck aus ihrer Wasserflasche, die sie am plätschernden Bach gefüllt hatte.

In dem fensterlosen Schuppen war es seit einiger Zeit wieder stockdunkel, der Mond war weitergewandert. Charlie lag, einen Arm als Stütze im Nacken, auf dem Rücken und betrachtete die Sterne durch das Loch im Dach. Sie war müde. Der lange Marsch durch das unbekannte Gelände, die seltsame Begegnung mit dem Tausendfüßler, die Männer im Dorf und nicht zuletzt Biarn – all diese Ereignisse forderten jetzt ihren Tribut. Ihre Augenlider wurden schwer. Sie versuchte dagegen anzukämpfen. Sie zwang sich zum Nachdenken, denn sie brauchte einen Plan. Sie musste geschickt und unauffällig so viel Information wie möglich aus Biarn herausbekommen und sie wollte wissen, welche Richtung sie morgen einschlagen sollte.

*Die Geschichte mit der Blumenschale ist bestimmt nicht das einzige Wissenswerte in dieser seltsamen Gegend.*

Charlie musste kurz eingeschlafen sein. Als sie die Augen wieder aufschlug, sah sie direkt in die hell erleuchtete Sichel des Mondes.

*Der Mond? Aber der ist doch schon vorbeigewandert! Oder etwa nicht?*

Sie blinzelte, räkelte sich und hievte sich auf ihre Ellenbogen hoch. Ja, das war tatsächlich der Mond!

*Seltsam.*

Die Sichel stand über der Dachöffnung. Mit einem Ruck fuhr Charlie von ihrem Heubett empor und war mit zwei Sätzen an der Tür. Sie öffnete sie hastig und stieg ins Freie. Ein paar Schritte vom Schuppen entfernt drehte sie sich um und starrte in den Himmel.

*Das gibt's doch gar nicht!* dachte Charlie völlig entgeistert. Da, etwas links von ihr, stand die Mondsichel hell erleuchtet am Himmel. Ja, und ein ganzes Stück weiter rechts, hinter dem Schuppen, konnte sie die gelbe Scheibe des fast vollen Mondes erkennen, der Stunden zuvor durch das Loch des eingestürzten Daches zu sehen war!

*Zwei Monde! Hier gibt es zwei Monde!*

Charlie schaute von einem Mond zum anderen und wieder zurück.

*Unglaublich!*

Lange Zeit betrachtete sie fasziniert die beiden Trabanten. Dann begann sie zu frösteln. Die Kälte zwang sie zurück. Sie kroch unter die seidene Decke und legte sich auf dem Heu zurecht. Sie ergriff ihr Amulett und ließ es unter das Hemd gleiten.

*Ich brauche doch gar nicht zu frieren*, dachte sie.

Und richtig, schon kurze Zeit später breitete sich die wohltuende und beruhigende Wärme des Steines in ihrem Körper aus.

Mittlerweile war sich Charlie ziemlich sicher, dass dies nicht Schweden sein konnte. Schuppenfichten und gigantische Tausendfüßler gab es dort nicht. Und definitiv keine zwei Monde.

*Überhaupt: Konnte man von irgendeinem Ort der Erde aus zwei Monde sehen?*

Davon hatte sie noch nie gehört.

So langsam gab es keine vernünftige Erklärung mehr für die Ereignisse des vergangenen Tages. Seitdem sie in den Nebel eingetaucht war, hatte sie keine Vorstellung mehr davon, wo sich die Grenze zwischen Einbildung und Realität befand. Sie musste wohl oder übel die Realität neu definieren.

*Aber wie?*

War sie durch den Nebel in eine versteckte, geheime Welt auf der Erde gelangt?

*Schließlich sprechen die Menschen hier eine dem Schwedischen verwandte Sprache. Aber wieso gibt es zwei Monde?*

Die Müdigkeit übermannte sie. Sie hatte zwar das seltsame Gefühl, jemanden ganz in der Nähe leise schnarchen zu hören, trotzdem glitt sie in einen ruhigen, traumlosen Schlaf.

Erschreckt fuhr Charlie hoch. Etwas hatte sie aufgeweckt. Angespannt horchte sie auf Geräusche außerhalb ihres Unterschlupfes.

*Stimmen!*

Stimmen und das rhythmische Geklapper von Pferdehufen. Sie hatte ja selbst einmal ein Island-Pony besessen. In einer Welt, in der noch alles in Ordnung gewesen war; in der ihre Eltern noch lebten und gemeine Pflegeeltern, Heime sowie fremde Welten noch in ferner Zukunft lagen!

Charlie warf einen entsetzten Blick in die Dachöffnung.

*Strahlender Sonnenschein!*

»Teufel auch! Wollte dieser Biarn mich nicht vor Sonnenaufgang wecken?« Mucksmäuschenstill verharrte sie und lauschte den Stimmen, die näher kamen. Eine helle Jungenstimme und das klingende Lachen eines Mädchens drangen durch die Wände des Schuppens.

*Es sind zwei*, dachte Charlie. Sie konnte jedenfalls nur zwei Stimmen ausmachen. Sie kamen näher, passierten den Schuppen, dann klang das lebhafte Plaudern ab. Charlie atmete auf. Sie begann hastig ihre Sachen zusammenzupacken, während sie überlegte, was sie jetzt tun sollte.

*Biarn war nicht gekommen!*

Die Sonne stand schon recht hoch, und dieser Biarn hatte ihr eindringlich geraten, vor Sonnenaufgang fort zu sein.

Sollte sie noch warten?

*Nein, sie musste los. So ein Mist!*

Sie hätte ihn gerne noch so vieles gefragt!

Charlie ging nicht zum Dorf zurück. Biarns Worte – in diesem Dorf solltest du nicht betteln gehen – waren ihr Warnung genug. Sie hatte ihre *neuen* Schuhe angezogen, den Rucksack geschultert und den dicken dunkelgrünen Seidenmantel übergeworfen. So sah sie aus wie ein buckliger Zwerg.

Charlie war noch nicht lange auf dem schmalen Pfad durch das Dickicht gegangen, als sie auf einen größeren Weg stieß.

*Tja, und was nun? Links oder rechts?*

Beide Wege führten in den Wald. Eine Weile trat sie von einem Fuß auf den anderen. Sie war unschlüssig und konnte sich nicht entscheiden. Die direkt über ihr stehende Sonne sandte warme Strahlen aus. Charlie überlegte.

*Es könnte etwa Mittag sein.*

Sie warf einen Blick auf ihre falsch gehende Armbanduhr.

*Die Zeit konnte absolut nicht stimmen.*

Sie drehte an dem kleinen silbernen Knopf an der Seite der Uhr.

*Zwölf,... eins?*

Sie hatte keine Ahnung.

*Egal,* dachte sie. *Eine ungefähre Zeit tut es auch.*

Zumindest würde sie am Abend wissen, zu welchem Zeitpunkt es dunkel wurde. Sie entschied sich, die Zeiger der Uhr auf 12:30 Uhr zu stellen und wählte den rechten Weg.

*Diese neue Kleidung ist wirklich bequem.*

Nichts kniff oder engte ein. Der seidige Stoff folgte geschmeidig jeder Bewegung.

*Nicht schlecht für so alte Lumpen,* lächelte Charlie und schritt zügig zwischen den fichtenähnlichen Schuppenriesenbäumen voran.

Wie am Tag zuvor schien der Wald zu leben. Es hüstelte, schnaubte, kicherte und gähnte um sie herum. Anfangs sah sich Charlie ständig nach allen Seiten um, konnte aber niemanden erkennen.

*Da war einfach keiner!*

Nach einiger Zeit gewöhnte sie sich an die merkwürdigen Geräusche. Da sie nichts dagegen unternehmen konnte, versuchte sie diese zu ignorieren. Aber ganz geheuer war ihr dabei nicht.

*Ich muss vorsichtig bleiben!*

Sie bog ein weiteres Mal rechts ab. Da öffnete sich der dichte Wald –

und direkt vor ihr erhob sich ein mächtiges steinernes Schloss! Charlie blieb wie angewurzelt stehen und bestaunte den mit Giebeln und Türmen versehenen Steinbau. Die Sonne tauchte das prunkvolle Gebäude in ein seltsames Zwielicht.

Die hellgrauen, massiven Natursteinblöcke schienen einfach aufeinander geschichtet worden zu sein. Sie passten so perfekt, dass keine – auch nicht die kleinste – Fuge zwischen ihnen zu sehen war. Wo die Sonne auf den grauen Stein traf, glitzerte und blinkte es. Doch in den tiefen Schatten der zahlreichen Vorbauten und Ecken schien eine seltsame bedrohliche Spannung zu schlummern. Die Dachsäume der Türme, die Schrägen des Schlosses sowie die Ecken und Vorsprünge waren kunstvoll verziert. Charlie konnte die Skulpturen von seltsamen Wesen und Tieren erkennen. Das Haupttor des Schlosses war riesig. Die Torflügel waren aus massivem Holz und ebenfalls mit Verzierungen übersät.

Charlie ging langsam und wie verzaubert auf das Schloss zu. Etwa 100 Meter davon entfernt bog der Weg links ab und führte in einem weiten Bogen an dem Prunkbau vorbei. Charlie war fasziniert und eingeschüchtert zugleich. Das Schloss schien auf eine seltsame Art Gutes und Böses zu vereinen. Charlie konnte sich nicht entscheiden, ob die beklemmenden oder die befreienden Gefühle stärker waren. Sie umrundete langsam, in sicherem Abstand, das Schloss. Hinter dem mächtigen Bau erstreckten sich riesige Weiden, auf denen in einiger Entfernung Tiere grasten. Direkt an die hintere Schlossmauer angrenzend umschloss ein hoher Palisadenzaun eine etwas kleinere Weide. Die angespitzten Stämme waren so dicht aneinander in die Erde gerammt, dass Charlie nicht erkennen konnte, was dahinter eingesperrt war. Neugierig stellte sie sich auf die Zehenspitzen, was natürlich gar nichts half.

*Sollte sie es wagen, näher heran zu gehen?*

Biarns Belehrungen über die Blumenschalen fielen ihr ein. Charlie machte hastig kehrt und lief den Sandweg zurück. Sie sah sich sorgfältig um.

*Nichts! Keine Blumenschale zu sehen. Nicht einmal eine leere.*

Charlie entschied sich weiterzugehen. Biarn hatte sie gewarnt. Doch als Charlie wieder die Stelle erreichte, von der aus der Palisadenzaun deutlich zu sehen war, nahm ihre Neugierde überhand. Langsam schlich sie sich im Schutze einiger Büsche näher. Die letzten 100 Meter waren freiliegende Wiese. Charlie sah sich gründlich nach allen Seiten um und horchte.

*Nichts.*

Sie schlich sich in leicht geduckter Haltung noch näher. Plötzlich öffnete sich eine schmale Holztür an der Rückseite des Schlosses. Ein langer, hagerer Mann trat vor die Tür. Er war alt. Seine braune, lederartige Haut hing ihm runzlig von den nackten Armen. Mit einem ledernen Geschirr über der Schulter und einem langen Stock in der rechten Hand näherte er sich dem Palisadenzaun.

Charlie erstarrte. Sie stand, für jeden gut sichtbar, nur etwas mehr als 50 Meter von dem Gehege entfernt. Wenn sich der schlaksige Mann umdrehte, würde er sie ohne Zweifel entdecken! Was aber nicht geschah. Er öffnete eine Tür und verschwand dahinter. Nun kam wieder Leben in Charlie. Mit fliegendem Umhang sauste sie zurück hinter die schützenden Büsche. Sie rollte sich auf den Bauch und blinzelte zur Umzäunung hinüber. Erleichtert atmete sie auf.

*So wie es aussah, war sie unentdeckt geblieben.*

Charlie beobachtete noch eine ganze Weile den Palisadenzaun. Sie konnte weiterhin nichts erkennen, aber plötzlich zerriss ein grelles Krähen die Stille! Es folgten mehrere laut gekrähte Antwortschreie. Aus der Richtung des Geheges ertönte dröhnendes Poltern. Es klang wie eine Herde Bisons auf der Flucht.

Die Pforte öffnete sich. Der alte Mann stolperte hastig hinaus und verriegelte schnell die Tür. Dann sank er an der Palisadenwand hinunter und hielt sich den Arm. Blut sickerte durch seine Finger und tropfte ihm auf die Beine. Charlie starrte entsetzt zu ihm hinüber. Ihr Herz klopfte wild. Langsam kriechend zog sie sich weiter hinter die Büsche zurück.

Charlie hastete den Landweg entlang. Sie wollte so schnell wie möglich so weit wie möglich weg von diesem Schloss.

*Krähende Büffel?*

Die Kreaturen in dem Gehege waren eindeutig gefährlich. Aber was für Tiere waren das? Die einzigen krähenden Tiere, die Charlie kannte, waren Hähne. Aber Hähne, die so laut trampelten wie Büffel? Charlie erinnerte sich an die Straußenfarm eines experimentierfreudigen Bauern außerhalb von Lillby. Sie war ein paar Mal dort gewesen und hatte sich die riesigen Vögel mit den mächtigen Krallen fasziniert aus der Nähe angesehen. Die waren jedoch recht friedlich in dem Gehege umher gewandert und hatten sich nur ab und zu gegenseitig von einem besonderen Leckerbissen verscheucht. Ihr Getrampel war keinesfalls mit dem ohrenbetäubenden Dröhnen zu vergleichen, das Charlie gerade vernommen hatte!

Sie schüttelte sich, um das beklemmende Gefühl loszuwerden. In Zukunft würde sie vorsichtiger sein und Biarns Rat befolgen. Charlie marschierte fest entschlossen weiter und hoffte inständig, dass derartige Lebewesen nicht auch frei herumliefen. Sie durfte ab jetzt nicht mehr einfach so ihren Gedanken nachhängen und träumen. Sie war von nun an auf der Hut.

*Wer wusste denn, was es hier noch so alles gab!*

Nach einiger Zeit setzte sich Charlie auf einen großen bemoosten Stein abseits des Weges, um von Biarns Brot und Schinken zu essen. Als Nachtisch machte sie sich über eine der seltsamen rot-orangenen Eierfrüchte her. Während ihr der rote Saft über die Hände lief, huschte plötzlich ein handtellergroßes, insektenartiges Wesen vorüber. Einen Meter neben dem Stein verharrte die grasgrüne Kreatur, die wie eine Spinne aussah. Dann schnellte sie auf acht Beinen ruckartig vorwärts, um gleich darauf wieder still zu verharren. Kurz darauf wuselte das langbeinige Tier in einem rasanten Tempo davon.

Alles war so schnell gegangen, dass Charlie kaum Zeit hatte, etwas zu unternehmen. Jetzt sprang sie wie von der Tarantel gestochen hoch und war mit zwei schnellen Schritten wieder auf dem Pfad. Charlie hatte eigentlich keine Angst vor Spinnen, aber eine handgroße, grasgrüne Rennspinne war für ihre ohnehin schon angespannten Nerven doch ein bisschen zu viel.

*Wer wusste, ob die giftig war?*

Unsicher schüttelte sie ihren Umhang aus und klopfte sich Hemd und Hose ab.

*Bloß kein Risiko eingehen!*

Mit Schaudern dachte Charlie an die Nacht im Schuppen zurück. Welche Spinnenarten dort wohl ihre kunstvollen Netze gesponnen hatten? Sie musste unbedingt mehr über diese seltsame Welt erfahren, wenn sie hier überleben wollte! Aber wen sollte sie fragen, ohne zu sehr aufzufallen?

Sie setzte beunruhigt ihre Wanderung fort. Während Charlie aufmerksam um sich blickte und raschen Schrittes voran kam, konnte sie nicht verhindern, dass die Gedanken ständig in ihrem Kopf kreisten.

*Was ist das hier für eine Welt? Ich bin durch den Nebel aus Schweden hergekommen. Nach Schweden bin ich als Baby auch durch den Nebel gekommen. Bin ich etwa jetzt wieder dorthin zurückgereist, von wo ich damals gekommen bin?*

Charlie holte tief Luft und sprach ihren Gedanken laut aus, um sich selbst zu überzeugen. Sie musste wissen, wie es klang. Klang es plausibel oder war es völliger Nonsens?

»Es ist die einzig logische Erklärung!«

Ja, es war die einzig logische Erklärung. Die einzige Möglichkeit, die alle Ereignisse erklären konnte. Ihr Auftauchen aus dem Nebel in einer geheimnisvollen Holzkiste, das Seidenhemdchen und alles, was ihr heute sonst noch so passiert war. Ja, so musste es sein. Sie befand sich jetzt in der Welt, aus der sie ursprünglich kam.

*In der Welt, in der meine Eltern leben!*, schoss es ihr plötzlich durch den Kopf. *Meine leiblichen Eltern! Hier kann ich erfahren, wer ich wirklich bin!*

War sie durch den Nebel in eine andere Dimension geraten oder war sie vielleicht sogar auf einem anderen Planeten? Wenn sie Antworten auf diese Fragen haben wollte, musste irgendjemand auf dieser Welt etwas von der Erde wissen. Wenn nicht, würde sie nicht mehr erfahren als jemand, der aus dieser Welt kommend auf der Erde strandet.

Erstmal musste sie aber etwas über die Gefahren, die hier lauerten, herausbekommen. Das schien Charlie angesichts der krähenden Büffel, der schaumschlagenden Tausendfüßler und der grasgrünen Spinnen doch am wichtigsten.

*Was es hier wohl noch an seltsamen Wesen gab?*

Charlie hatte diesen Gedanken gerade zu Ende gedacht, als sie um die nächste Biegung schritt und ihren Augen nicht traute.

*Unglaublich!*

Vor ihr breitete sich eine kleine Wiese aus. Sie war genauso blumenübersät wie jene, auf der sie bei ihrer Reise durch den Nebel gelandet war. Nicht, dass Charlie das bemerkt hätte. Denn etwas ganz anderes fesselte ihr Interesse vollkommen: Dort auf der sonnenüberfluteten Wiese graste nämlich ein schneeweißes Einhorn!

*Ja, ein Einhorn!*

Charlie rieb sich ungläubig die Augen und linste noch einmal hinüber.

*Tatsächlich!*

Friedlich kauend machte das Tier einige Schritte vorwärts, schnaubte kurz mit geblähten Nüstern und schüttelte mit einer eleganten Bewegung ein lästiges Insekt ab. Die Sonne fing sich glitzernd in der silbernen Mähne. Der ebenfalls silberne, lange und dichte Schweif des Einhorns schlug lässig von einer Seite zur anderen. Einige Ponyhaare hatten sich im gedrehten, elfenbeinfarbenen Horn verfangen, was dem eigentlich märchenhaften Bild eine etwas komische Seite verlieh.

Das Einhorn hatte Charlie entdeckt und lugte mit halb gesenktem Kopf, einem Grasbüschel zwischen den Zähnen und verwuschelter Mähne zu ihr hinüber. Es hörte kurz auf zu kauen, sondierte die Lage und setzte dann sein Mahl fort. Anscheinend hatte das Tier den Beobachter als minder gefährlich eingestuft, behielt allerdings ein wachsames Auge. Charlie schluckte.

*Ein Einhorn! Das gibt es doch gar nicht!*

Das *Das-Gibt-Es-Doch-Gar-Nicht*-Einhorn benahm sich genau so wie ein Pferd. Es schien vor Menschen überhaupt keine Angst zu haben, war aber dennoch jederzeit zur Flucht bereit. Charlie ging langsam und ohne hektische Bewegungen auf das Fabelwesen zu. Es beobachtete Charlie weiterhin, machte aber keine Anstalten davonzurennen. Charlie ging mit ausgestreckter Hand näher und näher. Fast konnte sie es berühren!

*Nur noch ein paar Zentimeter!*

Plötzlich kam ein Mädchen laut schimpfend aus dem Wald gestürzt!

»Verschwinde da! Was fällt dir ein, du ungehobelter, rotznäsiger Bengel!«

Das Einhorn scheute und lief einige Schritte auf den Waldrand zu. Von dort aus betrachtete es in gebührendem Abstand die Szene. Charlie war vor Schreck einen Schritt rückwärts gesprungen, landete unsanft auf ihrem Hosenboden und verheddelte sich in ihrem Umhang. Rückwärts kriechend versuchte sie aus der Reichweite der Angreiferin zu kommen, die wie eine Furie auf sie zulief. Das Mädchen drohte mit den Fäusten, fuchtelte mit den Armen und brüllte:

»Das kann ja wohl nicht angehen! Das glaub' ich ja nicht! Nicht eine Minute kann man hier etwas aus den Augen lassen! Aber ich hab dich erwischt, du gemeiner, hinterhältiger Dieb! Was glaubst du, was mit uns passieren würde, wenn das Einhorn geklaut wird, he? Raus mit der Sprache! Aber das ist dir lausigem Verbrecher ja egal! Hauptsache Geld machen! Mach, dass du hier verschwindest, bevor ich dich verfluche, du Ratte!«

Charlie brachte angesichts des Wortschwalles, der ihr entgegen geschleudert wurde, keinen einzigen Ton heraus. Plötzlich sah sie aus dem Augenwinkel einen Jungen auf sich und das wütende Mädchen zukommen.

»Beruhige dich, Tora!«, befahl er mit fester, aber dennoch sanfter Stimme. »Krieg dich wieder ein! Du hast ihn ja rechtzeitig erwischt und nun ist es aber auch gut!«

Dankbar warf Charlie dem Jungen einen Blick zu.

»Ich... ich...w...w... wollte es streicheln... nur streicheln«, stammelte Charlie. Das Mädchen lief dunkelrot an.

»Streicheln?! Streicheln!!! Dass ich nicht lache! Streicheln! Als ob du noch nie ein Einhorn gesehen hättest! Angeschlichen hast du...«

»Tora! Es reicht!«, fiel ihr der Junge ins Wort. »Ich übernehme das jetzt!«

»Warum? Ich hab ihn doch erwischt! Ich kann...«, rief sie weiter.

»Still jetzt! Reiß dich zusammen! Der Arme ist durch dein unbeherrschtes Auftreten so eingeschüchtert, dass er kaum reden kann! Setz dich hin und beruhige dich endlich! Es ist ja nichts geschehen!«

Charlie lag immer noch in ihrem Umhang verheddelt auf dem Rücken. Sie stützte sich mit dem Ellenbogen auf und kam so zumindest ein Stückchen in eine aufrechte Stellung.

*Mann, Mann, Mann,* dachte Charlie und atmete tief durch. *Das ist der Grund, warum ich besser mit Jungs klarkomme!*

Der Junge musterte Charlie und streckte ihr dann die Hand entgegen. Charlie ergriff sie und kam mit einem Schwung auf die Beine. Der Junge war ein Stück größer als sie und hatte dunkle, glatte, halblange Haare, die ihm auf die Schulter und ins Gesicht fielen. Er war sehr gutaussehend, hatte eine schlanke Figur und ein ovales, gut geschnittenes Gesicht. Runde, ausdrucksvolle, grüne Augen blickten Charlie aus einem braun gebrannten Gesicht an.

*Grüne Augen,* dachte Charlie. *Wie das Mädchen. Die beiden sind bestimmt Geschwister. Grüne Augen hat nicht jeder!*

Das Mädchen, das der Junge *Tora* genannt hatte, stand schmollend zwei Meter entfernt. Ihre grünen Mandelaugen funkelten aufgebracht durch die langen dichten Wimpern. Sie sah ihrem Bruder sehr ähnlich. Sie hatte ein sehr hübsches, ovales Gesicht, war allerdings etwas rundlicher gebaut und ihre Haare reichten ihr bis zu den Hüften. Man konnte deutlich erkennen, dass es ihr äußerst schwer fiel, den Worten ihres Bruders Folge zu leisten. Der Junge räusperte sich und begann sein Verhör.

»Wie heißt du?«

»Charlie«, stammelte sie.

»Wo kommst du her und warum wolltest du das Einhorn stehlen?«

Charlie zupfte sich den Mantel zurecht. Aufgebracht sprudelte es aus ihr heraus: »Ich wollte es nicht stehlen! Ich wollte es nur streicheln!«

»Was hast du gesagt?«, fragte der Junge langsam und deutlich. Charlie wiederholte ebenso langsam und deutlich:

»Ich wollte es wirklich nicht stehlen. Ich wollte es nur streicheln. Und ja, ich spreche seltsam und komme nicht von hier.«

Sie zögerte, dann sah sie zu Tora hinüber und fügte leise hinzu: »Und ich habe tatsächlich noch nie ein Einhorn gesehen.«

»Er lügt, Kunar!«, explodierte Tora von neuem. »Einhörner gibt es in ganz Vanaheim. Nicht nur hier bei uns! Du dreckiger Lügner und

Dieb!«, stieß sie verächtlich hervor. Ihr Bruder brachte sie mit einer Handbewegung zum Schweigen. Er musterte Charlie noch einmal eingehend.

»Meine Schwester hat recht«, sagte der Junge namens Kunar skeptisch. »Einhörner gibt es tatsächlich in ganz Vanaheim.«

Verzweifelt schaute Charlie die Geschwister an. Dann warf sie einen Blick zum friedlich grasenden Einhorn hinüber. Ab und an lugte es unter seinem langen Pony herüber und checkte die Lage.

*Und was jetzt?*

Wie sollte sie sich erklären, ohne noch mehr aufzufallen? Alles was sie sagte, konnte sie verraten. Resignierend fuhr sich Charlie durch die Haare. Dabei strich sie die lange Strähne zurück, die ihr ständig ins Gesicht fiel und ihr rechtes Auge halb verdeckte. Entsetzt starrte Kunar Charlie an und wich unwillkürlich einige Schritte zurück. Tora folgte dem Blick ihres Bruders. Schützend riss sie eine Hand hoch und streckte Charlie drei Finger entgegen.

»Tyr, beschütze uns!«, rief sie dabei.

Charlie starrte die beiden mit halboffenem Mund an.

*Was war denn jetzt wieder los?*

Zuerst war sie ein dreckiger Dieb und Lügner gewesen und jetzt sollte *Tyr* – wer auch immer das war – die beiden vor ihr schützen? Charlie schüttelte ungläubig den Kopf. Sie war es gewohnt, dass die Menschen erstaunt guckten, wenn sie ihre verschiedenfarbigen Augen sahen. Aber Angst und Schrecken hatte sie bisher noch nie ausgelöst, außer bei Johann Pettersson einige Tage zuvor. Sie zeigte mit dem Finger auf ihre Augen und murmelte verlegen:

»Ich weiß. Sieht seltsam aus.«

Kunar starrte Charlie entgeistert an.

»Seltsam?«, stieß er hervor und wich noch einen Schritt zurück.

»Naja«, setzte Charlie zu einer Erklärung an. »Ein grünes und ein blaues Auge hat nicht jeder, das weiß ich. Aber einige gibt es schon. Manche haben ein blaues und ein braunes Auge. Gefährlich ist das ja nicht gerade, oder? Es ist doch nur Farbe«, schloss sie achselzuckend.

»Was erzählst du da!«, rief Tora. »Nicht gefährlich? Gibt noch mehrere? Wo denn? Oh, aber natürlich«, fuhr sie sarkastisch fort, »hier laufen ja haufenweise Braun- oder Blauäugige herum! Ganze Sippen!

Und alle trotzen sie Oden und seinen Helfern! Bist du dumm? Oder zurückgeblieben?«

*Oden? Helfer? Zurückgeblieben? Wovon redete die bloß!*

Charlie warf einen hilfesuchenden Blick auf Kunar. Der räusperte sich und legte seiner Schwester eine Hand auf die Schulter.

»Tora...«, begann er.

»Du bist ein Mutant, du Idiot!«, schimpfte sie aber weiter. »Du mit dem komischen Buckel auf dem Rücken!«

*Richtig, der Rucksack,* fuhr es Charlie durch den Kopf!

»Ein Wunder, dass du am Leben bist«, fauchte Tora.

»Tora!«, wiederholte Kunar barsch. »Er ist vielleicht wirklich zurückgeblieben! Das würde auch erklären, warum er so komisch redet und uns nicht zu verstehen scheint.«

Kunar sah Charlie forschend an.

»Nur seltsam, dass er so lange überlebt hat...«

*Nun reichte es aber!*

Charlies Augen blitzten auf. Empört streckte sie sich und presste, jedes Wort einzeln betonend, hervor:

»Ich - bin - nicht - zurückgeblieben! Kapiert?!«

»Und wieso erzählst du dann so einen Stuss?«, wurde sie gleich wieder von Tora angefaucht. Charlie ließ ihre Schultern fallen.

*Was sollte sie bloß sagen?*

Anscheinend gab es hier keine Menschen mit zwei Augenfarben. Wenn sie Tora richtig verstanden hatte, gab es nicht einmal braun- oder blauäugige Menschen!

»Also, raus mit der Sprache!«, befahl Kunar. Seine Geduld war zu Ende. »Keine Lügen mehr! Wer bist du, woher kommst du, und vor allem: Wie hast du bisher überlebt?«

Charlie überlegte fieberhaft.

»Überlebt? Sterben denn Menschen wie ich?«, fragte sie dann.

»Hör auf, mich zum Narren zu halten! Du erzählst mir jetzt, was ich wissen will, oder ich werfe dich gefesselt vor das Schlossportal!«, drohte Kunar.

Charlie hatte zwar keine Ahnung, was sie dort erwarten würde, aber sie hatte entschieden keine Lust, als gefesselter Rollbraten zu enden.

Sie stöhnte und dachte sich: *Was soll's, ich kann's ja mit der Wahrheit versuchen. Ob die wohl an Magie und Zauberei glauben?*

Die Geschwister standen ihr gegenüber. Beide musterten sie und warteten ungeduldig auf eine Antwort. Charlie hob hilflos die Arme, machte eine vage Handbewegung und begann vorsichtig.

»Ich komme nicht von hier...«

»Das wissen wir bereits!«, schnappte Tora.

»Ich meine«, beeilte sich Charlie zu sagen, »ich komme aus einer anderen Welt. Glaube ich jedenfalls«, fügte sie unsicher hinzu.

»So ein Blödsinn!«, entgegnete Tora.

Kunar verlagerte sein Gewicht auf den rechten Fuß und fragte:

»Wie meinst du das?«

»Pff«, kam es von Tora.

Charlie wandte sich nun ausschließlich an Kunar. Er war offensichtlich zumindest gewillt, sich ihre Geschichte erst einmal anzuhören.

»Das ist nicht Schweden, oder?«, fragte Charlie, ohne wirklich mit einem – *„Doch! Klar ist das hier Schweden!"* – zu rechnen.

Kunar runzelte verständnislos die Stirn.

»Ich komme aus einem Land, das Schweden heißt«, erklärte Charlie. »Von der Erde. Bis gestern noch war alles wie immer. Ich habe dort in einer Stadt namens Lillby gewohnt und bin da zur Schule gegangen. Naja, zumindest die letzten Monate...«

Charlie dachte kurz an ihre vielen verschiedenen Pflegeeltern, entschloss sich dann aber, beim Wesentlichen zu bleiben. Ausführlich erzählte sie von ihren ersten Pflegeeltern, von ihrem Plan abzuhauen, von ihrer Akte, von dem Traum und schließlich von dem Nebel, durch den sie ihrer Meinung nach in diese Welt gekommen war.

Charlies Erzählung wurde hier und da von abfälligen Bemerkungen und Geräuschen wie »pff«, »haha«, »tzzt« und ähnlichem unterbrochen. Tora ließ so keinen Zweifel daran, dass sie kein einziges Wort glaubte. Nach und nach wurde sie aber stiller.

Aus irgendeinem Grund erzählte Charlie kein Sterbenswörtchen von dem Stein. Sie hatte es vorgehabt. Ja, wirklich! Aber irgendetwas hielt sie zurück. Der Stein hing schwer um ihren Nacken, und sie wurde das Gefühl nicht los, dass er selbst sie daran hinderte, von ihm zu erzählen. Als ob er geheim bleiben wollte. Als ob er nur ihr allein gehörte!

»Bei uns gibt es keine Einhörner, und fast alle Menschen in Schweden haben blaue Augen. Aber manche haben auch braune. In Ländern wie Spanien und in Afrika haben sie fast nur braune Augen. Die Menschen in Afrika haben sogar schwarze Haut. Viel dunkler als deine!«

Charlie warf Kunar einen entschuldigenden Blick zu. Sie zuckte wieder mit den Achseln.

»Was soll ich noch sagen? Das ist die ganze Wahrheit. Ich bin nicht von hier.«

Stille. Eine ganze Weile sagte niemand ein Wort.

»Hmpf«, gab Kunar nach einer Weile von sich. »Das ist schon eine sehr abenteuerliche Geschichte. Kannst du sie beweisen?«

Charlie überlegte kurz und ließ dann ihren Umhang von den Schultern gleiten. Sie befreite den Rucksack von dem Seidenstoff und hielt ihn hoch. »Hier, das ist ein Rucksack. Ich habe ihn von der Erde mitgebracht. Viele Menschen haben da solche Taschen.« Kunar sah sich den Rucksack skeptisch an.

»Taschen haben wir hier auch«, sagte er und fühlte den Stoff zwischen den Fingern. »Fühlt sich sehr hart an. Aber vielleicht haben sie ja sowas drüben in Godheim?

Er schüttelte den Kopf. »Nein, das ist kein Beweis.«

Charlie fing an, ihre Kleidungsstücke hervorzuziehen: Jeans, Kapuzenpullover, die Jacke und reichte sie Kunar und Tora.

»Hier, das und diese Schuhe hatte ich an, als ich hierher kam. Was ich jetzt anhabe, hat mir gestern Abend ein Junge gegeben. Er meinte, ich sollte so wenig wie möglich auffallen.«

Sie schnitt eine Grimasse. »Ist mir wohl trotzdem nicht gelungen.«

»Ein Junge? Wie heißt er?«, fragte Kunar interessiert.

»Biarn«, antwortete Charlie schnell. Kunar wirkte nachdenklich. Schließlich fragte er: »Wieso hat dieser Biarn dir geholfen? Und vor allem, warum hat er nichts zu deinem blauen Auge gesagt?« Charlie sah Kunar verdutzt an.

*Nein*, dachte sie. *Biarn hat nichts gesagt.*

Er hatte nicht einmal viele Fragen gestellt, obwohl er durchaus gemerkt hatte, dass Charlie anders war. Vermutlich hatte auch er Charlie für zurückgeblieben gehalten. »Du meinst, du kannst die Sterne nicht lesen?«, hatte Biarn sie gefragt. Die Erinnerung daran war ihr peinlich. Dann fiel es ihr ein.

*Ihre Uhr!*

Charlie zog den Ärmel des Seidenhemdes hoch und streckte dem Geschwisterpaar den Arm entgegen.

»Hier, das ist eine Uhr!«, rief sie aufgeregt. »Eine Uhr zeigt bei uns auf der Erde an, wie spät es ist. Also wie lange es bis Sonnenaufgang und Sonnenuntergang ist«, erklärte sie hastig. »Schaut! Der Zeiger hier zeigt die Stunden an und dieser die Minuten. Der orange, schnelle Zeiger hier die Sekunden.«

Triumphierend tippte Charlie auf ihre Armbanduhr.

»Eine Stunde hat sechzig Minuten und eine Minute hat sechzig Sekunden. Und ein Tag hat vierundzwanzig Stunden«, fuhr sie fort, während Kunar und Tora den blitzenden Gegenstand an Charlies Handgelenk vollkommen entgeistert betrachteten.

»Biarn hat irgendwas von *Sterne lesen* gesagt. Ich hab' keine Ahnung, wie das geht. Aber früher hatten wir auf der Erde *Sonnenuhren*«, erinnerte sich Charlie an ihren Geschichtsunterricht. »Heute hat aber jeder so eine Uhr, oder eine mit digitalen Zahlen!«

Die Geschwister starrten Charlie verwirrt an.

*Was war das?*

So ein Armband hatten sie noch nie gesehen! Kunar war sich sicher, dass sonst keiner einen solchen Gegenstand besaß.

Charlie bemerkte die Verwirrung der beiden nicht. Sie beugte sich hinunter und schrieb Zahlen in den Sand.

»Ihr wisst schon«, sagte sie. »1, 2, 3 usw. Zehn Uhr ist dann zum Beispiel 22 Uhr«.

Tora riss die Augen auf. Sie sprang vor und wischte schnell die Zahlen aus dem Sand. Charlie sah sie irritiert an.

»Was soll das! Ich versuche gerade zu beweisen, dass ich nicht von hier komme!«, rief sie.

Kunar sah sich hastig nach allen Seiten um. Dann flüsterte er Charlie zu:

»Wir dürfen keine Zeichen malen. Darauf steht die Todesstrafe oder lebenslängliche Gefangenschaft in Odens Kerker auf der Felseninsel!«

Charlie sah Kunar ungläubig an.

*Todesstrafe?*

»Ja klar, Todesstrafe«, schnaubte sie verächtlich. Als sie Kunars besorgtes Gesicht sah, schwante ihr allerdings Böses. »Du meinst das wirklich ernst?«, fragte sie verunsichert.

Kunar nickte nachdrücklich.

»Keiner hier malt Zeichen. Man sagt, dass früher, bevor Oden die Herrschaft übernahm, viele Menschen Zeichen gemalt haben. Auch auf Stein und Holz«, fuhr er fort.

»Schreiben«, fiel ihm Charlie ins Wort. »*Schreiben* nennt man das. Nicht malen. Man schreibt Wörter und Sätze in den Sand oder auf Holz oder Stein. Bei uns in Schweden hat man das früher auch gemacht. Heute schreibt man aber auf Papier, oder auf einem Computer. Das ist eine Maschine«, fügte sie erklärend hinzu. Doch die Geschwister blickten sie nur verständnislos an.

»Schreiben«, wiederholte Kunar. »Du kannst also in den Sand schreiben, was du sagst?«

»Klar. Jedes Kind lernt in Schweden schreiben und lesen, wenn es zur Schule kommt«, antwortete Charlie.

»Schule?«, fragte Kunar.

»Schule ist ein Ort, wo man von Lehrern Lesen, Schreiben, Rechnen und vieles andere lernt. Ganz schön langweilig und anstrengend, kann aber ganz nützlich sein«, erklärte Charlie.

Kunar sah Charlie forschend an: »Also gut, das klingt wirklich nicht nach Vanaheim«.

Tora schüttelte ihren Kopf, dass die langen, braunen Haare nur so umherflogen.

»Er müsste schon ein ziemlich guter Geschichtenerzähler sein, um sich so eine haarsträubende Lüge auszudenken. Aber so ganz sicher können wir nicht sein! Kunar, sei vorsichtig. Frage nach mehr Beweisen!«, verlangte sie.

Charlie schüttelte den Inhalt ihres Rucksacks auf die Blumenwiese. Feuerzeuge, Erdnüsse, das Messer mit dem Griff aus Horn, der Kompass, Schnüre, Angelhaken, die Taschenlampe, die Wasserflasche, *Ronja Räubertochter* und das Foto ihrer Eltern, alles landete wild durcheinander im Gras.

Tora griff nach dem Foto und hielt es lange in den Händen, bevor sie voller Ehrfurcht hauchte: »Sind diese Menschen durch Magie auf diesem Blatt gefangen?«

Charlie brach in schallendes Gelächter aus.

»Magie!«, gluckste sie. »Durch Magie gefangen!«

Wütend blitzten Toras grüne Mandelaugen auf.

»Entschuldige«, versuchte Charlie ihr Grinsen zu unterdrücken.

»Nein, keine Magie. Ich weiß nicht genau, wie es funktioniert, aber es ist nur ein Bild. So wie Schreiben, bloß viel komplizierter«, versuchte sie zu erklären.

»Ein Bild von dem, was echt ist. Man kann alles fotografieren, Landschaften, Tiere, Menschen, egal was man will. Das da sind meine Eltern Per und Lena.«

»Du sagtest, sie sind nicht deine richtigen Eltern?«, fragte Kunar.

»Ja«, seufzte Charlie, »und außerdem sind sie tot. Wenn ich wirklich von *hier* stamme, wohnen meine richtigen Eltern hier irgendwo. Ich will sie unbedingt finden«, fügte sie bestimmt hinzu. »Und ich muss herausfinden, warum sie mich vor 14 Jahren zur Erde geschickt haben!«

Kunar wand sich.

»Na ja«, begann er zögernd. »Würde ich ein Kind mit solchen Augen bekommen und besäße ich die magischen Kräfte, es vor Oden in Sicherheit zu bringen, ich würde es tun!«

Charlie starrte Kunar an.

*Konnte das der Grund gewesen sein?*

Wollten ihre richtigen Eltern sie vor dem Tod bewahren?

»Erzähl mir mehr von diesem Oden«, verlangte Charlie. »Warum erlaubt er nur grüne Augen? Ihr sagtet doch, dass alle hier in – wie hieß es doch gleich – grüne Augen haben?«

»Vanaheim. Dieser Kontinent heißt Vanaheim. Ja, hier haben alle grüne Augen«, erklärte Kunar, »aber in Godheim haben alle Menschen blaue Augen. Neugeborene aus Vanaheim mit blauen Augen werden nach Godheim verschleppt, Godheimer Babys mit grünen Augen kommen nach Vanaheim«.

Charlie sah ihn an: »Du meinst, Kinder mit blauen Augen werden ihren Eltern einfach weggenommen? Das ist ja grausam!«

Kunar senkte traurig den Blick. Die Lippen fest aufeinander gepresst, stieß er hervor: »Die meisten der elternlosen Kinder, die hier herumlaufen, stammen aus Godheim. Viele werden von Familien hier aufgenommen, denen ebenfalls Kinder weggenommen wurden. Aber ebenso viele haben kein Zuhause oder werden schlecht behandelt.«

»So wie wir«, ergänzte Tora Kunars unausgesprochene Worte.

»Ihr habt kein Zuhause?«, fragte Charlie und sah dabei Tora an. Diese verdrehte die Augen.

»Oh doch, ein *Zuhause* haben wir schon – wenn man das so nennen darf. Man lässt uns gnädigerweise im Stall wohnen. Wenn wir ganz brav sind und hart arbeiten, bekommen wir auch was zu essen. Ha!«, sagte sie mit vor Sarkasmus triefender Stimme. »Wenn die wüssten, dass wir vieles vorher schon essen!«, fügte sie hinzu.

»Dann seid ihr elternlos, so wie ich«, murmelte Charlie.

»Tja«, brummte Kunar. »Könnte man so sagen.«

»Dann ist Godheim auch ein Kontinent? Wie heißt dieser Planet?«, fragte Charlie.

»Diese Welt heißt Godheim, genau wie der zweite Kontinent«, antwortete Kunar. »Es ist ein Wasserplanet, sagen die Ältesten. Hier gibt es nicht viel Land.«

»Hm«, machte Charlie.

Gedankenverloren starrte sie auf das Foto in Toras Händen.

»Es war dunkel!«, sagte sie dann. »Es war dunkel«, wiederholte Charlie. »Deshalb konnte Biarn meine Augenfarbe nicht erkennen. Ich habe auch keine Ahnung, welche Farbe seine Augen haben.«

Sie wiegte den Kopf nachdenklich hin und her. »Na gut, nach euren Erzählungen wahrscheinlich grün.«

»Das wird der Grund sein«, murmelte Kunar in sich hinein und griff nach *Ronja Räubertochter*. Neugierig wendete er das Buch in seinen Händen und fasste es dabei so ungeschickt an, dass es aufklappte.

Charlie zuckte zusammen.

»Sei bitte vorsichtig damit. Das Buch habe ich von meiner Mutter bekommen«, sagte sie.

»*Das* ist ein Buch?«, fragte er, das Buch wie ein giftiges Objekt zwischen Daumen und Zeigefinger haltend. Charlie griff sich *Ronja*

*Räubertochter* und brachte es in Sicherheit. Kunars Blick folgte dem Gegenstand, als hätte er Zähne.

»In Vanaheim gibt es keine Bücher«, sagte er. Er rang mit sich selbst und seiner Neugierde.

»Darf ich es nochmal ansehen?«, fragte er letztendlich. Charlie zögerte, doch dann reichte sie Kunar das Buch und zeigte ihm, wie man es richtig hielt. Er blätterte darin herum, als wäre es unendlich kostbar. Für Charlie war sein Verhalten nicht nachvollziehbar.

»Früher, da soll es viele Bücher gegeben haben«, erklärte er schließlich, während Tora ihm neugierig über die Schulter sah. Beide wirkten zutiefst ergriffen. »Aber Oden hat sie alle verbrennen lassen. Ich habe gehört, dass es Jahrhunderte dauerte, bis er alle Bücher gefunden und vernichtet hatte. Viele Menschen mussten dafür sterben, sagt man.«

»Jahre, meinst du, nehme ich an«, verbesserte Charlie ihn automatisch.

Kunar blinzelte seine Gedanken fort.

»Was?«, fragte er.

»Du hast Jahrhunderte gesagt«, sagte Charlie.

»Ja, Jahrhunderte!«, bestätigte er.

»Oden, unser Gott! Er soll ewig leben!«, deklamierte Tora verächtlich.

Kunar warf ihr einen strafenden Blick zu. Flüsternd erklärte er:

»Niemand weiß, wie alt Oden wirklich ist. Manche behaupten, er lebe schon seit Jahrtausenden, andere glauben, die Macht würde ständig von Vater zu Sohn weitervererbt werden, wobei der Sohn einfach immer Oden heißt. Keiner kennt die Wahrheit, denn keiner hat Oden je so richtig gesehen. Er trägt immer einen großen Hut mit breiter Krempe, so dass sein Gesicht verborgen bleibt.« Und in Richtung Tora fügte er hinzu: »In jedem Fall sollte man vorsichtig sein, was man über Oden so von sich gibt. Seine Macht reicht weit, und Spione gibt es überall.«

Tora seufzte: »Falls der da ein Spion ist, sitzen wir ohnehin schon in Lokes Küche und Gullveig schürt den Herd. Wir hätten ihn sofort ausliefern müssen und nicht erst lange Fragen stellen.«

Charlie nahm an, dass *Lokes Küche* so was wie *in Teufels Küche kommen* bedeutete.

*Ich ein Spionin? Ist ja lächerlich.*

»Abgesehen davon, sollten wir uns langsam entscheiden, ob wir ihm glauben oder nicht. Es ist schon spät und wir bekommen sowieso schon Ärger, da wir kaum Beeren gesammelt haben!«, fuhr Tora fort.

Kunar sah nach dem Sonnenstand: »Ja, wir müssen los. Ich glaube, er sagt die Wahrheit«. Dann sah er Charlie an: »Du kannst weitergehen, wir verraten dich nicht.«

Charlie nickte dankbar.

Tora stieß einen hohen, trällernden Pfiff aus. Das Einhorn hob kauend den Kopf und sah zu ihnen herüber. Dann setzte es sich langsam in Bewegung. Eine halbe Blüte hing ihm links aus dem Maul. Während es versuchte, die leckere Blüte besser zu fassen, schüttelte es ungestüm sein Haupt rauf und runter, sodass die silberne Mähne nur so umherflog. Direkt vor Tora hielt das Einhorn an und versuchte seinen Wangenknochen an ihrer Schulter zu scheuern. Tora protestierte lauthals und kämpfte verbissen, um nicht das gewundene Horn in die Rippen zu bekommen.

»Nein Gyller! He, hör auf, du frecher Kerl! Ich bin doch kein Baumstamm! Du hast genug Zeit gehabt dich zu scheuern. Hier stehen überall Bäume herum, du Dussel!«

Charlie wünschte sich in diesem Augenblick nichts sehnlicher, als einmal ein Einhorn zu streicheln. Kunar fing ihren Blick auf. Er lächelte: »Bitte sehr! Wenn dir so viel daran liegt! Streichle es. Es ist nur ein Einhorn!«

Überglücklich trat Charlie näher und versenkte ihre Hände in dem schneeweißen Fell. Sie streichelte das majestätische Tier und strich ihm durch die silberne Mähne. Dann fuhr sie dem Einhorn über die Stirn bis zu dem gedrehten elfenbeinfarbenen Horn. Sie strahlte die Geschwister an.

*Unglaublich! Ich streichle ein Einhorn!*

# 4. Drei Sonnen

*L*autlos glitt das von einer jungen Frau gesteuerte Kanu durch die sanfte Strömung. Es verschwand hinter hohem, saftig grünem Schilf, nur um wenig später von Neuem aufzutauchen. Ruhig, stetig, zielstrebig. Fast lautlos glitt das Paddel in den breiten Fluss. Links, rechts, links, rechts. Wie ein Uhrwerk.

Die Schienen einer Magnetschwebebahn verliefen hier für einige hundert Meter parallel zum Fluss, bevor sie sich hoch über den Wipfeln des dichten Waldes dem Horizont entgegen schlängelten. Das Kanu wich von seiner Bahn ab und steuerte einen kleinen Sandstrand an. Sanfte Wellen liefen ihm voraus und rollten über den feuchten, schwarzen Sand. Ein letzter kräftiger Paddelschlag schob das Boot mit einem Ruck ans Ufer.

Die junge Frau erhob sich und kletterte gewandt aus dem Kanu. Das Flusswasser umspülte ihre Füße und der Sand arbeitete sich zwischen ihren Zehen hervor. Mit sicheren Bewegungen zog sie das federleichte High-Tech-Boot weiter an Land. Die Sandkörner knirschten unter dem Kiel.

Die Sonnen standen hoch am Himmel. Es war sehr warm und schwül.

Sora wandte sich dem Licht zu, schloss die Augen und atmete tief durch. Sie fühlte die Wärme auf ihrem Gesicht und ihren braun gebrannten Armen.

Die Hitze und die Fahrt im Kanu hatten ihr den Schweiß aus allen Poren getrieben. Sie fühlte den Kontrast zu dem kühlen Sand unter ihren Füßen.

Ein letzter tiefer Atemzug, dann entledigte sie sich mit einer einzigen Bewegung des leichten Sommerkleides, das sie achtlos zu Boden gleiten ließ. Ihre dunkelblonden, glatten Haare fielen ihr über die Schultern und klebten an ihrem Körper fest.

Sora war groß, ihr Körper fraulich und durchtrainiert.

Bis auf einen Anhänger – einen schneeweißen Stein mit blutroten Linien –, der an einem Lederband um ihren Hals hing, war sie jetzt nackt. Langsam watete sie in den Fluss und ließ sich in das herrlich kühle Wasser gleiten. Nach einigen Zügen spürte sie, wie die sanfte Strömung sie erfasste. Mit kräftigen Schwimmzügen arbeitete sie sich flussaufwärts, bis ihre Arme und Beine langsam schwer wurden. Sora drehte sich auf den Rücken, schloss die Augen und ließ sich von der Strömung zurücktreiben.

Der weiße Anhänger ruhte auf ihrem Oberkörper und die blutroten Linien des Steins glänzten feucht in den Sonnen.

Plötzlich riss Sora ihre Augen auf und griff sich hastig an die Brust! Sie verlor den Auftrieb, tauchte kurz unter, kam dann aber prustend wieder an die Oberfläche. Schnell sah sie sich nach allen Seiten um, orientierte sich und schwamm mit kräftigen Zügen auf den kleinen Sandstrand zu. Sobald sie wieder Boden unter den Füßen spürte, richtete sie sich auf und griff nach dem Stein auf ihrer Brust.

Lange stand sie da und starrte auf ihr Amulett. Das Wasser umspülte ihre Hüften.

Von drei Sonnen angestrahlt, glitzerten und glänzten tausend kleine Wassertropfen auf ihrer dunklen Haut um die Wette.

Sie hielt den Stein in der flachen Hand und betrachtete ihn nachdenklich. Dann schien sie einen Entschluss zu fassen.

Sora ließ das Amulett wieder auf ihre Brust gleiten und eilte aus dem Wasser. Eilig zog sie sich das leichte Sommerkleid über, das sofort an ihrem nassen Körper festklebte. Mit einigen kräftigen Schüben beförderte sie das Kanu zurück in den Fluss, sprang hinein und stieß sich mit Hilfe des Paddels vom Ufer ab. Schwarzer Sand wirbelte auf, als sie es wieder an sich zog. Sie tauchte das Paddel ins Wasser ein. Links, rechts, links, rechts.

Schnell entfernte sie sich flussabwärts.

# 5. Die Fichtenwichtel

Zielstrebig folgte Charlie dem Waldweg. Sie war auf der Suche nach einer alten Eberesche, dort wollte sie übernachten und sich mit den Geschwistern am nächsten Vormittag treffen.

Die beiden hatten es sehr eilig gehabt, nach Hause zu kommen. Für einige Erklärungen war noch Zeit geblieben. »Gefiederte Blätter«, hatte Kunar den Baum beschrieben, an dem sie sich treffen wollten.

Ebereschen seien Schutzbäume. In ihnen wohnten *Jordvätten*, mächtige Geisterwesen, mit denen sich keiner anzulegen wagte. Nicht einmal der größte Magier konnte den Schutzraum eines Jordvätten durchdringen. Wer sich in seine Obhut begab, wurde von ihm solange behütet, bis er freiwillig wieder ging. Jeder, ob Mensch oder Tier, konnte dorthin flüchten. Jeder, der im Freien übernachten wollte, sollte dies unter den Zweigen einer Eberesche tun.

»Jordvätten können auch in Steinen oder Wasserfällen wohnen«, hatte Tora hinzugefügt.

»Ja, schon«, hatte Kunar seiner Schwester zugestimmt, »aber man weiß leider nie in welchem Stein. Und Wasserfälle gibt es hier in der Gegend nicht so viele. Bei Ebereschen kann man sich sicher sein. Sieh zu, dass du unter einem dieser Bäume übernachtest. Sie haben gefiederte Blätter und im Moment blühen sie in großen weißen Dolden. Später bekommen sie rote Beeren.«

Nach dieser verwirrenden Information über *Geisterwesen*, *Ebereschen* und *große Magier* schwangen sich Tora und Kunar auf Gyllers Rücken und galoppierten in halsbrecherischem Tempo davon.

*Die hatten es wirklich eilig,* dachte Charlie, während sie nach der Eberesche suchte.

Sie war nun schon etwas mehr als eine Stunde marschiert und hatte noch keinen Baum mit gefiederten Blättern und weißen Blüten entdeckt. Um sie herum wuchsen nur jede Menge Schuppenfichtenbäume. Und wie schon einige Male zuvor hatte Charlie das Gefühl, dass der Wald lebte.

*Na, kein Wunder,* dachte Charlie. *Wenn es hier Geisterwesen und Magie gibt, warum dann nicht auch lebende Wälder?*

Sie hätte Kunar und Tora wirklich nach den vielen merkwürdigen Geräuschen fragen sollen, die sie ständig um sich herum hörte.

*Und Magie? Was meinte Kunar denn bloß damit! Zauberei vielleicht?*

Nach allem, was Charlie bisher erlebt hatte, würde sie das auch nicht mehr wundern! Hoffentlich fand sie diese Eberesche!

*Und das am besten, bevor es dunkel wurde.*


Nach einer halben Stunde stieß sie endlich auf den gesuchten Baum. Die mächtige Eberesche war nicht zu übersehen, obwohl sie nicht direkt am Wegesrand stand. Der dichte Fichtenwald ging in ein kleineres Gebiet mit verschiedenen Laubbäumen über. Und dort auf einer Wiese mit vielen jungen Birken stand die Eberesche, von der Kunar und Tora erzählt hatten.

Charlie richtete sich unter der schützenden Baumkrone ein einfaches Nachtlager. Zuunterst breitete sie ihre Regenjacke aus. Über ein improvisiertes Zeltgestänge aus Ästen spannte sie die Decke von Biarn. Den grünen Umhang wollte sie als Bettdecke verwenden und den Kapuzenpullover als Kopfkissen. Frieren würde sie nicht, sie hatte ja den Stein, der sie wärmte. Nachdem sie gegessen hatte, setzte sie sich auf ihr Lager und überlegte. Wenn sie ihre Eltern finden wollte, wo sollte sie bloß anfangen?

*Als erstes muss ich weniger auffallen, sonst kann ich das wohl gleich vergessen!,* dachte Charlie.

Sie erschauderte bei dem Gedanken an den mysteriösen *Oden* und seine Helfer, von denen Tora und Kunar erzählt hatten.

*Wodurch falle ich am meisten auf?*

Tja, da war erst einmal ihr blaues Auge. Das konnte sie sich schlecht herausreißen oder umfärben!

*Irgendwie das Auge verdecken? Mit einer Augenklappe vielleicht?*

Charlie verdrehte die Augen und schürzte ihre Lippen.

*Wie bei Seeräubern!*

Okay, wenn ihr nichts anderes einfiel, fürs erste taugte vielleicht eine Augenklappe.

Dann fiel ihr Blick auf die Armbanduhr.

*Die muss ich verbergen.*

Charlie nahm die Uhr ab und verstaute sie in ihrer Manteltasche.

*Tja, und dann war da noch die Sprache.*

Sie musste lernen, so zu sprechen wie die Menschen hier. Oder zumindest fast so. Dann könnte sie die Menschen in dem Glauben wiegen, dass sie einfach einen anderen Dialekt spreche.

*Vanaheim,* so hatten Kunar und Tora diesen Ort genannt. Charlie wusste nun, dass es sich bei Vanaheim um ein Land auf einem anderen Planeten handelte. Dieser Planet hieß Godheim, das hatte Kunar gesagt. Die Erde hatte nun einmal zu keiner Zeit zwei Monde gehabt. Wie das in einer anderen Dimension sein könnte, wusste Charlie nicht, aber an zwei Erd-Monde glaubte sie da eigentlich auch weniger.

*Nicht auf der Erde. Nein, es handelte sich bestimmt um einen anderen Planeten.*

Wo der sich befinden konnte? Sie hatte nicht die leiseste Ahnung.

*Also,* wiederholte Charlie in Gedanken. *Ich brauche eine Augenklappe, ich muss die Sprache besser lernen und ich muss versuchen, mich hier zurechtzufinden, ohne allzu sehr aufzufallen.*

Sie grübelte. Die Augenklappe würde sie schon irgendwie hinbekommen. Als vorläufige Lösung sozusagen. Aber um die Sprache und die Gebräuche an ihrem neuen Aufenthaltsort zu erlernen, würde sie Hilfe benötigen. Wo um Himmels willen sollte sie einen Lehrer auftreiben? Jemanden, dem sie vertrauen konnte?

Die einzigen, die sie hier kannte, waren Tora, Kunar und Biarn, der nach der Nacht im Schuppen aber nicht wieder aufgetaucht war. Vielleicht sollte sie in der Nähe bleiben und mit Tora und Kunar Freundschaft schließen? Möglicherweise könnte sie sich dann jeden Tag mit ihnen treffen und von ihnen lernen? Kunar hatte gesagt, sie würden am nächsten Morgen die Eberesche aufsuchen.

*Mal sehen,* dachte Charlie, *ich kann ja morgen vorsichtig die Lage sondieren. Fragen kostet ja wohl nichts. Hoffentlich!*

Wer wusste denn schon so genau, wie die Dinge hier in Vanaheim gehandhabt wurden?

Die Idee mit der Augenklappe war doch nicht so einfach umzusetzen wie gedacht. Sie trennte mit dem Messer ein schmales Stück Stoff vom Saum des Mantels ab und versuchte damit, das rechte blaue Auge zu verbinden. Aber egal wie sie die Stoffbahn auch knotete, ständig verrutschte die Klappe. Sie kam zum Schluss, dass sie eine Art Schälchen brauchte, an dem sie einen dünnen Faden befestigen musste. Die Schnürsenkel ihrer Halbschuhe vielleicht. Leider waren die aber von der Erde und würden hier wahrscheinlich auffallen. Außerdem fand Charlie auch nach langem Suchen in näherer Umgebung der Eberesche nichts, was einem Schälchen nahe kam.

Die Dämmerung setzte ein. Charlie gab ihre Bemühungen auf und beschloss, am nächsten Tag Tora und Kunar um Rat zu fragen.

*Falls die beiden denn auftauchten.*

Charlie konnte nur hoffen, dass sie Wort hielten. Biarn war nicht wiedergekommen, obwohl er gesagt hatte, dass er sie vor Sonnenaufgang wecken wollte!


Die Nacht unter der alten Eberesche schien endlos. Ebereschen seien sichere Orte, hatte Kunar Charlie versichert. Aber konnte sie ihm vertrauen? Eigentlich glaubte Charlie schon, dass Kunar die Wahrheit gesagt hatte. Aber im Laufe der Nacht hegte sie doch einige Male Zweifel. Unheimliche Laute drangen durch den Wald. Es prasselte und knackte im Unterholz. Manches Mal so nahe und so laut, dass sie glaubte, das Geräusch wäre direkt neben ihr.

Furchterregende Schreie, ein schwaches Krächzen und schmatzende, kauende Laute drangen an ihr Ohr. Die Tiere der Nacht waren auf der Jagd und verspeisten ihre saftige Beute. Charlie rollte sich dichter am dicken Stamm der alten Eberesche zusammen und hoffte inständig, nicht zum Speiseplan dieser Raubtiere zu gehören. Ob Ebereschen auch vor dem Gefressenwerden schützten, hatte Kunar nicht gesagt. Nur, dass sich *keiner* mit den Jordvätten anlegen würde. Charlie hoffte, dass dies auch für fleischfressende Tiere galt.

Gegen Morgen musste Charlie doch noch eingeschlafen sein, denn als sie die Augen öffnete, strahlte die Sonne. Charlie blinzelte verschlafen in das Tageslicht. Ein Einhorn graste zwischen den jungen Birken der kleinen Wiese. Ein Stückchen entfernt lehnte Kunar an einem

Baum und grinste sie an. Etwas weiter weg konnte Charlie Tora entdecken, die etwas zu sammeln schien. Charlie streckte sich und krabbelte aus ihrem selbstgebauten Zelt hervor. Sie kratzte sich am Ellbogen, zog ihre Kleidung zurecht und ging zu Kunar. Ihre kurzen schwarzen Locken standen widerspenstig in alle Richtungen, da half es auch nicht, sich mehrmals durch die Haare zu fahren.

*Seltsam*, dachte Charlie resignierend. *Die langen Haare waren einfacher zu bändigen.*

Zur Not hatte sie früher die Haarpracht einfach mit einem Haarband zusammengeknotet. Charlie gähnte noch einmal und brachte dann ein schlaftrunkenes »Hallo«, heraus.

Kunar grinste noch breiter und warf einen vielsagenden Blick auf ihr Nachtlager.

»Na, gut geschlafen?«, fragte er gut gelaunt und zupfte ihr demonstrativ einen kleinen Zweig aus den Haaren.

»Hmpfr«, grunzte Charlie.

Kunars Grinsen reichte nun von einem Ohr zum anderen.

»Tja, Luxus ist so eine Nacht unter einem Baum ja nicht gerade, aber du lebst ja noch, wie ich sehe«, sagte er.

Charlie brachte lediglich ein weiteres »Hmpfr« hervor.

»Frühstück!« Gut gelaunt schwenkte Kunar ein kleines Bündel vor Charlies Augen hin und her. Ihr verschlafener Blick wurde schärfer, und nachdem das Bündel zum dritten Mal vor ihren Augen vorbeigebaumelt war, griff sie danach und nickte in Richtung Nachtlager.

»Gute Idee«, brachte sie hervor. Kunar und Charlie ließen sich auf der seidenen Decke nieder, die als Zeltdach gedient hatte. Charlie hatte noch Brot und Schinkenreste von Biarn sowie Erdnüsse von zuhause. Kunar hatte ebenfalls Brot, etwas Käse und einige dieser Eierfrüchte dabei, die Charlie schon von Biarns Proviantbündel kannte.

Charlie nahm eine Frucht in die Hand und fragte: »Gibt es viele von diesen Früchten? Wie heißen die?«

»Saftapfelfrucht. Aber man sagt bloß `Hexennasen´, wegen der Warzen«, grinste Kunar. »Sie wachsen fast das ganze Jahr über, solange es keinen Frost gibt.« Er griff nach einer Frucht und biss kräftig hinein. Er versuchte, den süßsäuerlichen Saft mit der Zunge aufzuhalten. Vergeblich. Die rote Flüssigkeit lief ihm in Rinnsalen übers Kinn. Charlie guckte ihm leicht angeekelt zu.

»Kann man die Schale etwa mitessen?«, fragte sie und betrachtete die unappetitlichen braunen Büschel, die aus den orangen Erhebungen der Fruchtschale wuchsen. Als Antwort spuckte Kunar routiniert ein kleines Knäuel aus dem rechten Mundwinkel. Er schluckte, leckte sich die Lippen und bekundete:

»Die Schale ist gut. Die Fransen schmecken nach gar nichts, kratzen aber unangenehm im Hals.«

Erleichtert kramte Charlie ihr Messer heraus und fing an, die orangen Warzen samt Büschel wegzuschneiden. Die Schale mitzuessen, das würde ihr schon gelingen. Kunar sah ihr interessiert zu, während er langsam weiteraß und dabei immer mal wieder ein kleines Knäuel zielsicher aus dem Mundwinkel spuckte.

»Was ist das für ein seltsames Material?«, erkundigte er sich nach einer Weile.

Charlie hörte mit ihrer Prozedur auf und sah ihn fragend an. Kunar zeigte auf ihr Messer.

»Das ist Horn«, begann sie zu erklären, aber Kunar schüttelte energisch den Kopf und unterbrach sie.

»Nein, Horn kenne ich. Ich meine das glänzende da!« Er zeigte auf die Klinge. Erstaunt gab Charlie Auskunft.

»Das ist Metall. Stahl, glaube ich«, sagte sie.

»So etwas gibt es in Vanaheim nicht. Kann man es gut schärfen?«, fragte Kunar. Sie reichte ihm das Messer.

»Ja, es wird sehr scharf, wenn man es ordentlich schleift.« Dann fragte sie nachdenklich: »Aber wenn ihr kein Eisen habt, womit schneidet ihr dann?«

»Stein, Knochen oder Horn«, murmelte Kunar, während er die Klinge näher in Augenschein nahm und ihr aus seinem Gürtel sein eigenes Messer zur Begutachtung reichte.

Der Griff war aus dunklem Horn. Darin war eine Klinge aus Knochen eingelassen. Aus den Fugen quoll eine harte, honigfarbene Substanz.

»Klebstoff?«, fragte Charlie.

»Harz!«, erklärte Kunar. »Harz von den Bäumen hier«. Er zeigte auf die Schuppenfichten am Rand der kleinen Lichtung. »Es ist sehr klebrig. Du solltest es auf keinen Fall in die Augen bekommen, man bekommt es nicht wieder weg.« Mit einem Blick auf sein Messer fuhr er fort:

»Das Harz wird gekocht und steinhart, wenn es abkühlt. Man lässt die heiße Masse einfach in die Kerbe fließen und setzt dann die Klinge ein. Und wie stellt man dein Messer her?«

Charlie hatte nicht die geringste Ahnung. »Ich weiß nicht. Auf der Erde stellen Spezialisten so was her. Man kann es dann kaufen.«

»Ihr stellt eure Jagdwaffen nicht selber her?«, fragte Kunar verwundert.

Charlie druckste ein wenig herum.

»Na ja, die meisten Leute jagen nicht selbst. Man kann alle Lebensmittel in Geschäften kaufen.«

Ungläubig schüttelte Kunar den Kopf. Bevor sie das Thema vertiefen konnten, kam Tora auf die beiden zugeschlendert. Sie trug einen Korb, den sie vor sich hin und her schwenkte.

»Seht mal!«, rief sie. »Laub-Pilze! Jede Menge! Schade, dass wir kein Feuer machen können! So müssen wir alle zuhause abliefern, um wenigstens ein paar davon abzubekommen.« Angesäuert rümpfte sie die Nase.

»Darf man hier kein Feuer machen?«, fragte Charlie und bekam verdutzte Blicke zur Antwort.

Dann erinnerte sich Kunar offensichtlich daran, dass Charlie nicht von hier war und beeilte sich zu erklären: »Dürfen schon. Aber nur ein Ken Magier kann Feuer aus dem Nichts zum Leben erwecken. Ist das denn bei euch nicht so?«

*Ken Magier? Magier? Das war schon das zweite Mal, dass hier von Magiern die Rede war.*

Charlie wurde nachdenklich und stellte eine Gegenfrage: »Gibt es hier wirklich Magier? Ich meine so in echt?«

»Bei euch etwa nicht?«, fragten Kunar und Tora gleichzeitig.

»Nein. Es gibt keine Magier oder Magie auf der Erde. Das heißt, es gibt sie schon, aber die arbeiten nur mit Tricks. Zaubertricks«, erklärte Charlie.

»Aber wie macht ihr dann Feuer?«, fragte Tora. »Oder habt ihr etwa kein Feuer?«

»Doch natürlich«, nickte Charlie. »Man kann Feuerzeuge oder Streichhölzer kaufen.«

Sie zog den Rucksack näher und kramte eines ihrer Feuerzeuge hervor. Mit einer Daumenbewegung ratschte sie an dem Rädchen und schon züngelte eine kleine Flamme hervor. Tora um Kunar wichen entgeistert zurück.

»Du bist ein Ken Magier!«, hauchte Tora beeindruckt.

Kunar fiel ihr ins Wort. »Sei nicht albern!«, sagte er. »Erstens ist er zu jung, um magische Kräfte zu besitzen und zweitens hat er doch gerade gesagt, dass es Tricks sind.« Doch dann musterte er Charlie doch ein wenig unsicher.

»Wie alt bist du eigentlich?«, fragte er.

»Vierzehn«, antwortete Charlie und fügte dann hinzu: »Ja, und du hast recht. Es ist ein Trick, oder besser gesagt – ein Feuerzeug.«

Charlie hielt es den Geschwistern entgegen.

»Hier, versuch mal! Du musst nur an dem Rädchen drehen.«

»Du bist 14 Sommer alt?«, fragte Kunar, als er nach dem Feuerzeug griff.

»Sommer? Ja, könnte man so sagen. Bei uns nennt man es 14 Jahre«, antwortete sie.

»Ich bin jetzt 16 Sommer und meine Schwester 14«, sagte Kunar, während er das Feuerzeug von allen Seiten begutachtete. Dann drehte er vorsichtig an den Rädchen.

Als nichts geschah, sagte Charlie: »Schneller! Du musst schneller drehen. Und nimm am besten den Daumen.«

Sie holte ein zweites Feuerzeug hervor und demonstrierte, wie man es betätigte. Dann reichte sie es an Tora weiter, die es gleich beim ersten Versuch in Gang brachte. Vor Schreck ließ sie es fallen. Beim zweiten Versuch war sie besser vorbereitet, und jetzt hatte auch Kunar den Dreh raus. Beide starrten fasziniert ihre kleinen, flackernden Flammen an.

»Wird mit der Zeit heiß«, warnte Charlie. Wie zur Bestätigung ließ Tora das Feuerzeug mit einem »Au!«, fallen und Kunar pustete grinsend seine Flamme aus.

»Du brauchst es nicht auszupusten«, sagte Charlie. »Du musst nur den kleinen Hebel loslassen, dann geht das Feuer ganz von allein wieder aus. Wenn du auf den Hebel drückst, strömt Gas aus dem kleinen Loch da oben. Dreht man an dem Rädchen, wird es durch einen Funken angezündet. Siehst du? Keine Magie.«

»Keine Magie«, murmelte Kunar fasziniert und betätigte noch ein paar Mal sein grünes Feuerzeug.

»Leider funktioniert es nur, solange da auch etwas drinnen ist. Wenn man hier tatsächlich nur mit Magie Feuer machen kann, dann sollten wir vielleicht nicht alles vergeuden.«

Kunar und Tora nickten zustimmend.

»Wie wär's mit gegrillten Laub-Pilzen?«, fragte Tora lachend und hielt den beiden anderen den gefüllten Korb hin. Ein freudiges Lächeln fuhr über Kunars Gesicht.

Kunar und Charlie sammelten trockenes Holz, während Tora die Pilze säuberte. Mit Charlies Feuerzeug zündete Tora schließlich feierlich ihr Lagerfeuer an.

Sie verkündete triumphierend: »Jetzt können wir uns alles grillen, was wir wollen! Fleisch, Pilze, Fische, egal was! Wir müssen nur zusehen, dass wir genügend mit nach Hause bringen, sonst schöpfen sie Verdacht.« Glücklich spießte sie einen großen Laub-Pilz auf einen langen Ast.

Während die drei genüsslich einen Pilz nach dem anderen rösteten, gingen Charlie Unmengen von Fragen durch den Kopf.

*Ken Magier? Zu jung? Oden. War er wohl ein Magier? Feuer, wirklich nur durch Magie? Wer hatte magische Kräfte? Ab wann hatte man die? Und wieso zu jung?*

»Ist dieser Oden auch ein Magier?«, versuchte sie schließlich in Erfahrung zu bringen.

Tora nickte kauend und Kunar sagte:

»Er ist wahrscheinlich der mächtigste Magier, der je gelebt hat!«

Er stopfte sich einen weiteren Pilz in den Mund. »Un eine Elfer find au alle Agier.«

Mit vollem Mund sprach es sich nicht so gut. Er schluckte und wiederholte den Satz: »Und seine Helfer sind auch alle Magier.«

Nachdenklich starrte Charlie in die Flammen des Lagerfeuers: »Was kann ein Magier denn noch so alles? Ich meine, außer Feuer machen?

Ich wüsste gerne, wie die das wohl machen«, fügte sie hinzu.

»Keine Ahnung«, gab Kunar schmatzend von sich. Tora zeigte mit ihrem Bratspieß auf Charlie.

»In ein paar Tagen ist Markt in Bragesholm. Da wird immer ein Feuerritual abgehalten.«

»Stimmt«, sagte Kunar. »Die Dorfbewohner, denen das Feuer ausgegangen ist, können sich dort neues holen. Ein Ken gesegnetes Feuer ist mehr Wert als geschenktes Feuer vom Nachbarhof. Der Ken Magier des Dorfes hält zu jedem Markttag auf dem Marktplatz seine Zeremonie ab«.

»Das will ich sehen!«, rief Charlie aufgeregt.

Tora runzelte die Stirn: »So kannst du da aber nicht auftauchen!«, sagte sie und pikste sich dabei fast selbst in ihr rechtes Auge.

*Richtig! Ihr blaues Auge!*

Als Charlie von ihrer Idee mit der Augenklappe berichtete, flitzte Tora flink wie ein Wiesel davon.

»Sie findet schon das Richtige«, sagte Kunar zuversichtlich. »Tut sie immer.«

Und wirklich, eine halbe Stunde später tauchte Tora mit einer Auswahl an Gegenständen auf. Einige Stücke Holz, ein schalenförmiger Knochen – leider viel zu groß – und diverse Exemplare einer nussähnlichen Frucht. Sie erinnerten Charlie an die Schalen von Kastanien, nur waren sie größer und ohne Stacheln. Tora nahm Maß, passte ihre Mitbringsel an und entschied sich dann für zwei Nussschalen.

»Ich bringe sie dir morgen fertig zurechtgeschnitten und mit einem Band versehen wieder mit. Dann hast du eine Augenklappe und eine zweite in Reserve.«

»Tora ist wirklich gut in solchen Frauensachen«, verkündete Kunar stolz.

Charlie senkte schuldbewusst den Kopf.

*Frauensachen!*

In Vanaheim hatten sie alle als Junge angesprochen, und sie hatte nichts getan, um dies richtigzustellen. Immerhin war es ihr Plan gewesen, als Junge durch Schweden zu wandern. Hier in dieser neuen Welt hätte sie eigentlich die Wahrheit sagen können... Hier suchte ja keiner nach ihr...

Charlie rang mit ihrem Gewissen.

Als sie gerade kleinlaut erklären wollte, dass sie eigentlich ein Mädchen war, ließ eine Bemerkung Kunars sie schnellstens wieder von ihrem Vorhaben Abstand nehmen.

»Nur schade, dass Frauen nicht jagen dürfen. Ich glaube, Tora wäre da gar nicht so schlecht.«

Dankbar warf Tora ihrem Bruder ein Lächeln zu. Charlie schluckte.

»Frauen dürfen nicht jagen?«, fragte sie misstrauisch. »Gibt es noch mehr, was Frauen nicht dürfen?«

Schon ihr ganzes Leben hatte Charlie damit verbracht, zu beweisen, dass sie alles genauso gut konnte wie Jungs oder sogar besser. Ihre Streitlust war geweckt. Sie starrte Kunar wütend an.

Erstaunt erwiderte er ihren Blick. Für ihn war es völlig normal, dass Frauen gewisse Dinge nicht durften. Er hielt sich selbst für äußerst tolerant, da er Tora gewisse Fähigkeiten zumindest nicht absprach. Dass sie trotzdem nicht jagen durfte und sonst auch nicht viele Rechte hatte, hatte er von kleinauf nicht anders gelernt.

Frauen waren für Hausarbeiten zuständig, für das Beeren- und Pilzesammeln und auch für das Holzsammeln, während der Mann jagte, die Felder bestellte und generell das Sagen hatte.

»Das war schon immer so«, fügte er hinzu.

Tora war Kunars Ausführungen still gefolgt. Nun aber schüttelte sie den Kopf. Ihre langen, dunklen Haare flogen dabei wild umher.

»Nein!«, stieß sie hervor. »Die Frauen erzählen sich, dass dies erst seit Odens Herrschaft so ist! *Vor* seiner Zeit soll alles ganz anders gewesen sein! Frauen sollen da sogar gleiche Rechte gehabt haben!«

Kunar sah entschuldigend zu Charlie hinüber.

»Schon möglich«, sagte er dann. »Aber die meisten hier sind der Meinung, dass das bloß Wunschdenken ist. Frauen träumen eben von anderen, besseren Zeiten.«

*Ein Glück!*, dachte Charlie aufgebracht. *Was für ein Glück, dass ich nichts gesagt habe!*

In diesem Augenblick entschloss sie sich, bis auf weiteres als Junge in Vanaheim aufzutreten.

*Sie würde sich von niemandem sagen lassen, was sie zu tun oder zu lassen hatte! Nicht sie, Charlie Johansson, oder wie sie sonst noch hieß!*

Charlie lag auf ihrem selbstgebauten Nachtlager und sah zu den Sternen hinauf. Sie war wieder allein, aber Tora und Kunar hatten versprochen, am nächsten Tag wiederzukommen. Nachdem sie lange, zu lange, am Lagerfeuer gesessen hatten, mussten sich ihre beiden Freunde um die Vorräte kümmern. Ohne Essbares durften sie nicht nach Hause kommen. Sie hatten versprochen, Charlie am nächsten Tag mitzunehmen, sofern der Trick mit der Augenbinde klappte.

Den Rest des Tages hatte Charlie faul in der Frühlingssonne gelegen. In der Dunkelheit wunderte sie sich erneut über die seltsamen Geräusche in ihrer Umgebung. Wie schon in den vergangenen zwei Tagen schniefte, gähnte, hüstelte und schnarchte es in den Tiefen des Schuppenfichtenwaldes. Und zum wiederholten Male ärgerte sie sich darüber, dass sie schon wieder nicht daran gedacht hatte, zu fragen, wer oder was diese Geräusche verursachte.

Würde etwas Gefahrvolles dahinter stecken, hätten Tora und Kunar sie vermutlich gewarnt, sprach sich Charlie Mut zu. Außerdem schlief sie wieder im Schutze der alten Eberesche. Morgen würde sie als erstes nach diesen verflixten Geräuschen fragen!

»Geh runter, Felix«, murmelte Charlie im Halbschlaf. Sie räkelte sich und versuchte, Felix von der Decke zu schubsen. Aber ihre Katze war hartnäckig und tapste weiter auf ihr herum. Charlie fing an, unter der Decke zu strampeln, um Felix zu verscheuchen. Sie gähnte und zappelte noch einmal unter ihrer Decke, als das Tapsen auf ihren Beinen nicht aufhörte. Plötzlich wurde Charlie stocksteif.

*Felix? Felix war doch schon seit Jahren tot!*

Außerdem war sie nicht zuhause in Småland, sondern lag unter einem Baum in einer Welt, in der es grüne Rennspinnen und riesige Tausendfüßler gab! Mit einem Satz kam Charlie auf die Beine und warf dabei ihren Umhang, den sie wieder als Decke benutzt hatte, in hohem Bogen von sich!

Ein leiser Schrei kam aus ihrem Umhang, gefolgt von einem Kurren und Grummeln. Charlie starrte mit vor Schreck geweiteten Augen auf den grünen Stoff, der sich wie von Geisterhand hob und senkte. Irgendetwas war darunter gefangen und versuchte, sich freizustrampeln! Dabei gab dieses *Etwas* zischende und fauchende Laute von sich!

Vorsichtig nahm Charlie einen Zipfel des Umhanges zwischen die Finger, atmete tief durch und warf ihn mit einer schüttelnden Bewegung wieder von sich! Heraus kullerte ein großer rotbrauner …Tannenzapfen!

Tannenzapfen? Das Ding zappelte und strampelte mit kurzen, wurzelähnlichen Beinchen, fuchtelte mit kleinen Schuppenärmchen und stieß dabei aufgebrachte Töne aus! Endlich – es schien nach einer Ewigkeit – kam der Tannenzapfen auf seine Wurzeln und drohte – ja eindeutig, er drohte! – Charlie mit seinen Schuppenarmen! Dabei schien er Gift und Galle zu spucken. Charlies Mund stand vor Erstaunen offen. Nach weiterem Fluchen und Zetern stapfte dann der Tannenzapfen auf seinen Wurzeln davon.

Geraume Zeit später dachte Charlie daran, den Mund zu schließen. Der Tannenzapfen war zwischen den Birken hindurch in dem dichten Wald verschwunden. Ehe sich Charlie versah, flitzte ein weiterer, etwas kleinerer Zapfen schnaufend an ihr vorbei. Und dann brach auf einmal ein großes Rascheln, Schnaufen, Grummeln und Hüsteln los.

Der Waldboden wimmelte nur so von braunrötlichen Tannenzapfen! Scheinbar ohne Orientierung irrten sie umher. Flitzten hierhin und dorthin, änderten die Richtung und verschwanden dann in den Tiefen des Waldes!

Charlie rieb sich die Augen.

*Träumte sie? Wo kamen die bloß plötzlich alle her? Und was waren das für seltsame kleine Wesen?*

Charlie ließ ihre Blicke nach oben wandern. Hatte sie nicht gerade direkt über sich ein Hüsteln gehört? Sie zog den tief hängenden Ast vorsichtig zu sich herunter. Ein rötlich brauner Tannenzapfen wuchs dort zwischen den grünen, schuppenförmigen Blättern.

*Konnte das denn sein?*

Neugierig inspizierte sie den Zapfen genauer. Sie hob eine Hand und tippte ihn mit dem Zeigefinger an. Plötzlich kam Leben in den Baumbewohner. Er sprang ihr wild fuchtelnd entgegen und zischte sie an. Charlie ließ den großen Ast vor Schreck los. Zack! Wie ein Katapult schleuderte er den Zapfen durch die Bäume. Charlie hörte, wie sich der fiepende Schrei schnell entfernte. Das hohe „Hiii…" wurde jäh durch ein dumpfes „Plock" abgelöst, als eine besonders große Schuppenfichte den Flug des Zapfens schlagartig stoppte. Charlie zuckte schuldbewusst zusammen. Sie lief zur Absturzstelle hinüber. Anscheinend waren diese Zapfen aber hart im Nehmen, denn sie konnte gerade noch sehen, wie das kleine Wesen vor sich hin schimpfend das Weite suchte.

Eine halbe Stunde später saß Charlie unter ihrer Eberesche und stopfte ein paar Erdnüsse in sich hinein. Jetzt brauchte sie nicht mehr nach den Geräuschen im Schuppenfichtenwald zu fragen. Wo diese herkamen, wusste sie nun. Allerdings hätte Charlie gerne mehr über die seltsamen Zapfen-Wesen gewusst.

*Waren sie gefährlich? Wo wollten sie hin?*

In Gedanken versunken knabberte Charlie an ihren Nüssen. Am späten Vormittag sah Charlie endlich das Einhorn auf sich zukommen. Kunar kam alleine. Als er von Gyllers Rücken glitt, verzog er schmerzhaft sein Gesicht. Er stöhnte leise. Sein linker Wangenknochen war geschwollen und hatte eine blaulila Färbung.

Kunar hatte offenbar Schmerzen, auch wenn er alles tat, um diese zu verbergen.

*Und wo war Tora?*

Charlie, die durch mehr und weniger freundliche Hände diverser Pflegeeltern gegangen war, schwante nichts Gutes.

»Was ist passiert?«, fragte sie knapp. Ihre Stimme kam mehr einer Aufforderung als einer Frage gleich.

»Nichts«, presste Kunar hervor.

»Nichts?«, fragte Charlie provokant. »Du kannst ja kaum laufen. Und wo ist Tora? Gestern schien sie noch sehr viel Wert darauf zu legen, mir diese Augenklappe zu basteln!«

Kunar bedachte Charlie mit einem schnellen Blick.

»Grmpf«, brummte er. »Nichts«, wiederholte er dann. »Nichts, was nicht schon früher oft genug passiert ist«, gab er widerwillig von sich.

»Prügel?«, fragte Charlie, obwohl sie die Antwort schon kannte. Kunar gab ein weiteres »Grmpf« von sich. »Prügel sind dort, wo du herkommst, also auch nicht unbekannt«, brummte Kunar.

»Nein. Erlaubt ist es zwar nicht, aber das kümmert nicht jeden«, antwortete Charlie säuerlich. »Lass mal sehen!«

Bevor Kunar ein heftiges »Nein!«, ausstoßen konnte, hatte Charlie ihm den Umhang von den Schultern gezerrt. Kunars Seidenhemd war zerrissen und blutig. Durch die langen Schlitze im Hemd konnte sie dünne, blutige Striemen erkennen. Mehrere Stellen waren grün und blau angelaufen. Kunar ließ einen Wortschwall los, doch das einzige, was Charlie verstand, war »Verdammter Mist!«...

»Tu das nie wieder!«, zischte er. Charlie schämte sich.

*Prügel, ja, das kannte sie. Aber so etwas hatte sie in ihren wildesten Träumen nicht erwartet!*

Kunar beruhigte sich langsam und sagte mit einer vor Sarkasmus triefenden Stimme: »Solche Prügel bist du anscheinend doch nicht gewöhnt, was?«

Charlie schüttelte den Kopf. Dann erinnerte sie sich an Tora.

*Ob sie auch...?*

»Tora…?«, hauchte sie.

»Nein, keine Schläge«, sagte er dann. Aber seine Stimme hatte einen seltsamen Unterton. Charlie konnte ihn nicht einordnen.

*Keine Schläge, aber irgendetwas stimmte trotzdem nicht.*

»Warum ist sie dann nicht mitgekommen?«, bohrte Charlie nach.

Kunar erklärte ihr, dass Tora oft daheim bleiben musste, um die Hausarbeit zu erledigen. Die Pflegemutter Tyrvi war wieder einmal krank. »Und Tora muss dann alle Pflichten einer Frau im Hause übernehmen.«

Bei diesem letzten Satz konnte Charlie wieder diesen bissigen Unterton heraushören. Kunar biss sich so hart auf die Lippen, dass diese blutig wurden.

»Sie ist doch noch so jung! Die viele Arbeit schafft sie nicht alleine. Und dann macht sie Fehler. Saligasters Strafen sind hart«, fügte er dann mit erstickter Stimme hinzu.

Charlie erinnerte sich an eine Zeit, die sie fast schon aus ihrem Gedächtnis verbannt hatte.

Etwa ein Jahr zuvor war Charlie bei den Pflegeeltern Clara und Åke untergebracht worden. Jedes Mal, wenn Clara nicht in der Nähe gewesen war, hatte Åke anzügliche Bemerkungen gemacht und Charlie gezwungen, gefährliche und schwere Dinge im Haushalt zu erledigen. Dabei hatte er sie beobachtet.

Sie würde diesen lüsternen Gesichtsausdruck niemals vergessen, der sie überall hin verfolgt hatte. Wenn sie zu langsam gewesen war oder etwas fallen gelassen hatte, wurde Åke zornig. Er genoss es förmlich, sie zu bestrafen. Eines Abends war es besonders schlimm gewesen. Dann lief sie davon. Übersät mit blauen Flecken und Wunden stand sie Stunden später vor Jonas' Tür. Tränenüberströmt.

*Jonas.*

Ihr Jonas. Er hatte Charlie ins Krankenhaus gebracht und war dann verschwunden. Später hatte Charlie erfahren, dass er verhaftet worden war. Er hatte Åke krankenhausreif geprügelt und wurde wegen Körperverletzung verurteilt.

Åke kam wegen Kindesmisshandlung ebenfalls hinter Gitter.

Charlie wurde zu einem Psychologen geschickt. Aber auch der konnte Charlie nicht erklären, warum jemand, der ihr helfen wollte, genauso ins Gefängnis musste wie jemand, der ihr wehgetan hatte.

Charlie schauderte es. Sie sah zu Kunar auf.

»Und du hast versucht, ihr zu helfen?«, fragte sie.

Bald kam heraus, dass Kunar jedes Mal versuchte, Tora zu verteidigen. Das führte dazu, dass beide Prügel bezogen. Inzwischen waren Kunar und Saligaster zu einer stillen Übereinkunft gekommen: Kunar ließ widerstandslos alles über sich ergehen, was Saligaster in seinem sadistischen Zorn ausleben wollte, und Saligaster ließ dafür Tora mit Ohrfeigen und Tritten glimpflich davonkommen. Doch dieses Mal war Kunar zu spät dazugekommen.

Die Geschwister hatten auch schon zu fliehen versucht. Aber Saligaster hatte sie aufgespürt und zurückbringen lassen.

In der näheren Umgebung kannte man die beiden Geschwister. Sie waren nicht, wie Charlie anfangs vermutet hatte, Saligasters und Tyrvis Pflegekinder – Tora und Kunar waren Sklaven! Sie teilten das Schicksal vieler elternloser Kinder in Vanaheim. Sie wuchsen als Sklaven auf und würden den Rest ihres Lebens Sklaven bleiben.

Charlie hatte sich Kunars Bericht mit betretener Miene angehört. Nun schritten die beiden schweigend nebeneinander her. Kunar musste für das Abendessen sorgen, und Charlie hatte ihm angeboten zu helfen, so gut sie konnte.

Tora hatte Kunar die Augenbinde für Charlie mitgegeben. Sie passte. Irgendwie.

# 6. Das Feuerritual

Charlie bestand darauf, Kunar zur Hand zu gehen. Er drückte ihr einen Laubpilz in die Hand. Außerdem grub er eine unscheinbare Pflanze samt Wurzeln aus und stellte sie ihr als *Seifenwurz* vor, den man zum Waschen verwendete.

Während Kunar jagen ging, streifte Charlie mit ihrem Laubpilz und dem Seifenwurz den ganzen Nachmittag durch den Wald und suchte weitere Exemplare.

Kunar kam einige Stunden später mit einem erlegten Kaninchen und einigen Vogeleiern zurück. Keine große Ausbeute.

Aus einen Wassersack aus weichem, hellbraunen Leder, der an seinem Gürtel hing, füllte er Charlies Wasserflasche auf und erzählte ihr, dass es in der Nähe des Schlosses, tief im Wald, einen kleinen Bach mit Trinkwasser gab. Er und Tora würden Charlie bei Gelegenheit den Weg dorthin zeigen.

Zum Abschied riet Kunar Charlie, Menschen aus dem Weg zu gehen und sich in der Nähe der Eberesche aufzuhalten. Er und Tora könnten erst am übernächsten Tag wieder zu ihr stoßen – auf dem Saligasterhof gab es einiges an Arbeit zu erledigen.

Den folgenden Tag verbrachte Charlie damit, weitere Laubpilze und Seifenwurz zu suchen. Auf ihrem Streifzug durch den Wald fand sie auch zwei verschiedene Beerensorten. In der Hoffnung, sie wären essbar, sammelte Charlie auch diese. So war sie zumindest beschäftigt. Tora und Kunar würden ihr schon sagen, ob diese Früchte zu etwas taugten.

In den nächsten Tagen trafen sich Tora, Kunar und Charlie regelmäßig. Tora ließ sich nicht das Geringste anmerken. Kunar hatte Charlie einen warnenden Blick zugeworfen und den Zeigefinger in eindeutiger Geste über seine Lippen gelegt. Charlie folgte seiner Aufforderung und schwieg.

Die Geschwister zeigten Charlie den Weg zum Bach. Während Kunar sie zum Jagen mitnahm, sammelte Tora diverse Pilze, Beeren und Kräuter. Sie kannte sich gut aus. Alles, was essbar war, landete zielsicher in ihrem geflochtenen Korb. Eine Beerensorte, die Charlie gesammelt hatte, war tatsächlich essbar.

Charlie erfuhr, dass der Tag, an dem sie alleine gewesen war, *Mân-Tag* genannt wurde. Ebenso wie auf der Erde gab es in Vanaheim sieben unterschiedlich benannte Tage. Sie hießen Mân-Tag, Tyrs-Tag, Odens-Tag, Tors-Tag, Frej-Tag, Lögar-Tag und Sunnu-Tag.

Die Geschwister erklärten Charlie, dass einige Wochentage Namen der alten Ur-Magier trugen. Auch heute noch würden Magier Tor, Frej, oder Tyr heißen. Auch der Name Oden war uralt, doch diesen gab es nur einmal. Mân- und Sunnu-Tag waren zu Ehren der Monde und der Sonne benannt. Der Lögar-Tag war der heilige Waschtag.

Bei ihren Streifzügen liefen ihnen auch Horden von Tannenzapfen über den Weg. Kunar und Tora nannten die rotbraunen Zapfen auf Beinen *Fichtenwichtel*. Anscheinend reiften sie bis zum Frühlingsanfang in den Ästen der Schuppenfichten. Dann fielen sie einfach ab, wurden sozusagen *flügge* – wie Vögel, die ihr Nest verlassen. Danach wuselten sie in Scharen durch die Wälder auf der Suche nach einem geeigneten Platz, um sich zu *pflanzen*.

Sie buddelten dazu ihre Schuppenfüßchen in den Waldboden, um Feuchtigkeit aufzunehmen. In diesem Stadium bekamen die rotbraunen Zapfen grüne Knospen, um dann bald als kleine Schuppenfichten durch die Gegend zu laufen. So richtig verwurzelten sie sich erst im Spätherbst, wenn sie etwa eineinhalb bis zwei Meter groß waren. Ab dieser Größe verließen sie nur noch unwillig ihren Platz. Wenn aber eine Gefahr drohte, etwa bei einem Waldbrand, konnten sie sich noch immer in Sicherheit bringen. Im Winter liefen einem dann keine Bäume mehr über den Weg.

»Auch größere Bäume haben Münder und können Laute von sich geben«, erklärte Kunar. »Eine riesige alte Fichte hat mich einmal fast zu Tode erschreckt! Ich hatte sie offensichtlich irgendwie an der Nase gekitzelt! Plötzlich riss ein riesiger Spalt in der Rinde auf und ich wurde durch einen Nieser bestimmt mehrere Meter weit geschleudert!«, erzählte Kunar, dessen Augen sich bei der Erinnerung daran weiteten. Meistens waren alte Bäume aber still. Oft waren die Münder sogar, wie bei Kunars Fichte, zugewachsen.

Es war Frej-Tag und damit Markttag in Bragesholm. Seit mehr als einer Woche war Charlie nun schon in Vanaheim. Tora und Kunar sollten auf dem Markt Besorgungen für den Saligasterhof machen und hatten versprochen, Charlie mitzunehmen. Die Augenklappe hatte sich bewährt. Einige Male schon waren den Dreien auf ihren Streifzügen Bauern oder Händler begegnet, und keiner hatte den zerlumpten Jugendlichen auch nur einen zweiten Blick geschenkt. Charlie war aufgeregt. Laut Tora sollte auf dem Markt das Feuerritual stattfinden, ausgeführt von einem waschechten Magier!
*Echte Magie, ganz ohne Tricks und doppelten Boden!*
Charlie war erwartungsvoll und zugleich sehr skeptisch.
*Würde es sich tatsächlich um Magie handeln?*
Als Tora und Kunar an diesem Frej-Tag in aller Früh kamen, war Charlie gerade dabei, ihre Uhr zu stellen. Sie hatte nämlich eine merkwürdige Entdeckung gemacht: Als sie vor einigen Tagen ihre Uhr nach dem Sonnenstand auf Mittag gestellt hatte, war sie davon ausgegangen, dass sie von nun an zumindest ungefähr wissen würde, wann es dunkel wurde. Seltsamerweise stimmte ihre Annahme nicht. Tatsächlich wurde es – ihrer Uhr nach – jeden Abend fast zwei volle Stunden später dunkel als am Vortag und Mittags stimmte die Uhrzeit nicht mit dem Sonnenstand überein.

Da bis jetzt immer die Sonne vom Himmel gestrahlt hatte, konnte Charlie gegen Mittag die Uhrzeit immer korrigieren. Um etwa zwei Stunden! Und trotzdem stimmte es dann am Tag darauf um die Mittagszeit wieder nicht! Diesmal stellte Charlie also die Uhr morgens schon zurück.

Wenn ihre Vermutung stimmte und ihre Uhr nicht defekt war, hatte ein Tag in Vanaheim nicht wie auf der Erde 24 Stunden, sondern ungefähr 26 Stunden. Dann würde sie ihre Uhr jeden Tag zwei Stunden zurückstellen müssen, um ungefähr zu wissen, wann es dunkel wurde. Um zu diesem Ergebnis zu kommen, hatte Charlie in den letzten zwei Nächten mehrere Stunden mit Grübeln verbracht.

*Musste sie die Uhr nun vor oder zurückstellen? War der Tag dann kürzer oder länger?*

Oder war ihre Uhr doch kaputt?

*Kompliziert!*

Charlie stellte also ihre Uhr von 9:00 Uhr Erduhren-Zeit auf 7:00 Uhr Vanaheim-Zeit zurück, verstaute das verräterische Objekt wieder in ihrem Umhang und ging Tora und Kunar freudestrahlend entgegen. Charlie warf einen letzten Blick zur Sonne. Zwei Raben flogen hoch über ihr vorbei.

Der Markt in Bragesholm war laut Tora und Kunar einer der größten in der näheren Umgebung. Bauern, Händler, Kaufleute, ob Jung oder Alt: hier kamen jeden Frej-Tag Menschen aus ganz Trudheim und Trudvang zusammen. Trudheim und Trudvang hießen die Landstriche der von Lodur verwalteten Ländereien.

Lodur war einer der dreizehn Helfer Odens und wohnte auf Schloss Bilskirne, jenem Schloss, an dem Charlie an ihrem zweiten Tag in Vanaheim vorbeigekommen war.

Als Tora, Kunar und Charlie eintrafen, wimmelte das Städtchen schon von Menschen. Charlie fing langsam an, den Vanaheimer Dialekt nachzuahmen, aber aus Sicherheitsgründen hatten die drei ausgemacht, dass Charlie nicht viel sagen würde. Ihre Aussprache und ihre seltsamen Worte würden nur Aufmerksamkeit erregen und genau das wollten sie vermeiden.

Bragesholm bestand nur aus wenigen einfachen, flachen Blockhäusern. Der Marktplatz, der in der Mitte des Dorfes lag, wurde von drei aufwändigen Holzbauten umrahmt. Sie besaßen unzählige Türmchen und Giebel mit auffälligen Verzierungen, ähnlich jenen, die Charlie an dem riesigen Schloss aus Naturstein – Schloss Bilskirne – gesehen hatte. Auch hier wechselten sich – allerdings in Holz geschnitzte – schnörkelige Ornamente mit Darstellungen seltsamer Wesen ab. Eines dieser Geschöpfe hatte eindeutig einen Löwenleib, der zum Hals hin in einen Adlerkopf überging. Bei einem anderen Wesen war sich Charlie nicht ganz sicher: Vorne sah es aus wie ein Löwe, der Körper ähnelte allerdings von der Hüfte abwärts einem langen krokodil- oder drachenähnlichen Schwanz. Am Bauch schien eine Art Euter zu hängen. Charlie bestaunte die außergewöhnlichen Kreaturen aus Holz, während sie sich an Tora und Kunars Seite einen Weg durch die Menschenmenge bahnte.

Der Lärm war ohrenbetäubend und es roch eindringlich nach Gewürzen, Schweiß und Tierexkrementen. Charlie wurde durch die enge Passage zwischen den Türmchenbauten und einem Blockhaus gespült.

Vor ihr breitete sich nun der große Marktplatz mit seinen zahlreichen Ständen aus. Das Gedränge hörte auf, weil sich die Menschen in den Gassen zwischen den Buden und Ständen verteilten, wie ein Fluss, der auf das offene Meer trifft. Charlie schaute sich um.

*Wo waren Tora und Kunar?*

Sie hatten Gyller dabei, wahrscheinlich waren sie vor dem Durchgang zum Marktplatz stecken geblieben. Charlie trat zur Seite. Während sie wartete, inspizierte sie das Warenangebot in ihrer unmittelbaren Umgebung.

Hinter einem Berg verschiedener Stoffe nahm sie eine dicke Frau mittleren Alters wahr. Wenn sie auf Zehenspitzen stand, ragte ihr Kopf gerade noch über die aufgetürmten, edlen Waren. Eben schenkte sie einer schlaksigen Kundin ein strahlendes Apfelbacken-Lachen und zwitscherte fröhlich: »Na, Torgunn, was soll's denn heute sein? Ich habe brandneues Seidenspinnergarn aus Lifsheim. Sehr selten. Sehr exklusiv! Lifsheim-Garn ist besonders fein und ausgesprochen strapazierfähig! Bitte sehr, fühle selbst!« Sie reichte ein glänzendes, weinrotes Knäuel Garn über den Berg aus Stoffen. »Selbstverständlich in allen gängigen Farben erhältlich!«

Die Marktbesucherin inspizierte das Knäuel aufs Genaueste. Währenddessen ließ Charlie ihren Blick über das Sortiment gleiten. Gewebte Seidenstoffe in rostbraun, smaragdgrün, weinrot, rubinrot, terrakotta, ozeanblau und in vielen anderen kräftigen Tönen stapelten sich neben Körben mit Garnen in allen nur erdenklichen Farben. Andere Körbe enthielten Bänder, Schleifen, Kordeln und Borten, zudem Schiffchen aus dunklem und elfenbeinfarbenem Horn oder fein poliertem Holz zum Verweben des Garnes.

Neben den aufgetürmten Waren webte eine uralte Frau mit einem Gesicht wie ein chinesischer Faltenhund einen dicken Wandteppich.

Ihre Hände bedienten flink einen gigantischen Webstuhl aus Holz. Das halb fertige Motiv zeigte ein aufwändiges Muster sowie den Körper eines smaragdgrün und ozeanblau schimmernden Drachen. Eine gelungene Werbung für das farbenprächtige Warensortiment. Gegenüber verkaufte ein bereits ergrauter Herr mit Rauschebart und knolliger Nase Felle und andere Lederartikel. Charlie konnte Mäntel, Umhänge, Schuhe, Hüte, Mützen sowie auch bunt verzierte Röcke, Kleider und Hosen aus Leder erkennen. An einem Pfosten hingen Wassersäcke, ähnlich dem, den sie bei Kunar gesehen hatte.

Gegenüber roch es intensiv nach Kräutern. Ein Sammelsurium würziger Gerüche schwebte zu Charlie herüber. Sie löste sich von dem Stand mit den glänzenden Stoffbergen und schob sich näher heran. Bei jedem Schritt kräuselte sich eine kleine Staubwolke um ihre Füße. In einem kleinen Holzwagen mit Kräutern und Gewürzen war eine Frau mit Dutt damit beschäftigt, Schachteln, Krüge und Körbe zu sortieren. Ihr weinroter Seidenumhang flatterte bei jeder Bewegung. Trotz ihres hohen Alters waren die Bewegungen der Frau flink und sicher.

Charlie sog den Duft von Zimt tief in ihre Lungen. Zimt war das einzige, was sie aus dem Durcheinander von Gerüchen eindeutig erkennen konnte. Zumindest anfangs. Sie atmete noch einmal tief ein und roch zu ihrem eigenen Erstaunen Lavendel und Rosmarin. Verwundert suchte sie mit ihrem unbedeckten grünen Auge die unzähligen Körbe und Krüge ab. Sie hatte sich noch nie für Kräuter interessiert. Eine ihrer Pflegemütter hatte zwar einen Kräutergarten auf der Fensterbank ihrer Küche, Charlie war sich allerdings nie bewusst geworden, dass sie jemals einzelne Kräuter am Geruch voneinander unterscheiden konnte. Jetzt allerdings war sie sich ziemlich sicher.

*Lavendel, Zimt und Rosmarin. Woher hatte sie plötzlich diese feine Nase?*

Sie schnüffelte sich die Körbe entlang.

*Ja, da vorne, das musste Rosmarin sein, und das gelborange Puder in dem braunen Krug war ganz sicher Zimt.*

Konzentriert musterte sie die gigantische Auswahl an außergewöhnlichen Gewächsen. Eine geflochtene Schale enthielt ein unscheinbares, getrocknetes Kraut. Charlies Blick blieb daran hängen.

Sie wusste nicht warum. Das Kraut war grünbraun und wirklich nicht sehr aufsehenerregend. Sie roch daran. Es hatte nicht einmal einen besonderen Geruch.

*Ähnlich wie Heu,* dachte Charlie. Es schien jedoch eine kräftige Energie davon auszugehen. Es kribbelte in jedem Winkel ihres Körpers! Während Charlie noch überlegte, ob diese seltsame Kraft ihr Angst machte oder eher positiv wirkte, spürte sie, dass sie beobachtet wurde. Zwei grüne Knopfaugen musterten Charlie ruhig, aber sehr interessiert aus dem Dunkel des Wagens.

Charlie fühlte sich ertappt, hielt aber dem prüfenden Blick der ergrauten Frau stand. Diese verzog keine Miene, griff aber nach einem kleinen sandbraunen Beutel, füllte ihn mit dem merkwürdigen Kraut und reichte ihn Charlie wortlos.

Charlie rührte keinen Finger. Sie starrte die Frau weiterhin gebannt an. Die Hand, die ihr den Beutel entgegenhielt, hatte zwischen Daumen und Zeigefinger ein Pentagramm tätowiert, einen fünfzackigen Stern.

Die Alte ließ den Beutel einige Male vor Charlies Nase hin und her baumeln und sagte dann leicht ungeduldig, mit einer tiefen, sehr rauen Stimme: »Na, nun nimm schon. Du wirst zu gegebener Zeit schon herausbekommen, welche Kraft in diesem Kraut wohnt!«

Charlie streckte die Hand nach dem Beutel aus. Sie konnte die Energie spüren, die von seinem Inhalt ausging. Ihr wurde übel und leicht schwindlig davon. Charlie gingen tausend Fragen durch den Kopf.

*Woher wusste diese Frau, dass sie eine Kraft verspürte? Was meinte sie mit ‚zu gegebener Zeit‘? War das Kraut gefährlich?*

In diesem Augenblick hörte Charlie ihren Namen rufen.

»Da bist du ja! Wir hatten schon geglaubt, dich verloren zu haben!«. Charlie wirbelte herum und sah Tora und Kunar auf sich zukommen. Dabei musste sie einen sehr dummen Gesichtsausdruck gemacht haben, denn Kunar fing an zu grinsen.

»Hast du in eine Draug gebissen? Oder welcher Schwarzelf ist dir auf die Füße getreten?«

Charlie wusste weder was eine Draug war, noch wie Schwarzelfen aussahen, brachte aber dennoch ihre Gesichtszüge rasch wieder in die richtigen Bahnen. Verlegen lächelte sie.

»Komm schon, wir brauchen Wolle und einiges an Obst und Gemüse!«, drängte Kunar.

»Geht schon vor«, sagte Tora. »Ich muss für Tyrvi noch einige Kräuter besorgen.«

Charlie blickte hinter sich in den dunklen Wagen. Die Frau war wieder dabei, ihre Körbe und Krüge zu sortieren, als wäre nichts geschehen. Bevor Charlie etwas sagen konnte, packte Kunar sie am Ärmel und zog sie an dem Stand mit den Bergen von Seidenstoffen vorbei. Sie sah sich um und konnte Tora sehen, die gerade einige hellbraune Beutelchen entgegennahm und mit irgendwas, das hell und klein war, bezahlte.

*Bezahlen!*, schoss es ihr durch den Kopf. *Ich habe gar nicht bezahlt!*

Womit zahlte man hier bloß? Aber dann erinnerte sie sich, dass sie ja eigentlich gar nichts hatte kaufen wollen.

*Diese Frau hatte ihr den Beutel aufgedrängt!*

Charlie spürte wieder das seltsame Prickeln, das von dem Seidenbeutelchen in ihrer Hand ausging. Irritiert folgte sie Kunar, der einen Stand mit einer riesigen Auswahl an Wolle ansteuerte.

Wollknäuel in diversen Farben stapelten sich neben Körben mit Stricknadeln aus Holz und einem anderen Material, das Charlie unbekannt war. Die weißbraun gefleckten, dünnen, sehr glatten, leicht gebogenen Stäbe erinnerten Charlie an chinesische Essstäbchen.

»Riesenigelborsten«, klärte Kunar sie auf. »Die Spitze wurde rund poliert. Wir Männer verwenden Riesenigelborsten allerdings als Speerspitzen zum Jagen von größerer Beute.«

Charlie ließ ihren Blick weiter über das Sortiment gleiten. In einer Ecke quoll ein riesiger Korb mit kleinen Wollbällchen über. Einige waren über den breiten Rand auf den Boden gekullert.

Sie fragte sich gerade, von welchem Tier die weißen Büschel wohl stammten, als Kunar seine Bestellung aufgab: »Zwei große Beutel Wollgras bitte und eine neue Spindel!«

Der hagere Verkäufer brummte etwas Unverständliches in seinen verzwirbelten Bart und füllte die von Kunar mitgebrachten Beutel – natürlich aus diesem seidigen Stoff gewebt – mit mehreren Armvoll weißer Wollbälle. Er reichte die prall gefüllten Beutel samt einer Holzspindel über den Ladentisch und brummte: »Das macht 15 Odens-Taler!«

Charlie sah, wie Kunar einen dunkelblauen Beutel zückte und 15 perlmuttglänzende Muscheln abzählte. Alle waren mit einem Zeichen markiert, das wie eine Art Siegel aussah.

Charlie hätte sich die Muscheln gerne genauer angeschaut. Sie wäre aber zu sehr aufgefallen. Also zügelte sie ihre Neugier und half Kunar stattdessen, die prallen Beutel auf Gyllers Rücken zu befestigen. Sie verzurrten gerade den zweiten Sack, als Tora angeschlendert kam. Fünf Beutelchen mit Kräutern und Gewürzen landeten in einer von Gyllers ledernen Satteltaschen.

Plötzlich zerriss ein gellendes, krähendes Geschrei die Luft! Das Geplapper der Menschen verstummte kurz, um dann in ein aufgeregtes Flüstern, Wispern und Tuscheln überzugehen. Wütendes Krähen und Gepolter schallte über den gesamten Marktplatz. Es hörte sich wie der Ausbruchsversuch eines nicht gerade kleinen Tieres an.

Die Marktbesucher sahen sich aufgeregt nach einer Fluchtmöglichkeit um, und Gyller tänzelte nervös an seiner Führleine umher.

»Ich hab ihn!«, hörte Charlie dann jemanden am äußersten Ende des Marktplatzes keuchend rufen. Das Krähen wurde zu einem erstickten Quieken und verstummte dann.

»Was um Himmels willen war denn *das*?«, zischte Charlie leise in Toras und Kunars Richtung.

»Schscht«, raunte Kunar.

Tora zupfte Charlie am Ärmel. »Komm', ich zeig es dir!«, zog sie mit vor Aufregung geweiteten Augen Charlie hinter sich her.

»Heute ist anscheinend auch Hippolektrion-Markt!«, flüsterte sie. »Gefährliche Tiere! Können einen von oben bis unten aufschlitzen oder einfach einen Arm abtrennen!«, hauchte sie ehrfürchtig. »Sie sind aber unersetzlich für die Arbeit auf dem Feld.«

Tora zog Charlie an diversen Buden, Ständen und Wagen vorbei. Der herbe, beißende Gestank von Tierexkrementen wurde stärker. Charlie konnte es Trampeln und Scharren hören. Und dann sah sie es! Dort am äußersten Ende des Marktplatzes waren etwa ein Dutzend buntgefiederte Kreaturen angebunden.

Was Tora als Hippolektrion bezeichnete, waren pferdeähnliche Wesen mit dem kräftigen Körper eines Kaltblutpferdes und dem Kopf eines Hahnes. Die bunte Federpracht erstreckte sich bis zum Halsansatz und ging dort in ein Pferdefell über. Die seltsamen Mischwesen gab es in verschiedenen Farben – von diversen Brauntönen über Apfelschimmel und Grauschimmel bis Schwarz. Sogar ein Schecke war darunter. Die Hinterläufe der Tiere waren mit dünnen Seilen zusammengebunden, ebenso die Vorderläufe, die seltsamerweise in dicken Lederschuhen steckten.

Tora zog Charlie zur Seite.

»Siehst du die Vorderläufe? Es sind riesige, scharfe Klauen! Sehr gefährlich. Wenn sie keine Schuhe tragen, können sie einem trotz der Seile großen Schaden zufügen. Hippolektrions stellen sich auf die Hinterhufe und fuchteln mit den Vorderläufen durch die Luft. Bei der Arbeit auf dem Feld sind die Beine natürlich nicht zusammengebunden. Dann ist es besonders wichtig, dass die Schuhe fest verschnürt sind!«

Toras Augen funkelten vor Aufregung. Man hätte fast glauben können, dass nicht Charlie, sondern Tora von der Erde stammte! Offensichtlich waren Hippolektrions trotz ihrer Nutzung als Arbeitstiere eine Sensation. Ein pechschwarzes Hippolektrion schüttelte wütend sein grünrot gefiedertes Haupt und gab grunzende Töne von sich. Zu mehr war es nicht fähig, da sein Schnabel mit einem Lederriemen zugeknotet worden war. Sein großer, fleischiger Kamm schwenkte bedrohlich hin und her. Der Rappe stampfte und zerrte an seinem dünnen Seil, aber die Leine gab keinen Zentimeter nach. Als Charlie das Hippolektrion näher betrachtete, sah sie, dass der Sand unter seinen Hufen blutrot war! Tora hatte es auch bemerkt.

»Das ist offensichtlich der, der so einen Lärm gemacht hat«, flüsterte sie mit einem Schaudern. »Er muss jemanden verletzt haben.« Sie sah sich um. »Ja, da drüben. Sieh nur!«

Entsetzt deutete Tora auf einen kräftigen Mann, der wie gelähmt dastand. Sein linker Arm war furchtbar zugerichtet. Haut und Muskeln hingen ihm in Fetzen von den Knochen. Überall troff Blut herab. Es tränkte seine Kleidung, den staubigen Boden und Teile des Umhanges eines anderen Mannes, der gerade versuchte, den verletzten Arm auf einem Holzblock festzuzurren.

Dann ging alles ganz schnell. Ein weiterer Mann hob eine riesige Axt hoch über seinen Kopf und ließ sie dann mit aller Kraft hinunter sausen. Charlie hörte es krachen, wie wenn Holz bricht. Blut spritzte den umstehenden Menschen ins Gesicht. Der abgetrennte Arm fiel auf den Boden. Der Mann sackte leblos in sich zusammen, während sich flinke Hände am Stumpf zu schaffen machten.

Charlie war speiübel. Fassungslos starrte sie zu der blutigen Szenerie hinüber, unfähig ihren Blick davon zu lösen. Von weit entfernt hörte sie Toras zitternde Stimme. Sie fühlte, wie jemand sie am Ärmel zog. Sie blinzelte und schluckte ein paar Mal, dann sah sie in Toras ebenso kreideweißes Gesicht und folgte ihr ohne Zögern.

*Weg! Nur weg von hier!,* dachte sie und konnte nur mit großer Anstrengung vermeiden, sich zu übergeben.

Kunar hatte Gyller nicht dazu bewegen können, auch nur in die Nähe der gefährlichen Hippolektrions zu gehen. Er stand sauer und ungeduldig an einem Wagen mit Schnüren und Seilen in allen erdenklichen Stärken. Gyller hatte sich anscheinend wieder beruhigt und döste, ein Bein ruhend angewinkelt, vor sich hin.

»Was ist passiert?«, rief Kunar, als Charlie und Tora mit bleichen Gesichtern auf ihn zukamen.

»Das Hippolektrion hat jemandem den Arm zerfetzt!«, berichtete Tora aufgeregt. »Dann haben sie den Arm einfach abgehackt!« Ihre Augen weiteten sich bei der Erinnerung an die brutale Amputation.

»Gefährliche Biester!«, brummte Kunar. Tora starrte ihn an.

»Sie haben ihm einfach den Arm abgehackt!«, rief sie aufgewühlt.

»Ja. Vermutlich wäre er sonst verblutet. Einen Stumpf zu verbinden und dadurch das Blut zu stillen, ist wesentlich einfacher«, erklärte Kunar in sachlichem Ton. Charlie und Tora wechselten einen fassungslosen Blick.

Trotzig weigerte er sich, Mitleid zu zeigen. Nur allzu gerne wäre er selbst dabei gewesen. Die Folgen eines Hippolektrionangriffs bekam man ja nicht alle Tage zu sehen. Nicht einmal *einen* Blick hatte er auf die kräftigen Tiere werfen können! Tora und Charlie hatten ihn mit Gyller einfach stehen lassen!

»Los, kommt jetzt!« Schlecht gelaunt zerrte Kunar den verdutzten Gyller hinter sich her. »Wir brauchen noch Obst und Gemüse!«

»Der beruhigt sich schon wieder«, flüsterte Tora Charlie zu, während sie ihm folgten.

Tora hatte recht. Nachdem sie an einem Stand mit seltsamen Früchten, Wurzeln und Ähnlichem die Besorgungen für den Saligasterhof gemacht hatten, war Kunar wieder der Alte. Sie schlenderten neugierig über den Marktplatz und verbrachten geraume Zeit an einem Wagen mit Schmuck. Tora warf sehnsüchtige Blicke auf das große Angebot. So fiel es gar nicht auf, dass Charlie viel Zeit damit verbrachte, den ungewohnten Schmuck zu bestaunen.

Da gab es Armbänder und Halsketten aus Holzperlen und Tierzähnen, aus Seidenband geknüpfte Bänder und Gürtel sowie ein breites Angebot an Lederschmuck, oft in Verbindung mit Holzperlen und anderen Naturmaterialien. Steine in allen Farben und Größen lagen in geflochtenen Körben oder hingen an bunten Lederbändern. Besonders interessant fand Charlie allerdings ein rotes Gestein mit dunkelbraunen bis schwarzen Einschlüssen. Die Steine waren zu Schmuckstücken aller Art geformt worden. Da gab es Ringe, Armreife in diversen Stärken, Kettenanhänger in Sternform, mit Symbolen oder Formen von pittoresken Tieren, die Charlie noch nie gesehen hatte. Ein Stein sah aus wie ein Drache, einer erinnerte sie an die Schnitzereien an den drei Häusern am Marktplatz.

»Phönixsteine!«, schwärmte Tora und überließ es ihrem Bruder, die Besucherin von der Erde aufzuklären.

Kunar erzählte, dass der Vogel Phönix sich selbst verbrannte, um die Geburt seiner Nachkommen zu sichern. Phönix-Eier benötigten enorme Hitze, um die Küken zum Schlüpfen zu bringen. Der Vogel opferte sich selbst, um etwa fünf Jungen das Leben zu schenken.

Um Phönixsteine herzustellen, nutzten die Menschen in Vanaheim diese enorme Hitze. Sie legten Formen mit einem roten Stein in ein Phönixnest. Die Hitze, die beim Verbrennen des Vogels entstand, schmolz das Gestein, das sich in der Form verteilte. So konnte man Steine in jede erdenkliche Gestalt gießen.

Charlie war fasziniert. So einen Stein hätte sie gerne gehabt! Doch Phönixsteine waren sehr teuer und sie hatte außer ihren schwedischen Kronen kein Geld. Auch Tora und Kunar konnten sich keinen Schmuck leisten. Sie bekamen auf dem Saligasterhof nur das Nötigste.

Es war fast Mittag. Sobald die Sonne im Zenit stand, sollte das Feuerritual stattfinden. Tora, Kunar und Charlie waren in der letzten halben Stunde mehrmals an einem orange-roten Zelt vorbei geschlendert. Leider war nichts und niemand zu sehen. Als sie zum x-ten Male hinüber sahen, trat ein kleiner Mann mittleren Alters heraus. Er hatte seine langen orange-roten Haare zu einem Zopf gebunden. Die Geschwister und Charlie gesellten sich zu den heranströmenden Menschen, die der bevorstehenden Demonstration entweder nur zusehen wollten oder denen aus irgendeinem Grund das Feuer ausgegangen war. Charlie reckte neugierig ihren Hals. Sie wollte auf gar keinen Fall etwas verpassen.

Es war fast so weit.

*Sollte sie tatsächlich Zeugin von echter Magie werden?*

Charlie zitterte vor innerer Anspannung. Aufmerksam verfolgte sie jede Bewegung des Mannes.

»Er heißt Höder«, flüsterte Tora in Charlies Ohr. Der Ken Magier trug einen rubinroten Mantel über seinen dunkelblauen Beinkleidern.

*Wie eine Flamme,* dachte Charlie. Höder war zwischen Daumen und Zeigefinger tätowiert, genauso wie die Frau im Kräuterwagen. Allerdings war es kein Pentagramm, sondern ein Stab.

*Sieht aus wie ein Zauberstab,* dachte Charlie, während sie Höder beobachtete, wie er sich vor seinem Zelt aufstellte. Ein Helfer brachte dünne Holzspäne und einige Holzscheite, die der Magier vor sich auf den Boden legte. Dann schüttelte er einen kurzen Stab aus seinem rubinroten Ärmel, hielt ihn kurz mit beiden Händen hoch und nahm ihn dann in die rechte Hand.

*Vielleicht ist das ein Zauberstab?,* dachte Charlie und musterte kritisch den Gegenstand in Höders Hand. Eigentlich war es einfach nur ein dicker Stock. Nicht einmal die Rinde war entfernt worden!

Höder drehte sich langsam im Uhrzeigersinn. Dabei hielt er den Stab auf den Boden gerichtet, als ob er einen Kreis in den Sand malen wollte. Tatsächlich hatte Charlie das Gefühl, dass der Boden unter Höders Füßen heller leuchtete als der Rest des Sandes.

*Einbildung? Sinnestäuschung? Oder vielleicht Tatsache?*

Als Höder seinen Zirkel vollendet hatte, stellte er sich wieder in die Mitte des Kreises direkt vor seinen kleinen Scheiterhaufen. Dann hob er den Stab und schwenkte ihn. Nach einer Drehung um 90 Grad hob er den Stab zum zweiten Mal und schwenkte ihn wieder. Noch zwei mal führte er die merkwürdige Prozedur aus.

Er senkte den Stab und führte ihn einmal über die Holzscheite. Höder ließ den Stab wieder in seinem Ärmel verschwinden und kniete sich nieder. Er streckte beide Hände mit den Handflächen nach oben, beugte sich vor und blies vorsichtig über die geöffneten Handflächen auf das Holz. Da fing es in den Spänen unter den Scheiten an zu qualmen. Eine dünne Rauchspirale schlängelte sich vor Höder gen Himmel. Dann entzündeten sich die Späne.

Charlie hielt den Atem an. Die Flamme wurde stärker und erfasste bald auch eines der größeren Scheite. Nur eine Minute später brannte der Holzhaufen lichterloh. Charlie starrte fasziniert auf das aus dem Nichts entstandene Feuer.

*Magie!*, dachte sie überwältigt. *Nicht zu fassen!*

Höder hatte doch tatsächlich durch Magie ein Feuer entzündet!

Er erhob sich, verneigte sich einmal in alle Himmelsrichtungen und schritt dann seinen Zirkel in umgekehrter Richtung ab. Charlie starrte ungläubig auf den hellen Ring aus Licht, der langsam im Sand zu versinken schien. Der Ken Magier machte eine einladende Handbewegung in Richtung Feuer, drehte sich einmal in die Runde und verschwand dann hinter den orange-roten Zeltbahnen.

Die Menschen, die Höders Feuerritual betrachtet hatten, kamen einer nach dem anderen zum lodernden Feuer. Sie hatten Fackeln mitgebracht, die sie an Höders Feuer entzündeten und dann feierlich davontrugen.

Charlie aber stand unbeweglich an ihrem Platz und betrachtete nachdenklich den Vorhang, hinter dem Höder verschwunden war.

*Hatte sie sich geirrt? Nein, sie war sich ziemlich sicher.*

Sie hatte schon einmal eine blinde Person gesehen: Frau Larsson. Ihre Augen bewegten sich zwar, aber sie fokussierten nicht so wie bei einem Sehenden. Wenn sie einen anblickte, schien sie auf seltsame Weise durch einen hindurch zu blicken!

*Genauso wie Höders Augen, als er sich in die Runde drehte.*

Charlie nagte gedankenverloren an ihrer Unterlippe.

*Konnte ein blinder Mann ohne Hilfe solch ein Ritual ausführen? Ja, warum eigentlich nicht? Ein Helfer hatte Höder Holzscheite gebracht. Er hatte lediglich den kurzen Weg von seinem Zelt zu seinem Zirkel zurückgelegt. Dort hatte er dann ein Ritual ausgeführt, welches er vermutlich schon im Schlaf beherrschte.*

Charlie war sich sicher.

»Er ist blind«, murmelte sie.

»Was?«, fragte Kunar, der direkt neben ihr stand.

»Er ist blind«, wiederholte Charlie etwas lauter. »Ich meine Höder«, fügte sie hinzu.

»Nein, das ist unmöglich«, erwiderte Kunar.

»Doch!«, sagte Charlie. »Ich bin mir ganz sicher. Er ist blind.«

»Kann das sein?«, fragte Tora laut. »Kann er wirklich blind sein?«

Höders Helfer, der nicht weit von ihnen entfernt im Schatten des Zeltes stand, lächelte Tora freundlich an.

»Du hast gute Augen«, sagte er mit weicher Stimme. »Nicht jeder hätte es bemerkt. Ja, er ist blind. Schon seit Jahren. Die Fähigkeit, das Feuer zu beherrschen, bezahlte er mit seinem Augenlicht.«

Dann drehte sich der Mann und verschwand in Höders Zelt.

Kunar und Tora blickten Charlie ungläubig an.

»Woher wusstest du es?«, fragte Kunar endlich. Charlie erzählte ihnen von Frau Larsson.

»Ich habe noch nie davon gehört, dass es blinde Magier gibt«, sagte Kunar. »Ich dachte immer, man muss gesund und perfekt sein, um Magie auszuüben!«

»Anscheinend ist das nicht so. Auch du kannst dich mal irren!«, fügte Tora mir bissigem Unterton hinzu.

»Ich habe nie behauptet, dass ich alles weiß!«, sagte Kunar verlegen und sah zu Charlie hinüber.

»Du tust aber immer so!«, schnappte Tora zurück, wandte sich um und ging los. »Wir müssen nach Hause. Tyrvi wartet auf ihre Sachen.«

*Typische Geschwisterkabbeleien,* dachte Charlie und erinnerte sich dabei an die Zwillinge in ihrer Schulklasse in Lillby. Niemand hatte sich so sehr gestritten und gegenseitig bekämpft wie Alice und Tommy. Aber wenn es darauf ankam, hielten sie immer zusammen. Keiner hätte es dann gewagt, die Zwillinge herauszufordern.

Die drei Jugendlichen verließen den Marktplatz durch die Passage beim Haus mit den vielen Türmchen. Dieses Mal war der Durchgang menschenleer. Sie hatten das Haus mit den Schnitzereien gerade hinter sich gelassen, als vor ihnen ein großer Wagen um die Ecke bog. Die prachtvolle Holzkutsche wurde von acht Einhörnern gezogen. Das dumpfe Klappern der zweiunddreißig Hufe wurde vom lauten Poltern der riesigen Holzräder begleitet. Die Ledergeschirre knarrten und quietschten. Auf dem Kutschbock saß ein dicker, kahlköpfiger Mann, der die Einhörner gerade zu einer langsameren Gangart zügelte. Kunar ergriff Charlies Umhang und zog sie hastig zur Seite. Tora, die ein paar Schritte vor ihnen gegangen war, zwängte sich schon an eine Hauswand. Kunar, Charlie und Gyller taten es ihr nach.

Die Kutsche polterte geräuschvoll an ihnen vorbei. Vier Menschen saßen auf den hinteren Sitzen. Alle vier trugen lange Mäntel und hatten die Kapuzen so weit ins Gesicht gezogen, dass es unmöglich war, sie zu erkennen. Anhand ihrer Größe konnte Charlie ausmachen, dass es sich um zwei Erwachsene und zwei Kinder handeln musste. Sicher war sie sich allerdings nicht. Als die Kutsche langsam vorbeirollte, schien die kleinste Person Charlie mit ihrem Blick zu verfolgen. Der Kopf drehte sich langsam mit der Bewegung der Kutsche. Charlie starrte in die dunkle Öffnung der Kapuze und obwohl sie nichts erkennen konnte, war sie sich sicher, dass diese Person sie eindringlich von oben bis unten musterte.

Der Kutscher lenkte die acht Einhörner mit sicherer Hand durch die enge Passage. Rumpelnd verschwand der Wagen hinter dem großen hölzernen Turmbau. Charlie blickte nachdenklich auf die leere Passage. Ein Rabe schwang sich von der Spitze des Turmes herab und glitt lautlos über den Marktplatz.

*Wer war das bloß gewesen? Was hat die kleine Person an mir so interessant gefunden? Warum sah sie nicht Tora oder Kunar an?*

Charlie folgte dann hastig dem schwankenden Hinterteil von Gyller, der jetzt wieder mitten auf dem Weg neben Kunar hertrottete. Kunar winkte Charlie zu sich.

»Wie wär's, wenn du nicht jeden so anstarren würdest? Ein bisschen auffällig, findest du nicht auch?«, fragte er vorwurfsvoll.

»Wer war das?«, fragte Charlie, ohne sich um den Tonfall in Kunars Stimme zu kümmern.

»Das«, sagte er mit einem Drohen in der Stimme, »das war Lodur! Einer von Odens Helfern. Er, seine Frau Vigdis und seine beiden Söhne. Sie wohnen auf Bilskirne.«

Als Kunar Charlies fragende Augen sah, fügte er hinzu: »Bilskirne, das große Schloss nicht weit von der alten Eberesche!«

*Ach ja, richtig,* erinnerte sich Charlie.

Die Geschwister und Charlie verließen das Dorf. Sie wanderten auf den dichten Wichtelwald zu, wie Tora und Kunar den Schuppenfichtenwald nannten.

»Die Kinder«, fragte Charlie. »Wie heißen die? Und wie alt sind sie?«

»Keine Ahnung«, antwortete Kunar. »Keiner im Dorf hat je ihre Gesichter gesehen. Die Söhne von Odens Helfern werden vom gemeinen Volk abgeschirmt, bis sich herausstellt, wer der Nachfolger wird. Als ob jemand es wagen könnte, ihnen etwas zu tun!«, spottete Kunar.

Charlie dachte an den jüngsten Sohn, der sie so eindringlich gemustert hatte.

»Und wer wird der Nachfolger? Ich meine, wird er gewählt oder muss er eine Prüfung bestehen, oder so ähnlich?«

Kunar schüttelte den Kopf: »Nein. Normalerweise wird der Erstgeborene Nachfolger. Entwickelt dieser aber keine magischen Kräfte, ist er ungeeignet. Hat keiner der Söhne magische Kräfte, wird jemand Neuer Odens Helfer. Er muss eben magische Fähigkeiten besitzen und Oden ewige Treue schwören. So ungefähr zumindest.«

Genau wusste Kunar also auch nicht Bescheid.

*Magische Fähigkeiten entwickeln. Hm,* überlegte Charlie. *Man besaß also nicht von Geburt an magische Kräfte.*

So etwas hatte Kunar schon einmal gesagt. Charlie wäre zu jung, hatte er bei ihrem zweiten Treffen zu Tora gemeint. Während sie überlegte, huschten einige Fichtenwichtel grummelnd und keuchend über den Weg und verschwanden auf der anderen Seite in den Tiefen des Wichtelwaldes. Zwei von ihnen hatten bereits grün schimmernde Knospen zwischen ihren rotbraunen Schuppen.

»Ab wann entwickelt man magische Fähigkeiten?«, fragte Charlie schließlich.

»Unterschiedlich. Das kann, soweit ich weiß, keiner voraussagen«, antwortete Kunar und warf einen bedeutungsvollen Blick auf Tora. Es war ein *ich-weiß-nun-mal-auch-nicht-alles*-Blick.

Tora verdrehte genervt die Augen.

Kunar fuhr fort: »Die meisten spüren die ersten Kräfte, bevor sie 20 Sommer sind. Ich habe einmal gehört, dass noch niemand unter 14 Sommer magische Fähigkeiten entwickelt hat.« Er zuckte wieder mit den Achseln. »Genau weiß ich es eben nicht.«

»Dann ist Lodur also ein Magier«, sagte Charlie mehr zu sich selbst.

»Er ist ein Ass Lagu, sagt man!«, stieß Tora hervor.

»Ein Ass Lagu? Was ist denn das?«, fragte Charlie.

»Na ja, Höder ist ein *Ken* Magier, er beherrscht das Feuer. Lodur ist ein Ass Lagu. *Ass* steht für die Luft und *Lagu* für Wasser.«

Charlies Augenbrauen fuhren interessiert in die Höhe: »Gibt es denn unterschiedliche Magiern? Können nicht alle das Gleiche lernen?«

Tora schaute Charlie verständnislos an.

»Was meinst du? Natürlich nicht«, sagte sie. »Ratatosk kann zwar sehr gut springen, aber er wird niemals fliegen lernen wie ein Nidhögg! Alle können nun mal nicht das gleiche!«

»Wer sind denn *Rata-Dingsta* und *Nid-Bomsta*?«, fragte Charlie.

Tora kicherte.

»Ratatosk ist der Name eines Eichhörnchens und Nidhögg,…«

Sie stockte.

»Na ja«, sagte sie dann. »Ein Nidhögg ist eben ein Nidhögg.«

Als Charlie sie anblickte, erklärte sie: »Der Nidhögg ist ein Nachtwesen aus der Schattenwelt. Nidhöggs sind sehr gefährlich, aber sie kommen nur nachts, und da ist man ja sowieso am besten im Haus oder im Schutz eines Jordvätten aufgehoben. Ein Nidhögg und das Eichhörnchen Ratatosk kommen in einer alten Sage vor. Habe aber vergessen, wie die geht.«

»Schau mich nicht so an«, empörte sich Kunar. »Ich weiß nun mal auch nicht alles!«

Tora und blickte mit erhobener Nase über ihren Bruder hinweg.

Charlie seufzte.

*Hörten die denn nie auf?*

»Was ist jetzt mit den verschiedenen Magiern?«, hakte sie nach.

»Außer *Ass*, *Lagu* und *Ken* gibt es noch *Bjarka*. Das steht für die Erde«, sagte Tora.

»Höder ist also nur ein Feuermagier? Und dieser Lodur ist Luft- und Wassermagier?«

Tora nickte.

»Dann kann man also mehrere magische Fähigkeiten gleichzeitig haben?«, fragte Charlie.

»Falls Lodur tatsächlich ein Ass Lagu ist, muss das wohl so sein«, überlegte Kunar. »Ehrlich gesagt, weiß ich es auch nicht so genau. Sie erklären es einem, wenn man magische Fähigkeiten entwickelt… glaube ich…«

Charlie ging eine Weile schweigend neben den Geschwistern her. Dann fragte sie: »Was machen denn Magier noch so, außer Feuer?«

Die Geschwister zählten abwechselnd auf, was ihnen einfiel.

»Sie können Feuer löschen. Ein Lagu kann es beispielsweise regnen lassen«, sagte Kunar.

»Sie können Kranke heilen«, ergänzte Tora. »Aber sie können auch Krankheiten bringen, so wie Oden!« Sie schüttelte sich bei diesem grauenvollen Gedanken.

»Bringt Oden etwa mit Absicht Krankheiten zu euch?«, fragte Charlie entsetzt.

»Ja«, sagte Tora düster. »Wenn ihm etwas nicht passt oder jemand einen Fehler gemacht hat, bringt er die Pest über diese Familien. Die Pest breitet sich dann schnell aus und Hunderte Menschen sterben. Hauptsächlich Nichtmagier. Die haben ja keinen Schutz!«

»Wieso tut er so was Grausames?«, fragte Charlie.

»Er kann auch Dinge zerstören und Zwietracht säen«, brummte Kunar.

»Ja«, ereiferte sich Tora. »Tyrvi sagt, er mache das nur so aus Spaß!«

Dann fing sie plötzlich an zu lachen: »Man kann auch mit Magie aufräumen«, sagte sie. »Ich war mal auf dem Hagrâdahof. Gnâ ist Ass Magierin. Als ich da ankam, flogen gerade alle möglichen Dinge durch die Luft! Sie sagt, das passiert ab und zu, wenn sie so richtig wütend ist!«

»Ja«, bestätigte Kunar. »Und sie kann auch Wind machen oder einen Sturm zähmen! Und manche, habe ich gehört, können Wellen auf dem Meer bändigen!«

»Ich habe mal gehört«, versicherte Tora, »dass jemand einen Liebesgalder für eine Frau gemacht hat, damit sie ihn begehrt!« Tora kicherte. »Sie soll ihn dann fast zu Tode geliebt haben. Man sagt, dass man sehr vorsichtig damit sein soll, was man sich so wünscht!«

Während die drei den Waldweg entlang schlenderten, erzählten Tora und Kunar von weiteren missglückten Magieversuchen. Anscheinend waren magische Fähigkeiten nicht ganz ungefährlich und konnten böse Folgen haben!

# 7. Heilkräfte

*A*uf dem Weg durch den Wichtelwald dachte Charlie über Oden nach.

*Bringt er tatsächlich aus Lust und Laune Krankheiten über die Menschen in Vanaheim? Wie böse muss man sein, um so etwas aus Spaß oder Langeweile zu tun? Oder steckt da noch etwas anderes dahinter?*

Tora und Kunar hatten jedenfalls keine Ahnung, weshalb Oden so etwas tat. Es schien sie nicht einmal zu beunruhigen!

*Allerdings,* dachte Charlie, *waren sie es wohl nicht anders gewohnt. Oden hatte offensichtlich schon immer Böses gebracht. Oder nicht? Vielleicht brachen die Krankheiten einfach so aus wie bei uns daheim die Grippe.*

Für die Grippe war auch keiner verantwortlich. Andererseits waren sich Kunar und Tora ihrer Sache sehr sicher gewesen.

*Und Magie gab es hier auf Vanaheim tatsächlich.*

Sie hatte es eine Stunde zuvor selbst gesehen! Wenn Tora und Kunar recht hatten, konnte man mit Magie auch Böses anrichten. Charlie dachte an die Frau, die ihren Mann angeblich fast zu Tode geliebt hatte.

*Geschah ihm recht,* dachte sie. *Jemanden zu etwas zwingen, ist nicht gerade nett! Auch wenn es sich um Liebe handelt!*

Charlie runzelte die Stirn.

*Böse Magie schien gefährlich zu sein. Nicht nur für die Opfer, sondern auch für den Magier, der dafür verantwortlich war. Vorausgesetzt, die Geschichten stimmten!*

»Ob Oden wohl auch seine gerechte Strafe bekommt?«, fragte Charlie nach einer Weile.

Tora und Kunar schauten Charlie verdutzt an.

»Na ja«, versuchte Charlie zu erklären. »In euren Geschichten haben die, die Unheil gebracht haben, immer eine Art Strafe erhalten.

Meint ihr, Oden wird auch bestraft?«

»Wenn, dann haben wir davon noch nicht viel bemerkt!«, erwiderte Kunar sarkastisch.

»Schön wär's«, seufzte Tora. »Glaube ich aber nicht. Er ist immerhin der mächtigste Magier, der je gelebt hat! Er kann doch alles haben, was er will, oder?«

»Vermutlich hast du recht Tora«, sagte Kunar.

Dann lächelte er Charlie zu: »Aber der Gedanke, dass auch Oden seine gerechte Strafe erhält, ist schon sehr verlockend!«

Charlie grinste und trat einen runden Stein beiseite, der vor ihr auf dem Weg lag. Als der Stein davon hüpfte, bemerkte sie, dass er ein Loch hatte. Sie folgte dem kullernden Stein und betrachtete ihn, als er vor ihren Füßen zu liegen kam. Sie hob ihn auf und drehte ihn in der Sonne.

Es war kein besonderer Stein. Er war dunkelbraun bis schwarz und etwa so groß wie eine Pflaume. Das einzige Besondere an ihm war das Loch, durch das Charlies ganzer Daumen passte.

»Oh, sieh' mal Kunar!«, rief Tora entzückt. »Charlie hat einen Hexenstein gefunden!«

Kunar kam näher: »Tatsächlich! Du solltest ihn behalten. Hexensteine bringen Glück!«

Charlie ließ ihn in ihre Hosentasche gleiten. Dabei stieß sie an den kleinen Seidenbeutel vom Markt. Die Kraft des Krautes überwältigte sie fast. Ihr wurde übel. Sie taumelte und riss dabei den Beutel aus der Tasche.

»Was hast du da?«, fragte Tora neugierig. Charlie hielt ihr das Beutelchen hin. Sie hatte sich jetzt wieder unter Kontrolle.

»Hast du Kräuter gekauft?«, fragte Tora.

»Nein. Die Frau am Kräuterwagen hat es mir gegeben«, antwortete Charlie.

»Gegeben?«, sah Tora sie misstrauisch an. »Du meinst *geschenkt*? Die alte Fulla gibt nie etwas einfach so her! Lass mal sehen!«

Tora riss ihr den Beutel aus der Hand und öffnete ihn. Charlie beobachtete sie aufmerksam.

*Jetzt musste doch auch Tora diese starke Kraft spüren!*

Aber Tora schnüffelte unberührt an dem Kraut und ließ etwas davon durch die Finger gleiten.

»Lindwurmblutskraut«, sagte sie dann. »Sehr giftig! In der richtigen Dosierung kann es bei Vergiftung durch Fleisch und Fisch helfen.«

Sie schnürte den Beutel wieder zu und hob den Kopf.

»Wieso schenkt die alte Fulla dir Lindwurmblutskraut?«

*Tja, wieso?*

Was Charlie aber noch mehr beunruhigte: Wieso reagierte sie selbst so heftig auf diese Pflanze und Tora anscheinend gar nicht? Charlie zögerte, doch dann fragte sie:

»Spürst du denn nichts?«

»Was meinst du?«, fragte Tora endlich.

»Ach nichts«, sagte Charlie schnell.

*Was würden Kunar und Tora von ihr denken, wenn ihr schon beim Geruch oder Anblick eines Krautes schlecht wurde?*

»Wusstest du, dass das Lindwurmblutskraut ist?«, fragte Tora aufgebracht. »Wie kann die Frau dir einfach so einen ganzen Beutel davon schenken, wenn du nicht einmal weißt, wie giftig es ist? Was hat sie gesagt? Hat sie überhaupt etwas gesagt?«

Charlie überlegte.

*Ja, ‚zu gegebener Zeit‘, hat sie gesagt,* dachte Charlie.

»Ich würde schon herausbekommen, welche Kraft diesem Kraut innewohnt«, antwortete sie dann laut.

»Herausfinden? Will sie dich umbringen?«, empörte sich Tora.

Auch Kunar sah Charlie jetzt sehr ernst an. »Du musst *wirklich* vorsichtiger sein!«, tadelte er. »Es gibt bei uns wirklich *sehr* gefährliche Dinge!«

Charlie knirschte mit den Zähnen.

*Glaubten die beiden denn allen Ernstes, sie wäre so blöd gewesen und hätte das Kraut gegessen?*

»Ich hatte nicht vor, es zu probieren«, verteidigte sie sich.

»Nein, das vielleicht nicht«, gab Kunar zu. »Aber das nächste Mal bekommst du vielleicht etwas noch Giftigeres in die Finger!«

Tora nickte zustimmend.

»Manche Kräuter machen einen schon bei Berührung krank!«

Ein Schauer durchfuhr Charlie.

*Hatte die Frau ihr schaden wollen?*

Konnte das sein? War sie davon ausgegangen, dass Charlie das Lindwurmblutskraut probieren würde?

*Du wirst zu gegebener Zeit schon herausbekommen, welche Kraft in diesem Kraut wohnt...*

Für Charlie hatten die Worte nicht bedrohlich geklungen, sondern eher freundlich auffordernd. Jetzt, im Nachhinein, war sie sich ihrer Sache allerdings gar nicht mehr so sicher! Außerdem hatte sie das Gefühl gehabt, dass die Alte gewusst oder *gespürt* hatte, dass Charlie von dem Kraut auf seltsame Art und Weise angezogen wurde!

*Hatte sie sich das nur eingebildet? War es überhaupt möglich, das Gift in dem Kraut zu spüren? War es überhaupt Gift, von dem diese Kräfte ausströmten?*

Unbehaglich starrte Charlie auf den Boden.

»Hallo? Hallo, Charlie!« Tora ließ den Beutel vor ihrer Nase hin und her baumeln. »Hier! Jetzt, wo du weißt, was es ist, kannst du es ja behalten. Es ist immerhin deines.«

Charlie nahm den Beutel entgegen und stopfte ihn schnell zu dem Hexenstein in ihre Hosentasche.

*Der Hexenstein sollte Glück bringen. Hatte er sie davor bewahrt, eine Dummheit zu begehen? Wäre sie ohne ihn vielleicht doch zu neugierig geworden? Hätte sie dann das Lindwurmblutskraut probiert?*

Die drei setzten schweigend ihren Heimweg fort.

Am nächsten Tag saßen Charlie, Tora und Kunar um ihr Mittagslagerfeuer und unterhielten sich lebhaft über den vergangenen Tag. Der Besuch des Marktes in Bragesholm war eine spannende Sache gewesen. Charlie hatte von amoklaufenden Hippolektrions, von vergifteten Getränken und einer Feuersbrunst geträumt, ausgelöst durch eine verschwommene Gestalt im Nebel, vor der unzählige kapuzenbehangene Magier knieten. Sie war schweißgebadet aufgewacht und hatte – um sich abzulenken – erst einmal Holz gesammelt. Nicht, dass es notwendig gewesen wäre. Nein, tatsächlich besaß Charlie seit Kunars und Toras erster Begegnung mit der technischen Erzeugung von Feuer einen ansehnlichen Vorrat an Brennholz. Dünne und dickere trockene Äste lagen neben einem großen bemoosten Stein aufgestapelt. Charlie hatte überlegt, wie sie ihren Vorrat an Holz und diversen anderen Dingen vor Regen schützen konnte. Ihr war nichts Sinnvolles eingefallen, aber Tora war ein paar Tage darauf mit einigen riesigen Blättern daher gekommen, die sie einfach über Charlies Habseligkeiten legte. Ob die Blätterkonstruktion etwas taugte, wusste Charlie nicht. Es hatte glücklicherweise seit ihrer Ankunft in Vanaheim noch nicht geregnet. Keinen Tropfen. Im Übrigen hatte Charlie mit ihrer Vermutung des 26-Stunden-Tages recht gehabt. Damit konnte sie auch voraussagen, wann es abends dunkel wurde.

»Wie es dem Mann von gestern wohl geht?«, überlegte Charlie laut, während sie eine kartoffelähnliche Knolle über dem Feuer röstete. Das heißt, eigentlich hatte sie nur einen bescheidenen Teil der etwa melonengroßen Erdfrucht auf ihren Grillstab gespießt. Kunar und Tora drehten ebenfalls aufgespießte Stücke über den Flammen. Weitere Teile lagen aufgeschnitten auf einem Holzbrett.

Auf ihrem morgendlichen Streifzug durch den Wald hatte Tora eine großblättrige Pflanze entdeckt und zu graben begonnen. Charlie hatte nicht schlecht gestaunt, als eine fußballgroße, kartoffelähnliche Knolle zum Vorschein kam. Die rotbraune Schale war gesprenkelt mit schwarzen Flecken. Tora hatte sie triumphierend hochgehalten und verkündet, dass es sich um ihr Mittagessen handelte. Nach ihren Erläuterungen hatten sie eine wilde Form der ansonsten in Vanaheim im Ackerbau verwendeten Knolle gefunden, die Tora *Jordhuvud* nannte, was so viel wie `Erdkopf´ hieß. Er war sehr schmackhaft und äußerst nahrhaft.

Tora wendete ihr Mittagessen zum wiederholten Male im Feuer.

»Ja«, sagte sie nachdenklich. »Ob der Mann wohl überlebt hat?«

»Ganz schön gefährlich, diese Hippolektrions«, meinte Charlie.

»Wieso lasst ihr nicht Einhörner auf dem Feld arbeiten? Wäre doch viel ungefährlicher. Auf der Erde haben früher auch Pferde auf dem Acker geholfen.«

Kunar schüttelte den Kopf: »Nein, geht nicht. Hast du nicht gesehen, dass man acht Einhörner braucht, um einen Wagen zu ziehen?«

Ja klar, hatte Charlie die Kutsche mit den acht schneeweißen Einhörnern registriert. Es hatte sehr pompös ausgeschaut.

»Einhörner können zwar sehr viel tragen, aber ziehen können sie fast nichts! Also sind sie auf dem Feld ungeeignet«, sagte Kunar.

»Bei uns auf der Erde ist das genau umgekehrt«, überlegte Charlie. »Pferde können viel mehr ziehen als tragen.«

»Was ist überhaupt ein Pferd?«, fragte Tora.

*Ach ja,* dachte Charlie überrascht. *Hier gibt es ja keine Pferde. Ein Pferd muss für Tora und Kunar genauso fremd sein wie für mich ein Einhorn oder ein Hippolektrion!*

»Ein Pferd sieht eigentlich aus wie ein Einhorn. Bloß ohne Horn«, begann sie zu erklären. »Außerdem gibt es sie in verschiedenen Farben, ähnlich wie die Körper der Hippolektrions.«

Tora und Kunar hörten ihr fasziniert zu. Charlie lächelte.

»Es gibt viele verschiedene Pferderassen. Ich hatte zum Beispiel einmal einen Isländer. Das ist ein sehr kleines Pferd, ein Pony. Dann gibt es Vollblüter, Halbblüter und Kaltblüter. Vollblut und Halbblutpferde haben einen ähnlichen Körperbau wie Einhörner, und ein Kaltblut sieht aus wie ein Hippolektrion. Bloß mit einem Pferdekopf. Kaltblüter werden meist für schwere Arbeit eingesetzt.«

»Bei uns gibt es auch verschiedene Arten!«, sagte Tora. »Hippolektrion und Hippogriff! Dann wäre das Hippolektrion ein Kaltblut und ein Hippogriff ein, wie hieß das?«

»Vollblut!«, sagte Charlie. »Hippogriff? Sehen die so aus wie ein Hippolektrion, nur schmaler?«

»Nein, nicht ganz«, erklärte Kunar. »Sie sind viel kleiner und leichter. Ungefähr so groß«. Er hielt die Hand etwa einen Meter über den Boden. »Außerdem haben sie keine bunten Federn und keinen Hahnenkamm. Sie haben den Kopf von einem Greif.«

*Ein Greif, was war denn das schon wieder?*

Kunar bemerkte Charlies Verwirrung und erläuterte:

»Ein Greif ist ein riesiger Vogel. Er hat graubraune Federn und große, breite Flügel. Sein Körper ist mit gelbbraunem Pelz bedeckt und er hat riesige Pranken mit scharfen Krallen.«

Charlie starrte Kunar ungläubig an.

»Hast du schon einen gesehen?«

Kunar und Tora schüttelten die Köpfe.

»Sie leben in den Bergen. Aber am Schloss…«

»Und am Markt!«, sprudelte Charlie plötzlich hervor. Sie erinnerte sich an die merkwürdigen Wesen an den Mauern von Schloss Bilskirne. Kunars Beschreibung passte auf eine dieser Kreaturen.

»Ein Adlerkopf!«, fuhr sie aufgeregt fort. »Ein Hippogriff hat einen Adlerkopf!«

»Wenn du meinst«, sagte Kunar, der ebenso wie Tora natürlich keine Ahnung hatte, was ein Adler war.

»Und wofür verwendet ihr Hippogriffe?«

»Für gar nichts. Sie leben frei in großen Herden. Sie sind zu klein für die harte Arbeit auf dem Feld.«

Charlie lief es kalt über den Rücken.

*Wenn Hippogriffe in großen Herden frei herum streiften…*

Kunar legte etwas Holz nach und Tora wendete die Knollenspieße.

»Gibt es auch freilebende Hippolektrions?«, fragte Charlie mit einem Kloß im Hals.

»Nein, heute nicht mehr«, antwortete Kunar. »Früher hat es große Hippolektrionherden gegeben. Heute gibt es sie nur noch in Gefangenschaft. Sie werden gezüchtet.«

Charlie atmete erleichtert auf.

*So war das auf der Erde mit den Pferden auch.*

Mit dem Unterschied, dass Pferde nicht lebensgefährlich sind! Sie sind eindeutig einfacher zu halten. Charlie dachte daran, wie sie mit ihrem Isländer geschmust und gespielt hatte, so wie Tora mit Gyller.

*Aber ein Hippolektrion?*

Vor ihrem inneren Auge sah sie noch einmal den zerfetzten Arm des Mannes, der versucht hatte, das wildgewordene Biest zu bändigen. Sie sah, wie sich das Hippolektrion mit dem grünroten Federkleid unruhig hin und her warf; sie sah den Lederriemen um den Schnabel, die Schuhe über den scharfen Krallen der Vorderläufe und die dünnen Seile, mit denen es angebunden war.

Noch immer wunderte sie sich darüber, dass diese dünnen Seile gehalten hatten – selbst ihr Isländer hatte einmal panisch einen Strick zerrissen und der war wesentlich dicker gewesen!

Tora zog ihr Jordhuvudstück aus dem Feuer und roch daran.

»Ich glaube, die sind gar!«, verkündete sie zufrieden und biss vorsichtig eine kleine Ecke ab. Charlie und Kunar taten es ihr nach.

Eine ganze Weile sagte keiner ein Wort. Alle drei waren mit ihrem Spieß beschäftigt. Nach anfänglicher Skepsis war Charlie nun begeistert. Die Feldfrucht schmeckte wirklich ausgezeichnet. Leicht süßlich, so wie Kartoffeln, wenn sie ein wenig Frost abbekommen hatten, und mit einem milden, nussigen Beigeschmack.

Charlie genoss die Abwechslung in ihrer bisher eher eintönigen Ernährung. Diese hatte hauptsächlich aus Erdnüssen, Laubpilzen und Brot bestanden. Sie hatte sich das Aussehen der Erdkopfpflanze genau eingeprägt. Auf ihren Erkundungszügen würde sie von jetzt an danach Ausschau halten. Während sie genüsslich kaute, fragte sie: »Diese Seile, mit denen die Hippolektrions angebunden waren, die sind so dünn! Müssten sie nicht reißen? Pferde können ja schon dickere Seile als diese zerreißen!«

»Dann sind eure Seile aber nicht sehr fest«, erwiderte Kunar. »Also das waren schon recht kräftige Seile, die du da gesehen hast. Sicherheit ist auf einem Hippolektrionmarkt sehr wichtig. Halb so dicke Fesseln hätten es auch getan!«

Charlie schluckte ihren Bissen herunter.

»Sind die wirklich so reißfest? Woraus macht ihr eure Seile?«

»Die sind aus Seidenspinnergarn. Genauso wie die Kleidung, die du trägst und wir natürlich auch«, erläuterte Kunar.

Charlie sah an sich hinunter. Ihr Mantel war an einigen Stellen eingerissen und auch die Hose hatte ein paar Löcher.

*Schien ja nicht sehr reißfest!*

Kunar war ihrem Blick gefolgt.

»Seile werden anders hergestellt als Kleidung. Wesentlich aufwändiger. Es kommt irgendein Zusatz zu dem Garn, bevor es zu Seilen gedreht wird. Keine Ahnung, wie sie es genau machen.« Er sah auf Charlies Mantel. »Der muss schon sehr alt sein. Auch ohne Zusatz ist Seidenspinnergarn sehr schwer zu zerreißen.«

Er zeigte ihr ein Loch in seinem Mantel.

»Hier. Ich bin von einem Baum gefallen und an einem Ast hängengeblieben. Anstatt zu reißen, bohrte der Zweig nur ein Loch und ich baumelte da, wie ein Schinken, den man zum Trocknen aufgehängt hat!«

Tora grinste. »Ja! Und du musstest dir den Mantel in der Luft ausziehen, um dich zu befreien! Sah echt zum Schreien aus!«

Kunar verzog das Gesicht. »Ich musste danach wieder auf den Baum klettern, um den Mantel zu holen. Gar nicht so einfach«, erinnerte er sich und spießte ein weiteres Jordhuvudstück auf, um es im Feuer zu rösten.

»Ach übrigens«, fragte Charlie nach einer Weile. »Diese *Odens-Taler*, könnte ich mir die einmal genauer ansehen?«

»Geht leider nicht«, schmatzte Tora. »Wir müssen das Restgeld immer sofort wieder abgeben. Wir haben also keine dabei.«

»Schade«, seufzte Charlie. »Ich habe nicht die geringste Ahnung, wie euer Geld aussieht.«

Tora schluckte einen großen Bissen Jordhuvud hinunter.

»Nächstes Mal zeigen wir dir Odens-Taler«, versprach sie.

Sie beugte sich vor, um den Spieß im Feuer zu wenden. Hinter ihnen knackte es plötzlich im Unterholz. Alle drei kamen mit einem Satz auf die Füße. Ein Junge in zerrissenem Mantel kam aus dem Gebüsch. Er hatte leicht schief stehende Augen und ein etwas unsymmetrisches Gesicht. Charlie erkannte ihn sofort.

»Das ist dieser Biarn«, flüsterte sie Kunar und Tora zu. Biarn kam näher und stellte sich mit einem fragenden Blick an das Lagerfeuer.

»Feuer?«, fragte er einfach. Die drei Jugendlichen überlegten.

*Sie konnten Biarn schlecht von dem Feuerzeug erzählen!*

Und ihm weiszumachen, sie wären Ken Magier, erschien in Anbetracht ihres Alters äußerst unklug!

»Äähmm«, begann Charlie. Doch Tora kam ihr zuvor.

»Ja, klar! Was ist daran so komisch?«, fragte sie selbstbewusst. »Jedem Kind ist ja wohl klar, dass man Feuer transportieren kann!«

*Ach ja?*, dachte Charlie. *Kann man?*

Biarn schien dagegen zu verstehen. »Eine Fackel nehme ich an«, sagte er. Es war keine Frage.

»Sehr schlau von dir«, gab Tora ironisch von sich. »Wer bist du überhaupt?«

»Verzeihung«, verbeugte sich Biarn und ahmte dabei Toras ironischen Ton nach. »Mein Name ist Biarn! Diesem Herrn dort«, er zeigte mit einer winkenden Handbewegung auf Charlie, »ist meine

Person bereits bekannt. Wenn die Dame so freundlich wäre, einem Wanderer, auch wenn er ihr fremd sein mag, ein Lächeln zu schenken?«

Tora verdrehte die Augen.

»Ja, ja, schon gut. Will der Herr sich vielleicht zu uns setzen und speisen?«, antwortete sie.

Biarn lächelte jetzt amüsiert.

*Erstaunlich!*, dachte Charlie. Das Schiefe im Gesicht des Jungen war verschwunden! Biarn war zuvor zwar auch nicht hässlich gewesen, aber wenn er lächelte, war er fast schon gutaussehend!

»Wenn die Dame es gutheißt, mit Freuden!«, lachte er und ließ sich mit fliegendem Umhang graziös zu Boden sinken. Tora ergab sich dem Schicksal, ließ sich an Ort und Stelle auf den Boden plumpsen und wandte sich wieder ihren Knollenstückchen zu. Charlie und Kunar sahen zu, wie Biarn sich einen Ast schnappte, ein Jordhuvudstück aufspießte und es ins Feuer hielt.

*Was sollte man da machen?*

Letztendlich folgten sie Toras und Biarns Beispiel und setzten sich zu ihnen ans Feuer. Schweigend wendeten sie ihre Grillspieße und warfen Biarn verstohlene Blicke zu. Irgendwann hielt Charlie es nicht mehr aus.

»Du sagtest, du würdest mich vor Sonnenaufgang wecken!«, platzte sie heraus.

»Ja«, räusperte sich Biarn, »ich nehme an, ich schulde dir eine Erklärung. Ich war zu meinem Leidwesen verhindert. Ich bitte um Vergebung.«

Charlie sah Biarn fragend an.

*Sprach der immer so geschwollen?*

»Was ist überhaupt mit deinem Auge passiert?« Biarn zeigte mit dem Spieß auf Charlies Augenklappe.

»Oh, äh, nichts«, stammelte Charlie.

*Hallo! Reiß dich zusammen!*, schimpfte sie sich selbst.

Sie atmete tief durch und nahm sich an Toras mutiger Stimme ein Beispiel.

*Lügen konnte doch nicht so schwer sein, oder?*

»Das hatte ich schon immer. Das Band der Augenklappe war mir bloß aufgegangen. Daher hatte ich sie nicht um… Ich meine bei unserem ersten Treffen…«, fügte sie etwas lahm hinzu.

Biarn musterte sie eindringlich. Charlie, Tora und Kunar hielten die Luft an. Obwohl Biarn nach einer Weile »Aha«, sagte und sich wieder seinem Spieß zuwandte, hatte Charlie das Gefühl, dass er ihr kein Sterbenswörtchen glaubte.

*Tora konnte das definitiv besser!*

Unsicher setzte sich Charlie auf dem Waldboden zurecht.

»Und wo kommst du her?«, vernahm Charlie Toras feste, aber freundliche Stimme. »Ich habe dich hier noch nie gesehen!«

Biarn musterte Tora eine Zeit lang und schien dann einen Entschluss zu fassen. Er zeigte mit dem Finger quer durch den Wald.

»Mein Zuhause liegt ungefähr in diese Richtung. Ich bin nicht oft in dieser Gegend«, sagte er und prüfte mit den Fingern sein Jordhuvudstück. Anscheinend war es noch nicht zufriedenstellend gegart, denn er hielt den Spieß von neuem ins Feuer. Tora schien mit der Antwort vorerst zufrieden.

»Du hast also ein paar Gefährten gefunden«, sagte Biarn zu Charlie gewandt. »Sehr gut. Man braucht Freunde in der Fremde, um sich zurechtzufinden.«

Wieder hatte Charlie das Gefühl, gemustert zu werden.

»Ja«, sagte sie vorsichtig. »Genau so ist es. Aber ich lerne schnell!«

»Ja, das höre ich«, lächelte Biarn. »Dein seltsamer Dialekt hat sich unserem schon recht gut angepasst!«

Biarns Jordhuvud war gar. Er aß ihn genüsslich und hoch konzentriert, um sich nicht zu verbrennen. Charlie dagegen fühlte sich nicht ganz wohl in ihrer Haut. Misstrauisch nagte sie an ihrem Stück.

*Warum wurde sie das Gefühl nicht los, dass dieser Biarn ihr nicht traute?*

Er hatte ihr doch geholfen, ohne Fragen zu stellen. Und auch jetzt gab er sich scheinbar mit ihren Antworten zufrieden. Charlie ertappte sich dabei, wie sie Biarn anstarrte. Hastig schlug sie den Blick nieder.

»Ich muss dann wieder«, seufzte Biarn. »Ich bedanke mich herzlich für eure Gastfreundschaft.« Dabei wandte er sich besonders an Tora.

»Ja, ja, ja«, murmelte die genervt.

»Wir laufen uns sicher wieder einmal über den Weg«, sagte Biarn und schlenderte mit einem letzten prüfenden Blick auf Charlie davon.

»Na hoffentlich nicht sobald!«, wetterte Tora vor sich hin, als Biarn außer Hörweite war. »Eingebildeter Kerl!«

*Eingebildet?*

Vielleicht war es das, was Charlie an Biarn störte. Er schien sich für etwas Besseres zu halten. Irgendwie war er anders.

*So ein Unsinn!*, rief sie sich selbst zur Ordnung. *Anders als wer denn schon?*

Sie kannte doch bisher nur Tora und Kunar! Aber dennoch, dieses Gefühl war da. Und es ließ sich nicht so schnell abschütteln.

In den folgenden Wochen lernte Charlie, sich selbst zu versorgen. Sie bestand darauf, sowohl Kunar bei der Jagd als auch Tora beim Sammeln von Pilzen und Wurzeln zu begleiten. Sie wollte beides beherrschen. Immerhin war sie oft allein – und Pilze oder irgendwelche Knollen konnte man immer finden. Im Gegensatz zu Kaninchen und anderen wohlschmeckenden Tieren liefen sie auch nicht im Zickzack davon, sondern ließen sich willig mitnehmen und verspeisen. Auch ein geübter Jäger wie Kunar ging an manchen Tagen leer aus.

Kunar musste Charlies Argumenten widerwillig zustimmen. Von da an tolerierte er Charlies Interesse an *Frauenarbeit*.

So folgte Charlie also abwechselnd Tora zum Sammeln und Kunar zum Jagen. Egal wen sie begleitete, ein Abenteuer erlebte sie fast immer. Es gab noch so vieles in Vanaheim, das Charlie fremd war, aber sie lernte schnell. Auch Kochen gehörte dazu. Unter Toras Anleitung zauberte sie bald Pilzsuppen, verfeinert mit Kräutern des Waldes, Kaninchenragout und Leogriffspieße. Kunar sah ihr kopfschüttelnd zu, genoss aber das Resultat ihrer Kochkünste.

Charlies Interesse für Kräuter war groß. Es dauerte nicht lange, bis sie alle essbaren Pflanzen von den ungenießbaren unterscheiden konnte. Tora war von Charlies Erinnerungsvermögen begeistert. Was sie nicht ahnte war, dass Charlie gar kein so gutes Gedächtnis hatte. Seltsamerweise konnte sie aber *spüren*, welche Pflanzen genießbar waren und welche nicht. Sie fühlte die Energie, die von den Gewächsen ausging. Alles Essbare hatte die gleiche Schwingung!

Nachdem Tora ihr diverse essbare Kräuter, Beeren und Pilze gezeigt hatte, hatte Charlie deren gemeinsame Energie erkannt. Nun streifte sie oft selbst durch den Wald und fand hier und dort Pflanzen mit ähnlicher Schwingung, die sie dann mitnahm und Tora zeigte. Sie lag fast immer richtig! Wenn Tora gegentlich mit dem Kopf schüttelte, dann nur deshalb, weil sie selbst nicht wusste, ob das betreffende Gewächs essbar war oder nicht.

Charlie machte aber auch beim Jagen Fortschritte. Kunar hatte ihr gezeigt, wie man aus biegsamen Ästen eines Laubbaumes und Seidenspinnerseil einen Bogen baute. Die Pfeile machten weit mehr Arbeit. Da sie keine Odens-Taler hatte, um sich Riesenigelborsten zu kaufen, musste sie Knochenspitzen verwenden. Kunar zeigte Charlie, wie man das Wachs der Schuppenfichten härtete, um damit die Pfeilspitzen zu befestigen. Es war schwer, die Pfeilspitze so zu fixieren, dass der Pfeil geradeaus flog.

Die kleine Lichtung um die alte Eberesche wurde zum Übungsplatz. Anfangs trafen Charlies Pfeile alles mögliche, nur nicht das dafür vorgesehene Ziel. Nach und nach wurde sie aber geschickter und treffsicherer. Kunar nahm sie in dieser Phase zwar mit auf die Jagd, aber selber schießen durfte sie noch nicht. Er musste dringend Beute mit zum Saligasterhof bringen, und Charlies Künste mit Pfeil und Bogen waren einfach noch viel zu aussichtslos.

Doch Charlie lernte schnell, wie man Beute aufspürte und welche Tiere überhaupt Jagdwild waren. Wenn sie allein war, übte sie verbissen an ihrer Schusstechnik.

Kunar weihte Charlie auch in die Jagdgesetze ein. Das wichtigste besagte, dass vom Frühlingsanfang bis Herbstanfang kein Wild gejagt werden durfte. Auf diese Weise wurde der Bestand geschützt. Die Jagd auf Kaninchen und Leogriffe war allerdings das ganze Jahr über erlaubt. Es gab einfach viel zu viele von ihnen.

Biarn tauchte immer öfter auf. Unverhofft und zu den unmöglichsten Tageszeiten stand er plötzlich vor ihnen und lud sich selber ein. Meistens brachte er etwas Essbares mit: Kaninchen, Vögel, Eier,

Früchte oder ein Wurzelgemüse. Immer aber so viel, dass es für alle reichte. Anfangs blieb er nur kurz zum Essen, später dehnten sich seine Besuche häufig über mehrere Stunden aus. Biarn brachte Abwechslung in den Alltag. Sie gewöhnten sich an ihn und nach und nach wurde er zu einem Freund.

Charlie begann die Zeit in Vanaheim zu genießen. Sie war frei, konnte tun und lassen was sie wollte – zumindest tagsüber – und sie hatte Freunde. In den letzten Jahren war es mit Freunden in Schweden nicht weit her gewesen. Ihre ständig wechselnden Pflegefamilien hatten ständig neue Wohnorte und somit auch neue Schulen und Klassenkameraden mit sich gebracht. Hier in Vanaheim fühlte sie sich seit langem zum ersten Mal wieder so richtig wohl. Außerdem konnte sich Charlie seit ihrer Entdeckung des 26-Stunden-Tages auf ihre Uhr verlassen. Sie wusste nun stets, wann es dunkel wurde und konnte so ungehindert und gefahrlos auf Erkundungstouren gehen. Sie durfte nur nicht vergessen, ihre Uhr jeden Morgen um zwei Stunden zurückzustellen!

An einem ihrer Jagdtage durchstreiften Charlie und Kunar wieder einmal stundenlang den Wichtelwald. Sie hatten sich diesmal wesentlich weiter vorgewagt als sonst, aber es wollte ihnen einfach keine geeignete Beute über den Weg laufen. Kunar ging ein ganzes Stück vor Charlie, die stehengeblieben war, um einige Kräuter mitzunehmen. Und da sah sie es! Ein einsamer Leogriff saß auf einem Ast direkt über ihr!

*Hatte Kunar nicht gesagt, sie treten in großen Scharen auf?*

Dieser hier war definitiv alleine. Der etwa 30 Zentimeter große Vogel-Löwe putzte ausgiebig sein rosa geflammtes Gefieder. Seine Zunge fuhr regelmäßig und systematisch durch die langen Federn, ab und zu knabberte er mit seinen spitzen Zähnchen etwas hartnäckigeren Schmutz weg. Charlie stand regungslos da und starrte das seltsame Mischwesen an. Bisher hatte sie es nur tot gesehen. Gegessen hatte sie Leogriff in den letzten Wochen unzählige Male. Er schmeckte fast wie Hühnchen.

Der einsame Leogriff schüttelte sein Löwenhaupt. Die sandbraune, pelzige Mähne flog seidenweich von rechts nach links und zurück. Er gähnte und zeigte dabei eine stattliche Reihe an kleinen, spitzen Zähnen. Dann drehte der Leogriff seinen Löwenkopf und steckte ihn in typischer Vogelmanier in sein Gefieder.

Charlie hatte den Bogen schon gespannt. Sie zielte, aber dann konnte sie es einfach nicht tun!

*Dieser Leogriff war ein Einzelgänger. Genauso wie sie selbst.*

Alleine hatte man hatte es schwer, das wusste sie. Nachts, wenn Tora und Kunar zum Saligasterhof zurückritten, konnte Charlie die Einsamkeit spüren – obwohl sie wusste, dass die beiden zurückkommen würden. Sie senkte den Bogen und sah den schlafenden Leogriff noch einmal nachdenklich an.

*Nicht dieses Mal,* dachte sie. *Nicht dieser Leogriff.*

Lächelnd folgte sie Kunars Spur durch den Wald. Zahlreiche Insekten huschten über den Waldboden und auch viele unterschiedliche Arten der grasgrünen Spinne, die Charlie an ihrem zweiten Tag in Vanaheim so erschreckt hatte. Mittlerweile wusste sie, dass sie harmlos waren. Es gab Millionen von ihnen, in allen erdenklichen Größen. Von nadelkopf- bis fast tellergroß. Allesamt grasgrün. Anfangs hatte sich Charlie bei den größeren, selteneren Exemplaren sehr zurückhaltend verhalten. Heute scheuchte sie sie einfach nur noch mit einem »Scht!« davon. Auch Fichtenwichtel wuselten immer noch schimpfend und grunzend durch den Wald. Es waren aber weniger geworden.

Charlie schlenderte gemächlich den Wildwechsel entlang. Von Kunar war keine Spur zu sehen oder zu hören. Das beunruhigte Charlie aber nicht, wusste sie doch, dass Kunar immer den Wildpfaden folgte, um sich nicht zu verirren. Früher oder später würde sie schon auf ihn stoßen.

Unvermittelt erreichte Charlie den Waldrand und blickte über einen großen, sonnenüberfluteten See. Es war in den letzten Wochen wärmer geworden, und der Sommer versuchte mit aller Macht, den Frühling abzulösen. Abgesehen von dem schmalen Bach bei der Blumenwiese und jenem in der Nähe des Schlosses war dies das erste Gewässer, das Charlie in Vanaheim sah. In Småland stieß man überall auf Seen aller Größen.

Der Wildwechsel führte in einigem Abstand am See vorbei. Charlie genoss die Stille, die das ruhende Gewässer ausstrahlte. Sie ließ ihren

Blick in die Ferne gleiten. Der See war von einem grünen Blättermeer überzogen. In riesigen Inseln trieben diese tiefgrünen Pflanzen über die Oberfläche. Charlie schloss die Augen und spürte die Wärme in ihrem Gesicht, als plötzlich etwas ihre Beine streifte und über ihre Zehenspitzen rollte!

Die Augen nun weit aufgerissen, starrte Charlie paralysiert auf das *Ding*, das sich rollend von ihr entfernte, als wäre überhaupt nichts gewesen! Das *Ding*, welches nun langsam auf das Ufer des Sees zurollte, war eine durchsichtige, gelb schimmernde, geleeartige, kugelförmige Masse in der Größe eines Sessels!

Unwillkürlich warf Charlie einen Blick auf ihre Füße. Schleimiges Sekret klebte an ihren Schuhspitzen und zum Teil auch an ihrem Hosenbein. Angeekelt verzog Charlie das Gesicht. Sie schaute von ihren Füßen auf die glibberige Masse und wieder zurück. Die Neugier siegte und Charlie folgte der Kugel in gebührendem Abstand zum Ufer des Sees.

Ein wenig erinnerte das Ding an eine Qualle. Als es ihr über die Füße gerollt war, hatte es jedoch eine feste Konsistenz gehabt. Fast wie das Silikon, das ihr Pflegevater Lars zum Abdichten des Aquariums verwendet hatte.

Das Quallenwesen hatte nun fast das Ufer erreicht. Da es durchsichtig war, konnte Charlie das Innenleben deutlich erkennen: Die Organe, oder was da zu sehen war, waren gelb, daher der gelbe Schimmer. Der Schleimball schien eine Art äußere Wand zu haben, und innerhalb dieser Hülle schwammen Gebilde in verschiedenen Größen und Formen. Manche waren längliche Stäbchen, andere nierenförmig, bananenkrumm, einfach nur rund oder röhrenförmig. In der Mitte schwamm eine etwas größere gelbe Kugel.

*Fast wie der Kern in einem Pfirsich,* dachte Charlie.

Der Kern schien mit gelbem Sand gefüllt zu sein. Zumindest erinnerte die körnige Masse sie an kleine Sandkörner. Die seltsame rollende Masse hatte das Seeufer erreicht.

*Lebte es vielleicht im See?*

Charlie stand jetzt ungefähr zwei bis drei Meter vom Ufer entfernt. Die Qualle war einen Meter ins Wasser gerollt und schwamm jetzt schwankend, bis zur Hälfte versunken, im See. Plötzlich wirbelte etwas, ein gutes Stück weiter draußen, die Wasseroberfläche auf. Charlie zog sich hastig vom Seeufer zurück. Das *Etwas* schlängelte sich durch einen der schwimmenden Blätterteppiche, tauchte noch einmal kurz ab, aber nur um dann wie ein Fisch aus dem Wasser zu springen und wieder abzutauchen.

*Eine riesige Kaulquappe!*, schoss es Charlie durch den Kopf, dann war das *Etwas* auch schon wieder verschwunden.

Auf einmal brodelte es in der Nähe des Geleewesens und Charlie konnte gerade noch sehen, wie die Riesenkaulquappe *in* die Qualle hinein schwamm! Charlie traute ihren Augen nicht! Neugierig schlich sie langsam wieder näher.

*Ja, eindeutig!*

Der Kopf der großen Kaulquappe steckte tief im Inneren des gelben Quallen-Wesens, während der meterlange, durchsichtige Schwanz im Wasser hin und her peitschte! Nicht nur der Schwanz der enormen Kaulquappe war durchsichtig. Ebenso wie die Qualle schien sie eine durchsichtige, geleeartige Hülle zu besitzen, in deren Inneren wieder Gebilde aller Art schwammen, diesmal allerdings in einem tiefen, kräftigen Blau! Der Kopf der Kaulquappe war mit der gleichen sandartigen Substanz gefüllt wie der Kern der Qualle.

Plötzlich riss der Kopf der Kaulquappe ab! Fast so, als hätte die gelbe Qualle den blauen Kopf abgebissen! Charlie streckte sich aufgeregt. Der Schwanz der Kaulquappe schwamm langsam davon und verschwand in den Tiefen des Sees. Was aber nun im Inneren des Quallen-Wesens geschah, war überwältigend! Es war nicht weniger als eine Vereinigung, eine Geburt! Der blaue Kopf der Kaulquappe und der gelbe Kern des Quallen-Wesens verschmolzen in dem Augenblick, in dem sie sich berührten. Als die gelbe und die blaue körnige Substanz zusammenflossen, erstrahlte ein grelles, kraftvolles, grünes Licht! Es leuchtete nur ganz kurz sehr hell, und verlosch dann langsam. Charlie konnte nun deutlich sehen, dass sich die gelben Körner von den neuen grünen Sandkörnern trennten. Der Kern und ein Teil des gelben Quallen-Wesens teilten sich und bildeten zwei neue Gelee-Bälle. Genauso, als würde man aus einer großen Kugel aus durchsichtiger Knetmasse ein kleineres Stück abtrennen und daraus eine neue Kugel formen.

*Es war unglaublich!*

Mutter und Kind schwammen schaukelnd auf dem Wasser. Kurz darauf rollten beide Kugeln an Land, bewegten sich langsam auf Charlie zu und an ihr vorbei. Charlie starrte ihnen nach, bis sie in den Tiefen des Waldes verschwunden waren. Sie konnte es kaum fassen! Sie hatte gerade eben eine Befruchtung und Geburt beobachtet! Wieder und wieder sah sie das gleißend grüne Licht vor ihrem inneren Auge. Charlie hatte noch nie in ihrem Leben etwas so faszinierendes gesehen.

Da erinnerte sich Charlie daran, dass die Mutterqualle sie auf ihrem Weg zum See vollgeschleimt hatte. Sie zupfte vorsichtig an ihrer Kleidung herum, um den Schaden zu begutachten. Sie machte sich auf den Weg zum Ufer, um ihre Hose und ihre Schuhspitzen vom glibberigen Schleim zu befreien. Am Wasser kniete sie sich nieder und versuchte zunächst, mit einem Stock die klebrige Substanz zu entfernen. So einfach war es dann doch nicht. Widerwillig überwand sie ihren Ekel und nahm ihre Hände zu Hilfe.

*Na bitte! Das ging schon besser.*

Doch nur kurz darauf fingen ihre Handflächen an zu brennen! Vor ihren Augen wölbten sich große, rote Blasen auf! In Panik versuchte sie, so schnell wie möglich die Reste der Substanz von ihren schmerzenden Händen zu waschen. Jede Berührung brannte wie Feuer. Tränen liefen über ihre Wangen. Sie war derart beschäftigt, dass sie nicht bemerkte, wie die Wasseroberfläche in wogende Schwingungen geriet.

Ein starker Arm packte Charlie plötzlich an der Schulter und riss sie mit sich!

»Los! Hoch mit dir! Charlie komm schon! Schnell! Er ist gleich hier!«, rief Kunar und zerrte an ihrem Arm, während er panische Blicke auf die wogende Oberfläche des Sees warf. Charlie zappelte und schrie vor Erschrecken laut auf.

»Charlie, ich bin es, Kunar!«, brüllte er ihr wütend ins Ohr. »Wir müssen weg! Schnell!«

Endlich wurde Charlie bewußt, dass es Kunar war, der sie so energisch gepackt hatte. Sie hörte auf, gegen ihn anzukämpfen und folgte seinen gehetzten Blicken auf den See hinaus. Da sah sie es: Das Wasser brodelte und siedete! Ein mächtiges Seeungeheuer durchbrach die

Wasseroberfläche und bäumte sich zu seiner vollen Größe turmhoch über dem Ufer auf! Fontänen von Wasser strömten an seinem Leib herunter! Mit seinem langen Schwanz peitschte es die Wasseroberfläche. Die Wellen schleuderten Wasser und Grünzeug umher.

Das Seeungeheuer war eine riesige Schlange. Der grünbraune, schuppige Körper war dick wie ein mehrere hundert Jahre alter Baumstamm und ragte hoch über ihren Köpfen aus dem Wasser! Das gewaltige Maul entblößte vier mächtige, perlweiße Zähne! Gelbe Augen starrten bösartig aus schmalen Schlitzen auf die Jugendlichen herab, flache Nüstern stieben weiße Wolken aus Wasser und Luft aus! Hinter dem fauchenden Schlangenkopf flatterten links und rechts lange, gelbgrüne Flossen. Sie hingen wie riesige, in Fetzen gerissene Laken herunter, genauso wie die gleichfarbige Rückenflosse, die sich vom Kopf an mehrere Meter über den gigantischen Körper erstreckte!

»Lauf! Lauf, Charlie!«, hörte sie Kunar brüllen. Ihre schmerzenden Handflächen waren vergessen. Mit allen Vieren stieß sie sich ab und kam auf die Beine! Kunar und Charlie liefen um ihr Leben! Das Ungeheuer stieß auf sie herab! Wie durch ein Wunder verfehlte es die beiden. Kunar und Charlie hörten wütendes Gebrüll, wurden mit hochgepeitschtem Wasser und Grünzeug überschüttet. Immer wieder stieß der Kopf herunter. Immer wieder verfehlte er sie.

Charlie und Kunar rannten auch dann noch, als sich das Monster wütend und frustriert zurückzog. Erst einige Zeit später sanken die beiden, nass und völlig erschöpft, nebeneinander an einem Baumstamm herab. Kunar holte hektisch Luft und begann dann sofort, sich von dem efeuartigen Grünzeug zu befreien.

»Lokesranken! Sehr giftig!«, keuchte er, während er nach Luft rang. Sofort machte es ihm Charlie nach. Jetzt, da die Gefahr vorbei war, merkte sie, dass ihr ganzer Körper juckte und brannte, als würde er in Flammen stehen! Wieder ergriff Charlie wilde Panik!

Kunars Gesicht und Hals waren krebsrot und dick angeschwollen. Auch seine Arme und Hände hatten einiges abbekommen, denn er hatte ein kurzärmeliges Hemd an. Charlie spürte, wie auch ihr Gesicht anschwoll. Ihre Arme waren zum Glück bedeckt gewesen. Aber ihre Hände sahen grauenvoll aus! Die efeuartigen Blätter der Lokesranken hatten ihren ohnehin schon mit roten Blasen übersäten Händen nicht gut getan! Sie sahen aus wie aufgeblasene Kröten, die man mit einem Flammenwerfer traktiert hatte! Hysterisch winselnd blickte sie, hin und her schaukelnd, auf ihre Hände. Plötzlich griff Kunar nach ihrem Arm.

»Was ist das? Das kommt doch nicht von den Lokesranken?« Charlie schüttelte den Kopf und stammelte:

»G..g..große, r-runde D-dinger! D-d-durchs-sichtig!«

»Oh, nein!«, entfuhr es Kunar. »Eir, steh uns bei!«

Er zog Charlie hoch und zerrte sie mit sich.

»Keine Zeit zu verlieren!«, brachte er keuchend hervor.

»Wir müssen zu Tora! Sie…«, er schluckte qualvoll »… kann dir vielleicht helfen!«

*Mir?*, dachte Charlie. Kunar sah mindestens genauso elend aus wie sie selbst!

»Die Pflanzen... tödlich?«, stammelte sie, während sie hinter Kunar den Wildpfad entlang hetzte.

»Die Pflanzen nicht... nur sehr schmerzhaft«, presste Kunar hervor.

*Also gut,* dachte Charlie. *Die Pflanzen nicht.*

Nach Kunars Gesichtsausdruck zu urteilen, waren die Quallen-Wesen wohl weitaus gefährlicher!

Charlie und Kunar quälten sich durch den Wald. Charlie ging es zusehends schlechter. Sie übergab sich zweimal und ihr war furchtbar schwindlig, aber sie kämpfte sich tapfer vorwärts. Auch Kunar litt große Schmerzen. Er beschwerte sich aber nicht. Charlie hatte das Gefühl, dass Kunar jeden Augenblick darauf wartete, dass sie tot umfiel. Sie biss die Zähne zusammen und setzte den nächsten Fuß vor den anderen.

*Diesen Gefallen würde sie niemandem tun!*

Sie schafften es bis zur Eberesche. Tora döste und Gyller weidete zwischen den jungen Birken. Als sie die zwei erbärmlichen Gestalten sah, die auf sie zugetorkelt kamen, stieß Tora einen gellenden Entsetzensschrei aus.

»Was ist passiert?«, stürmte sie auf ihren Bruder zu.

»Mir geht es gut!«, stöhnte Kunar. »Aber Charlie hat Makara-Sekret berührt!«

Toras Augen weiteten sich. Genau wie Kunar stieß sie ein »Eir, steh' uns bei!« aus.

Charlie, die sich hundeelend fühlte, murmelte irritiert: »Danke! Jetzt geht's mir schon viel besser!«

Charlie wankte zu ihrem Nachtlager und ließ sich unter der Eberesche zu Boden fallen. Als sie sich mit ihren Handflächen aufstützen wollte, stöhnte sie laut. Tora erwachte aus ihrer Erstarrung. Sie fing an, im Kreis zu gehen und mit sich selbst zu reden.

»Also gut. Ich bräuchte Elfenbaumrinde, Schafgarbe, und am besten auch… Oh, nein!«, rief sie dann verzweifelt. »Nichts davon hilft wirklich bei Makara-Sekret! Ich kann nur die Schmerzen lindern, sonst nichts!«

Ein hysterisches Lachen entfuhr ihrer Kehle. Sie knotete und wendete ihre Hände ineinander. »Und du?«, fragte sie mit einem Blick auf Kunar. »Lokesranken, nehme ich an?«

Er nickte und schilderte mit kraftloser Stimme, wie sie der Schlange entkommen waren.

»Als wir aufhörten zu rennen, sah ich Charlies Hände!«, erzählte er aufgewühlt. Die Verzweiflung war ihm ins Gesicht geschrieben.

»Ich habe keine Ahnung, wie es passiert ist! Ich…«, er schluckte »… ich war nicht dabei! Ich war weit vor Charlie! Er wird sterben und es ist alles meine Schuld!«, stammelte er verzweifelt.

Charlie wimmerte.

»Hallo, ja!«, presste sie hervor. »Noch bin ich nicht tot. Verstanden?!«

Kunar und Tora sahen sie an, als wäre das nur noch eine Frage von Sekunden. Tora knotete wieder ihre Hände und lief im Kreis:

»Er hat recht. Wie lange ist es jetzt her?«, fragte sie.

Kunar warf einen Blick gen Himmel. Es war früher Nachmittag. Charlie warf einen Blick auf ihre Armbanduhr.

»Ungefähr zwei bis drei Stunden«, sagte sie matt. Kunar nickte.

»Das kann nicht sein…«, sagte Tora und musterte Charlie ungläubig. »Er müsste längst tot sein«, presste sie flüsternd hervor.

»Ich weiß. Ist er aber nicht. Also was tun wir jetzt?«, fragte Kunar.

Tora lief auf und ab. Sie schien eine Idee zu haben, sich allerdings nicht ganz dazu durchringen zu können. Charlie wurde es zu bunt.

»Los, raus mit der Sprache! Wenn ihr recht habt, habe ich wohl nicht viel zu verlieren, oder?«

Tora ließ die Luft aus den Lungen, wie ein angestochener Ballon.

»Es tut mir leid. Ich kann dir nicht helfen. Aber die alte Fulla kann es vielleicht«, sagte sie.

»Die Kräuterhexe?«, entfuhr es Charlie.

Sie sah vor ihrem geistigen Auge wie die Alte ihr den kleinen Beutel mit dem Lindwurmblutskraut aus dem Wagen reichte. Dann erinnerte sie sich an Toras Worte: *Will sie dich umbringen?* Charlie hatte ein ungutes Gefühl.

*Aber hatte sie eine Wahl?*

»In Ordnung«, murmelte sie. »Die alte Fulla!«

Charlie und Kunar ritten auf Gyller, während Tora das Einhorn durch eine Zaunpforte führte. Tora ließ die Zügel los und lief zur Tür des alten, halbverfallenen Holzhauses. Sie zögerte kurz, doch dann klopfte sie dreimal kräftig an die morsche Tür.

Charlie sah von Gyllers Rücken aus, wie sich die Tür knarrend öffnete und die alte Fulla den Kopf herausstreckte. Tora wich unwillkürlich vor dem grimmigen Blick der Alten zurück, aber erklärte dann hastig, was sie von Kunar erfahren hatte. Dabei zeigte sie auf die beiden übel zugerichteten Gestalten. Charlie konnte sie reden hören. Sie hörte die raue Stimme der Alten, aber was sie sagte, ging an ihr vorüber. Sie war müde und ihr war schon wieder übel. Sie sah, wie die Alte die Tür weiter aufschob und raschen Schrittes auf sie zukam. Charlie blickte in ihre aufmerksamen Augen.

Eine halbe Stunde später saßen Kunar und Charlie in trockenen Klamotten, eingecremt mit diversen stinkenden Kräutersalben und mit je einem Becher Tee vor einem wärmenden Feuer. Charlie hatte aufgrund ihrer Augenbinde darauf bestanden, sich selbst einzucremen. Die Alte hatte nur mit den Achseln gezuckt. Fulla werkelte in der Kräuterküche, während sich ihre Besucher verstohlene Blicke zuwarfen. Plötzlich drehte sich die Frau um und kam mit zwei Beuteln in der Hand auf Charlie zu. Sie streckte sie vor und ließ sie vor Charlies Nase baumeln. Das Pentagramm auf ihrer Hand war deutlich zu sehen. Als Charlie nicht reagierte, sagte die Alte barsch:

»Welches Mittel brauchst du?«

Charlie starrte sie weiter an. Die Alte verdrehte die Augen.

»Versuch es zu fühlen! Vertraue deinem Gefühl!«, sagte sie ungeduldig. Charlie musterte die Beutel und berührte sie nacheinander. Von beiden ging eine kräftige Schwingung aus. Nicht wie bei den essbaren Kräutern, die sie mit Tora sammelte, sondern ähnlich dem Lindwurmblutskraut! Der rechte Beutel enthielt eindeutig eine Substanz, nach der ihr Körper verlangte. Er verzehrte sich förmlich danach! Charlie warf einen unsicheren Blick auf die Alte und zeigte dann stumm auf den rechten Beutel. Hastig zog sie ihre Hand zurück.

»Ha!«, stieß die alte Fulla aus. »Ich wusste es! Du wirst stärker mein Junge! Die Kraft der Heilkunst ist dir in die Wiege gelegt! Wann hat es angefangen?«, fragte sie, als ob sie sich über Brot oder den letzten Marktbesuch unterhalten würde. Charlie schlug die Augen nieder und murmelte: »Auf dem Markt. Als ich dich zum ersten Mal sah!«

»Wie ich vermutet hatte«, sagte sie triumphierend. »Wie viele Sommer bist du, mein Kleiner?«

*Kleiner?*

Charlie streckte sich.

»Vierzehneinhalb!«, sagte sie mit fester Stimme.

»Mmhm«, wiegte die Alte den Kopf. »Großes Potenzial«, murmelte sie und griff nach Charlies dicken, roten Händen. Die Blasen wölbten sich auf ihren wunden Handflächen, doch die Schmerzen waren durch die Salbe deutlich geringer geworden. Charlie war es auch nicht mehr so furchtbar übel. Sie war nur noch müde. Unglaublich müde. Ihr Körper verlangte dringend nach Schlaf. Die Alte ließ Charlies Hände los und brachte ihr eine weitere Tasse Tee mit dem Kraut, das Charlie gerade selbst ausgewählt hatte.

»Es muss noch eine Weile ziehen«, murmelte sie, stellte die Tasse vor Charlie auf den Tisch und wandte sich wieder ihrer Arbeit in der Kräuterküche zu. Kunar und Tora hatten Charlie die ganze Zeit sprachlos angestarrt. Tora rutschte nun angespannt auf ihrem Stuhl herum. Sie warf Charlie einen langen Blick zu.

»Wieso hast du nichts gesagt?«, fragte sie endlich vorwurfsvoll.

Charlie ließ beschämt den Kopf hängen. Sie fühlte sich, als hätte sie die beiden verraten. Die einzigen Freunde, die sie in Vanaheim hatte, und sie hatte ihnen nicht uneingeschränkt vertraut.

»Ich dachte, ihr lacht mich aus«, sagte sie verlegen und blickte beschämt auf ihre blasigen Hände.

»Dich auslachen?«, schaute Tora sie verständnislos an.

»Na ja«, druckste Charlie herum. »Das Lindwurmblutskraut. Wisst ihr noch? Mir wurde übel, als ich es berührte… und…«, Charlie holte einmal tief Luft. »Und… ich dachte, ihr würdet mich für schwach halten. Ich meine, wenn mir schon bei einem Kraut schlecht wird? Du hast ja nicht darauf reagiert…«, fügte Charlie mit einem hastigen Blick auf Tora hinzu, bevor sie wieder beschämt an ihrem Tee nippte.

Kunar sah Charlie schweigend an. Charlie hatte das Gefühl, dass er sie verstand. Tora aber platzte heraus: »Dich auslachen? Dich für schwach halten? Du bist ein Bjarka, Mann!«

Charlie verstand nun gar nichts.

*Ein Bjarka? War das nicht der Magier für die Erde? Sie und magische Fähigkeiten? Nein, nein, Tora musste sich irren!*

»Na, na, mal langsam mit den wilden Hippolektrions!«, brummte die Alte gereizt.

*Da hatte sie es! Die alte Fulla wusste auch, dass sie keine magischen Kräfte besaß!*

Aber als Fulla weitersprach, war es Charlie, der es die Sprache verschlug.

»Die Kraft ist jung, aber kräftig«, sagte sie mit ihrer rauen Stimme. »Du stehst noch am Anfang, mein Junge«, sprach sie Charlie dann direkt an. »Ja, du wirst ein Bjarka werden. Vermutlich sogar ein sehr kraftvoller, da deine magischen Kräfte sich sehr früh entfalten und schnell wachsen. Aber…«, mahnte sie, »Ausnahmen gibt es immer! Man weiß *nie* genau, was die Zukunft für einen bereithält!«

»Aber«, widersprach Tora. »*Du* wusstest doch auch, dass Charlie die Kraft der Kräuter spürt!«

Gereizt brummelte die Alte vor sich hin.

»Wusste, wusste! Wer weiß schon etwas genau!«

»Aber«, sagte Tora unbeeindruckt von Fullas finsterem Gesichtsausdruck, »die Völven können doch in die Zukunft sehen!«

»Aber, aber, aber«, wetterte die Alte. »Ja, wenn du meinst, du Neunmalklug! Du musst es ja wissen! Völven! Dass ich nicht lache!« Sie riss den dreien ihre leeren Teebecher aus den Händen.

»So, und jetzt raus hier! Ihr habt meine kostbare Zeit schon lange genug in Anspruch genommen!«

Scheppernd stellte sie die Becher auf die Küchenbank.

»Aber«, begann Tora wieder.

»Aber, aber, aber!«, grollte die Alte. »Ich kann nichts mehr für die beiden tun! Sie sollen nur weiter die Salben auftragen, dann wird das schon wieder. Und jetzt raus hier!«

Charlie, Kunar und Tora sahen sich verwundert an. Charlie erhob sich langsam von ihrem Stuhl, danach auch Tora und Kunar. Als sie an Fulla vorbeigingen, räusperte sich Charlie verlegen.

»Tja, äh…, dann«, stammelte sie. »Vielen Dank auch! Du, ähm… du hast mir, ich meine, äh… uns das Leben gerettet.«

Fulla hatte aufgehört zu werkeln und drehte sich langsam zu Charlie um.

»Nein, mein Junge, das habe ich nicht getan. Ich konnte nur eure Schmerzen und den Juckreiz lindern.«

»Aber der Tee…«, begann Charlie und verstummte dann. Die Alte schüttelte langsam den Kopf.

»Gegen Müdigkeit«, lächelte sie verschmitzt. Danach wurde sie wieder ernst. »Du müsstest jetzt tot sein. Gegen Makara-Sekret kann ich nur selten etwas tun. Oh, nicht, dass es kein Gegenmittel gäbe, es gibt für alles ein Gegenmittel, mein Junge. Merke dir das!« Ihre wachen Augen bohrten sich in Charlies grünes Auge.

»Aber auch Gegenmittel können zu spät kommen«, unterstrich sie, wobei ihre Augen in die Ferne schweiften. Dann fokussierten sie abrupt wieder und schauten Charlie funkelnd an.

»In manchen steckt mehr, als man auf den ersten Blick zu erkennen vermag«. Ihr Blick durchbohrte Charlie, genau dort, wo etwas wohltuend Warmes auf ihrem Brustkorb ruhte.

*Der Stein! Hatte die Alte ihn gesehen?*

Nein, Charlie war sich hundertprozentig sicher, das konnte nicht sein! Sie hatte Fulla nicht an sich herangelassen. Sie hatte sich selbst eingecremt!

*Fulla konnte weder den Stein noch das blaue Auge gesehen haben!*

Und doch, Fulla *hatte* eben gerade genau die Stelle anvisiert, wo der Stein unter dem Gewand auf ihrer Haut ruhte!

Fulla lächelte wissend und wandte sich wieder ihren Kräutern zu. Als Charlie hinter Kunar und Tora durch die Tür schlüpfen wollte, hörte sie die alte Fulla flüstern: »Fühlen, mein Junge! Fühle es! Starke Kräfte! Ich fühle es.« Sie kicherte vergnügt vor sich hin, Dosen und Geschirr klapperten im Takt. Noch irritierter als zuvor zog Charlie die morsche Tür hinter sich ins Schloss.


Charlie lag auf ihrem Nachtlager, starrte in den hell erleuchteten Sternenhimmel und ließ den vergangenen Tag Revue passieren. Die zwei Monde tauchten den Wichtelwald in ein fahles Licht. Von überallher waren nächtliche Geräusche zu hören. Seltsame und auch bekannte Tiere scharrten, schnüffelten, kratzten und raschelten im Unterholz. Ab und an zerriss ein gellender Schrei die Nacht; Kampfgeräusche auf Leben und Tod. Charlie hatte sich in den letzten Wochen in Vanaheim daran gewöhnt. Im Schutze der alten Eberesche fühlte sie sich geborgen, hier würde ihr nichts geschehen.

*Der Jordvätte der Eberesche war stark.*

Sie spürte es. In den letzten Wochen hatte sie die Energie gefühlt, die von ihrem Beschützer ausging. Unbewusst. Aber an diesem Abend nahm sie die Kraft zum ersten Mal bewusst war. *Fühlen,* hatte die alte Fulla gesagt. *Fühle es*! Und Charlie fühlte es tatsächlich. Es war also kein Zufall, kein seltsamer Nebeneffekt ihres Daseins in Vanaheim, keine Einbildung, dass sie Kräfte, Schwingungen und Energien um sich herum wahrnahm.

*Nein, so wie es aussah, hatte sie, Charlotta Johansson, magische Fähigkeiten!*

Magie… was war das eigentlich? Wieso spürte, fühlte man Dinge um sich herum? War das auch für Höder so? Fühlte er die Kraft des Feuers oder so ähnlich? *Du stehst noch am Anfang,* hatte Fulla gesagt. Auf dem Heimweg hatte Charlie gefragt, ob sie jetzt so eine Art Magierschule besuchen müsse. In ihrer Vorstellung musste man in eine Schule gehen, um etwas zu erlernen. Sie hatte jetzt zwar magische Fähigkeiten, aber nicht die leiseste Ahnung, wie man diese anwenden sollte! Geschweige denn, wie sie erfahren konnte, *wie* man sich von jenem *Anfang* zur Bjarka – einer Magierin des Elements Erde – entwickelte. Tora und Kunar wussten es auch nicht. Schulen wie Charlie sie von der Erde kannte, gab es ihrer Meinung nach jedenfalls nicht. Es schien einige Vereinigungen zu geben.

»Die Völven«, hatte Tora erklärt, »sind eine Gruppe von Magiern, die die Zukunft voraussagen können.«

»Fulla hält anscheinend nicht viel von ihnen«, hatte Charlie eingeworfen.

»Nein. Es hörte sich an, als ob sie der Meinung wäre, dass *niemand* wissen kann, was in der Zukunft passiert«, hatte Kunar gesagt. Genauso hatte es auch Charlie verstanden.

*Aber wer hatte nun Recht?*

Und wo konnte sie solche Dinge lernen?

»Außerdem musst du erst getauft werden und deinen Magiernamen bekommen«, hatte Kunar gesagt. »Das ist Gesetz in Vanaheim.«

*Taufen? Magiernamen?*

Kunar hatte ihr erklärt, dass jeder in Vanaheim getauft wurde und einen neuen Namen erhielt, der magische Kräfte entwickelte. Man bekam dann einen Magiernamen wie Oden, Tor, Tyr, Fulla, Höder oder andere Namen der alten Ur-Magier.

»Wozu?«, hatte Charlie wissen wollen.

»Man soll die Magier von den Nichtmagiern unterscheiden können«, hatte Kunar erläutert.

»Ja, sie bekommen auch eine Tätowierung, damit man sie noch leichter erkennen kann«, hatte Tora ergänzt. »Aber Tyrvi ist der Meinung, die Magier halten sich für etwas Besseres und wollen sich deshalb unbedingt hervortun!«

»Und was glaubst du?«, wollte Charlie von Kunar erfahren.

Er hatte eine Weile überlegt: »Ich weiß es nicht, aber es gibt hier nur zwei Möglichkeiten: Entweder Tyrvi hat recht und sie halten sich tatsächlich für etwas Besseres, oder es ist zum Schutz.«

Auf ihren fragenden Blick hin fuhr er fort:

»Na ja, es ist ja schon ganz praktisch, auf den ersten Blick zu sehen, mit wem man es zu tun hat. Ein Magier hat große Macht. Er könnte einen ja auch mit einem Fluch belegen, einen krank machen oder Unglück bringen. Mit so einem legt man sich dann wohl besser nicht an, oder?«

*Vermutlich hatte Kunar recht, es war wohl besser, einen Magier nicht zum Feind zu haben.*

Vielleicht stimmten ja auch beide Theorien? Warum sollte man sich nicht hervortun *und* warnen wollen? Das Tattoo zeigte, welche magischen Fähigkeiten man besaß. Ein Ken Magier hatte einen Stab eintätowiert und ein Bjarka ein Pentagramm – das hatte Charlie bei Höder und Fulla selbst gesehen. Tora hatte dann erzählt, dass Gnâ vom Hagrâdahof einen Dolch eintätowiert hatte und Vée, ein Lagu Magier, der es bei Trockenheit regnen ließ, einen Kelch. Vier verschiedene Tattoos für vier verschiedene Magier. Ob es noch mehr Zeichen gab?

*Wie wohl Lodurs Tattoo aussah?*

Wenn er ein Ass Lagu war, wie die Leute vermuteten, hatte er dann einen Dolch und einen Kelch, oder noch was ganz anderes? Laut Tora und Kunar stand Ass für Luft, also war dann der Dolch das Symbol für Luft? Und vor allem: Wie um alles in der Welt sollte man erkennen können, welche Namen nur Magiern vorbehalten waren? Für Charlie klang Lodur genauso fremd wie Biarn, Tyrvi oder Saligaster! Tyrvi und Saligaster waren aber laut Kunar und Tora Nichtmagier. Und auch Biarn hatte kein Tattoo.

In Charlies Kopf schwirrte es.

*Wie sollte sie das jemals alles verstehen?*

Woher sollte sie erfahren, wie man die Erdkräfte einsetzte? Denn Bjarka war die Erde, hatte Tora nach dem Marktbesuch erklärt. Außerdem hatte sie gesagt, ein Ken Magier *beherrsche* das Feuer. Sollte sie jetzt die Erde *beherrschen*? Und wenn ja, wie sollte das gehen? Unter Feuer beherrschen konnte sie sich zumindest etwas vorstellen!

*Aber die Erde?*

Anscheinend hatte es etwas mit Kräuterkunde zu tun. Zumindest war Fulla eine Bjarka – und sie war eine Kräuterfrau und Heilerin.

Charlie wälzte sich auf ihrem Nachtlager hin und her. Ihre Gedanken kreisten unaufhörlich, jedoch ohne zu einem befriedigendem Ergebnis zu kommen. Und da war noch etwas…

*Alle haben gedacht ich würde sterben!*

Sogar die alte Fulla hatte angedeutet, dass ein Gegengift zu spät gekommen wäre. Charlie griff automatisch nach dem Stein, den sie dann warm und schwer in ihrer Faust hielt.

*Hat der Stein mir das Leben gerettet? Kann er noch mehr als wärmen und mich durch den Nebel schicken? Hat er vielleicht sogar Heilkräfte?*

Waren es die Heilkräfte, die Fulla gefühlt hatte?

*Fragen über Fragen.*

Schlaflos wälzte sie sich hin und her, in einer Welt namens Vanaheim, die von Tag zu Tag mehr Geheimnisse zu verbergen schien.

*Und sie hatte gedacht, sich hier so langsam zurechtzufinden!*

In den letzten Wochen hatte sie gelernt, sich zu versorgen, den seltsamen Dialekt fast perfekt nachzuahmen und sich mehr oder weniger gut zu behaupten. Sie fiel kaum noch auf. Charlie hatte in letzter Zeit immer häufiger daran gedacht, aufzubrechen und ihre Eltern zu suchen.

*Aber jetzt?*

Heute wäre sie fast gestorben! Und alles nur, weil sie nicht wusste, was hier anscheinend jedes Kind lernte! »Nähere dich niemals einem See mit Lokesranken«, hörte sie Toras Worte. Auf dem Heimweg hatten sie sich über die Makaras und die riesige Schlange unterhalten. *Midgârdsorm* nannten Tora und Kunar das Seeungeheuer. Es lebte in Seen mit Lokesranken und fraß so ziemlich alles. Die Makaras konnten aufgrund ihres giftigen Sekrets überleben, genauso wie eine Reihe anderer mehr oder weniger giftiger Tiere und Pflanzen!

*Und woher hätte ich das wissen sollen?*

Was gab es noch für gefährliche Überraschungen? Tora und Kunar wussten zwar viel, aber auch nicht alles. Sie bemühten sich, aber Charlie war noch lange nicht so weit, alleine durch Vanaheim zu wandern. Wahrscheinlich würde es Jahre dauern, bis sie sich einigermaßen allein zurecht fand! Und jetzt auch noch ihre magischen Fähigkeiten!

*Alle Magier mussten getauft werden.*

Oden befahl es so. Normalerweise wurde in dem Dorf, zu dem man gehörte, zur Taufe gerufen, hatten Tora und Kunar erklärt. Jeder hier gehörte irgendeiner Dorfgemeinschaft an, auch die elternlosen Kinder. Oden bestimmte, welches Dorf sie adoptieren musste. Nicht, dass die Bewohner des Dorfes dann für sie sorgen mussten. Nein, entweder sie taten es freiwillig, oder sie ließen sie, wie Tora und Kunar, als Sklaven arbeiten. Aber für die Taufe war das Adoptiv-Dorf zuständig. Wer magische Fähigkeiten entwickelte, war sozusagen rehabilitiert und wurde als vollwertiges Mitglied in der Dorfgemeinschaft aufgenommen. Charlie gehörte in keine Dorfgemeinschaft. Sie gehörte überhaupt nicht hierher!

*Oder doch?*

Wenn Kunar recht hatte, und ihre Eltern sie vor Odens Zorn hatten retten wollen, gab es ein Dorf, zu dem sie gehörte.

*Aber welches?*

Vanaheim war groß, hatten Kunar und Tora erklärt. Außerdem gab es hier noch ein Land. Godheim. Das einzige, was sie wusste, war, dass sie sich jetzt gerade in Vanaheim befand. Aber sie hatte auch ein blaues Auge.

*Wer sagt denn, dass ich aus Vanaheim und nicht aus Godheim stamme?*

Sie konnte sich also nicht taufen lassen, ohne aufzufliegen. Aber Magier ohne Tattoo und Magiernamen waren strengstens verboten.

*Was sollte sie bloß tun?*

Die drei Jugendlichen waren sich am Abend, bevor sie sich trennten, darüber einig geworden, Charlies Kräfte erst einmal geheim zu halten. Sie hofften, die alte Fulla würde dicht halten. Tora kaufte an jedem Markttag bei ihr ein, und die alte Magierin hatte noch nie mehr als das Nötigste gesprochen. Auch Tyrvi und Gnâ hatten sich schon oft über Fullas Einsilbigkeit und ständige schlechte Laune beschwert. Charlies Gedanken fuhren weiter Achterbahn. Hände und Gesicht taten ihr weh.

Es war schon weit nach Mitternacht, als Charlie endlich in einen unruhigen Schlaf fiel, in dem sie von Makaras gejagt wurde, dem Midgårdsorm zum zweiten Mal nur knapp entkam, ihre Blasen an den Händen aufplatzten, eine eitrige, übelriechende Substanz austrat und Fulla geheimnisvoll kichernd und mit hoch erhobenem Finger sagte: *»Fühle es mein Junge! Du musst es fühlen!«*

# 8. Euripides

Sora, die junge Frau mit den Bernsteinaugen, strich sich das Haar aus dem Gesicht. Sie streckte sich und blickte nachdenklich über den breiten, langsam fließenden Fluss. Erstmals seit ihrem Erlebnis mit dem Amulett war sie wieder auf dem Wasser gewesen. Es half ihr beim Nachdenken. Der Stein war ohne ersichtlichen Grund heiß geworden. Als ob er eine Warnung in ihre Brust brennen wollte. Oder vielleicht eine Erinnerung?

Das Kanu, das sie damals kaum hoch genug ans Ufer gezogen hatte, lag nun wieder ordentlich an Land – in Sicherheit vor der Strömung. Nicht weit von hier mündete der Fluss in das Meer. Sora konnte die hohen Bauten der Stadt sehen, die sich hinter den dichten Wäldern erhoben und den Fluss auf seinen letzten Kilometern zum Meer begleiteten.

Sie schloss die Augen und atmete tief durch.

*Da war es wieder.*

Erinnerungsfetzen flatterten vorbei. Längst vergessene, tief vergrabene Bilder.

*Ein schwarzes Pferd mit weit ausgestreckten Flügeln flog mit kräftigen Bewegungen auf sie zu. Das Bild verschwand. Aufgelöst in einer dicken Nebelwand, die sich aus dem Nichts vor ihr aufbaute.*

Ein Schauer lief ihr über den Rücken. Sie sah zur Stadt hinüber. Die drei Sonnen hatten den höchsten Punkt verlassen und senkten sich nun langsam über die hoch hinausragenden Türme.

Ein leises Surren verriet ihr, dass nicht weit von ihr ein kleiner Personentransportgleiter, kurz PTG genannt, vorbeiflog. Sein silbermetallischer Rumpf glänzte matt in den Sonnen. Hinter der gläsernen Kuppel konnte Sora die Passagiere gut erkennen. Offensichtlich eine kleine Familie der Unparteiischen. Vater, Mutter mit einem Kind. Ihre übergroßen, kahlen Köpfe nickten einander zu. Die Mutter lächelte.

Das Kind presste seine Nase an die Glaskuppel und blickte gelangweilt auf Sora herab. Dann hob es aufgeregt einen seiner vier dünnen, langen Arme und zeigte auf die junge Frau, während es unaufhaltsam redete. Der Vater warf einen interessierten Blick auf Sora und lächelte dann seinem Sohn zu.

Sora war es gewohnt, angestarrt zu werden. Sie nahm kaum Notiz von dem PTG und seinen Insassen. Unbeweglich stand sie da und blickte in sich hinein.

Weitere Erinnerungsfetzen tauchten auf und verschwanden gleich darauf wieder in den Tiefen ihres Unterbewusstseins.

*Sie saß auf dem Rücken eines rabenschwarzen Pferdes und ritt über eine saftig grüne Bergwiese. Etwas berührte ihre Wade. Es war ein Flügel. Kraftvoll breitete er sich unter ihr aus. Dann das Gesicht eines alten Mannes. Seltsam vertraut und doch so unendlich fern. Er hielt eine Kette hoch. Einen weißen Stein an einem Lederband.*

Unwillkürlich griff sich die junge Frau an die Brust. Sie langte nach der Kette, an der ein weißer Stein mit blutroten, eingravierten Linien hing. Er war angenehm kühl und spendete Erfrischung in dieser fast unerträglich feuchten Hitze.

Genau wie die gaffenden Blicke aus dem PTG, der sich nun langsam der Stadt näherte, war sie auch dies gewohnt. Dieses seltsame Amulett, das sie ihres Wissens nach schon immer bei sich getragen hatte, kühlte sie, wenn ihr warm war, und wärmte sie in kalten Zeiten. Laut den hiesigen Ärzten hatte es ihr sogar das Leben gerettet. Aber das, was sie vor einigen Wochen erlebt hatte, hatte dieser seltsame Stein noch nie getan. Er war fast glühend heiß geworden! Oder zumindest hatte es sich so angefühlt, als das kühle Wasser sie damals flussabwärts getragen hatte. Schon auf dem Rückweg hatte es angefangen. Bilder waren zusammenhanglos vorbei geflattert.

*Und seitdem hatten die Visionen nicht aufgehört.*

*Es musste etwas zu bedeuten haben. Aber was?*

Sie atmete tief durch und versuchte, sich zu erinnern.

*Was gab es da noch? Wer war der alte Mann? Was hatte es mit diesem Pferd auf sich? Ein geflügeltes Pferd. Ein Pegasus. Ein Fabeltier. So etwas gab es doch gar nicht. War es ein Traum? Eine Warnung? Ein Zeichen? Was war Einbildung und was Wirklichkeit?*

Irgendwie fühlte sich aber alles so wirklich an. Sie konnte die Wärme des Tieres unter sich fast fühlen.

*Und dieser Nebel?*

Hier gab es oft Nebel. Nebel war nichts Außergewöhnliches. Für sie war er allerdings immer etwas Besonderes. Vertraut, erschreckend, mystisch und faszinierend. Er symbolisierte etwas, dessen Bedeutung sie lange vergessen hatte. Diese Erinnerungsfetzen schienen zu einem anderen Leben zu gehören. Einem früheren Leben.

Sie lächelte und verzog das Gesicht.

*Kein Wunder,* dachte sie. *Vermutlich hatte es etwas mit ihrer Kindheit zu tun. Mit dem Leben, das sie geführt hatte, bevor sie hierher gekommen war. Bevor sie hier aufgewacht war, in einer ganz neuen, ihr völlig fremden Welt.*

Die junge Frau stand reglos am Flussufer und ließ ihren Gedanken und ihren Erinnerungen freien Lauf.

**Zwei Jahre zuvor:**

*Sie lag auf dem Rücken und blinzelte direkt in ein unerträglich grelles Licht. Schmerz durchzuckte ihr Gehirn. Sie schloss instinktiv die Lider und hob ihre Hand, um sie schützend vor ihre Augen zu halten.*

*»Sie ist wach!«, rief jemand direkt in ihrer Nähe. Die Stimme eines Mannes, er klang überrascht.*

*»Tatsächlich?«, sagte eine zweite Stimme, weiter entfernt. Schritte näherten sich. Sie blinzelte verwirrt und versuchte etwas zu erkennen.*

Was war das für eine Sprache?

*Sie hatte kein einziges Wort verstanden.*

*»Oh, entschuldige«, sagte die erste Stimme und machte sich hastig daran, die Lampe mit dem extrem hellen Licht über ihrem Kopf beiseite zu drehen.*

*»So besser?«, Obwohl Sora nichts verstand, war sie dankbar. Sie blinzelte noch ein paar Mal und sah sich um. Langsam gewöhnten sich ihre Pupillen an das Licht. Als erstes nahm sie zwei große, katzenähnliche Augen wahr, die sie aufmerksam betrachteten. Im nächsten Augenblick setzte sie sich entsetzt auf und versuchte, sich rückwärts in angemessene Entfernung zu bringen! Dabei rutschte sie ab und landete unsanft auf*

*dem Boden. Hastig rappelte sie sich hoch und wich weiter zurück, bis sie mit dem Rücken zur Wand stand.*

*Zwei der seltsamsten Wesen, die sie je gesehen hatte, starrten sie stumm an. Sie starrte zurück. Beide Wesen waren menschenähnlich. Sie waren etwa gleich groß, hatten dunkle Haut und große Katzenaugen. Sie trugen weiße, weite Kittel, aus denen jeweils zwei Armenpaare ragten. Das eine der beiden Wesen, offensichtlich weiblich, hatte zwei Arme schützend emporgehoben, während es in den Händen der anderen beiden ein Reagenzglas und ein fremdartiges silbernes Instrument hielt. Je fünf normale Finger an zwei ganz normalen Menschenhänden. Die schützend empor gehaltenen Hände waren allerdings alles andere als normal. Fremdartige Glieder fuhren hervor, ähnlich wie bei einer Katze die Krallen. Die Finger verformten sich seltsam. Einer davon glich einem Spatel und ein anderer erinnerte Sora sehr an ein Skalpell. Aus glänzend weißer Emaille blitzten die Werkzeuge auf, die ihr eher wie Waffen vorkamen.*

*Das andere Wesen, offenbar ein Mann, ließ drei Arme herunterbaumeln, während es in einer seiner Rechten ein Lederband hielt. Daran hing ein weißer Stein mit blutroten Linien.*

*Sora starrte ungläubig von einer Person zur anderen und fixierte dann den Stein. Ihr Blick flackerte leicht, sie zitterte am ganzen Körper. Sie war hin- und hergerissen zwischen dem Bedürfnis, sofort wegzulaufen und dem Drang, den Stein wieder in ihren Besitz zu bringen. Denn der Stein gehörte ihr. Und das schon immer. Der Mann schien ihren Unmut zu begreifen. Er hob beschwichtigend seine linke, normale Hand, sagte etwas und zog sich langsam zurück. Er warf seiner Kollegin einen Blick zu.*

*»Sie hat Angst«, sagte er. »Nimm die Hände runter und ziehe dich zurück.«*

*Sora hatte wieder kein Wort verstanden, aber entspannte sich etwas, als sie die eindeutige Geste der beiden unheimlichen Personen sah.*

Was waren das für bizarre Geschöpfe? Wo war sie hier? Weshalb verstand sie kein einziges Wort? Und wie war sie überhaupt hierhergekommen?

*Verängstigt glitt sie ein Stückchen an der Wand entlang in Richtung Tür. Der Mann hielt ihr Amulett hoch. »Du bekommst es zurück. Ganz ruhig, dir passiert nichts«, sagte er und lächelte. »Wie heißt du?«*

*Soras Blick huschte hastig umher. Sie zuckte mit den Schultern. Der*

Mann hatte ihr offensichtlich eine Frage gestellt. Aber was hatte er gesagt?

»Ich glaube, sie versteht uns nicht. Hole einen der Archäologen her. Vielleicht kann der uns helfen.« Das weibliche Wesen drückte einen Knopf an der Wand.

»Archimedes ins Zimmer 111, bitte«, sagte sie mit Blick auf Sora. »Wir haben hier...hm...ja... eine kleine Sensation.«

»Ja, das kann man wohl sagen«, murmelte der Mann und hielt Sora das Band mit dem Amulett entgegen.

»Hier«, sagte er und lächelte ihr zu. »Nimm es.«

Mit einer hastigen Bewegung entriss Sora dem Mann die Kette. Sie umschloss den Stein mit ihrer Faust.

Dann wurde es dunkel.


Sie lag wieder auf dem Rücken. Dieses Mal war das Licht gedämpft. Sie hörte, wie sich einige Personen leise unterhielten, verstand aber kein Wort.

»Ja, der Stein ist der Schlüssel«, sagte jemand. »Als ich ihn ihr abnahm, wurde sie wach. Sie war völlig verwirrt. Was sollte man auch anderes erwarten.«

Eine Frau ergänzte: »Nachdem sie den Stein wiederbekommen hatte, fiel sie wieder in diesen komaartigen Schlaf. Ist schon sehr seltsam. Ich habe so etwas noch nie gesehen.«

»Das hat wohl keiner von uns«, sagte der Mann.

»Sie ist wach«, konstatierte eine weitere Männerstimme.

»Keine Angst«, sagte der Mann zu Sora. »Ich heiße Archimedes und wer bist du?«

Sie musterte den Mann skeptisch. Wieder eine Frage, die sie nicht verstand. Und dieses Mal hielt der neue Fremde ihre Kette – in einer normalen Hand.

Auch er war dunkelhäutig und besaß vier Arme. Zwei davon hatte er allerdings auf dem Rücken verschränkt. Auf diese Weise sah er fast wie ein normaler Mensch aus. Seine Augen glichen allerdings eher denen der anderen beiden Wesen. Etwas weniger katzenhaft vielleicht und mit braunroter Iris. Er hatte schwarzes, schulterlanges Haar, das er zu einem Zopf gebunden trug, und war etwas kleiner als seine Kollegen, die sich im

*Hintergrund hielten. Der Mann zeigte auf sich und sagte: »Archimedes!«*
*Dann zeigte er auf Sora und hob fragend die Augenbrauen.*

*Ihr Blick flackerte unsicher umher. Eine steile Falte bildete sich auf*
*ihrer Stirn.*

*Dann holte sie tief Luft und sagte: »Sora«. Dabei zeigte sie mit dem*
*Finger auf sich. Unsicher wartete sie eine Reaktion ab.*

*»Sora«, sagte der Mann. Dann zeigte er abwechselnd auf sich selbst*
*und dann auf die junge Frau. »Archimedes... Sora... Archimedes«, lä-*
*chelte er. Sie lächelte kurz zurück. Dann sah sie sich wieder unsicher um.*
*Der Mann fing an zu reden. Sora verstand gar nichts.*

Was wollte dieser Mann, der offensichtlich Archimedes hieß?

*Nach einer Weile schüttelte sie den Kopf.*

*»Es tut mir wirklich sehr leid«, sagte sie. »Aber ich verstehe wirklich*
*kein einziges Wort!«*

*Archimedes sah Sora erstaunt an. Er wechselte einige Worte mit seinen*
*Kollegen.*

*»Offensichtlich ein uralter Dialekt aus dem ursprünglich Nordischen.*
*Er wurde hier gesprochen, aber vor mehr als 14.000 Jahren!«, stellte Ar-*
*chimedes fest.*

*»Das ist äußerst seltsam«, sagte der andere Mann.*

*»Eigentlich nicht, Galenus«, erwiderte die Frau im weißen Kittel. »Wir*
*dachten zwar, dass sie einer Art Retromutation erlegen ist, aber es wäre*
*ja durchaus möglich, dass sie völlig normal ist.«*

*Archimedes und Galenus sahen die Frau verblüfft an.*

*»Sapfo, dir ist doch wohl bekannt, dass Menschen unmöglich 14.000*
*Jahre unbeschadet in einem komatösen Zustand verbringen können«,*
*sagte Galenus.*

*Sapfo verdrehte ihre Katzenaugen. »Ja, selbstverständlich ist mir das*
*klar«, sagte sie ungeduldig. Dann zeigte sie auf das Amulett in Archime-*
*des' Hand.*

*»Was wissen wir darüber?«, fragte sie in herausforderndem Ton.*

*»Zur Gründerzeit kursierten viele – sagen wir mal – unglaubwürdige*
*Geschichten. Sagen aus alter Zeit, aber auch Geschichten über Magie«,*
*antwortete Archimedes.*

*Galenus schüttelte ungläubig den Kopf. »Na, hör mal! Du glaubst*
*doch nicht etwa an Magie?«*

Archimedes lächelte. »Natürlich nicht. Ich bin Wissenschaftler. Wie du sehr wohl weißt, Galenus. Dennoch lässt es sich wohl kaum leugnen, dass es mehr gibt zwischen Himmel und Erde, auch wenn es in unserer wissenschaftlichen Gesellschaft wenig Platz findet.«

Galenus runzelte missbilligend die Stirn.

»Oh, keine Angst. Ich spreche selbstverständlich nicht über Götter. Ich spreche von paranormalen Fähigkeiten, von denen heute bereits viele erforscht, anerkannt und bewiesen sind. Siehe zum Beispiel die Telepathen«, sagte Archimedes.

»Ja, natürlich. Du hast wohl recht«, erwiderte Galenus. »Vor der genetischen Revolution galt Telepathie als unwissenschaftlich.«

Galenus betrachtete Sora noch interessierter als zuvor.

»Was glaubt ihr? Besitzt sie diese Fähigkeiten oder sind sie in Form von Energie an diesen Stein gebunden?«

Archimedes betrachtete erst Sora und dann den Stein.

»Die Inschrift erinnert an Runen«, sagte er dann. »Ebenfalls aus dem vorzeitlichen Norden stammend. Die Rune Ansuz verbunden mit der Rune Lagaz. Lagaz ist euch sicherlich als Teil des Wappenzeichens von Euripides bestens bekannt. Es ist das ursprüngliche Zeichen für diesen Planeten. Uralte, fast in Vergessenheit geratene Quellen besagen, dass es Teil der ursprünglich nordischen Mythologie war.«

Galenus sperrte die Augen auf.

»Du sprichst von der Erde?«

Archimedes nickte: »In der nordischen Mythologie stand Lagaz für Vanaheim und Ansuz für Godheim...«

Bevor Archimedes weiterreden konnte, unterbrach ihn Galenus.

»Ja, ja. Erspare uns weitere Details. Wir wissen, dass deine Datenbank vor Informationen überquillt. Später, Archimedes, später.«

Sora war der Unterhaltung skeptisch gefolgt. Diese drei Geschöpfe sprachen eindeutig von ihr und ihrem Amulett. Sie bedauerte zutiefst, kein Wort verstanden zu haben.

»Kannst du diesen Dialekt aus dem ursprünglich Nordischen aus einer deiner Schubladen zaubern?«, fragte Galenus.

Archimedes entgegnete stolz:

»Sicher kann ich das. Wird anfangs etwas holprig sein. Immerhin ist es seit mehr als 14.000 Jahren keine gesprochene Sprache mehr.«

Sapfo wies mit einer ihrer normalen Hände auffordernd in Soras Richtung.

»Darf ich dann bitten...?«, fragte sie ungeduldig. Archimedes wandte sich an Sora, lächelte ihr beruhigend zu und begann zu sprechen. Zunächst stockend, offensichtlich nach den richtigen Worten suchend, später zunehmend fließender.

»Hallo Sora«, sagte er. »Ich heiße Archimedes.«

Zum ersten Mal, seit die junge Frau aus ihrem langen Schlaf erwacht war, hatte sie ein Wort verstanden. Sie lächelte erleichtert zurück. Die Worte sprudelten aus ihr hervor.

»Wo bin ich hier? Und wie komme ich hierher? Wer seid ihr? Was seid ihr?«

Doch bevor Archimedes antworten konnte, wurde sie blassgrau im Gesicht und zitterte am ganzen Körper.

»Was ist los?«, fragte Archimedes besorgt. Sie hob abwehrend die linke Hand, während sie sich mit der rechten den Unterleib hielt.

»Nichts weiter«, brachte sie erschöpft hervor. »Mir ist nur etwas übel.«

Archimedes hob die Augenbrauen und betrachtete sie eingehend. Sie sah krank aus, blass und regelrecht ausgemergelt. Er wandte sich an Sapfo und Galenus.

»Was ist mit ihr? Fehlt ihr etwas?«

»Ja, sie hat Krebs. Ziemlich weit fortgeschritten«, antwortete Galenus.

Archimedes starrte ihn entsetzt an: »Und weshalb tut ihr dann nichts? Weshalb habt ihr nicht schon längst etwas getan?«

Galenus zuckte mit den Schultern. Sapfo kam ihm hastig zur Hilfe.

»Selbstverständlich haben wir sie gründlich untersucht und durchleuchtet. Den Krebs entdeckten wir sofort. Da sie aber nicht wach war, eigentlich gar nicht zu leben schien, entschieden wir uns dafür, abzuwarten.«

Archimedes sah Sapfo kopfschüttelnd an.

»Jetzt ist sie wach. Und sie hat offensichtlich Schmerzen. Wärst du dann bitte so gut?« Er wies mit beiden Handflächen nach oben gerichtet in Soras Richtung.

»Ja, selbstverständlich«, murmelte Sapfo schuldbewusst und wandte sich einem kleinen Rolltischchen zu, der neben der Krankenpritsche stand. Sie holte eine Ampulle hervor und begann eine Spritze aufzuziehen.

»Wir hatten alles schon bereitgestellt. Für alle Fälle«, erklärte sie, während sie konzentriert ihrer Arbeit nachging. Archimedes wandte sich wieder Sora zu.

»Du bist offensichtlich krank«, sagte er. »Wir können dir helfen. Krebs ist heutzutage leicht zu heilen. Sapfo wird dir eine Spritze geben. Morgen schon wirst du dich erheblich besser fühlen. Das verspreche ich dir.«

Sora sah ihn ungläubig an.

»Ihr könnt meine Krankheit heilen? Aber sie ist unheilbar! Niemand konnte mir helfen. Sie haben mich aufgegeben«.

»Ja, zu deiner Zeit war Krebs eine unheilbare Krankheit. Aber wir haben große Fortschritte gemacht, Sora. Die Welt ist nicht mehr dieselbe«, beruhigte sie Archimedes, der mit ihrer Sprache um einiges besser zurecht kam als zuvor.

Sora sah ihm direkt in seine katzenähnlichen, rotbraunen Augen.

»Was meinst du mit ‚zu meiner Zeit‘«, fragte sie verwirrt.

»Ich werde es dir erklären, aber lass Sapfo dir erst einmal helfen. Du zitterst ja am ganzen Körper«, sagte Archimedes.

Als sie Sapfo und ihre Spritze skeptisch musterte, fügte er hinzu:

»Ich verspreche dir, dass dir nichts geschehen wird. Du hast mein Wort darauf.«

»*Strecke bitte deinen Arm aus, Sora. Es pikst nur ein wenig*«, sagte Sapfo.

*Sie gehorchte.*

*Während Sora jede Bewegung Sapfos akribisch beobachtete, fing Archimedes an, ihre Fragen zu beantworten.*

»*Einige Archäologen fanden dich bei einer Ausgrabung in der Nähe der Hauptstadt. Du hast geschlafen. Irgendwie... Eine Art komatöser Zustand, den wir nicht erklären können.*«

*Sora zuckte kurz zusammen, als Sapfos Nadel in ihre Vene eindrang. Sie beobachtete, wie Sapfo die Flüssigkeit aus dem Kolben langsam in ihren Arm drückte.*

»Welches Jahr haben wir deiner Meinung nach, Sora?«, fragte Archimedes.

Sora sah verdutzt zu ihm hoch.

»Das Jahr 532«, sagte sie und beobachtete dann mit einem raschen Seitenblick, wie Sapfo die Nadel wieder herauszog und einen kleinen Wattepad auf die Einstichstelle presste, aus der ein kleiner Blutstropfen quoll. Archimedes lächelte beruhigend.

»Und siehst du, genau da liegt das Problem«, sagte er und beobachtete sie bei seinen nächsten Worten sehr genau.

»Du hast sehr lange geschlafen, Sora. Sehr, sehr lange.«

Sie sah neugierig zu ihm hoch.

»Über 14.000 Jahre. Wir schreiben heute das Jahr15075!«, sagte Archimedes.

Sora schüttelte langsam den Kopf. Diese Jahreszahl war einfach unbegreiflich.

Das war unmöglich. Das konnte einfach nicht sein.

»Doch, Sora, so ist es. Sieh uns doch an. Wir haben uns sehr verändert. Einst waren wir wie du!«, sagte Archimedes.

»Wo bin ich?«, fragte sie.

»Auf Euripides. Genau genommen in der Hauptstadt Alexandria.«

»Das ist unmöglich!«, entfuhr es Sora. »Das hier kann unmöglich Euripides sein. Ihr gehört nicht hierher. Ich gehöre nicht hierher!«

»Ja, da magst du sogar zum Teil recht haben. Du gehörst nicht in diese Zeit. Du stammst aus einer Zeit lange vor der genetischen Revolution – bevor wir anfingen so auszusehen.«

Zum ersten Mal streckte er seine zuvor verschränkten Arme vor. Sora betrachtete ungläubig den einen Arm, dessen Hand einem Spaten glich und den zweiten Arm, der eher wie eine Spitzhacke aussah.

»Ich bin Archäologe, Sora«, erklärte er. »Diese genetischen Modifikationen zeichnen alle Angehörigen meiner Kaste aus. Sapfo und Galenus sind Mediziner. Alle in ihrer Kaste besitzen Hände mit dem Chirurgenbesteck und Augen, die dich – vereinfacht gesagt – durchleuchten können.«

Durchleuchten?

Sora zog ihr weißes Leinenhemd enger um sich. Archimedes lachte auf.

»Nein, nein«, beschwichtigte er sie. »Nicht auf diese Weise. Nein, sie können deine Organe und dein Skelett sehen.« Er merkte, dass alle diese

Informationen Sora total überforderten. Sie wirkte erschöpft.

»Wenn das hier Euripides ist und es tatsächlich das Jahr 15.075 ist«, sagte sie leise, »weshalb lebe ich dann noch?«

»Ja, das wüssten wir auch gerne. Ich hatte gehofft, du könntest es uns erklären«, antwortete Archimedes.

Sora schüttelte den Kopf. Ihre langen dunkelblonden Haare hingen ihr ins Gesicht.

»Wir glauben, dass es etwas mit deinem Stein zu tun haben könnte. Sobald du ihn berührst, scheinst du wieder in diesen seltsamen Schlafzustand zu verfallen.«

Er hielt das Amulett hoch. Instinktiv griff sie danach. Bevor sie rücklings von der Pritsche fiel, fing Galenus sie auf und Archimedes nahm ihr das Amulett wieder ab.

»Ich besitze es, solange ich denken kann. Ich habe es immer getragen, ohne dass ich...hm… ohnmächtig wurde. Ich verstehe das nicht...«

Archimedes wirkte genauso ratlos wie Sora.

»Was ist das Letzte, woran du dich erinnern kannst?«, fragte er.

Soras Augen wanderten in die Vergangenheit.

»Ich... Es war Spätsommer. Mir ging es nicht besonders gut. Um zu vergessen, ging ich fast jeden Tag zur Höhle hinauf und saß lange im hohen Gras auf der großen Wiese, die sich bis an den Felsen erstreckte...«

Sie lächelte. »Ich sammelte Energie. Die Ruhe tat mir gut. Ich... ich wusste, dass ich sterben würde. Schon bald.« Sie zögerte. Das Erzählen fiel ihr sichtlich schwer.

»An diesem Tag..., es kommt mir vor wie gestern…«, lachte sie kurz auf, »an jenem Tag ging es mir besonders schlecht. Ich fror und schwitzte zugleich. Selbst das Amulett schaffte es nicht, ein Gleichgewicht herzustellen. Ich ging wieder zur Höhle hinauf, um mich etwas abzukühlen.«

Sie machte eine kurze Pause.

»Ich weiß nicht, was dann geschah. Ich kann mich bloß noch daran erinnern, dass ich mich völlig erschöpft an die Höhlenwand gelehnt habe. Dann muss ich wohl eingeschlafen sein... Oder...«

Sie sah Archimedes mit vor Schreck geweiteten Augen an.

»...Oder bin ich vielleicht gestorben?«

»Nein«, antwortete Archimedes. »Das ist unmöglich, da du ja hier sehr lebendig vor uns sitzt. Allerdings bist du wohl in einen langen Schlaf gefallen.«

Er zögerte.

»Was hast du gemeint, als du sagtest, „Selbst das Amulett schaffte es nicht, ein Gleichgewicht herzustellen"?«

Sora warf einen langen Blick auf den weißen Stein, den Archimedes auf das Rolltischchen neben der Pritsche gelegt hatte.

»Der Stein wärmt mich, wenn ich friere und verschafft mir Kühlung bei unerträglicher Hitze. Frage mich jetzt bloß nicht, weshalb und wie das möglich ist«, kam sie Archimedes zuvor. »Ich weiß es nicht. Ich weiß nur, dass es so ist.«

Sapfo machte eine Bemerkung und Archimedes nickte.

»Du solltest dich ausruhen, Sora. Der Heilungsprozess hat eingesetzt. Schlaf unterstützt die Heilung und wird dir neue Energie verleihen.«

Sora war so müde, dass sie kaum noch ihre Augen offen halten konnte.

Wenig später lag sie in einem richtigen Bett, mit weißen Laken und Kopfkissen. Sie fiel sofort in einen erholsamen, traumlosen Schlaf.

Sora schüttelte sich leicht und kehrte in die Gegenwart zurück. Der breite Fluss strömte auf das Meer zu, langsam und unaufhaltsam. Sie folgte dem Strom mit ihrem Blick, drehte sich um und betrachtete die hohen Türme der Hauptstadt von Euripides.

Alexandria war eine Millionenstadt. Jeder der hoch hinausragenden Bauten beherbergte Tausende von Menschen. Und es gab unvorstellbar viele dieser Türme. Sie ragten weit in den Himmel. An wolkenbedeckten Tagen befand man sich in den oberen Stockwerken oftmals über der schneeweißen Wolkendecke, die im Schein der drei Sonnen wie ein flauschiger Teppich erstrahlte.

Sora warf einen letzten Blick auf das Kanu. Ja, sie hatte es weit genug an Land gezogen. Dann machte sie sich auf den Weg. Bis zu ihrem PTG war es ein Fußmarsch von etwa einer halben Stunde. Der Pfad schlängelte sich quer durch den Wald bis zu einer kleinen Lichtung.

Das Abstellen eines Fahrzeuges direkt am Flussufer war verboten.

Sora missbilligte dieses Gesetz nicht. Ganz im Gegenteil war sie der Auffassung, dass der Umweltschutz auf Euripides hervorragend funktionierte. Der Fluss und sein Einzugsbereich durften nicht negativ beeinträchtigt werden. Auch das Landschaftsbild wurde berücksichtigt. Und Fahrzeuge aller Art – ob nun von Touristen oder Industrie – gehörten einfach nicht hierher. Eine Ausnahme bildeten die riesigen Frachtschiffe, die ausschließlich zugewiesene Häfen anliefen. Die meisten Güter wurden auf dem Seeweg transportiert, da die riesigen Städte ohnehin meist direkt am Meer entstanden waren.

Der Personentransport erfolgte fast ausschließlich über PT Gleiter und über ein gigantisches Netz an Magnetschwebebahnen, kurz MSB genannt, die hoch über den Wäldern verliefen. So beeinträchtigten sie die Natur so wenig wie möglich. Wollte man sich auf der Oberfläche fortbewegen, musste man entweder zu Fuß gehen, was äußerst erfrischend war, oder man bestieg ein Reittier.


Sora verabscheute die zumeist prallgefüllten MSBs. Zum einen wurde sie wie überall auf Euripides unentwegt angestarrt, zum anderen konnte sie sich einfach nicht an solch gewaltige Menschenmengen gewöhnen. Sie zog die sanft surrenden PTG vor, auch wenn man vorher jede Fahrt, also Strecke, Zeitpunkt und Zielort, beantragen musste.

Das hörte sich komplizierter an, als es tatsächlich war. Jeder PTG verfügte über einen Minicomputer, in dem man vor Fahrtbeginn die Zielkoordinaten eingab. Nur wenige Sekunden später wurden der Flug und die Flugbahn bestätigt. Entschied man sich unterwegs für ein neues Ziel, änderte man ganz einfach die Route und bekam kurz darauf eine neue Bestätigung.

Spazieren gehen oder reiten war überall uneingeschränkt erlaubt. Die Euripiden lebten im Einklang mit der Natur. Mutwillige Störung oder Ausbeutung aufgrund von Profitdenken gab es nicht. Dafür sorgte unter anderem das ausgeklügelte Kastenwesen der Bewohner. Die Unparteiischen zum Beispiel, die über Sora hinweg geflogen waren, bekleideten fast alle verwaltenden oder leitenden Positionen – ob nun in einer Bibliothek, in einem Warenhaus, in einer Fabrik oder in einem der Ämter. Ihre vier Arme mit jeweils sechs Fingern ermöglichten ihnen das reibungslose und effektive Sortieren von Akten und Aufsetzen von Schriftstücken.

Einiges wurde immer noch per Hand bearbeitet, doch der Großteil der Arbeit geschah per Computer. Immer noch nötigte es Sora großen Respekt ab, wie ein einziger Euripide vier dieser hochmodernen Rechner gleichzeitig bedienen konnte. Viele Unparteiische bedienten aber auch komplizierte Maschinen, oder arbeiteten im Servicebereich. Ihr Gehirn verfügte über Vernetzungen, die genau auf ihre Tätigkeit und ihre Aufgaben zugeschnitten waren. Machtstreben oder Parteiergreifen waren ihnen unbekannt. Sie besaßen Weitsicht, Voraussicht und das Talent, in allen Situationen den Überblick zu behalten. Trotz Individualismus leiteten und verwalteten sie unparteiisch, immer nach Objektivität strebend. Eine Kaste, ausschließlich dazu geschaffen, dem Gemeinwohl zu dienen. Eine Errungenschaft der genetischen Revolution.

Sora wanderte den Pfad entlang. Hier im dichten Wald, unter einem Dach von palmähnlichen Blättern der Hohen Wipfel, war die Hitze erträglich. Sie hatte es nicht eilig. Archimedes war ohnehin erst am nächsten Tag zu erreichen. Er befand sich zurzeit auf einem der zwölf Monde. Ein Familienfest. Sora hatte seinen Vorschlag dankend abgelehnt, ihn zu begleiten. Sie zog es vor, ihre freie Zeit am Flussufer zu verbringen. Das Kanu war in den vergangenen zwei Jahren ihre große Leidenschaft geworden. Sie ritt auch viel. So wie früher, vor ihrem Leben in dieser neuen Zeit, als Pferde und einfache Wagen noch die normale Art der Fortbewegung gewesen waren.

Diese neue Zeit...

Was für ein Schock war es für sie gewesen. Aus ihrer eigenen Zeit in eine unglaubliche, utopische Zukunft katapultiert.

*Als Sora an jenem Tag vor gut zwei Jahren wieder die Augen aufschlug, fühlte sie sich erstaunlich gut. Ein vertrauter Duft lag in der Luft. Sie lächelte. Sie lag eine Weile regungslos da und fühlte in ihren Körper hinein.*

Keine Schmerzen.

*Ihr Blick fiel auf ein rundes Fenster, durch das gleißendes Sonnenlicht fiel.*

Wo war sie?

*Der kurze Moment der Verwirrung wurde von der Erinnerung an den vorangegangenen Tag schlagartig verdrängt.*

*Menschen mit vier Armen, seltsamen Händen und viel zu großen Köpfen. Euripides im Jahre 15.075. Ihr langer Schlaf. Die Spritze.*

Das Amulett.

*Instinktiv griff sie sich an die Brust. Es war nicht an seinem Platz. Sie richtete sich langsam auf und sah sich um.*

*Ihr Zimmer war nicht sehr groß, aber freundlich und sehr hell. Das runde Fenster saß in einer Wand, die einem Kreissegment ähnelte. Die anderen drei Wände waren dagegen gerade und in einem warmen, gelb-orangen Ton gestrichen. Die Bogenwand war fast tiefrot. Die Farben schienen auf seltsame Weise das Sonnenlicht zu reflektieren, welches sich in der Mitte des Zimmers in einer sich drehenden gläsernen Doppelpyramide verfing und ein fröhliches Farbenspiel auf alles warf, was sich in der Nähe befand – ein Schrank, zwei Stühle und ein runder Tisch, auf dem eine blühende Pflanze stand. Diese sah ziemlich hässlich aus, duftete aber herrlich süß und aromatisch.*

*Sora stieg aus dem Bett und ging zu der Pflanze hinüber. `Lieblich duftendes Schimmelblatt´ – kurz `Schimmelblatt´.*

*Das Schimmelblatt war tatsächlich unansehnlich: Braune, gelbliche Blütenblätter mit einer breiigen Schicht überzogen, die wie Schimmel aussah. So vertraut. Sie erinnerte sich gut an den Augenblick, als sie diese seltsame Pflanze zum ersten Mal gesehen hatte. Sie konnte damals nicht mehr als vier oder fünf Jahre alt gewesen sein. Sie hatte noch nie in ihrem Leben so etwas Hässliches gesehen. Sie erinnerte sich genau, wie ihr Vater ihr erklärt hatte, was für eine fantastische Pflanze dies sei.*

*»Sora, Kleines. Lass dich nie von der äußeren Hülle eines Wesens beeinflussen. Schließe die Augen und atme tief ein!«, hatte er gesagt. Sie hatte es getan und den Duft des Schimmelblatts zum ersten Mal bewusst wahrgenommen. Sie würde es nie vergessen. Es war wie Balsam für die Seele.*

*Sora ging zum Fenster hinüber – und prallte zurück. Eine riesige Libelle flog nicht weit von ihrem Fenster vorbei. Leise und surrend, mit einer großen gläsernen Kuppel und einem silberglänzenden Bauch. Das unheimliche Gefährt entfernte sich schnell und gab die Sicht auf Tausen-*

de runde Türme frei, die allesamt unendlich hoch in den Himmel ragten! So wie die Wandfarben ihres Zimmers schienen sie das Sonnenlicht zu reflektieren. Ein glitzerndes Meer von Hochhäusern.

Als sich Sora von dem ersten Schrecken erholt hatte, öffnete sie das Fenster und lehnte sich vorsichtig hinaus. Rasch sog sie die Atemluft durch ihre Zähne. Sie widerstand dem Impuls, sich sofort in den Schutz ihres Zimmers zurückzuziehen und wagte einen zweiten Blick.

Es ging so tief hinunter, dass sie den Boden kaum erkennen konnte. Unter ihr wimmelte es von kuppelartigen Fluggeräten, die kreuz und quer zwischen den Türmen der Stadt umher surrten. Alles war so unglaublich hell und sauber, als ob eine Putzkolonne soeben ihre Arbeit beendet hätte. Sora war wie vor den Kopf gestoßen.

Wenn das Alexandria, die Hauptstadt von Euripides, war, hatte sie sich in den letzten 14.500 Jahren bis zur Unkenntlichkeit verändert.

Sora erinnerte sich deutlich an die klobigen, schmuddeligen Stein- und Holzbauten, die höchstens drei Stockwerke hoch waren.

Eine weitere gläserne Kuppel surrte vorbei. Diesmal konnte Sora Menschen im Inneren erkennen.

»Das ist ein Personentransportgleiter«, sagte eine Stimme. Erschrocken fuhr Sora herum und sah in Archimedes' katzenähnliche, braunrote Augen. Seine beiden Extra-Arme hielt er wieder hinter dem Rücken verschränkt, während die beiden normalen Hände in den Manteltaschen steckten.

»Guten Morgen, Sora!«, lächelte er. Sie nickte ihm zu und sah wieder aus dem Fenster. Archimedes trat an ihre Seite und begann aus dem Leben im Jahr 15075 zu erzählen.

Er erzählte von den fliegenden Personentransportgleitern, von dem gewaltigen Netz der Magnetschwebebahnen, die auf ganz Euripides täglich Milliarden von Menschen transportierten und von den etwa 70 Millionen Einwohnern dieser Metropole, die die Hauptstadt von Euripides war. Er erklärte ihr den Zweck, den die Farben in ihrem Zimmer und an allen Gebäuden der Stadt hatten. Er nannte es Lotusblüteneffekt. Man erschuf eine Oberfläche, mit körnig-knubbeliger Struktur, die sowohl schmutz- als auch wasserabweisend war. So erstrahlte Alexandria täglich in neuem Glanz.

Sora schwirrte der Kopf.

Wo war sie hineingeraten? Was hatte sie hier zu suchen? Nichts schien mehr zu sein wie sie es kannte. Ihr ganzes Leben, neunzehn Jahre, in einer anderen Zeit…

Sie hatte sich auf der kleinen Anhöhe bei der Höhle befunden. Sie sah die große Wiese mit dem hohen Gras vor sich. Der Geruch des Spätsommers lag ihr noch in der Nase, als wäre es gestern gewesen. Und heute? Heute befand sie sich... hier. In einer ihr völlig fremden Welt, mit ihr fremden Wesen, fremder Technik und Lebensweise.

*Ein Gefühl der Einsamkeit überfiel sie. Ihr ganzer Körper sehnte sich nach vertrauten Eindrücken.*

»Wo ist mein Amulett?«, unterbrach sie Archimedes' Monolog über Alexandrias Entwicklungsgeschichte. Er stockte, lächelte entschuldigend.

»Du solltest etwas essen. Ich habe auch noch nicht gefrühstückt«, sagte er und ging zum einzigen Schrank in dem Zimmer. Daraus holte er ein hellbraunes Kleid aus fließendem Stoff hervor.

»Wir haben einige Kleidungsstücke für dich bereitgestellt. Dieses Braun passt gut zu deinen Augen.«

Sora schaute das Kleid an. Es hatte vier Ärmel!

»Tja, du kannst dir wohl aussuchen, welche Öffnungen du verwenden willst!«, grinste Archimedes. Sora verzog das Gesicht.

»Wo ist mein Amulett?«, wiederholte sie ihre Frage, während sie das Kleid hochhielt und kritisch hin und her wendete.

»Es wird untersucht. Seine mystische Energie hat bei unseren Wissenschaftlern großes Interesse geweckt«, antwortete Archimedes. »Ich warte draußen«.

Doch Soras scharfe Stimme hielt ihn zurück.

»Untersucht? Was meinst du damit?«, fragte sie.

»Es wird nicht beschädigt. Wir haben andere Möglichkeiten, Dinge zu untersuchen«, versuchte er Sora zu beruhigen.

Sie aber schüttelte energisch den Kopf:

»Es gehört mir! Ich habe euch nicht erlaubt, es mitzunehmen und schon gar nicht, es zu untersuchen!«

»Ja, damit könntest du sogar recht haben«, sagte er. »Aber es ist von wissenschaftlichem Interesse. Und das bedeutet, dass es der Allgemeinheit zur Verfügung steht.«

»Es gehört mir!«, beharrte sie. »Und ich will es sofort zurück! Schon einmal etwas von Eigentum gehört?«

Archimedes hob erstaunt die Augenbrauen.

»Ja, selbstverständlich. Allerdings dienen wissenschaftliche Entdeckungen allen Menschen. Der Nutzen für die Gemeinschaft steht über dem Grundsatz des Eigentums. Archäologische Artefakte oder neue Erfindungen gehören nicht automatisch dem Finder beziehungsweise dem Erfinder...«, erklärte er.

Soras Augen blitzten gefährlich auf.

»Archäologische Artefakte?«, fragte sie empört. »Ich bin doch kein Fundstück! Und alles was zu mir gehört auch nicht!«

»Äh…«, begann Archimedes stotternd. »Nun ja..., in gewisser Hinsicht... Ja, doch... Du bist wohl schon eine Art Fundstück. Allerdings muss ich zugeben, dass ich jetzt, da ich es ausspreche, zu zweifeln beginne...«

Sora sah ihn mit hochrotem Kopf herausfordernd an.

»Was ist mit dem Recht jedes Lebewesens, das es früher auf Euripides gab?«, fragte sie mit schneidender Stimme. »Habt ihr das etwa abgeschafft? Das Recht jedes Wesens auf ein würdiges Leben in Freiheit? Der Grundpfeiler der Kultur eines jeden Euripiden?«

Archimedes ruderte zurück.

»Nein, das gibt es noch. Es ist auch heute noch das Wichtigste in unserem Leben. Jeder, ob Mensch oder Tier, gesund oder krank, ob alt oder jung, hat das Recht auf ein Leben in Freiheit und Würde.«

Er runzelte die Stirn und sah in Soras blitzende Bernsteinaugen. Sie hob herausfordernd die Augenbrauen, als würde sie sagen: »Ja, und weiter?«

»Zieh dich an. Wir werden sehen, was wir tun können und dann gehen wir endlich etwas essen«, sagte Archimedes. Er öffnete die Tür und verschwand.

Sora starrte ihm hinterher. Sie atmete tief durch. Obwohl sie der Sache noch nicht ganz traute, war sie doch etwas beruhigt.

Das Gesetz des Lebens. Wenigstens das gab es noch.

*Zum Glück, konnte man wohl sagen. Ansonsten wäre sie vermutlich als Fundstück archiviert worden! Sie hob das braune Kleid noch einmal* hoch, um es sich genauer anzusehen. Dann zog sie es sich hastig über. Unter ihren Achseln baumelten die zwei weiteren Ärmel nutzlos umher.

Archimedes betrachtete Sora wohlwollend, als sie durch die Tür trat.

»Ja, so geht es erst einmal«, sagte er, während er einen Blick auf die überflüssigen Ärmel warf. »Wir werden für dich extra Kleidung anfertigen lassen müssen. Nach dem Frühstück suchen wir eine Schneiderei auf.«

»Nach dir«, sagte er und wies auf die Wand gegenüber. Sora zögerte. Die Wand hatte zwei Öffnungen, in denen in mäßiger Geschwindigkeit Kabinen auftauchten und wieder verschwanden. In der linken Öffnung schienen sie abwärts zu sinken, während sie in der rechten Öffnung empor schwebten.

»Das ist ein Fahrstuhl«, erklärte Archimedes. »Wenn du dich auf das schwarze Feld vor die Öffnung stellst, hält er an. Dann kannst du gefahrlos einsteigen. Siehst du?«

Archimedes trat auf das Feld, das sich vor der linken Öffnung befand, und tatsächlich: Eine Kabine tauchte auf und hielt auf richtiger Höhe an. Zögernd trat Sora zu ihm auf das schwarze Feld und wurde dann sanft von einer seiner vier Hände in den Fahrstuhl geschoben. Archimedes gesellte sich zu ihr. Auch in der Kabine war zur Öffnung hin ein schwarzes Feld in den Boden eingelassen. Als sie es verließen, setzte sich der Fahrstuhl in Bewegung.

Sora streckte automatisch ihre Arme aus. Sie hatte das Gefühl, das Gleichgewicht zu verlieren und merkwürdig leichter zu werden. Durch die Öffnung konnte sie sehen, wie sich massive Wände mit verschiedenen Fluren oder Hallen abwechselten. Auf jedem Stockwerk, das sie auf ihrem Weg nach unten passierten, leuchteten ihr auf Augenhöhe Ziffern entgegen. 103, 102, 101...

»Entspann dich, Sora. Wir müssen noch 50 weitere Stockwerke abwärts«, sagte Archimedes und lächelte entschuldigend. »Es gibt natürlich auch Expressfahrstühle. Mir, als leicht verstaubtem Archäologen, ist dieses Museumsstück allerdings lieber.«

Mehrmals hielt der Aufzug für kurze Zeit an, um Personen auf anderen Stockwerken einsteigen oder aussteigen zu lassen. Eine Frau, die zu ihnen in die Kabine steigen wollte, wich erschrocken zurück, als ihr Blick auf Sora fiel.

»Tja«, seufzte Archimedes. »Ich fürchte, an solche Blicke wirst du dich gewöhnen müssen. Du bist die einzige deiner Art in dieser Welt.«

Wer hier wohl seltsam ist!, dachte sie, sagte aber vorsichtshalber nichts. Sie schwieg die ganze Fahrt über, während Archimedes ihr von Heron erzählte, dem Erfinder des modernen Fahrstuhls und anderer technischer Errungenschaften. Der Fahrstuhl war ursprünglich unaufhörlich auf und abgelaufen, ohne je anzuhalten. Das war recht gefährlich gewesen, da man während der Fahrt ein- und aussteigen musste und so ständig Gefahr lief, zwischen den Stockwerken eingeklemmt zu werden. Erst mit der Einführung des schwarzen Feldes waren die Aufzüge kontrollierbar und damit auch sicherer geworden. Nun hielt ein Fahrstuhl automatisch, sobald irgendetwas zwischen Stockwerk und Kabine geriet.

Archimedes war ein wandelndes Geschichtslexikon. Soras Sprache, die im heutigen Euripides schon seit Tausenden von Jahren eine `tote Sprache´ war, beherrschte er mittlerweile fast fehlerlos. Er hatte sich sogar Soras Dialekt angeeignet – vermutlich aus Mangel an Vergleichsmöglichkeiten. Sora hatte eine längst vergessene Sprache wieder lebendig werden lassen.

59, 58, 57... Archimedes trat auf das schwarze Feld und der Fahrstuhl hielt an.

»Wir sind da«, sagte er und führte Sora in einen engen, langen Flur mit Dutzenden von Türen, jede mit einem Schild versehen. Leider konnte Sora sie nicht lesen, obwohl ihr die Schriftzeichen vertraut waren. Die meisten der Runen waren ihr bekannt. Einige waren seltsamerweise mit Punkten versehen, andere ihr aber völlig fremd.

»Ich werde eure Sprache lernen müssen«, sagte sie mehr zu sich selbst.

»Je eher, desto besser«, erklärte er. »Die meisten Archäologen würden sich innerhalb kürzester Zeit mit dir in deiner Sprache unterhalten können. Zumindest die, die ebenfalls altertümliche Sprachen in ihrem genetischen Programm haben. Der Rest der Euripiden ist dazu nicht fähig. Sie müssten es auf die konventionelle Weise erlernen: Durch Übung und Fleiß.«

Archimedes stieß eine Tür auf. Sie betraten einen weiteren Korridor, mit weiteren Türen und weiteren Schildern. Schweigend lief sie neben Archimedes her und versuchte die neuen Eindrücke zu verarbeiten. Es waren so viele, dass sie keine Zeit zum Sprechen fand. Archimedes klopfte einmal kurz an eine der vielen Türen und trat dann ein.

»Anaximedes leitet das Team, das dein Amulett untersucht. Er kann uns vielleicht weiterhelfen«, sagte er über die Schulter zu Sora.

Anaximedes gehörte offenbar zu den Medizinern. Er stand vornüber-gebeugt vor einer Arbeitsplatte und stützte sich mit seinen Chirurgenbe-steckhänden an der Rücklehne eines Stuhles auf, während er sich mit der rechten normalen Hand am Kinn kratzte und seine linke normale Hand in die Hüfte gestemmt hielt. Er war ein kleiner, rundlicher Mann, auf dessen übergroßem Kopf sich eine glänzende, kreisrunde Glatze befand, die von grauem, extrem kräuseligem kurzen Haar umgeben war.

Als Archimedes ihn ansprach, drehte sich Anaximedes mit einer ra-schen Bewegung um und fixierte Archimedes und Sora mit einem wa-chen Blick. Dann lachte er auf und winkte beide zu sich. Er sprach schnell und gut gelaunt, umrundete Sora ein paar Mal und nickte verzückt. Während sie von oben bis unten gemustert wurde, schweifte Soras Blick einmal quer durch den Raum und erfasste vier weitere Personen – einen Mann und drei Frauen, die neugierig zu ihnen hinüberschauten.

Außerdem entdeckte sie hinter dem nun wild gestikulierenden Mann, der ganz offensichtlich mit Archimedes einen angespannten Wortwech-sel begonnen hatte, ihr Amulett! Der Stein lag als einziges Objekt auf der Arbeitsplatte, über die sich Anaximedes bei ihrem Eintreten gebeugt hatte. Während die Atmosphäre im Raum immer hitziger wurde und die vier Mitarbeiter sich aufgeregt flüsternd unterhielten, fixierte Sora sehnsuchtsvoll ihr Stückchen Heimat.

Ohne sich um das Treiben weiter zu kümmern, huschte sie mit zwei schnellen Schritten an Anaximedes vorbei und griff nach ihrem Amulett. Sie spürte gerade noch, wie der Stein begann, sich ihrer Körpertempe-ratur anzupassen, bevor drei starke Arme sie von hinten packten und festhielten.

Anaximedes' kleine, wache Augen blitzten gefährlich zu ihr auf, wäh-rend sein vierter Arm versuchte, ihr mit roher Gewalt das Amulett zu entreißen. Alle riefen erregt durcheinander. Bis auf einige Wortfetzen, die offensichtlich von Archimedes stammten, und von ihr als »Sora! Nein, Sora!« identifiziert werden konnten, klang es wie hysterisches Entenge-schnatter. Krampfhaft versuchte sie ihren einzigen Besitz festzuhalten, doch ihr von der Krankheit ausgemergelter Körper spielte nicht mit. Die aufgeregten Stimmen verschwammen zu einem aggressiven Rauschen. Der Druck auf ihre Ohren wuchs, es pochte schneller und lauter. Dann sackte sie langsam in sich zusammen. Sie spürte, wie ihre Hände mit Gewalt aufgespreizt wurden und das Lederband des Amuletts durch ihre Finger glitt.

Schwer atmend kniete sie auf dem kalten Boden, als eine zornige Stimme durch den Raum hallte und alle verstummen ließ. Langsam zogen sich die Wissenschaftler zurück. Sora spürte, wie jemand neben ihr niederkniete. Sie vernahm eine vertraute Stimme.

Sapfo!

Sapfo gab einige wütende Anweisungen, worauf Archimedes herbeieilte und Sora aufhalf. Dann fühlte sie den Einstich einer Nadel in ihrer Armbeuge.

»Ich bringe dich jetzt auf dein Zimmer, Sora«, hörte sie Archimedes sagen. Sie nickte benommen. Sapfo warf den entgeistert dreinschauenden Personen im Raum bitterböse Blicke zu und schob Archimedes zusammen mit Sora energisch vor sich durch die Tür.

Sora konnte nicht mehr sagen, wie sie in ihr Zimmer gelangt war. Eingebettet in weiche Laken hörte sie, wie sich Sapfo und Archimedes leise unterhielten. Unvermittelt beugte sich Sapfo über sie und tätschelte ihr beruhigend die Hand. Sie lächelte und sagte etwas. Dann verließ sie, mit einem missbilligenden Blick auf Archimedes, das Zimmer.

Archimedes zog einen Stuhl an Soras Bettkante.

»Das ging ja gründlich daneben«, murmelte er ihr zerknirscht zu. »Ja, also Sapfo ist ziemlich sauer auf uns alle. Und sie hat natürlich recht«, fügte er kleinlaut hinzu.

»Das Amulett?«, flüsterte Sora erschöpft. Archimedes rutschte schuldbewusst auf seinem Stuhl umher.

»Ich werde dir helfen, Sora. Das verspreche ich dir«, begann er. Sora verzog resigniert die Lippen.

»Anaximedes hat es sich zurückgeholt. Leider ist das Recht auf seiner Seite.« Als Archimedes Soras empörten Gesichtsausdruck sah, beeilte er sich zu beteuern: »Allerdings war seine Art und Weise nicht gerechtfertigt. Sapfo hat ihm mit ernsten Konsequenzen gedroht.«

*Dann lächelte er Sora zu.*

*»Sie hat dir eine weitere Spritze gegeben. Du wirst noch einige weitere Behandlungen benötigen, um wieder ganz zu Kräften zu kommen. Die Medizin schlägt gut an, sonst hättest du kaum solche Energie aufgebracht.« Er machte eine vage Handbewegung Richtung Tür und Sora wusste, dass er ihren verbissenen Kampf um das Amulett meinte. Wider Willen musste sie lächeln. Archimedes schien erleichtert.*

*Es klopfte an der Tür. Eine zierliche Frau kam mit einem Tablett voller belegter Brote herein. Die Frau gehörte offenbar einer weiteren Kaste an. Wie alle Euripiden nach der genetischen Revolution besaß sie vier Arme und einen übergroßen Kopf. Allerdings zählte Sora an jeder Hand sechs Finger. Normale Finger. Der Kopf war kahl, aber mit zwei wunderschönen, ausdrucksvollen braunen Augen versehen. Normale Augen, die unter langen, geschwungenen Wimpern hervorschauten. Sie war nicht sehr groß und so dünn, dass Sora unwillkürlich das Gefühl hatte, sie beschützen zu müssen. Höflich lächelnd setzte die Frau das Tablett ab und verließ wortlos das Zimmer. Ihr letzter schüchterner Blick galt Archimedes, der ihr zerstreut nachschaute.*

*»Sora«, sagte er dann. »Ich bezweifle sehr, dass Anaximedes oder sonst irgendjemand dein Recht auf Freiheit anfechten kann. Es würde gegen die Grundfesten unserer Kultur sprechen. Doch was deinen Anspruch auf das Amulett betrifft, bin ich mir weitaus weniger sicher. Aber ich werde mein Versprechen halten und alles dafür tun, deine Interessen zu verteidigen.«*

*Sora nickte und warf einen Blick auf die hässliche Blume auf ihrem Tisch. Sie zog den vertrauten Duft in sich hinein.*

*»Ja«, sagte sie energisch. »Ich muss es wiederbekommen!«*

»Mist!«, fluchte Sora und rappelte sich rasch wieder auf. Sie war, in Gedanken versunken, über eine der vielen Wurzeln gestolpert, die sich kreuz und quer über den Waldweg schlängelten. Mit den Händen säuberte sie ihr Kleid. Der leichte Stoff war nicht beschädigt. Sie hatte es nicht anders erwartet: Er war extrem reißfest und außerdem schmutzabweisend. Sie sah an sich hinunter. Bloß ein kleiner bräunlicher Fleck war geblieben, der spielend mit etwas Wasser zu beseitigen war. Sie streckte sich und atmete tief durch. Die schwüle Luft spendete kaum

Erfrischung, doch eine kleine Wolke hatte sich über ihr gebildet. Sora hob die Augenbrauen. Da braute sich etwas zusammen.

*Setzte die Regenzeit diesmal früher ein? Schon möglich.*

Es war in den letzten Tagen fast unerträglich schwül geworden. Solch hohe Luftfeuchtigkeit entstand immer kurz bevor das Wetter radikal umschlug. Sonnen- und Regenzeiten wechselten sich für gewöhnlich in einem Dreimonatszyklus ab. Sora suchte mit ihrem Blick den Himmel ab.

*Da, noch eine kleine Wolke.*

Ja, spätestens Morgen würde es regnen und in den kurzen Regenpausen würde sich dichter Nebel über das Land legen.

*Da war es wieder... Bilder aus einer anderen Welt. Nebel. Ein kleines Mädchen mit langen blonden Haaren ritt auf einem rabenschwarzen Pferd. Ein Pferd mit Flügeln. Es lachte und trieb das Tier in den Galopp. Zwei, drei Sprünge, dann breitete das majestätische Tier seine Schwingen aus und erhob sich mit einigen kräftigen Flügelschlägen in die Luft. Das Mädchen strahlte und jauchzte. Es war glücklich. Ein warmes, unendlich befriedigendes Gefühl erfüllte Sora. Sie seufzte. Plötzlich änderte sich die Stimmung! Angst, Unbehagen und Beklemmung lagen in der Luft. Ein Schauer lief Sora über den Rücken. Dunkle Zeiten. Einsamkeit. Das kleine Mädchen stand aufrecht vor einem alten Mann mit langem grauem Bart und nahm innerlich Abschied. Das vertraute und geliebte Gesicht lächelte ihr tröstend zu. Der Mann kniete vor ihr nieder. Er sprach zu ihr, aber Sora konnte nicht hören, was er sagte. Dann holte der alte Mann etwas hervor. Ein Lederhalsband mit einem weißen Stein als Anhänger. Er legte es dem Mädchen um den Hals, dann nahm er das Kind in den Arm und drückte es fest an sich. Sora hatte Tränen in den Augen. Ein kleiner Kloß schien in ihrem Hals zu einer riesigen, schleimigen Kröte anzuwachsen und drohte sie fast zu ersticken. Durch ihre Tränen sah die junge Frau, wie das kleine Mädchen nach der beschützenden Hand des Mannes griff und tapfer die Kröte hinunter schluckte. Schweigend wandte sie sich um. Eine Nebelwand wartete auf der sonnenüberfluteten Wiese auf sie. Das kleine Mädchen klammerte sich fester an die Hand ihres Beschützers und folgte ihm in den Nebel.*

Dichte weiße Watte umhüllte Soras Gedanken. Sie blinzelte ein paar Mal verwirrt auf den Pfad vor sich. Trotz der sengenden Sonnen fröstelte sie. Nur langsam kehrte die Wärme in ihren Körper zurück. Die schwüle Luft umhüllte sie und brachte sie endgültig ins Jetzt zurück. Eine weitere kleine Wolke hatte sich über ihr gebildet.

*Immer dieser Nebel! Was hatte es bloß damit auf sich?*

Und der Stein! Sora griff automatisch nach dem Amulett, das sie stets bei sich trug. Es gehörte ihr. Oder etwa nicht? Wer war das kleine Mädchen? Hatte der Stein vorher ihr gehört? Die einzige Erklärung, die außerdem in Betracht kam, schien so absurd...

*Es gab keine Pegasuspferde!*

Es war nicht mehr weit bis zu der kleinen Lichtung, auf der Sora ihr PTG geparkt hatte. Sie war vollkommen durcheinander.

*Welche Bedeutung hatten diese seltsamen Tagträume?*

Was hatten sie mit dem Amulett zu tun? Dem weißen Stein mit seinen mystischen, blutroten Linien?

*So etwas hatte er noch nie getan! Der Stein war niemals zuvor plötzlich grundlos so heiß geworden!*

Er war eigentlich überhaupt noch niemals heiß geworden. Lediglich warm. Eine angenehme Wärme, die ihren ganzen Körper durchströmte. Meistens aber kühlte er. Ein Ausgleich in dieser Welt, in der es vorherrschend warm war.

Sonnen- und Regenzeiten wechselten sich ab, aber warm war es eigentlich immer. Die Temperatur fiel selten unter 15 Grad. In den Sonnenzeiten wurde es normalerweise 30 bis 35 Grad warm. Den Hitzerekord hatte man im Landesinneren bei 51 Grad gemessen. Unerträglich, fand Sora. Sie hatte sich zwar an die Hitzewellen gewöhnt, fühlte sich aber nicht wirklich wohl. Eine Temperatur von 15 bis 20 Grad war ihr am liebsten. Das unterschied Sora von den jetzigen Euripiden, die die Wärme liebten. Sie lächelte bei dem Gedanken.

*Sie hatte so wenig mit den heutigen Einwohnern von Euripides gemeinsam!*

Archimedes hatte vermutet, dass sich die Euripiden mit den Jahrtausenden an das Klima angepasst hatten. Wahrscheinlich hatte er recht. Obwohl es in ihrem Leben im Jahre 532 ebenfalls warm gewesen war. Ihrer Meinung nach unterschied sich das Klima von damals kaum von dem heutigen. Auf ihren Einwand hin hatte Archimedes sie an die Theorie über die Besiedlung von Euripides erinnert.

Der Überlieferung nach kamen die ersten Siedler im Jahre null nach Euripides, also vor 15.077 Jahren. Sie sollen von einem Planeten namens Erde gekommen sein. Es waren Wissenschaftler, Gelehrte und viele andere Menschen, die aufgrund ihres ketzerischen Verhaltens verfolgt wurden. Sie waren vor Mächten geflüchtet, die neben ihren eigenen dogmatischen Ansichten keine weiteren Auffassungen gelten ließen. Ihre Flucht hatte sie hierher geführt. Nach Euripides.

Diese Theorie erklärte allerdings nicht, wie die ersten Siedler hierher gelangt waren. Seit jener Zeit versuchten die Euripiden das Geheimnis interstellarer Reisen zu entschlüsseln. Durch Wissenschaft. Der technische Fortschritt war gigantisch, doch interstellare Reisen blieben unmöglich. Es war den Euripiden allerdings vor einigen Jahrtausenden gelungen, zu benachbarten Planeten zu reisen und dort Stationen zu errichten.

Das war auch dringend notwendig gewesen, denn durch die genetische Revolution und die damit zusammenhängende hohe Lebenserwartung der Euripiden war die Bevölkerungszahl förmlich explodiert. Ein Euripide konnte gute 300 Jahre alt werden. Eine strikte Geburtenkontrolle war eingeführt worden, denn das Wachstum der Bevölkerung hatte die Zukunft des Planeten bedroht. Vor 2.000 Jahren gründeten die Euripiden dann die ersten echten Kolonien auf den Monden Epaminondas und Artemis. Statt an der rigorosen Geburtenkontrolle festzuhalten, appellierten die Behörden an den gesunden Menschenverstand – nicht mehr als zwei Kinder pro Paar. Die scharfen Kontrollen der letzten Jahrhunderte frisch in Erinnerung, hielten sich die Euripiden größtenteils an diese Richtlinie. Später wurden weitere Monde besiedelt, Quirinus, Demeter und Proteus. Den Euripiden war es gelungen, durch Terraforming lebenstaugliche Bedingungen zu schaffen. Wirklich schön war allerdings in Soras Augen bloß Artemis – dort, wo Archimedes' Familie lebte und er geboren war.

*Archimedes... Der Stein. Weshalb war der so warm geworden?*
Sora hatte sich nach langem Nachdenken dazu entschlossen, mit Archimedes darüber zu reden. Er war Wissenschaftler durch und

durch, aber dennoch interessierte er sich für unerklärliche, verstandesmäßig nicht erfassbare Phänomene.

*Oder vielleicht gerade deshalb?*

Er strapazierte gerne den Ausspruch, das Unerklärliche sei die größte Herausforderung für die Wissenschaft. Sora grinste.

*Jetzt würde er etwas zu beißen bekommen!*

Die besten Wissenschaftler auf Euripides hatten die merkwürdige Energie untersucht, die von ihrem Stein ausging, aber keiner von ihnen hatte eine zufriedenstellende Erklärung für das stetig gleichbleibende schwache Energiefeld des Amuletts gefunden.

*Es war doch bloß einfaches Quarzgestein. Wie war es also möglich?*

Abgesehen davon hatte diese Energie eine Schwingung, die die Wissenschafter des Planeten trotz aller nur erdenklichen Untersuchungsreihen immer noch vor Rätsel stellte.

*Archimedes würde es sehr interessant finden, dass ihr Stein plötzlich Dinge tat, die er vorher nicht getan hatte.*

Sora blieb abrupt stehen!

*Was, wenn sie ihr das Amulett wieder wegnahmen?*

Wäre es ein Fehler, Archimedes um Rat zu fragen? Konnte sie ihm vertrauen? Aber wenn sie alles für sich behielt...

*Wie sollte sie dann erfahren, was hier vor sich ging?*

Archimedes war ihr bester Freund. Abgesehen von Sapfo und Juno natürlich. Aber Sapfo wusste nicht viel über diese Dinge. Sie war Ärztin.

*Und Juno?*

Sora lächelte unwillkürlich. Wie immer erfasste sie ein warmes, sanftes Gefühl bei dem Gedanken an Juno.

*Nein, so liebenswert Juno auch war, so etwas war – weiß Idun – nicht ihre Stärke.*

Archimedes hatte das nötige Wissen und die nötige Kombinationsgabe.

*Aber konnte sie ihm so weit vertrauen? Würde er für sie schweigen und damit gegen ein ausdrückliches Urteil des Hohen Rates verstoßen? Und hatte er überhaupt Antworten auf ihre Fragen? Oder würde sie nur ihr Amulett aufs Spiel setzen?*

Soras Gedanken schweiften in die Vergangenheit zurück.

*Archimedes hatte sein Versprechen gehalten. Während Sora die nächsten Tage auf ihrem Zimmer verbrachte, ihre Medizin brav schluckte, regelmäßig Mahlzeiten zu sich nahm und mit dem Studium der fremden Sprache begann, drückte Archimedes eine Anhörung vor dem Hohen Rat durch. Er selbst würde sie vertreten und für sie sprechen, da Sora der Sprache nicht mächtig war. Selbstverständlich würde sie dabei sein und bei Bedarf Stellung nehmen, mit Archimedes als Übersetzer. Sora hatte keine Wahl. Sie musste auf Archimedes' Können vertrauen, war er doch der einzige, der zumindest annähernd verstand, welche Bedeutung das Amulett für Sora hatte.*

*Sora hatte außerdem das Gefühl, dass der Stein mehr war als bloß eine Erinnerung an ihr verlorenes Leben. Der emotionale Wert ihres Amuletts war ihr durchaus bewusst, aber irgendetwas sagte ihr, dass der Stein eine weitere, schicksalshafte Bedeutung hatte.*

Nur welche? Oder bildete sie sich das nur ein?

*Ihre Eltern hatten immer gesagt, dass der Stein zu ihr gehörte. Er brächte ihr Glück, deshalb sollte sie ihn immer bei sich tragen. Wahrscheinlich war sie dadurch beeinflusst worden. Aber dieses Gefühl der übergroßen Wichtigkeit blieb – egal wie oft sie zu sich selbst sagte, dass es absurd war. Archimedes würde ihr helfen.*

Er hatte es versprochen.


*Während sie auf den Tag der Anhörung wartete, eignete sich Sora die Grundlagen der Euripides-Sprache an und kam erstaunlich schnell wieder zu Kräften. Nicht zuletzt durch die nahrhaften und durchaus schmackhaften Gerichte, die ihr mehrmals täglich von dem zierlichen, jungen Geschöpf mit den ausdrucksvollen braunen Augen und dem kahlen Kopf gebracht wurden. Sora bemerkte, wie die Frau, die immer höflich servierte aber nie viel sprach, dem Wissenschaftler schüchterne Blicke zuwarf. Archimedes hingegen blickte ihr jedes Mal bloß abwesend hinterher – wie einer angenehmen Zerstreuung, deren Wirkung man erst bemerkte, wenn sie vorüber war. Er wirkte nach diesen Begegnungen stets leicht gereizt.*


*Nach einigen Tagen begann die junge Frau, Sora mit eifersüchtigen Blicken zu verfolgen. Ihr Lächeln wurde verkrampfter und kühler, sie blieb aber immer höflich. Nach ein paar weiteren Begegnungen dieser Art entschloss sich Sora zum Handeln.*

*Den gesamten Nachmittag verbrachte sie damit, die richtigen Worte aus ihrem Wörterbuch herauszusuchen, um das Mädchen endlich von ihrer grundlosen Eifersucht zu befreien.*

Sie und Archimedes! Das wäre doch absurd.

*Die Männer von Euripides waren so fremdartig, so anders. Abgesehen davon hatte Sora wirklich anderes im Kopf!*

*Das Wörterbuch war in Wirklichkeit eine Minidatenbank im Mobilfunkformat, die Archimedes ihr nach und nach aus seinem Gedächtnis zusammengestellt hatte. Nun brauchte sie das gesuchte Wort lediglich einzugeben und das Wörtermobil spuckte die richtige Übersetzung aus. Sora bewunderte die Fähigkeit der modernen Euripiden, alles gewünschte Wissen auf Abruf bereit zu haben!*

*Wie immer klopfte es ein paar Mal an der Tür, bevor diese fast lautlos geöffnet wurde und die junge Frau mit einem vollbeladenen Tablett hereinkam. Mit einem raschen Blick erkannte die Frau, dass Archimedes nicht da war, und schien erleichtert und enttäuscht zugleich. Sora konnte sich ein Lächeln nicht verkneifen.*

*»Wie heißt du?«, fragte sie, nachdem die Frau das Tablett auf dem Tisch abgestellt hatte. Das Persönchen zuckte erschreckt zusammen. Bisher hatten sich ihre Begegnungen auf höfliches Lächeln und ein »Danke« seitens Sora beschränkt. Die junge Frau senkte den Kopf und blickte verstohlen umher. Sora schenkte ihr ein strahlendes Lächeln.*

*»Juno«, antwortete die Frau mit sanfter Stimme.*

*»Ich bin Sora, aber das weißt du vermutlich bereits«, sagte Sora freundlich. »Setzt dich doch eine Weile zu mir und leiste mir Gesellschaft, Juno.«*

*Sora wies auf den Stuhl, der einladend an ihrem Tisch stand.*

*Juno zögerte.*

*»Bitte«, lächelte Sora. »Ich fühle mich zuweilen hier etwas einsam.«*

*Juno rang mit sich. Man sah deutlich, dass sie nicht scharf auf ein Gespräch mit ihrer vermeintlichen Rivalin war, andererseits war es unhöflich abzulehnen. Sora wartete ab. Sie nahm sich eine Scheibe Brot mit Käse. Dann goss sie sich eine Tasse Kafes ein. Es war das beliebteste Getränk der Euripiden. Juno setzte sich vorsichtig auf die Kante des Stuhls.*

Wie alt sie wohl war?

*Das Mädchen wirkte noch sehr jung. Etwa so alt wie sie selbst. Sora hob fragend die Kafeskanne und zeigte auf eine zweite Tasse auf dem Tablett, die offensichtlich für Archimedes bestimmt gewesen war. Juno nickte.*

»*Um es kurz zu machen*«, begann Sora und goss Juno Kafes in die Tasse. »*Archimedes ist sicher ein attraktiver Mann.*«

*Sora setzte sich und lehnte sich in ihrem Stuhl zurück, während Juno noch steifer auf ihrem Stuhl saß als zuvor. Ihr Kopf schoss in die Höhe und ihr Gesicht wurde rot wie eine Tomate. Da keine Haare vorhanden waren, erstreckte sich die Röte weit über ihren kahlen Kopf.*

*Sora lachte freundlich und griff nach ihrer Tasse mit dem dampfenden Kafes. Das grüne Getränk roch wie immer angenehm aromatisch und versprach Vitalität und Kraft. Sie nippte daran und fuhr fort:* »*Da man mindestens 20 Minuten nach deinem Auftritt kaum ein vernünftiges Wort mit dem armen Mann reden kann, müssen wir etwas unternehmen.*«

*Juno starrte Sora verständnislos an.*

»*Vergiss nicht zu atmen und nimm einen Schluck Kafes, Juno.*«

*Juno zuckte nicht einmal mit ihren langen geschwungenen Wimpern.*

*Sora fuhr fort:* »*Was ich hier brauche sind Freunde und Menschen, denen ich vertrauen kann. Sich Feinde zu machen ist nicht schwer.*«

*Sie dachte grimmig an Anaximedes und den Rest des Teams, das ihr Amulett untersuchte. Archimedes und auch Sapfo hatten ihr durch die Blume erklärt, dass Anaximedes beim Hohen Rat auf das Recht der Allgemeinheit auf archäologische Fundstücke plädieren wollte. Und zwar nicht nur ihr Amulett betreffend, sondern auch Sora selbst.*

*Juno nickte und verzog leicht das Gesicht.*

Sie hatte also davon gehört. Na ja, das war ja auch kein Wunder.

*Dass Sora Gesprächsthema Nummer eins im Wissenschaftszentrum war, konnte man kaum jemanden verübeln.*

Die Frau, die mehr als 14.000 Jahre geschlafen hatte und unversehrt erwacht war.

*Eine Sensation! Auch in einer so fortschrittlichen Welt wie Euripides.*

*Sora tippte eifrig auf ihrem Minimobil herum. Die Unterhaltung verlief holprig und langsam, aber durchaus für beide verständlich.*

»Ich versichere dir«, sagte Sora, »ich bin weitaus weniger interessant als alle vermuten.«

»Archimedes findet dich sehr interessant«, sagte Juno leise.

Aha, dachte Sora.

»Als wissenschaftliches Objekt vielleicht. Aber als Frau? Ich bitte dich!« Juno hob die Augenbrauen.

»Glaube mir, er wäre mindestens genauso interessiert, wenn ich ein Mann wäre!«, sagte Sora.

Juno musterte sie skeptisch. Sora beugte sich vor und sprach über den Tisch hinweg.

»Er ist an mir interessiert. Als spannendes Objekt, als Artefakt aus einer längst vergangenen Welt und irgendwann vielleicht auch als Freund.«

»Er will dir helfen«, sagte Juno.

»Ja, glücklicherweise sieht er mich auch als Mensch und nicht bloß als sensationellen, einmaligen Fund des Jahrtausends!«, sagte Sora. Sie merkte, dass ihre Stimme leicht zynisch klang. Juno lächelte zum ersten Mal, seitdem sie sich gesetzt hatte. Sora erwiderte das Lächeln.

»Wie ich schon sagte, Juno, ich suche Freundschaft. Ich bin hier die einzige meiner Art!« Sora schlug mit den Armen aus und verdrehte die Augen. »Obwohl ich sagen muss, dass ihr die Gesellschaft beachtlich weiterentwickelt habt«.

»Du meinst unsere unterschiedlichen Kasten?«, fragte Juno.

Sora nickte.

»Tja«, sagte Juno ernst. »Du bist eine Frau in einer neuen Kaste, deiner Kaste, um die die Männer von Euripides buhlen können. Du bist einzigartig. Eine echte Herausforderung für jede Frau, egal welcher Kastenzugehörigkeit.«

Sora sah Juno erstaunt an.

So hatte sie das Ganze noch nicht betrachtet.

»‚Erkenne deine soziale Stellung‘, sagt ein Sprichwort aus Rheas Orakel«, erklärte Juno. »Es bedeutet, dass du deinen Wert in der Gesellschaft erkennen sollst, unabhängig zu welcher Kaste du gehörst. Dein Wert bestimmt sich nicht über deine Kastenzugehörigkeit, sondern darüber, wie du als Person lebst, liebst und agierst.« Juno sah ihr direkt in die Augen. »So furchtbar viel unterscheidet uns nicht voneinander«, sagte sie dann. »Ein paar Gliedmaßen mehr oder weniger oder ein größerer Kopf, an-

*sonsten gibt es auch bei uns alles, was du besitzt. Nur verteilt auf unter-*
*schiedliche Kasten.«*

*Sora betrachtete nachdenklich Junos kahlen Kopf.*

Sie hatte recht. Außer den Unparteiischen, denen Juno angehörte, hatten fast alle Euripiden Kopfbehaarung in allen erdenklichen Varianten. Siehe Archimedes.

*Gedankenversunken biss Sora in eine weitere Stulle. Juno setzte sich*
*bequemer zurecht und griff nach ihrer Tasse.*

Das Verhältnis zwischen Juno und Sora war ab diesem Abend merklich entspannter. Sie plauderten bei jeder Mahlzeit ungezwungen miteinander. Und als Sora endlich mit Sapfos' Erlaubnis ihr Zimmer verlassen durfte, war es neben Archimedes auch Juno, die Sora in die Gesellschaft der Euripiden einführte. Sora lernte Menschen der verschiedensten Kasten kennen, ging mit Juno essen und einkaufen und begann ihr in der Kafesteria zu helfen. Gemeinsam besuchten sie eine Schneiderei, die für Sora Kleidung nach Maß herstellte. Lauter Extraanfertigungen für das einzigartige Wesen aus der Vergangenheit. Dies war allerdings erst nach der Anhörung durch den Hohen Rat geschehen, die nur wenige Tage nach dem klärenden Gespräch mit Juno stattfand.

*Der Hohe Rat bestand aus 13 Mitgliedern, die allesamt aus einer Or*
*ganisation namens Ephorat gewählt wurden. Jeder Euripide, unabhängig*
*von Kaste, Geschlecht oder Alter, konnte Mitglieder für das Ephorat vor*
*schlagen. Diese wurden dann von einem unabhängigen Tribunal geprüft,*
*bevor sie dem Ephorat beitreten konnten. Die wichtigsten Kriterien für*
*die Wahl aus dem Ephorat in den Hohen Rat waren Uneigennützigkeit,*
*unparteiisches und globales Denken, Mitgefühl für jedes lebende Wesen*
*und die Achtung der Rechte des Individuums, unabhängig von Kaste,*
*Beruf, Geschlecht, Alter und Gesundheitszustand. Um diese Kriterien*
*uneingeschränkt achten zu können, wurde jedes neu gewählte Mitglied*
*des Hohen Rates der Weihe unterzogen. Hierbei wurden diejenigen Gen*
*sequenzen, die Machtstreben, Korruption und eigennütziges Verhalten*
*steuerten, lahm gelegt beziehungsweise deaktiviert, was die Objektivität*
*der Mitglieder optimierte, aber keinesfalls ihr Mitgefühl beeinträchtigte.*

Archimedes berichtete voller Stolz über die Vorteile dieses Systems, das vor gut 9000 Jahren ins Leben gerufen worden war und eine Errungenschaft der genetischen Revolution war. Mit dem Hohen Rat kam auch der Frieden nach Euripides. Der letzte globale Krieg war genauso alt wie der Hohe Rat selbst. Mehrere kleine lokale Auseinandersetzungen hatte man nach und nach durch Gesetzesänderungen und Verbesserungen des Systems in den Griff bekommen. Heute konnte eine Änderung der Gesetze nur durch einen eindeutigen Volksentscheid herbeigerufen werden. Dies kam in etwa alle 10 Jahre einmal vor und betraf lediglich eine Anpassung an veränderte Lebensumstände – meist aufgrund neuer technischer Errungenschaften. Der Hohe Rat regierte nicht nur Euripides, sondern auch sämtliche Kolonien des Mutterplaneten.

»Sie achten das Individuum«, sagte Archimedes und führte Sora durch ein gewaltiges bogenförmiges Portal, das offensichtlich der Haupteingang zum Sitz des Hohen Rates war. Sora war nervös. Heute würde über ihr weiteres Schicksal entschieden werden.

»Es ist ihre Pflicht, dem Gesetz über Freiheit und Würde jedes Lebewesens zu genügen«, erzählte er bestimmt zum hundertsten Male in den letzten 24 Stunden. Sora hörte bloß mit halbem Ohr hin.

Was war, wenn er sich irrte?

Was, wenn sie unter die Kategorie Fossil aus der vorrevolutionären Zeit fiel und somit dem Recht auf wissenschaftliche Untersuchung unterlag?

Und ihr Amulett? Wie weit war es um das Recht auf Eigentum bestellt?

Sora hatte ein ungutes Gefühl in der Magengegend. Sie eilte neben Archimedes durch die steinerne Halle des Gerichtsgebäudes und versuchte, die neugierigen Blicke der unzähligen Menschen um sie herum zu ignorieren. Die Anhörung war öffentlich, wie alles auf Euripides.

Vor einem hohen hölzernen Tor blieb Archimedes stehen und wandte sich Sora zu. Er musterte sie eingehend von oben bis unten, zupfte ihren Kragen zurecht und nickte stirnrunzelnd. Sora sah an sich herab. Sie trug ein hübsches, sehr leichtes Sommerkleid aus sprossengrünem, fliegendem Stoff. Juno hatte es extra für sie anfertigen lassen – mit zwei Ärmeln. Sora war sehr blass, was zwischen all den dunkelhäutigen Euripiden extrem auffiel. Trotz Archimedes' Anwesenheit fühlte sie sich verloren. Ihre

*Unruhe wuchs bedrohlich, als sie Anaximedes und sein vierköpfiges For-*
*scherteam auf sich zukommen sah.*

*Der kleine Mann stürmte energischen Schrittes heran. Für Soras Ge-*
*schmack trug er seine knubbelige Nase ein wenig zu hoch. Der Ausdruck*
*in seinen kleinen Augen verriet Kampf- und Siegeswillen. Er musterte*
*Sora von oben bis unten – wie ein Stück Vieh oder einen besonders in-*
*teressanten antiken Schrank, so kam es ihr vor. Als Person schien er sie*
*nicht wahrzunehmen, sah trotz seiner geringen Größe überheblich über*
*sie hinweg. Stattdessen richtete er einige sarkastische Worte an Archime-*
*des und stolzierte dann mit hoch erhobener Glatze durch das hölzerne*
*Tor. Sora rutschte das Herz in die Magengrube. Auch der Anblick von*
*Sapfo, die ihnen schon von weitem zuwinkte und im Laufschritt heran-*
*eilte, konnte sie nicht wieder beruhigen. Angstschweiß trat ihr aus allen*
*Poren.*

Sie würde wie ein Affe im Käfig landen – als Versuchsobjekt der
Wissenschaft, das von lauter fremdartigen Menschen mit vier Armen
begafft wurde.

*»Komm!«, riss Archimedes sie aus ihren davon galoppierenden Ge-*
*danken. Sora zuckte zusammen und folgte ihm. Ihre Gelenke fühlten sich*
*ungewöhnlich steif an.*

Reiß dich zusammen!, *sprach sie sich Mut zu.* Noch ist nichts entschieden!

*Ihre innere Stimme klang nicht sehr überzeugend. Sie fühlte sich ver-*
*lassen. Mit ihrem Amulett hatte sie sich immer weitaus mutiger gefühlt.*
*»Es bringt dir Glück und beschützt dich!«, klangen die Worte ihrer Eltern*
*in ihr nach.*

*Archimedes schob Sora quer durch den bis auf den letzten Platz ge-*
*füllten Saal, an dessen Ende sich ein ellipsenförmiges Podest befand. 13*
*leere Sitze verrieten, dass dort in wenigen Minuten der Hohe Rat Platz*
*nehmen würde. Von allen Seiten angestarrt, ging Sora den breiten Gang*
*entlang, der auf das Podest zuführte, und betrat eine Art Kanzel mit*
*einem bequemen Sofa.*

*»Geh schon einmal hinauf und setz dich, Sora, ich komme gleich*
*nach«, flüsterte Archimedes und gab ihr einen Schub. Sora sah sich zö-*
*gernd nach allen Seiten um. Dann stieg sie die drei Stufen empor und*

ließ sich auf dem blauen Sofa nieder. Die Kanzel ermöglichte ihr einen Rundumblick durch den Saal – und dem gesamten Publikum einen freien Blick auf sie selbst. Sie saß sozusagen auf dem Präsentierteller und wäre am liebsten im Erdboden versunken.

Wo blieb bloß Archimedes?

Links von ihr befand sich eine weitere Kanzel, in der nun Anaximedes und sein Team Platz nahmen. Mit hoch erhobenem Kopf und wichtiger Miene sah er über sie hinweg und richtete seinen Blick nach vorne auf das Podest.

Sapfo erklomm mit Akten beladen die Stufen in Soras Kanzel und setzte sich lächelnd neben sie. Sie sagte etwas, was Sora nicht verstand, aber als aufmunternde Worte interpretierte, und blätterte dann in ihren Unterlagen. Archimedes eilte herbei, nahm die drei Stufen in einem Satz und ließ sich neben Sora auf das Sofa fallen. Kurz darauf erschien Galenus, den Sora als den Arzt erkannte, der bei ihrem Erwachen aus dem Koma zugegen gewesen war. Er nickte Sora zu und ließ sich neben Sapfo nieder. Sein Blick verriet weder Anteilnahme noch Abneigung. Es war das erste Mal, dass Sora Galenus wiedersah. Da er aber in ihrer Kanzel Platz nahm, ging sie davon aus, dass auch er auf ihrer Seite war.

Beruhigend zu wissen, dass es noch andere gab, die zu ihr hielten.

Ein Gong ertönte und ließ Sora erzittern. Ein leiser Laut entfuhr ihrer zugeschnürten Kehle. Archimedes ließ ein leises »Schscht« hören und dann wurde es grabesstill. Nacheinander betraten die Mitglieder des Hohen Rates aus einem Gang hinter dem Podest den Saal und nahmen auf ihren Sitzen Platz.

Dreizehn Mitglieder, alle mit vier Armen und mit diesem übergroßen Kopf. Einige waren kahlköpfig wie Juno, andere hatten braune, blonde und auch graue Haare in verschiedenen Formen und Längen. Alle trugen Roben in einheitlichem Dunkelblau und einen ernsten, erhabenen Gesichtsausdruck zur Schau. Eine Frau mit übergroßen Ohren fiel Sora besonders auf. Die lederartigen Lauscher ragten aus einem kahlen Schädel. Die milchigen Pupillen der dunkelhäutigen Frau sahen über Sora hinweg.

Das ellipsenförmige Podest des Hohen Rates überragte die beiden seitlichen Kanzeln. Auf diese Weise thronten die 13 Mitglieder förmlich über dem gesamten Gerichtssaal.

*Von der Anhörung selbst bekam Sora so gut wie nichts mit. Viel Zeit zum Übersetzen der jeweiligen Ausführungen, Einwände und Erklärungen blieb nicht. Archimedes und Sapfos Gesichter trugen nicht gerade dazu bei, Soras Ängste zu mildern. Und plötzlich war es vorbei. Die Mitglieder des Hohen Rates erhoben sich und viele von ihnen lächelten ihr zu.*

*»Sie verkünden jetzt ihre Entscheidung«, flüsterte Archimedes in Soras Ohr. Sora schluckte. Ihr war, als wäre sie ganz weit weg und lediglich stiller, nicht existenter Beobachter des Geschehens. Eine ältere Frau mit langem ergrautem Haar erhob die Stimme zu einem ausführlichen Monolog. Nach jedem Satz gab sie Archimedes die Möglichkeit, Sora die Botschaft zu übersetzen.*

*»Anaximedes und sein Team gehen davon aus, dass dieser Stein, der neben Sora ebenfalls Gegenstand dieser Verhandlung ist« – die Vorsitzende hielt Soras Amulett in einer ihrer Hände – »den unerklärbar langen Schlaf von Sora ermöglicht hat. Bisherige Untersuchungen haben zu keinen Erkenntnissen geführt. Anaximedes vermutet, dass eine unbekannte Energie, die in diesem Stein messbar ist, dafür gesorgt hat, dass eine bei Sora festgestellte Krebserkrankung im Endstadium nicht zum sicheren Tod führte, sondern Sora in einen langen Schlaf fallen ließ. Dies ist durchaus eine sehr interessante These, die es zu beweisen gilt.«*

*Anaximedes lächelte süffisant und siegessicher.*

*Die Frau fuhr unbeirrt fort.*

*»Weitere Untersuchungen dieses seltsamen Artefaktes sind daher zu empfehlen.« Die Sprecherin machte eine kurze Pause und forderte Sora mit ihren Händen auf, sich zu erheben. Sora verstand die eindeutige Geste und stand langsam auf. Ihre Beine schienen wie Pudding. Auch Archimedes erhob sich. Sora nahm dies dankbar zur Kenntnis, er war wie eine Stütze für sie. Die Vorsitzende erhob von neuem ihre Stimme und Archimedes fuhr mit der Übersetzung fort.*

*»Du wirst hiermit zur freien Bürgeren von Euripides erklärt, da du genau wie wir ein lebendes und fühlendes Wesen bist. Das Gesetz besagt, dass alle Lebensformen das Recht auf Freiheit und ein Leben in Würde haben. Dies ist selbstverständlich auch für dich der Fall. Auch wenn du aufgrund deiner Herkunft eine Ausnahme darstellst und nicht aus dieser Zeit stammst, bist du dennoch ein lebendes und fühlendes Wesen. Deine*

*Ernennung zur Bürgerin von Euripides beinhaltet, dass du sämtlichen herrschenden Rechten und Pflichten unterliegst. In diesem Sinne wird entschieden, dass der Stein, der bei dir gefunden wurde, zwar dein rechtmäßiges Eigentum ist, aber aufgrund des Gesetzes über wissenschaftliche Fortschritte so lange in Verwahrung bleibt, bis keine neuen Erkenntnisse mehr daraus erlangt werden können.«*

*Archimedes hielt kurz inne und fragte etwas. Die ältere Frau nickte stirnrunzelnd und wandte sich an ihre Kollegen. Allgemeines Gemurmel war zu hören. Anaximedes streckte sich und verfolgte angespannt die Ereignisse. Sora sah sich fragend um. Die ältere Frau ergriff erneut das Wort. Ruhe kehrte in den Saal zurück. Archimedes' Blick verriet Zufriedenheit.*

*»Ich persönlich werde die Fortschritte überwachen, die durch die Untersuchung des Amuletts erzielt werden. Wird über einen Zeitraum von drei Monaten nichts Neues mehr entdeckt, ist Sora das Amulett wieder auszuhändigen. Allerdings mit folgender Einschränkung: Der Stein kann jederzeit von mir oder anderen Mitgliedern des Hohen Rates wieder eingefordert werden, wenn das Wissenschaftsteam von Anaximedes glaubhafte Argumente dafür vorlegt, dass neue Erkenntnisse erlangt werden können.«*

*Die Sprecherin lächelte Sora zu und wieder ertönte der Gong. Sora zuckte zusammen und erwachte aus einer Art Lähmung. Sie war frei, aber sie würde das Amulett nicht zurückbekommen!*

Zumindest noch nicht.

*Sapfo lachte zufrieden und packte ihre Ordner zusammen. Archimedes reichte Sora einen seiner vier Arme.*

*»Komm! Darauf gehen wir erst einmal etwas essen!«*

*»Aber«, begann Sora stotternd. »Aber... das Amulett... werde ich es je wiederbekommen?«*

*Archimedes lachte und zeigte zu Anaximedes Kanzel hinüber. Sora folgte seinem Blick und sah einen säuerlich dreinschauenden kleinen Mann, umringt von einem betretenen Team. Sora verstand nicht.*

*»Siehst du, Sora«, sagte Archimedes zufrieden. »Anaximedes und sein Team untersuchen deinen Stein nun schon seit deinem Erwachen aus dem Koma und haben nichts, aber auch gar nichts herausgefunden«, betonte er grinsend. Der Stein scheint sein Geheimnis nicht preisgeben*

*zu wollen. Anaximedes kann die konstante energetische Strahlung, die von ihm ausgeht, zwar messen, aber er hat nicht den geringsten Anhaltspunkt, worum es sich dabei handelt, woher die Energie kommt und wie er die weitere Forschung angehen soll! Das weiß ich von Sapfo, die ein Gespräch zwischen zwei Teammitgliedern belauscht hat.«*

*Sora begann zu verstehen.*

Aber drei Monate waren eine lange Zeit...

*Als ob Archimedes ihre Gedanken gelesen hätte, sagte er:*

*»Du glaubst vielleicht, drei Monate wären lang. Das stimmt wohl auch, wenn man irgendeinen Ansatzpunkt hätte. Aber Forschung ist ein tückisches Gebiet. Erfolge können ewig auf sich warten lassen! Vesta wird dafür sorgen, dass du den Stein wieder zurück bekommst. Komm jetzt, wir können woanders weiterreden.«*

*Sora war zwar keineswegs überzeugt, aber zumindest etwas beruhigt. Sie folgte Archimedes und Sapfo.*

Vesta. Das war also der Name der grauhaarigen Frau.

*Von ihrem Wohlwollen hing nun das weitere Schicksal ihres Amuletts ab. Sora fiel ein, was Archimedes über den Hohen Rat gesagt hatte. Sie waren objektive Beobachter, die sowohl das Wohl des Individuums, als auch das Allgemeinwohl im Blick hatten.*

*Eine Viertelstunde später saßen Archimedes, Sapfo und Sora auf der Terrasse eines gemütlichen Kafes. Große Schirme überdachten gleich mehrere Sitzgruppen und schützten vor den sengenden Sonnen.*

*Es war das erste Mal, dass Sora außerhalb des Wissenschaftszentrums aß. Auffällig war die bunte Vielfalt, die das Kastenwesen bot. Sie erblickte Menschen mit extrem großen Ohren und ohne jegliche Körperbehaarung; mit milchigen Augen, wie Sora sie an einem weiblichen Mitglied des Hohen Rates beobachtet hatte; Menschen mit einer Nase, die Sora an eine Mischung aus Rüssel und Schnauze erinnerte; und auch solche mit Kiemen und Schleimhäuten zwischen Fingern und Zehen.*

*Sora ließ den Blick schweifen und blieb an einer großen Tafel mit kunstvoll verzierten Runen hängen. Es sah sehr hübsch aus, aber ihre Gedanken waren immer noch bei der Anhörung durch den Hohen Rat.*

*»Wer ist diese Vesta und was bedeutet die Überwachung für mein Amulett?«, fragte Sora.*

»*Vesta ist Technikerin. Um genau zu sein Feinmechanikerin, wie du vielleicht an ihren Fingern gesehen hast.*«

*Sora erinnerte sich dunkel an zwei Hände voller Werkzeuge. Archimedes fuhr fort:*

»*Da sie dem Hohen Rat angehört, ist sie absolut unparteiisch und objektiv, was bedeutet, dass sie sowohl deine Interessen, als auch die der Allgemeinheit vertritt. Im Klartext bedeutet dies, dass sie gerecht handeln wird. Hat Anaximedes innerhalb der festgesetzten Dreimonatsfrist keine Fortschritte gemacht, wirst du das Amulett ohne jegliche Verzögerung zurückerhalten.*«

»*Und wenn er Fortschritte erzielt?*«, *fragte Sora, obwohl sie die Antwort bereits kannte.*

*Archimedes nahm einen Schluck Kafes.*

»*Dann wird das Amulett solange einbehalten, bis es keine neuen Erkenntnisse mehr hergibt*«, *sagte er.*

*Sora seufzte.*

Weshalb unterlag sie überhaupt diesen Gesetzen? Sie gehörte nicht einmal hierher.

»*Ja, das hat der Hohe Rat geschickt bedacht*«, *fuhr Archimedes fort.* »*Selbstverständlich wollten sie sich den Nutzen nicht entgehen lassen, den die Erforschung deines Steines bieten könnte. Deshalb deine Ernennung zur Bürgerin von Euripides. Mit allen Rechten und Pflichten. Hätten sie dich nicht eingebürgert, wäre vermutlich der Stein dein alleiniges Eigentum geblieben. Da sie entschieden haben – zwangsläufig aufgrund von Euripides' wichtigstem Gesetz über fühlende Wesen – dass du ein freier Mensch bist, mussten sie dich einbürgern, um ein gewisses Maß an Kontrolle zu behalten. Ansonsten hätten sie dich einstufen müssen als...*«, *er zögerte und schmunzelte.* »*... Besucherin...?*« *Seine Stimme klang fragend und er nickte dann selbstbejahend.* »*Es gab noch niemals Besucher auf Euripides. Aber falls sie kommen würden, könnte man sie ja nicht einfach enteignen, oder?*«

*Sora begann die Probleme zu verstehen, die sie als lebendes Relikt aus der Vergangenheit verursachte. Ihre Ernennung zur Bürgerin von Euripides war eine Lösung, die dem Gemeinwohl aller Euripiden diente. Die Rechte des Individuums wurden denen des Allgemeinwohls untergeordnet. Etwas, das nicht gerade nach Soras Geschmack war.*

»Ich konnte nicht als Besucher klassifiziert werden...«, sagte sie nachdenklich, »da Besucher auch wieder gehen können... Ich kann nicht gehen. Wohin auch...«.

Archimedes legte eine seiner Hände auf ihren Arm.

»Iss was«, sagte er mit einem Blick auf ihr unangetastetes Stück Kuchen, »und sieh es mal so: Jetzt gehörst du hierher. Ganz offiziell. Und ich bin mir sicher, dass du deinen Stein bald wieder in Händen halten wirst. Anaximedes ist Wissenschaftler durch und durch. Seine Forschungsansätze gehen meiner Ansicht nach in eine völlig falsche Richtung. Zumindest was deinen Stein betrifft und dessen Einfluss auf deinen ewig langen Schlaf.«

»Soll ich daraus schließen, dass du eine Erklärung hast?«, fragte Sora.

»Nein. Aber wenn es eine Erklärung gibt, ist sie im Paranormalen zu suchen. Und dort sucht Anaximedes niemals. Nicht einmal in seinen kühnsten Träumen!«, antwortete er.

Sapfo, die dem Gespräch stumm gefolgt war, warf eine Bemerkung ein. Archimedes lächelte.

»Sie ist da gleicher Ansicht«, erklärte er und stopfte sich den letzten Bissen Kuchen in den Mund.

»Ihr seid ebenfalls Wissenschaftler, oder etwa nicht?«, sagte Sora. »Wie kommt es dann, dass ihr nicht an dem Geheimnis des Steins interessiert seid?«

Archimedes sah sie erstaunt an.

»Wer sagt, dass wir nicht daran interessiert sind? Ich will das Geheimnis sogar um jeden Preis lüften! Meiner Ansicht nach bist allerdings nur du der Schlüssel. Ich glaube, dass zwischen dem Stein und dir eine Art paranormale Koexistenz besteht, von der du offensichtlich selbst keine Ahnung hast«, sagte er.

Sora sah ihre Gegenüber mit wachsendem Misstrauen an.

Sollte sie sein Forschungsobjekt werden?

»Und was habt ihr vor, wenn ich mir die Frage erlauben darf?«, gab sie steif von sich. Archimedes sah sie an. Dann verstand er.

»Oh, keine Angst, Sora«, beeilte er sich das Missverständnis aus dem Weg zu räumen. »Du bist frei und bleibst frei. Wir würden uns lediglich wünschen...äh...öhm...teilzuhaben.«

*Was meinte Archimedes nun damit? Er räusperte sich.*

*»Wir würden gerne erfahren, wann und in welchen Zusammenhängen der Stein dich beeinflusst. Als Beobachter sozusagen«, versuchte er zu erklären. »Ich interessiere mich für das Paranormale, das bisher nur begrenzt erforscht ist. Erklärungen zu finden ist sehr schwer. Es ist immer klug, erst Beobachtungen zu machen, bevor man die Forschung vertieft.«*

*Sora versprach darüber nachzudenken.*

Beobachtungen? Das konnten sie haben.

*Der Stein hatte vor ihrem langen Schlaf niemals etwas anderes getan, als ihr Wohlbefinden durch Temperaturanpassung zu beeinflussen. Und das hatte sie Archimedes bereits bei ihrem ersten Treffen verraten. Nicht sehr bedacht von ihr. Tief in Gedanken versunken machte sie sich über ihre Torte her. Sapfo und Archimedes unterhielten sich angeregt. Vermutlich über Sora, das interessante fremde Wesen.*

*Eigentlich sollte sie froh sein. Die beiden hatten ihr sehr geholfen. Sie war nun frei, konnte sich als Bürgerin von Euripides auch frei bewegen und ein neues Leben beginnen. Vermutlich würde sie ihr Amulett auch wiederbekommen und konnte dann entscheiden, ob sie Archimedes und Sapfo über neue paranormale Ereignisse auf dem Laufenden halten würde.*

Archimedes hatte immerhin Wort gehalten.

*Er hatte versprochen, ihr zu helfen und alles dafür zu tun, dass sie ihren Stein zurückbekam. Und er hatte sein Bestes gegeben. Dass es nicht bloß aus reinster Freundlichkeit und Zuneigung zu ihr geschehen war, tat ja eigentlich nichts zur Sache. Er war Wissenschaftler und Archäologe.*

Konnte sie ihm verdenken, dass er neugierig war? Das war immerhin Teil seines Berufs.

*Sie aß schweigend und nippte gelegentlich an ihrem grünen Kafes. Ihr Blick schweifte wieder über all die seltsamen Personen, die an ihnen vorbeieilten oder plaudernd auf und ab gingen. Wer immer Sora wahrnahm, blieb stehen und starrte sie an. Sie stießen sich gegenseitig an und gingen tuschelnd weiter, während sie immer wieder ungläubig über die Schulter blickten.*

Wie sollte sie sich hier jemals ganz zu Hause fühlen?

*Sora seufzte und ließ ihren Blick weiterschweifen. Erneut blieb er an der großen Tafel mit den kunstvoll verzierten Runen hängen. Lange versuchte sie den Text zu entziffern, bis sie endlich fragte:*

*»Was steht da?«*

*Sie zeigte mit dem Finger über Sapfos Kopf hinweg zur Tafel hoch.*

*»Oh!«, lachte Archimedes. »Übersetzt heißt es soviel wie ‚Führe zusammen, was zusammen gehört‘. Dort wird geheiratet!«, sagte er munter. »Eigentlich seltsam, dass dieser Spruch für Hochzeiten verwendet wird. Ursprünglich stammt er nämlich aus einer Grabinschrift und ist dort Teil eines uralten Orakels. Viele Passagen aus Rheas Orakel haben in unserer heutigen Sprache einen Platz gefunden. Die bekannteste und wohl auch populärste Aussage ist allerdings dieser Spruch über dir. Seit vielen Generationen wird mit Rheas Segen geheiratet. Ob sie es nun so beabsichtigte oder nicht.«*

*Er wechselte einige Worte mit Sapfo, die dann lachend nickte. Er ließ die Ärztin am Gespräch teilhaben.*

Sehr aufmerksam von ihm, *dachte Sora. Sie musste schnellstmöglich diese Sprache lernen.*

*»Wer ist diese Rhea?, Juno hat auch von ihr gesprochen«, versuchte sie mehr zu erfahren.*

*»Juno? Die junge Frau, die sich täglich um dein Wohl kümmert?«, fragte Archimedes verblüfft, bevor er den Faden aufnahm.*

*»Oh, ja,...äh…mm«, räusperte er sich. »Das Sprichwort heißt ‚Erkenne deine soziale Stellung‘ und wird bei uns fälschlicherweise in Bezug auf unser Kastenwesen verwendet. Rheas Orakel stammt aus der Zeit vor der genetischen Revolution und nahm daher todsicher keinen Bezug auf unsere heutige Gesellschaftsform.« Er runzelte die Stirn und zitierte:*

*»Du kehrst zurück zu deinen Wurzeln. Eine Suche nach Herkunft führt dich durch den Nebel in die Heimat, wo dich ein Machtstreit um den Thron erwartet. Führe zusammen, was zusammen gehört und erkenne deine soziale Stellung.«*

*Dann sah er Sora wieder an.*

*»So lautet der Teil von Rheas Grabinschrift, aus dem das Sprichwort und die Redewendungen stammen. Es gibt noch etliche weitere Zitate, die heute eine neue Bedeutung gefunden haben. Ich bezweifle sehr, dass auch nur eines davon wirklich in Rheas Sinne angewendet wird.«*

*Sora hatte aufmerksam zugehört.*

Eine Grabinschrift? Ein Orakel? Wie spannend!

*Sie erinnerte sich an ihre Eltern, die kopfschüttelnd aber lächelnd das Spiel eines kleinen Mädchens beobachteten, das für ihr Leben gerne in die Rolle eines Magiers geschlüpft war. Das Mädchen saß vor dem Haus im heißen Sand und warf selbstgeschnitzte Stöckchen. In ihrer Fantasie konnten die Stöckchen die Zukunft voraussagen. Sora lächelte in sich hinein.*

*»War Rhea eine Magierin?«, fragte sie.*

*Archimedes wiegte den Kopf hin und her.*

*»Wer oder was Rhea wirklich war, weiß keiner so genau«, antwortete er. »Sie lebte vor etwa 14.000 Jahren. Also nur wenige Jahrhunderte nach deiner Zeit, Sora. Man sagt, sie sei eine Person mit paranormalen Fähigkeiten gewesen. Was an der Legende wahr ist und was bloß ein interessantes Märchen ist, kann man heute nicht mehr in Erfahrung bringen. Leider«, fügte er bedauernd hinzu.*

*»Wenn es dich interessiert, werde ich dir das Grab bei Gelegenheit einmal zeigen. Viele Euripiden waren schon einmal dort. Die meisten haben allerdings nur Reportagen darüber gesehen und behalten vorwiegend die Werbesprüche oder Sprichwörter in Erinnerung, die uns heute täglich an irgendeiner Ecke begegnen.« Er zeigte auf die Runentafel über ihren Köpfen. Sapfo sagte etwas und Archimedes zog eine Grimasse. Sapfo lächelte sanft.*

*»Sapfo würde gerne heiraten, musst du wissen. Der Spruch habe viele Menschen sehr glücklich gemacht. Vermutlich hat die heutige Verwendung der Worte Rheas auch etwas Gutes. Ich bin Archäologe. Mich interessiert eben mehr die ursprüngliche Bedeutung«, machte Archimedes deutlich.*

*Sora musste ihm Recht geben. Auch sie war mehr an der wirklichen Bedeutung der Dinge interessiert. Und diese Grabinschrift hatte ihre Neugierde geweckt.*

Eine Legende über Magie!

*Sie verspürte die gleiche mystische Erregung, die sie als kleines Mädchen bei ihren Stöckchenspielen empfunden hatte. Selbstverständlich würde sie sich diese Grabinschrift irgendwann einmal von Archimedes zeigen lassen!*

Sora war auf der kleinen Lichtung angekommen, auf der sie ihr libellenförmiges PTG geparkt hatte. In der gläsernen Kuppel spiegelte sich das Grün des umliegenden Waldes.

*Sollte sie Archimedes nun einweihen, oder nicht?*

Er hatte Recht behalten, was Anaximedes und seine Forschungen betraf. Exakt drei Monate nach der Anhörung durch den Hohen Rat und ihrer Ernennung zur Bürgerin von Euripides hatte sie ihren Stein zurückerhalten. Anaximedes' Blicke verfolgten sie noch heute, wenn sie das Wissenschaftszentrum betrat, um Sapfo zu besuchen oder ihrer eigenen Arbeit nachzugehen.

Das alles war nun mehr als zwei Jahre her. Sora war jetzt 21 Jahre alt. Und genau wie sie gedacht hatte, war seitdem nichts Weltbewegendes geschehen. Das Amulett hatte sie gewärmt und ihr Kühlung verschafft, wie in ihrem früheren Leben. Trotzdem hatte sie sich seit diesem Tag wieder eins mit sich gefühlt. Vermutlich reinste Einbildung, aber durchaus angenehm.

Da der Stein in Anaximedes' Händen nicht die geringste Wirkung gezeigt hatte und weder Wärme- noch Kältegefühle ausgelöst hatte, fühlte sich Archimedes in seiner Theorie bestätigt. Es musste ein unsichtbares Band zwischen Sora und dem Amulett mit den seltsamen blutroten Linien geben. Dass es sich bei dem Symbol auf der einen Seite des Steines um Runen handelte, hatte sie bereits als Kind gewusst. Zu ihrer Zeit kannte sie jeder: ⌐ und ⌐, ein L und ein A. Obwohl die heutigen Runen auf Euripides anders aussahen, wusste natürlich auch Anaximedes, was sie bedeuteten. Es hatte ihm nur nicht weitergeholfen. Genauso wenig wie ihr selbst oder Archimedes.

Sora erinnerte sich, wie erleichtert sie gewesen war, als sie ihr Amulett nach so langer Zeit wieder in Händen hielt. Anaximedes hatte gefragt, ob sie etwas spürte. Sie hatte ihm glatt ins Gesicht gelogen, obwohl der Stein in der kühlen Halle des Wissenschaftszentrums sofort eine wohlige Wärme in ihr verbreitet hatte. Archimedes hatte keine Miene verzogen. Sie war sich sicher, dass er ihre Lüge bemerkt hatte, was sich in späteren Gesprächen mit ihm bestätigte.

Archimedes und Sora waren Freunde geworden. Die Neubürgerin hatte relativ schnell die Sprache der heutigen Euripiden gelernt und war wieder ganz gesund geworden. Der Krebs war besiegt. Sora verdankte Archimedes sowie Juno und Sapfo sehr viel. Sie hatten ihr geholfen, sich in der ihr so unendlich fremden Welt zurechtzufinden. Sie hatten Sora Freundschaft angeboten, und es entwickelten sich schnell tiefere Beziehungen. Jede für sich eine Bereicherung. Sie halfen Sora eine eigene Wohnung zu finden – über der Wolkengrenze. Sie bekam sogar Arbeit als Hilfskraft im Restaurant des Wissenschaftszentrums, die ihr Spaß machte.

*Wem konnte sie vertrauen, wenn nicht ihnen?*

# 9. Von wandernden Bergen und anderen Merkwürdigkeiten

*D*ie Tage nach der Begegnung mit dem Midgârdsorm waren lang. Sehr lang, sehr langweilig und äußerst unangenehm. Die Schmerzen waren zwar auszuhalten, aber der unerträgliche Juckreiz war auch durch Fullas Salben kaum zu lindern.

Tora, die abwechselnd ihren Bruder zu Hause auf dem Saligasterhof und Charlie auf ihrem Lager unter der alten Eberesche pflegte, sagte, das läge am Heilungsprozess.

*Na toll!*, dachte Charlie. *Ich sterbe also am Heilungsprozess anstatt an dem Gift der Makaras!*

Nach drei Tagen tauchten Tora und Kunar das erste Mal wieder gemeinsam auf. Kunars Schwellungen im Gesicht und an den Armen waren verschwunden. Nur noch eine leichte Rötung der Haut erinnerte an die schrecklichen Geschehnisse am See. Dafür hatte Kunar allerdings Schwierigkeiten sich hinzusetzen. In einem unbeobachteten Augenblick erklärte Tora Charlie, dass Saligaster Kunar für seinen Leichtsinn bestraft hatte. Charlie schämte sich und fühlte sich schuldig, war Kunar doch nur ihretwegen in diese verdrießliche Situation geraten. Er hatte ihr das Leben gerettet!

Sie saßen sich schweigend gegenüber. Keiner wusste, wie er die unangenehme Situation überwinden sollte.

*Er ist wütend auf mich*, dachte Charlie traurig. *Zu Recht. Wegen mir hat er nicht nur Schmerzen und Schwellungen, sondern auch noch Prügel abbekommen! Und gestorben wären wir beide auch fast! Vom Midgârdsorm gefressen!*

Tatsächlich aber war Kunar aus einem ganz anderen Grund schweigsam. Als gewissenhafter und verlässlicher Junge fühlte er sich für Charlie verantwortlich und gab sich die Schuld an dem Unglück am See. Er ärgerte sich, dass er es verabsäumt hatte, Charlie zu warnen und sich bei der Jagd so weit von ihr entfernt hatte. Seine Prügelstrafe ertrug er wie ein Mann. Er hatte es nicht anders verdient. Wäre er etwas vorausschauender gewesen, wäre er nie mit Lokesranken in Berührung gekommen und hätte folglich auch keine Prügel erhalten! Er hatte versagt. Tora versuchte sich herauszuhalten. Die beiden mussten das unter sich klären. Dieser Vorsatz fiel ihr aber zunehmend schwerer. Eines Tages – Kunar war gerade von der Jagd zurückgekehrt, während Charlie, die fast wieder völlig genesen war, ein Feuer entzündete – platzte ihr vor Wut über die Sturheit der beiden der Kragen. Sie schüttelte den soeben gerupften Leogriff wütend in der Hand.

»Jetzt reicht es mir aber!«, brüllte sie. »Ihr habt sie doch nicht mehr alle! Wie stellt ihr euch das denn vor, he? Wie soll's denn jetzt weitergehen? Wollt ihr in alle Ewigkeit mit hängenden Köpfen herum schleichen?«

Kunar und Charlie standen wortlos da.

»Du, Kunar!«, und mit diesen Worten schleuderte Tora ihm den federlosen Leogriff um die Ohren. »Los, raus mit der Sprache, was ist los? Und du Charlie!« Auch sie bekam die feuchtkalte, kahle Haut des gerupften Vogels zu spüren.

»Ihr werdet jetzt endlich miteinander reden! Habt ihr verstanden? Ihr sturen Hippolektrions! Jungs! Sind doch alle gleich! Wollen erwachsen sein, aber kriegen die Zähne nicht auseinander! Jetzt ist Zeit zum Reden! Habt ihr verstanden? Ist das angekommen?«

Tora stand schwer atmend vor Kunar und Charlie, die sich verstohlene Blicke zuwarfen.

Es war das erste Mal seit Tagen, dass sie wieder eine gewisse Zusammengehörigkeit verspürten. Toras Wut brachte sie auf seltsame Weise einander näher. Als Charlie und Kunar sich Minuten später immer noch regungslos gegenüberstanden, drehte sich Tora mit einer resignierenden Geste weg.

»Ihr könnt mir gestohlen bleiben!«, fauchte sie. »Alle beide!«

Wütend griff sie nach ihrem Korb und verschwand im Wichtelwald.

Charlie und Kunar sahen sich betreten an.

*Tora hatte recht. So konnte es nicht weitergehen.*

»Und was jetzt?«, fragte Kunar hilflos. Charlie zuckte mit den Schultern und stierte ins Feuer: »Keine Ahnung...«

Nach einer Weile sagte sie stockend: »Ich glaube, ich sollte von hier fortgehen. Ich bringe euch nur Unglück und Ärger.«

Sie sah in Kunars verschlossenes Gesicht.

*Ja*, dachte sie. *Er will es auch so.*

»Es tut mir wirklich sehr leid«, fuhr sie langsam mit gesenktem Kopf fort. »Es ist alles meine Schuld, und du hast alles Recht, sauer auf mich zu sein.«

Hätte Charlie nicht ins Feuer gestarrt, hätte sie Kunars weit aufgerissene Augen gesehen. So aber fuhr sie fort.

»Ich werde euch keinen Ärger mehr machen. Und ich hoffe, du verzeihst mir irgendwann«, fügte sie leise hinzu.

Kunar war perplex.

*Wovon sprach Charlie da? Er trug doch die Schuld an diesem Unglück!*

»Quatsch, wovon redest du? Ich müsste mich entschuldigen! Was ich getan, oder besser nicht getan habe, ist unentschuldbar!«, rief er verzweifelt. »Ich hätte besser auf dich aufpassen müssen! Ich habe versagt!«

Jetzt war Charlie verdattert.

*Er gab sich selbst die Schuld? Nicht ihr?*

Diesmal war es Charlie, die fragte:

»Und was jetzt?« Ein vorsichtiges Lächeln zog ihre Mundwinkel millimeterweise nach oben. Kunar schwieg zunächst.

»Wollen wir jetzt diesen Leogriff grillen?«, fragte er dann.

»Gute Idee! Bevor Tora uns noch einmal damit verprügelt!«, grinste Charlie.

Sie hatten den Leogriff gerade vom Feuer genommen, als Biarn auftauchte. Alle drei machten sich genüsslich über den saftigen Vogel her.

Als Tora Stunden später aus dem Wald geschlendert kam, saßen Kunar, Charlie und Biarn am Feuer und unterhielten sich lebhaft. Sie sah, wie Kunar sich erhob und mit ausholenden Gesten offenbar vom Midgårdsorm erzählte. Er beugte sich dabei mit weit geöffnetem Mund über Charlie und Biarn. Biarn war sichtlich imponiert.

Erleichterung breitete sich auf Toras Gesicht aus. Sie setzte sich und griff hungrig nach dem letzten Stück Vogelfleisch. Kunar zwinkerte seiner Schwester zu und schaufelte eine Handvoll Beeren aus Toras Korb, den er dann an Charlie weiterreichte.

Als Biarn von Charlies Begegnung mit den Makaras erfuhr, staunte er nicht schlecht.

»Ihr wart bei der alten Fulla!?«, fragte er beeindruckt. Alle drei nickten aufgeregt. Bis ins kleinste Detail erzählten sie von dem morschen alten Haus, Fullas Kräuterküche und ihrer ständig schlechten Laune.

»Aber sie hat uns geholfen«, sagte Tora und schluckte das letzte Stück Leogriff hinunter. »Sie hat Charlie und Kunar gerettet!«

Biarn sah ungläubig in die Runde.

»Sie konnte Makaragift behandeln?«, fragte er.

»Na ja«, sagte Tora langsam und nachdenklich. »Anscheinend schon...«

»Wie meinst du das?«, beugte sich Biarn interessiert weiter vor. Charlie kam Tora schnell zuvor.

»Anscheinend kann man Makaragift behandeln, wenn nicht zu viel Zeit vergangen ist«, sagte sie schnell. Tora bemerkte Charlies warnenden Blick nicht.

»Ja, aber sie wusste anscheinend auch nicht, warum du überlebt hast!«, platzte es aus ihr heraus. Charlie und Biarn musterten einander. Kunar hielt die Luft an, während sich Tora verlegen umsah.

*Sie hatte doch gar nichts von Charlies magischen Kräften erzählt! Was hatte sie falsch gemacht?*

»Ist ja unglaublich! Was für ein Abenteuer! Und der Midgârdsorm? Wie sah der genau aus? Ich habe noch nie einen gesehen!« Gespannt wartete Biarn auf weitere Berichte. Kunar nahm den Faden sofort wieder auf. Alle drei ergingen sich in detaillierten Schilderungen des Abenteuers. Der Midgârdsorm wurde von Beschreibung zu Beschreibung größer und furchterregender. Zum Schluss hatte wohl auch Biarn das Gefühl, dabei gewesen zu sein.

Es war einer dieser seltenen und unbeschreiblichen Nachmittage, an denen alles möglich und nichts unmöglich schien, jeder sich wohlfühlte und alle zufrieden und unbeschwert das Leben genossen.

Als Biarn aufgebrochen war, saßen die drei noch eine Weile beisammen. Charlie starrte mit verschleiertem Blick in das fast erloschene Feuer, während Tora und Kunar sich im frischen Grün der Sommerwiese räkelten.

Nach einer Weile räusperte sich Charlie.

»Da gibt es etwas, was ich euch noch nicht erzählt habe«, sagte sie leise. Tora setzte sich auf und Kunar stützte sich auf seine Arme. Beide sahen Charlie erwartungsvoll an. Charlie holte tief Luft, griff unter ihr Hemd und zog den Stein hervor. Wie jedes Mal, wenn sie ihn in der Hand hielt, wurde der Stein sehr warm. Kunar setzte sich auf und beugte sich vor.

»Was ist das?«, fragte er dann. Charlie warf einen Blick auf den fast weißen Stein in ihrer Hand, die dunkelroten Konturen der eingeritzten Linien hoben sich deutlich ab.

»Ich weiß es eigentlich nicht«, sagte Charlie nach einer kurzen Pause. »Ich dachte, ihr würdet es vielleicht kennen?«

Die Geschwister kamen näher heran und betrachteten das Amulett genauer.

»Nein«, sagte Kunar. »Ich habe keine Ahnung, was es ist. Für mich sieht es aus wie ein Stein mit roten Linien.«

Auch Tora sah in dem Stein nichts Besonderes.

»Was ist damit?«, fragte Kunar. »Was kann der Stein?«

Charlie lächelte.

*So eine Frage konnte auch nur jemand stellen, der Magie gewohnt war!*

Auf der Erde wäre niemand auf die Idee gekommen, dass dem Stein irgendwelche Kräfte innewohnen könnten. Da hätte man sie höchstens gefragt, ob es ein Talisman sei, oder ob jemand Nahestehender ihr den Schmuck geschenkt hätte.

»Ich weiß es eigentlich nicht«, wiederholte Charlie. »Aber ich glaube, der Stein hat es mir ermöglicht, nach Vanaheim zu kommen. Und wenn ich es mir recht überlege, hat er wohl auch eine Art schützende oder heilende Wirkung. Vielleicht sogar beides.«

»Du meinst, es war kein Glück, dass du überlebt hast, sondern der Stein hat das bewirkt?«, fragte Tora.

»Glück war es schon, Glück, dass ich den Stein hatte. Glaube ich jedenfalls. Es ist schon seltsam. Fühlt einmal! Er ist ganz warm«, hielt sie den Geschwistern das Amulett entgegen.

»Ich kann nichts spüren«, sagte Tora, die Charlies Aufforderung sofort nachgekommen war.

»Doch!«, rief Charlie. »Nimm ihn, er ist fast heiß!« Tora umschloss den Stein mit ihrer Hand und schüttelte den Kopf.

»Nein, kühl wie jeder normale Stein«, sagte sie.

Auch Kunar erging es so.

»Und du sagst, bei dir wird er warm?«, fragte Kunar.

Charlie blickte nachdenklich auf den Stein in ihrer Hand.

»Vielleicht muss man magische Fähigkeiten haben, um es zu spüren«, meinte Tora. Charlie kaute auf ihrer Lippe herum.

*Das wäre natürlich eine Erklärung. Das würde aber bedeuten, dass sie, bevor sie nach Vanaheim kam, auch schon magische Fähigkeiten gehabt hatte. Aber wäre das denn so undenkbar?*

Charlie erinnerte sich an Johann Petterssons verbrannte Hand, als wäre es gestern gewesen.

Ja, sie musste bereits vorher magische Kräfte besessen haben.

Sie konnte anfangs nur ganz wenig davon *fühlen*, nun wurden ihre Kräfte immer stärker.

»Wo hast du ihn her?«, fragte Kunar und betrachtete das Amulett noch intensiver. »Es sieht so aus, als fehle da ein Stück!«

Er zeigte auf die Abbruchkante.

»Ich habe ihn bei meinen persönlichen Sachen gefunden«, sagte Charlie. »Ja, stimmt. Da fehlt eine Ecke.«

Charlie erzählte Tora und Kunar genau, wie sie den Stein gefunden hatte, wie sie glaubte mit Hilfe des Steins durch den Nebel gegangen zu sein, wie er sie bei Kälte wärmte und in letzter Zeit in der Mittagssonne angenehm kühlte. Sie erzählte auch von ihrem Gefühl, von Fulla *durchschaut* worden zu sein, obwohl diese von *Fühlen* geredet hatte.

»Sie hat vermutlich irgendeine unerklärliche Kraft gespürt«, sagte Tora, als Charlie ihren Bericht beendet hatte.

Kunar pflichtete ihr bei. »Sie konnte den Stein nicht sehen, genauso wenig wie wir. Aber wieso hast du uns nicht früher von dem Stein erzählt?«

Charlie räusperte sich und erklärte dann leicht beschämt:
»Ich weiß auch nicht… Es war nur so ein Gefühl…«
*Gefühl,* wiederholte sie in Gedanken. *Fühlen...*
»Anscheinend soll man auf sein Gefühl hören – jedenfalls wenn man der alten Fulla trauen kann. Und jetzt hatte ich das Gefühl, ich sollte es euch erzählen. Euch, nicht Biarn oder irgendjemand anderem.«
Kunar und Tora schienen zu verstehen.
»Du redest von Vertrauen, nehme ich an«, sagte Kunar mit einem Grinsen.
Charlie lächelte:
»Ich glaube schon.«
»Das heißt also, wir sollen auch das mit dem Stein für uns behalten, genauso wie deine magischen Fähigkeiten!«, sagte Kunar.
Tora schürzte die Lippen, dann grinste auch sie. »Ich glaube, das kriegen wir hin!«

Die Wochen vergingen. Der Monat *Röta* oder *Hö,* wie Kunar und Tora die Zeitspanne nannten, die auf der Erde in etwa dem August entsprach, neigte sich dem Ende zu. Das Heu wurde eingefahren, große vollbeladene Wagen polterten, von böse dreinschauenden Hippolektrions gezogen, über Vanaheims Land- und Waldwege. Kunar erklärte Charlie, dass *Röta* Fäulnis bedeutete. Dieser Monat wurde aufgrund seines schwülen Wetters so genannt. Lebensmittel verdarben sehr leicht bei dieser Witterung.

Gegen Ende des Röta-Monats kamen Tora, Kunar, Biarn und Charlie an der alten Eberesche zusammen. Kunar hatte Biarn zur Jagd eingeladen – in Vanaheim ein Zeichen für Vertrauen und Hochachtung, wie Kunar Charlie erklärt hatte.
Es nieselte. Tags zuvor hatte es doch tatsächlich das erste Mal so richtig geregnet! Unter Toras Riesenblättern waren Charlies Habseligkeiten trocken geblieben. Sie selbst nicht ganz. Bis sie sich mit ihren bereitgelegten Blättern abgedeckt hatte, war ihr Umhang schon völlig durchnässt. Zum Glück trocknete die folgende Sonne ihre Kleidung relativ schnell.

Trotz des Nieselregens war es angenehm warm. Während sie ihre Jagdwaffen schulterten, flachsten sie ein wenig herum und tauschten Jagderlebnisse aus. Das heißt, Biarn und Kunar taten dies. Charlie hatte noch nicht viel zu berichten – bis auf ihre Begegnung mit dem Midgârdsorm natürlich, aber davon hatten sie Biarn schon erzählt.

Tora wollte ihnen ein Stückchen folgen und dann alleine weitergehen. Eine Stunde entfernt gab es eine Stelle, an der Unmengen an Seifenwurz wuchs, und der Saligasterhof benötigte Nachschub.

Im Nachhinein war es ein Glück, dass sie so getrödelt hatten, denn als sie gerade losmarschieren wollten, zerriss eine ohrenbetäubende Explosion die Luft! Der Wald, der Boden unter ihren Füßen, Gyller und sie selbst – alles schien sich zu bewegen. Dann wurde es plötzlich wieder still.

Charlies Ohren dröhnten.

Auch Kunar, Tora und Biarn griffen sich mit schmerzverzerrten Gesichtern an den Kopf. Gyller bäumte sich auf, wieherte durchdringend und stürmte wild um sich schlagend davon.

Und da hörten sie es: Es polterte, brodelte und krachte. Ein tosender, unbeschreiblicher Lärm erhob sich! Der Boden unter ihren Füßen zitterte.

*Ein Erdbeben!*, fuhr es Charlie durch den Kopf. Die Erschütterungen rissen sie beinahe von den Beinen. Das Tosen und Krachen kamen näher – schnell, sehr schnell!

Einige Wichtelfichten kamen aus dem Wald gesaust! Aufgeregt quietschten und prusteten sie an ihnen vorbei. Den Wichteln folgten nur Sekunden später Unmengen von grünen Rennspinnen, Kaninchen, Tausendfüßlern und viele andere Tiere. Leogriffscharen flogen hoch über ihnen hinweg, und eine Herde weißer Hirsche galoppierte nur wenige Meter entfernt an ihnen vorbei.

Charlie bot sich ein unglaubliches Bild! Bis zu zwei, drei Meter große Wichtelfichten rissen sich krachend aus dem Waldboden und stürmten mit peitschenden Wurzeln davon. Braune Erde spritzte umher und regnete auf die vier Jugendlichen herab.

Das riss sie aus ihrer Schockstarre. Sie rannten, so schnell es die bebende Erde zuließ, den flüchtenden Tieren und Bäumen hinterher! Diese hatten die drohende Gefahr rechtzeitig erkannt.

Während Charlie um ihr Leben lief, konnte sie Rehe, Hirsche und Elche erkennen, die im gestreckten Galopp buchstäblich an ihnen vorbeiflogen.

Ein riesiger Schatten zog über ihren Köpfen hinweg. Charlie konnte nicht erkennen, was es war. Hinter ihnen krachte und dröhnte es. Die Erde bebte immer stärker! Einige Male stolperten Charlie und die anderen, schlugen auf dem zitternden Boden auf, rappelten sich wieder hoch und hasteten weiter!

Plötzlich ebbte der Lärm ab. Das Dröhnen hing noch eine Weile in der Luft. Der Boden hörte auf zu beben. Dann wurde es gespenstisch still! Letzte Nachzügler – einige Rennspinnen, ein Dachs und vereinzelte Wichtel – verschwanden vor Charlie, Kunar, Tora und Biarn im Wald, als die vier nach Luft ringend anhielten.

Dann war der Wald um sie herum leer. Sie waren allein! Sie und mit ihnen alle Bäume, die für eine Flucht zu tief verwurzelt gewesen waren. Charlie hielt sich ihre stechende Seite, Biarn und Kunar stützten sich auf ihre Knie und japsten nach Luft, während Tora mit vor Schreck geweiteten Augen hinter sich in den Wald starrte. Es war nichts zu sehen. Das Gehölz lag still und grau im Nieselregen vor ihnen.

»*Was war das...*«, flüsterte Tora. »Was in Tors Namen *war das*!« Sie wandte sich schwer atmend den drei Fluchtgefährten zu. Diese starrten genauso fassungslos in die gespenstische Stille des Waldes.

Sie sahen sich alle ratlos an und suchten danach noch einmal mit ihren Blicken das ausgelichtete Gehölz ab. Kein Laut war zu hören, kein auch noch so kleines Tier zu sehen. Alle waren geflüchtet. »Sollen wir nachsehen?«, fragte Charlie leise.

Biarn fuhr sich mit der Rechten durch seine kurzen, blonden Haare.

»Müssen wir wohl«, stieß er schließlich hervor. »Wenn wir nach Hause wollen, bleibt uns nichts anderes übrig.«

*Da hat er recht*, dachte Charlie. Die alte Eberesche mit dem mächtigen Jordvätten als Schutz war in den vergangenen Monaten zu ihrem Zuhause geworden. Tora und Kunar mussten am Abend wieder auf dem Saligasterhof sein, sonst bekamen sie Ärger, und Biarn – ja, wo auch immer Biarn wohnte, vermutlich wurde er erwartet!

»Na, dann los!«, sagte Kunar, blieb aber stehen und schaute in die Richtung, aus der sie gekommen waren. Still und leer lag der alte Wald vor ihnen. Große Wichtelfichten verdunkelten den Himmel, der durch den andauernden Nieselregen ohnehin schon grau und trübe war.

»Und was ist mit Gyller?«, fragte Tora mit bebender Stimme.

»Ich glaube, der taucht so schnell nicht wieder auf!«, meinte Kunar und warf einen Blick in die Richtung, in die Gyller und sämtliche andere Bewohner des Wichtelwaldes geflüchtet waren.

»Aber wenn wir ohne Gyller zurückkommen...« Toras Stimme versagte. Ihr Gesicht verdunkelte sich. Der Gedanke daran, was sie dann auf dem Saligasterhof erwartete, war nicht sehr erbauend.

»Du hast recht«, seufzte Kunar. »Wir müssen ihn suchen.«

Laut rufend und pfeifend suchten die vier fast eine Stunde lang die Umgebung ab. Sie wussten, dass Gyller angetrabt kommen würde, wenn er sie hören konnte. Aber diesmal kam das Einhorn nicht. Wahrscheinlich war er dem fliehenden Wild gefolgt und hatte sich weit, weit weg in Sicherheit gebracht.

Niedergeschlagen gaben sie die Suche auf und machten sich auf den Rückweg. Aber sie kamen nicht weit. Nur wenige hundert Meter von dem Platz, von dem aus sie ihre Suche nach Gyller begonnen hatten, war absolut kein Durchkommen mehr!

Tora, Kunar, Charlie und Biarn standen fassungslos vor einer Wand aus unzähligen Bäumen, ausgerissenen Wurzeltellern, aufgetürmtem Waldboden und Schutt! Es sah aus, als hätte jemand – nichts leichter als das – einfach alle Bäume des Waldes samt Wurzeln, Waldboden und Steinen ausgerissen und zu einer riesigen, massiven und undurchdringlichen Mauer aufgetürmt! Der Wall war so hoch, dass man nicht erkennen konnte, was sich hinter ihm befand, und er war so dicht, dass man auch nicht hindurchsehen konnte! Sprachlos traten die vier näher. Sie kletterten vorsichtig über einige große, umgestürzte Bäume. Aber schon nach wenigen Metern war Schluss.

»Es ist zu gefährlich«, sagte Kunar schließlich. »Seht mal! Die Bäume dort sind nur halb umgefallen. Die können jeden Augenblick zu Boden stürzen!«

»Ja, wir sollten umkehren«, sagte auch Biarn. Plötzlich erblickte Charlie in dem aufgetürmten Durcheinander etwas Ungewöhnliches! Da, etwa auf drei Metern Höhe, stach seltsam abgewinkelt ein behaartes Bein aus dem Wirrwarr hervor. Als sie genauer hinsah, erkannte sie, dass es sich um den Hinterlauf eines Hirsches handeln musste. Tora, Kunar und Biarn waren ihrem Blick gefolgt und hatten das tote Tier ebenfalls entdeckt.

»Oh, nein!«, entfuhr es Tora. »Oh, nein, oh, nein!«, winselte sie.

»Offenbar haben es nicht alle Tiere rechtzeitig geschafft«, flüsterte Biarn. Charlie schluckte.

»Wie viele, glaubst du?«, fragte sie.

»Ich weiß es nicht«, sagte Biarn leise. »Viele, vermutlich.«

Kunar nickte. Sein Gesicht war wie versteinert.

»Wir müssen das Durcheinander umgehen«, sagte er.

»Und Gyller?«, fragte Tora. Sie zitterte am ganzen Körper.

»Gyller geht es gut«, sagte Kunar mit fester Stimme. »Er war weit vor uns. Ihm ist bestimmt nichts passiert und er kommt sehr gut alleine zurecht.«

Tora schluchzte.

»Kunar hat recht«, sagte Charlie. »Wir müssen hinter die Mauer. Ich will wissen, was hier passiert ist. Und außerdem ist das die einzige Möglichkeit, nach Hause zu kommen.«

Leise für sich dachte sie: *Falls es noch ein Zuhause gibt...*

Die vier kletterten über die umgestürzten Bäume zurück, bis sie wieder Waldboden unter den Füßen hatten. Dann begannen sie am Rande der Katastrophenzone entlangzugehen, quer durch den düsteren Wichtelwald. Es nieselte.

Nach einer halben Ewigkeit, so schien es ihnen, ging der Rand der aufgetürmten Bäume langsam in eine flache Biegung über.

*Ob man das Chaos jetzt wohl endlich umrunden konnte?*

Was auch immer diese Katastrophe verursacht hatte, hatte es gründlich und sehr großflächig getan.

Endlich bemerkte Charlie eine Veränderung.

»Der Wall scheint kleiner zu werden«, wandte sie sich an ihre Gefährten.

»Ja«, sagte Biarn. »Ist mir auch schon aufgefallen.«

Tora schloss außer Atem zu ihnen auf. Der lange, schnelle Marsch war anstrengend.

»Sag mal...«, zeigte Kunar hoch über den Wall. »Ist das da wirklich ein Berg? Das kann doch nicht sein!«

»Hier gibt es keinen Berg«, sagte Tora entschieden. »Ich suche hier immer Kräuter und Pilze! Das muss ein Teil dieses Durcheinanders sein!« Verunsichert wagten sie sich weiter vor.

»Das ist doch ein Berg!«, rief Kunar nach einer Weile aufgeregt.

»Seht mal, da oben wachsen Bäume!« Charlie hielt sich die Hand über die Augen und versuchte Details zu erkennen.

*Tatsächlich, hoch oben über diesem verflixten Wall der Zerstörung wuchsen Bäume!*

Je weiter sie um das verwüstete Gebiet herum gingen, desto kleiner wurde der aufgetürmte Wall.

Bald schon gab es keinen Zweifel mehr: Wo sich bis vor kurzem der Wichtelwald über eine flache Landschaft erstreckt hatte, ragte jetzt ein riesiger Berg in den Himmel! Zwar ebenfalls mit Bäumen bewachsen, aber ein Berg! Deutlich erhob sich die Erde hinter dem Wall zunächst zu einigen sanft ansteigenden Hügeln, denen dann eine massive Felswand folgte.

»Kann das denn möglich sein«, flüsterte Biarn mehr zu sich selbst.

»Aber ein Berg kann doch nicht...« Charlie versuchte verzweifelt zu verstehen, was hier soeben geschehen war, oder immer noch geschah.

»Ich meine...«, setzte sie noch einmal an, »...Berge wachsen doch nicht von einer Sekunde zur anderen!« Sie suchte die Blicke der anderen.

Kunar schüttelte wortlos den Kopf, Tora starrte den Berg an.

Biarn runzelte die Stirn.

»Nein«, sagte er langsam. »Aber..., ja wie soll ich sagen...«, überlegte er. »Aber *wandern* können sie... vielleicht...«

»Wandern?« sah Charlie ihn ungläubig an.

*Aber wer weiß*, fragte sie sich. *Hier in Vanaheim scheint so vieles Unmögliche möglich.*

»Quatsch!«, sagte Kunar entschieden. »Berge wandern nicht! Völlig unmöglich!« Tora nickte zustimmend und sagte zu Biarn:

»Wie stellst du dir das vor? Haben die vielleicht Beine, auf denen sie einfach von einem Ort zum anderen gehen? Davon habe ich noch nie was gehört!«

Kunar blickte wieder auf den Berg vor ihnen: »Berge leben doch nicht, oder? Genauso wenig wie Steine...«

Er stockte und warf Biarn einen hastigen Blick zu.

»Außer natürlich...«, begann er. »Jordvätten können in Steinen leben... Manchmal auch in Wasserfällen«, führte er seinen Gedanken langsam fort.

Biarn nickte: »Ja, und manche Lebewesen wohnen auch in Hügeln, Klippen oder Bergen!« Er sah Kunar dabei fest in die Augen.

»Keine Jordvätten, sondern...«

»Trolle!«, entfuhr es Kunar. »Bergtrolle!« Aufgeregt spähte er hinter den Baumwall, als würde er erwarten, dort oben einen Troll beim Mittagessen zu erblicken.

»Bergtrolle?«, fragte Charlie beunruhigt. »Wie groß sind die denn, wenn sie einen solchen Berg tragen können!«

Biarn hob beide Augenbrauen und schaute Charlie zunächst verwundert und dann forschend an.

*Dieser Charlie war fraglos intelligent. Wieso kannte er dann die elementarsten Geschöpfe nicht? Und auch sonst schien er über so einiges nicht Bescheid zu wissen.*

Biarns Blick bohrte sich tief in Charlies Auge, ihre Wangen nahmen eine blassrosa Färbung an.

Kunars Augen fuhren von Charlie zu Biarn und wieder zurück.

»Sehr groß!«, sagte er hastig, um Biarn abzulenken.

»Allerdings nicht *so* groß«, erklärte er. »Bergtrolle oder Rimtursen, so heißen sie eigentlich, wohnen in Höhlen unter großen Klippen, Hügeln oder Bergen. Sie schlafen meistens.«

»Ja«, sagte Tora. »Sie kommen nur hervor, um Nahrung zu sammeln. Ich habe gehört, dass sie oft Steinlawinen lostreten, die dann für die Dörfer in den Bergen zur Bedrohung werden können. Aber wie kann ein Bergtroll einen ganzen Berg bewegen! Das ist doch unmöglich!«

Biarn entließ Charlie aus seinen bohrenden Blicken und wandte sich den Geschwistern zu.

»Genau weiß ich es auch nicht«, sagte er langsam. »Ich weiß nur, dass es schon öfter passiert ist... Nicht zu unserer Zeit«, fügte er auf

Kunars skeptischen Blick hastig hinzu. »Aber den Erzählungen nach wäre es nicht das erste Mal. Ich hatte nur eigentlich nicht gedacht, dass die Sagen wahr sind.«

Biarn sah wieder auf den gigantischen Berg, der sich vor ihnen erstreckte.

»Und was besagt die Sage?«, hakte Tora nach. Charlie warf ihr einen dankbaren Blick zu. Dieselbe Frage hatte ihr auf der Zunge gebrannt. Sie hatte nur nicht gewagt, sie zu stellen – aus Angst, schon wieder Biarns Aufmerksamkeit zu erregen.

Biarn setzte sich in Bewegung.

»Kommt, lasst uns weitergehen. Ich erkläre es euch unterwegs«, murmelte er.

»Ich muss sehen, wie es hinter dem Berg aussieht, um zu wissen, ob die Sage stimmt«, fügte er erklärend hinzu, als die drei keine Anstalten machten, ihm zu folgen. Tora zuckte dann mit den Schultern und stapfte hinter Biarn her. Sie forderte Charlie und ihren Bruder mit einem Blick auf, ihnen zu folgen.

Während Biarn zügig vorwärts marschierte, erzählte er seinen Weggefährten, was der Sage nach über den Rimturs Gymer und seine Frau Aurboda überliefert war.

### Die Sage um Gymer und Aurboda

*Vor vielen Tausenden von Jahren streiften der Bergtroll Gymer und seine Frau Aurboda aus dem Geschlecht der Riesen oder Tursen gemeinsam durch das Universum. Ihrer glücklichen Ehe war eine Tochter namens Gerd entsprungen, die ihre Eltern stets begleitete.*

*Ihre ständige Suche nach abwechslungsreicher Nahrung und ihre ausgeprägte Reiselust führten sie zu unzähligen Welten. Gerd wuchs heran und wurde zu einer begehrenswerten Rimtursdame, die sich ihrer zahlreichen Verehrer kaum erwehren konnte.*

*Gerd war so wunderschön, dass die Welt um sie leuchtete und strahlte! Sie flirtete und genoss das Leben in vollen Zügen. Ihr Herz schenkte sie allerdings nur einem: Einem stattlichen Troll namens Geirröd, dem sie mit Haut und Haar verfiel.*

*Geirröd wollte Gerd zur Frau nehmen und sesshaft werden. Gymer und Aurboda stimmten einer Hochzeit zu und gaben ihre Tochter Gerd – ihren ganzen Stolz – in Geirröds starke Hände.*

*Geirröd zog mit Gerd nach Mannaheim an einen Ort namens Midgârd, wo sie glücklich lebten und Gymer und Aurboda bald zu Großeltern machten. Gerd gebar rasch aufeinanderfolgend zwei Töchter, die sie Gjalp und Greip taufte.*

*Eines Tages beschlossen Gymer und Aurboda, ihre Enkelkinder zu besuchen. Die rastlosen und reiselustigen Bergtrolle wollten eine ganze Woche bei ihren Kindern und Enkelkindern verbringen.*

*Vor ihrem Aufbruch aus Vanaheim entdeckte Gymer Gerds Lieblingsspeise Elfenmilch, die er seiner Tochter als Geschenk unbedingt mitbringen wollte. Da das Sammeln von Elfenmilch eine mühselige und zeitraubende Sache war, beschloss Gymer, seine Frau vorauszuschicken und einen Tag später nachzukommen. So kam es, dass Aurboda alleine nach Midgârd auf Mannaheim reiste.*

*Gymer sammelte Elfenmilch, bis er einen großen Kelch mit dem begehrten Getränk gefüllt hatte. Stolz und voller Vorfreude ging Gymer an diesem Abend schlafen, um am nächsten Tag frisch und ausgeruht nach Mannaheim zu reisen.*

*Aber in dieser Nacht geschah etwas Ungewöhnliches, etwas sehr Unerwartetes und noch nie Dagewesenes! Etwas sehr Böses war am Werk, und die Pforte zwischen Vanaheim und Mannaheim schloss sich. Als Gymer tags darauf seine Reise antreten wollte, gelang es ihm nicht, Vanaheim zu verlassen. Er versuchte es viele, viele Stunden lang: Das Tor nach Mannaheim blieb verschlossen! Da kam ihm eine Idee. Er versuchte von Vanaheim aus nach Jotunheim, seine Heimatwelt, zu reisen, um von dort aus das Tor nach Mannaheim zu passieren. Doch auch das Tor nach Jotunheim war versperrt!*

*In wachsender Verzweiflung versuchte Gymer nun alle weiteren Tore durch das Universum zu öffnen. Vergeblich! Gymer war in Vanaheim auf Godheim gefangen!*

*Wieso konnte er nicht mehr zwischen den Welten reisen? Er konnte sich keinen Reim darauf machen. Und auch niemand anders in Vanaheim konnte ihm eine Erklärung geben.*

*Die Tore waren und blieben verschlossen. Da wurde Gymer derart zornig, dass er seinem Ärger freien Lauf ließ. Eine ohrenbetäubende Explosion brachte die Höhle, in der Gymer die Nacht verbracht hatte, zum Einsturz und erweckte das Feuer der Eingeweide Vanaheims zum Leben! Der Berg mit Gymers Höhle löste sich unter kräftigem Beben vom Untergrund und wurde auf Vanaheims Eingeweiden davongetragen! Der Berg kam erst viele Kilometer von seinem ursprünglichen Standort entfernt zur Ruhe.*

*Gymer suchte sich niedergeschlagen eine neue Höhle in einem neuen Berg. Würde er seine Frau Aurboda, seine geliebte Tochter Gerd, seinen Schwiegersohn Geirröd und seine Enkelkinder Gjalp und Greip je wieder sehen?*

*Seit diesem unglückseligen Tag waren Reisen durch das Universum zu anderen Welten nicht mehr möglich. Doch Gymer gab die Hoffnung nicht auf. Seither versucht er jeden Tag, die Tore zu passieren. Stets aufs Neue enttäuscht lässt er seine Wut an Vanaheims und Godheims Bergen aus.*

*Seit diesem unglückseligen Tag vor so unendlich langer Zeit gibt es in Vanaheim und Godheim wandernde Berge.*

Als Biarn seine Erzählung beendet hatte, blieben Charlie, Tora und Kunar fassungslos stehen. Letztendlich brach Tora das Schweigen.

»Du meinst, dass ein Rimturs namens Gymer diesen Berg auf Vanaheims Eingeweiden hierher hat wandern lassen?«

Biarn nickte düster.

»Aber ich muss erst hinter den Berg schauen, um sicher zu sein«, sagte er.

Charlie glaubte, sich verhört zu haben.

*Berge, die auf Eingeweiden durch die Landschaft glitten?*

Ihr fielen tausend Fragen auf einmal ein. Sie hielt sich aber zurück, um nicht Biarns Verdacht zu erregen. Zum Glück schienen Tora und Kunar genauso wenig zu verstehen wie sie selbst.

»Und was erwartest du, *hinter* diesem Berg zu finden?«, fragte Tora aufgebracht. »Gymer vielleicht, der immer noch wutentbrannt tobt?«

Biarn schüttelte den Kopf.

»Nein, Gymer müsste auf der Suche nach einem neuen Zuhause sein.«

Kunar sah ihn böse ahnend an und fragte leise:

»Was erwartest du zu finden?«

»Nichts«, entgegnete Biarn schlicht. Kunar nickte, als ob er verstehe. Tora dagegen sah aus wie ein lebendes Fragezeichen.

»Was meinst du mit *Nichts*!«, rief sie.

Charlie, die sich vage vorstellen konnte, was Biarn mit *Nichts* meinte, schnürte es den Magen zusammen. Biarn wandte sich Tora zu.

»Was passiert deiner Meinung nach mit allen Bäumen, Lebewesen, Häusern und Hügeln, wenn ein Berg dieser Größe...«, er machte eine Handbewegung, die den mächtigen Berg neben ihnen einschloss. »... wenn ein Berg dieser Größe über so eine große Entfernung vorwärts rutscht?« Alle Farbe wich aus Toras leicht gebräuntem Gesicht. Ihre Augen weiteten sich, als sie begriff.

»Du meinst...«, begann sie mit zitternder Stimme.

»Wenn ich recht habe, ist hinter dem Berg eine weite Fläche mit *Nichts*«, sagte Biarn mit betont ruhiger Stimme.

Charlie sah es bildlich vor sich: Ein riesiger Berg schob Bäume, Sträucher, Erde und alles, was ihm sonst noch in die Quere kam, wie eine Bugwelle vor sich her und türmte alles zu riesigen Hügeln auf. Zu einer Mauer aus Wald und Schutt, genau wie jenem gewaltigen Wall, an dem sie stundenlang entlanggelaufen waren.

*Wie ein Schneepflug*, dachte sie.

Und dahinter blieb nichts als eine ebene freie Fläche, auf der Autos ungehindert fahren konnten.

*Autos! Wie kam sie bloß jetzt, mitten in diesem Chaos in einem Land, in dem es keine moderne Technik gab, auf Autos!*

Charlie schüttelte sich und sah zu dem gewaltigen Berg auf, der so unvermittelt in diese Gegend *gewandert* war.

»Du hast recht«, sagte sie zu Biarn. »Wir müssen weitergehen und nachsehen, wie es auf der Rückseite aussieht!«

»Jeden Tag, seither...«, begann Tora nach einer Weile. »Ich meine der Sage nach müsste jeden Tag ein Berg wandern! Und ich habe noch nie etwas von wandernden Bergen gehört!«

»Du vergisst, dass hier von Trollen die Rede ist. Von einem Rimturs«, sagte Biarn. Tora hob die Augenbrauen. Offensichtlich verstand sie nicht, worauf er hinaus wollte. Charlie ohnehin nicht.

*Ein Tag, ist ein Tag, oder?*

»Ein Rimturstag dauert ungefähr 2000 unserer Sommer! Wie soll Gymer ansonsten einen Trollkelch voller Elfenmilch an einem Tag gesammelt haben?«

*Ja, natürlich,* dachte Charlie. *Das konnte ja auch wirklich nicht sein!* Was um Himmels willen war denn Elfenmilch überhaupt? Biarn tat gerade so, als ob es diese tatsächlich gab!

»2000 Sommer?«, rief Tora aufgeregt.

»Das heißt...«, sagte Kunar, der das Ganze von der praktischen Seite anzugehen schien, »das heißt also, dass Gymer in Trolltagen noch gar nicht solange hier zu sein braucht! Angenommen er sitzt erst seit drei Tagen hier fest, das wären für uns... Oh Mann, dass wären ja 6000 Sommer!«

»Und es würde nur alle 2000 Sommer einen wandernden Berg geben«, schloss Charlie Kunars Gedanken.

*Eine Wahnsinnsidee,* dachte Charlie. *Ein Riese, der 1000 Jahre schlief, um dann 1000 Jahre zu versuchen, die Tür nach Mannaheim, oder wie das hieß, zu öffnen?*

»Na zumindest gäbe es dann erst wieder in 2000 Sommern einen neuen wandernden Berg«, brummte Charlie »Und du meinst, dieser Gymer müsste sich jetzt wieder aufs Ohr legen, in irgend einem neuen Berg?«, fragte sie Biarn.

»Ich frage mich, wie lange Gymer wohl schon in Vanaheim festsitzt«, überlegte Biarn.

»Das kann doch nicht wahr sein, oder?«, fragte Tora hoffnungsvoll in die Runde. »Wie soll denn etwas auf Vanaheims Eingeweiden davonlaufen? Was soll das überhaupt sein: *Vanaheims Eingeweide?*«

Kunar, Tora und Charlie sahen Biarn fragend an.

»Ich habe nicht die leiseste Ahnung!«, gab Biarn zu. »Aber vielleicht gibt es ja auch darauf eine Antwort, wenn wir den Berg umrundet haben.«

Charlie grübelte währenddessen über etwas ganz anderes: Besagte die Sage nicht, dass Reisen durch das Universum möglich waren? Wenn Biarn nun recht hatte mit seiner Vermutung, dann ging er davon aus, dass man von einem Planeten zum anderen reisen konnte, genau wie ihr selbst es widerfahren war! Allerdings kam Gymer seit

Tausenden von Jahren nicht weg! Funktionierte das Tor zwischen den Welten jetzt nur als eine Art Einbahnstraße?

*Saß sie hier für immer fest, genauso wie Gymer?*

Nicht, dass es sie sonderlich stören würde – auf der Erde hatte es ihr ohnehin nicht gefallen und sie wollte zudem noch in Vanaheim ihre leiblichen Eltern finden. Aber dennoch, der Gedanke, gestrandet zu sein wie Gymer, gefiel ihr nicht.

*Sie war nicht gerne eingesperrt!*

Kunar riss Charlie aus ihren Grübeleien.

»Ich frage mich, was das *Böse* war, das in jener Zeit am Werk gewesen war«, sagte er.

*Böse Mächte*, dachte Charlie. *Das konnte alles Mögliche bedeuten. Aber das einzige richtig Böse hier in Vanaheim schien dieser Oden zu sein.*

Sie behielt ihre Gedanken über Oden und Weltenreisen allerdings für sich. Sie würde später mit Tora und Kunar darüber reden.

*Und was Elfenmilch war, musste sie auch unbedingt erfragen!*

Laut sagte Charlie nur zum zweiten Mal:

»Biarn hat recht! Wir müssen nachschauen, wenn wir es genau wissen wollen.«

Also setzten sie ihre Wanderung fort. Ab und an warfen sie ehrfurchtsvolle Blicke auf den Berg, der sie rechter Hand begleitete.

*Wenn Biarn Recht behielt, was war dann wohl alles dem Erdboden gleichgemacht?*, überlegte Charlie, während sie schweigend neben Tora herlief. Sie waren schon so lange marschiert, dass es schwer war auszumachen, aus welcher Richtung der Berg gekommen war. Charlie jedenfalls hatte die Orientierung verloren. Sie wusste nicht, ob sie schon einmal in dieser Gegend gewesen war. Vermutlich schon. Tora und Kunar hatten ihre Streifzüge in alle Himmelsrichtungen gemacht, aber jetzt kamen sie aus einer anderen Richtung, und falls sie schon einmal hier gewesen war, erkannte sie jedenfalls nichts wieder.

Es war bereits Abend, als die vier die letzten Ausläufer des Berges umrundeten. Sie waren den ganzen Tag gegangen. Dieser Berg war wirklich sehr groß.

Schon von weitem konnten sie Rauch aufsteigen sehen. Es war aber unmöglich auszumachen, wo es brannte, obwohl auch hier alle kleineren Bäume verschwunden waren und der Wald recht licht war. Da die Ausläufer des Berges hier verhältnismäßig flach waren und nur noch vereinzelt umgestürzte Bäume wie Mikadostäbe übereinander lagen, beschlossen die vier, ihre Wanderung *auf* dem Berg fortzusetzen.

Abgesehen davon, dass sie neugierig waren, wie es dort oben aussah, gingen sie auf diese Weise einem möglichen Brandherd aus dem Weg. Geradewegs in eine riesige Rauchwolke zu marschieren, schien keinem von ihnen sehr klug.

Die vier kletterten also über die Mikadolandschaft der Baumstämme und betraten die Flanke des neuen Berges.

Der Bewuchs auf dem Berg unterschied sich gewaltig von dem gewohnten Wichtelwald, der um Bilskirne und Charlies alter Eberesche das Landschaftsbild prägte. Hier und da wuchsen kleine, knorrige, verkrüppelte Bäume, die Charlie an den Korkenzieherhaselnussbaum ihrer Pflegemutter Petra erinnerten. Allerdings waren Stämme und Äste wesentlich dicker. Der felsige Untergrund war an vielen Stellen mit einer dicken Moosschicht überzogen. Zwischendrin ragten mehrere Meter hohe Felswände empor. In den Gesteinsritzen klammerten sich kleine gelborange blühende Gewächse fest. Alles wirkte karg, ungewohnt und deshalb interessant. Auffällig war auch, dass es hier keine Rennspinnen gab, die sonst normalerweise überall über den Waldboden huschten.

Das Quartett drang in das immer steiler werdende Gelände vor.

»Von da oben müsste man eigentlich einen ganz guten Ausblick haben«, zeigte Charlie schwer atmend auf einen hochgelegenen Felsvorsprung.

»Ja, das Gleiche habe ich mir auch gerade gedacht«, prustete Biarn.

»Na dann, los!«, rief Tora und kletterte voran.

Oben bot sich ihnen eine Aussicht über das gesamte Ausmaß der Zerstörung. Genau wie Biarn es vorausgesagt hatte, blickten sie auf eine breite, kahl rasierte Schneise! Nichts hatte der Berg auf seinem Weg verschont! Wald, Wiesen, Höfe, Dörfer und Straßen hatte er dem Erdboden gleichgemacht. Abrasiert! Die verwüstete Ebene schien stellenweise zu glühen. Rauch stieg in Schwaden auf. Stellenweise trat Magma aus der schwarzen Erdkruste hervor. Denn genau das war es, was dort glühte: Magma aus dem Inneren des Planeten! Charlie hatte Ähnliches im Fernsehen gesehen. Die schwarze Kruste war Lava, erkaltetes Magma!

*Die Eingeweide Vanaheims,* schoss es Charlie durch den Kopf. *Magma! Natürlich!*

An den Rändern der Schneise, die der Berg auf seiner Wanderung geschlagen hatte, wüteten Waldbrände.

*Es musste eine Art Vulkanausbruch gegeben haben!*


Genau wusste Charlie natürlich nicht, was passiert war, aber jetzt ergab Biarns Sage über Gymer zumindest teilweise einen Sinn! Lange standen die Gefährten auf dem großen Felsvorsprung nebeneinander und starrten über den ausradierten Landstrich.

Nach einer Weile schluckte Charlie und holte tief Luft.

»Wo sind wir hier eigentlich?«, fragte sie mit belegter Stimme. Sie räusperte sich. »Was müsste da unten jetzt eigentlich sein? Ich habe irgendwie die Orientierung verloren...«

Kunar flüsterte: »Da müsste irgendwo Torsbyggd liegen und weiter hinten Slättheim und Hornstorp.« Er schluckte. »Und unter diesem Berg müsste Bragesholm begraben sein, unser Dorf mit dem Saligasterhof und auch die alte Eberesche. Vielleicht sogar Schloss Bilskirne.« Seine Worte waren immer leiser geworden.

»Nein, das Schloss könnte noch stehen«, überlegte Biarn. »Es liegt weiter dort drüben.« Er wandte sich um und zeigte dann quer über den Berg.

»Aber das meiste von Trudheim ist unter dem Berg begraben und auch Teile von Trudvang«, sagte Biarn.

»Du meinst der Saligasterhof ist weg?«, fragte Tora. Kunar nickte.

Charlie blickte besorgt zu Tora, doch zu ihrem Erstaunen sah sie kein bisschen traurig aus. Eher aufgeregt! Ihre Wangen färbten sich rötlich und sie hauchte angespannt:

»Du meinst wir sind frei? Saligaster und Tyrvi sind tot?«

Jetzt begriff Charlie!

*Aber natürlich! Tora und Kunar waren Sklaven auf dem Saligasterhof gewesen. Gab es diesen nicht mehr, waren sie vermutlich frei! Unglaublich, dass all diese Zerstörung auch etwas Gutes zur Folge haben konnte.*

»Ein bisschen vorsichtig wäre ich da schon«, gab Biarn zu bedenken. »Verwandte könnten Anspruch auf euch erheben, wenn sie hören, dass ihr noch lebt. An eurer Stelle würde ich nicht zurückkehren,
um es herauszufinden.«

»Ja, wir sollten uns sicherheitshalber fernhalten«, sagte Kunar. Dann
glauben sie, wir wären tot. Was ist mit dir, Biarn? Meinst du, deinen
Hof gibt es noch?«

Biarn überlegte eine Weile. »Ich glaube schon«, sagte er dann. »Ich
werde es herausfinden müssen!«

»Wir werden dich morgen begleiten und dein Haus besuchen, falls
es noch steht«, sagte Kunar bestimmt. »Heute ist es zu spät. Wir können von Glück sprechen, wenn wir hier irgendwo einen Unterschlupf
für die Nacht finden...«

Er begann sich umzusehen.

Charlie glaubte einen Anflug von Schrecken in Biarns Augen ausgemacht zu haben, als Kunar sein Angebot unterbreitete.

*Hatte sie sich das nur eingebildet?*

Vermutlich war Biarn bloß beunruhigt darüber, was ihn auf seinem
Hof erwarten könnte. Immerhin hatte er Familie.

*Kein Wunder, dass Biarn sich Sorgen machte!*

Er hatte sich aber wieder unter Kontrolle.

»Eine Eberesche wäre nicht schlecht...«, sagte er und begann auch
sich umzusehen.

»Zwei, drei Stunden haben wir noch maximal, bis es dunkel wird«,
sagte Kunar, während er in den Himmel starrte.

Die vier kletterten auf dem Berg umher. Sie inspizierten mehrere kleinere und größere Höhlen in den zahlreichen Felsvorsprüngen,
fühlten sich aber nirgends sicher. Eberesche gab es hier anscheinend
keine.

Dann blieb Charlie an einem Felsvorsprung, unter dem ein enger
Spalt in einem dunklen Hohlraum mündete, wie angewurzelt stehen.
Eine ihr wohlbekannte Kraft ging von diesem Felsen aus.

*Das war doch nicht möglich?*

Charlie ging noch näher heran und berührte den Felsen. Aufmerksam schaute sie sich um.

*Seltsam!*

Sie konnte nirgends die gefiederten Blätter einer Eberesche entdecken!

*Und doch...* Charlie war sich ihrer Sache ziemlich sicher! *Hier wohnte ein Jordvätte!*

Vom Fels strömte exakt die gleiche Energie aus, die ihr in den vergangenen Wochen so vertraut geworden war! Charlie warf einen raschen Blick zu Kunar und Biarn hinüber, die einige Meter entfernt einen weiteren Felsvorsprung untersuchten.

»Hast du nicht gesagt, dass Jordvätten auch in Steinen und Felsen wohnen können?«, flüsterte Charlie Tora zu, die hinter ihr stand. »Hier wohnt einer! Ich bin mir ganz sicher. Ich kann es fühlen!«, fügte Charlie aufgeregt hinzu. »Es ist dieselbe Kraft, die ich in der alten Eberesche fühlen konnte! Nur noch stärker, viel stärker«, murmelte sie fast für sich selbst.

»Für mich sieht das aus wie jeder andere Felsen«, gab Tora zurück und betrachtete den Spalt skeptisch. »Sehr eng, findest du nicht?«

»Ja, aber ich bin mir ganz sicher. Hier wohnt ein mächtiger Jordvätte! Wir werden hier sicher sein! Du musst mir glauben!«, sagte Charlie.

Tora zwängte sich durch die Felsspalte.

»Was habt ihr da gefunden?«, rief Kunar, als er sich mit Biarn raschen Schrittes näherte. Charlie lehnte seitlich an der Felswand und starrte durch den Spalt in die Dunkelheit.

»Ganz schön eng«, sagte Kunar, der nun über Charlies Schultern hinweg in die Spalte hineinlugte. »Sieht nicht so aus, als wäre da eine Höhle...«

Kunar hatte die Worte kaum zu Ende gesprochen, als Toras Stimme aus dem Berg hallte: »Die Höhle hier ist riesig! Bloß ein bisschen dunkel, warte mal!«

Man hörte ein *Ratsch* und schon flimmerte ein heller Lichtschein im Inneren des Berges auf! Hinter Charlie und Kunar zog jemand hörbar die Luft durch die Zähne.

Charlie stöhnte leise, drehte sich langsam um und sah in Biarns vor Schreck geweitete Augen. Die Flamme des Feuerzeugs warf tanzende Schatten an die Wände.

Kunar schob sich schnell zwischen Höhleneingang und Biarn, aber es war zu spät. Biarn hatte das Feuer eindeutig gesehen.

»Ist sie eine Ken Magierin?«, brachte er stammelnd hervor. »Aber das ist unmöglich! Sie ist doch noch viel zu jung! Völlig unmöglich!«

Charlie und Kunar sahen sich hilfesuchend an. Keiner von beiden wusste, was er antworten sollte. Das Feuer im Höhleneingang erlosch und Tora kam freudestrahlend auf den Ausgang zu.

»Sehr groß und geräumig! Ich glaube, es gibt sogar mehrere kleine Höhlen weiter hinten. Ich konnte es so auf die Schnelle nicht genau sehen! Ich denke, wir sollten die Nacht über hier bleiben. Was Besseres finden wir eh nicht mehr. Es fängt schon an...« Als sie den Kopf aus dem Spalt streckte, verstummte sie schlagartig. Sie blickte von Biarns aufgewühltem Gesicht zu Charlie und Kunar, die beide betreten schauten.

»Ach, herrje!«, brach es aus ihr heraus. Die Zeit schien still zu stehen. Keiner sagte ein Wort, kein Laut war zu hören. Langsam erwachte Biarn aus seiner Starre.

»Was ist hier eigentlich los?«, fragte er misstrauisch. Er schaute in die Runde.

»Ja, also gut, ich bin eine Ken Magierin«, seufzte Tora mit nicht sehr überzeugender Stimme. Charlie und Kunar konnten an Biarns Gesichtszügen deutlich erkennen, dass er ihr kein einziges Wort glaubte.

»Wärest du eine Ken, hättest du ein Tattoo genau dort!«, zeigte Biarn auf Toras Unterarm, mit dem sie sich auf dem Fels abstützte.

»Ich kann nichts erkennen!«, fuhr er fort. »Außerdem wärest du getauft und alle in der näheren Umgebung wüssten davon!«

»Und wenn ich es verheimlicht hätte?«, fragte Tora trotzig und kletterte ins Freie.

Biarn sah Tora eine Weile forschend an.

»Nein, das glaube ich nicht!«, sagte er dann entschieden. »Warum solltest du das tun?«

Tora gab aber nicht auf. »Und wie habe ich deiner Meinung nach gerade eben Feuer gemacht?«

Ihre Stimme klang nun wieder selbstsicher wie immer. Der leicht spöttische Unterton war nicht zu überhören. Biarn schien einen Augenblick unschlüssig.

»Ich habe noch nie gesehen, wie jemand ohne Zeremonie Feuer zum Leben erweckt!« sagte er dann mit geradezu bedrohlich ruhiger Stimme. Toras Pupillen weiteten sich, aber sie hielt Biarns prüfendem Blick tapfer stand. Kunar sah seine Schwester bewundernd an. In Charlies Kopf rotierte es.

*Sollte sie Biarn die Wahrheit sagen?*

Würde er ihr überhaupt glauben? Sollte sie ihm erzählen, dass sie eigentlich von einer Welt namens Erde kam, dass sie, obwohl die Tore für den Rimturs Gymer versperrt waren, trotzdem irgendwie hier gelandet war?

*Konnte sie ihm vertrauen?*

Was wusste sie eigentlich über Biarn? Er tauchte immer wieder einfach so auf. Eigentlich hatte sie nicht einmal eine Ahnung, wo er genau wohnte! Und seine Familie?

*Würde er ihnen von der Besucherin von der Erde erzählen?*

Je weniger Leute von ihrer Existenz wussten, desto geringer war die Gefahr, verraten zu werden! Wenn sie aufflog, war sie, nach allem was sie bisher in Erfahrung gebracht hatte, in großer Gefahr! Nicht nur ihre zwei ungleichen Augenfarben, sondern auch ihre magischen Fähigkeiten würden sie in Schwierigkeiten bringen! Dennoch, Biarn war ihr Freund geworden.

*Sollte man Freunden nicht vertrauen?*

Hatte sie nicht genau aus diesem Grund Tora und Kunar von dem Amulett erzählt? Eine leise Stimme im Hinterkopf erinnerte Charlie daran, dass sie ihnen aber kein Sterbenswörtchen davon erzählt hatte, dass sie eigentlich ein Mädchen war. Und bei dem Amulett hatte sie außerdem gehofft, dass Tora und Kunar irgendetwas darüber wissen würden...

Biarns Stimme riss Charlie aus ihren Gedanken.

»Ja, also gut«, sagte er dann, während er Tora nicht aus den Augen ließ. »Du sagtest, hier drinnen ist eine große Höhle?«

Tora nickte steif.

»Dann sollten wir schnellstens hineingehen, bevor die Wesen der Nacht uns entdecken«, sagte er sachlich.

Charlie starrte Biarn ungläubig an.

*Er hat es schon wieder getan!*

Es fiel ihr wie Schuppen von den Augen! Genau Situationen wie diese hier machten es ihr so schwer, Biarn uneingeschränkt zu vertrauen. Schon wieder hatte er eine Erklärung gelten lassen, obwohl er kein Wort glaubte. Denn in diesem Punkt war sich Charlie absolut sicher – Biarn hatte Tora ihre Ken-Magierin-Geschichte nicht abgekauft.

*Wieso ließ er es trotzdem auf sich beruhen?*

Wieso hakte er nicht weiter nach und sagte ganz offen, dass er ihnen nicht glaubte? Wieso suchte Biarn immer wieder ihre Gesellschaft, wo er doch genau wusste, dass sie ihm Dinge verheimlichten? Ja, ihn sogar belogen?

Froh über Biarns Sinneswandel, begann Tora inzwischen Holz für ein kleines Lagerfeuer zu sammeln.

Die Dämmerung hatte eingesetzt. Biarns und Charlies Blicke trafen sich. Kurz darauf verzogen sich seine Mundwinkel zu einem spöttischen Lächeln und er zuckte kurz mit der Schulter. Er wandte sich ab und fing ebenfalls an, trockenes Holz zu sammeln.

Während Biarn weg war, entzündete Tora mit Charlies Feuerzeug schnell ein kleines Feuer im Inneren der Höhle. Es tauchte den fast kreisrunden Raum in ein gespenstisch flackerndes Licht.

Die Höhle war tatsächlich groß. An der höchsten Stelle maß sie sicher über drei Meter. Die Wände waren furchig und bildeten an mehreren Stellen kleinere und größere Nischen. An anderen Stellen waren vor langer Zeit offensichtlich Simse in die Steinwände geschlagen worden – abgenutzte längliche Aufbewahrungsflächen. Irgendjemand hatte diese Höhle einmal bewohnt. Vermutlich hatte sie über die Jahrtausende Hunderten von Lebewesen als Behausung und Zufluchtsort gedient. Durchaus anzunehmen, da der Jordvätte, der in diesem Berg hauste, sehr alt war. Charlie wusste nicht genau, weshalb sie dies annahm, vertraute aber ihrem Gefühl.

Im Berginneren flachte die Grotte ab. Ein kleiner Durchgang, fast wie ein runder Torbogen, führte zu einer weiteren Höhle – sie war niedriger, nierenförmig und etwas kleiner. Von dort aus führten zwei weitere Durchgänge in zwei kleine Grotten, vermutlich ehemals Vorratsräume. An der Rückwand einer dieser kleinen Höhlen waren große Steinblöcke aufgetürmt. Auch wenn diese unterirdische Behausung vor langer Zeit vermutlich voller Leben gewesen war, hatte offenbar seit Ewigkeiten kein Mensch mehr seinen Fuß hier hinein gesetzt. Tiere ihre Tatzen vermutlich schon eher. Denn überall lagen Knochen kleinerer Beutetiere. Allzu große Tiere konnten niemals hier gelebt haben, denn der Eingang durch den Felsspalt war einfach zu eng.

Nachdem sie das Höhlensystem inspiziert hatten, beschlossen sie, trotz Biarns Bedenken das Lagerfeuer in der ersten, fast runden Höhle brennen zu lassen. Hier zeugte eine große schwarze Fläche an der Decke in der Raummitte von ehemaligen Lagerfeuern. Der Rauch würde durch den Spalt abziehen, vermutete Kunar mit Kennerblick. Tat er aber nicht. Der dichte Qualm zog an die drei Meter hohe Decke und verschwand wie von Geisterhand in einem schmalen Spalt. Begeistert lobten Tora und Kunar die Höhle. Biarn war hingegen skeptisch. Er befürchtete, der Schein des Feuers würde Schattenwesen anlocken. Tora hatte Kunar leise von dem Jordvätten erzählt, der Charlie zufolge hier wohnte.

Beide wussten um Charlies Fähigkeiten und sahen daher keine Gefahr. Der Jordvätte würde sie beschützen, genauso wie es jener bei der alten Eberesche getan hatte. Biarn dagegen musste erst überzeugt werden. Sie seien hier sicher, versicherte ihm Charlie. Sie könne ihm nicht erklären, woher sie dies wisse, aber so sei es eben. Biarn starrte Charlie wieder mit seinem typisch forschenden Blick an und bohrte dann nicht mehr nach.

Alle vier rückten am Feuer zusammen. Charlie fror natürlich nicht, das Amulett wärmte sie wie jedes Mal, wenn es nötig war. Die anderen aber fröstelten. Sie hatten weder Decken noch etwas zu essen oder zu trinken. Sie besaßen lediglich ihre Umhänge und das, was sie immer bei sich trugen: Jagdwaffen, Messer, ihre leeren Wasserflaschen und jede Menge Kleinkram, der sich in Hosentaschen so ansammelte. Was Charlie betraf, so handelte es sich hierbei um ein Feuerzeug, das Messer mit dem Griff aus Horn, den Hexenstein, ein Stück Bindfaden von der Erde, den kleinen Beutel mit Lindwurmblutskraut und den kleinen Kompass.

Charlies Rucksack mit den Kleidungsstücken von der Erde, dem Buch *Ronja Räubertochter*, der Taschenlampe, den Angelhaken, dem Foto von Lena und Per sowie ihrer Akte war verloren.

*Begraben unter einem riesigen Berg, der aufgrund der verzweifelten Tat eines Rimturs namens Gymer mehrere Kilometer weit auf Vanaheims Eingeweiden hierher gewandert war!*

Ihre schwedischen Kronen waren auch weg. Sie konnte das Geld hier ohnehin nicht brauchen. Von ihrem Vater Per besaß sie immerhin noch den kleinen Kompass und das Messer. Von ihrer Mutter Lena war ihr dagegen nichts geblieben, nicht einmal ein Foto! Die einzige Erinnerung an ihr Leben auf der Erde war die Uhr, die sie in ihrer Manteltasche verwahrte. Traurig starrte sie ins flackernde Licht des Lagerfeuers, das zumindest in Form von Wärme und Licht ein wenig Trost spendete.

Charlie wurde von einem dumpfen Geräusch geweckt. Tora, Kunar und Biarn waren bereits wach und lauschten angespannt in das Dunkel der Nacht hinaus. Das Feuer war fast heruntergebrannt, aber jemand hatte soeben ein paar trockene Zweige nachgelegt.

Charlie setzte sich kerzengerade auf und starrte auf den Höhlenausgang, durch den ein schwacher orangeroter Schein fiel.

*Die Waldbrände!*, schoss es ihr durch den Kopf. Mit einem Satz war sie auf den Beinen und mit wenigen Schritten beim schmalen Ausgang.

»Es ist weit weg«, hörte sie Tora sagen. »Wir haben schon nachgesehen.«

Tora hatte recht. Der Himmel am Horizont war blutrot eingefärbt, und an einigen Stellen konnte sie auch in der näheren Umgebung rotorange flimmernde Lichter sehen. Es war ein grausames und doch überwältigend schönes Schauspiel!

Dann hörte sie es wieder! Das dumpfe Schlagen, das sie aus ihrem Schlaf gerissen hatte! Hastig drehte sie sich zu ihren Freunden um.

Das kleine Feuer hatte nun wieder an Leben gewonnen. Ein Miniaturabbild seines enormen Verwandten, der dort draußen in Vanaheims dichten Wäldern wütete.

»Sie schlagen die großen Galder-Trommeln«, sagte Kunar aus dem Inneren der Höhle. Seine Stimme klang für Charlie, die noch immer am Höhlenausgang stand, eigenartig dumpf.

Der tiefe Klang der Trommeln hallte durch die Nacht. Ein beklemmendes Gefühl ergriff Charlie. Schnell ging sie wieder zu den anderen. Ohne auf Biarns Blicke zu achten, kauerte sie sich neben Tora und lauschte.

Kunar traute sich offenbar nicht, zu erklären, was Galder-Trommeln waren. Charlie vermutete, dass jeder in Vanaheim sie kannte. Biarn konnte Verdacht schöpfen. Sie würde sich gedulden müssen.

Schweigend lauschten sie dem monotonen Klang der Trommeln, der in einem endlos scheinenden Rhythmus weit über das Land getragen wurde.

Plötzlich wurde das dumpfe Schlagen von einem lauten Prasseln überlagert! Alle vier hoben erstaunt die Köpfe und sahen zum Höhlenausgang hinüber. Es hatte angefangen zu regnen. Doch Regen war noch gelinde ausgedrückt. Tatsächlich goss es in Strömen! Charlie hatte das Gefühl, in einem riesigen steinernen Zelt zu sitzen! Das laute Prasseln war beruhigend und beängstigend zugleich!

*Einerseits würde der Regen hoffentlich das Feuer fernhalten, andererseits,* überlegte Charlie, *wohin würde so viel Wasser wohl abfließen?* Als sie aber geraume Zeit später immer noch im Trockenen saßen, fiel einer nach dem anderen doch wieder in einen unruhigen Schlaf.

Als Charlie am nächsten Morgen erwachte, war Biarn verschwunden. Sie und die beiden Geschwister vermuteten zunächst, er wäre kurz aus der Höhle gegangen, doch er tauchte nicht wieder auf. Den ganzen Tag hielten die drei nach ihm Ausschau, während sie die Umgebung erkundeten. Als sie am Abend wieder an ihrem Lagerfeuer in der Höhle saßen und einen erbeuteten Leogriff grillten, äußerten sie ihre Vermutungen.

»Also, ich glaube, er ist beim ersten Sonnenstrahl auf und davon, um nach Hause zu gehen!«, sagte Kunar und drehte den Spieß über den Flammen. »Er muss sich wirklich große Sorgen um seine Familie gemacht haben!«

»Und warum hat er uns nicht Bescheid gesagt?«, fragte Tora. Sie war so wie Charlie irritiert darüber, dass Biarn einfach so verschwunden war.

*Habe ich den Schrecken in seinen Augen falsch gedeutet?*

»Wir wollten ihn doch begleiten!«, sagte Charlie laut.

»Ja!«, sagte Tora nachdrücklich. »Er hätte uns zumindest wecken können! Warum wollte er unbedingt alleine gehen?«

Kunar überlegte eine Weile.

»Vielleicht...«, begann er. »Ja, vielleicht wollte er uns nicht in Gefahr bringen? Er sagte doch gestern, wir sollten uns eine Weile von Leuten fernhalten.«

»Vielleicht will er nicht, dass wir sehen, wo er wohnt?«, mutmaßte Charlie.

»Wieso sollte er das nicht wollen?«, entgegnete Tora.

Charlie war sich nicht sicher, aber irgendetwas stimmte da nicht. »Vielleicht schämt er sich? Vielleicht ist er sehr arm?«, meinte sie.

»Das wäre doch dumm!«, sagte Tora entschieden.

»Ja, Tora hat recht«, äußerte sich Kunar. »Wir sind doch noch ärmer! Wir waren bis gestern Sklaven auf dem Saligasterhof! Durch Odens idiotische Gesetze aus Godheim verschleppt!«

Kunar warf einen weiteren Zweig ins Feuer. Tora nickte missmutig. *Ja, das stimmte*, dachte Charlie. *Aber dennoch...?*

»Er hat uns jedenfalls einiges zu erklären, wenn er wieder auftaucht!« Tora nahm den Leogriff vom Feuer und riss ein Stück Fleisch ab. »Fertig!«, verkündete sie.


Tora, Kunar und Charlie erkundeten in der Folge weiterhin die nähere Umgebung der Höhle.

Es regnete noch immer, allerdings nur leicht. Auf einem kleinen Abhang wuchsen unzählige Büsche mit kleinen blauen Beeren, die Tora als essbar einstufte.

Charlie gab ihr Recht, ihr Gefühl sagte es ihr.


Gestärkt begaben sich Charlie und Kunar auf die Jagd, während Tora weitere Beeren auf Vorrat pflückte und dann auf die Suche nach Pilzen und Kräutern ging. Auf ihrer Pirsch hielt Charlie natürlich auch unweigerlich Ausschau nach essbarem Grün. Hie und da fand sie einen Pilz und einige Kräuter. Sie hatte nach Toras Vorbild ihren Umhang zu einer Tragetasche umfunktioniert, die sie wie einen Sack über der rechten Schulter trug.

Charlie nutzte die Pirsch dazu, mit Kunar über die vergangene Nacht zu reden. Flüsternd natürlich, um eventuelle Beute nicht zu verjagen. Kunar gab bereitwillig Auskunft.

»Galder-Trommeln sind riesige Pauken, die jedes Dorf besitzt. Man kann durch die Galder-Trommeln Informationen über weite Strecken tragen«, erklärte er. »Es ist eine Art Sprache. Der Barde im nächsten Dorf kann die Signale deuten und die Information an die Dorfbewohner weitergeben. Und auch ans nächste Dorf. Der Barde schlägt den Galder dazu seinerseits auf der Dorftrommel. So kann der erste Barde hören, dass seine Botschaft angekommen ist und der Wind trägt die Nachricht ins nächste Dorf«.

»Wie ein Lauffeuer«, überlegte Charlie. »Genial! Und nur der Barde kann den Galder verstehen?«

»Ja, die komplette Botschaft kann nur er entschlüsseln. Einzelne Worte kennen allerdings fast alle«, sagte Kunar.

»Konntet ihr den Galder gestern Nacht verstehen?«, fragte Charlie.

»Ja. Worte wie Feuer, Unglück und viele Tote«, sagte Kunar und trat mit dem Fuß nach einem kleinen Stein.

»Und um Hilfe haben sie gebeten. Aus den Nachbardörfern, die vom Berg und vom Feuer verschont wurden, werden sie zu Hilfe eilen. Vielleicht haben ja auch einige überlebt, so wie wir... Sie sind jetzt obdachlos«, überlegte er. »Neue Häuser müssen gebaut werden, vielleicht ganze Dörfer«, schloss er und starrte in die Ferne.

Die weite, abrasierte Fläche lag dampfend und grau am Fuße des Berges. Sie erstreckte sich meilenweit als Schneise bis zum Horizont. Zwei schwarze Vögel kreisten in weiten Bögen über dem verwüsteten Land.

Die Regengüsse hatten die Waldbrände erstickt. Letzte Rauchschwaden hingen über den dichten Wäldern Vanaheims.

»Ich frage mich«, grübelte Charlie, während sie ihren Blick über das Chaos schweifen ließ, »...von wo dieser Berg wohl gekommen ist. Wie konnte er so weit wandern?«

»Die ersten Berge liegen viele Tagesmärsche von hier entfernt«, sagte Kunar. »Ich war noch nie dort, aber die Älteren haben ab und zu davon erzählt. Es soll dort auch viele andere Tiere geben. Phönixe zum

Beispiel.« Auch sein Blick schweifte in die Ferne. Eine Weile standen sie schweigend da und hingen ihren Gedanken nach.

»Was ist eigentlich Elfenmilch?«, fragte Charlie unvermittelt. Kunar löste seinen Blick langsam aus der Welt seiner Gedanken und sah Charlie an. Er lächelte.

»Lichtelfen aus Alfheim...«, sagte Kunar nach einer Weile. Jetzt verstand Charlie gar nichts mehr!

»Ja und? Was sind denn Lichtelfen aus Alfheim?«, hakte sie nach.

»Ich weiß es nicht. Ich habe noch nie welche gesehen«, antwortete Kunar.

»Aha«, gab Charlie leicht irritiert von sich.

Lächelnd fuhr Kunar fort:

»Sie sollen sehr klein sein und Flügel haben. Und sie sammeln Elfenmilch. Ich glaube, es handelt sich dabei um den Nektar irgendeiner Blume. Elfenmilch ist sehr selten und sehr begehrt. Ich habe gehört, dass Oden den Lichtelfen genauso die Hälfte ihrer Ernte abknöpft wie allen anderen Bauern in Vanaheim und Godheim.« Sein Lächeln verschwand. »Es ist eben niemand vor ihm sicher! Nicht einmal Wesen, von denen viele sagen, dass es sie gar nicht gibt!«

»Glaubst du, dass sie existieren?«, fragte Charlie.

»Doch, ich denke schon! Es ist bloß für viele schwer zu glauben, dass es sie gibt, wenn man sie noch nie gesehen hat! Ich habe ja auch noch keinen Phönix gesehen, und doch glaube ich, dass es sie gibt!«, antwortete Kunar.

»Nun ja«, erwiderte Charlie vorsichtig. »Phönixsteine gibt es jedenfalls. Hast du denn schon einmal Elfenmilch gesehen?«

»Wo denkst du hin!«, reagierte er entsetzt. »Ein Fingerhut voll Elfenmilch ist kostbarer als zehn Hippolektrions! Nur Oden und seine wohlhabenden Helfer dürfen Elfenmilch kosten. Abgesehen von den Lichtelfen natürlich«, fügte er hinzu.

»Und was ist so toll an Elfenmilch, dass Oden so ein Theater darum macht?«, setzte Charlie nach.

»Das weiß ich eigentlich gar nicht so genau. Es ist sehr kostbar und... es macht glücklich, sagten sie«, sagte Kunar.

»Wer ist sie?«

»Die, die von Lichtelfen erzählen. Sie sagen, sie kennen jemanden, der schon einmal welche gesehen hat. Ein Wanderer, der unser Dorf besucht hat, hat sogar behauptet, selber welchen begegnet zu sein. Mehr weiß ich auch nicht«, zuckte Kunar mit den Schultern.

Charlie und Kunar gingen weiter. Eine Weile schritten sie schweigend nebeneinander her.

»Ich frage mich, ob ich jetzt auch hier festsitze, genau wie Gymer«, äußerte Charlie dann ihre Gedanken laut.

Kunar sah sie von der Seite an.

»Du meinst, du kannst vielleicht nicht mehr zurück in deine Welt?«

Charlie nickte.

»Mir gefällt es hier sehr gut, aber ich wüsste schon zu gerne, ob ich fliehen könnte, wenn es brenzlig wird.«

»Ich verstehe«, sagte Kunar einfach.

»Das Tor zum Universum, oder wie wir es nennen wollen, ist vielleicht nur in eine Richtung versperrt. Ich konnte ja immerhin hierher reisen... Auch wenn ich nicht genau weiß, wie ich es gemacht habe...«, grübelte Charlie.

»Schade, dass du keine Lagu Fähigkeiten hast. Oder braucht man dazu auch Ass?«, überlegte Kunar laut. »Dann könntest du Nebel herstellen! Du sagtest doch, du wärest durch eine Nebelwand gegangen, oder nicht? Nebel gibt es in den Wichtelwäldern nicht sehr oft. Sonst könntest du es ja einfach ausprobieren...«

Die interessante Unterhaltung wurde jäh unterbrochen. Noch während er seine letzten Äußerungen gemacht hatte, war Kunars Stimme in ein Flüstern übergegangen. Er hatte eine Schar Leogriffe entdeckt.

Den Rest des Tages versuchten die drei, die Höhle etwas wohnlicher zu machen. Tora zeigte Charlie, wie man Reisigbesen herstellt. Sie fegten den staubigen, knochenübersäten Boden der Grotte aus. Danach sammelten sie bergeweise Moos. Davon gab es hier zur Genüge. Tora baute daraus ein sehr breites, dicht gepolstertes Nachtlager. Breit genug für alle drei und vielleicht noch für einen mehr. Für Biarn? So hart wie bisher wollten sie auf keinen Fall noch einmal liegen!

Auf diesem Lager betteten sich Tora, Kunar und Charlie nach einer ausgiebigen Leogriffmahlzeit, an diesem zweiten Abend ihrer Freiheit, zur Ruhe.

Die nächsten Tage vergingen wie im Flug. Tora und Kunar genossen ihre neu gewonnene Freiheit in vollen Zügen. Tora setzte alles daran, die Höhle in ein richtig gemütliches Heim zu verwandeln. Sie schnitzte aus knorrigen Wurzeln Holzteller, Schüsseln in diversen Größen und sogar eine Vase, die sie täglich mit frisch gepflückten Blumen füllte. Sie legte mit Charlies Hilfe Kräutervorräte an, trocknete Pilze und Beeren und stapelte in einem der kleinen Räume einen Vorrat an Brennholz. Und in Spalten im Berg keilte sie selbstgebaute Fackeln, die ein gemütliches Licht verbreiteten. Kurzum, die Hausfrau Tora war voll und ganz in ihrem Element. Doch eines bekümmerte sie: Ihre Sorge um Gyller.

Kunar konzentrierte sich hauptsächlich auf die Jagd. Nun, da er nichts mehr auf dem Saligasterhof abliefern musste, war es ihm ein Leichtes, genügend Fleisch nach Hause zu bringen. Denn genau dazu war die Höhle innerhalb kürzester Zeit geworden: Ihr neues Zuhause!

Und Charlie? Ja, Charlie genoss es, Gesellschaft zu haben. Sie war nun nachts endlich nicht mehr alleine. Nur eines bereitete den dreien in den ersten Tagen Sorgen. Es gab in der Nähe kein Wasser! Nach dem großen Niederschlag hatten sie ihre Wasserflaschen in einer Felsspalte aufgefüllt, in der sich Regenwasser angesammelt hatte. Aber schon tags darauf war die Spalte leer gewesen. Auch ihre Streifzüge ergaben leider nicht viel. Kein See, kein Fluss und auch keine Quelle.

Bei Bilskirne verlief ein Fluss, das wussten sie, aber in der Gegend waren Tora und Kunar bekannt und sie wollten ihre neue Freiheit nur ungern aufs Spiel setzen. Außerdem war es sehr weit bis nach Bilskirne.

Diese größte Sorge löste sich allerdings etwa eine Woche nach ihrem Einzug in die Höhle auf Gymers Berg, wie sie den zugewanderten Koloss inzwischen nannten, in Luft auf.

Tora wollte einen der größeren Steinblöcke in der hinteren Vorratskammer als Arbeitsfläche nutzen, um die erlegten Leogriffe und

Kaninchen zu rupfen, zu häuten und zu zerlegen. Charlie, Kunar und Tora fingen also unter großer Anstrengung an, die vorderen Steine umzuschichten, um an Toras Objekt der Begierde zu gelangen.

Keine Minute später machten sie eine äußerst interessante Entdeckung.

Charlie hievte gerade schnaufend einen besonders großen Stein beiseite.

»Muss es wirklich genau der große da unten sein?«, fragte sie missmutig. »Der hier würde es doch auch tun, oder?«

Tora schüttelte energisch ihren Kopf. »Der ist nicht so schön abgeflacht!«

Kunar kannte seine Schwester. Hatte sie sich in den Kopf gesetzt, dass es genau dieser Stein sein musste, würde sie sich so schnell nicht davon abbringen lassen. Schweigend transportierte er einen Brocken nach dem anderen weg. Plötzlich stieß er einen Schrei aus!

»Das ist doch nicht möglich!«, rief er.

Er zeigte aufgeregt in einen Spalt, den der letzte Stein freigelegt hatte.

»Wow!«, sagte Charlie, als sie wie Kunar hindurch geschaut hatte. »Ich glaube, dahinter ist noch eine Höhle!«

Aufgeregt hüpfte Tora hinter ihnen auf und ab.

»Lasst mich auch mal sehen!«, rief sie.

»Nun warte doch!«, sagte Kunar, der angefangen hatte, den Spalt zu vergrößern. Charlie nahm ihm die kleineren Steine ab und schaffte sie beiseite. Einen größeren Steinblock hoben sie gemeinsam weg. Der Spalt war nun groß genug, um sich hindurch zu schlängeln.

»Ja«, sagte Kunar. »Eindeutig noch eine Höhle! Ist aber sehr dunkel! Ich kann nicht erkennen, wie groß sie ist.«

Dabei beugte er sich weiter vor und steckte den Kopf durch das Loch. Seine Stimme hallte dumpf durch die freigelegte Grotte!

»Klingt, als wäre sie groß!«, sagte Charlie erstaunt.

»Jetzt lasst mich doch auch endlich mal sehen!«, forderte Tora.

»Hier!« Kunar kletterte zur Seite und ließ Tora einen Blick durch das Loch werfen.

»Man kann ja gar nichts erkennen!«, zog sie enttäuscht ihren Kopf wieder zurück.

»Ich sagte doch, es wäre sehr dunkel«, sagte Kunar und grinste seine neugierige Schwester an. Tora verzog das Gesicht.

»Soll ich durchklettern?«, fragte sie dann.

»Lass uns erst einmal den Eingang freilegen. Dann kommst du auch endlich an deinen Steinblock«, hielt Kunar sie zurück.

Das Loch wurde zusehends größer. Kalte, feuchte Luft schlug ihnen entgegen. Es roch leicht muffig. Als sie den Eingang endlich freigelegt hatten, holte Tora eine Fackel und hielt sie hoch erhoben, während sie den ersten Schritt in die neue Höhle machte. Charlie und Kunar folgten ihr aufgeregt. Nur wenige Meter weiter blieben sie stehen und hielten die Luft an. Vor ihnen lag ein riesiger dunkler See! Die schwarze Wasseroberfläche breitete sich wie ein großes gähnendes Loch vor ihnen aus. Nicht die kleinste Bewegung kräuselte das gespenstisch ruhige Wasser.

Als sie ihre erste Überraschung überwunden hatte, nahm Charlie Tora die Fackel ab und ging langsam ein paar Schritte näher. Im Schein der Fackel konnte Charlie erkennen, dass eine Unzahl kleiner Knochen das Ufer des Sees säumten. Augenscheinlich angespült, wie Treibholz, Schlamm und Gestrüpp an Schwedens Binnenseen.

»Ich weiß nicht, ob das gut ist«, flüsterte Kunar besorgt. Charlie hob die Fackel höher und versuchte den See auszuleuchten.

»Komm wieder zurück, Charlie! Ich habe ein ungutes Gefühl!«, drängte Kunar.

Charlie kniete sich mit hoch erhobener Fackel nieder. Langsam streckte sie ihre andere Hand nach dem dunklen Nass aus. Die Fackel warf flackernde Schatten über die ruhende Wasserfläche. Charlies Fuß rutschte ein wenig und ein kleiner Stein kullerte in den See. Ein leises Plätschern nur, dann verschwand der Stein lautlos in der Tiefe. Zurück blieben einige fein gekräuselte Wellen, die sich ringförmig ausbreiteten und langsam verebbten. Gleich darauf lag der See so totenstill da wie zuvor. Charlie hatte in ihrer Bewegung inne gehalten, sie zog ihre Hand wieder zurück und erhob sich.

Plötzlich glitten größere Wellen von weit draußen über den unterirdischen See auf sie zu!

»Komm schon, Charlie! Lass uns hier verschwinden! Irgendetwas ist da draußen!«, presste Tora aufgeregt hervor.

Charlie machte einige Schritte rückwärts. Die ersten kleinen Wellen schwappten über die felsige Uferkante. Sie zögerte. Trotz hoch erhobener Fackel konnte sie nichts erkennen. Sie warf noch einen letzten Blick in die Dunkelheit, bevor sie ebenfalls dem Höhlensee den Rücken kehrte.

»Was war das!«, fragte Tora aufgewühlt, als sie von der Vorratskammer aus in den freigelegten Durchgang starrten. Die Steine, die den Eingang zum See vermutlich sehr lange Zeit verschlossen hatten, lagen in der gesamten Kammer verstreut.

»Was es auch ist, irgendjemand hat offensichtlich versucht, es fernzuhalten«, sagte Kunar besorgt. Er schluckte. »Die Steine waren nicht zufällig hier. Jemand hat den Eingang absichtlich blockiert!«

Charlie musste Kunar recht geben. Vermutlich hatte jemand in dem See eine Gefahr gesehen und den Eingang deshalb versperrt.

*Aber wieso?*

Hier wohnte doch ein Jordvätte! Und Jordvätten schützten doch alle, die sich in seine Obhut begaben! Warum hatte sich jemand vor dem See gefürchtet?

*Hatte derjenige etwa nichts von dem Jordvätten gewusst?*

Das wäre möglich. Tora und Kunar konnten ihn ja auch nicht spüren. Wieso fühlte sie ihn eigentlich, und warum hatte sie diese andere Gefahr, falls es eine war, nicht gespürt?

»Warum kann ich den Jordvätten in diesem Berg eigentlich wahrnehmen?«, frage sie. Die Geschwister schauten sie verständnislos an. Charlie beeilte sich, ihnen ihren Gedanken zu erklären.

»Du bist eine Bjarka«, sagte Tora daraufhin. »Bjarka ist die Kraft der Erde, und ein Jordvätte ist ein Erdwesen. Was auch immer da draußen ist, ist anscheinend kein Erdwesen. Sonst müsstest du es ja spüren, oder?« Sie wandte sich fragend an ihren Bruder, der sich eine lange Strähne hinter die Ohren strich.

»Der Jordvätte müsste uns beschützen, oder?«, fragte Tora wieder an ihren Bruder gewandt.

Kunar fragte Charlie zögernd:

»Kannst du den Jordvätten hier spüren?«

Charlie nickte und überlegte kurz.

*Worauf wollte Kunar hinaus?*

»Und in der Höhle am See?«, ergänzte Kunar.

Charlie hob die Augenbrauen, als sie verstand!

*Wie weit reichte die Kraft des Jordvätten?*

Er konnte nicht den ganzen Berg beschützen!

*Hatte sie seine Kraft am See gespürt?*

Charlie wusste es nicht. Darauf hatte sie dort drinnen wirklich nicht geachtet!

»Ich weiß es nicht«, sagte sie.

»Und was jetzt?«, trat Tora unruhig von einem Fuß auf den anderen. »Heißt das, *hier* sind wir sicher und *da drinnen* vielleicht nicht?«

Charlie starrte immer noch auf den Eingang, den sie so mühsam freigelegt hatten. Sie würde ihn ungern wieder versperren müssen, zumal dort drinnen unbegrenzt Wasser vorhanden war.

»Das kann man nur auf eine Art feststellen!«, sagte sie. Tora blickte sie entsetzt an.

»Du willst nochmals reingehen? Ich finde, wir sollten den Eingang wieder verschließen! Wer weiß, was wir da rauslassen!«

»Also«, überlegte Charlie laut. »Wenn das kein Erdwesen ist, was könnte es dann sein?« Kunar verstand.

»Tja, es gibt noch Luft, Wasser und Feuer. Da es im Wasser war, kann es wohl kaum ein Feuerwesen gewesen sein. Bleiben also noch Luft und Wasser«, sagte er.

»Können Wasserwesen auch gleichzeitig Luftwesen sein?«, fragte Charlie.

»Wenn es fliegen könnte, wäre das wohl schon möglich, glaube ich«, meinte Kunar. »Wasservögel sind Luftwesen, die am und im Wasser jagen. Ich glaube aber nicht, dass ein in einer dunklen Höhle eingesperrtes Luftwesen überleben könnte. Ein reines Wasserwesen kann die Höhle vermutlich nicht verlassen.«

»Wissen kannst du es aber nicht!«, meinte Tora skeptisch.

Alle drei starrten auf die Öffnung.

»Wir brauchen aber Wasser«, sagte Kunar endlich. »Es gibt hier in der Nähe einfach keines. Wir müssten uns nach einem neuen Zuhause umsehen...«

Das wirkte. Tora gefiel es hier sehr gut. Sie hatte viel Zeit darauf verwendet, die Höhle wohnlich zu machen. Sie schwieg.

»Also gut«, sagte Charlie zögernd. Die Fackel fest in ihrer Hand ging sie langsam auf die freigelegte Öffnung zu.

*Der Jordvätte war gut und stark zu fühlen.*

Charlie atmete tief durch und passierte den Durchgang. Sie hielt inne und versuchte, die Aura der Höhle zu erfassen.

*Ja, die Kraft des Jordvätten war eindeutig vorhanden.*

Mit klopfendem Herzen ging sie weiter. Es waren nur wenige Meter bis zum Ufer des schwarzen Sees. Der lag nun wieder still vor ihr.

*Sie konnte den Jordvätten immer noch deutlich spüren.*

Als sie am Ufer ankam, hielt sie die Fackel hoch über den Kopf und spähte über die schwarze Wasserfläche. Sie konnte nichts Ungewöhnliches erkennen. Die Kraft des Jordvätten reichte eindeutig bis hierher. Nach einer Weile ging sie vorsichtig am Seeufer entlang weiter in den Berg hinein. Plötzlich war die beruhigende Kraft verschwunden! Reflexartig machte Charlie zwei Schritte zurück.

*Ja, hier war sie wieder!*

Charlies Herz klopfte bis zum Hals. Draußen auf dem See bewegte sich etwas! Wellen rollten auf das Ufer zu! Dahinter schob sich ein großer, dunkler Schatten durch das schwarze Nass und dann erkannte Charlie einen schlangenartigen Körper, der wiederholt die Wasseroberfläche durchbrach! Kunar und Tora begannen zu brüllen: »Charlie, schnell zurück!«

Charlie konnte sie, wie durch einen großen Berg Watte, dumpf und weit entfernt hören. Das schlangenartige Wesen scheute offenbar vor einer unsichtbaren Grenze zurück. Unaufhörlich kreiste es wenige Meter vom Ufer entfernt hin und her.

Schlagartig wurde es Charlie bewusst – *dort, wenige Meter vor ihr, hatte die Kraft des Jordvätten ihr Ende!* Dort verlief die unsichtbare Linie zwischen Leben und sicherem Tod. Wie viele nichts ahnende Menschen und Tiere waren wohl an dieser Stelle Opfer des Seeungeheuers geworden? Sie hatten sich im sicheren Schutz eines mächtigen Jordvätten geglaubt und plötzlich... Ein Schauer lief Charlie über den Rücken.

*Nur ein Bjarka konnte diese Grenze erfühlen!*

»Los, bringt mir ein paar Steine!«, rief Charlie über die Schulter zu Tora und Kunar, die nervös am Höheneingang standen.

»Na los!«, rief sie noch einmal, als keiner der beiden reagierte. Kunar verschwand im Vorratsraum und kam kurz darauf mit einem großen Felsbrocken wieder. Ängstlich schlich er an der Wand der Höhle entlang auf Charlie zu, äußerst darauf bedacht, so viel Abstand wie möglich zum Seeufer zu halten.

»Gib her«, sagte Charlie und nahm Kunar den Stein ab. Sie platzierte ihn direkt vor ihre Füße.

*Ein bisschen Sicherheitsabstand kann nicht schaden*, dachte sie.

»Wir brauchen noch mehr Steine«, sagte sie dann. »Wir bauen eine Grenze. Der Schutz des Jordvätten hört genau da auf!« Charlie zeigte einen Meter vor sich auf den steinigen Boden.

Kunars Augen waren starr vor Angst. Er fühlte sich keineswegs sicher in seiner Haut. Für ihn war die Grenze, die Charlie spürte, nicht existent.

Nachdem sie die Grenze deutlich markiert hatten, ging Charlie das Ufer in die andere Richtung ab. Viel vorsichtiger und in viel kleineren Schritten, um dem Jäger im See keine Chance zu geben. Auch hier konnte sie deutlich spüren, wo der Schutz des Jordvätten aufhörte.

Zufrieden betrachteten sie eine Viertelstunde später ihr Werk. Zwei deutliche Steinlinien verliefen nun rechts und links von ihnen, von der Wand der Höhle bis zum See. Wenn man die beiden Endpunkte am Ufer mit einer Geraden verband, kam man auf etwa ein bis zwei Meter geschütztes Seewasser.

*Nicht viel, aber ausreichend, um täglich Wasser zu holen.*

Man musste sich nur innerhalb der festgelegten Grenzen aufhalten. Um ihre Theorie zu beweisen, ging Charlie vorsichtig zum Ufer und füllte mit zitternden Händen ihre Wasserflasche. Sie ließ dabei ihren Blick ständig unruhig über das dunkle Wasser gleiten.

*Nichts!*

Triumphierend erhob sie sich und ging zu den Geschwistern hinüber, die im Eingang warteten.

Abends am Lagerfeuer besprachen sie aufgeregt ihre Entdeckung.

»Wenn ihr wollt, übernehme ich das Wasserholen«, bot Charlie an. »Ich kann zumindest die Sicherheit des Jordvätten spüren.«

»Wäre vielleicht nicht verkehrt«, sagte Kunar. »Man muss ja kein unnötiges Risiko eingehen.«

»Was das wohl für ein Wesen ist«, überlegte Charlie.

»Ich glaube, es ist ein Midgârdsorm«, sagte Kunar.

»Du meinst, so ein Ungeheuer wie aus dem großen See?«, fragte Charlie und starrte dabei unwillkürlich auf ihre Hände, die *Eir sei Dank* fast narbenfrei verheilt waren.

»Aber leben die nicht in Seen mit Lokesranken?«, fragte Tora zweifelnd.

»Ja, normal schon. Aber nicht unbedingt«, sagte Kunar.

Charlie erinnerte sich an das efeuähnliche Gewächs aus dem Midgârdsorm-See und verzog das Gesicht zu einer Grimasse.

»Sicher ist nur, dass ein Midgârdsorm, genau wie andere giftige Tiere, nicht in Seen mit Balderstüpfel leben kann, weil das giftige Tiere fernhält. Und hier wächst weder das eine noch das andere«, erklärte Kunar.

Charlie hatte zwar nicht die leiseste Ahnung, was Balderstüpfel war, aber dass hier in diesem unterirdischen See nichts wuchs, war klar.

*Welche Pflanze gedieh schon in völliger Dunkelheit?*

Die Höhle war absolut kahl! Es gab nur Steinwände und dieses dunkle, riesige Gewässer!

Tora schürzte die Lippen.

»Ja, kann schon sein«, sagte sie dann. »Es ist kein besonders erbauliches Gefühl, neben einem Midgârdsorm zu wohnen!« Grimmig starrte sie in die lodernden Flammen.

»Wenn es ein Midgârdsorm ist, kann er den See jedenfalls nicht verlassen. So gesehen wäre es gar nicht so schlecht. Wir haben jetzt zumindest Wasser!« Kunar stocherte mit einem langen Stock in der Glut herum.

*Soweit ist es schon gekommen,* dachte Charlie. Sie befand sich in einer fremden Welt, in der es vor Gefahren nur so wimmelte, und sie saß seelenruhig in einer Höhle und freute sich darüber, dass das Seeungeheuer, das mit ihnen die Behausung teilte, vermutlich ein Midgârdsorm war!

Am nächsten Tag geschah etwas sehr Seltsames. Der Wald kehrte zurück!

Die weite Ebene, die der zugewanderte Berg geschaffen hatte, war in der vergangenen Woche abgekühlt. Nur an vereinzelten Stellen stiegen noch dünne Rauchsäulen auf. Als Charlie am Morgen aus der Höhle trat, konnte sie bereits einzelne Bäume erkennen, die das neue Land in Besitz genommen hatten!

Am Vormittag strömten dann Fichtenwichtel und größere Bäume von überall her! Die Ebene wimmelte nur so von Wichteln, die einen geeigneten Standort suchten. Sie stießen und schubsten sich gegenseitig und schimpften laut, wenn ihnen ein anderer Wichtel zuvorgekommen war.

Das Schauspiel, dauerte den ganzen Tag an. Manchmal konnten sie beobachten, wie Wichtelfichten plötzlich sehr schnell davonhüpften. Ihre langen, schwingenden Wurzeln schleuderten sie dabei seltsam ruckartig in die Höhe, wobei sie quietschende Laute ausstießen. An der Stelle, die die Fichtenwichtel auf diese Weise eiligst verlassen hatten, stiegen plötzlich dampfende Schwaden auf!

Die Fichtenwichtel waren aber nicht die einzigen, die das neue Land eroberten. Als ob der Einzug des Waldes ein Startsignal gewesen wäre, rollten plötzlich von überall her Makaras heran! Sie näherten sich dem Rand der Ebene erst sehr vorsichtig. Aber schon kurze Zeit darauf bewegten sie sich unbeschwert über die junge Erde.

Trotz ihrer negativen Erfahrung mit dem Sekret dieser seltsamen Tiere konnte Charlie nicht umhin, beeindruckt zu sein! Sie starrte genauso fasziniert auf diese Invasion, wie sie es Wochen zuvor getan hatte, als sie Zeuge der Vereinigung zweier Makaras geworden war. Zu Hunderten rollten Makaras in allen Größen und Farben über die Ebene. Die Sonne brach sich in ihrer geleeartigen, durchsichtigen Substanz und brachte die Farben in ihrem Inneren zum Leuchten. Es glitzerte und funkelte in Goldgelb, Rubinrot und Ozeanblau – den vorherrschenden Farben, wie es schien. Aber auch smaragdgrüne Exemplare, orange und solche in einem kräftigen Lila strahlten um die Wette. Es war einfach märchenhaft schön, zumindest aus sicherem Abstand betrachtet.

Charlie dachte an die Geburt des neuen Wesens am großen See zurück. Das blaue Männchen hatte sich mit dem gelben Weibchen gepaart. Heraus war ein grünes Weibchen gekommen.

*Wie beim Vermischen von Wasserfarben,* überlegte Charlie amüsiert. *Gelb und Blau macht Grün.*

Sie starrte weiter auf den farbenfrohen Aufmarsch am Fuß des Berges. Blau, Grün, Gelb, Orange, Lila, Rot...

*Gelb und Rot ergab Orange. Blau und Rot? Lila, oder? Gelb und Gelb müsste Gelb bleiben. Gelb und Lila?*

Charlie konnte sich nicht erinnern.

*Und Gelb und Grün? Helleres Grün?*

Charlie sah sich grübelnd um. Sie suchte das neue Land mit den Augen ab. Es gab nur eine grüne Farbe. Keine unterschiedlichen Nuancen. Und Rot und Grün? Auch wenn sie sich nicht erinnern konnte, welche Farbe Rot und Grün ergeben müsste, war sie sich sicher, dass es eigentlich mehr Farben geben müsste.

*Mischte man immer weiter, müsste man doch unendlich viele Farbtöne bekommen, oder?*

Charlie wandte sich an Kunar, der gerade an ihr vorbeilief.

»Gibt es die Makaras in noch mehr Farben als Gelb, Rot, Blau, Grün, Lila und Orange?«

Kunar blieb stehen und stützte sich auf seinen Jagdbogen.

»Nicht, dass ich wüsste«, sagte er. »Kommst du mit? Ich gehe für eine Stunde oder so auf die Jagd.«

Charlie blinzelte Kunar in der blendenden Sonne entgegen. »Was ergibt Rot und Grün, oder Blau und Orange?«, fragte sie.

Kunar starrte Charlie erstaunt an. »Wovon redest du?«

Charlie grinste. Kunar, der ihren Gedanken nicht folgen konnte, musste Charlie für verrückt halten. Sein Gesichtsausdruck sprach Bände.

»Ich rede von Farben!«, erklärte Charlie. »Wenn man sie mischt: Gelb und Blau ergibt Grün, aber was ergibt Rot und Grün?«

Kunar schüttelte entgeistert den Kopf. Seine braunen Haare fielen ihm wie immer locker ins Gesicht.

»Frag' Tora. Die kennt sich mit so was besser aus und ist eine der geschicktesten Regin-Künstlerinnen, die ich kenne!«, sagte er dann voller stolz.

Charlie erhob sich von ihrem Sitzplatz, einem bemoosten Steinblock.

*Regin-Künstler? Was war das wieder und was hatte es mit Farblehre zu tun?*

Kunar seufzte. Er hatte sich daran gewöhnt, dass Charlie sich sowohl für Männer- als auch Frauensachen interessierte. Er würde allein jagen gehen müssen.

»Tora ist vor der Höhle. Sie trocknet Beeren. Frag' sie selbst.« Er schulterte seinen Bogen und stapfte davon.

Vor der Höhle lagen auf größeren Blättern dicke rote Beeren zum Trocknen in der Sonne. Tora saß einige Meter weiter und rupfte einen Leogriff. Vertieft in ihre Arbeit summte sie eine fröhliche Melodie. Charlie schnappte sich einen zweiten Leogriff und setzte sich neben sie. Eine Weile gingen sie schweigend ihrer Arbeit nach. Als Tora das Lied zu Ende gesummt hatte, lächelte sie Charlie an.

»Das Lied handelt von Lichtelfen. Ich habe es von einem umherreisenden Barden gehört. Leider kann ich mich nicht an den Text erinnern. Nur an die Melodie«, sagte sie.

Charlie sah Tora lange an. »Du bist glücklich hier, nicht wahr?«

Tora nickte langsam. Ihre Augen glitzerten verträumt.

»Ja«, sagte sie. »Endlich bin ich frei. Niemand kann mehr über mich verfügen.«

Charlie schwieg. Sie verstand.

»Sag mal«, begann sie nach einer Weile. »Kunar sagte, du seist die geschickteste Regin-Künstlerin, die er kennt?«

Tora lächelte und verdrehte die Augen. »Sagt er das?«

Charlie wiegte den Kopf hin und her. »Na ja, er sagte, um ehrlich zu sein, du seist *eine* der geschicktesten.«

Tora lachte auf: »Ich widerspreche nicht!«

Charlie grinste. Sie mochte Toras direkte, ehrliche Art.

»Was ist ein Regin-Künstler?«, fragte sie.

»Regin bedeutet Kraft«, begann Tora. »Kraft oder Macht. Hat jemand große magische Kräfte, Heilkräfte oder ähnliches, spricht man davon, dass sein oder ihr Regin groß ist. Oder besser gesagt, sprach man davon. Regin ist ein sehr altes Wort. Regin-Kunst besteht aus Naturbildern«, führte Tora ihre Erklärung fort.

»Man legt aus Sand, Stein, Holz und anderen Gegenständen Bilder auf die Erde. Es gibt viele verschiedene Regin-Symbole. Was die Symbole, die ich alle legen kann, bedeuten, weiß ich leider nicht.« Tora zuckte mit den Schultern. »Sie sagten, ich würde es erst erfahren, wenn ich magische Fähigkeiten entwickle.«

»Wer sind *sie*?«, schob Charlie neugierig ein.

»Die älteren Magier, die die Zeremonien durchführen. Ich durfte die Bilder legen, weil ich sehr geschickt darin bin. Sie sagten mir, welche Symbole sie haben wollten und welche Farben die Muster tragen sollten. Die Symbole haben magische Bedeutungen. Regin eben. Sie haben unterstützende Kräfte bei den Zeremonien«, erklärte Tora.

»Und diese Bilder werden bei jeder Zeremonie neu gelegt?«

»Ja, und es dauert oft mehrere Tage, ein Regin zu legen. Das kommt auf die Größe und die Komplexität der Symbole an. Der Sand muss für die verschiedenen Muster vorgefärbt und Material gesammelt werden. Man darf aus einem gelegten Regin nichts entfernen und wieder verwenden. Alles muss neu erschaffen werden. Das alte Regin wird irgendwann vom Wind oder vom Regen aufgelöst. Menschen dürfen es nicht zerstören, sonst wirkt die Kraft nicht«, antwortete Tora.

Charlie hörte fasziniert zu. »Und sowas kannst du?«

Tora lächelte: »Ich kann es dir zeigen. Ich könnte ein kleines Regin legen. Ich brauche dafür bloß Material.«

»Wäre schon sehr interessant, so etwas zu sehen. Ich kann es mir schwer vorstellen«, sagte Charlie.

»Kannst du auch Sand färben?«, fragte sie dann.

»Könnte ich, wenn ich Farben hätte. Die habe ich immer von den Magiern bekommen«, antwortete Tora.

»Schade«, sah Charlie etwas enttäuscht auf den kahlgerupften Leogriff in ihren Händen.

»Aber du weißt, welche Farben man mischt, um andere zu bekommen?«, hakte sie nach.

»Ja klar! Ich bekam immer nur Gelb, Rot und Blau als Pulver. Außerdem noch Weiß und Schwarz. Daraus kann man alle anderen

Farben mischen. Man braucht nur das richtige Verhältnis! Und dann wird Wasser zu dem Pulver gemischt und der Sand in die flüssige Farbe getränkt!«, antwortete Tora.

»Was ergibt dann zum Beispiel Rot und Grün?«, fragte Charlie.

»Wie gesagt kommt es auf das Mischungsverhältnis an. Du erhältst diverse Lila-Töne, auch Weinrot usw.«

»Und aus Gelb und Lila?«

»Im Prinzip Ähnliches. Helleres Violett, aber auch bis zu einem schmutzigen Gelb«, erklärte Tora.

Charlie überlegte.

»Warum gibt es dann keine Makaras in all diesen Farben?« Sie erklärte Tora, was sie meinte und erzählte von der Verschmelzung des blauen Männchens und des gelben Weibchens. Tora hörte aufmerksam zu und schüttelte dann nachdenklich den Kopf.

»Ich weiß es nicht«, sagte sie zögernd.

»Ich habe schon viele Makaras gesehen. Sie sind immer nur Rot, Gelb, Grün, Orange, Blau oder Lila. Es ist mir nie aufgefallen. Sehr seltsam.«

»Ja, finde ich auch«, sagte Charlie.

Tora hob den Kopf und lachte. »Eigentlich sollten wir froh sein, dass es nicht noch mehr von ihnen gibt! Sie sind ja nicht gerade niedliche Kuscheltiere!«

»Ganz bestimmt nicht!«, grinste Charlie.

Da sie nicht klären konnte, warum es Makaras nicht in allen möglichen Farben gab, ließ Charlie es auf sich beruhen. Es war auch nicht weiter wichtig, nur eben merkwürdig und dadurch für jemand so Wissbegierigen wie Charlie nun einmal sehr interessant.

# 10. Hugin und Munin

*E*s war Mitte der dritten Woche in der Höhle auf Gymers Berg. Charlie lebte nun schon fast vier Monate in Vanaheim. Sie hatte viel dazugelernt, konnte jagen, die richtigen Beeren und Kräuter sammeln, beherrschte den Vanaheim-Dialekt fast akzentfrei und hatte Freunde gefunden, mit denen sie schon so manches erlebt hatte.

Es war früher Vormittag. Charlie saß auf ihrem Logenplatz, einem bemoosten Steinblock, und spähte über das *Neue Land*. Der Wald war zur Ruhe gekommen. Ein grüner Schimmer überzog den jungen Waldboden. Hie und da blühten zaghaft und dennoch mutig einige sehr robuste Pflanzen, deren Samen vom Wind und von Makaras und Fichtenwichteln mitgebracht worden waren. Die Natur eroberte mit aller Kraft ihren Lebensraum zurück, bald würde nicht viel an die Katastrophe von vor zweieinhalb Wochen erinnern. Nur das Fehlen von großen Bäumen würde das Neue Land von den alten Wichtelwäldern unterscheiden.

Eine Schar Leogriffe erhob sich aus einer kleineren Baumgruppe und zog über die weite Fläche in den alten Wald hinüber. Zwei schwarze Vögel flogen zielstrebig über das Neue Land gen Norden.

Charlie ließ die vergangenen Monate Revue passieren. Ihr ursprüngliches Ziel war erreicht. Sie konnte sich versorgen, sie beherrschte die Sprache, sie hatte sich angepasst. Und doch schien sie dem Vorhaben, ihre leiblichen Eltern zu finden, weiter entfernt als zuvor. Je länger sie sich in Vanaheim befand, desto schwieriger schien alles zu werden! Da gab es Magier – böse und gute – und es gab Magie.

Charlie selber hatte damit Bekanntschaft gemacht. Sie war eine ungetaufte, also illegale Bjarka, eine Magierin der Erde, die nicht einmal genau wusste, was dies bedeutete und was dieses Talent ihr in der Zukunft bringen würde. Sie spürte, dass sie stärker wurde, sie lernte ihren Instinkten zu vertrauen. Sie lernte zu *fühlen*, wie die alte Fulla ihr gesagt hatte. Wenn sie über den Berg wanderte, wusste sie genau, welche Pflanzen, Kräuter oder Pilze essbar waren. Sie konnte auch spüren, ob Kräuter lediglich essbar waren oder ob sie eine Heilwirkung hatten. Nur welche Heilpflanzen für welche Krankheiten verwendet werden konnten, war ihr immer noch ein Rätsel – geschweige denn in welcher Dosierung die Medizin anzuwenden war! Vielleicht brauchte man auch Zauberformeln oder Zeremonien, die die Heilung begleiteten.

*Biarn hatte gesagt, er hätte noch nie davon gehört, dass jemand ohne Zeremonie Feuer gemacht hätte...*

Charlie starrte, tief in Gedanken versunken, in die Ferne. Allerdings hatte die alte Fulla keine Zeremonie oder ähnliches abgehalten, um sie und Kunar zu heilen. Gab es einen Unterschied zwischen Heilkunde und richtiger Magie? Bestand die Magie des Bjarka vielleicht darin, die Schwingungen und Energien der Heilkräuter zu spüren und zu erkennen, während die Anwendung dann gar nichts mehr mit Magie zu tun hatte? Das wäre zumindest eine logische Erklärung...

*Logik! Was hatte Magie bitte mit Logik zu tun!*

»So verbringt ihr also euer neues, freies Leben!«

Die spöttische wohlbekannte Stimme riss Charlie jäh aus ihren Gedanken. Mit einem Satz kam sie auf die Beine, strauchelte und schlug der Länge nach auf dem harten, steinigen Boden auf. Ein spitzer Stein bohrte sich tief in ihre Kniescheibe. Brennender Schmerz durchzuckte ihr linkes Bein.

»Mist!«, fauchte sie. Trotz der Schmerzen rappelte sie sich hastig auf. Ihre Augenklappe war verrutscht – schnell schob Charlie sie wieder zurecht, um ihr verräterisches blaues Auge zu verdecken.

*Hatte Biarn etwas gesehen?*

Charlies Herz klopfte wie wild in ihrer Brust, als sie in sein Gesicht starrte. Automatisch suchte ihr freies grünes Auge Biarns schrägsitzendes Augenpaar. Sie blitzten kurz auf und blickten Charlie dann wie immer forschend entgegen.

»Du!«, spuckte Charlie hervor. Doch bevor sie sich weiter äußern konnte, wurde sie von Toras aufgeregter Stimme unterbrochen.

»Gyller! Oh, mein Gyller! Ich hab mir solche Sorgen um dich gemacht! Wo bist du bloß gewesen!«

Sie stürmte herbei und fiel dem verdutzten Einhorn um den Hals. Biarn ließ sich leichtfüßig von Gyllers weißschimmerndem Rücken heruntergleiten und trat mit gespieltem Stolz zur Seite.

»Ja, vielen Dank!«. Seine Stimme triefte vor Ironie. »Eure Besorgnis um mein Wohlbefinden ehrt mich sehr, gnädige Frau!« Er schwang seinen zerlumpten Umhang in einer Spirale vor sich hin und her und verbeugte sich leicht.

»Du!«, brach es nun auch aus Tora heraus. »Wo bist du gewesen, hm?! Was ist das für eine Art, sich einfach so davonzustehlen!? Was hast du dir dabei gedacht? Ich glaube, du bist uns eine Erklärung schuldig! Mehr als das, wenn du mich fragst!« Bei Toras heftigem Wutausbruch wich Gyller unwillkürlich einige Schritte zurück.

»Ihr macht uns Angst, schöne Frau!«, sagte Biarn, der ebenfalls zurückwich. Seine glitzernden Augen verrieten allerdings ausschließlich Belustigung, von Angst keine Spur. Tora wandte sich augenblicklich dem verunsicherten Gyller zu.

»Oh, mein Süßer! Keine Angst. Ich bin es doch, deine Tora! Hast du mich sehr vermisst?« Sie vergrub ihr Gesicht in Gyllers wallender Mähne und summte leise. Gyller schnaubte zufrieden in Toras lange Haare und versuchte einige lästige Insekten abzustreifen.

Biarn wandte sich Charlie zu und suchte ihren Blick. Beide starrten sich eine gefühlte Ewigkeit lang abschätzend in die Augen.

Jemand räusperte sich im Hintergrund.

»Du bist also wieder da«, sagte Kunar mit gewohnt ruhiger Stimme. Aufrecht stand er da und sondierte die Lage.

Biarn wandte sich Kunar zu: »Schön, euch alle wohlbehalten wiederzusehen«.

»Und das sollen wir dir glauben?«, brauste Tora erneut auf. »Schien dich die letzten Wochen ja weniger interessiert zu haben!«

Kunar brachte seine Schwester mit einer Geste zum Schweigen. »Dein Kaninchen verbrennt gerade, geh' dich darum kümmern!«, sagte er.

Tora funkelte ihren Bruder an. Hin- und hergerissen zwischen dem Gefühl der Demütigung und der Tatsache, dass ihr Mittagessen auf dem Spiel stand, trat sie unschlüssig von einem Fuß auf den anderen. Schließlich eilte sie mit giftigen Blicken davon.

»Ich denke, wir haben so einiges zu besprechen«, sagte Kunar zu Biarn. »Du bleibst doch zum Essen?«

»Danke für deine Einladung, Kunar.«

Biarn warf Charlie einen fragenden Blick zu. Sie nickte und humpelte dann neben Biarn und Kunar zur Höhle. Gyller graste zufrieden zwischen den felsigen Vorsprüngen, er kümmerte sich wenig um die angespannte Stimmung, die in der Luft lag.

Ein schmackhaftes Kaninchen und mehrere klärende Gespräche später saßen alle vier etwas unschlüssig in der Sonne. Biarns Erzählung nach war er an jenem Tag vor mehr als zwei Wochen frühmorgens und allein aufgebrochen, um sein Zuhause aufzusuchen.

Die Angst um seine Familie hatte ihn getrieben, und ebenfalls aus Sorge – diesmal um seine Freunde – war er allein gegangen. Er wollte Tora und Kunar nicht der Gefahr aussetzen, wieder versklavt zu werden. Es schien ihm klüger, erst einmal allein nach dem Rechten zu sehen und die Lage in den umliegenden Dörfern zu erkunden. Seiner Familie ging es gut, sein Heim hatte die Katastrophe unbeschadet überstanden.

Genau wie Kunar vermutet hatte, waren Bragesholm, Hornstorp und Teile des großen Sees zerstört, und wie vermutet stand das Schloss noch. Der Saligasterhof existierte nicht mehr, aber fast alle Menschen aus den umliegenden Orten suchten nach überlebenden Verwandten und nach noch zu gebrauchendem Eigentum. Man hatte ein neues Dorf gegründet – Neu Bragesholm –, wo alle obdachlosen Überlebenden ein neues Zuhause finden sollten.

Helfer aus allen umliegenden Orten waren dabei, neue Holzhütten zu errichten. Auf einem seiner Streifzüge um Gymers Berg hatte Biarn Gyller gefunden. Beziehungsweise hatte wohl eher Gyller Biarn gefunden, denn das Einhorn war schnurgerade und laut wiehernd auf ihn zugaloppiert, offensichtlich froh darüber, endlich ein bekanntes Gesicht zu sehen. Bei diesen Worten warf Tora Biarn eifersüchtige Blicke zu. Sie sagte allerdings nichts, auch wenn es ihr sichtlich schwer fiel, denn immerhin hatte Biarn ihr ja ihren geliebten Gyller zurückgebracht. Er graste friedlich vor ihren Füßen.

Charlie hatte Biarn während seiner Geschichte aufmerksam beobachtet. Sie wurde das Gefühl nicht los, dass er ihnen etwas verschwieg oder zumindest nicht ganz die Wahrheit sagte. Allerdings musste sie zugeben, dass seine Erklärung vernünftig klang und deshalb wahr sein konnte. Charlies ungutes Gefühl vertiefte sich im Verlauf des Gespräches. Sie wusste nicht warum und sie konnte absolut nicht den Finger darauf legen. Charlie hatte zwar nicht das Gefühl, dass Biarn ihnen schaden wollte. Aber dennoch: Irgendetwas stimmte da nicht!

Charlie streckte ihr schmerzendes Bein aus. Sie hatte eine tiefe Schürfwunde, das Knie war auf doppelte Größe angeschwollen.

»Tut mir leid mit deinem Bein«, sagte Biarn. »Es war wirklich nicht meine Absicht, dich so zu erschrecken. Ich hoffe, es schwillt bald ab. Sieht aber nicht so gut aus…«.

»Hat zumindest aufgehört zu bluten«, presste sie hervor. Als sie das Bein bequemer zurecht gelegt hatte, atmete sie erleichtert aus.

»Ihr müsst vorsichtig sein!«, sagte Biarn plötzlich.

Charlie, Tora und Kunar horchten erstaunt auf. Eine ungewöhnliche Schärfe schwang in Biarns Stimme mit.

»Was ist passiert?«, fragte Kunar, der sich kerzengerade aufsetzte. Auch Charlie wartete angespannt.

Biarn überlegte, er schien seine Worte abzuwägen. Dann begann er entschlossen zu erzählen, was ihn beschäftigte.

»Odens Späher sind zur Zeit täglich unterwegs. Seine Bärsärker, und auch er selbst, reiten durch Vanaheim. Sie sind auf der Suche nach etwas oder jemandem.«

»Woher weißt du das?«, fragte Kunar beunruhigt.

»Ich habe die Älteren reden hören«, sagte Biarn. »Irgendetwas beschäftigt Oden. Er sucht etwas. Jeder auch noch so gering Verdächtige wird gefangen genommen und verhört. Einige sind nicht zurückgekehrt…«

Biarn machte eine Pause.

*Nicht zurückgekehrt? Was meinte er damit?*

»Sind sie eingesperrt worden?«, fragte Charlie vorsichtig.

»Eingesperrt, gefoltert, getötet, wer weiß das schon so genau. Sie sind ja nicht zurückgekehrt«, antwortete Biarn und machte dabei eine vage Handbewegung.

»Wichtig ist, dass sie *Verdächtige* suchen, was auch immer mit *verdächtig* gemeint ist.« Er zuckte mit den Achseln. »Nicht Normales, Abweichendes vermutlich.«

Bei diesen Worten fixierte er Charlie mit seinen schiefen Augen und bohrte sich in ihren Blick. Charlie hatte beinahe das Gefühl, dass er in ihr Gehirn vorzudringen versuchte! Erschreckt zuckte sie zusammen und schlug das Augenlid über ihrem grünen Auge nieder.

*Verdächtig? Sie war verdächtig!*

Eine Augenklappe war verdächtig, wenn diejenigen, die auf der Suche waren, nicht wussten, *wonach* sie suchten! Und Biarn? Biarn wusste, oder zumindest vermutete er, dass sie etwas verheimlichte!

*Was Oden wohl suchte? Aber egal was es war, sie war in Gefahr!*

Jetzt mehr als je zuvor! Auch wenn Oden niemals sie persönlich suchte – er oder seine Helfer konnten durch Zufall über sie stolpern und dann käme es heraus! Ihre Augenfarbe, ihre magischen Fähigkeiten, dass sie nicht getauft war, ja, dass sie überhaupt nicht hierher gehörte!

Eiskalt fuhr es Charlie über den Rücken. Sie setzte sich ruckartig auf, ohne auf ihr verletztes Bein zu achten. Ein Fehler! Schonungslos stach der Schmerz in ihr geschwollenes Knie. Sie schrie auf und stöhnte.

»Was ist? Charlie sag doch was! Charlie!«, rief Tora. Mit zwei Sätzen war sie bei Charlie und rüttelte an ihrer Schulter. Die hellen, glitzernden Punkte vor Charlies Augen verschwanden langsam.

»Ist ja gut«, knurrte sie. »Hör auf, mich zu schütteln, das macht es auch nicht besser!«

Stöhnend versuchte sie ihr Bein wieder in eine bequemere Position zu bringen.

»Sieht aus, als würde das Knie immer dicker werden.« Kunar inspizierte stirnrunzelnd Charlies Bein.

»Ganz schön kräftiger Bluterguss!«, konstatierte er.

»Hab' ich auch schon bemerkt«, brummte Charlie säuerlich. Sie atmete tief durch, vermied Biarns Blick, zwang sich zur Ruhe und fragte: »Wir sind also in Gefahr?«

»Vermutlich«, sagte Biarn langsam. »Drei Halbwüchsige, die allein in einer Höhle wohnen. Noch dazu auf einem Berg, der gerade erst hierher gewandert ist.«

Er lehnte sich an die Felswand und fuhr fort:

»Ihr solltet auf jeden Fall hier bleiben und nicht um den Berg herumgehen. Haltet nach Odens Spähern Ausschau und seid vorsichtig, wenn ihr auf die Jagd oder zum Sammeln geht. Seht zu, das ihr immer in Deckung gehen könnt.« Er wandte sich an Kunar.

»Du kennst doch Odens Späher?«

»Du meinst seine Bärsärker? Naja, ich habe Oden, Lodur und Höner in der Triade gesehen. Außerdem kenne ich Vidar vom Sehen.«

Charlie lauschte aufmerksam. Sie versuchte zu verstehen, wovon hier die Rede war.

»Nein«, sagte Biarn. »Nicht seine Helfer. Ich rede von Hugin und Munin, seinen Spähern.

Kunar hob fragend die Augenbrauen.

»Hugin und Munin? Du meinst die Raben? Gibt es die tatsächlich? Ich dachte, das wäre nur eine Schauergeschichte, die Kindern erzählt wird, um sie zu ängstigen!«

Tora sah Biarn stirnrunzelnd an.

»Hugin und Munin?«, fragte sie zweifelnd.

Biarn fuhr fort: »Ihr wisst doch, dass Oden auch der Rabengott genannt wird. Seine beiden Raben Hugin und Munin dienen ihm als Späher. Sie berichten ihm von ihren Streifzügen. Auf diese Weise erfährt Oden vieles, was ihm sonst verborgen bliebe.«

Charlie blickte ungläubig in die Runde.

*Sprechende Raben? Das wurde ja immer schöner!*

Und dann erinnerte sie sich plötzlich an etwas! Ein Bild tauchte vor ihrem inneren Auge auf.

*Sie stand auf Gymers Berg und starrte über die weite kahle Fläche, die dampfend und grau am Fuß des Berges lag. Meilenweit erstreckte sie sich, bis zum Horizont. Zwei schwarze Vögel kreisten in weiten Bögen über die Ebene…*

Charlie fröstelte es.

*Hugin und Munin, Odens Späher. Hatten sie das Ausmaß der Katastrophe in Augenschein genommen und Oden Bericht erstattet?*

Dem Himmel sei Dank waren sie nicht entdeckt worden!

Ein leiser Zweifel regte sich.

Sie waren doch nicht entdeckt worden!

»Fliegen sie immer zu zweit?«, fragte Charlie leise.

»Oft«, nickte Biarn.

Er musterte Charlie. »Du hast sie gesehen!«

»Ja, über dem Neuen Land, am Tag danach«, antwortete Charlie. Jeder wusste sofort, was Charlie mit *am Tag danach* meinte. Den Tag nach der Katastrophe.

»Glaubst du, sie haben uns bemerkt?«, fragte Charlie unruhig.

Biarn überlegte kurz.

»Nein, ich glaube nicht. Sie wären längst hier gewesen, um euch zu kontrollieren. Es sind immerhin mehr als zwei Wochen vergangen.«
Er schaute in die Runde.

»Also noch einmal! Ihr müsst vorsichtig sein! Ich muss wieder los. Ich muss vor Sonnenuntergang zu Hause sein.«

Er erhob sich und ging zu Gyller hinüber. Nun kam Leben in Tora, die die ganze Zeit über bekümmert zugehört hatte.

»He, Gyller bleibt aber hier! Er gehört dir nicht!«

Biarn lächelte Tora nachsichtig an.

»Er kann nicht hierbleiben. Es ist zu gefährlich.«

Tora fing lauthals an zu protestieren, bis Kunar sie sanft aber bestimmt unterbrach.

»Du kannst ihn nicht hierbehalten. Er passt nicht durch den Höhleneingang und würde zu viel Aufmerksamkeit auf sich lenken. Einhörner verbringen ihre Zeit nicht freiwillig in den Bergen. Es sind Weidetiere. Siehst du hier Wiesen?«

Tora meuterte noch eine Weile herum und klammerte sich verzweifelt an Gyllers Hals fest. Schließlich gab sie aber nach. Sie musste ihrem Bruder wohl oder übel recht geben.

»Ich werde gut für ihn sorgen. Ich verspreche es dir. Und er wird weiterhin dir gehören, ich leihe ihn mir nur aus«, sagte Biarn.

Er wartete geduldig auf Toras Einverständnis. Sie umarmte Gyller noch einmal und lief dann davon.

Biarn warf Kunar ein großes festverschnürtes Paket zu, das auf Gyllers Rücken gelegen hatte. »Hier, ich habe euch einige Decken und zwei Töpfe mitgebracht! Könnt ihr bestimmt gut gebrauchen.«

Dann verabschiedete er sich, mahnte sie nochmals zur Vorsicht, versprach bald wiederzukommen und ritt eilig den Berg hinab.

Charlie und Kunar standen noch lange am Höhleneingang und sahen ihm nach. Biarn war ein großes Risiko eingegangen, um sie zu warnen. Auch er würde vermutlich verhört werden, wenn er dabei gesehen wurde, wie er einsam auf Gymers Berg ritt. Sie hofften, er würde unbeschadet nach Hause kommen.

»Halt still!«, mahnte Tora. »Ich kann den Verband nicht richtig zuknoten, wenn du ständig so rumzuckst!«

Charlie biss sich auf die Unterlippe. »Dann sei etwas vorsichtiger, ja!?«, fauchte sie mit schmerzverzerrtem Gesicht.

Tora kümmerte sich mustergültig um die Patientin. Sie bereitete einen Aufguss aus Scharfgarbe, Kamille und Arnika zu und wies Charlie an:

»Hier, wasch die Wunde damit aus!«

Als nächstes goss Tora Arnikablüten auf und tränkte ein Tuch damit, das sie mit Hilfe eines längeren Streifens aus Seidenspinnertuch um Charlies geschwollenes Knie wickelte. Einige Minuten später betrachtete Tora zufrieden ihr Werk. Dann musterte sie Charlie stirnrunzelnd.

»Gegen die Schmerzen habe ich leider nur gewöhnliche Weidenrinde. Silberkronenborke oder – noch besser – gemahlene Nidhöggzähne wären viel effektiver«, sagte sie.

»Weidenrinde klingt gut«, erklärte Charlie. Bald darauf hielt sei einen Becher Weidenrindentee in den Händen.

Am nächsten Tag pochte und zog es immer noch schmerzhaft in Charlies Bein. Sie hatte mit Toras Hilfe den Arnikaumschlag erneuert. Ihr Knie hatte nun prachtvolle Farben in diversen Blau- und Lilatönen sowie einem ungesunden Grün angenommen. Der Weidenrindentee tötete den stechenden Schmerz, aber das Pochen blieb. Ihre Haut spannte straff um ihr Knie, das verdächtig einem bunten Wasserballon glich. Sie saß im vorderen Teil der Höhle, hielt ihr Bein so still wie möglich und nippte an dem frisch aufgebrühten Weidenrindentee.

*Nicht gerade schmackhaft.*

Sie war allein. Kunar war auf der Jagd und Tora musste neue Arnikapflanzen besorgen. Die Umschläge sollten beim Abschwellen helfen.

*Hoffentlich.*

Charlie seufzte. Ihr war sterbenslangweilig! Tora hatte ihr einen Korb verschiedener Waldpilze hingestellt, sie mussten sortiert und gesäubert werden, um dann in der Sonne zu trocknen. Obwohl der Sommer noch nicht zu Ende war, hatte Tora damit begonnen, Wintervorräte anzulegen, denn viele Pilze und Beeren wuchsen im Herbst nicht mehr.

»Es ist gut, eine Vielfalt an Nahrungsmitteln für den Winter zu haben!«, hatte Tora gesagt. Vermutlich hatte sie recht. Der Speisezettel könnte sonst recht eintönig werden. Charlie seufzte und machte sich an die Arbeit.

Es regnete. Kunar war bis auf die Haut durchnässt, als er am späten Nachmittag zurückkehrte. Er warf die zwei Kaninchen, die er erlegt hatte, auf Toras neue Arbeitsfläche und schüttelte sich wie ein Hund. Er hatte gerade Umhang und Hemd zum Trocknen aufgehängt, als sich Tora ebenso klatschnass durch den Spalt schlängelte. Den Beutel mit den neuen Kräutern ließ sie direkt neben dem Eingang fallen, und sie fing an, ihre langen dichten Haare auszuwringen.

»Sei froh, dass du nicht vor die Tür musst!«, rief sie Charlie zu. »Ich glaube, es regnet sich ein. Scheint so schnell nicht wieder aufzuhören!«

Charlie verzog das Gesicht und murrte. Sie wäre lieber im Regen draußen herumspaziert, als allein an Langeweile zu sterben!

»Zumindest fliegen bei diesem Wetter keine Vögel«, brummte Kunar und hielt seine Hände über das Feuer. Der Regen hatte die Sommerluft merklich abgekühlt.

Tora schnappte sich den Seidenumhang-Beutel, knotete ihn auf und breitete den Umhang vor Charlie aus.

»Hier, du kannst schon mal die Wurzeln und die Erde entfernen«, sagte sie. Dann folgte sie dem Beispiel ihres Bruders und hängte ihre Kleider zum Trocknen auf. Sie holte sich eine von Biarns Decken, zog sie sich um die Schultern und setzte sich zu Charlie ans Feuer.

»Was ist?«, fragte sie und wickelte die Decke enger um sich herum.

Charlie starrte auf die Arnikapflanze in ihrer Hand.

»Ich weiß nicht so genau«, antwortete sie langsam. »Du verwendest doch die Blüten, oder?«

»Ja, man macht einen Aufguss. Wieso?«

Charlie trennte den Wurzelstock von der übrigen Pflanze und wog dann links die gelben Blumen mit ihren langen Stängeln und rechts die Wurzeln in ihrer Hand.

»Na ja«, sagte sie dann. »Die Wurzeln strahlen viel mehr Heilkraft aus, als die Blüten!«

Tora sah erstaunt auf.

»Tatsächlich? Kann schon sein, dass man die Wurzeln verwenden kann. Ich weiß allerdings nicht, wie man sie zubereitet. Kochen vielleicht?«

Sie griff nach einer anderen Pflanze, die samt Wurzeln vor ihr lag.

Tora ließ normalerweise den Wurzelstock stehen, wenn sie Kräuter sammelte. Aber bei diesem Regen hatte sie es eilig gehabt und einfach die ganze Pflanze ausgerissen.

»Kannst du auch fühlen, wie viel man brauchen würde?«, fragte sie.

»Es ist das erste Mal, dass ich überhaupt einen Unterschied zwischen den Pflanzenteilen fühlen kann«, antwortete Charlie und legte die Arnika zur Seite.

»Vielleicht kommt alles mit der Zeit«, sagte Tora. »Du musst Geduld haben. Aber jemand wie die alte Fulla, die einem helfen könnte, wäre nicht verkehrt«.

*Ja, ein Lehrer*, dachte Charlie. So ungern sie auch zur Schule gegangen war, jetzt wünschte sie sich, sie hätte einen Lehrer, der ihr alles Nötige erklären und beibringen könnte!

»Bring mir bitte mal einige deiner Kräuter, Tora!«, sagte sie dann bestimmt.

»Ich habe mich doch gerade erst hingesetzt!«, protestierte Tora.

»Bitte, Tora!«, wiederholte Charlie so freundlich sie konnte. »Ich würde gerne etwas ausprobieren!«

Tora seufzte laut, doch dann stapfte sie samt Decke in ihre Vorratskammer und kam mit einer Auswahl getrockneter Pflanzen zurück.

»Hier! Zerstöre sie aber nicht! Ich will sie noch verwenden können!«

Charlie nickte abwesend.

»Ja, danke Tora…«

Charlie breitete die Kräuter vor sich aus.

»Mal sehen«, murmelte sie. Sie hob ein Gewächs nach dem anderen auf und *fühlte* die Schwingungen. Sie konnte eindeutig den Unterschied zwischen ‚nur essbar‘ und ‚heilsam‘ spüren. Aber da war noch etwas…

*Ja, sie fühlte die unterschiedlich starke Energie, die von den verschiedenen Pflanzenteilen ausging! Genau wie bei der Arnika!*

»Also die Kamille hier!«, rief Charlie aufgeregt. »Die heilende Energie geht bloß von den Blüten aus! Der Rest ist nicht zu verwenden, oder?«

»Das stimmt!«, sagte Tora. »Kannst du den Unterschied tatsächlich fühlen?«

Charlie bejahte. Konzentriert blickte sie auf die Kräuter in ihrer Hand.

»Hier sind die Blüten und die Blätter heilsam, und hier nur die Wurzeln! Nein, warte… Die Blätter und Blüten enthalten auch ein wenig Energie, allerdings kaum spürbar…«, sagte sie.

Einer Eingebung folgend beugte sie sich zurück und griff in ihre Hosentasche. Sie zog den kleinen sandfarbenen Beutel mit dem Lindwurmblutskraut hervor. Sie schüttete ein wenig von dem grasartigen Kraut auf die Handfläche und wie jedes Mal wurde ihr übel und schwindlig.

*Die Energie war stark, sehr stark.*

Charlie sah zu Tora auf.

»Welcher Pflanzenteil ist das?«

»Lindwurmblutskraut ist ein Gras«, erklärte Tora. »Soweit ich weiß, verwendet man die komplette Pflanze, inklusive Wurzeln. Lass mal sehen!«

Tora untersuchte das Lindwurmblutskraut.

»Ja. Sieh mal. Hier sind einige Samen, das ist ein Stängelstück und hier sind einige Wurzelteile.«

Charlie nahm die Teile einzeln in die Hand.

»Ja, du hast recht. Die Energie ist in allen Teilen sehr stark, aber am stärksten in den kleinen Samen hier!«

Sie ließ einige winzige Samenkörner in ihrer Handfläche umherrollen und wandte sich nachdenklich an Tora: »Und du sagtest, es kann in der richtigen Dosierung bei Lebensmittelvergiftungen helfen?«

»Ja, bei Fisch- und Fleischvergiftungen und auch bei einigen giftigen Pflanzen, von denen einem übel und schwindlig wird«, bestätigte Tora.

Charlie fuhr es wie ein Blitz durch den Körper!

»Was sagst du da? Übel und schwindlig?«

Erschrocken starrte Tora Charlie an. »Geht es dir nicht gut? Ist dir vielleicht schlecht?«

»Ja! Ich meine, nein! Ja doch!«, stieß sie unzusammenhängend hervor. Besorgt beugte sich Tora vor.

»Hat sich die Wunde entzündet? Lass mal sehen.«

»Nein, nein, da ist nichts!«, wehrte Charlie ungeduldig ab. »Es ist nur: Jedes Mal, wenn ich dieses Zeug berühre, wird mir speiübel und schwindlig. Das kann ja wohl kein Zufall sein, oder?«

»Vermutlich nicht«, sagte Kunar, der bisher schweigend Toras und Charlie Unterhaltung gefolgt war.

»Du meinst, du kannst die Heilwirkung des Lindwurmblutskrautes spüren? Fühlen, wogegen es hilft?«, fragte Tora.

»Ja, ich glaube schon«, bekräftigte Charlie. »Wahrscheinlich kann ich es bei dieser Pflanze, weil sie so stark ist. Bei den anderen Kräutern fühle ich nichts.«

»Jetzt, wo du weißt, worauf du achten musst, könnte es einfacher werden«, gab Kunar zu bedenken. »Vielleicht funktioniert es bei allen anderen Kräutern ähnlich. Von dem Zeug wird dir übel, also müsstest du vielleicht bei Arnika das Gefühl haben, dich gestoßen zu haben? Es hilft ja bei Prellungen und Blutergüssen.«

»Woher weißt *du* denn was von Heilkräutern!«, sah Tora ihren Bruder verdutzt an.

»Ich bin ja nicht taub und blind! Nur weil ich mich nicht so brennend wie ihr dafür interessiere, heißt das noch lange nicht, dass ich nicht behalten kann, was du so lauthals von dir gibst!«, erwiderte Kunar.

»Typisch!«, schnaubte Tora beleidigt, sammelte alle ihre Kräuter zusammen und verschwand in der Vorratskammer. Kunar und Charlie grinsten sich gegenseitig an.

Charlies Bein brauchte einige Tage, um zu verheilen. Als sie wieder einigermaßen schmerzfrei durch die Gegend humpeln konnte, verbrachte sie ihre Zeit hauptsächlich außerhalb der Höhle, allerdings in Deckung eines der verkrüppelten Bäume, die auf dem kargen Berg wuchsen. Sie behielt den Himmel über dem kahlen Berg ständig im Blick.

Es war noch zu gefährlich, mit auf die Jagd zu gehen. Längere Strecken konnte sie sowieso noch nicht zurücklegen. Auch Tora und Kunar waren auf der Hut. Sie nahmen Biarns Warnung vor Odens Spähern sehr ernst. Keiner von ihnen war erpicht darauf, gefangen genommen, verhört und womöglich gefoltert zu werden!

Charlie humpelte gerade zu ihrem Aussichtsstein, als sich das laute kraftvolle Motorenjaulen eines Crossers näherte. Automatisch schaute sie sich nach dem Geländemotorrad um und ging in Deckung.

*Ein Motorrad?! Hier in Vanaheim! Wie kam sie bloß darauf?*

So schnell sie konnte eilte sie zur Höhle zurück.

*Sie musste in Deckung gehen!*

Das knatternde, böse Brummen wurde immer lauter und gerade als sie den Höhleneingang erreichte, flog unter ohrenbetäubendem Lärm eine tennisballgroße Fliege heran. Charlie starrte fassungslos auf das brummende Insekt, das ruckartig durch die Luft pflügte!

Es hatte zwei schwarz-grün schillernde Facettenaugen, sechs lange haarige Beine, die in denselben Farben schimmerten, und einen dicken pelzigen Körper, der an eine fette Hummel erinnerte. Rote Fransen durchzogen den schwarzen Pelz. Der Rüssel des Insekts hing schlaff herunter und schaukelte bei jedem kraftvollen Vorwärtsschub hin und her. Im Zickzack-Flug brummte die Tennisballfliege an Charlie vorbei und verschwand dann über dem Höhleneingang in den felsigen Höhen des Berges.

Charlie stand immer noch wie angewurzelt da und lauschte dem sich langsam entfernenden Brummen.

Kunar kam hastig über den Berg auf Charlie zugelaufen. Ein erlegter Leogriff baumelte an einer Schnur über seiner Schulter. »Was ist denn mit dir los? Hast du Odens Späher gesehen?«, fragte er.

»H…ha…hast du das gesehen?«, stotterte Charlie und zeigte in die Richtung, in die das Insekt verschwunden war. Man konnte immer noch in weiter Ferne ein leises Brummen hören.

»Was denn? Wo denn?« Kunar spähte besorgt über den Berg.

»Diese riesige laute Fliege!«

»Ach so!« Ein breites Grinsen breitete sich über Kunars Gesicht aus. »Ja, ich kann sie noch hören. Ein Brummer. Extrem laut, aber völlig ungefährlich. Die Tiere tauchen immer um diese Jahreszeit auf. Es muss einer der ersten gewesen sein. Sie vermehren sich dann schlagartig. Du wirst dich an sie gewöhnen müssen«.

Charlie humpelte schweigend zurück zu ihrem Aussichtsstein.

*Peinlich! Sie war wegen einer harmlosen Fliege in Panik geraten!*

»Hast du Tora gesehen?«, rief Kunar ihr hinterher.

Charlie schüttelte den Kopf und setzte sich schwerfällig zurecht. Tora war schon den ganzen Tag verschwunden.

*Hoffentlich war ihr nichts passiert.*

»Ich bin hier!«, tönte es plötzlich laut hinter einem Felsblock hervor. »Ich bin fertig! Ihr könnt gucken kommen!«

Neugierig rappelte sich Charlie wieder hoch.

*Womit war Tora fertig?*

Kunar legte Bogen und Beute vor der Höhle ab und schlenderte ebenfalls herbei. Tora blinzelte Charlie amüsiert entgegen.

»Ich wusste gar nicht, dass du so schnell humpeln kannst! Du musst den Brummer ganz schön erschreckt haben, so eilig wie er davonflog!«, sagte sie.

»Ja, ja, ich hab's kapiert«, knurrte Charlie und verdrehte die Augen.

*Woher hätte sie denn wissen sollen, dass es hier tennisballgroße Fliegen gab, die Lärm machten wie ein aggressiver Zweitakter?*

»Oh, ein kleines Regin!«, rief Kunar. »Gar nicht übel dafür, dass du keine Farben hattest«, sagte er mit anerkennendem Blick. »Aber was ist das für ein Muster? Das habe ich noch nie gesehen!«

Tora lachte und hielt den Kopf leicht schief, während sie ihr Werk betrachtete.

»Das kannst du nicht kennen! Ich habe es mir ausgedacht. Da ich die Bedeutungen und Kräfte der richtigen Symbole nicht genau kenne, dachte ich, es wäre verkehrt, ein Regin mit Symbolkraft zu legen. Gefällt es dir?«

Charlie musterte das kleine Bild, das Tora auf den steinigen Boden gelegt hatte. Es war unglaublich! Tora musste Stunden damit verbracht haben, um so ein kompliziertes Muster so perfekt zu legen!

Das Bild war nicht sehr groß, bloß etwa zwanzig mal zwanzig Zentimeter. Hauptsächlich bestand es aus Sand in verschiedenen Tönen und kleineren Steinchen. Hier und da war ein kleiner Knochen oder ein Stück Holz eingearbeitet. Das Muster war unglaublich symmetrisch. Es war Charlie schleierhaft, wie Tora das ohne Lineal so genau hinbekommen hatte. Es war ein perfektes Mandala aus verschiedenen geometrischen Formen in harmonischem Zusammenspiel. Ein kleines Kunstwerk aus Sand!

Ein großer Käfer krabbelte auf das Bild zu. Charlie beugte sich vor, um ihn vom Kurs abzubringen, er würde sicherlich eine Spur durch das Regin ziehen. Im letzten Moment zogen Tora und Kunar Charlie zur Seite.

»Nein, lass ihn!«, sagte Tora und lächelte. »Es soll so sein. Ist das Regin erst fertig, dürfen Menschen nicht mehr eingreifen. Es gehört dann der Natur! Wind, Tiere, Wasser und andere Naturgewalten nehmen es in Beschlag. Nur so kann die Kraft, die man in das Regin eingearbeitet hat, freigesetzt werden!«

Charlie beobachtete unwillig, wie der große Käfer quer durch das Regin krabbelte und auf seinem Weg die feinen Linien der unterschiedlichen Sandfarben vermischte. Sie runzelte die Stirn. Es missfiel ihr. Sie hätte so etwas Perfektes gerne erhalten.

»So ist das nun einmal mit der Natur«, sagte Kunar ruhig. »Alles ist vergänglich, nichts bleibt für ewig. Man soll nicht an dem festhalten, was ist, sondern nach vorne schauen und die Veränderungen akzeptieren. Das ist einer der Gründe, warum wir Regin legen – um uns immer daran zu erinnern, dass Dinge sich ändern.«

Tora pflichtete ihm bei: »Ja, und um durch die verschiedenen Symbole die Energie des Regins für einen bestimmten Zweck zu verwenden. Zum Beispiel für eine gute Ernte, mildere Winter oder um Kranke zu heilen. So gehört es. Dafür habe ich es gelegt! Um dir zu zeigen, was ein Regin ist.«

Charlie war immer noch etwas unzufrieden, obwohl sie zu verstehen begann.

Tora stupste sie in die Seite.

»Schau nicht so verdrießlich! Du hast es ja gesehen, als es deiner Meinung nach perfekt war! Die Natur sieht das anders. Ihr gefällt die Spur des Käfers durch das Muster. Die Götter hätten es sonst nicht zugelassen!«, sagte sie.

Charlie hob den Kopf. *Die Götter?*

»Welche Götter?«, fragte sie verwirrt.

»Die Geister unserer Vorfahren!«, erklärte Tora. »Eir, Tyr, Frej, Freja, Njord und viele mehr!«

»Ich denke, das sind alles Magiernamen!«, sagte Charlie.

»Ja«, erklärte Kunar. »Unsere Vorfahren eben. Magier, die früher gelebt haben und deren Energie alles durchfließt, was um uns herum ist.«

Charlie hätte nur zu gerne noch viel mehr über die alten Magier erfahren, aber es stellte sich heraus, dass die Geschwister nur über bruchstückhafte Kenntnisse verfügten. Sie wussten zwar, dass Eir eine Heilerin war, Tyr ein Kriegsgott und dass Frej und Freja sowie auch Njord als Fruchtbarkeitsmagier verehrt wurden, denen zu Ehren Opferfeste abgehalten wurden – aber Genaueres über deren Kräfte wussten beide nicht zu sagen. Eine genaue Unterweisung erfolgte erst, wenn man als Magier getauft wurde und seinen Magiernamen erhielt. Dann konnte man die Älteren über die Geheimnisse der Ahnen befragen.

Doch Charlie hatte magische Fähigkeiten, und ihre Wissbegier war groß. Sie wünschte, sie könnte Biarn mehr vertrauen. Er schien weitaus besser Bescheid zu wissen, und das obwohl auch er jung war und noch keine magischen Fähigkeiten besaß. Vermutlich bekam er bei seinen Streifzügen durch die Umgebung einfach mehr mit. Abgesehen davon hatte er Familie.

*War ein Elternteil vielleicht Magier?*

Dann wüsste er vermutlich so einiges mehr als Tora und Kunar, die bisher Sklaven auf einem Nichtmagier-Hof gewesen waren. Charlie musste einfach mehr erfahren!

*Vielleicht konnten Tora und Kunar Biarn für sie ausfragen?*

Die beiden würden sich zumindest nicht durch Fragen verdächtig machen, die in Vanaheim jedes Kind beantworten konnte!

Am Abend fing es wieder an zu regnen. Als Charlie, Tora und Kunar am nächsten Morgen vor die Höhle traten, zogen dünne Nebelschleier über die Felsvorsprünge und sammelten sich zu kleineren weißen Kissen in den vielen langgezogenen Senken.

»Nebel!«, hauchte Charlie. Das erste Mal, seit sie nach Vanaheim geraten war, sah sie Nebel!

Kunar blickte sie an.

»Willst du es versuchen?«, fragte er nach einer Weile. Charlie zuckte unsicher mit den Schultern.

*Wenn sie es versuchte und es funktionierte, konnte sie dann sicher sein, auch wieder hierher zurückzukommen?*

Und wenn es nicht klappte und das Tor zur Erde verschlossen war, was dann? Hin und her gerissen starrte sie auf die lichten Nebelschwaden, die langsam vorüberzogen.

»Wovon redet ihr?«, fragte Tora irritiert. Noch während Kunar seiner Schwester erklärte, was der Nebel für Charlie bedeuten könnte, löste sich dieser wie von Geisterhand wieder auf. Die ersten Sonnenstrahlen des Morgens glitten über den Berg. Nur noch kurz konnten sich die letzten Nebelfetzen in den Senken zwischen den Felsen halten.

Schweigend standen die drei am Höhleneingang.

»Du willst uns verlassen?«, fragte Tora nach einer Weile.

*Das wollte sie ganz bestimmt nicht. Sie wollte eigentlich bloß Antworten auf all ihre Fragen!*

»Nein«, gab Charlie zurück. »Aber Gymer kann nicht mehr zwischen den Welten reisen. Ich konnte es. Zumindest hierher. Warum? Und funktioniert es immer noch, oder war es nur ein Zufall?«

Sie zog ihr Amulett hervor. Der weiße Stein mit den roten Linien lag warm und schwer in ihrer Hand. Beruhigend.

»Brauche ich den Stein, um zur Erde zu kommen? Oder hat mich etwas ganz anderes hierher geführt! Hier gibt es Energien, Schwingungen und Magie! Hat es damit zu tun? Ich würde es eben gerne wissen! Genau wie ich gerne mehr über Magier, Magie und diese Welt in Erfahrung bringen möchte. Und über meine Eltern. Wer ich bin! Und wo ich herkomme!«

Tora verstand. Auch sie kannte ihre Eltern nicht. Sie wusste aber zumindest, dass sie aus Godheim stammte – und das war mehr als Charlie von sich behaupten konnte!

Auch Tora hatte oft darüber nachgedacht, wer sie eigentlich war. Jetzt war sie frei und trotzdem auch wieder nicht. Sie konnte genauso wenig wie Charlie einfach losmarschieren und sich auf die Suche nach ihrer Vergangenheit machen. Sie alle waren in Gefahr. Eine Fluchtmöglichkeit zu haben, falls es brenzlig wurde, wäre gar nicht so verkehrt. Eine zweite Möglichkeit. Eine andere Welt! Charlie räusperte sich.

»Ja, ich glaube, ich muss es versuchen«, sagte sie dann leise. Sie drehte eine Locke aus dem Nacken um den Zeigefinger und ließ die Strähne langsam bis zu den Spitzen um den Finger gleiten. Sie dachte an den Tag vor vier Monaten zurück. Ihre Haare waren gewachsen. Bald würde sie die Locken wieder kürzen müssen.

*Ja, sie musste es versuchen! Falls der Nebel wiederkehrte.*
Vier Monate lang hatte sie keinen Nebel gesehen.
*Wie viel Zeit würde wohl bis zum nächsten Mal vergehen?*
Also bis zur nächsten Möglichkeit?

Seit Biarns Besuch war etwas mehr als eine Woche vergangen. Seit Tagen lachte die Sonne vom Himmel. Charlies Knie war wieder vollkommen verheilt.

Der Skörde Monat, in dem laut Tora und Kunar für gewöhnlich die Ernte eingebracht wurde, war vorbei. Nach Charlies Berechnungen müsste das nach Erdmonaten etwa Mitte oder Ende September entsprechen. Der Beginn der Jagdsaison stand kurz bevor. Noch trugen die meisten Laubbäume auf Gymers Berg saftige, grüne Blätter. Doch der Herbst war nicht mehr weit.

Zweimal hatten Charlie, Kunar und Tora in weiter Ferne zwei Vögel kreisen sehen. Sie waren jedes Mal in Deckung gegangen, obwohl sie sich natürlich keineswegs sicher waren, ob es sich tatsächlich um Hugin und Munin handelte – Odens Späher auf der Suche.

Charlie war mit Kunar auf der Jagd. Sie hatte bereits ein Kaninchen erlegt, das sie an den Hinterläufen verknotet über der linken Schulter trug. Über der rechten hing ihr Bogen, mit dem sie mittlerweile recht treffsicher umgehen konnte. Aufmerksam behielten Charlie und Kunar den Himmel im Auge, während sie durch unwegsames Gebiet kletterten, das neu für sie war. Schweiß lief ihnen über die Stirn in die Augen und die Wirbelsäule entlang. Die salzige Körperflüssigkeit juckte unangenehm auf ihrer Haut, während unzählige Insekten um sie herumschwirrten. Mehrere Brummer pflügten lärmend vorbei, und ein beißender Geruch lag in der schwülen Luft.

Als Charlie und Kunar sich über den nächsten Felsvorsprung emporzogen, fuhren sie erschrocken zusammen!

Unter ohrenbetäubendem Getöse erhoben sich plötzlich hunderte Brummer gleichzeitig von einem riesigen Erdhügel – als würde ein Düsenjet starten!

Wie Fliegen, die von einem Kuhfladen vertrieben wurden, schwärmten die Brummer in alle Himmelsrichtungen aus. Sie kreisten in einigen Metern Höhe und kehrten dann im Zickzack-Flug zurück. Offensichtlich stufte die Hundertschaft die beiden menschlichen Wesen als ungefährlich ein. Charlie hielt sich die Ohren zu und beobachtete fasziniert und eingeschüchtert zugleich den schwirrenden, dröhnenden Haufen.

*Die Brummer benahmen sich tatsächlich genauso wie Fliegen!*

Charlie wurde unwillkürlich an Pferdeäpfel erinnert, die im Sommer ebenfalls von Hunderten von Fliegen belagert wurden.

Als sie und Kunar sich näher heran wagten, erhoben sich einige Dutzend Brummer noch einmal in die Lüfte und umkreisten die Eindringlinge.

»Und die sind wirklich nicht gefährlich?«, schrie Charlie, um den tosenden Lärm zu übertönen. Kunar nickte und ging noch näher. Er fing an, mit seinem Fuß in der dunklen stinkenden Masse herumzuwühlen. Heraus kullerte ein blaugrün schillernder Mistkäfer. Der etwa zehn Zentimeter große Panzerträger landete vor ihnen auf dem Rücken und zappelte mit seinen vielen Beinen vergeblich herum, bevor es ihm gelang, sich umzudrehen und wieder in dem stinkenden Haufen zu verschwinden.

»Ein Skarabäus!«, brüllte Kunar.

Er bedeutete Charlie mit einer Geste, dass er sich entfernen wollte. Als sie Lärm und Gestank weit genug hinter sich gelassen hatten, sagte Kunar:

»Merkwürdig! Skarabäen graben sich immer in den Kot großer Tiere ein, und auch Brummer lieben stinkende Kothaufen.« Er äugte ungläubig zu dem schwarzbraunen Haufen hinüber. »Das kann nur ein riesiger Kothaufen sein. Aber das ist doch nicht möglich!«

*Ja,* überlegte Charlie, nicht ohne Unbehagen. *Welches Tier wäre groß genug, solch einen Haufen zu hinterlassen?*

Der Haufen maß sicher drei Mal drei Meter und war mindestens ebenso hoch! Unwillkürlich sah sie sich nach allen Seiten um.

*Nichts.*

Was hatte sie auch erwartet?

*Ein Monster groß wie ein Hochhaus?*

Sie wohnten nun schon eine geraume Weile auf Gymers Berg und hatten noch nie Geräusche gehört, die auf ein Riesenwesen hinwiesen.

*So etwas kann sich doch auch nicht einfach hinter einem Stein verstecken!*

Plötzlich fiel es ihr wie Schuppen von den Augen!

*Gymers Berg! Gymer! War das möglich?*

Aufgeregt fragte sie: »Wie groß sind diese Trolle eigentlich wirklich?«

»Na klar!«, rief Kunar mit einem Blick auf den Misthaufen und schlug sich mit der Hand an die Stirn. »Wieso bin ich nicht gleich darauf gekommen! Gymer!« Er pustete sich eine Strähne aus dem Gesicht. »Groß!«, sagte er dann ehrfürchtig »Sehr groß! Groß genug für das jedenfalls!«

»Unglaublich!«, flüsterte Charlie.

»Ja! Wirklich Wahnsinn! Na zumindest haben wir laut Biarn nichts zu befürchten. Er schläft jetzt bestimmt irgendwo anders. Hoffentlich!«, meinte Kunar.

*Ja,* dachte Charlie mit einem letzten Blick auf den mächtigen Kothaufen des Rimtursen. *Hoffentlich!*

Keiner der beiden schenkte einer mächtigen, gebückten Bergformation Beachtung, die nicht weit von ihnen aus dem felsigen Untergrund zu wachsen schien.

Die Eröffnung der Jagdsaison wurde in Vanaheim gewöhnlich mit einem Fest begrüßt. Um der Tradition zumindest im Ansatz treu zu bleiben, bereitete Tora mit Charlies Hilfe ein köstliches Kaninchenragout in den von Biarn mitgebrachten Töpfen aus keramikähnlichem Material zu. Kunar war damit beschäftigt, sich neue, stärkere Pfeile zu schnitzen. Er und Charlie wollten am nächsten Tag Jagd auf größeres Wild machen. Bergziege stand ganz oben auf ihrer Liste. Hirsche, Rehe und Elche waren zwar sehr schmackhaft, lebten aber leider nicht auf den felsigen Hängen von Gymers Berg. Dazu müssten sie in die alten Wichtelwälder ziehen, wovor ihnen Biarn abgeraten hatte. Ziegen dagegen waren sie schon häufig begegnet.

Die Jagdsaison startete immer genau mit Herbstbeginn, wenn Tag und Nacht gleich lang waren. Und das war jetzt der Fall. Während Tora auf Pilzsuche ging, schulterten Kunar und Charlie ihre Bögen und marschierten los.

Kunar hatte auf seinen zahlreichen Streifzügen einen Felsvorsprung ausgemacht, an dem sich fast immer eine kleinere Ziegenherde aufhielt. Dorthin waren sie unterwegs.

Nach zweistündiger Kletterei durch unwegsames Gelände erreichten sie endlich ihr Ziel. Kunar und Charlie gingen hinter einem Gebüsch in Deckung und erkundeten eine Weile die Lage. Drei Tiere lagen friedlich im Halbschatten und dösten, zwei weitere maßen ihre Kräfte in einem spielerischen Kampf. Sie konnten klar und deutlich das helle Klacken hören, das jedes Mal erklang, wenn die gewundenen langen Hörner aufeinander schlugen.

Ein Stückchen weiter entfernt, an einem kleinen Abhang, graste ein einzelner, etwas kleinerer Bock. Ab und zu hob er seinen Kopf und warf einen Blick auf seine kämpfenden Herdenkameraden.

»Der da!«, flüsterte Kunar. Charlie nickte. Wie Kunar nahm sie langsam ihren Bogen in ihre linke Hand, griff nach einem Pfeil und legte ihn bereit. Sie pirschten sich vorsichtig heran.

Um auf Schussweite heranzukommen, mussten sie die letzten paar Meter ohne Deckung zurücklegen. Sie spannten ihre Bögen. Genau in dem Moment nahm der Bock Witterung auf, sein Kopf flog ruckartig in die Höhe. Kunar gab das Zeichen. Schon schwirrten zwei Pfeile durch die Luft.

Der kleine Bock hatte keine Chance. Beide Pfeile bohrten sich in seinen Körper! Kunar hatte seinen Pfeil zielsicher im Blatt platziert, Charlies Schuss wäre nicht tödlich gewesen. Erleichtert sah sie, wie das Tier sofort zu Boden stürzte und reglos liegen blieb.

Während der Rest der kleinen Herde panisch die Flucht ergriff, rannten Charlie und Kunar zu ihrer Beute. Heute Abend würde endlich einmal etwas anderes als Kaninchen oder Leogriff auf dem Speiseplan stehen!

Der Ziegenbock war aus der Nähe betrachtet doch um einiges größer als Charlie gedacht hatte. Zufrieden zog Kunar seinen Pfeil aus dem toten Tier. Blut sickerte aus der Eintrittswunde.

»Fleisch für viele Tage!«, sagte er glücklich. »Tora wird sich freuen, endlich einmal etwas anderes servieren zu können!«

Charlie lächelte. Sie hatte von Kaninchen ebenso genug wie von Leogriffen und anderen Vögeln. Als sie Hinter- und Vorderläufe des Bockes verknotet hatten und sich nach einem geeigneten Tragestock umsahen, riss Kunar plötzlich heftig an Charlies Ärmel und deutete aufgeregt nach Süden.

Ein schneller Blick genügte, um die beiden schwarzen Raben am Himmel zu erkennen. Behielten sie ihre Flugrichtung, würden sie innerhalb kürzester Zeit über ihnen sein! Hastig ergriff sie die gebundenen Hinterbeine des Bockes und zerrte mit Kunar das schwere Tier über das unwegsame Gelände. Dabei warf sie hektische Blicke zurück. Die Vögel kamen immer näher! Schnell! Sehr schnell!

In letzter Sekunde hechteten sie hinter dem Gebüsch in Deckung, von dem aus sie nur kurze Zeit zuvor die kleine Herde beobachtet hatten.

Als Charlie schwer atmend zurückblickte, lief es ihr kalt über den Rücken. Der tote Ziegenbock hatte eine blutige Schleifspur hinterlassen! Charlie schickte ein Stoßgebet in den Himmel.

*Lass sie vorbei fliegen! Bitte, lass sie vorbei fliegen, sie sollen einfach vorbei fliegen!*

Die Raben taten ihr den Gefallen – zunächst. Kaum wollte Charlie erleichtert aufatmen, drehten die beiden Vögel abrupt ab und kehrten zurück! Dreimal kreisten sie langsam über dem Felsvorsprung, und entfernten sich dann laut krächzend.

*Als würden sie sich unterhalten!*, schoss es Charlie durch den Kopf.

»Glaubst du, sie haben uns gesehen?«, presste Charlie hervor.

»Ich weiß es nicht«, flüsterte Kunar aufgeregt. »Aber wir sollten schnellstens von hier verschwinden! Ich will nicht warten, um es herauszubekommen!«

»Und was ist mit der Ziege?«, fragte Charlie.

»Die nehmen wir einfach mit!«, erklärte Kunar. Er brach hastig einen dicken Ast aus dem Gebüsch und band den Bock an den Beinen daran fest.

»Los!«, befahl Kunar. Jeder schulterte ein Ende des Stockes. Mit dem Tier zwischen sich machten sie sich an den langen, beschwerlichen Rückweg. Wortlos eilten sie durch das unwegsame Gelände, ständig den Himmel absuchend.

Tora lief den beiden freudestrahlend entgegen.

»Oh! Eine Ziege! Endlich einmal etwas anderes zu essen!«, rief sie lachend. Doch als sie Charlies und Kunars ängstliche Gesichter sah, blieb sie wie angewurzelt stehen.

»Was ist los?«, fragte sie.

»Schnell!«, rief Kunar. »In die Höhle!« Er und Charlie eilten ohne anzuhalten an ihr vorbei.

»Was ist passiert?«, wiederholte Tora.

»Odens Späher!«, brachte Charlie hervor. Vor Anstrengung und Angst zitternd hievten die beiden Jäger ihre Beute durch den schmalen Felsspalt in den Unterschlupf und ließen sich schwer atmend zu Boden fallen. Der Ziegenbock lag blutverschmiert zu ihren Füßen, den Kopf merkwürdig verdreht.

Tora reichte den beiden erschöpften Gestalten kühles Wasser.

»So«, sagte sie dann eindringlich. »Und jetzt raus mit der Sprache.« Kunar und Charlie schilderten ihr, wie sie von Odens Spähern überrascht worden waren.

»Es kann also sein, dass sie euch gesehen haben?«, fragte Tora besorgt.

»Schon möglich. Wenn das so ist, werden sie wiederkommen. Wir müssen noch vorsichtiger sein. Speziell in den nächsten Tagen«, antwortete Kunar.

»Sie haben euch zumindest nicht verfolgt«, überlegte Tora. »Die Höhle hier ist schwer zu finden und der Eingang ist sehr eng. Er ist leicht mit einem gewöhnlichen Spalt zu verwechseln. Hätte ich auch fast getan. Weißt du noch?«, fragte sie Charlie.

*Ja,* Charlie erinnerte sich. *Sie hatten den Felsen bloß eingehender untersucht, weil sie die Kraft des Jordvätten gespürt hatte.*

»Solange die Raben keine Bjarka-Fähigkeiten haben, ist die Höhle wohl schwer zu finden«, überlegte Charlie laut.

»Übrigens«, sagte Tora. »Wir haben Besuch. Biarn ist da.« Dann legte sie ihre Stirn in Falten. »Wo ist er überhaupt? Bei dem Lärm, den wir hier gemacht haben, hätte er uns doch hören müssen! Biarn?«, rief sie. Sie stand auf und ging in die kleinere, nierenförmige Höhle hinüber.

»Biarn ist hier?«, fragte Charlie überrascht. »Seit wann? Wo hat er Gyller gelassen?«

Während Tora quer durch die Höhle in Richtung Vorratskammer ging, sagte sie über die Schulter hinweg:

»Gyller wartet unten am Berg. Biarn sagt, es wäre unauffälliger so. Ein grasendes Einhorn auf einer Wiese ist weniger verdächtig. Biarn?«, rief sie noch einmal.

»Hier ist er auch nicht!«

Plötzlich lief es Charlie eiskalt über den Rücken.

»Der See!«, stieß sie laut hervor und rannte in die zweite Kammer. Dabei schnappte sie sich eine von Toras Wandfackeln. Ohne anzuhalten lief sie weiter in die große Grotte!

Biarn kannte das düstere Geheimnis des Sees nicht. Er besaß keine magischen Kräfte, wusste deshalb auch nichts von dem mächtigen Jordvätten, der die Höhle beschützte, und hatte auch keine Ahnung von der unsichtbaren Linie, die Leben und Tod voneinander trennte.

Der See lag wie gewohnt bewegungslos und schwarz vor ihr. Ein Fackelschein erhellte eine Uferseite.

»Biarn?«, rief sie.

*Da war er!*

Etwa zwanzig bis dreißig Meter hinter der Sicherheitszone stand Biarn und winkte Charlie zu.

*Verflucht nochmal!*, schoss es Charlie durch den Kopf.

»Fantastisch!«, rief Biarn. »Das ist ja unglaublich! Man würde niemals...«

»Biarn!«, brüllte Charlie. »Schnell weg! Der See ist gefährlich!«

Wie auf Kommando rollten auf einmal große Wellen auf das Ufer zu. Charlie rannte so schnell ihre Beine sie trugen auf Biarn zu, krallte sich in seinen Mantel und zerrte ihn rabiat mit sich fort. Aus dem Augenwinkel sah sie einen großen schlangenförmigen Körper, der blitzartig heranschoss. Plötzlich vernahm sie einen gellenden Schrei und sah einen Pfeil, der aus einem der Hälse des Ungeheuers ragte. Wütend vor Schmerz warf sich die Kreatur nach allen Seiten. Weitere Pfeile sausten auf die Köpfe der Seeschlange zu.

Nur drei Meter trennten sie noch von der Linie aus Stein, die Sicherheit versprach! Nur drei Meter! Da schrie Biarn auf und stürzte zu Boden. Ein Maul des Ungeheuers hatte ihn erwischt. Mehrere Zahnreihen bohrten sich in seine Wade und zogen ruckartig an seinem Bein. Ein weiterer Pfeil schwirrte haarscharf an Charlie vorbei und bohrte sich tief in den Hals des Ungeheuers. Kreischend und wild um sich schlagend ließ das Monstrum ab. Charlie zog Biarn mit letzter Kraft über die steinerne Linie, bevor fauchend zwei weitere Mäuler herabstießen. Charlie konnte die rasiermesserscharfen Zahnreihen aufblitzen sehen.

Schwer atmend lag Charlie auf dem Rücken und hielt Biarn fest, der am ganzen Körper zitterte und auf die vielen Köpfe starrte, die drohend über ihnen pendelten und vor Wut über die entkommene Beute tobten.

Charlie beobachtete atemlos, wie sich die Köpfe mit ihren blitzenden Zahnreihen gegenseitig von den tief sitzenden Pfeilen befreiten. Einer nach dem anderen. Dann brüllten die Häupter der Schlange noch einmal erbittert auf und versanken nahezu gleichzeitig in den Tiefen des schwarzen Sees. Das Wasser kam nur langsam zur Ruhe.

Nur wenige Schritte entfernt ließ Kunar langsam seinen Bogen sinken. Er sagte kein Wort, starrte nur völlig ausdruckslos vor sich hin.

Tora stürzte zu Biarn und begann seine zerfleischte Wade zu untersuchen. Nachdem sie ihn in Sicherheit geschleppt hatten, wusch Tora die Wunde aus und verband sie. Mehr konnten sie vorerst nicht tun.

»Jetzt wären gemahlene Nidhöggzähne hilfreich«, sagte Tora. Charlie vermisste richtiges Desinfektionsspray.

*Wer wusste denn, welche Bakterien so ein Ungeheuer in seinem Maul hatte!*

Alle standen unter Schock. Das gemeinsame Erlebnis lag noch zu kurz zurück, um es ganz zu begreifen.

»Eine Haga?«, fragte Kunar leise. Biarn nickte.

»Und wir dachten, es wäre ein Midgårdsorm!«, sagte Kunar.

»Gefährlich sind sie ja wohl beide!«, empörte sich Tora. »Als ob das einen Unterschied machen würde!«

Charlie sah Tora an: »Sieben Unterschiede, wenn du mich fragst! Sieben Köpfe! Falls du sie nicht gesehen hast! Sieben Köpfe gegen einen einzigen Midgårdsormkopf!«

»So habe ich es nicht gemeint!«, sagte Tora abwehrend.

»Ja, ich weiß«, flüsterte Charlie.

»Und du bist dir ganz sicher, dass diese Haga nicht giftig ist?«, fragte sie Biarn.

»Ja. Sie braucht nicht giftig zu sein. Sie ist ja auch so gefährlich genug. Sieben Köpfe mit jeweils drei Zahnreihen. Der entkommt man nicht so leicht.« Es schauderte ihn bei diesem Gedanken.

Alle drei sahen Kunar an. Wäre er nicht gewesen, würden Charlie und Biarn nicht mehr hier sitzen. Und wäre Charlie nicht trotz der Gefahr zu Biarn gelaufen – er hätte keine Chance gehabt.

»Danke«, sagte Biarn leise und sah erst Kunar und dann Charlie an. »Danke«, wiederholte er kaum hörbar. Nach einer Weile hob er den Kopf und fragte: »Wie seid ihr bloß darauf gekommen, dass hier ein Jordvätte wohnt?«

Tora, Kunar und Charlie warfen sich verstohlen Blicke zu. Wie immer war es Tora, die in heiklen Situationen eine Erklärung lieferte.

»Na ja«, begann sie. »Wir haben dort Wasser geholt. Und plötzlich bewegte sich die Wasseroberfläche. Wie heute auch.« Sie schüttelte sich. »Allerdings sahen wir nur einen Schlangenkörper und keine sieben Köpfe...« Ihr Blick glitt in die Ferne. Dann raffte sie sich wieder auf.

»Wir dachten, es wäre ein Midgårdsorm. Er griff nicht an, sondern schwamm bloß bis zu einer bestimmten Grenze. Als könnte er nicht weiter heran. Also dachten wir, hier gebe es eine Art magischen Schutz. Die einzige Erklärung, die uns einfiel, war ein Jordvätte. Die wohnen ja auch in Steinen und Felsen«, sagte sie. »Vielleicht ist es ja gar kein Jordvätte, sondern irgendeine andere uralte Magie?« Sie sah Biarn direkt in die Augen.

*Wie macht sie das bloß*, dachte Charlie. *Ich könnte niemals auf die Schnelle solch eine Erklärung liefern! Schon gar nicht so plausibel und überzeugend!* Aber als sie Biarn aus den Augenwinkeln beobachtete, wusste sie, dass er wie immer skeptisch war. Und doch, genau wie jedes Mal, ließ er es auch dieses Mal auf sich beruhen. Er betrachtete seine bandagierte Wade.

»Ich muss gleich wieder los. Hoffentlich komme ich heil den Berg hinunter. Nach Hause zu kommen ist dann wohl kein Problem. Gyller wird mich tragen.« Er zog eine Grimasse. »Allerdings weiß ich wirklich noch nicht so genau, wie ich das hier erklären soll!« Er zupfte den Verband zurecht. Charlie, Kunar und Tora sahen ihn mitfühlend an.

»Wir begleiten dich natürlich nach unten. Alleine ist es viel zu gefährlich«, sagte Charlie.

»Nein«, seufzte Biarn. »Das geht nicht. Ich habe gehört, dass Odens Späher diese Gegend besonders genau absuchen wollen. Ich bin eigentlich nur gekommen, um euch zu warnen.« Er sah einen nach dem anderen eindringlich an.

»Ihr solltet die nächsten Tage die Höhle nicht verlassen und auch kein Feuer machen. Es ist zu gefährlich!«

»Wir haben Odens Späher gesehen«, sagte Kunar. »Sie flogen über uns hinweg Richtung Norden.«

Biarns Blick flackerte unruhig auf.

»Haben sie euch bemerkt?«, fragte er.

»Wir wissen es nicht genau«, sagte Charlie. »Möglich wäre es aber.«

»Richtung Norden sagst du?«, fragte Biarn dann.

»Ja«, bestätigte Kunar. »Sie kreisten ein paarmal über einem Felsvorsprung und zogen dann zielstrebig nach Norden.«

»Gut«, sagte Biarn. »Oder auch nicht. Sie sind bestimmt auf dem Weg nach Asgård, um Oden Bericht zu erstatten.«

»Ich dachte, Oden ist hier und sucht persönlich nach was auch immer!«, sagte Kunar.

»Nein, er ist in seine Festung zurückgekehrt.«, erwiderte Biarn. »Hugin und Munin werden heute kaum zurückkehren.«

»Gut«, sagte Charlie. »Dann können wir dich ja gefahrlos begleiten.«

»Tora, du bleibst hier und grillst den Bock!«, sagte Kunar.

Tora setzte sich widerspenstig auf.

»Nein, ich komme mit! Ich will Gyller begrüßen!«

Kunar schüttelte entschieden den Kopf.

»Du bleibst hier!«, wiederholte er. »Charlie und ich haben uns bestimmt nicht umsonst in Gefahr begeben! Der Bock muss heute noch zubereitet werden. Ab morgen können wir für eine Weile kein Feuer machen. Und ich lasse ganz sicher nicht unsere Beute vergammeln, nur damit du Gyller streicheln kannst! Wir brauchen das Fleisch für die nächsten Tage!«

Wütend funkelte Tora ihren Bruder an und sah dann hilfesuchend zu Charlie hinüber.

Charlie fühlte sich unwohl in ihrer Haut. Tora tat ihr leid. Sie verstand, wie sie sich fühlen musste. Zurechtgewiesen, herumkommandiert. Aber sie stimmte Kunar zu: Das Fleisch musste unverzüglich verarbeitet werden.

»Kunar hat recht. Einer muss bleiben und das Fleisch grillen«, sagte sie dann mit so fester Stimme wie möglich. Wütend stampfte Tora auf den staubigen Höhlenboden.

»Ach! Und warum soll dann gerade ich bleiben! Charlie kann doch auch kochen! Macht er doch sonst auch so gerne!«, schrie sie.

»Sei nicht albern!«, wies Kunar sie zurecht. »Das hier ist Männersache! Wir gehen und du kochst!« Damit war für ihn die Diskussion beendet.

Charlie fühlte sich furchtbar unwohl. Beschämt starrte sie auf ihre Füße. Nur weil alle glaubten, sie wäre ein Junge, war es von vornherein klar, dass Tora an den Herd kommandiert würde. Und obwohl ihr vor Scham übel wurde, war Charlie doch insgeheim heilfroh darüber, ihre Lüge aufrecht erhalten zu haben. Niemand würde jemals über sie bestimmen dürfen! Als Junge hatte sie die Wahl. Entschlossen trat sie vor.

»Ich werde hierbleiben und den Bock grillen!«, sagte sie mit fester Stimme. »Tora und du werdet Biarn begleiten. Er wird es nicht alleine den Berg hinunterschaffen. Er braucht Unterstützung!«

Charlie wusste, wovon sie sprach. Obwohl Biarn sich nicht beklagte, musste er mindestens genau solche Schmerzen haben wie sie selbst vor einiger Zeit.

Biarn hob verwundert die Augenbrauen. Sein mittlerweile so vertrauter forschender Blick begleitete Charlie, wie sie schnurgerade auf Toras Arbeitstisch zuging.

Kunar warf seiner Schwester einen bitterbösen Blick zu. Er besagte eindeutig *bring-das-wieder-in-Ordnung!* Tora war sehr blass geworden. Nun schluckte sie aufgeregt und stotterte:

»Charlie, nein! So habe ich es doch gar nicht gemeint. Ich..., äh...«. Verzweifelt suchte sie nach den richtigen Worten. Charlie sah Tora lächelnd an.

»Doch!«, sagte sie dann. »Du hast es genauso gemeint, wie du es gesagt hast. Nur dass du damit nicht nur mich, sondern auch Kunar und alle anderen männlichen Wesen in Vanaheim gemeint hast!«

Tora starrte Charlie überrascht an.

»Aber…«, begann sie.

»Nein!«, mischte Kunar sich ein. »Tora wird hier bleiben! Sie lebt nun einmal in Vanaheim! Sie muss ihren Platz kennen! Du kannst nicht einfach die Gesetze Vanaheims ändern! Setzt du ihr jetzt in den Kopf, dass sie die gleichen Rechte hat wie wir, wird sie später Schwierigkeiten bekommen! Kein Mann lässt sich so etwas gefallen!«

Charlie blieb unnachgiebig:

»Ich habe mich entschieden! Ich werde hier bleiben. Oder willst du mir etwa Befehle geben?« Ihr grünes Auge blitzte gefährlich auf.

»Tora kann ja auch bleiben!«, schloss sie.

Kunar starrte Charlie an.

»Du weißt nicht, was du tust!«, fauchte er und bohrte seinen Blick tief in ihren. Charlie wusste genau, was Kunar meinte!

*Sie war nicht von hier! Sie wusste nichts von Vanaheims Gesetzen und Pflichten. Nein, aber so leicht kam Kunar nicht davon!*

»Außerdem kann ich Biarn nicht den ganzen Weg allein hinuntertragen!«, fügte Kunar mit unterdrückter Wut hinzu. Charlie lächelte überlegen.

»Irgendjemand muss ja damit anfangen, sich gegen ein völlig idiotisches und veraltetes Gesetz zu wehren!«

Charlie und Kunar starrten sich lange an. Sie maßen ihre Kräfte. So jedenfalls kam es Charlie vor.

*Idiotisch!*, dachte sie. *Sich wegen so etwas zu streiten!*

»Gut!«, sagte Kunar stolz. »Mir bleibt wohl keine andere Wahl. Ich werde allein gehen!« Biarn folgte dem Disput schweigend und sehr interessiert. Tora rang nach Fassung.

»Bitte!«, rief sie. »Streitet euch doch bloß nicht wegen mir!«

»Ich streite mich nicht wegen dir!«, sagte Charlie. »Ich meine, was ich sage! Frauen sollten genau die gleichen Rechte haben wie Männer!«

»Das würde ich an deiner Stelle aber nicht so laut heraus posaunen!«, presste Kunar hervor. »Es könnte dich in Schwierigkeiten bringen!«

Zum ersten Mal mischte sich Biarn ein.

»Tatsächlich soll es einmal eine Zeit gegeben haben, in der Frauen und Männer in Vanaheim und Godheim gleichberechtigt waren«, sagte er. »Soweit ich weiß, haben in der *Alten Zeit* sogar Frauen die beiden Reiche regiert. Der Legende nach hat es sogar ausgesprochen gut funktioniert!«

Charlie erinnerte sich daran, dass auch Tora so etwas Ähnliches erzählt hatte. Kunar hatte es als Träumerei der Frauen abgetan.

»Heute ist das aber anders!«, protestierte Kunar ärgerlich. »Ich bin für meine Schwester verantwortlich! Sie hat niemand anderen! Ich muss dafür sorgen, dass ihr nichts passiert und dass sie auf ihr Leben als Frau vorbereitet wird!«

»Ja«, sagte Biarn ruhig. »Ich verstehe, dass du Angst um deine Schwester hast. Sie hat ein aufbrausendes Temperament.«

Tora schnaufte und funkelte Biarn an.

Charlie lächelte in sich hinein.

*Ja, Biarn hatte recht. Tora war wirklich ganz schön aufbrausend! Und Kunar war vermutlich zu Recht in Sorge um sie.*

»Aber«, fuhr Biarn fort, »ich denke, sie weiß in welche Schwierigkeiten ihre Art sie bringen kann. Manchmal hilft ein wenig Verständnis mehr als eine Zurechtweisung.«

»Kunar hat Verständnis für mich!«, platzte Tora hervor. »Er hat mich immer in Schutz genommen!« Kunar warf ihr einen dankbaren Blick zu und wandte sich an Biarn:

»Ich glaube nicht, dass es dich etwas angeht, wie ich mit meiner Schwester umgehe!«

*Geschwister!*, dachte Charlie. *Streiten sich, dass die Fetzen fliegen, aber jemand anderes darf sich nicht einmischen!*

Biarn lächelte spöttisch.

»Schön euch wieder vereint zu sehen! Dann können wir ja jetzt langsam los. Ich würde *wirklich* gerne vor Einbruch der Dunkelheit zu Hause sein«, sagte er.

Dann blinzelte er Charlie zu.

»Ich brauche im Übrigen nicht getragen zu werden«, sagte er zu ihr gewandt.

»Ein wenig Unterstützung wäre allerdings nicht schlecht. Wie wär's, wenn du mitkommst, damit die beiden ihre neu entdeckte Geschwisterliebe vertiefen können? Ich glaube, die haben so einiges zu bereden!«

Kunar überlegte kurz.

»Ja, geht ihr allein. Ich glaube, Tora und ich müssen so einiges klären!«

Mit einem verschmitzten Zwinkern betrachtete er seine kleine Schwester.


Der Abstieg verlief langsam und mühselig. Biarn unterdrücke tapfer seine Schmerzen und stöhnte nur ab und zu leise auf, wenn er aus Versehen zu fest auftrat.

Als sie nach fast einer Stunde endlich am Fuß des Berges angekommen waren und Biarn Gyller heran pfiff, war es bereits spät. Biarn würde sich auf seinem Heimweg beeilen müssen.

»Gyller ist gut trainiert und kann lange und schnell galoppieren. Ich komme schon zurecht!«, versuchte er Charlies Bedenken zu zerstreuen.

Und dann fixierte er Charlie: »Ich weiß nicht, was ihr vor mir verheimlicht«, sagte er mit eindringlicher Stimme, »doch dass du ein Geheimnis mit dir trägst, ist für mich offensichtlich.«

Charlie hielt die Luft an.

*Was kam nun? Würde Biarn sie zur Rede stellen?*

»Sei vorsichtig!«, mahnte Biarn nachdrücklich. »Oden wittert ein Geheimnis über weite Entfernungen, sagt man! Haltet euch zurück und geht kein Risiko ein!«

Charlie starrte Biarn an. Ihr Mund schien wie ausgetrocknet.

»Drei Tage noch, dann ist die Suche in dieser Region beendet – falls sie euch nicht gesehen haben natürlich. Drei Tage, hörst du? Haltet euch in der Höhle auf! Sie ist ein gutes Versteck!«, riet er.

Mit Charlies Hilfe stieg Biarn auf Gyllers Rücken. Als sein verletztes Bein auf die Flanke des Einhorns traf, schrie er vor Schmerzen auf.

»Drei Tage!«, presste er noch einmal hervor, dann stieß er einen leisen Befehl hervor und Gyller setzte im gestreckten Galopp über die Wiese davon. Charlie sah ihm hinterher, wie er schließlich in den Tiefen der alten Wichtelwälder verschwand.

In dieser Nacht lag Charlie lange wach.

Sie dachte an Biarns Worte.

*»Drei Tage noch, dann ist die Suche in dieser Region beendet.«*

*Woher wusste er das so genau?*

Biarn wusste offenbar auch, dass Charlie etwas verbarg. Nicht nur vor ihm, sondern auch vor Kunar und Tora.

*So hatte er es doch gemeint, oder?*

Woher wusste Biarn so viel? Hatte er doch schon magische Fähigkeiten und verbarg diese, genau so wie Charlie? Aber er war doch noch keine vierzehn Jahre alt!

*Oder vielleicht doch?*

Was wusste sie denn schon von Biarn, fragte sie sich zum wiederholten Male.

*Aber er hatte sie gewarnt...*

Er hatte sich dafür sogar selbst in Gefahr gebracht.

Was immer Biarn verbergen mochte: Bisher hatte er ihnen immer geholfen. Ruhelos wälzte sie sich neben Kunar auf ihrem Nachtlager aus getrocknetem Moos umher. Schließlich fiel sie in einen unruhigen Schlaf.

Die nächsten beiden Tage verbrachten sie in der Höhle. Tora und Kunar hatten ihre Meinungsverschiedenheiten beseitigt. Auch Kunar und Charlie waren über ihren kleinen Streit hinweg.

Es regnete. Gelegentlich suchte Charlie durch den schmalen Spalt den Himmel in alle Richtungen ab. Auch Tora und Kunar taten dies in regelmäßigen Abständen. Außer grauem Nieselregen gab es nichts zu sehen.

*Keine schwarzen Vögel oder andere verdächtigen Dinge weit und breit.*

Nur für gewisse Bedürfnisse verließen die drei den sicheren Schutz der Höhle.

Am dritten Tag hörte es auf zu regnen und ein leichter Wind trieb über Gymers Berg. Charlie und Tora hatten gerade wieder einmal die Höhle zum Pinkeln verlassen – Kunar stand derweil Rabenwache – als einige dichte Nebelschwaden über den Berg zogen. Charlie spähte gebannt in die weiße Wand, die sich vor den Höhleneingang schob. Der erste Nebel, seit sie in dieser fremden Welt war. Ein flaues Gefühl machte sich in der Magengegend bemerkbar.

*Sie war nicht bereit!*

Konnte sie wieder zurück nach Vanaheim, wenn sie nun durch den Nebel ging? Und wer sagte ihr, dass sie überhaupt wieder in Schweden landen würde? Es gab vielleicht noch andere Welten!

Um dem Nebel zu entkommen, trat sie einen Schritt zurück. Vergeblich. Tora ergriff fest ihre Hand.

»Charlie? Was ist?«, fragte sie.

Und dann wurde es totenstill!

Der feuchte Nebel umschloss sie, der Wind verlor all seine Kraft. Charlie hörte ihr Herz dumpf und kraftvoll schlagen. Ihr eigener Atem strömte unwirklich laut und deutlich. Und wie schon einmal, konnte sie das Rauschen ihres eigenen Blutes durch die Halsschlagader hören.

Plötzlich riss jemand an ihrer Hand. Sie taumelte einige lautlose Schritte zur Seite. Die Nebelwand öffnete sich und nur wenige Meter vor ihr lag der steinige Schotterweg, der nach Torpa führte!

Völlig überrumpelt starrte Charlie vor sich auf den Pfad.

Sie war zurück. Sie war wieder in Schweden!

*Konnte das denn sein?*

Charlie sah sich hastig und aufgewühlt um! Ja, ganz normale Fichten säumten den schmalen Pfad, der zum Schotterweg führte.

Und dann bemerkte sie Tora, die sich zitternd und mit weit aufgerissenen Augen an Charlies Arm klammerte.

*Tora war mitgekommen? Nach Schweden?*

So unwirklich! So unmöglich!

*Oder?*

Charlie griff nach ihrem Stein, der schwer und warm auf ihrer Brust lag und holte ihn hervor.

*Körperkontakt*, dachte Charlie. *Ob sie wohl noch in Vanaheim wäre, wenn sie den Stein auf dem Hemd getragen hätte? Und Tora? Wie konnte sie durch das Tor gelangt sein?*

»Wo sind wir hier?«

Toras gestammelte Frage riss Charlie aus ihren Gedanken.

»In Schweden!«, sagte sie atemlos. »Auf der Erde!«

Tora sah sich unsicher nach allen Seiten um.

»Wie sind wir hierher gekommen?«, fragte sie.

»Durch den Nebel!«, antwortete Charlie. »Und durch das Amulett. Es muss seine Kraft auch auf dich übertragen haben.«

»Kunar? Wo bist du?«, sah sich Tora suchend nach ihrem Bruder um.

»Ich glaube, er ist noch in Vanaheim«, flüsterte Charlie. Dann wurde ihre Stimme fester.

»Du musst mit durch das Tor gegangen sein, weil du mich angefasst hast!«, vermutete sie. »Eine andere Erklärung gibt es nicht!«

»Können wir wieder zurück?«, fragte Tora mit flehendem Unterton.

Charlie zuckte mit den Schultern. Konnten sie? *Vermutlich*, dachte sie, denn sie war schon einmal durch den Nebel nach Vanaheim gegangen.

»Ich glaube schon«, sagte sie. Sie drehte sich um und sah, wie dichte Schwaden über den schmalen Pfad zogen. Wo war die Nebelwand?

»Lass es uns versuchen!«. *Bevor der Nebel ganz verschwindet,* fügte sie in Gedanken hinzu.

»Komm!«

Sie ergriff Toras Hand und ging schnurgerade in den Nebel hinein. Aber nichts geschah! Eiskalt lief es ihr über den Rücken! Wieso ging es nicht? Sie griff nach dem Amulett auf ihrer Brust. Es lag *auf* dem Hemd! Sie hatte es ja hervorgeholt. Schnell ließ sie den weißen Stein mit den schmalen roten Linien unter der Kleidung verschwinden. Sie spürte, wie er sich warm auf ihrer Brust zurecht legte. Dann zog sie Tora vorwärts, und um sie herum wurde es wieder totenstill.

Der weiße Nebel umschloss die beiden zum zweiten Mal an diesem Tag. Charlies Herz klopfte laut in ihrer Brust. Noch ein paar Schritte und schon traten sie aus dem Nebel ins Freie!

Vor ihnen lag der Eingang zur Höhle, aber von Kunar war nichts zu sehen. Tora riss sich los und huschte durch den Spalt. Charlie konnte sie rufen hören.

»Kunar? Kunar! Wo bist du?« Charlie war Tora in das Versteck gefolgt. Kunar war nicht da.

»Er muss gesehen haben, wie wir im Nebel verschwunden sind!«, sagte Charlie nach einer Weile. »Er sucht uns bestimmt.«

Wortlos lief Tora aus der Höhle und begann nach Kunar zu rufen. Charlie hielt sie zurück.

»Schscht!«, zischte sie. »Nicht so laut! Hast du Odens Späher vergessen?«

Sie suchten die gesamte Umgebung ab. Obwohl es früher Vormittag war, war es fast dunkel. Eine dicke graue Wolkendecke ließ so gut wie kein Licht hindurch. Nebelschwaden zogen in bedrohlichen Schleiern über Gymers Berg.

Plötzlich huschten Schatten lautlos an der grauen Felsenwand vorbei! Charlie zog Tora zu Boden und hielt ihr gerade noch rechtzeitig den Mund zu.

Zwei dunkle Gestalten schälten sich aus dem Nebel hervor. Sie waren kräftig gebaut und trugen schwarze Umhänge. Charlie erkannte schwarze Haare und Koteletten, die am Kinn in einen Bart übergingen. Charlie und Tora wagten es kaum zu atmen.

Regungslos kauerten sie hinter einem niedrigen Strauch. Durch die Äste hindurch konnten sie die beiden Männer genau verfolgen. Unheimliche Kreaturen. Ein beklemmendes Gefühl überkam Charlie und der Geruch von Verwesung kroch ihr in die Nase. Ihre Nackenhaare stellten sich auf – wie eine Warnung vor etwas unbegreiflich Bösem. Der Nebel verschluckte sämtliche Geräusche des Berges, doch ein dunkles Knurren tastete sich durch das weiße Nass, griff nach ihnen. Charlie zitterte.

Einer der beiden Geschöpfe gab ein kurzes Handzeichen und im nächsten Moment schienen sie, während sie vorwärts gingen, zu schrumpfen!

Wenige Sekunden später erhoben sich zwei pechschwarze Raben mit kräftigen Flügelschlägen in die Lüfte und verschwanden lautlos im Nebel!

*Hugin und Munin! Sie waren Menschen! Oder waren es Vögel, die menschliche Gestalt annehmen konnten?*

Bevor Charlie überhaupt so richtig begreifen konnte, was sich da vor ihren Augen abgespielt hatte, löste sich ein weiterer Schatten aus der Felsenwand und kam direkt auf ihr klägliches Versteck zu.

»Charlie! Tora!«, flüsterte der Schatten leise. »Ich bin es!« Charlies Herz klopfte laut in ihrem Hals.

*Dem Himmel sei Dank! Es war nur Kunar!*

»Oh, Kunar!«, hauchte Tora mit zitternder Stimme. »Ich dachte schon, sie hätten dich erwischt!«

Kunar kauerte sich zu ihnen.

»Ich konnte euch von meinem Versteck aus sehen«, flüsterte er aufgeregt. »Ich dachte schon, es wäre um euch geschehen! Einen Schritt weiter und sie hätten euch entdeckt!« Auch Kunar zitterte am ganzen Körper.

»Wo wart ihr denn so lange?«, zischte er dann vorwurfsvoll. »Ich habe euch überall gesucht!«

Tora hatte schon den Mund geöffnet, um ihrem Bruder von der Reise durch den Nebel zu berichten, als Charlie flüsterte:

»Erzählen wir gleich. Wir sollten hier verschwinden! Das ist kein sonderlich gutes Versteck.«

»Du hast recht!«, raunte Kunar. »Wir sollten zur Höhle zurück. Dort ist es immer noch am sichersten.«

Leise verließen die drei ihr Versteck und schlichen sich an der Felswand entlang. Es war nicht sehr weit bis zur Höhle, aber sie mussten eine offene Anhöhe überqueren. Nebelschwaden sammelten sich wie ein Ring um die kleine, felsige Anhöhe. Wachsam kauerten sie im Schatten der Felswand und suchten den Weg vor sich mit den Augen ab.

*Nichts zu sehen.*

Kunar gab das Zeichen – ein kurzes Nicken, wie er es auch bei der Jagd verwendete.

*Die Luft war rein.*

Gerade als Kunar und Tora sich erhoben, sah Charlie zwei Schatten aus dem Nebel heranfliegen. Sie schnellte nach vorne und riss die Geschwister mit sich auf den Boden. Flach auf die Erde gepresst, sahen sie, wie sich die beiden Raben im Landeanflug wieder in Menschen verwandelten. Im Gleichschritt marschierten die beiden über die Bergkuppe genau auf Charlie, Tora und Kunar zu. Zwei kräftige Männer in Schwarz, die einander wie ein Ei dem anderen glichen.

*Zwillinge!*, dachte Charlie kurz. Dann fasste sie einen Entschluss.

»Los, kommt!«, Sie griff nach Toras Hand und packte Kunar am Arm. Kurz bevor Hugin und Munin das Ende der Kuppe erreicht hatten, tauchten sie in den Nebelwall ein.

Wieder wurde es totenstill. Charlie schleifte ihre Gefährten weiter. *Nur noch wenige Schritte*, wusste sie. Dann hatten sie es geschafft! Der Nebel teilte sich, und Charlie stürzte mit den beiden Geschwistern im Schlepptau ins Freie!

Vor ihnen lag der schmale Pfad, der direkt auf den Schotterweg zuführte. Der Weg nach Torpa.

# 11. Off-Road und Elektrizität

*K*unar stolperte und fiel der Länge nach zu Boden. Panisch rappelte er sich auf und sah sich um.

*Wo waren die beiden dunklen Gestalten? Und wo waren die Bergkuppe und die schützende Felswand?*

Dünne Nebelschwaden zogen über einen schmalen Pfad, der sich zu einer Seite tiefer in den Wald schlängelte und zur anderen Seite zu einem Schotterweg führte.

Kunar starrte entgeistert um sich.

Hohe, seltsame Bäume wuchsen in diesem Wald, kleinere Laubbäume standen an der Kreuzung zu einem größeren Weg und Miniaturbüsche, nur etwa 10 bis 20 Zentimeter hoch, mit kleinen dunkelgrünen Blättchen, bedeckten großflächig den Waldboden.

»Wir sind auf der Erde«, klärte Charlie ihn auf. »Mitten in einem småländischen Wald. Das sind Fichten, sie sehen euren Wichtelwäldern sehr ähnlich. Allerdings sind ihre Zapfen keine lebendigen kleinen Wichtel«, fügte sie lächelnd hinzu.

»Und das da sind Blaubeersträucher.« Charlie zeigte auf die kleinen Büsche mit den dunklen Blättern. Kunar sah sie fassungslos an.

Charlie zuckte entschuldigend mit den Schultern.

»Sie hätten uns fast entdeckt«, sagte sie dann. »Hier sind wir erst einmal in Sicherheit.«

»Aber... aber...«, stotterte Kunar. »Woher wusstest du, dass es funktioniert?« Immer noch verdattert suchte er die Umgebung und den Himmel ab, so als fürchtete er, plötzlich zwei Raben auf sich zufliegen zu sehen.

»Wir waren vorhin schon einmal hier«, sagte Tora, die sich dieses Mal viel schneller von ihrem Schrecken erholte und sich interessiert umsah.

»Was?!« Kunar verstand nun gar nichts mehr.

Charlie erklärte ihm in aller Ruhe, was ihnen widerfahren war – bis zu ihrer Rückkehr nach Gymers Berg. Kunar hörte schweigend zu. Doch dann fragte er:

»Und Hugin und Munin können uns nicht hierher folgen?«

Charlie überlegte kurz.

»Nein, ich glaube nicht«, sagte sie. »Gymer kann ja auch nicht aus Vanaheim fort. Anscheinend sind die Tore zu anderen Welten weiterhin verschlossen.«

Sie zögerte einen Augenblick. Dann holte sie ihr Amulett hervor.

»Ich glaube, mein Stein hier ist eine Art Schlüssel. Er öffnet das Tor für mich. Jedenfalls das zwischen Vanaheim und der Erde. Gymer wollte ja nach Mannaheim, oder wie das hieß. Und in seine Heimatwelt konnte er ja auch nicht zurück.«

Sie schwieg und blickte dabei ihr Amulett an. »Es funktioniert nur bei Körperkontakt«, sagte sie dann. »Und damit ihr mitkommen könnt, muss ich euch berühren.«

»Jotunheim«, stieß Kunar hervor.

»Was?«, sah Charlie ihn fragend an.

»Jotunheim! So hieß Gymers Heimatwelt in Biarns Sage«, sagte Kunar und sah sich perplex um.

»Und hier sind wir also sicher?«, fragte er. Er klang alles andere als beruhigt. Alles schien so fremd! Zu wissen, dass man sich plötzlich in einer fremden Welt befand!

*So musste Charlie sich gefühlt haben*, dachte er. *Oder so ähnlich zumindest.*

Er hatte wenigstens eine Erklärung für das bekommen, was gerade mit ihnen passiert war!

*Charlie dagegen war damals ganz allein gewesen!*

»Und was machen wir jetzt?«, fragte Tora. »Wir können ja nicht zurück. Jedenfalls nicht sofort«.

Charlie nickte. Sie orientierte sich kurz.

Es waren bloß etwa 50 Meter bis zum Schotterweg. Als sie sich umdrehte und den schmalen Pfad entlang sah, erinnerte sie sich an den Baumstumpf, auf dem sie vor etwas mehr als vier Monaten nach einem seltsamen Traum gesessen war und sich mit dem Messer ihre schwarzen Locken abgeschnitten hatte.

Gleich daneben lagen sie, ihre Haare, in einer Spalte zwischen den Wurzeln des Baumstumpfes versteckt. Charlie kam es wie eine Ewigkeit vor, dass ein seltsamer Traum sie auf diese Idee gebracht hatte. Sie atmete tief durch und kehrte in die Gegenwart zurück.

*Und was jetzt?*

Sie überlegte.

»Biarn sagte *drei Tage*. Falls sie uns nicht gesehen haben, natürlich«, sagte sie dann.

»Heute ist der dritte Tag«, sagte Kunar. »Und ich glaube nicht, dass sie uns gesehen haben. Das heißt, wir können morgen zurück.«

»Ja«, sagte Charlie. »Frühestens morgen.«

Dann fragte sie: »Hugin und Munin, sind das Raben oder Menschen? Oder beides?«

»Also, der Erzählung nach sind es Vögel, die Menschengestalt annehmen können«, antwortete Kunar. »Ich hätte aber nicht gedacht, dass das wirklich möglich ist«, fügte er stirnrunzelnd hinzu.

»Wieso nicht?«, fragte Charlie. »Ihr lebt doch in einer Welt, in der Magie normal ist!«

»Ja«, sagte er. »Es ist aber nicht normal, dass sich Tiere in Menschen verwandeln, oder umgekehrt! Wenn die Erzählungen soweit stimmen«, überlegte Kunar, »dann stimmt es vielleicht auch, dass sie schon ewig leben!« Als Kunar Charlies verständnislosen Blick merkte, fügte er hinzu: »Also, man sagt Hugin und Munin hätten Oden schon begleitet, *bevor* er die Macht übernahm. Wenn das stimmt, wären sie Tausende von Jahren alt!«

Noch während Charlie diese Information verarbeitete, drängte Tora noch einmal:

»Was machen wir jetzt? Bis morgen bleiben? Dann müssten wir uns dringend ein Dach über dem Kopf suchen! Es dämmert nämlich schon!«

*Was?*, schoss es Charlie durch den Kopf. *Es konnte doch nicht schon spätabends sein!*

Eben war es doch noch mitten am Tag gewesen! Eher noch früher Vormittag! Aber Tora hatte recht, es dämmerte!

»Wie ist das möglich?«, fragte Kunar und sah sich unruhig um.

»Als ich euch gefunden habe, war es kurz nach Mittag!«

Charlie schüttelte entschieden den Kopf.

»Nein!«, sagte sie. »Es war früher Vormittag!«

»Wie kommst du denn darauf?«, fragte Kunar erstaunt. »Ihr wart eine halbe Ewigkeit fort! Ich hatte schon gedacht, Odens Späher hätten euch erwischt!«

»Quatsch!«, rief Tora. »Das stimmt doch gar nicht! Wir waren insgesamt höchstens eine Viertelstunde von der Höhle weg! Wir sind sofort zurück gekommen!«

»Ja, das stimmt!«, sagte Charlie nachdrücklich. »Als wir uns hinter dem Busch versteckten, war es früher Vormittag!« Sie warf einen Blick auf ihre Armbanduhr, die sie regelmäßig der Vanaheimzeit anpasste. 9:34 Uhr! Das war der Beweis! Von wegen Nachmittag!

Sie zeigte Kunar ihren Zeitmesser. Er starrte ungläubig darauf. Charlie hatte ihm die Bedeutung der Zeiger erklärt.

*Eindeutig Vormittag!*

»Aber, wie ist das möglich?«, fragte er leise. »Ich weiß es genau! Ihr wart sehr lange weg! Niemals bloß eine Viertelstunde!« Verunsichert huschten seine Augen von Tora zu Charlie.

»Vielleicht frisst ja die Reise durch das Tor hierher und zurück Zeit?«, überlegte Tora. Charlie und Kunar sahen sie verdutzt an.

»Kann doch sein!«, verteidigte Tora ihre Idee. »Das würde zumindest erklären, warum Kunar glaubt, wir wären Stunden weggewesen.«

»Ich *glaube* es nicht!«, schnappte Kunar. »Ich *weiß* es! Ich habe fast einen ganzen Tag nach euch gesucht«

»Ja, meine ich ja auch«, sagte Tora leicht irritiert. »Und es würde erklären, warum es jetzt schon so spät ist. Unsere Reise hierher hat wieder Zeit gekostet!«

Charlie dachte über Toras Erklärung nach.

»Schon möglich«, sagte sie dann. »Irgendwie hat es jedenfalls eine Zeitverschiebung gegeben. Allerdings glaube ich nicht, dass es deshalb hier auf der Erde schon dunkel wird!«

»Wieso nicht?«, fragte Tora.

»Die Erde ist ein völlig anderer Planet. Der Tag hat hier bloß 24 Stunden, und wer sagt, dass es hier zeitgleich zu Vanaheim Tag und Nacht ist? Allerdings kannst du trotzdem recht haben, Tora. Denn offensichtlich glaubt Kunar, ich meine: *weiß* Kunar«, verbesserte sie sich schnell, »dass wir sehr lange weg gewesen sind. Wir wissen aber, dass wir nicht einmal eine Minute auf der Erde waren! Wir reden von zwei verschiedenen Dingen«, erklärte Charlie. »Hier wird es jedenfalls bald dunkel. Das ist sicher!«

»Das heißt, wir haben nicht viel Zeit«, sagte Kunar beunruhigt. »Wir müssen ein Versteck finden!«

»Nein«, entgegnete Charlie. »Müssen wir nicht! Auf der Erde gibt es keine gefährlichen Tiere aus der Schattenwelt, oder wie ihr sie nennt. Auch keine Raubtiere. Jedenfalls nicht hier in Südschweden. Wir können ohne Probleme nachts wandern!«

»Tatsächlich?« Kunar sah sich misstrauisch um, als ob jeden Moment eine Bestie aus dem Wald stürzen könnte.

»Gut!«, sagte Tora. »Dann sollten wir uns etwas zu essen besorgen. Ich habe nämlich Hunger!«

Charlie hatte nur ihr Messer bei sich. Also würde Kunar mit seinem Bogen das Jagen übernehmen müssen. Da Tora und Kunar hier fremd waren, entschieden sie sich zusammenzubleiben. Sollte ihnen ein Kaninchen oder ein Fasan über den Weg laufen, würde Kunar es schon erlegen. Er war zielsicher.

Nach einigen Überlegungen entschied sich Charlie, Richtung Storby zu gehen. In der Nähe der Stadt wohnte ihr Freund Jonas. Sie würden bei ihm Unterschlupf finden. Nach ihrer Flucht aus dem Heim hatte Charlie nicht vorgehabt, Jonas aufzusuchen. Dort würden alle zuerst nach ihr suchen.

Aber inzwischen waren mehr als vier Monate vergangen! Die Polizei würde nach so langer Zeit kaum noch bei Jonas auf der Lauer liegen.

Sie würden erst nach Torpa gehen und von da aus auf kleineren Wegen Richtung Storby. Sehr weit war es nicht mehr. Charlie schätzte, dass sie wohl fünf bis sechs Stunden brauchen würden. Vielleicht könnte sie auch anrufen? In Torpa gab es ja wohl jemanden, der sie telefonieren lassen würde. Ihr würde schon etwas einfallen.

Auf dem Weg nach Torpa begann es zu dämmern. Ein leichter Nieselregen setzte ein und ließ sie frösteln. Charlie nahm ihre Augenklappe ab.

*Es war schön, wieder mit beiden Augen die Welt betrachten zu können.*

Bei einem kleinen Landhaus wies Charlie die beiden Geschwister an, im Wald zu warten, während sie klopfte und fragte, ob sie telefonieren dürfe.

Sie stellte sich auch hier als Charlie und nicht als Charlotta vor. Mit klopfendem Herzen wartete sie einige Signale ab, bevor Jonas den Hörer abnahm.

Er war sehr aufgeregt, ihre Stimme zu hören. Die Polizei habe sich bei ihm gemeldet, erzählte er. Er sei in großer Sorge gewesen. Was hatte sie denn nun schon wieder ausgefressen? Sie sollte sich nicht vom Fleck rühren und auf ihn warten. Er würde *sofort* losfahren. Bevor er auflegte, musste er Charlie allerdings versprechen, sie auf *gar keinen Fall* zu verraten. Sie bedankte sich bei den netten älteren Leuten, denen der Hof gehörte. Sie sagte, ihr Vater würde sie abholen kommen und sie würde gerne draußen auf ihn warten.

Charlie fand die beiden Geschwister eng aneinander gekauert hinter einem dicken Baum.

»Da war ein großes lautes... Etwas!«, sagte Tora mit zitternder Stimme.

*Ein Elch vielleicht?*, dachte Charlie zunächst.

Kunar fuchtelte mit den Armen und beschrieb damit etwas Eckiges.

»Ein großer Wagen mit hellen Lichtern! Er ist einfach vorbeigerollt! Und er wurde von *nichts* gezogen! Eine Art Kutsche!«.

Charlie lachte schallend auf. Als sie sich wieder eingekriegt hatte, erklärte sie den Geschwistern, was ein Auto war.

»Es fährt ohne gezogen oder geschoben zu werden?«, fragte Kunar ehrfürchtig.

»Ja«, erklärte Charlie. »Es hat einen *Motor*. Es fährt mit Benzin. Jonas kann es dir genau erklären. Er versteht etwas davon. Er kommt uns gleich abholen. Mit einem Auto!«, fügte sie amüsiert hinzu.

Das war schon lustig. Hier auf der Erde kannte *sie* sich aus, während Tora und Kunar rein gar nichts verstanden. Genau wie Charlie selbst noch vor wenigen Monaten in Vanaheim.

*Das konnte ja heiter werden!*

Eine halbe Stunde später raste ein mattschwarzer Suzuki-Jeep auf dem Schotterweg heran. Mit quietschenden Bremsen zog das Allrad-Fahrzeug eine tiefe Furche in den steinigen Weg, als Charlie aus dem Wald gelaufen kam.

»Jonas! Schön dich wieder zu sehen!« Charlie warf sich dem bärtigen Mann um den Hals und zischte ihm ins Ohr:

»Ich gebe mich als Junge aus. Verrate mich nicht! Bitte! Ich bin ein Junge, der Charlie heißt!«

Jonas hielt die schmale Gestalt fest in den Armen.

»Und ich wollte gerade fragen, wo deine schönen langen Haare geblieben sind«, raunte er ihr ins Ohr. »Wo sind denn die Leute, die dich telefonieren ließen? Mein Junge!«, sagte er betont laut. Charlie schüttelte den Kopf.

»Nein, die nicht! Die sind im Haus! Kunar! Tora? Ihr könnt rauskommen! Das hier ist mein Freund Jonas!«

Die beiden erblickten einen großen, kräftigen Mann mit treuen, braunen Bernhardineraugen, einer Knubbelnase und einem nicht ganz unbeträchtlichen Bierbauch. Er hatte eine Glatze, aber dafür einen langen rotbraunen Bart, den er zu einem Zopf geflochten trug. Um seine kräftigen Arme wickelten sich furchterregende Tattoos von feuerspeienden Drachen. Jonas trug Jeans, ein schwarzes T-Shirt mit der Aufschrift 'Falsch trainiert!' und darüber eine abgetragene Lederweste. Seine riesigen Füße steckten in durchgelaufenen braunen Lederstiefeln.

Kunar und Tora kamen abwartend auf diesen seltsamen Mann zu, der Charlie in einem festen Schwitzkastengriff hatte und ihr die kurzen Haare durchwühlte. Jonas' buschige Augenbrauen flogen hoch in seine Stirn. Er war so verdutzt über das Auftauchen der ungewöhnlich gekleideten Geschwister, dass er vergaß, Charlie loszulassen.

»Und wer bitte sind die beiden dort? Noch mehr Ausreißer? Und was habt ihr überhaupt an! Ist hier Kostümfest, oder was?«

Kunar und Tora sahen an sich hinunter. Sie trugen ihre gewohnte Seidenspinnerkleidung.

»Das sind Kunar und Tora«, stellte Charlie ihre Freunde vor, während Jonas sie noch immer fest an seinen dicken Bauch drückte.

»Oh, entschuldige«, murmelte Jonas. Er zog Charlie hoch und stellte sie auf die Beine. Sie sah an sich hinunter – ein zerschlissener, dunkelgrüner Umhang, ihre graublaue Hose und das Hemd in der gleichen ausgewaschenen Farbe. Tora und Kunar sahen nicht viel besser aus. Jonas war gedanklich schon einen Schritt weiter.

»Kunar und Tora? Wo kommt ihr denn her?«

Jonas beugte sich vor und musterte die beiden verschreckten Geschwister mit seinen Bernhardineraugen.

»Sie sind nicht von hier!«, sagte Charlie. »Lass uns fahren, Jonas. Ich erkläre dir alles unterwegs.«

Charlie bugsierte Kunar und Tora auf den dreckigen Rücksitz des Geländewagens und nahm selbst auf dem Beifahrersitz Platz.

»Haltet euch gut fest!«, rief Jonas nach hinten. »Das Auto hat keine Gurte!« Dann gab er Gas und der Wagen schoss steinespritzend vorwärts. Kunar und Tora klammerten sich stumm und kreideweiß vor Angst an den Türgriffen fest.

*Hauptsache sie müssen sich nicht übergeben*, dachte Charlie.

»Ich dachte, du darfst mit dem Suzuki nicht auf der Straße fahren!«, brüllte Charlie, um den Motor zu übertönen. Jonas grummelte in sich hinein.

»Grmpf, hm. Darf ich auch nicht! Aber ich konnte dich ja nicht einfach im Nirgendwo stehen lassen!«, polterte er gutmütig. Charlie lachte.

*So kannte sie ihren Jonas.*

Regeln und Gesetze, die er für übertrieben oder überflüssig hielt, kümmerten ihn wenig. Da er das Herz auf dem rechten Fleck hatte, störte es Charlie nicht die Bohne!

Jonas war immer für sie da gewesen, wenn es ihm möglich war. Charlie hatte schon ein paarmal bei ihm Zuflucht gesucht – nach ihren Ausbüchsversuchen. Nachdem er die Ausreißerin das erste Mal zurück gebracht hatte, weil er dachte, es wäre besser für sie, hatte er sie beim nächsten Mal versteckt. Er glaubte Charlie, wenn sie ihm von den jeweiligen Unarten der verschiedenen Pflegeeltern erzählte. Und er hielt es für falsch, sie zur Rückkehr zu diesen Familien zu zwingen. Leider sahen die Behörden das anders und hatten Jonas den Umgang mit Charlie verboten. Er hätte einen schlechten Einfluss auf das ungestüme, rebellische Mädchen, wurde gesagt.

»Du siehst so anders aus«, brummte Jonas später, als sie bei ihm zu Hause waren. Er sah Charlie von der Seite an. »Älter irgendwie. Muss wohl an den Haaren liegen.«

Er biss genüsslich in seine Hähnchenkeule. Tora und Kunar saßen schweigend am Tisch und starrten fasziniert umher. Alles hier war ihnen fremd. Gegenstände, Kleidung, der Dialekt, Lichter ohne Feuer, ein Schrank, in dem es immer kühl war und einer, der – wieder ohne Feuer – so heiß wurde, dass man einen Leogriff darin brutzeln konnte.

Charlie hatte die verunsicherten Geschwister durch die Tür zu Jonas Einzimmerwohnung geschoben und ihnen zugeflüstert:

»Hier gibt es nichts Gefährliches! Ich erkläre euch alles später! Ich muss nur erst einmal Jonas einweihen...«

*Jonas einweihen, ihm erklären, dass sie die letzten Monate an einem Ort namens Vanaheim verbracht hatte und dass sie gerade vor zwei Raben namens Hugin und Munin geflüchtet war?*

Wie um Himmels willen sollte sie Jonas so etwas glaubhaft vermitteln?

Charlie sah zu Tora und Kunar hinüber, die vor ihren Tellern mit Hühnchen und Pommes Frites saßen und noch keinen Bissen angerührt hatten.

»Was ist?«, fragte Jonas. »Ich dachte, ihr wärt am Verhungern?« Charlie biss demonstrativ in ihre Keule. Tora tat es ihr zögernd nach. Unsicher kaute sie an dem Hühnerfleisch herum und nahm noch einen Bissen.

»Hm«, machte sie. »Das schmeckt fast wie Leogriff.«

Kunar und Charlie warfen ihr warnende Blicke zu.

»Leogriff?«, wiederholte Jonas. »Heißt das nicht Hippogriff? Seit wann kann man Fabeltiere essen?«

Er lachte in sich hinein über seinen, wie er meinte, gut gelungenen Scherz. Doch weder Charlie noch Tora und Kunar lachten mit ihm. Sie starrten ihn stattdessen erschrocken an.

»Kennst du Hippogriffe?«, fragte Charlie ungläubig. Jonas hörte auf zu kauen.

»Ja, ich weiß, was ein Hippogriff ist.«

Er musterte die drei Gestalten.

»Okay!«, sagte er dann. »Charlie?« Er sah sie forschend an. Charlie kannte diesen Blick.

*Jetzt kam es.*

Sie würde entweder lügen oder alles erzählen müssen.

»Was ist hier eigentlich los?«, wetterte Jonas. »Wer sind die beiden? Wo kommen sie her? Diesen Dialekt habe ich noch nie gehört! Irgendwo aus Norwegen? Und was sind das für Kleider? Und was soll das Gerede von essbaren Fabeltieren?«

Charlie fasste sich ein Herz und entschied sich, es mit der Wahrheit zu versuchen.

*Vermutlich würde Jonas sie für verrückt halten! Aber was sollte sie machen?*

Sie holte tief Luft und begann zu erzählen. Eine gute Stunde lang, während das Essen kalt wurde, verwendete sie Worte wie Leogriffe, Phönixe und Makaras, erzählte Jonas vom Tor im Nebel, dem schwarzen Hippoletrion, dem Einhorn Gyller, dem Midgârdsorm, von Gymers Berg, von Oden und von der siebenköpfigen Haga.

Als sie ihre Geschichte beendet hatte, räusperte sich Jonas.

»Fantasie hast du ja, Charlie. Das muss man dir lassen!« Er grinste sie durch seinen Bart an und leckte sich die fettigen Finger ab.

»Nur hättest du nicht griechische Fabeltiere mit Wesen aus der nordischen Mythologie vermischen sollen«, brummte er gutmütig. »Das macht das Ganze noch unglaubwürdiger, weißt du!«

Charlie hatte keine Ahnung, wovon Jonas sprach.

*Griechische Fabeltiere und nordische Mythologie?*

»Was meinst du?«, fragte sie verwundert.

Jonas verdrehte seine Augen.

»Hippolektrions, Einhörner und Phönixe sind griechische Fabeltiere. Der Midgârdsorm stammt aber aus der nordischen Mythologie. Vanaheim auch. Gymer und Haga klingen für mich auch eher nordisch.«

»Woher weißt du das?«, entfuhr es Charlie.

»Hmpf!«, murmelte Jonas. »Auch wenn ich nicht so aussehe, ich lese gerne. Du hättest für deine Geschichte besser recherchieren sollen.«

Charlie schaute Jonas bestürzt an.

»Du meinst die Tiere aus Vanaheim gibt es hier auch? Ich meine«, berichtigte sich Charlie, »sie kommen in Sagen vor, die hier auf der Erde erzählt werden?«

Jonas erwiderte:

»Du solltest Schauspieler werden, Charlie! Also wenn du das Theater gerne weiterspielen willst: Ja, sie sind Teil der altgriechischen und altnordischen Kultur!«

Er fing an abzuräumen.

»Wenn du mehr darüber wissen willst, solltest du in eine Bibliothek gehen. Du weißt doch noch, was das ist?«, spöttelte er. »Außerdem solltest du dich bei der Gelegenheit auch mit dem Phänomen der Zeit beschäftigen. Dafür, dass du erst heute Morgen als vermisst gemeldet wurdest, scheinst du ganz schön viel erlebt zu haben!«

*Heute Morgen erst? Aber sie war doch mehr als vier Monate in Vanaheim gewesen!*

Nun verstand Charlie überhaupt nichts mehr!

*Das Heim konnte doch wohl unmöglich so lange mit der Meldung gewartet haben?*

Mit einem selbstzufriedenen Grinsen im Gesicht ließ Jonas Teller und Gabeln in die Spüle gleiten.

»Ich hoffe, du hast bei deinen Abenteuern nicht verlernt, wie man Geschirr spült! Ich richte dann schon mal Schlafgelegenheiten her. Heute Nacht könnt ihr natürlich hier bleiben«, brummte er. »Morgen sehen wir dann weiter!«

Jonas tätschelte der völlig verwirrten Charlie den Kopf und verschwand durch die Tür ins Freie.

Beim Abwaschen diskutierten die drei Freunde ihre Lage. Keiner von ihnen hatte eine vernünftige Erklärung für diesen Zeitunterschied. Es blieb ihnen nur Toras Theorie, dass die Reise durch den Nebel Zeit kostete. Da sie nicht weiterkamen, erklärte Charlie den Neuankömmlingen auf der Erde stattdessen, was eine Bibliothek war und warum sie morgen unbedingt dorthin mussten. Vielleicht gab es dort einige Antworten auf ihre Fragen. Dann löcherten die Geschwister Charlie mit Fragen: Warum Wasser einfach aus einem Hahn floss, Lampen ohne Feuer leuchteten, der Kühlschrank kühlte, warum es im Ofen und auf den Herdplatten heiß wurde, Musik aus einem Kasten kam, ohne dass jemand ein Instrument spielte, wie Bilder in einen Schrank kamen und sich auch noch bewegten, und, und, und...

Charlie hätte nie gedacht, dass es alleine in Jonas' Einzimmerwohnung so viele Dinge gab, die für Tora und Kunar fremd waren. Die beiden waren hier in Schweden genauso hilflos wie sie in Vanaheim! Und das, obwohl es hier keine giftigen Tiere, keine Magie und keinen Oden gab, der seine Späher ausschickte.

Sie schiefen nicht sehr gut. Für sie war es noch lange nicht Nacht – die Zeitverschiebung machte ihnen zu schaffen.

Der nächste Morgen brachte Kaffee, heiße Schokolade und Cornflakes. Tora war begeistert, und auch Charlie schlürfte ihren Kakao mit Genuss. Jonas' Küche hatte ansonsten nicht viel zu bieten. Sein Kühlschrank war fast ausschließlich mit Bier gefüllt.

Nach dem Frühstück fuhren sie in die Stadt.

»Ich finde, diese Elektirite ist fast so was wie Magie!«, sagte Kunar, der fasziniert beobachtete, wie die breite Glastür der Bibliothek von Storby wie von Geisterhand aufglitt.

»Elektrizität heißt das«, korrigierte Charlie ihn, während sie versuchte, die Gedanken in ihrem Kopf zu sortieren.

*Griechische und nordische Sagen.*

Danach wollte sie erst einmal suchen. Und dann gab es bestimmt auch Bücher über Heilpflanzen und was sich damit anstellen ließ.

*Wer weiß, vielleicht konnte man auch in Vanaheim einiges davon gebrauchen.*

Jonas hatte die drei mit den Worten: »Ich muss noch was besorgen«, an der Bibliothek abgesetzt. Auf Charlies Betteln hin hatte er versprochen, ihre Sozialarbeiterin Ingrid Olafsson noch nicht zu benachrichtigen. Sie würden abends darüber nachdenken, wie es weitergehen sollte.

Heute war *Fahren*, wie Jonas die Off-Road Meetings im Club nannte. Und er wollte dieses *Fahren* auf keinen Fall verpassen, Polizei hin oder her. Charlie, Tora und Kunar mussten eben mitkommen.

»Ihr sollt nochmal so richtig Spaß haben, bevor ich euch melde«, hatte er gesagt. Charlie wusste, dass er es nicht ernst meinte. Obwohl

Jonas ihretwegen schon einen Gefängnisaufenthalt kassiert hatte, würde er sie nie verpfeifen.

Charlie hatte ihre Pläne mit Kunar und Tora besprochen. Sie würden Jonas heute zum Fahren begleiten und, wenn es ging, noch eine Nacht bleiben. Dann würden sie nach Vanaheim zurückkehren. Biarns Drei-Tage-Frist war dann weit überschritten. Wenn sie Glück hatten, war die Suche in der Umgebung der Höhle abgeschlossen. Wenn nicht, konnten sie immer noch zur Erde zurückkehren und sich eine Weile in Smålands Wäldern verstecken. Versorgen konnten sie sich ja. Jagen und Sammeln war in Schweden genauso möglich wie in Vanaheim.

Während Charlie zielbewusst durch die Glastür schritt, traten Tora und Kunar nur zögernd ein. In der Bibliothek war es warm und heimelig – ganz im Gegensatz zu draußen. Als Charlie aus dem Heim geflohen war, war es Ende Mai gewesen. Jonas schien Recht zu haben. In Småland war es nach wie vor Frühling!

*Wie war das bloß möglich?*

In Vanaheim hatte jetzt bereits der Herbst Einzug gehalten – während auf der Erde nicht einmal ein Tag vergangen war. Wären Tora und Kunar nicht bei ihr gewesen, hätte Charlie Jonas beinahe Recht gegeben. »Blühende Fantasie«, hatte er gemeint. Charlie schüttelte diesen Gedanken ab und versuchte, sich zu konzentrieren.

Eigentlich war die Bibliothek am Sonntag ja geschlossen. Jonas kannte die Bibliothekarin Eva, eine zierliche Frau mit kurzem, struppigem Haar, allerdings sehr gut und hatte sich von ihr einen Schlüssel ausgeliehen. Offensichtlich nicht zum ersten Mal, denn Eva hatte ihm den Schlüssel ohne viele Worte an ihrer Haustür ausgehändigt. Lediglich ein »Ich komme gleich nach«, hatte sie gemurmelt und: »Ich muss dort sowieso noch etwas erledigen.«

Die Bibliothek von Storby war nicht sehr groß. Zur Linken gab es eine Kinder- und Jugendabteilung und zur Rechten die Abteilung für die Erwachsenen. Abgesehen von Büchern konnte man natürlich auch Hörspiele, Kassetten, Videos und Zeitschriften ausleihen. Kleine möblierte Inseln luden zum gemütlichen Lesen ein, und in der hintersten Ecke gab es sogar ein kleines Café, in dem man für ein paar Kronen Kaffee, Kuchen und belegte Brötchen erstehen konnte.

Die Bibliothek besaß sogar vier Computer mit Internetanschluss und noch vier bis fünf Arbeitscomputer, an denen meist Studenten stundenlang über ihren Aufsätzen brüteten.

Tora und Kunar sahen sich etwas eingeschüchtert um. Charlie erinnerte sich daran, dass der Informationstresen etwas rechts vom langen Bedienungstisch war. Ja, sie war schon einmàl hier gewesen.

Sie zögerte kurz und bog dann links in die Kinder- und Jugendabteilung ab, Tora und Kunar vor sich herschiebend. Kunar, der endlich seine Sprache wiedergefunden hatte, stotterte:

»S..S... sind das alles *Bücher*?«

»Japp!«, antwortete Charlie. Sie verstand seine Aufregung. Außer Charlies Buch *Ronja Räubertochter*, das leider von Gymers Berg plattgewalzt worden war, hatten weder Kunar noch Tora je ein Buch zu Gesicht bekommen.

*Wie überwältigend musste so ein ganzes Haus voller Bücher für sie sein!*

Tora beugte sich vor und fischte ein Buch aus einem Regal. Genauso wie bei *Ronja Räubertochter* sprangen ihr Zeichen über Zeichen entgegen.

Kunar nahm Tora das Buch ab. Er blätterte vorsichtig darin herum und raunte:

»Und all das kannst du lesen? Soviel Wissen! Ich wünschte, ich könnte etwas davon verstehen.«

Sehnsüchtig starrte er auf die vielen hundert kleinen Schriftzeichen, die allein zwei Seiten eines Buches zierten.

»Wie soll man sich so viel merken können? Es dauert bestimmt Jahrzehnte, das alles zu lernen!«, sagte er ehrfürchtig.

»Wozu willst du lesen lernen? Wir haben es doch bisher auch nie gebraucht! Bei uns gibt es doch eh keine Bücher!« entgegnete Tora. Sie riss Kunar das Buch aus der Hand und blätterte unwirsch darin herum. »Außerdem gibt es hier ja auch Bilder. Dafür braucht man nicht lesen können.«

Charlie griff nach einem anderen Exemplar, schlug es auf und erklärte den Geschwistern:

»Die Zeichen nennt man Alphabet. Das Alphabet besteht aus..., wartet mal..., A, B, C, D, E...«, schnell rappelte sie das schwedische

ABC herunter und zählte mit Hilfe ihrer Finger nach. »26 Buchstaben, plus Ä, Ö, Â und..., Nein, ich glaube das waren alle!«

Kunar hörte aufmerksam zu.

»Aus diesen knapp 30 Buchstaben baut man alle Wörter!«

»Aha!«, freute sich Kunar erleichtert. »Ich muss also nur die Buchstaben lernen und dann kann ich lesen?«, fragte er.

»Naja, fast. Ja, so ähnlich. Ich zeig es dir später. Da drüben sind Bilderbücher, die könnt ihr euch ja solange ansehen. Ich suche da vorne bei der Fachliteratur. Kann eine Weile dauern...«

Kunar und Tora schlenderten zu den Kinderbüchern. Charlie sah ihnen nach.

*Sieht schon sehr seltsam aus, zwei Jugendliche in abgetragenen Seidenumhängen zwischen Bilderbüchern,* dachte sie.

Sie eilte hinüber zur Abteilung für Religion. Jonas hatte gesagt, dass sie dort Informationen über griechische und nordische Sagen finden würde.

Eine halbe Stunde später saßen die drei Besucher vor einem Berg von Büchern an einem großen runden Tisch. In einem Band über die griechische Mythologie hatte Charlie diverse Fabeltiere entdeckt, die in Vanaheim sehr echt waren, entweder als Reittier, Arbeitstier oder Nahrung dienten oder schlichtweg frei lebten. Aufgeregt hatte sie die Geschwister zu sich gerufen. Nun blätterten sie gemeinsam weitere Bücher nach bekannten Gestalten und Motiven durch. Charlie schwirrte der Kopf.

*Das war unglaublich! Jonas' Hinweis stimmte.*

Auf Vanaheim vermischten sich Wesen, Namen, Götter und Plätze aus der nordischen und griechischen Mythologie! Das meiste stammte aus den nordischen Göttersagen, bei den Tieren gab es allerdings mehr Vorlagen aus der griechischen Mythologie.

Als Jonas gemeinsam mit Eva durch die breite Glastür kam, hatte Charlie erst Bruchstücke von all dem verstanden.

*Sie konnte hier noch nicht fort!*

»Du kannst sie dir ja ausleihen. Geht auf meine Bibliothekskarte. Ist gar kein Problem. Du musst sie mir bloß in spätestens sechs Wochen wiedergeben!«, sagte Jonas.

Da Charlie bei der Bücherauswahl überfordert war, ging ihr Jonas zur Hand. Sie wählten ein Buch über Fabeltiere allgemein (griechische, chinesische, nordische usw.) und zwei über die nordische Mythologie und die Göttersagen. Außerdem liehen sie sich noch ein Pflanzenbestimmungsbuch aus – ein Nachschlagewerk, in dem auch einiges über Zubereitung und Anwendungsmöglichkeiten stand. Charlie stopfte die vier Bücher in eine beige Leinentasche mit der Aufschrift *Storby Bibliothek* und machte sich dann mit ihren Begleitern auf den Weg zum Clubgelände.

*Jetzt würden sie erst einmal Spaß haben!*

Um sich durch die skandinavische Vergangenheit zu wühlen, blieb ihr später immer noch genug Zeit.

In der Zufahrt zur *Großen Wald Runde* hatten sich etwa zwanzig Autos versammelt – einige Wagen kamen sogar aus Dänemark, um sich gemeinsam mit dem Storby Off-Road Clubs zu vergnügen. Fast fünf Jahre waren vergangen, seit Charlie das letzte Mal bei einem Fahren dabei gewesen war. Damals lebten ihre Eltern Per und Lena noch. Eines der Off-Road-Autos hatte Per gehört. Ein wenig wehmütig sah sich Charlie um. Sie erkannte niemanden wieder.

»Wo sind denn Micke und Anders?«, fragte sie.

»Micke ist umgezogen. Fährt jetzt in einem Club bei Göteborg mit. Er kommt ab und zu für einen Besuch hier runter«, sagte Jonas. »Anders hat heute keine Zeit. Frida hat ihn zu einem Familienausflug verdonnert.« Er grinste breit. »Steht ganz schön unterm Pantoffel, der Kleine!«

»Hej, Jonas!«, riefen zwei Männer, die auf sie zuschlenderten. Der eine hielt einen dampfenden Becher Kaffee in der Hand, an dem er genüsslich nippte. Der andere, ein langer hagerer Mann mit Glatze und einem Pferdeschwanz am Hinterkopf, lachte ihnen entgegen:

»Ich sehe, du hast Besuch mitgebracht! Bekommt der eine ordentliche Show zu sehen, oder hast du die Achse immer noch nicht repariert?«

»Doch, ist fertig. Nur die Bremsen tun's nicht mehr ganz. Aber für heute wird's wohl noch reichen!«, erwiderte Jonas. »Was macht die Winde? Hörte sich ja letztes Mal nicht mehr so gesund an!«

Der Mann mit dem Pferdeschwanz winkte ab.

»Ist hinüber! Hab' eine neue bestellt. Wollen wir dann mal los?« Er strahlte Tora, Kunar und Charlie an.

»Was ist, Jungs und Mädels! Wollt ihr bei dem Verrückten hier mitfahren oder lieber bei mir in Sicherheit sein?«, fragte er dann.

»Na, hör mal!«, protestierte Jonas. Charlie lachte.

*Wie hatte sie das ungezwungene Miteinander vermisst!*

»Nee, lass mal! Wir fahren mit Jonas!«, rief Charlie. »Das macht mehr Spaß!«

»Hört, hört! Der Kleine fährt wohl nicht zum ersten Mal mit, was? Gut, also los, Jonas. Du fährst vor! Einer muss den wilden Haufen hier ja retten! Hat viel geregnet. Die Löcher werden voller Wasser sein!«

»Ist Pelle schon draußen?«, erkundigte sich Jonas. »Ohne seine Winde kommen wir nicht weit! Ich kann sie ja nicht alle alleine rausziehen! Dann stehen wir morgen noch hier! Los Kinder, rein ins Auto!«

Charlie wies Tora und Kunar ein: »Gut festhalten. Wird ziemlich holprig, aber passieren kann uns nichts. Außer ein paar blaue Flecken vielleicht. Jonas weiß, was er tut.«

Tora und Kunar starrten Charlie entgeistert an. Was kam da bloß auf sie zu?

Schon ging es los. Mit aufheulendem Motor zog Jonas an allen anderen 4Wheels vorbei und lenkte den Suzuki auf die Spur quer durch den Wald. Es ging über Stock und Stein, durch Gräben und über umgestürzte Bäume. Die Spur war so schlammig, dass der kleine Jeep ein paarmal seitlich wegrutschte, aber sie kamen ganz gut durch. Etwa hundert Meter weiter stand bereits ein Auto.

*Das musste Pelle sein.*

Zwischen dem Suzuki und Pelles Eigenbaugefährt gähnte ein breites, ausgefahrenes Matschloch. Jonas trat das Gaspedal durch und sein kleines Gefährt wühlte sich – heftig hin und her schlingernd – durch die wassergefüllte Senke. Tora und Kunar krallten sich verkrampft an den Türgriffen fest. Das Moorwasser spritzte nach allen Seiten und Matsch und Erde flogen hinter ihnen aus der Fahrspur. Dann waren sie durch und hielten neben Pelle an. Charlie drehte sich freudestrahlend um und sah in die angstgeweiteten Augen auf der Rückbank.

»Keine Panik!«, lachte sie. »Ihr gewöhnt euch daran. Entspannt euch und habt Spaß!«

Pelle lehnte sich an das Fahrerfenster.

»Hej, Jonas! Dann kann der Spaß ja losgehen. Die anderen werden wohl kaum so gut durchkommen. Hast du den jungen Kerl mit dem Mitsubishi Pajero gesehen? Mit den Reifen hatte er keine Chance.« Er grinste breit über sein stoppeliges Gesicht. »Na, Kinder? Alles klar?«

Charlie nickte begeistert, dass die kurzen schwarzen Locken nur so hüpften.

Sie stiegen aus und beobachteten, wie zwei weitere Autos auf sie zukamen. Das erste schaffte es problemlos bis zur großen Matschkuhle. Das zweite blieb schon vorher fast stecken. Lautes Motorenheulen verriet, dass er mit viel Gas versuchte, vorwärts zu schlittern. Das erste Auto nahm Anlauf und fuhr zügig in die Senke hinein. Weit kam es nicht. Auf halbem Weg versackte es seitlich und grub sich bei den Versuchen, sich selbst zu befreien, immer weiter ein. Jonas und Pelle standen daneben und sahen feixend zu.

»Na, brauchst du Hilfe, Thomas?«, rief Pelle. Thomas steckte den Kopf aus dem schlammverschmierten Fenster.

»Sieht wohl so aus!«, rief er lachend. Sein Jeep war inzwischen bis zur Hälfte versunken. Der Auspuff stieß weißgraue Wolken aus. Während Tora und Kunar aus sicherem Abstand die Geschehnisse beobachteten, war Charlie bei der anschließenden Bergeaktion mit von der Partie. Jonas befestigte das Ende seiner Seilwinde an Thomas' Jeep, warf ein Tuch über das Stahlseil und zog ihn langsam aus dem Schlamm.

»Das Tuch sorgt dafür, dass das Seil nicht umher schnellt, falls es reißt!«, rief Charlie Tora und Kunar zu. »So kann niemand verletzt werden!«

Nachdem Pelle und Jonas das fünfte Auto aus dem Schlammloch gezogen hatten, wurden auch Tora und Kunar lockerer und amüsierten sich gemeinsam mit all jenen, die bereits die trockene Seite erreicht hatten.

*Es war klasse!*

Motorlärm, brüllende, lachende Männer, Frauen, die ihre Männer unterstützend anfeuerten oder sogar selber fuhren. Auf dem Beifahrersitz und Rücksitzen saßen Freunde, Partner und Kinder in allen Größen. Und alle hatten Spaß.

Sie brauchten über drei Stunden, um eine Strecke von einem Kilometer zu bewältigen. Auch Jonas fuhr sich einmal fest. Tora, Kunar und Charlie wurden mächtig durchgeschüttelt, als der Suzuki plötzlich auf einem dicken Baumstumpf festsaß. Mit Hilfe seiner Seilwinde, die Jonas an einem dicken Baum befestigte, befreite er sich selbst.

Als Charlie sich zwischendurch in die Büsche schlug – die Natur rief – hatte sie ein seltsames Erlebnis. An einer Böschung wuchs Schafgarbe. Sie erkannte die Pflanze eindeutig wieder, denn Tora hatte sie oft genug gepflückt. Charlie spürte die Schwingungen, die von der Pflanze ausgingen. Ihre Kräfte funktionierten also auch auf der Erde.

*Ist ja cool*, dachte sie und berührte die Pflanze. In Sekundenschnelle krampften sich ihr Magen und Unterleib zusammen. Erschrocken ließ Charlie die Schafgarbe los und sprang auf. Die Beschwerden hörten sofort auf. Als sie sich wieder beruhigt hatte, beugte sie sich vor und berührte die Pflanze von neuem. Sie fühlte die Schwingungen und, *ja!* Plötzlich waren die Schmerzen wieder da!

*Ob Kunar Recht hatte? Hatte sie gerade gefühlt, wogegen diese Pflanze half?*

Tora verwendete Schafgarbe bei Verletzungen. Charlie nahm sich vor, später im Heilpflanzenbuch nachzuschlagen. Dann kehrte sie zu den anderen zurück.


Als sie die Schlammtour beendet hatten, rief Jonas die drei Teenager zu sich und warf Charlie eine Plastiktüte zu.

»Mittagessen!«, rief er. Er selbst hatte sich bereits ein riesiges Baguette mit Fleischklößchen, Salat und Sauce aus der Tüte gegriffen. Er holte noch vier Dosen Cola aus dem Auto. Die vier setzten sich auf einen umgestürzten Baum neben dem Wendeplatz.

Sie hatten großen Hunger, trotzdem zögerten Kunar und Tora. Charlie entfernte demonstrativ die Klarsichtfolie von ihrem Baguette. Sie biss herzhaft in das reichlich belegte Brot und kaute genüsslich.

*Mmm! Das war lange her!*

Auch Kunar war begeistert. Tora dagegen entfernte nach einem Bissen die Tomaten. Sie schmeckten ihr so ganz und gar nicht, der Rest war ihrer Miene nach zu urteilen ganz lecker. Cola wurde Toras Lieblingsgetränk. Nachdem sie herausgefunden hatte, wie man die Dose öffnete und den ersten Schrecken der vielen Blubberbläschen im Mund überwunden hatte, trank sie den ganzen Tag nichts anderes mehr.

Jonas hatte es nicht eilig. Die Hälfte der Wagen war bereits zur nächsten Strecke gefahren, als er sich in aller Ruhe erst einmal eine Zigarette drehte.

Charlie war glücklich. Sie saß mit ihren besten Freunden mitten im Wald und ging ihrer Lieblingsbeschäftigung nach: Off-Road!

Sie nippte an ihrer Cola-Dose und sah sich zufrieden um. Jonas lächelte ihr durch den Zigarettenrauch zu und kniff dabei seine braunen Augen zusammen.

Plötzlich schoss Charlie ein Gedanke ein.

*Braune Augen!*

Obwohl es in Schweden hauptsächlich blaue Augen gab, waren braune Augen doch normal. Sie nahm noch einen Schluck von ihrer Cola und ließ das prickelnde Getränk über die Zunge laufen.

»Sag mal, Jonas«, fragte sie dann. »Wie kommt es eigentlich, dass manche braune und andere blaue oder sogar grüne Augen haben?«

Jonas blies dicken Rauch aus der Nase.

»Das wird vererbt«, sagte er. »Bekommen Eltern mit blauen Augen Kinder, haben diese meist auch blaue Augen.«

»Du meinst, wenn es nur blaue Augen gäbe, würden niemals braune dabei rauskommen? Und wenn es nur braune Augen gäbe niemals blaue?«

»Nee, nicht ganz«, antwortete Jonas. Braune Augen werden dominant vererbt. Das heißt, wenn man braune und blaue mischt, wird viel eher braun dabei herauskommen als blau.«

Charlie sah ihn verständnislos an.

»Das ist ein bisschen schwierig zu erklären«, fuhr Jonas fort. »In jedem Menschen stecken die Gene beider Eltern, die bei der Vererbung eine wichtige Rolle spielen. Jedenfalls können Menschen mit braunen Augen auch Kinder mit blauen Augen gekommen. Und bei Eltern mit blauen Augen können Kinder auch braune Augen haben. Das ist allerdings selten.«

Charlie schwirrte der Kopf.

»Das verstehe ich nicht!«

»Genetik ist eine komplizierte Sache!«, sagte Jonas.

»Aber«, überlegte sie. »Wenn es nur blaue Augen gäbe, kann nur blau dabei herauskommen, oder?«

»Ja, das ist richtig!«

»Hm. Und was ist mit grünen Augen?«, fragte sie.

Jonas zog an seiner Zigarette.

»Ich weiß es nicht genau«, sagte er. »Ich glaube, Grün ist nur eine Abwandlung von Blau. Vielleicht sogar nur eine Mutation? Keine Ahnung! Ich will dir nichts Verkehrtes erzählen. Wie das mit allen anderen Farben ist, weiß ich einfach nicht!«

Er drückte seine Zigarette aus und streckte sich.

»Na? Bereit? Der Berg wartet!«

Charlie und Kunar sahen sich kurz an. Sie unterhielten sich leise, während sie Jonas zum Auto folgten.

»Also hat es bei uns wohl nie Menschen mit braunen Augen gegeben«, sagte Kunar leise.

»Ja, muss wohl so sein. Gibt es eigentlich genauso viele Grün- wie Blauäugige?«, fragte Charlie dann.

»Keine Ahnung«, antwortete Kunar. Tora schloss zu ihnen auf. Sie hatte die letzten Worte gehört.

»Wohl kaum«, sagte sie, während sie auf den Rücksitz kletterte. »Vanaheim ist sehr klein, es leben nicht viele Menschen bei uns. Godheim soll dagegen riesig sein!«

»Stimmt!«, sagte Kunar. »Da soll es sogar größere Städte geben. Also gibt es wohl weit mehr Blauäugige.«

»Fertig, Kinder?«, fragte Jonas und gab Gas.

Soviel Spaß wie an diesem Tag hatten die drei schon ewig nicht mehr gehabt. Der kleine Suzuki kletterte wie ein Affe über den Berg. Die drei lachten und jauchzten, als das Auto eine gewaltige Steigung erklomm und sie nur noch den Himmel sehen konnten. Bergab war fast noch gruseliger. Halb fahrend, halb rutschend steuerte Jonas den Wagen durch das steile Gelände. Es war fantastisch.

Völlig mit Schlamm und Dreck bespritzt, aber sehr glücklich, saßen die drei etwas später zusammen mit Jonas an seinem Küchentisch und aßen Pizza. Dass etwas zu essen einfach so an der Tür abgeliefert wurde – noch dazu dampfend warm – hatte Kunar und Tora die Sprache verschlagen.

Sie lachten und erzählten von den Ereignissen des Tages. Charlie stopfte sich gerade das letzte Stück Pizza in den Mund, als Jonas' Handy klingelte. Kunar und Tora sprangen vor Schreck von ihren Stühlen hoch, worauf sie mitleidige Blicke von Jonas ernteten.

*Was war diesen armen, schreckhaften Kindern wohl bisher widerfahren?*

Er griff nach dem Mobiltelefon, meldete sich mit »Ja, Jonas?«, und bekam sofort einen harten, beunruhigten Gesichtsausdruck! Er hielt schnell den Lautsprecher zu und zischte ein »Seid still!«, hervor.

»Nein, ich habe Charlie noch nicht gesehen... Nein, hier ist niemand aufgetaucht... Nein, ich war den ganzen Tag fort... Ja, natürlich. Ja, ich melde mich, wenn ich etwas höre... Ja… Ja, gut, dann bis morgen... Ja, dann... auf Wiedersehen.«

Er legte auf und sah Charlie grimmig an.

»Die glauben mir nicht. Das spüre ich. Die tauchen hier bestimmt jeden Moment auf. So ein verdammter Mist aber auch!«

Er knallte das Handy unsanft auf den Tisch. Tora, Kunar und Charlie starrten ihn an.

*Was nun?*

Jonas erhob sich.

»Los, kommt! Räumt das weg, das verrät uns!« Er zeigte auf die vier Teller. »Packt alles zusammen und dann fahren wir!«

Viel hatten sie nicht zu packen. Fünf Minuten später fuhren sie quer durch den Wald. Jonas kannte alle Schleichwege. Auf diese Weise vermieden sie es, der Polizei zu begegnen.

»Ich kenne da jemanden«, brummte Jonas. »Dem gehört eine kleine Jagdhütte draußen am Trollsjön. Da können wir heute Nacht bleiben.«

»Am See?«, fragte Charlie. »Meinst du, da ist morgen früh Nebel?«

Jonas sah sie überrascht an. Als er merkte, dass es ihr ernst war, sagte er:

»Schon möglich. Ist ja feucht genug. Wieso?«

Charlie druckste eine Weile herum. Dann atmete sie tief durch.

»Du kannst uns nicht ewig verstecken. Wir gehen morgen zurück nach Vanaheim«, erklärte sie. »Ja, ich weiß, du glaubst mir nicht! Ich würde mir wahrscheinlich auch nicht glauben«, fügte sie hinzu, als sie Jonas' skeptisches Gesicht sah.

Er schüttelte beunruhigt den Kopf und betrachtete sie sehr besorgt.

*Zweifelte Jonas etwa an ihrer Zurechnungsfähigkeit?*

»Falls wir morgen früh Nebel haben, wirst du schon sehen«, sagte sie.

Frühnebel war über den småländischen Seen durchaus normal. Vielleicht hatten sie ja Glück!

Nachdem Jonas den Zweitschlüssel unter der Jagdhütte hervorgekramt hatte, verbrachten die vier einen ruhigen Abend und gingen früh schlafen. Charlie bekam anfangs kein Auge zu, aus Angst, den Frühnebel zu verpassen. Es war aber dann Tora, die Kunar und Charlie frühmorgens weckte.

Nebelschwaden trieben über den Trollsee und hingen stellenweise im Schilf, der das Ufer säumte. Charlie hatte den Stoffbeutel mit den Büchern aus der Bibliothek von Storby in der Hand. Kunar trug seinen Bogen geschultert. Charlie bat Jonas um Desinfektionsmittel, Salben, Verbandszeug und Ähnliches.

Auch wenn Jonas fand, dass sie das Theater lassen sollte, schlug er ihr ungern einen Wunsch ab. Er plünderte seine Reiseapotheke und gab Charlie, was sie benötigte. Eine dicke Fliege surrte um sie herum. Charlie scheuchte sie mit einer Armbewegung fort.

»Hier«, sagte Jonas. »Da ist auch Blauspray, Teerspray und Wundsalbe dabei!«

Er grinste Charlie an. Lena und Per hatten diese Dinge viele Jahre zuvor beim Fahren eingeführt. Sie stammten aus Charlies Stallapotheke und wirkten nicht nur bei Verletzungen von Pferden Wunder. Charlie lächelte zurück.

»Wir müssen gehen, bevor sich der Nebel auflöst!«, sagte sie und scheuchte noch einmal die lästige Fliege fort.

Dann fiel sie Jonas um den Hals.

»Danke für alles«, flüsterte sie.

Jonas drückte Charlie an sich. Dann steckte er ihr noch ein wenig Geld zu. Charlie nahm es dankbar entgegen, auch wenn sie in Vanaheim keine Verwendung dafür haben würde.

»Ich hoffe, du weißt, was du tust«, brummte Jonas, der besorgt am Türrahmen lehnte. Ihm war ganz und gar nicht wohl dabei, seine Charlie einfach so gehen zu lassen. *Vielleicht sollte er doch die Polizei anrufen oder besser Ingrid, die würde ihn vielleicht verstehen!*

»Vielen Dank für alles!«, sagte Kunar zu Jonas. Tora lächelte.

»Vielleicht sehen wir uns ja bald wieder«, meinte Jonas. Es war mehr eine Feststellung als eine Frage und Charlie dachte: *Das ist gar nicht so unmöglich!*

Dann versicherte sie sich, dass der Stein auf ihrer Brust lag, streckte die Arme nach Tora und Kunar aus und ging gemeinsam mit ihnen in den Nebel.

Wieder einmal wurde es totenstill um sie herum, als sie Schritt für Schritt durch das Nebeltor in eine andere Welt wechselte.

Zurück blieb Jonas, der sah, wie Charlie, Kunar und Tora vom Nebel verschluckt wurden. Leider konnte Charlie nicht den ungläubigen Ausdruck in seinem Gesicht sehen, als sie wie von Geisterhand verschwanden. Sehr blass um seine dicke Knubbelnase rannte Jonas umher und suchte die Umgebung ab.

*Das konnte doch nicht wahr sein! Hatte Charlie etwa die Wahrheit gesagt? War sie in einer Welt namens Vanaheim gewesen und ging nun dorthin zurück?*

Verzweifelt darüber, ihr nicht geglaubt zu haben, aber auch erleichtert, nicht die Polizei oder Ingrid verständigen zu müssen, setzte er sich an den Trollsee und dachte nach.

Als Tora, Charlie und Kunar in Vanaheim ins Freie stolperten, schlug ihnen drückende Hitze entgegen. Kaum hatte Charlie den ersten Atemzug getan, als plötzlich eine Riesenlast auf ihr landete. Mit dem Gesicht voran, wurde sie auf dem spärlichen Gras regelrecht plattgedrückt. Panisch kämpfte sie gegen das gigantische Gewicht an.

*Sie bekam keine Luft!*

Charlie hörte, wie Tora vor Entsetzen laut aufschrie. Dann spürte sie, wie sich der Druck einen kurzen Moment noch steigerte, vollkommen unerträglich wurde. Dann stieß sich etwas von ihrem Rücken ab.

*Sie war frei.*

Die Luft um sie herum wurde aufgewirbelt. Staub und Pflanzenteile flogen durch die Luft. Etwas schnaubte und flatterte über ihr. Tora schrie immer noch. Charlie rappelte sich hustend hoch und rang nach Luft. Sie spuckte Gras und Sand.

*Was war das?*

Sie erstarrte! Einige Meter über ihr kämpfte ein riesiger Drache darum, an Höhe zu gewinnen. Laut schnaubend stieß er Rauch aus seinen Nüstern. Krampfhaft kämpfte er darum, in der Luft zu bleiben. Seine großen, gelben Augen stierten panisch auf Charlie herab.

Mit einem Mal schien er sich zu fangen. Er schlug zweimal kräftig mit seinen lederartigen Schwingen, sackte noch einmal kurz ab, bevor er endgültig an Höhe gewann. Die gleißenden Sonnenstrahlen brachen sich in seinen Schuppen, die wie grüne, rote und schwarze Perlen schimmerten. Der Drache drehte noch eine Runde und segelte dann den Berg hinab über das *Neue Land*.

Charlie stand wie festgewachsen da – sprachlos und mit viel Dreck im Gesicht.

Tora hatte aufgehört zu schreien. Sie stand neben Charlie und alle drei starrten der Erscheinung hinterher, die langsam am Horizont verschwand.

»Ein Drache!«, stieß Charlie endlich hervor.

»Ein Drache? Was ist denn das? Das war ein Lindwurm!«, hauchte Tora. »In den alten Sagen wird von ihnen berichtet. Es soll früher, vor Tausenden von Jahren, viele von ihnen gegeben haben.«

»Auf der Erde nennen wir sie Drachen. Aber soweit ich weiß, hat es nie wirklich welche gegeben! Wo kommt der so plötzlich her?«, fragte sich Charlie.

»Soweit ich weiß, sind sie bei uns ausgestorben. Vielleicht hat einer überlebt?«, zuckte Tora mit den Schultern.

»Vielleicht haben wir ihn irgendwie mitgebracht«, überlegte Charlie und fing an, sich den Dreck von Gesicht und Kleidung zu klopfen.

298

*Jede Bewegung tat ihr weh!*

»Du meinst, wir haben ihn von der Erde mitgebracht?«, meinte Tora.

»Quatsch!«, rief Charlie. »Da gibt es keine Drachen! Nein, ich meine aus der Zwischenwelt, dem Weg hierher! Vielleicht war er auch gerade auf dem Weg irgendwohin! Oder wir haben ihn möglicherweise sogar befreit?«

Weder Charlie noch Tora hatten bis dahin Notiz von Kunar genommen. Mit kalkweißem Gesicht kauerte er auf dem Boden. Sein Mund öffnete und schloss sich bestimmt ein Dutzend Mal, ohne dass auch nur ein Laut über seine Lippen kam!

»Kunar! Sag doch was! Bist du verletzt?«, fragte Tora ihren Bruder entsetzt.

Kunar schüttelte den Kopf und gab krächzende Laute von sich.

»Sag doch was! Hat der Lindwurm dir etwas getan?«

Kunar holte tief Luft und zeigte dann mit zitternder Hand auf Charlies Schulter.

»D…d…d…da…da w…w…war eine Fl… Fliege!«, stotterte er.

»Ei...ne Fl…Fliege! So ein Miniaturbrummer..., die, die auf der Erde überall herumschwirren. Es war doch bloß eine Fliege!«

*Was redet er da für zusammenhangloses Zeug?*, dachte Charlie.

Was hatten denn bitte harmlose Fliegen von der Erde mit einem Drachen zu tun? Zugegeben, es gab in Vanaheim keine kleinen Fliegen, dafür aber eine Vielzahl anderer schwirrender Insekten.

»Eine Fliege?«, fragte Tora. »Und weiter? Erzähl schon!«, drängte sie. »Was meinst du genau?«

Kunar holte noch einmal tief Luft.

»Eine Fliege«, wiederholte er. »Sie saß auf Charlies Schulter, als wir durch die Nebel gingen!«

*Na endlich, er hat seine Sprache wieder gewonnen!*

»Ja, und?«, stieß Charlie nach. Kunars Augen flackerten unruhig hin und her.

»Als wir aus dem Nebel ins Freie traten...«, er hielt inne und atmete noch einmal tief durch, »...D... da verwandelte sich die Fliege plötzlich in diesen riesigen Lindwurm und warf dich zu Boden!«, brach es aus ihm heraus.

Charlie und Tora machten ungläubige Gesichter.

»Wenn ich es euch doch sage! Ich schwöre es bei Tors Hammer. Die Fliege hat sich in den Lindwurm verwandelt. Genau vor meinen Augen«, fuhr er fort und schlug hilflos mit den Armen aus.

»Ganz bestimmt! Es war eine Fliege! Und dann, im nächsten Augenblick, wuchs sie mit rasender Geschwindigkeit und drückte dich platt. Du weißt doch Charlie, die kleine dicke Fliege, die du ein paarmal weggescheucht hast.«

Charlie erinnerte sich. Da war tatsächlich eine lästige Fliege gewesen. Es wäre durchaus möglich, dass sie sich unbemerkt auf ihre Schulter gesetzt hatte und als blinder Passagier mitgekommen war. Aber wieso um Himmels willen war sie dann nicht immer noch eine kleine dicke Fliege, sondern ein großer dicker Drache?

*Herrje*, dachte Charlie! *Eine dicke Fliege und ein dicker Drache!*

»Okay«, sagte sie dann. »Ich glaube dir!«

Tora drehte sich ihr zu: »Tust du?« Sie kassierte einen beleidigten Blick ihres Bruders und zuckte mit den Schultern. »Von mir aus, wir glauben dir!«

»Wieso ist die Fliege dann aber keine Fliege geblieben?«, überlegte Charlie. Darauf wussten weder Tora noch Kunar eine Antwort. Aber es war passiert. Sie hatten eine Fliege mitgenommen – ungewollt natürlich – und hatten einen Drachen nach Vanaheim gebracht. Der erste Drache, beziehungsweise Lindwurm, der seit Jahrtausenden wieder durch die Lüfte Vanaheims flog!

*Na, wie lange das wohl geheim blieb?*

# 12. Wieder zurück

*D*er Drache schien sich zumindest gefreut zu haben«, sagte Charlie, als die drei über die Bergkuppe wanderten. Dieselbe Bergkuppe, auf der zwei Tage zuvor Hugin und Munin in Menschengestalt auf sie zugekommen waren. Die Sonne brannte erbarmungslos auf sie herab und es war drückend schwül. Da sie fast direkt über ihnen stand, musste es um die Mittagszeit sein.

»Ja, aber anfangs schien er wirklich verwirrt!«, meinte Tora.

»Na, kein Wunder! Muss ein ganz schöner Schock für eine so kleine Fliege gewesen sein! Plötzlich in Sekundenschnelle zu einem riesigen Lindwurm heranzuwachsen«, sagte Kunar, der seine gewohnte Ruhe wieder gefunden hatte.

Auch Charlie lachte.

»Ja, sah schon sehr komisch aus! Hauptsache, er fängt jetzt nicht an, Menschen anzugreifen«, sagte sie dann etwas besorgt.

»Nein, glaube ich nicht. Falls die Legenden stimmen, waren Lindwürmer sehr friedliche und weise Wesen! Man fragte sie sogar um Rat«, beschwichtigte Kunar.

Charlie versuchte, sich eine weise Fliege vorzustellen. Unmöglich! *Fliegen sind nicht weise. Wären sie es, würden sie den Menschen nicht so auf die Nerven gehen und dabei riskieren, erschlagen zu werden!*

Während sie sich unterhielten, beobachteten sie unablässig die Umgebung. Trotz der Aufregung waren Odens Späher nicht vergessen. Sie konnten sich nicht sicher sein, dass deren Suche nach *was-auch-immer* in dieser Region beendet war. Außerdem waren sie nicht scharf darauf, von dem neugeborenen Lindwurm überrascht zu werden. Weise hin oder her, man konnte nie genau wissen!

Die Hitze war fast unerträglich, die Luft schien zu stehen. Kein noch so sanfter Windzug streifte durch die bunten Blätter der mickrigen Bäume auf Gymers Berg.

*Seltsam,* dachte Charlie und sah sich um. Sie konnte sich nicht daran erinnern, dass der Busch, hinter dem Tora und sie sich vor Hugin und Munin versteckt hatten, Herbstfarben trug.

Charlie blieb an einem weiteren Strauch stehen, dessen längliche Blättchen ebenfalls gelb, rot und braun leuchteten.

»Sagt mal... das gibt's doch nicht!«, entfuhr es ihr. »Kunar, sieh mal! Haben wir nicht erst Anfang Höst Monat? Für Herbstfarben ist es doch viel zu früh!«

Kunar inspizierte die Blätter des kleinen Busches.

»Du hast recht. Die Blätter färben sich sonst erst Ende des Monats!«

Charlie sah sich suchend um. Überall war der Einzug des Herbstes eindeutig zu erkennen. Die Sträucher und vereinzelte Laubbäume, die auf dem kargen Felsboden Halt gefunden hatten, warfen ihre Blätter ab.

»Die Reise muss aber viel Zeit gefressen haben!«, sagte Kunar verwirrt.

»Fast einen Monat«, murmelte Charlie.

*Seltsam,* dachte sie wieder. *Diese Zeitverschiebungen waren wirklich sehr verwirrend!*

Tora sah sich nochmals um.

»Lasst uns zur Höhle gehen, mir ist irgendwie unwohl bei der Sache«, sagte sie. »Obwohl...!«, unvermittelt lachte sie auf. Charlie und Kunar sahen sie verdutzt an.

»Falls wirklich ein ganzer Monat vergangen ist, sind wir wohl zumindest Hugin und Munin los!«

*Das stimmte! Ein ganzer Monat!*

Was auch immer Oden hier suchte – entweder er hatte es gefunden, oder die Suche ging woanders weiter. Sogar für den Fall, dass sie gesehen worden waren – solange würde bestimmt niemand hier nach ihnen Ausschau halten.

»Dann lasst uns mal hoffen, dass sie die Höhle nicht entdeckt haben«, sagte Kunar und setzte sich zielstrebig in Bewegung.

*Ja,* dachte Charlie, *das wäre natürlich sehr schlecht.*

Die drei Gefährten standen in der ersten, größeren Höhle und sahen sich um. Es war angenehm kühl hier, nach der drückenden Hitze auf dem Berg.

»Scheint alles so zu sein wie immer«, raunte Kunar und sah sich gründlich um, so gut es im Dunkel der Höhle eben ging.

Charlie ging zur Feuerstelle hinüber. Es schien eine Weile her zu sein, dass hier ein Feuer gebrannt hatte, aber das passte zu ihrer Theorie, dass sie fast einen Monat fort gewesen waren. Charlie wollte gerade durch den Bogen in die zweite nierenförmige Höhle gehen, als plötzlich eine tiefe Stimme ertönte:

»Bevor ihr aus Angst und ungewollt zu euren Waffen greift, solltet ihr wissen, dass ein sehr alter und mächtiger Jordvätte diesen Teil des Berges und somit auch diese Höhle bewohnt. Macht euch nicht unglücklich und seid willkommen in meiner Höhle!«

Schritte kamen aus dem Dunkel auf Charlie zu, die starr vor Schreck beim Eingang verharrte. Tora und Kunar taten es ihr gleich. Unvermittelt loderte ein Feuer auf. Für einige Sekunden dachte Charlie, dass der kleine Feuerball in der Luft schweben würde.

*Hatte dieser Mann gerade Feuer aus dem Nichts geholt?*

Dann wurde das Feuer größer und stärker.

*Eine Fackel,* dachte Charlie.

Sie beleuchtete einen jungen Mann in einem dunklen Umhang, der langsam mit hoch erhobenem Kopf auf sie zuschritt. Obwohl sie am ganzen Leib zitterte, hallten seine Worte in Charlies Kopf nach.

*Seine Höhle?*

Wo kam der denn auf einmal her?

*So lange waren sie nun auch wieder nicht fort gewesen.*

Der großgewachsene Fremde hatte lange, blonde Haare, die er zu einem Zopf gesammelt im Nacken trug. Sein Gesicht wies einen ausgeprägten Unterkiefer auf. Als er näher trat und die Fackel etwas höher hob, wurde Charlie eindringlich von zwei etwas schief stehenden Augen gemustert. Charlie wich überrascht zurück. Sie schnappte nach Luft, wurde leichenblass und stolperte noch einen Schritt rückwärts.

Seine Augen ruhten forschend auf der Gestalt vor ihm und weiteten sich plötzlich.

»Charlie?«, fragte er dann mit fester, tiefer Stimme. Charlie starrte fassungslos den jungen Mann vor sich an. Das leicht Unsymmetrische war aus dem Gesicht des einstigen Jungen verschwunden. Vereinzelte

Sommersprossen verteilten sich allerdings noch immer über der Nase, die alles Kindliche verloren hatte und eine Spur zu groß geraten war.

»Welch seltsame Erfahrung«, sagte der junge Mann ernst und mit ruhiger Stimme. Er trat auf Charlie zu, machte eine Handbewegung und wies sie zurück in die erste Höhle.

»Setzen wir uns«, sagte er dann ruhig. »Ich denke, wir haben uns so einiges zu erzählen.«

Dann lächelte er und wiederholte seine Einladung an Charlie, Tora und Kunar.

»Setzt euch doch. Ich werde es uns ein wenig gemütlicher machen.«

Biarn entzündete weitere Fackeln an den steinernen Wänden. Bald war die große Höhle in wohliges Licht getaucht. Schatten tanzten an den Wänden und an der Decke. Dann legte er Holzscheite und Späne auf die Feuerstelle und hielt seine Fackel darunter.

Sie setzten sich nicht! Sprachlos starrten sie den jungen Mann an, der sich nun wieder zu ihnen gesellte.

*Biarn! Wie war das möglich?*

Wie lange waren sie fort gewesen? Auf der Erde waren doch keine zwei Tage vergangen!

Als sie Biarn das letzte Mal gesehen hatte, war er gerade einmal vierzehn Sommer gewesen. Und nun?

*Nein, das konnte nicht sein! Dieser junge Mann konnte doch unmöglich Biarn sein!*

Charlie musterte ihn kritisch. Ihre Blicke trafen sich. Der junge Mann erstarrte kurz, dann lächelte er wieder und sah sie weiterhin direkt an.

»Ja, Charlie. Ich bin es tatsächlich. Ich bin Biarn.« Er sah zu Tora und Kunar hinüber. »Ich habe nicht erwartet, euch wiederzusehen«, sagte er dann. »Bitte, Tora! Kunar! Setzt euch doch!«. Er lächelte wieder, ließ aber Charlie nicht aus den Augen.

»Es wird euch nichts geschehen. Auch wenn das alles hier wie höchste Magie anmutet und ich euch tatsächlich Böses wollte – solange ihr hier bleibt, seid ihr sicher. Ihr steht unter dem Schutz des mächtigen Jordvätten, der hier seit Jahrtausenden wohnt.«

Dabei sah er zu Charlie hinüber und bohrte seinen Blick in ihre Augen.

»Du kennst die Macht des Jordvätten«, wiederholte er. Charlie schluckte.

*Ja, sie kannte den Jordvätten. Sie konnte ihn fühlen.*

Und so wie es aussah, konnte Biarn es auch! Wenn das stimmte, war er ein Bjarka geworden. Genau wie sie selbst. Dann fiel ihr der kleine Feuerball ein.

*Feuer war nicht Bjarka.*

Sie wartete ab. Was würde nun geschehen? Da erklang Toras helle Stimme.

»Was ist hier eigentlich los?«, fragte sie ängstlich. Biarn wandte sich Tora zu.

»Ja, genau das sollten wir jetzt herausfinden.«

Er machte zum dritten Mal eine einladende Handbewegung. »Bitte!«, sagte er bestimmt. »Würdet ihr euch endlich setzen und mir erzählen, wie es euch ergangen ist?«

Charlie, Tora und Kunar ließen sich um das Lagerfeuer nieder. Charlie zog frierend den Umhang dichter um ihre Schultern. Die drei schwiegen. Nach einer Weile brach Biarn das Schweigen:

»Gut. Dann fange ich an.« Er lehnte sich zurück, überlegte kurz und begann.

»Bei unserem letzten Zusammentreffen hat mich die Haga angegriffen.« Er sah alle drei der Reihe nach an. Nach einer kurzen Pause fuhr er fort. »Das war vor etwas mehr als vier Jahren!«

Charlie hörte, wie Tora nach Luft schnappte. Kunar fixierte Biarn regungslos.

»Vier Jahre!«, brach es aus Tora heraus. »Vier Jahre? Aber wir waren doch kaum zwei Tage fort!«

Biarn hob die Augenbrauen, sagte aber kein Wort. Kunar und Charlie warfen Tora einen *Sei-doch-still*-Blick zu.

»Aber...«, begann sie.

»Lass ihn erst einmal erzählen«, unterbrach Kunar seine hitzige Schwester.

»Vier Jahre?«, fragte Charlie, als Tora sich beruhigt hatte.

»Um genau zu sein, vier Jahre und 25 Tage«, antwortete Biarn. Er zögerte. Dann fuhr er fort. »Mein Bein brauchte lange, um zu heilen.

Ich kehrte erst etwa sechs Wochen danach in die Höhle zurück und fand sie verlassen vor.«

»Darf ich es einmal sehen?«, unterbrach ihn Charlie. Ihre Blicke begegneten sich. Ein Lächeln breitete sich auf Biarns Gesicht aus.

»Sicher«, sagte er und zog das Hosenbein seiner zerschlissenen Seidenspinnerkleidung hoch.

*Ja, da war sie.*

Eine große weißliche Narbe lief quer über Biarns Wade. An zwei Stellen konnte man noch sehr gut erkennen, wo sich die spitzen Zähne der Haga in das Bein verbissen hatten.

»Hast du genug gesehen?«, fragte er sie. Charlie nickte. Biarn war sich durchaus bewusst, dass sie einen Beweis für seine Identität gefordert hatte. Das konnte Charlie deutlich in seinen Augen lesen.

»Es ist gut verheilt«, sagte er dann einfach. »Nur an manchen sehr feuchten oder kalten Tagen schmerzt es ein wenig.« Er ließ das Hosenbein über die Narbe gleiten.

»Nun denn, lasst mich fortfahren. Nachdem ich die Höhle verlassen vorgefunden hatte, suchte ich die Umgebung nach irgendeinem Zeichen von euch ab. Als ich nichts finden konnte, kehrte ich nach Hause zurück.«

Er machte eine kurze Pause.

»Ich habe mir große Sorgen um euch gemacht. Ich machte mir Vorwürfe.«

Charlie hob die Augenbrauen.

»Ja, Vorwürfe!«, wiederholte Biarn. »Ich hätte euch eindringlicher warnen müssen. Euch Odens Machenschaften und Boshaftigkeit noch deutlicher vor Augen halten müssen. Ich dachte, Odens Späher hätten euch erwischt.«

Er sah Charlie lange an. Sie schwieg.

»Ich kam so oft ich konnte hier herauf, in der Hoffnung ihr würdet wiederkehren. In der Hoffnung, ihr hättet euch bloß woanders versteckt.«

*Was wir auch getan haben,* dachte Charlie. *Allerdings keine vier Jahre!*

Biarn nickte, als ob er ihre Gedanken verstanden hätte.

»Ich gab die Hoffnung sehr lange Zeit nicht auf, hielt Augen und Ohren offen. Vielleicht hatte jemand von der Gefangennahme dreier Jugendlicher gehört? Aber ich konnte nichts in Erfahrung bringen. Oden und seine Bärsärker suchten intensiver denn je. Niemand wusste oder weiß bis heute ganz genau, wonach! Aber Oden war wütend. Sehr wütend!«

Bei diesen Worten sah Biarn Charlie direkt an. Sie zitterte und zog den Umhang noch enger um sich.

»Er hat nie gefunden, wonach er gesucht hat. Die Suche wurde viele Monate später eingestellt. Viele unschuldige Menschen starben in dieser Zeit gequält und gefoltert«, fuhr Biarn nach einer Weile fort. »Aber niemand konnte ihm oder seinen Helfern etwas verraten. Wonach Oden auch immer gesucht hatte: Es blieb ihm verborgen. Soviel dazu«, sagte er ernst.

»Was mich betrifft, ich kam weiterhin regelmäßig hier herauf. Diese Höhle wurde trotz emsiger Suche in dieser Region nie entdeckt. Nur jemand, der die Gegenwart des Jordvätten spüren kann, würde überhaupt auf die Idee kommen, den schmalen Spalt dort«, er wies in Richtung Höhleneingang, »näher zu untersuchen.«

*Er weiß es*, dachte Charlie. Falls sie noch irgendwelche Zweifel gehabt hatte, nun war sie sich ganz sicher. Biarn wusste, dass sie eine Bjarka war! *Aber was war Biarn?*

»Entschuldige bitte«, sagte Biarn. »Du frierst offensichtlich ein wenig.« Er erhob sich und holte eine Fackel von der Wand. »Es ist kühl in dieser Höhle. Speziell dann, wenn es draußen so entsetzlich warm ist.«

Er bekam einen besorgten Gesichtsausdruck. »Falls nicht doch ein Eldturs, ein Feuertroll, irgendwie nach Vanaheim gekommen ist, gehe ich davon aus, dass Oden seine Finger im Spiel hat.«

Er hielt die Fackel an ein paar Holzscheite.

»Es ist schon eine Weile her, dass er Plagen über das Land geschickt hat.«

»Wieso...«, begann Charlie, doch Tora rief plötzlich aufgeregt: »Du bist ein Ken Magier!«

Biarn war sich mit seiner linken Hand durch die Haare gefahren. Auf seinem Unterarm war deutlich ein tätowierter Stab zu erkennen.

»Du kannst nie etwas für dich behalten, nicht wahr?«, sah Biarn Tora streng an. Sie lief unter seinem tadelnden Blick feuerrot an.

»Deine Impulsivität ist sehr gefährlich«, fuhr Biarn fort, während seine Augen auf ihr ruhten. »Nicht nur dich selber kann sie in große Gefahr bringen, sondern auch deine Freunde!«

*War das eine Drohung? Oder eine Warnung?*

Charlie war unwohl zu Mute.

»Trotzdem gehe ich davon aus, dass Charlie dies bereits vermutete.«

Sein Blick wechselte zu Charlie. Sie hielt ihm stand. Während sie sich ansahen, dachte Charlie: *Er war schon immer ein guter Beobachter. Also gut, er ist ein Ken Magier.* Der Stab bewies es.

Aber weshalb wusste er so genau über den Jordvätten Bescheid? *Ja, schon, sie hatten Biarn davon erzählt.* Nicht die ganze Wahrheit, aber dennoch...

Charlie überlegte fieberhaft.

*War er nun auch ein Bjarka? Ein Ken Bjarka?*

Vorhin war sie sich dessen so sicher gewesen.

Sie schielte auf seinen Arm. Er zeigte bloß einen Stab. Kein Pentagramm, wie sie es bei der alten Fulla gesehen hatte.

Wie um Charlies Gedanken zu untermauern, schob Biarn den Ärmel seines rechten Armes hoch. Scheinbar nur um die Fackel besser halten zu können, aber Charlie war sich ziemlich sicher, ein kleines Aufblitzen in Biarns Augen gesehen zu haben.

Kunar, der bisher sehr still gewesen war, räusperte sich.

»Du hast also die Magierzeremonie hinter dir. Die Taufe! Wie ist dein neuer Name?«, fragte er.

Biarn schien die Worte gründlich abzuwägen. Schließlich sagte er: »Leider kann ich euch meinen Magiernamen nicht preisgeben, obwohl ich nach dem Gesetz dazu verpflichtet wäre.«

Skepsis blitzte ihm aus den Gesichtern entgegen. »Glaubt mir, es ist zu eurer eigenen Sicherheit. Zu gegebener Zeit werdet ihr es erfahren. Ich gebe euch mein Wort darauf«, unterstrich er.

Tora blies verächtlich Luft durch ihre Nase.

Biarn sah sie lächelnd an.

»Genau aus diesem Grund. Wegen deiner Impulsivität, Tora, eurer unzerstörbaren Zuneigung zueinander«, er sah bei diesen Worten Kunar an, »und auf Grund deiner Geheimnisse, Charlie«.

Er seufzte: »Es ist zu gefährlich. Sowohl für mich als auch für euch. Am besten wäre es, ihr würdet vergessen, dass ihr mich jemals getroffen habt.«

Sein Blick schien nach innen gerichtet. »Leider kann man Vergangenes nicht ungeschehen machen«, sagte er bedauernd. Dann sah er Charlie an. »Und wer weiß, vielleicht sind wir uns eines Tages gegenseitig von größerem Nutzen, als es einer von uns heute ahnen würde?«

Charlie zögerte, dann sagte sie:

»Du bist also ein Ken Magier, der vermutlich noch so einiges zu verbergen hat. Nicht nur ich trage Geheimnisse mit mir herum!«

»Nein«, erwiderte Biarn. »Nicht nur du. Das trifft auf viel mehr Menschen in Vanaheim zu, als du denkst!«

»Was geschah dann?«, drängte Kunar. »Du sagtest, du bist regelmäßig hierher gekommen!«

»Augenblick, Kunar«, unterbrach Charlie. »Eines will ich noch wissen, bevor er weitererzählt.«

»Wann?«, fragte sie Biarn. »Wann bist du getauft worden?«

»Vor kurzem erst«, erwiderte er. Charlie sah ihn ungläubig an. Sie wusste nicht warum, aber sie hätte gedacht, er wäre schon länger ein Ken. Dann kam ihr ein Gedanke!

»Vielleicht sollte ich eher fragen, wann du deine Fähigkeiten entdeckt hast und nicht, wann du getauft wurdest?«

Biarns Augen blitzten kurz auf, dann war er wieder die Ruhe selbst.

»Ja, das ist eine viel bessere Frage«, sagte er. »Über diese Möglichkeit haben wir schon einmal gesprochen.«

Aber er ließ Charlies Frage im Raum stehen und fuhr stattdessen mit seinem Bericht fort. Charlie bohrte nicht nach. Sie war sich sicher, keine Antwort zu bekommen. Es war nun an Charlie, sich eine Meinung zu bilden. Und Charlie war sich sicher.

*Biarn hat seine magischen Fähigkeiten schon länger!*

Tora hatte einmal behauptet, sie sei eine Ken Magierin und sie hätte es geheim gehalten. Und Charlie selbst war eine illegale Bjarka.

*Wie mächtig war Biarn bereits?*

Charlie hörte nur mit halbem Ohr hin, was Biarn noch so zu erzählen hatte. Als er geendet hatte, sagte er:

»Und nun zu euch! Dass ihr *fort* wart, hat uns Toras ungestüme Art bereits verraten. Und ihr wart ihrer Aussage nach nur zwei Tage lang fort. Wo seid ihr gewesen? Nicht in Vanaheim oder Godheim jedenfalls. Das ist sicher. Ihr habt diese Welt verlassen. Seid ihr in Charlies Heimatwelt gewesen?«

Charlie, Tora und Kunar starrten Biarn sprachlos an. Woher wusste er so viel?

*Er hatte viel Zeit zum Nachdenken,* schoss es Charlie durch den Kopf. *Er hat mir meine Geschichte nie recht geglaubt und eins und eins zusammengezählt.*

Nach dem Motto Angriff ist die beste Verteidigung sagte Charlie:

»Ja, wir waren in meiner Heimatwelt!«

»Dachte ich es mir doch«, sagte Biarn. »Wie heißt deine Welt?«

»Bevor ich dir mehr erzähle«, sagte Charlie, »woher soll ich wissen, ob wir dir vertrauen können?«

»Das kannst du nicht«, sagte er ernst. »Ich kann dir keine Beweise liefern, die dein Vertrauen stärken. Ich kann dir nur mein Wort geben.«

Er sah Charlie intensiv in die Augen.

»Oden hat vor vier Jahren etwas – oder jemanden – gesucht. Du weißt, dass ich damals schon vermutete, dass du etwas Wichtiges verheimlichst und ich habe dich gewarnt«, sagte er.

Das stimmte. Biarn hatte sie alle gewarnt und sich dadurch einige Male selbst in Gefahr gebracht.

*Aber war er heute noch derselbe wie damals?*

Nein, natürlich nicht. Er war jetzt ein Ken und vielleicht noch mehr. Sie wechselte einen Blick mit Kunar.

»Es ist deine Entscheidung«, spielte der den Ball zurück. »Genauso wie wir nicht genau wissen, ob Biarn uns die Wahrheit gesagt hat, wird er nicht wissen, ob wir ihm die Wahrheit sagen.«

»Gut gesprochen, Kunar«, sagte Biarn. »Ich werde nicht genau wissen, ob das, was ihr wählt preiszugeben, auch der Wahrheit entspricht.«

»Gut«, seufzte Charlie. »Ich werde erzählen, was passiert ist.«
Sie warf Tora einen warnenden Blick zu, der *unterbrich-mich-nicht!*
bedeutete und beschloss, nur das Nötigste zu erzählen.

»Der Planet, auf dem wir waren, heißt Erde. Odens Späher flogen
über den Berg. Sie hätten uns gesehen, wenn wir nicht geflohen wären.
Zur Erde zurückzukehren war unsere einzige Möglichkeit. Wir waren
etwa eineinhalb Tage dort. Dann kehrten wir zurück. Wir dachten,
Odens Späher wären dann wohl fort. Du hattest damals von einer
dreitägigen Suche geredet.«

»Das stimmt. Die Suche in dieser Region war nach drei Tagen beendet. Wieso sind deiner Meinung nach hier mehr als vier Jahre vergangen und auf dieser Erde nur eineinhalb Tage?«, fragte Biarn.

»Ich weiß es nicht. Es scheint eine Art Zeitverschiebung zwischen
den Welten zu geben. Tora meint, der Weg dorthin kostet sozusagen
Zeit«, antwortete Charlie.

»Hm«, machte Biarn. »Diese Zeitverschiebung, von der du sprichst,
habt ihr sie auch gespürt, als ihr zur Erde hin seid?«

»Ja. Ein Bekannter auf der Erde sagte, ich wäre nur einen Tag fort
gewesen«, sagte Charlie.

»Einen Tag«, überlegte Biarn. »Wie lange warst du hier in Vanaheim?«

»Etwas mehr als vier Monate«, antwortete Charlie.

»Also, du warst vier Monate fort und es ist auf der Erde ein Tag
vergangen. Jetzt warst du eineinhalb Tage fort und hier sind vier Jahre
vergangen. Die Zeitkosten wären damit doch um einiges gestiegen!«,
sagte Biarn und sah Charlie zweifelnd an. Sie überlegte.

*Irgendetwas stimmte da nicht. Sie musste etwas übersehen haben!*
Sie war aus dem Heim ausgebrochen und die ganze Nacht gewandert. Dann hatte sie sich schlafen gelegt und war nachmittags wieder
aufgewacht.

*Das war's! Natürlich!*
Sie war erst am späten Nachmittag durch den Nebel gegangen! Und
als sie mit Tora und Kunar im Schlepptau zurückkehrte, hatte es angefangen zu dämmern! Sie konnte nicht mehr als... sie überlegte fieberhaft.

»Nein«, sagte sie dann laut. »Ich war in Wirklichkeit höchstens drei Stunden von der Erde fort. Ich hatte noch einige Zeit auf der Erde verbracht, bevor ich durch den Nebel ging.«

Biarns Augenbrauen flogen in die Höhe.

*Mist*, dachte Charlie. *Ich muss vorsichtiger sein!*

Das mit dem Nebel war ihr nur so herausgerutscht. Sie hatte nicht vorgehabt, es auszuplaudern.

»Du bist also tatsächlich durch den Nebel gekommen«, sagte Biarn. »Seit vielen Tausenden von Jahren ist niemand mehr durch den Nebel gereist.«

Nun waren es ihre Augenbrauen, die in die Höhe flogen.

*Biarn wusste von dem Nebel?*

»Nebelreisen werden in vielen der alten, fast vergessenen Legenden erwähnt«, erklärte Biarn. »Nicht viele wissen heute noch davon.«

*Ja*, dachte Charlie. *Aber du weißt es. Wieso?*

»Erzähl mir mehr, Charlie. Wie hast du es gemacht?« Biarns Stimme war zwar kontrolliert, aber trotzdem spürte Charlie seine innere Unruhe. Er war aufgeregt. Sehr sogar. Er war ungemein daran interessiert, zu erfahren, wie sie das Tor durchschreiten konnte.

Wie schon einmal, vor einigen Monaten, verschwieg Charlie ihr Amulett. Sie spürte es schwer und wärmer als zuvor auf ihrer Brust.

*Sie würde es geheim halten.*

Es war zu kostbar. Es war der Schlüssel in eine andere Welt. Es hatte sie schon einmal gerettet und mit ihr Tora und Kunar.

Sie wechselten stumme Blicke. Dann sagte Charlie:

»Ich weiß es nicht. Ich gehe einfach hindurch, wenn ich will!«

Biarn sah sie forschend an.

Sie spürte wie immer, dass er ihr nicht glaubte. Aber wie immer drängte er sie nicht.

»Gut«, sagte er. »Belassen wir es dabei.«

Charlie wartete auf den leicht spöttischen Blick, der solchen Szenen immer gefolgt war. Aber der blieb aus. Als wäre Biarn solch unwürdigen Gesten entwachsen.

»Du bist jetzt etwa achtzehn Jahre alt, oder?«, fragte Charlie schließlich.

»Ja, das ist richtig«, bestätigte Biarn. »Ich bin diesen Skörde Monat achtzehn Sommer geworden. Und du bist immer noch vierzehn Sommer, Charlie.«

»Fast fünfzehn«, präzisierte sie.

Kunar und auch Tora mischten sich nicht ein. Tora sah man wie immer an, dass sie ganz bestimmt etwas zu sagen hatte. Sie biss sich aber auf die Zunge. Kunar hörte aufmerksam zu.

»Um auf diese Zeitverschiebung zurückzukommen... Davon habe ich noch nie gehört«, sagte Biarn.

Charlie horchte auf.

»Du weißt also auch nicht, wie sie zu Stande kommt«, konstatierte sie.

Biarn saß gedankenversunken da und starrte in das Feuer, das langsam kräftiger wurde. Bald schon würde es eine wohlige Wärme ausströmen. Die dünne Rauchsäule schlängelte sich an die Höhlendecke und verschwand dort durch einen unsichtbaren Spalt. Vom Berg verschluckt.

»Diese Höhle hier ist in vieler Hinsicht einmalig«, nahm Biarn den Gesprächsfaden wieder auf. »Wusstet ihr eigentlich, dass der Rauch dieses Feuers erst vierhundert Meter entfernt ins Freie gelangt?«

»Was?«, fragte Kunar. »Bist du sicher?«

»Ja, der Rauch zieht durch ein kompliziertes Schachtsystem ab. Ich habe es bei einem meiner Streifzüge vor drei Jahren entdeckt.«

»Das ist mir nie aufgefallen!«, sagte Kunar.

Das war interessant! Sie hatten nie bemerkt, dass der Rauch nicht direkt über der Höhle abzog! Das perfekte Versteck, diese Höhle!

»Es ist natürlich nicht immer so gewesen«, sagte Biarn. »Jemand muss vor langer Zeit nachgeholfen haben.«

»Mit Magie?«, entfuhr es Charlie.

»Vermutlich«, mutmaßte Biarn. »Also. Diese Zeitverschiebung. Du sagtest, du wärst eineinhalb Tage fort gewesen, und hier sind vier Jahre und 25 Tage vergangen. Und zuvor waren hier etwas mehr als vier Monate vergangen und auf der Erde etwa drei Stunden. Ich frage mich, ob die Zeitverschiebung immer gleich ist, oder ob sie variiert«, murmelte Biarn gedankenverloren.

Das müsste man doch ausrechnen können, überlegte Charlie. Sie begann mit einem dünnen Zweig, der am Feuer gelegen hatte, in den staubigen Höhlenboden zu schreiben.

»Du darfst hier nicht schreiben...!«, stieß Tora hervor.

»Schon gut«, wiegelte Charlie ab. »Ich muss etwas ausrechnen.« Sie sah kurz zu Biarn auf. »Auf der Erde darf jeder schreiben«, sagte sie. »Und hier sieht uns ja wohl keiner, außer dir!« Sie sah ihn herausfordernd an. Biarn schwieg und sah ihr zu.

»Also«, überlegte Charlie laut. »Nur so ungefähr. Drei Stunden entsprechen vier Monaten, das wären also 4 x 30, also 120 Tage, vielleicht noch ein paar Tage mehr, also ungefähr 130 Tage. Dann 130 mal 24, nein! Hier hat der Tag ja 26 Stunden! Also: drei Stunden entsprechen 130 Tagen, sind 130 mal 26 Stunden. Das heißt drei Stunden entsprechen 3.380 Stunden in Vanaheim. Eine Stunde auf der Erde ist dann 3.380 geteilt durch drei. Das sind ungefähr 1.100 Stunden. Also das ist jetzt alles ziemlich ungenau. Ein Taschenrechner wäre nicht schlecht!«

Charlie rauchte der Kopf.

»Ungefähr reicht uns auch schon«, sagte Biarn. Er war von Charlie Rechnerei offensichtlich sehr beeindruckt und ließ ihre Hand mit dem Holzstück nicht aus den Augen.

Charlie seufzte.

*Na, wenn das mal so stimmte!*

»Also nach meinem ersten Ausflug wäre also dann eine Stunde auf der Erde 1.100 Stunden hier.«

Sie schrieb weiter: ein und ein halber Tag entsprachen vier Jahren, das wären 4 x 365, das waren 1.460 Tage.

Nee, so ging das nicht, oder?

»Wartet mal…, um 8:00 Uhr abends ungefähr da... Bis 8:00 Uhr nächsten Abend, sind 24 Stunden, dann bis ungefähr 6:30 Uhr morgens sind neun Stunden, machte 34,5 Stunden.« Sie schrieb 34,5 Stunden in den Sand.

»Also 34,5 x 1.100? Puh! Macht 39.050 Stunden!« Und wie viele Tage, Monate und Jahre waren das nun? Erst rechnete sie 39.050 durch 26 Vanaheim-Stunden. Das machte 1.501,9 Tage. Ein Monat hatte auch auf Vanaheim ungefähr dreißig Tage. Also rechnete sie 1.502 geteilt durch dreißig. Das ergab 50 Monate. Ein Vanaheim-Jahr hatte zwölf Monate. Also ungefähr 50 geteilt durch zwölf. Das machte 4,2.

»Also mehr als vier Jahre!«, sagte Charlie schließlich. »Aber ich kann das irgendwie nicht ganz genau rechnen. Und ich weiß ja auch nicht ganz genau, wie lange ich weg war und wie viele Tage hier der Monat wirklich hat! Ihr habt ja bloß ungefähre Zeitangaben hier in Vanaheim!«

Biarn dachte weiter nach.

»Aber es stimmt schon ziemlich genau überein, oder?«

»Ja. Wahrscheinlich ist die Zeitverschiebung immer gleich groß«, sagte Charlie.

Plötzlich lief es ihr siedend heiß über den Rücken!

»Oh, nein!«, entfuhr es ihr und sie begann fieberhaft zu rechnen. Sie schrieb in den Staub: eine Stunde Erde entspricht 1.100 Stunden in Vanaheim. 24 Stunden Erde, also ein Tag entsprechen 26.400 Vanaheim-Stunden. Das geteilt durch 26 Vanaheim-Stunden pro Tag ergab 1.015,3 Vanaheim-Tage! Ein Tag auf der Erde waren mehr als 1.000 Tage in Vanaheim! Das waren etwa drei Jahre in Vanaheim! Sie war fast 14 Jahre auf der Erde gewesen!

*Oh nein, oh nein, oh nein!*

»Was ist Charlie?«, fragte Kunar vorsichtig. Charlie antwortete nicht. Sie atmete schwer, als sie mit zitternden Händen in den Staub schrieb: Ein Erdentag entsprach etwa 1.000 Tage in Vanaheim. Ein Jahr hatte 365 Tage, das machte 1.000 x 365 sind 365.000 Tage! Sie rechnete weiter. Und dann: Ein Erdenjahr entsprach also 1.000 Jahren und mehr, denn sie hatte ständig abgerundet, um leichter rechnen zu können.

»14.000 Jahre!«, stieß sie hervor. »Wahrscheinlich noch mehr! Meine Eltern sind längst tot! 14.000 Jahre!«

Verzweifelt starrte Charlie auf ihre Rechnungen im Staub.

»14.000 Jahre«, flüsterte sie.

»Charlie!«, sagte Kunar und griff nach ihrem Arm. »Was meinst du?«

»Ich war ungefähr vierzehn Jahre lang auf der Erde. Wenn das mit der Zeitverschiebung stimmt, sind hier in Vanaheim mehr als 14.000 Jahre vergangen...«

»Du meinst, du bist mehr als 14.000 Sommer alt?«, fragte Tora aufgewühlt.

»Nein«, sagte Kunar. »Er ist nicht 14.000 Sommer alt, aber hier in Vanaheim sind mehr als 14.000 Sommer vergangen.«

Er sah Charlie mitfühlend an. »Es tut mir sehr leid, Charlie«, sagte er dann leise.

»Die Erde ist also nicht deine Heimatwelt, wenn ich das richtig verstanden habe?«, fragte Biarn aufgeregt.

Charlie sah erschrocken zu ihm hoch.

*Biarn!* Ihn hatte sie völlig vergessen!

»Charlie!«, drängte Biarn. »Das hier ist sehr wichtig! Du kommst nicht ursprünglich von der Erde? Du bist *hier* geboren?«

»Das hast du doch gehört, oder?«, funkelte sie ihn an.

»Wann!«, stieß Biarn nach. »Wie alt warst du, als du Vanaheim verlassen hast?«

»Das geht dich gar nichts an!«, schnappte sie zurück.

»Als Baby vermutlich«, setzte Biarn unbeeindruckt fort. »Du bist ja jetzt auch nicht viel älter als vierzehn! Weißt du deinen Namen, Charlie? Die Namen deiner Eltern? Sie stammten doch aus Vanaheim, oder? Oder aus Godheim. Wo waren sie her?«

Biarns heftige Reaktion machte Charlie Angst.

»Warum sagst *du* es mir nicht!«, rief sie wütend und verzweifelt.

*Ihre Eltern! Tot! Seit über 14.000 Jahren!*

Sie konnte es nicht begreifen!

»Du weißt doch sonst alles so genau!«, schrie sie Biarn an. Sie stieß ihre Worte wie Dolche hervor. Ihr Kopf schmerzte. Sie sprang auf und tigerte in der Höhle umher.

»Lass Charlie in Ruhe!«, hörte sie Toras helle Stimme durch das Wirrwarr in ihrem Kopf. »Sei still und lass ihn in Ruhe! Er wollte doch bloß seine Eltern finden!«

Kunar hielt seine aufgebrachte Schwester zurück, die gerade mit Fäusten auf Biarn losgehen wollte.

»Weißt du, wie das ist, keine Eltern zu haben?«, schrie sie. »Seine ganze Hoffnung ist gerade zerstört worden! Du gemeiner Schuft, du!«

»Du hast recht!«, sagte Biarn. Seine tiefe Stimme drang zu Charlie durch.

»Es tut mir leid, Charlie! Es war nicht sehr rücksichtsvoll von mir.« Er erhob sich und kam auf sie zu.

»Bitte!«, sagte er bestimmt. »Nimm meine Entschuldigung an und

setz' dich wieder zu uns. Es tut mir wirklich sehr leid.«
Biarns Stimme war wieder ruhig.
Schließlich ließ sich Charlie wieder am Feuer nieder.
»Wieso?«, fragte sie leise. »Wieso ich?... Vielleicht habe ich die Zeit-
verschiebung ja auch falsch berechnet?«.
Kunar und Tora sahen sie mitfühlend an.
Biarn räusperte sich.
»Ich glaube schon, dass deine Rechnungen stimmen«, sagte er lang-
sam. »Es klang sehr plausibel. Sehr interessant dieses *Rechnen*. Die
Frage muss wohl eher lauten: Wieso *du* und *warum*!«
Er sah Charlie an und wartete eine Reaktion ab.
»Ich weiß es nicht«, sagte sie nach einer Weile. »Ich habe keine Ah-
nung!«
Sie hatte sich wieder etwas gefasst.
Plötzlich fiel Charlie der Drache ein!
»Was weißt du über Lindwürmer?«, fragte sie.
»Wieso? Habt ihr welche gesehen? Gibt es auf der Erde Lindwür-
mer?«, zeigte sich Biarn interessiert.
»Was weißt du über sie, war meine Frage!«, unterstrich Charlie.
»Lindwürmer. Ich glaube, sie wurden früher auch Drake genannt,
oder so ähnlich«, gab Biarn zurück.
»Drachen!«, entfuhr es Charlie.
Biarn sah interessiert hoch.
»So? Nun ja. Sie gelten als einige von Vanaheim und Godheims Urwesen. Sie waren schon lange vor den Menschen da. Leider sind sie vor
vielen Tausenden von Jahren ausgestorben. Weshalb, weiß niemand
so genau. Es soll sie in vielen verschiedenen Rassen gegeben haben, in
allen Größen und Farben. Man sagt, sie wären mit den Schwarzelfen
im Bunde gewesen und sehr weise. Sie konnten viele hundert Jahre alt
werden. Soweit überliefert ist, haben sie sich von Menschen fern gehalten. Genau wie die Schwarzelfen haben sie sich nicht in die Belange
anderer Wesen eingemischt«, erzählte er.
»Ist das alles, was du über Drachen oder Lindwürmer weißt?«,
bohrte Charlie nach.
Biarn lachte auf und erwiderte dann leicht amüsiert:
»Mein Bericht ist genauso vollständig wie deiner, Charlie!«

*Aha,* dachte sie. *Wie du mir so ich dir.*

Sie erzählten einander nie die ganze Wahrheit.

Charlie hatte ihre Gründe.

*Welche Gründe Biarn wohl hatte?*

Heute würde sie zumindest nichts mehr erfahren, denn Biarn erhob sich mit den Worten:

»Meine Freunde!« Er betonte die Worte absichtlich mehr als nötig. »Leider muss ich nun gehen. Seid weiterhin vorsichtig.«

Er sah Charlie an und fügte hinzu:

»Womöglich ist das, was Oden vor vier Jahren vergeblich suchte gerade zurückgekehrt.«

Charlie erschrak, ließ sich aber nichts anmerken.

»Sollte dies so sein, wird er vermutlich seine Suche wieder aufnehmen«, betonte Biarn.

»Sollte dies so sein«, wiederholte Charlie, »wird er dann wissen, wo er suchen muss?«

Biarn zögerte.

»Nein... Nein, das glaube ich nicht. Er spürt vermutlich etwas, so wie vor vier Jahren. Aber wahrscheinlich nichts Genaues.«

Tora starrte sie mit weit aufgerissenen Augen an. Dann brach es aus ihr heraus.

»Glaubst du, Oden ist hinter Charlie her? Aber warum?«

Kunar fixierte Biarn mit einem scharfen Blick.

»Ich glaube, wenn Biarn das wüsste, würde er es uns sagen, oder?«

»Ich muss jetzt gehen«, sagte Biarn nur. »Mein Einhorn grast unten am Berg. Es wartet viel Arbeit auf mich.« Er erhob sich hastig und eilte mit großen Schritten zum Höhlenausgang.

Tora lief hinter ihm her.

»Gyller?«, rief sie. »Mein Gyller? Ist er dort unten?«

Biarn blieb stehen und sah Tora ernst an.

»Es sind vier Jahre vergangen, Tora. Gyller ist nicht mehr der Jüngste.«

Tora sah Biarn entsetzt an.

»Keine Angst. Er hat es gut. Dafür sorge ich täglich. Er ist bloß nicht mehr so belastbar. Seine wilden Jahre sind vorbei. Ich habe ihn sozusagen in seinen wohlverdienten Ruhestand geschickt.«

»Du hast ihn gegen ein jüngeres Einhorn *eingetauscht*?«, fragte Tora aufgebracht.

»Nein. Ich mute ihm bloß keine langen, strapaziösen Ritte mehr zu. Ich sagte bereits, dass es ihm gut geht. Du musst mir vertrauen.«

»Ich will ihn sehen!«, rief Tora.

»Irgendwann lässt es sich vermutlich einrichten«, sagte Biarn. »Nun wartet aber erst einmal Wichtigeres auf mich. Ihr entschuldigt mich?«

Er zog die Kapuze seines Umhanges über seine blonden, langen Haare. Sie fiel ihm weit ins Gesicht.

*Er will nicht erkannt werden!*, schoss es Charlie durch den Kopf. Beim Ausgang drehte er sich noch einmal um.

»Vorsicht ist ein guter Begleiter, Charlie! Merk dir das!«, sagte er und sah ihr direkt in die Augen. »Solch ein Auge würde ich im Übrigen auch verbergen... Ich komme wieder«, murmelte er dann noch, bevor er sich durch den schmalen Spalt ins Freie zwängte. Schockiert griff sich Charlie ins Gesicht.

*Sie hatte die Augenklappe vergessen! Wie konnte das bloß passieren?*

Bestürzt starrte sie auf den Höhleneingang, den Biarn gerade verlassen hatte.


Charlie, Tora und Kunar lebten sich schnell wieder ein. Charlie trug nun wieder ihre Augenklappe. Tora begann sofort damit, neue Vorräte anzulegen, obwohl sich alle drei einig waren, dass sie den Winter nicht in Vanaheim verbringen sollten. Nachdem Kunar von kalten, eisigen Schnee- und Hagelstürmen erzählt hatte, war Charlie die Idee gekommen, auf der Erde zu überwintern.

Um im Frühjahr wieder in Vanaheim zu sein, brauchten sie bloß von Vinter-Monat bis Ende Blide-Monat überspringen, also etwa vier Monate. Aus eigener Erfahrung wusste Charlie, dass hierfür etwa drei Stunden auf der Erde ausreichen würden. Jetzt hatten sie Ende Höst Monat. Sie wollten also noch ungefähr eineinhalb Monate bleiben und dann zur Erde zurückkehren. In dieser Jahreszeit gab es öfter Nebel. Der Plan konnte klappen.

Der folgende Monat hieß Blot, was laut Kunar so viel wie Opfer bedeutete. Ende des Blot-Monats feierte ganz Vanaheim Alvablotet, ein großes Opferfest, als Dank für reichlich Fleisch für die kommenden Wintermonate. Als heiligstes Opfer wurde den Göttern ein lebendes Tier dargebracht. Laut Kunar wurde meist eine Ziege geschlachtet. Man schlug sich die Bäuche voll, feierte, tanzte und huldigte den Gottheiten. Charlie hätte nur zu gerne miterlebt, wie in Vanaheim Feste gefeiert wurden. Doch Kunar meinte zu Recht, das Risiko wäre viel zu hoch.

Charlie verbrachte die ersten Tage damit, in ihren mitgebrachten Büchern zu stöbern. Als erstes schlug sie die Anwendungsgebiete der Schafgarbe nach. Tatsächlich halfen die Blüten der Pflanze bei Magen- und Darmbeschwerden, Appetitlosigkeit oder schmerzhafter Menstruation. Außerdem wurden die Blüten zur Säuberung kleinerer Verletzungen und Wunden verwendet.

*Kunar hatte also recht gehabt. Sie konnte spüren, wogegen eine Pflanze half!*

Charlie verbrachte viele Stunden mit der Suche nach Heilpflanzen. Sie sammelte so viele davon, dass Toras kleiner Vorratsraum bald überquoll.

Ihr Gespür bildete sich immer besser aus. Riefen manche Pflanzen anfangs noch heftige Reaktionen hervor, sobald sie diese berührte, so lernte Charlie allmählich, die Beschwerden durch bessere mentale Vorbereitung zu reduzieren.

Abends, oder wenn es um die Mittagszeit einfach zu heiß war, stöberte Charlie in den Büchern über altnordische Mythologie und sog alle Informationen über Fabeltiere auf, die es hier in Vanaheim zum Teil tatsächlich gab. Vieles stimmte überein. Manchmal gab es auch nur Ähnlichkeiten, und in einigen Fällen trugen die Tiere nur denselben Namen, sahen aber ganz anders aus.

Einhörner sahen zum Beispiel genauso aus wie in den Sagen beschrieben. Außerdem wurden sie als Sinnbild für Unschuld und Reinheit bezeichnet. Gefährlich waren sie ja tatsächlich nicht. Allerdings wurden sie in Vanaheim wie ein Pferd verwendet.

Dann war da der Greif. Auch er schien hier genauso auszusehen wie in ihrem Buch beschrieben. Obwohl Charlie noch keinen selbst gesehen hatte – außer auf Holzschnitzereien in Alt Bragesholm und Steinreliefs auf Bilskirne.

Die Makaras in Vanaheim hatten rein gar nichts mit denen aus der Erdmythologie zu tun. Laut Buch sollte es sich um ein Fisch-Krokodil oder eine Fisch-Elefanten-Mischung handeln. Charlie wusste es besser. Makaras glichen weder Krokodil noch Elefant, den Fisch konnte sie vielleicht gerade noch gelten lassen. Sie erinnerte sich schaudernd an den kaulquappenähnlichen männlichen Makara, der durch die Teppiche mit Lokesranken gepflügt war.

Über den Phönix stand zu lesen, dass er sich selbst verbrannte und nach drei Tagen aus seiner eigenen Asche auferstand. Nach dem, was Charlie von Tora und Kunar gehört hatte, stimmte wohl nur ein Teil davon. *Wiedergeboren* wurden nämlich seine Nachkommen. Die Jungen brauchten die hohen Temperaturen als Signal zum Schlüpfen. Und über Phönixsteine fand Charlie überhaupt keine Informationen.

Vom Aussehen her schienen die meisten Tiere mit den Überlieferungen übereinzustimmen. Da gab es den Hippogriff (Griff bedeutete wohl Greif) – halb Pferd, halb Greif –, das Hippolektrion – halb Pferd, halb Hahn – oder den Leogriff – halb Löwe, halb Greif, wenn auch nur sehr klein. Dass der Leogriff obendrein sehr gut schmeckte, stand natürlich nicht in dem Buch.

Und es gab die Haga, Hydra und die Skylla. Alles Seeungeheuer mit langen Hälsen und vielen Köpfen. Die Skylla hatte sechs Köpfe, die Hydra sieben und bei der Haga war nur von vielen Köpfen die Rede.

*Nun, aus eigener Erfahrung wusste sie, dass es sieben waren.*

Den Sagen zufolge war die Skylla eine Nymphe, die in ein Ungeheuer verwandelt wurde. Außer ihren sehr langen Hälsen sollte sie auch noch drei Zahnreihen besitzen. Charlie sah die spitzen Zahnreihen der Haga vor sich, wie sie sich in Biarns Wade bohrten.

*Ob die Autoren sich vertan hatten und eigentlich die Haga meinten?*

Kunar und Tora gaben an, von einer Skylla noch nie etwas gehört zu haben. Die Hydra gäbe es aber sehr wohl. Sie lebte anscheinend im Meer. Da weder Tora noch Kunar jemals am Meer gewesen waren, kannten sie die Hydra bloß aus Erzählungen. Begegnet waren sie bisher nur der Haga aus ihrem Höhlensee.

»Frej sei Dank!«, stieß Tora hervor.

»Man sagt das so«, erklärte Kunar dann den seltsamen Ausdruck. »Wenn man im Umgang mit Tieren Glück gehabt hat, sagt man *Frej sei Dank*!«

Als Charlie unter *Lindwurm* nachlas, fielen ihr deutliche Unterschiede auf. Ein Drache ohne Flügel, ein Ungeheuer der germanischen Dichtung und Sagen. Ihr Fliegendrache hatte eindeutig Flügel gehabt! Anscheinend machten die Menschen in Vanaheim keinen Unterschied zwischen Drachen und Lindwürmern. Es waren einfach nur Drachen in verschiedenen Größen.

*Vielleicht war ursprünglich ein Rassenunterschied gemeint?*

Viele der Fabeltiere aus ihrem Buch waren sowohl ihr als auch Kunar und Tora unbekannt. Von einem Basilisk oder einer Kimaira (Chimäre) hatten die beiden schon einmal etwas gehört, aber ein Quilin, ein Behemoth oder ein Leviatan waren für sie genauso neu wie für Charlie. Alles konnte sie sich sowieso nicht merken. Sie würde bei Bedarf nachschlagen müssen.

Ähnlich ging es Charlie bei den Büchern über nordische Mythologie. Offensichtlich waren Oden, Lodur, Frej und wie sie alle hießen, in der nordischen Mythologie Götter! Hier in Vanaheim waren sie allerdings Magier. Das war ja nun wirklich ein großer Unterschied, oder etwa nicht? Der einzige Gott, über den sie alle Informationen aufsog, war Oden, auch Odin genannt.

Laut Buch wurde Oden tatsächlich auch der Raben-Gott genannt. Und auch Hugin und Munin fanden Erwähnung. Dass sie Odens Späher waren und ihm Informationen ins Ohr flüsterten. Allerdings kein Sterbenswörtchen davon, dass sie sich in Menschen verwandeln konnten.

Oden hatte anscheinend noch -zig andere Namen: *Todesgott, Kriegsvater* und *Allvater* zum Beispiel. Er schien ein kluger und sehr gefürchteter Gott zu sein. Die Frage war bloß: Beschrieb das Buch das Leben in Vanaheim und Godheim? Oder welchen anderen Grund konnte es geben, dass so vieles in dieser Welt mit dem Inhalt des Buches übereinstimmte? Und vor allem: Wieso gab es überhaupt Beschreibungen von Menschen über etwas, was auf einem völlig anderen Planeten passierte? Charlie hatte keine Erklärung dafür. Bis ihr etwas Plausibles einfiel, würde sie einfach weiter die nordische Mythologie studieren.

Noch etwas wurde zur täglichen Gewohnheit: Kunar lernte lesen. Anhand der mitgebrachten Bücher erklärte Charlie ihm die Bedeutung der jeweiligen Buchstaben und die Zusammensetzung von Wörtern. Kunar war hoch motiviert und lernte schnell. Ab und zu versuchte sich sogar Tora an einigen Wörtern, aber ihren Bruder holte sie nicht ein. Unermüdlich nutzte er jede freie Minute, bis er zwar langsam, aber durchaus zusammenhängend aus dem Buch über Fabeltiere vorlesen konnte. Er hatte sich vorgenommen, das Buch von vorne bis hinten zu studieren.

Bereits am Tag nach ihrer Rückkehr hatten Tora, Kunar und Charlie den großen Gymers See entdeckt. Die Region um Gymers Berg herum war fast nicht wiederzuerkennen. Man konnte zwar noch ganz genau das Neue Land von den alten Wichtelwäldern unterscheiden, aber der Berg verschmolz nun mit einer Selbstverständlichkeit mit der Landschaft, als wäre er schon immer hier gewesen.

Die kleinen Wichtelfichten waren zu großen schlanken Bäumen herangewachsen. Das Unterholz war dicht und hoch. Büsche und Sträucher bildeten mancherorts einen undurchdringlichen Wall. Kahle Flächen gab es keine mehr. Die Natur hatte ihr Terrain zurückerobert. Eine Landmarke stach allerdings heraus: Direkt am Fuß des Berges breitete sich ein großer See aus.

»Wie kann das sein«, murmelte Kunar. »Der war doch vorher noch nicht dort. Nicht einmal bevor Gymers Berg herkam.«

»Nein, nie!«, bestätigte Tora.

Sie konnten sich die Existenz des Gewässers nicht erklären.

»Magie, vielleicht?«, fragte Charlie. »Kann man mit Magie einen See entstehen lassen?«

Schnell kletterten die drei zum See hinab. Je näher sie dem Wasser kamen, desto deutlicher vernahmen sie ein Rauschen. Auf einem Felsvorsprung, der nur etwa zwei Meter über der Wasseroberfläche hing, blieben sie stehen. Direkt unter ihnen war das Wasser in ständiger Bewegung. Blasen und Schaum hielten hier auf einer Fläche von wenigen Quadratmetern das efeuähnliche Gewächs fern, das sonst überall in großen Teppichen umher schwamm. Es blubberte und brodelte.

»Eine Quelle!«, rief Charlie. »Das muss eine Quelle sein!«

Tora spähte über den Felsvorsprung.

»Ja!«, nickte sie aufgeregt. »Und sie scheint direkt aus Gymers Berg zu kommen.«

Auch Charlie und Kunar kamen näher an die Abbruchkante. Charlie legte sich flach auf den Felsboden und lugte hinab.

»Oder aus dem Boden darunter...«, überlegte sie laut.

»Der See wächst!«, rief Kunar. »Deshalb war er vor vier Jahren noch nicht da! Er ist gewachsen!«

Tief beeindruckt behielten sie die brodelnde, schaumige Wasseroberfläche im Auge.

»Sind das Lokesranken?«, deutete Charlie mit angewidertem Gesichtsausdruck auf einen kleinen Pflanzenteppich, der sich der Quelle näherte, und dann wieder energisch davon getrieben wurde.

»Nein, Balderstüpfel! Er ist etwas heller und hat außerdem kleine dunkle Punkte!«, erklärte Kunar.

Tatsächlich. Wenn man sehr genau hinsah, konnte man die dunklen Tupfen auf den grünen Efeu ähnlichen Blättern erkennen.

»Wir könnten hier baden!«, frohlockte Tora. Charlie sah sie skeptisch an.

»Bist du sicher?« Nur zu gut hatte sie ihre schmerzhafte Begegnung mit den Lokesranken und den Makaras in Erinnerung. Und nicht zu vergessen – dem Midgârdsorm! Hier schien doch in jedem Gewässer irgendein Ungeheuer zu hausen.

»Na und ob!«, bekräftigte Tora. »Balderstüpfel! Jedes Kind in Vanaheim weiß, dass man in Seen mit Balderstüpfel baden kann. Es hält giftige Tiere und Pflanzen fern. Los kommt!«, drängte sie. »Lasst uns hinunter gehen und eine geeignete Stelle suchen. Bitte!«

Nicht ganz überzeugt ließ Charlie ihre Augen über den See streifen, der sich in der Sonne glitzernd vor ihnen erstreckte. Er sah sehr idyllisch aus. Bis auf die brodelnde Stelle unter ihnen war die Wasseroberfläche ruhig. Zwischen den Balderstüpfelflächen schwammen seltsame grüne Bälle, die ein wenig grünen Seerosen ähnelten. Am Ufer drängten sich Büsche und Bäume in allen Farben und Größen. Trotz der fortgeschrittenen Jahreszeit war es sehr warm und schwül.

*Ein Bad wäre schon sehr willkommen...*

Charlie warf Kunar einen fragenden Blick zu.

»Tora hat recht. Hier gibt es nichts Gefährliches. Lokesranken und Balderstüpfel wachsen niemals in gleichen Gewässern. Wir können uns ja mal umsehen!«, meinte Kunar.

Eine halbe Stunde lang schlugen sie sich durch das Gebüsch, bis sie eine Möglichkeit fanden, ganz nah ans Wasser heranzukommen. Zweige und bunte Blätter verfingen sich in ihren Haaren und ihre Kleidung klebte unangenehm auf der Haut.

Abgekämpft und durstig standen sie endlich vor einem kleinen Sandstrand in einer kleinen, hufeisenförmigen Bucht, die von Schilf und grünen Seerosenbällen eingerahmt war. Weiter draußen trieb ein großer Balderstüpfelteppich vorbei. Terrassenförmig ging es zum See hinab. Etwa zwei Meter Höhenunterschied lagen zwischen Waldrand und Ufer. Die kleinen Sandbänke waren mit Gras und Kräutern bewachsen. Es roch würzig und zugleich etwas modrig, denn rechts und links des Sandstrandes hatten sich abgestorbene Pflanzenteile und Treibholz angesammelt, die im seichten Wasser vor sich hin faulten.

Charlie holte ihre Wasserflasche hervor und trank in durstigen Zügen, bevor sie Tora und Kunar zum Ufer folgte.

Zur Linken wuchs eine größere Wichtelfichte. Ihr Wurzelwerk lag zum Teil frei, da sich der See auf der rechten Seite unter den Baum grub. Ein etwa ein Meter hoher und zwei Meter breiter Hohlraum hatte sich gebildet, in dem das Wasser hin und her schwappte.

Der See strahlte eine angenehme Ruhe aus. Der Boden im klaren Wasser fiel nach wenigen Metern steil ab. Im seichten Wasser ließen sich kleine Fische treiben. Einige schwammen zwischen den freiliegenden Wurzeln der Wichtelfichte umher.

Da erspähte Charlie die Umrisse eines riesigen Fisches, der aus den Tiefen des Sees auftauchte. Charlie zog überrascht die Luft ein und machte sich fluchtbereit. Das Tier war mindestens eineinhalb Meter lang. Es schwamm langsam und gemächlich auf das Ufer zu, bog dann nach links ab und verschwand unter einem Bett von Seerosenbällchen.

»Nächstes Mal nehmen wir eine Angel mit. Fisch hatten wir schon lange nicht mehr«, sagte Kunar nach einer Weile.

Erst nachdem die Geschwister jauchzend in den See gesprungen waren, überwand Charlie ihr Misstrauen. Das Wasser war herrlich kühl und erfrischend. Sie schwammen umher, spritzten sich gegenseitig an, planschten fröhlich und verbrachten einen unbeschwerten Nachmittag.

Charlie fühlte sich fast an ihre Badeerlebnisse auf der Erde erinnert.

Seit jenem Tag suchten Charlie, Tora und Kunar so oft wie möglich die Hufeisenbucht auf. Da die ungewöhnliche Hitzeperiode andauerte, erschien ihnen der Quellsee wie ein Geschenk des Himmels. Mit einer selbstgebastelten Angel gelang es Kunar ab und zu, einen Fisch zu erbeuten.

An solchen Festtagen gab es gegrillten Fisch mit Bergkräutern, Beeren, Pilzen oder mit den wohlschmeckenden Knollenfrüchten, die Charlie schon kennengelernt hatte. Auf Gymers Berg wuchs Jordhuvud leider nicht, daher hatten sie eine ganze Weile darauf verzichten müssen. Nun, da die Natur mit voller Kraft zurückgekehrt war, gab es auf dem Neuen Land Wurzeln, Knollen und Pflanzen in Hülle und Fülle. Was das Essen anging, fehlte es ihnen an nichts. Sie waren gesund und wohlgenährt.

Die Hitzewelle hielt an und Charlie fragte sich zum wiederholten Mal, weshalb Oden solche Plagen über das Land schickte.

*Falls Biarn mit seiner Vermutung, dass Oden hinter der unerträglichen Hitze steckte, recht hatte, natürlich.*

Kunar und Tora hatten einmal behauptet, dass es Oden Spaß machte, Menschen zu quälen. Charlie verstand das nicht.

*Wie konnte jemand am Leid anderer Spaß haben?*

Sie musste unbedingt Biarn bei ihrem nächsten Treffen danach fragen.

Und um welche Plagen handelte es sich noch? Es gab so vieles, das Charlie nicht verstand. Zum Beispiel die Sache mit der Augenfarbe.

*Weshalb „sortierte" Oden die Menschen in Vanaheim und Godheim nach der Augenfarbe?*

Und dann war da noch Odens Suche.

*Was suchte er so verzweifelt, dass er dafür Menschen quälte und sogar tötete? Was konnte derart wichtig sein und warum?*

Charlie schenkte Biarns Vermutung wenig Glauben.

*Warum sollte sie gemeint sein?*

Und warum war sie damals vor mehr als 14.000 Jahren als Baby zur Erde geschickt worden? Was hatte Gymer damit zu tun? Falls er überhaupt etwas damit zu tun hatte. War das Tor zur Erde damals schon verschlossen gewesen? Hatte sie ihren *Schlüssel* gebraucht, um durch den Nebel zu gehen? Wer oder was hatte die Tore versperrt und warum? Und wann?

Und dann waren da noch ihre magischen Fähigkeiten. Wie sollte sie die Kräfte meistern, die offenbar in ihr schlummerten? Höder hatte das Feuer mit einem Ritual beschworen. Konnte sie mit bestimmten Zeremonien Dinge bewerkstelligen, die sie sich noch gar nicht vorstellen konnte? Wie würde sie das herausfinden? Ja, sie war eine Bjarka.

*Und weiter? Was jetzt?*

Und Biarn? Warum wusste er so viel? Bekam man solche Dinge bei der Taufe zu hören? Wurde man dann eingeweiht in Vanaheims Geheimnisse?

All diese Fragen beschäftigten Charlie fast täglich. Sie wollte Antworten! Dafür würde sie Augen und Ohren offenhalten.

Sie musste versuchen, mehr aus Biarn herauszuholen!

*Vielleicht indem sie mehr von sich preisgab?*

Tauschhandel sozusagen? Sie würde schon Antworten auf ihre Fragen finden.

*Ganz bestimmt!*


Nur drei Tage nach ihrer Rückkehr wurde Charlie unsanft daran erinnert, dass auch jemand anderes in Vanaheim noch immer nach Antworten suchte.

Sie war alleine durch das Neue Land gezogen und hatte nach neuen Heilpflanzen Ausschau gehalten. Sie war derart in Gedanken versunken, dass sie darüber die Zeit vergaß. Doch ein Blick auf ihre Armbanduhr beruhigte sie. Ihr blieb noch mehr als genug Zeit für den Rückweg – glaubte sie. Doch als sie sich daran machte, Gymers Berg zu erklimmen, um vor Sonnenuntergang zu Hause zu sein, setzte bereits die Dämmerung ein! Irritiert sah Charlie auf ihre Uhr.

*Wieso wurde es jetzt schon dunkel?*

Plötzlich lief es ihr siedend heiß über den Rücken.

*Sie hatte die Zeitverschiebung außer Acht gelassen!*

Es war ja jetzt vier Jahre plus einen Monat später als vor ihrem Erdausflug. Obwohl für sie seitdem bloß drei Tage vergangen waren, war es jetzt nicht mehr Anfang Höst, sondern Ende Höst. Also wurde es auch früher dunkel.

»So ein Mist!«, fauchte Charlie und legte einen Zahn zu. Es wurde zusehends schummeriger. Die Nachttiere erwachten. Charlie konnte die gewohnten Geräusche hören – schrille Schreie, leises Schnaufen, Knacken im Unterholz. Charlie fühlte sich unbehaglich.

Es wurde nicht ganz dunkel. Der Godheim Mond leuchtete hell als fast runde Scheibe über Gymers Berg. Instinktiv schaute sich Charlie nach dem zweiten Mond um. Dort war er. Eine schmale, gelbe Sichel am Horizont. Der Vanaheim Mond.

Als Charlie weiterging, sah sie über dem *Neuen Land* große, dunkle Schatten schweben. Ihr stockte der Atem. Was konnte das sein? Tora und Kunar hatten sie vor den Kreaturen der Nacht gewarnt.

*Vanaheims Wälder waren nachts nicht sicher.*

Charlie kniff die Augen zusammen und versuchte, die fliegenden Wesen genauer zu erkennen, aber es war einfach zu dunkel. Charlie hastete weiter. Wieder und wieder sah sie sich ängstlich um. Die unheimlichen Geräusche schienen immer näher heranzurücken.

Wenige hundert Meter vor der Höhle schaute sich Charlie einmal mehr um.

*War da was? Nein, nur ein Strauch! Oder doch nicht? Wo waren die unheimlichen Schattenwesen geblieben?*

Ihr Blick schweifte über das Neue Land und dann über Gymers Berg. Fast hätte sie laut aufgeschrien. In der hellen Scheibe des Vanaheim Mondes zeichneten sich scharf die Umrisse der Nachtkreaturen ab, die sie vorher beobachtet hatte. Eines von ihnen wendete und was Charlie dann erlebte, ließ ihr das Blut in den Adern gerinnen.

Mit schrillen Schreien setzten die Kreaturen zum Sturzflug an. Wenig später ertönte aus dem Wald der herzzerreißende Todesschrei eines Tieres. Dann wurde es wieder still. Charlie atmete schwer. Sie unterdrückte die aufkommende Panik und hastete Hals über Kopf weiter. Atemlos zwängte sie sich durch den Spalt zur Höhle.

»Vampire!«, stieß sie schwer atmend hervor. »Da waren Vampire!«

»Wo warst du so lange!«, schimpfte Tora aufgeregt. »Wir haben uns große Sorgen gemacht! Du weißt doch, dass es gefährlich ist, nachts draußen herumzuwandern!«

»Ich bin nicht *herumgewandert!*«, entgegnete Charlie wütend. »Ihr habt mir nicht erzählt, dass es hier Vampire gibt! Warum habt ihr mir das nicht erzählt?«

Kunar und Tora starrten Charlie verständnislos an.

»Was sind Vampire?«, fragte Kunar.

»Na große, blutsaugende Untote!«, schrie Charlie. Dann stutzte sie und sah Kunar an.

*Waren das gar keine Vampire gewesen? Hatte sie sich in ihrer Panik geirrt?*

»Dunkle, fliegenden Wesen?«, fügte sie etwas sachlicher hinzu.

»Du könntest Nidhöggs meinen«, sagte Tora langsam. »Du hast noch nie einen gesehen, oder?«

*Nidhöggs? Die Wesen aus der Schattenwelt, von denen Tora und Kunar schon so oft erzählt hatten? Waren es Vampire?* Charlie schauderte. *Hoffentlich nicht!*

»Wie sehen sie genau aus?«, wollte Charlie wissen.

»Genau weiß ich es nicht. Ich habe sie bisher auch nur von weitem gesehen. In der Nacht natürlich«, sagte Kunar. »Sie haben einen menschenähnlichen Kopf, ein kreideweißes Gesicht und riesige Eckzähne, das konnte ich erkennen. Ihre Flügel erinnern mich an große Lederlappen. Sie saugen ihre Opfer aus. Kleine Tiere und auch Kinder sterben daran. Große Tiere und erwachsene Menschen können überleben, sofern sie nicht von mehreren Nidhöggs gleichzeitig angegriffen werden. Ich habe einmal eine Frau gesehen, die eine Nidhögg-Attacke überlebt hat. Die sah aus wie tot! Kreideweiß. Es hat Monate gedauert, bis sie wieder zu Kräften kam!«

*Das klang eindeutig nach Vampiren!*

»Aber die... Opfer...«, sagte Charlie leise. »Die werden nachher nicht zu Untoten, oder?«

»Was meinst du? Geister vielleicht?«, fragte Kunar.

»Ja, so ähnlich«, sagte Charlie.

»Nein, sie sterben und werden begraben«, sagte Kunar.

»Und die, die überleben?«, fragte sie besorgt.

»Na, die überleben eben!«, antwortete er.

Kunar sah Charlie fragend an. Was meinte sie bloß?

»Du meinst, sie sind dann wieder ganz normal?«, fragte Charlie vorsichtig. Sie musste es einfach genau wissen. Ihr waren Filme über Vampire nur allzu gut in Erinnerung. Sie schauderte.

»Ja natürlich. Was denn sonst?«, bekräftigte Kunar.

Charlie schwieg. Sie hatte sich wieder ein wenig beruhigt und dachte nach. Dann holte sie das Buch über Fabeltiere und andere Wesen hervor, schlug unter Vampire nach und zeigte den Geschwistern den Eintrag.

»Sehen die so aus?«, fragte sie.

Auf einer Seite war ein Vampir abgebildet. Darunter eine Fledermaus. Tora runzelte die Stirn.

»Ähnlichkeit hat der schon...«, räumte sie ein. »Aber ich glaube nicht, dass Nidhöggs ganz normale Beine und Füße haben, oder?«

Sie sah zu ihrem Bruder auf. Kunar beugte sich über das Buch. Seine Haare fielen ihm vor das Gesicht und er schob sie sich nachdenklich hinter die Ohren.

»Nein«, sagte er dann. »Ganz bestimmt nicht! Die haben eher Krallen oder so. Man sagt, sie hängen tagsüber kopfüber in feuchten Grotten oder in großen Bäumen – dort, wo der Wald am dichtesten ist.«

*Feuchte Grotten?*

Das kam Charlie bekannt vor. Es passte auf Vampire und Fledermäuse.

»Gibt es hier solche Tiere?«, fragte Charlie und zeigte auf das Bild der Fledermaus. Tora und Kunar waren ratlos. Sie hatten jedenfalls noch keine gesehen, allerdings gingen sie auch nie nachts hinaus.

Charlie war immer noch beunruhigt. Obwohl sich die Opfer der Nidhöggs zumindest nicht in Untote verwandelten, bekam sie in dieser Nacht dennoch bei jedem schrillen Schrei eine kräftige Gänsehaut. Sie zog ihre Seidenspinnerdecke hoch über den Kopf und war heilfroh über den sicheren Schutz der Höhle und den mächtigen Jordvätten. Irgendwann schlief sie ein.

Einige Zeit später tauchte Biarn wieder auf. Tora, Kunar und Charlie saßen vor der Höhle in der Sonne. Charlie las im Buch über nordische Mythologie, Tora legte ein kleines, aber sehr kompliziertes Regin, und

Kunar schnitzte Ornamente in seinen neuen Bogen. Er war sehr geschickt. Diverse Vertreter der Vanaheim-Tierwelt zierten bereits seine geliebte Jagdwaffe.

Charlie hatte sich noch nicht an den neuen Biarn gewöhnt. Trotz des Umhanges konnte man erkennen, dass es sich um einen stattlichen Mann handelte. Als er näher kam, zog er die Kapuze ein Stück zurück und gab sein Gesicht zu erkennen.

»Wäre ich ein Feind, würdet ihr nun in der Falle sitzen«, sagte er mit seiner neuen ruhigen, tiefen Stimme. Toras grüne Augen funkelten Biarn irritiert an. Wie immer sah sie sehr hübsch aus. Sie hatte ihre langen, dunklen Haare zu einem dicken Zopf geflochten, der ihr weit über die linke Schulter hing.

»Wir können uns ja nicht ständig verstecken! Ein wenig Sonne brauchen wir schon, sonst können wir uns ja gleich begraben lassen!«, schnappte sie zurück. Biarn lächelte ihr zu.

»Nein, ihr könnt vermutlich nicht ständig verborgen bleiben«, erwiderte er. Charlie spürte, dass ein Hauch von Besorgnis in seiner Stimme lag.

»Hier ist nichts Ungewöhnliches zu berichten, schließe ich aus eurer Sorglosigkeit?«

Die Frage, die zugleich eine Antwort war, ließ Charlie aufhorchen. *Gab es Neuigkeiten?*

»Ist Oden etwa wieder auf der Suche?«, entfuhr es Charlie ungewollt sarkastisch. Biarns Blicke ruhten eine Weile auf ihr. Dann wandte er sich ihr zu.

»Ich sehe, du hast dein Auge wieder verdeckt. Sehr gut«, sagte er.

Er setzte sich zu Tora auf einen Felsblock und betrachtete das fast fertige Regin.

»Sehr hübsch«, sagte er. »Ja, in der Tat«, sagte er dann. »Oden hat seine Suche mit neuer Kraft aufgenommen.«

Charlie war wie vom Donner gerührt. *Es hatte doch bloß ein Scherz sein sollen!*

»Du meinst...«, begann sie und schwieg dann.

»Ja«, führte Biarn ihren Satz zu Ende. »Ich bin mir ziemlich sicher, dass es mit deinem Wiederauftauchen zusammenhängt. Ich weiß nur noch nicht wie und warum. Allerdings vermute ich, dass Oden aus irgendeinem Grund mitbekommen hat, dass jemand oder etwas den Nebel durchquert hat. Nun schon zum zweiten Mal.« Sein Blick schwenkte zu Toras Regin.

»Keine Symbole, sehe ich. Sehr klug von dir. Magie ist etwas sehr Kraftvolles. Man sollte immer wissen, was man mit seinen Taten bewirkt.«

Tora hob unwillig die linke Augenbraue. Es war eine perfekte Imitation von Biarns ernstem Gesichtsausdruck. Charlie hatte Mühe, ein Lachen zu unterdrücken.

»So!«, schnappte Tora. »Der weise Biarn hat gesprochen und bemerkt, dass es außer ihm auch noch andere denkende Wesen gibt!«

Biarn sah Tora überrascht an.

»Vergib mir, holde Maid!«, sagte er und lachte zum ersten Mal seit ihrer Rückkehr von der Erde laut auf.

Charlie sah etwas gereizt zu den beiden hinüber. Sie wusste nicht genau warum, aber sie wäre gerne der Grund für Biarns Heiterkeit gewesen. Missmutig über ihre Reaktion, die sie nicht verstand, sprang sie auf und meinte verärgert:

»Ich gehe lieber rein! Wenn ihr in diesem Regen draußen sitzen wollt... Bitte sehr!«

Kunar und Tora schauten sie an, als hätte sie den Verstand verloren.

»Was für ein Regen?«, fragte Tora.

*Ja, was für ein Regen überhaupt?*

Die ganze Zeit über war strahlender Sonnenschein gewesen.

*Was war eigentlich mit ihr los?*

»Dieser Regen!«, sagte Biarn und erhob sich. Er hatte Charlie genau beobachtet. Tora und Kunar sahen perplex zu, wie Biarn sich erhob und zu Höhle hinüberging. Und tatsächlich! Noch bevor er den Höhleneingang erreicht hatte, brach das Unwetter los! Dicke Regentropfen fielen erst vereinzelt und dann immer dichter prasselnd zu Boden!

Hals über Kopf stürzten Charlie, Kunar und Tora in die Höhle. Biarn stand bereits vor der Feuerstelle und führte einige schwingende Handbewegungen aus. Dann beugte er sich hinab und blies über die Handfläche in die aufgetürmten Holzscheite. Eine kleine Flamme war zu erkennen, die bei Biarns zweitem Pusten zu einem großen Feuer aufloderte.

*Das war ja keine große Zeremonie,* dachte Charlie. *Anscheinend geht es also auch ohne!*

»Was war denn *das* eben!«, rief Tora aufgeregt.

Biarn starrte in sein magisches Feuer, das nun fröhlich knisterte.

»Für mich sah das so aus, als würde unser Charlie ein Gespür für Regen entwickeln«, sagte er gelassen.

»Aber...«, begann Tora. Biarn drehte sich abrupt um.

»Ja, richtig!«, unterbrach er sie. »Dafür muss man ein Lagu sein!«

Biarn sah Charlie durchdringend an. »Deinem verdutzten Gesichtsausdruck entnehme ich allerdings, dass es das erste Mal war?«

Charlie war verwirrt.

*Sie eine Lagu? Aber sie war doch eine Bjarka!*

Außerdem wusste sie doch selber nicht, warum sie das aus heiterem Himmel gesagt hatte!

»Keine Angst, Charlie«, sagte Biarn grinsend. »Der Anfang einer magischen Karriere kann durchaus verwirrend sein. Du gewöhnst dich daran!«

»Ich nehme an, du sprichst aus Erfahrung«, erwiderte Charlie trocken. »Du scheinst ja wenigstens etwas mit deiner Magie anfangen zu können! Was war das für ein Gefuchtel, das du anstatt der Zeremonie veranstaltet hast?«

»Ja, du hast recht. In gewissem Maße jedenfalls. Das *Gefuchtel*, wie du es nennst, war übrigens genau das gleiche, das bei Zeremonien verwendet wird. Nur etwas schneller«, sagte Biarn. »Deine Bjarka-Kräfte haben dir doch bisher geholfen. Auch ohne *Wissen*, oder etwa nicht?«

*Das traf tatsächlich zu.*

Sie konnte die Kraft des Jordvätten ebenso fühlen wie die Wirkungsweise der Heilkräuter. Sie wusste instinktiv, was essbar war und was nicht und welche Tiere gefährlich waren – zumindest solange es Tiere des Elementes Erde waren.

*Würde sie nun auch Tiere des Elementes Wasser spüren?*

Das wäre schon hilfreich.

»Das ist der Preis, den du für dein Versteckspiel zahlen musst, Charlie. Zeremonien und Symbole wirst du so nicht erlernen. Dafür braucht man Lehrer«, sagte Biarn.

*Also doch,* dachte Charlie. *Es gibt Lehrer! Vielleicht auch Schulen?*

»Du kannst mich doch unterrichten!«, sagte Charlie herausfordernd. »Ich nehme an, du hast Lehrer, die dir alles erklären?«

Biarn verzog keine Miene. »Ich werde darüber nachdenken«, sagte er nach einer scheinbaren Ewigkeit. Wieder blieb er eine Weile still.

»Charlie«, begann er dann ernst. »Weißt du, wann du geboren wurdest?«

*Was tut das zur Sache? Das hat er schon einmal gefragt. Weshalb ist das so wichtig? Sollte sie antworten? Sie wusste es ja selber nicht genau.*

»Nein«, sagte sie. »Nicht so genau jedenfalls. Mein Geburtstag wurde auf den 24. Januar festgelegt. Die, die mich gefunden haben, haben wohl bloß geschätzt. Das bedeutet, dass ich ungefähr Ende Torre-Monat geboren bin. Vor fast 14 Sommern. Erdzeit.«

Sie zuckte mit den Schultern.

»Nach dem, was wir über die Zeitverschiebungen wissen, heißt das aber noch lange nichts. Hier kann ja durchaus Hochsommer gewesen sein!«

Biarn dachte nach.

»Das bringt uns nicht weiter...«, meinte er dann.

»Worin bringt es uns nicht weiter?«, fragte Charlie.

»Also gut... Auf welches Alter wurdest du ungefähr geschätzt, als man dich fand?«, erkundigte sich Biarn.

»Auf fünf bis sechs Monate. Wieso?«

»Also warst du etwa ein halbes Jahr alt, als du von hier weggeschickt wurdest.« Er seufzte. »Auch das hilft wenig«, murmelte er vor sich hin.

»Hattest du etwas bei dir?«, fragte er dann vorsichtig. »Was trugst du am Leib, Charlie?«

Sie zuckte mit den Schultern.

»Ich lag in einem Holzwagen. Ich hatte eines von diesen Seidenhemden an.«

»Sonst nichts?«, fragte Biarn.

Charlie fühlte ihren Stein auf der Brust. Sie schwieg.

»Was für ein Holzwagen? Wie sah er aus?«, wollte Biarn es genauer wissen.

»Ein einfacher Holzwagen, glaube ich«, antwortete Charlie. Sie versuchte sich zu erinnern, was in ihrer Akte stand.

»Eine Art Kiste mit Rädern«, sagte sie.

»Hattest du eine Decke dabei?«

*Hatte in ihrer Akte nicht etwas von einem Fell gestanden?*

»Ich glaube ein Tierfell«, antwortete Charlie.

»Also sehr einfache Kleidung und keine Verzierungen«, murmelte Biarn.

»Wieso willst du das so genau wissen?«, drängte Charlie. »Was ist so wichtig daran? Was vermutest du?«

»Nicht so wichtig. Obwohl...«, er sah zu Charlie auf und lächelte. »Wann wirst du eigentlich fünfzehn Sommer? Wir sollten dann wohl ein kleines Fest feiern«.

Obwohl sich Charlie ziemlich sicher war, dass diese Frage sie bloß ablenken sollte, fühlte sie sich etwas überrumpelt.

*Wann wurde sie eigentlich fünfzehn?*

Sie war nun sooft zwischen den Welten gereist, dass der 24. Januar nicht mehr stimmte! Verwirrt begann sie zu rechnen. Sie verrechnete sich dreimal, bevor sie endlich sagte:

»Also wenn nichts dazwischenkommt, im Februar, das heißt bei euch Göje-Monat. In etwa drei Monaten. Ganz genau habe ich es ja sowieso nie gewusst«, fügte sie hinzu. Dann fragte sie:

»Wann ist euer Geburtstag?«

Tora und Kunar sahen sich ratlos an. Diese Zeitverschiebungen machten auch ihnen ganz schön zu schaffen.

»Also, ich wurde im Monat Vâr geboren«, sagte Kunar. »Und Tora im Vinter Monat. Da es 25 Tage später ist, die wir sozusagen übersprungen haben, muss ich ja das nächste Mal im Monat Gräs und Tora im Torre Monat Geburtstag haben. Jetzt haben wir Anfang Blot. Ich werde also in sieben Monaten 17 und Tora in drei Monaten 15 Sommer. « Kunar überlegte einen Moment. Dann rief er: »Ihr seid ja fast gleich alt!«

»Ja, bis auf den Umstand, dass ich vor mehr als 14.000 Jahren geboren wurde«, stimmte Charlie ihm seufzend zu. Alle ihre Fragen fielen ihr wieder ein. Sie brauchte dringend Antworten. Das mit dem Magieunterricht wollte Biarn sich überlegen. Da musste sie leider Geduld haben. Und was Oden suchte, war wohl jetzt auch klar.

*Vermutlich.*

Wie man es auch drehte und wendete: Es wurde langsam sehr gefährlich für sie in Vanaheim.

*Sollte sie auf die Erde zurückkehren? Für immer?*

Doch dann würde sie niemals herausfinden, was vor 14.000 Jahren passiert war! Und Tora und Kunar?

*Auf der Erde? Für immer?*

»Wieso trennt Oden die Menschen aus Vanaheim und Godheim nach ihrer Augenfarbe?«, fragte sie einfach drauf los. Sie spürte, wie Kunar und Tora aufhorchten. Das war etwas, was die beiden persönlich betraf. Immerhin waren sie als Kinder verschleppt worden. Ihren Eltern entrissen.

»Man weiß es nicht. Es gibt Vermutungen. Oden ist pedantisch und alles soll seine Ordnung haben. Eine Ordnung, die er vorschreibt. Eine Ordnung, die unter seiner Kontrolle steht«, antwortete Biarn.

*Seltsame Ansichten über Ordnung und Kontrolle,* dachte Charlie. Sie selber hatte auch gerne den Überblick. *Aber das ging ja nun wirklich zu weit!*

»War das schon immer so?«, setzte sie nach einer Weile fort.

Biarn legte das letzte Stück Holz nach.

»Ich hole gleich Nachschub«, sagte Tora, blieb aber sitzen und wartete gespannt Biarns Antwort ab.

»Ja, seit Oden Herrscher über Vanaheim und Godheim ist«, sagte er. »Oden hasst alles, was aus dem Rahmen fällt. Eine der wenigen Überlieferungen besagt, dass es einmal Menschen mit anderen Augenfarben gegeben haben soll. Oden soll diese Menschen gejagt und ausgerottet haben. Sie passten nicht in seine Ordnung.«

Charlie schaute ihn fassungslos an.

*Andere Augenfarben? Vielleicht braune Augen?*

Nein! So weit würde nicht einmal Oden gehen!

*Oder?*

Wenn es Menschen mit braunen Augen gegeben hatte, dann vermutlich viele. Charlie dachte an Jonas Erklärung, wonach braune Augen „stärker" waren als blaue, was auf der Erde dazu führte, dass die meisten Menschen auf der Welt dunkle Augen hatten.

*Aber wenn nicht braun, welche Farbe dann?*

Gab es auf der Erde noch andere Augenfarben? Charlie wusste es nicht.

Während sie überlegte, fragte Kunar: »Welche andere Augenfarbe?«

»Das weiß ich nicht. Es ist ja noch nicht einmal sicher, dass die Überlieferung stimmt«, sagte Biarn und stocherte in der Glut herum. »Oden hat viele grausame Dinge getan, seit er die Macht übernahm. Manches ist schon so lange her, dass niemand mehr weiß, ob es der Wahrheit entspricht.«

»Was für grausame Dinge?«, hakte Charlie nach.

Tora, die gerade aufstand, um endlich die Holzscheite aus der Vorratskammer zu holen, fiel wütend ein:

»Er schickt Krankheiten über die Menschen, weil er sie gerne leiden sieht!«

Biarn ergänzte: »Stimmt. Allerdings schafft er sich auf diese Weise auch lästige Familien vom Leib und bestraft Verräter und deren Angehörige.«

Davon hatte Charlie schon gehört. Sie konnte es immer noch nicht fassen, dass jemand so grausam sein konnte.

»Oden erhält sich auf diese Weise die Kontrolle über die Menschen in Vanaheim und Godheim. Er zeigt uns, wozu er fähig ist, um uns nicht vergessen zu lassen, dass niemand ihm gewachsen ist.«

Biarns Blick glitt in die Ferne.

»Um seine Macht zu demonstrieren, bringt er Tod, Unglück und Krankheit. Er raubt Menschen den Verstand und bindet andere an sich, macht sie willig, hörig. Oden lässt Stürme über das Land fegen, die ganze Dörfer dem Erdboden gleich machen. Regen- oder Hagelschauer zerstören die Ernte, Hitze- und Kälteperioden lassen die Menschen leiden und Waldbrände fressen auf ihrem Weg durch die Wichtelwälder Höfe und ganze Dörfer.«

Er sah zu Tora, Kunar und Charlie auf. »Aber«, setzte er fort, »nicht jeder Sturm, nicht jedes Feuer und nicht jede Krankheit ist Odens Werk. Unsere Welt sorgt auch ohne Odens Zutun für Abwechslung. Es ist nicht einfach zu erkennen, wann und wie oft Oden seine Finger im Spiel hat und warum.«

Charlie verstand. Oden war grausam und rücksichtslos. Machthungrig verteidigte und festigte er seine Stellung als mächtigster Magier Vanaheims und Godheims – wenn nötig mit allen ihm zur Verfügung stehenden Mitteln. Er war ein Gott. Oder eher ein Teufel. Jedenfalls erhob er sich zum Richter und Henker der Menschen von Vanaheim und Godheim. Er hatte die Mittel, um alle zu knechten und zu unterjochen. Mit Hilfe der Späher Hugin und Munin und seiner Bärsärker, die seine Ländereien verwalteten, hielt er seine Machtstellung aufrecht.

*Ob er noch mehr Verbündete hatte?*

»Wer hilft ihm noch?«, fragte Charlie. »Wie viele Bärsärker gibt es überhaupt?«

»Du verlangst viele Antworten, Charlie«, sah Biarn sie an. »Ich hoffe, auch ich bekomme, was ich brauche?«

»Ja, bis auf ein paar Dinge vielleicht. Genauso, wie du es machst«, sagte sie.

»Also gut«, begann Biarn. »Insgesamt sind es dreizehn führende Bärsärker, neun in Godheim und drei in Vanaheim. Einer lebt als sein engster Vertrauter auf Asgârd, der Felseninsel zwischen Vanaheim und Godheim. Unter den dreizehn dienen Tausende Bärsärker von niederer Position.«

Das wussten auch Kunar und Tora. Es war allgemein bekannt. Biarn fuhr nach einer kurzen Pause fort:

»Weitere Allianzen sind reine Spekulation. Da wären die Marmenillen aus dem Nordmeer, die Nidhöggs aus der Schattenwelt, die Schwarzelfen, die Lichtelfen, das Pegasusvolk und die Fenriswölfe. Sie alle kämen als mögliche Kandidaten für ein Bündnis in Frage.«

»Das Pegasusvolk?«, fragte Kunar ungläubig. »Und die Lichtelfen? Glaubst du wirklich, dass sie mit Oden verbündet sind?«

»Hier geht es nicht darum, was ich glaube, sondern wer in Frage käme«, antwortete Biarn. »Auch wenn ich keinesfalls glaube, dass sich zum Beispiel das Pegasusvolk mit Oden verbünden würde, wäre es unklug, es von vornherein auszuschließen. Wie gesagt – es handelt sich um Spekulationen. Solange es nicht zu einem Krieg kommt, was sehr unwahrscheinlich ist, wird man nicht wirklich wissen, wem man zu hundert Prozent trauen kann.«

»Odens leitende Bärsärker verwalten die Ländereien, sagst du?«, fragte Charlie.

»Ja. Vanaheim ist in drei Herzogtümer und Godheim in neun eingeteilt. Jedes Herzogtum wird von einem seiner Helfer verwaltet. Der dreizehnte Helfer verwaltet Asgârd, Odens Festung.«

»Lodur ist der Verwalter von Bilskirne und den dazugehörigen Ländereien Trudheim und Trudvang«, erklärte Kunar.

Biarn warf ihm einen schnellen Blick zu. Etwas schien flüchtig in seinen Augen aufzuflackern.

»Ja«, sagte er dann bestimmt wie immer. »Lodur ist einer von Odens führenden Bärsärkern.«

»Und die Nidhöggs?«, fragte Charlie. »Alle redet ihr mitunter von einer Schattenwelt. Was genau ist damit gemeint? Ich habe einige Nidhöggs gesehen. Nicht sehr angenehme Wesen!«

»Wohl wahr!«, stimmte Biarn zu. »Nein, nicht sehr angenehm. Die Schattenwelt Nifelheim befindet sich laut Überlieferung zwischen den Welten.«

»Wie, zwischen den Welten? Im Nebel?«

»Ja, im Nebel. Die Welt zwischen deiner Erde und unserer Welt hier zum Beispiel«, bestätigte Biarn.

*Das Universum*, dachte Charlie. *Das All!*

»Und da sollen die Nidhöggs herkommen?«, fragte Charlie zweifelnd.

*Da gab es doch gar nichts, oder? Das hat man doch so in der Schule gelernt. Aber wer wusste das schon so genau. Fabeltiere gab es ja auch!*
»Das heißt also, dass Nidhöggs aus der Schattenwelt stammen. Wie sind sie hierher gelangt?«, fragte Charlie.

»Sie kamen durch den Nebel, als Begleiter«, erklärte Biarn.

»Begleiter? Was ist damit gemeint?«, hakte sie nach.

»Ich weiß es nicht genau. Vielleicht begleiteten sie andere aus Nifelheim?«, mutmaßte Biarn.

Charlie dachte an den Drachen, der kurz nach ihrer Ankunft in Vanaheim aufgetaucht war. Die Fliege, die zum Drachen wurde.

»Was ist mit Drachen? Mit Lindwürmern meine ich?«

»Das hast du doch schon einmal gefragt. Drachen zählen zu den Urwesen Vanaheims. Sie waren schon lange vor uns hier!«, antwortete Biarn.

»Soweit zu deinen Fragen«, sagte er dann. »Ich denke, jetzt bist du mir mindestens eine Antwort schuldig. Weshalb bist du so an Lindwürmern interessiert?«

»Ich glaube, da bin ich dir wirklich eine Erklärung schuldig«, räumte Charlie ein.

In kurzen Zügen gab sie ihr Erlebnis mit dem dicken Drachen wieder.

Biarn hörte ihr aufmerksam zu. Er schien erstaunt.

»Und du meinst tatsächlich, ein kleines fliegendes Insekt ist zu einem Lindwurm geworden?«, ließ er seine Zweifel anklingen.

»Ich habe es mit eigenen Augen gesehen!«, bekräftigte Kunar.

»Die einzige andere Erklärung wäre, dass der Drache aus Nifelheim kam«, sagte Charlie.

»Nein!«, beharrte Kunar. »Ich bin mir hundertprozentig sicher!«

»Lindwürmer in Nifelheim?«, sagte Biarn. Für ihn klang sowohl die eine als auch die andere Erklärung unglaubhaft.

»Wie auch immer«, sagte er nach einer Weile. »Seit Tausenden von Jahren fliegt erstmals wieder ein Lindwurm über Vanaheim! Das wird Oden nicht gefallen. Es ist von äußerster Wichtigkeit, dass die richtigen Menschen vor Oden mit ihm Kontakt aufnehmen... Ein Lindwurm...«, murmelte Biarn.

»Das könnte eine entscheidende Wendung für Vanaheim und Godheims Schicksal bedeuten«, sagte er leise vor sich hin. »Ein Lindwurm... Was für eine Gelegenheit! Klug, weise...«

Biarn verabschiedete sich hastig. Er schien es äußerst eilig zu haben.

# 13. Visionen – Nornen der Zeit

Es war der Tag des Opferfestes Alvablotet. Es wurde immer im Monat Blot gefeiert, und zwar in einer Doppelvollmondnacht. Der Godheim Mond ließ sechs volle Vanaheim Monde verstreichen, bevor er selbst als große Scheibe am Himmel stand. Nur alle sechs Monate zeigten beide Monde ihr volles Antlitz – und das würde heute der Fall sein.

Trotz eines leichten Nieselregens war ganz Vanaheim auf den Beinen. Charlie konnte von ihrem Versteck aus den breiten Weg sehen, der quer durch das Neue Land führte. Viele Menschen zogen an ihr vorbei – arme oder reiche, zu Fuß, in Karren oder von Einhörnern gezogen. In einem der neuen Dörfer nordwestlich von Gymers Berg sollte das große Fest stattfinden, in Neu-Bragesholm.

Charlie war sehr früh aufgestanden. Die große Hitze war vorüber und nachts wurde es zum Teil schon unbehaglich frisch. Obwohl Gymers Berg und auch Gymers See noch viel Wärme gespeichert hatten, konnte nichts darüber hinwegtäuschen, dass der Winter kurz bevor stand. Die Regenzeit hatte eingesetzt.

Schon eine Woche lang hatte Charlie jeden Tag in den Morgenstunden nach Nebel Ausschau gehalten. Noch blieb ihnen Zeit für die Reise zur Erde, aber Nebel war hier so selten, dass Charlie sichergehen wollte. Wenn nicht unbedingt nötig, wollten sie die Kälte des Vanaheim-Winters nicht zu spüren bekommen.

An einem der verregneten Morgen hatte Charlie eine Entdeckung gemacht: Sie konnte nicht nur spüren, wann Regen im Anzug war, sie konnte den Regen auch sehen. Natürlich kann jeder Regen sehen, aber bei Charlie war das anders. Egal wie klein und fein die Regentropfen waren, egal ob es bloß nieselte oder in Strömen goss, Charlie konnte jeden einzelnen Regentropfen sehen!

Wenn sie sich konzentrierte, schien es ihr, als würde plötzlich die Zeit stehen bleiben, als würde es in Zeitlupe regnen. Natürlich regnete es ganz normal weiter, aber für Charlie nicht.

Der Regen in Zeitlupe oder in Standbildern erlaubte ihr, die Größe und Form jedes einzelnen Tropfens zu betrachten. Sie konnte sehen, wie manche Tropfen sich mit anderen auf ihrem Weg zur Erde vereinten. Sie sah, wie dicke Tropfen in tausend feinste Tröpfchen zerplatzten, wenn sie aufgehalten wurden – von einem Ast zum Beispiel.

*Es war faszinierend!*

Stunden hatte Charlie damit verbracht, ihre Regenmagie zu perfektionieren. Wie in einem Traum glitzerte und funkelte es um sie herum, wenn sich das spärliche Licht des Regentags in den fast stillstehenden Tropfen brach. Einfach fantastisch!

Während Charlie in ihrem Versteck am Wegesrand ausharrte, übte sie *Regentropfen drehen*.

Ganz aus Versehen war es ihr am Tag zuvor nämlich gelungen: Ein dicker Tropfen hatte sich in alle Richtungen ausgebeult, während sie ihn im Standbild intensiv betrachtete. Auf einmal fing der Tropfen an, sich um sich selbst zu drehen. Zuerst dachte sie, sie hätte aus Versehen ihr Standbild wieder in Gang gesetzt, doch dann sah sie fasziniert, dass bloß dieser eine Tropfen einen Tanz um die eigene Achse vollzog.

Im Nieselregen versuchte sie nun wieder ihr Glück. Auf Kommando war es wesentlich schwieriger, einen kleinen Tropfen dazu zu bewegen, sich zu drehen. Es wollte einfach nicht gelingen. Zwischendurch ließ sie es weiter nieseln und betrachtete die Menschenschlange auf der Straße. Das Volk, das sie passierte, redete über das bevorstehende Fest, über das neue Dorf, das dem alten Bragesholm in nichts nachzustehen schien, über das Wetter, das Essen, darüber, dass der Herr von Bilskirne mit seinen beiden Magiersöhnen Tor und Heimdall vermutlich ebenfalls da sein würde, über die Ernte und natürlich nicht zuletzt über Odens strenge Herrschaft und all das Leid, das er über das Volk brachte.

Charlie bekam natürlich bloß Bruchstücke jeder Unterhaltung mit. Es war fast wie in der Einkaufsstraße von Lillby. Wenn man sich auf eine Bank setzte und die Ohren spitzte, hörte man die Menschen über Familie, Beruf, Schule, Wetter, Politik und Essen reden. Es war überall dasselbe. Mit dem kleinen Unterschied, dass hier unzählige grüne Rennspinnen über den Waldboden huschten und dass der Wald um Charlie herum hüstelte und schniefte.

Rennspinnen gab es auf dem flachen Land überall. Gymers Berg mieden sie allerdings immer noch. Charlie hatte dort noch nie welche gesehen. Offenbar mochten sie keine bergige Landschaft.

Charlie seufzte.

*Hoffentlich gab es bald eine Lücke!*

Sie hatte wenig Lust, noch mehrere Stunden hier zu sitzen. Sie wollte wieder zur Höhle. Es war Mittagszeit, der Hunger meldete sich. Aber um nach Hause zu kommen, musste sie den Weg überqueren. Hätte sie gewusst, dass hier so viel los war, wäre sie noch vorsichtiger gewesen.

Charlie durchforstete ihre Mantel- und Hosentaschen nach Essbarem, obwohl sie sich ziemlich sicher war, nichts dergleichen zu finden. Sie förderte allerhand Dinge zutage, zum Beispiel ihr Messer und die Reiseapotheke.

Sie hatte es sich zur Gewohnheit gemacht, auf ihren Streifzügen die kleine Apotheke dabeizuhaben. Man konnte ja nie wissen. Zu viel wollte sie nicht mitschleppen, also beschränkte sie sich auf das Nötigste – Blauspray zum Desinfizieren, einige Bandagen, einige ausgewählte Heilkräuter, sowie ein weißgraues Pulver, das laut Tora Blutungen stoppen und Schmerzen lindern sollte. Es war ein feingemahlener Nidhöggseckzahn, den sie per Zufall eingeklemmt zwischen zwei Felsblöcken gefunden hatten.

»Nidhöggszähne sind ungemein wirksam!«, hatte Tora begeistert erklärt. »Das hätten wir gebraucht, als die Haga Biarns Bein zerfleischt hatte. Es stoppt in kürzester Zeit jede Blutung. Auch bei tieferen Wunden.«

Charlie hatte sich gedacht, dass Nidhöggszahnpulver sehr gut in eine Reisenotfallapotheke passte. Sie kramte weiter. Leider ohne Ergebnis. Ihr Magen knurrte laut und anklagend.

Charlie hatte die Neugier getrieben. Auch wenn sie nicht am Opferfest teilnehmen konnte, so hatte sie doch zumindest einen Blick erhaschen wollen.

*Das hatte sie nun davon! Jetzt saß sie eine Weile hier fest!*

Genervt ließ Charlie den feinen Regen vor ihrer Nase anhalten und suchte sich einen neuen Tropfen zum Üben aus.

Eine Stunde später saß sie immer noch in ihrem Versteck am Wegesrand. Mittlerweile hatte sie die großen Regentropfen schon gut im Griff.

*Je größer, desto einfacher,* stellte sie fest. Vom stetigen Nieselregen durchnässt und mit leichten Kopfschmerzen von der Konzentration, die sie für ihre Übung hatte aufbringen müssen, reckte sie ihre steifen Glieder.

Gerade als sie überlegte, hinter einer zerlumpten alten Frau mit weinrotem Umhang über die Straße zu huschen – auf der langen Geraden waren keine weiteren Besucher des Alvablotet zu sehen – flogen zwei große schwarze Vögel heran. Sie bogen im Sturzflug auf den Weg ein und verwandelten sich nur etwa zwei Meter hinter der Frau zu zwei dunkelhaarigen Gestalten in schwarzen Umhängen.

Hugin und Munin waren mit drei schnellen Schritten bei der Alten und ergriffen sie von hinten, jeder auf einer Seite. Die Alte schrie entsetzt auf, doch bevor sie reagieren konnte, schlug ihr einer der Zwillinge kräftig über den Hinterkopf. Die Frau sackte in sich zusammen, dabei rutschte ihr die Kapuze vom Kopf. Charlie sah das Gesicht.

*Die alte Fulla!*

Die Heilerin, zu der Tora sie nach dem Angriff des Midgårdsorms gebracht hatte.

Schockiert eilte Charlie eine halbe Stunde später der Höhle am Gymers Berg entgegen.

*Unheimliche, seltsame Wesen, diese Raben-Zwillinge.*

Wieder hatte Charlie dieses beklemmende Gefühl gehabt. Ein Schauer lief ihr über den Rücken.

Es hatte aufgehört zu regnen. Die Sonne kämpfte sich einen Weg durch die fast geschlossene Wolkendecke. Charlies rechte Hand umschloss fest eine perlmuttglänzende Muschel. Einen Odens-Taler.

Als sie endlich den Weg überqueren konnte, lag die Muschel dort im Sand. Sie musste Fulla aus der Tasche gefallen sein, als sie zusammensackte. Charlie hob den Taler im Vorübereilen auf.

Aus Sicherheitsgründen hatte sie sich noch keine Zeit genommen, um den Taler näher zu betrachten. Nun aber lehnte sie sich atemlos an einen Baumstamm und öffnete ihre Faust.

Die Muschel war etwa so groß wie eine schwedische Krone, sehr dick und hart. Trotzdem machte sie einen zierlichen Eindruck, vermutlich wegen ihrer perlmuttschimmernden Oberfläche. Charlie wendete die Muschel und da war es: Das Odens-Siegel! Auf der gewölbten Oberfläche der Muschel war ein Symbol eingraviert: ᚦ Charlie ließ die Muschel in ihre Hosentasche gleiten und eilte weiter.

»Wo warst du denn so lange!«, empfing sie Tora vorwurfsvoll. Charlie lief den letzten Teil zur Höhle hinüber, wo Kunar und Tora warteten.

*Und Biarn.*

Es kribbelte in Charlies Bauch.

»Biarn ist hier!«, rief Tora.

»Das sehe ich«, sagte Charlie und versuchte das verwirrende Kribbelgefühl loszuwerden.

Tora verdrehte die Augen.

»Ja, natürlich«, fauchte sie und errötete leicht. »Ich meinte ja auch eigentlich bloß, dass er auf dich gewartet hat!«

»Ach, tatsächlich?«, fragte Charlie verdutzt.

»Ich habe es nicht eilig, Tora«, hörte Charlie Biarns ruhige, tiefe Stimme. Tora schnaubte verächtlich und ließ sich neben ihm auf den Stein sinken.

»Ich dachte, du wolltest uns dringend etwas zeigen! Bald wird es dunkel und du musst wohl vorher zu Hause sein!«, ging sie Biarn forsch an.

»Ich bin achtzehn, Tora. Ich muss nicht mehr zu Hause sein. Aber in einem hast du schon recht. Für gewöhnlich sollte auch ich mich bei Dunkelheit in Sicherheit bringen.«

*Für gewöhnlich?*

Charlie horchte auf.

*Und was wollte er ihnen ,dringend' zeigen?*

Etwas in Biarns Ton erregte Charlies volle Aufmerksamkeit. Sie vergaß dadurch sogar Fullas Entführung durch Hugin und Munin.

»Heißt das, du bleibst heute hier?«, fragte Tora. Biarn stand auf.

»Ja, ich bleibe. Können wir loslegen?«

Charlie knurrte der Magen. Sie verzog unwillig das Gesicht.

»Ich habe heute noch nichts gegessen«, sagte sie. »Ist es wirklich so dringend?«

Sie sah zu Biarn hoch. Er lachte auf, was Charlie zu ihrem eigenen Missfallen ein Glücksgefühl schenkte.

*Was war nur mit ihr los?*

»Selbstverständlich solltest du zuerst etwas essen. Eine erste Unterrichtsstunde auf nüchternen Magen hilft dem Gehirn bestimmt nicht auf die Sprünge.« Biarns Stimme triefte vor Ironie.

*Unterrichtsstunde? Meinte er das, was sie dachte?*

»Du willst mir beibringen, was du über Magie gelernt hast?«, entgegnete sie hoffnungsvoll. Biarn sah ihr tief in ihr freies grünes Auge.

»Ja, das auch. Aber heute ist etwas anderes an der Reihe. Man soll die Dinge nehmen, wie sie kommen. Und heute ist wahrlich ein besonderer Tag!«

Charlie zögerte, zwischen Neugierde und Hunger hin und her gerissen.

»Wolltest du nicht etwas essen?«, half ihr Biarn auf die Sprünge. Tora huschte davon und kam kurz darauf mit zwei kalten Kaninchenkeulen zurück.

»Hier. Das kannst du unterwegs verdrücken«, sagte sie schnell. Tora hatte es offensichtlich eilig, auch sie war neugierig und wollte sich *Was-auch-immer* nicht durch den Einbruch der Dämmerung verderben lassen.

»Lass ihn doch erst einmal in Ruhe essen!«, sagte Kunar irritiert. »So eilig scheint es Biarn nun wirklich nicht zu haben!«

»In der Tat nicht«, sagte Biarn und setzte sich langsam wieder auf seinen Stein. Er schaute in den Himmel. Es war später Nachmittag. Die Sonne hatte Gymers Berg zurückerobert. »Was ich euch zeigen will, ist erst nach Sonnenuntergang zu sehen.«

Seine Worte schlugen wie eine Bombe ein. Charlie verschluckte sich fast an dem Kaninchenfleisch.

»Was?!«, rief Tora aufgebracht. »Man darf nach Sonnenuntergang nicht draußen sein. Das ist viel zu gefährlich!«

Auch Kunar und Charlie dachten wie Tora. Charlie erinnerte sich an die vampirähnlichen Nidhöggs und schluckte ein großes Stück Fleisch hinunter.

»Keine Angst«, sagte Biarn, »es wird euch nichts geschehen. Heute ist Alvablotet. Sämtliche Blutsauger haben sich bereits gestern um Neu-Bragesholm versammelt. An Festtagen wie diesem ist es mitten im Wald so sicher wie in sonst keiner Nacht im Jahr. Selbstverständlich sollte man trotzdem vorsichtig sein, aber ich bin ja auch noch da!«

Er warf einen hungrigen Blick auf die Kaninchenkeule.

»Bekomme ich auch ein Stück?«, fragte er in die Runde. Charlie reichte ihm schweigend eine ihrer Keulen.

*Er ist ja auch noch da? Was meint er damit?*

Konnte Biarn sie durch Magie beschützen? Er war ein Ken und vermutlich ein illegaler Bjarka. Was konnte er tun? Als ob Biarn Charlies Gedanken lesen konnte, sagte er:

»Sowohl Kunar als auch Charlie und ich können uns mit Pfeil und Bogen sowie Messer verteidigen. Du kannst ja mit Steinen werfen!«, nahm er Tora schmunzelnd auf den Arm. Sie funkelte ihn böse an.

*Also keine Magie?*

Biarn blinzelte Charlie heimlich zu.

*Was hatte das nun wieder zu bedeuten?*

Sie kaute missmutig auf ihrer Keule herum.

Dann fiel ihr etwas ein.

»Hast du etwas von unserem Drachen gehört? Den, den wir mitgebracht haben?«

»Ja, er wurde von einigen Bauern und Dorfbewohnern in Trudvang gesehen. Wenige Tage nach eurer Wiederkehr. Sein Auftauchen hat große Unruhe gestiftet, und Oden ist, soweit ich weiß, außer sich vor Zorn«, berichtete Biarn.

Charlie sah ihn beunruhigt an.

»Ist er in Gefahr? Sie haben ihn doch nicht erwischt, oder?«

»Nein. Ich glaube nicht. Allerdings ist er spurlos verschwunden. Wie vom Erdboden verschluckt«, antwortete Biarn.

»Sagtest du nicht, dass die richtigen Menschen ihn finden sollten? Vielleicht haben sie ihn gefunden und verstecken ihn jetzt?«, fragte Charlie.

»Ja, das sagte ich. Allerdings ist er mit Sicherheit nicht bei diesen Menschen. Das wüsste ich. Vermutlich versteckt er sich in den Bergen weiter westlich. Dort, wo auch Gymers Berg herkommt«, sagte Biarn.

»Er muss sehr einsam sein«, warf Tora unvermittelt ein. Alle Augen richteten sich verdutzt auf sie. »Er ist der einzige seiner Art, in einem Land, in dem er offensichtlich gejagt wird.«

Biarn nickte.

»Wie dem auch sei«, sagte er seufzend, »es wäre wirklich unglaublich schade, falls er stirbt oder Oden in die Hände fällt. Was auf das Gleiche herauskommen würde.«

Charlie stand neben Kunar am See. Sie sahen direkt in den Sonnenuntergang. Die letzten Strahlen glitzerten auf der Wasseroberfläche und Balderstüpfelteppiche trieben langsam vorbei. Es raschelte im Schilf. Ein kleiner Vogel flog davon. Der Himmel am anderen Ufer des Sees leuchtete blutrot, während schmale Wolkenfetzen wie waagerechte Wattebänke am Horizont hingen.

Biarn und Tora standen nur wenige Meter entfernt. Auch sie sahen dem Naturschauspiel zu. Im Norden stand bereits der Vanaheim Mond hoch am Himmel. Eine blassgraue Scheibe, die in den letzten Strahlen der Sonne kaum zu sehen war. Weiter südlich verdeckte ein Wolkenfetzen einen Großteil des Godheim Mondes. Charlie wusste, dass auch er voll war, denn heute war Doppelvollmondnacht.

Der Wolkenvorhang lüftete sich und gab die große Scheibe des Godheim Mondes frei. Er war fast doppelt so groß wie der Vanaheim Mond. Charlie betrachtete ihn fasziniert.

»Jetzt!«, sagte Biarn leise, aber mit fester Stimme. Charlie hielt den Atem an.

Die grünen Seerosenbälle, die das flache Wasser am Ufer des Sees zierten, fingen an zu vibrieren und zu summen. Dann brachen alle grünen Bälle fast gleichzeitig auf!

Innerhalb weniger Sekunden öffneten sie sich ganz und trieben dann als große, fünfblätterige Blüten auf der Wasseroberfläche. Charlie verfolgte das Spektakel fasziniert. Die Blüten waren etwa einen halben Meter groß und leuchteten in drei Pastellfarben – in Rosa, Lila und Lachsfarben. In der Mitte jeder großen Blüte saß ein faustgroßer

Diamant. In seinen geschliffenen Kanten spiegelten sich vom Mondlicht erhellt die Pastellfarben der großen Blätter.

Langsam wurde das Leuchten der Diamanten stärker, als würden sie das Mondlicht sammeln und speichern. Das Summen und Vibrieren hatte nicht aufgehört. Charlie realisierte, dass die hellen Töne von den Diamanten ausgingen. Plötzlich waren sie alle von einem lockenden, süßlichen Duft umgeben. Wie in Trance beobachtete Charlie, wie Tora langsam ins Wasser watete. Sie wollte ihr gerade folgen, als Biarn sie leise ansprach.

»Das sind Nornen...« Mit seiner Stimme riss er sie aus dem trance-ähnlichen Zustand. Sie erkannte, dass Tora direkt vor einer lila Blüte stand und diese träumerisch anstarrte.

Kunar blickte wie versteinert auf den See. Ein Schleier lag über seinen Augen, er schien fast wie weggetreten. Biarn sah verträumt zu den seltsam vibrierenden Blüten hinüber. Er hielt Kunar am Arm fest. Dann fuhr er leise fort:

»Man nennt sie auch Rose der Zeitalter. Urd, die lila Norne, zeigt die Vergangenheit, Verdandi, die lachsfarbe Norne, spiegelt die Gegenwart und Skuld, die rosa Norne, zeigt die Zukunft.«

Er starrte wieder auf den See. Tora hob langsam die Hand und berührte den Diamanten der lila Blüte vor ihr. Charlie und Biarn sahen ihr zu – Charlie gespannt, Biarn seltsam verträumt.

Jäh ließ Tora die Blüte los. Sie atmete schwer, ihr Gesicht war schmerzverzerrt. Was auch immer sie gesehen hatte, es war auf keinen Fall etwas Gutes gewesen! Mit Tränen in den Augen watete sie auf das Ufer zu.

»Was hast du?«, rief Charlie ihr zu.

Tora schluchzte und zitterte am ganzen Körper.

Wegen ihr verlor Biarn kurz die Konzentration, und in diesem Moment rannte Kunar auf eine der Nornen zu.

»Nein, nicht!«, brüllte Biarn und stürzte Kunar nach. Doch es war zu spät!

Kunar streckte seine Hand nach dem Diamanten der lachsfarbenen Blüte aus. Als sein Zeigefinger den Diamanten berührte, verwandelte sich der Edelstein in Dutzende rasiermesserscharfen Klingen!

Biarn zog Kunar hastig zurück und sah, wie ein Bluttropfen auf einer der vielen Klingen lag. Kurz darauf sog die Blüte das Blut auf.

»Ist schon gut«, sagte Biarn und zog Kunar von der lachsfarbenen Norne fort. Die Klinge vibrierte und summte immer lauter. Das Summen ging in ein hohes Klirren über und dann explodierte der Diamant. Hunderte rasiermesserscharfe Klingen flogen katapultartig über den See!

Biarn hatte Kunar gerade noch rechtzeitig ans Ufer gezerrt. Wo die Diamantklingen aufschlugen, bildeten sich kleine grüne Bälle, während sich die Wogen langsam wieder glätteten. Nach einer Weile lag das Wasser wieder ruhig vor ihnen, als wäre nichts geschehen. Die übrigen Nornen vibrierten und summten weiter vor sich hin.

Charlie atmete tief durch.

Tora rannte zu ihrem Bruder und fiel ihm laut schluchzend um den Hals. Zwischen ihrem Wimmern konnte Charlie Wortfetzen hören.

»Oh, Kunar... passiert? .... Angst...«

»Lass mal sehen«, sagte Biarn ruhig.

Er griff nach Kunars Hand und betrachtete den Zeigefinger.

»Glück gehabt. Charlie hat bestimmt die geeigneten Heilkräuter in der Höhle.«

Nach einer Weile sagte er: »Es tut mir leid, Kunar. Ich habe die Konzentration verloren.«

Charlie sah Biarn aufgewühlt an.

*Was war hier eigentlich gerade geschehen?*

»Los, kommt, lasst uns gehen!«, sagte Biarn. »Ich erkläre euch unterwegs, was schiefgelaufen ist. Die Wunde muss versorgt werden. Nornenverletzungen heilen sehr schlecht. Das Blut hört nicht von alleine auf zu fließen.«

Tora umklammerte schluchzend ihren Bruder.

»Ist ja gut, Tora«, sagte Kunar. »Mir ist kaum etwas passiert. Wegen dieses kleinen Kratzers verblute ich schon nicht.«

Aber Tora war nicht zu beruhigen. Sie zitterte und schluchzte, als läge ihr Bruder im Sterben.

»Reiß dich zusammen, Tora!«, sagte Kunar. »Es geht mir gut.«

Biarn hielt ihn zurück: »Ich glaube nicht, dass sie wegen dir so außer sich ist. Du hast es lediglich verstärkt. Vielleicht wird sie dir irgendwann erzählen, was sie gesehen hat.«

*Ja*, dachte Charlie. *Tora hat etwas gesehen, das sie sehr getroffen hat!*

Auf dem Weg zur Höhle weihte Biarn seine Begleiter in die Geheimnisse der Nornen ein. Nur Frauen konnten die Diamanten unbeschadet berühren. Je nachdem, welche Norne sie auswählten, konnten sie Geschehnisse aus der Vergangenheit, aus der Gegenwart oder aus der Zukunft sehen. Männer wurden von dem Gesang und dem betörenden Duft hörig gemacht und angelockt. Die Nornen benötigten das Blut eines männlichen Wesens, um sich zu vermehren.

Biarn hatte gelernt, dem Ruf der Nornen zu widerstehen, war aber durch Tora und Charlie abgelenkt worden. Er entschuldigte sich mehrmals für seine Unachtsamkeit. So etwas hätte ihm niemals passieren dürfen.

Charlie, Tora und Kunar erfuhren weiter, dass Nornen nur in Doppelvollmondnächten blühten und dann auch nur in der Zeit, in der sich beide Monde gleichzeitig in ihrer vollen Phase befanden. Ihre Blütezeit dauerte nur drei bis vier Stunden. Um sich zu vermehren, waren sie also gezwungen, zu drastischen Mitteln zu greifen.

Früher war das Wissen der Nornen von allen Frauen Vanaheims und Godheims in jeder Doppelvollmondnacht genutzt worden. Doch jetzt durften die Frauen in diesen Nächten ihre Häuser nicht verlassen. Oden hatte das Ausgehverbot verhängt, um ihnen die Möglichkeit zu nehmen, Wissen über die verschiedenen Zeitalter zu erlangen.

Ein unwissendes Volk sei leichter zu beeinflussen und zu regieren als ein Volk, das die Zusammenhänge verstehe. Nur wenige Frauen hätten es seit Odens Machtübernahme gewagt, gegen dieses Verbot zu verstoßen, führte Biarn weiter aus.

»Was wäre passiert, wenn Kunar bei der Norne geblieben wäre?«, fragte Charlie.

»Er wäre gestorben«, antwortete er leise.

Charlie war entsetzt, aber auch von der brutalen Kraft der Nornen überwältigt.

*Für Männer waren sie tödlich und für Frauen bedeuteten sie Wissen. Wissen war Macht. Macht gegen Oden! Deshalb war es verboten, sie zu berühren.*

In diesem Moment fasste Charlie den Entschluss, noch einmal zu den Nornen zurückzukehren! Ob sie etwas über ihre Eltern erfahren konnte? Oder über Odens Machenschaften?

Während Tora ihren Bruder verarztete, schlich sich Charlie aus der Höhle und rannte so schnell sie konnte zurück zum See. Viel Zeit blieb ihr nicht. Fast drei Stunden waren bereits verstrichen, und laut Biarn blühten die Nornen höchstens vier Stunden. Der Godheim Mond leuchtete hinter dünnen Wolkenfetzen hervor. Der Vanaheim Mond war nicht zu sehen, aber der Himmel über Gymers Berg lag in einem fahlen Licht und verriet dadurch das Versteck des Trabanten. Charlie stand am Ufer. Langsam beruhigte sich ihr Atem, nach dem schnellen Spurt über Gymers Berg zum See. Sie krempelte ihre Hosenbeine hoch und watete in das seichte Wasser.

Die Diamanten der Nornen summten und vibrierten leise vor sich hin. Der süßlich lockende Duft – für männliche Wesen so gefährlich – durchzog die Nacht. Charlie atmete ihn tief ein. Der Geruch war unbeschreiblich süß, kräftig und schwer, betörend aber zugleich erdrückend und gefährlich. Charlie hielt inne.

*Wurde sie genauso angelockt wie Kunar? Konnte sie dem herrlichen Duft widerstehen?*

Sie betrachtete eine lila Norne mit einer großen und wunderschönen Blüte aus kurzer Entfernung.

*Ja, sie könnte jetzt umkehren. Sie war zwar sehr beeindruckt, hingerissen und fühlte sich fast unwiderstehlich zu ihr hingezogen, aber nur fast!*

Probehalber trat sie zwei Schritte zurück. Sie prüfte sich selbst.

*Sie konnte umkehren.*

Aber dazu war Charlie nicht hergekommen. Langsam ging sie im seichten Wasser vorwärts und hielt direkt vor der Pflanze an. Dann streckte sie ihre Hand aus. Sie zögerte kurz. Ganz kurz nur, dann berührte sie entschlossen den summenden Stein in der Mitte der großen lila Blüte.

Sie spürte das leichte Vibrieren in ihren Fingern. Es wurde stärker und durchströmte ihren gesamten Körper – bis in die Zehenspitzen. Dann trug eine unsichtbare Macht sie mit sich fort. Obwohl Charlie den nassen Sand unter ihren Füßen spüren konnte, hatte sie das Gefühl, woanders zu sein.

*Es war so still!*

Ein gleißendes lila Licht flirrte vor ihren Augen. Allmählich begann es sich zu entfernen, doch das Flackern blieb. Ein Bild tauchte vor ihr auf. Alles flimmerte – so wie eine Spiegelung über heißem Asphalt in der prallen Mittagssonne. An den Rändern der Szene, die langsam vor Charlies innerem Auge sichtbar wurde, stieg lila Nebel auf.

Das Bild wurde immer klarer, aber das Flimmern blieb.

*Charlie sah einen Mann und eine junge, blonde Frau, die sich über eine Krippe beugten. Der Mann hatte schwarze, lockige Haare, die er im Nacken zusammengebunden trug. Er war groß, stattlich und lächelte der jungen Frau unter langen geschwungenen Wimpern zu. Er nahm ihre zierliche Hand und drückte sie leicht. Dann führte er sie an seine Lippen und küsste sie sanft. Die Frau lächelte zurück. Ihre langen Haare fielen ihr weich ins Gesicht und umrahmten zwei mandelförmige blaue Augen. Sie trug eine Art Nachthemd aus fließendem, rubinrotem Seidenspinnergarn, das sich ihrem schmächtigen, fast knabenhaften Körper anpasste.*

*Der dunkelhaarige Mann trug einen dunkelgrünen Umhang und einen roten Ring am Finger. Genau der gleiche Ring zierte die Hand seiner Frau. Ringe aus rotem Gestein mit dunklen und glitzernd goldenen Einschlüssen.*

*Plötzlich änderte sich der Blickwinkel der Szene. Langsam, wie in einem Film, schwenkte das Bild und näherte sich der reichverzierten Holzkrippe, an der das Ehepaar stand.*

*Ein Neugeborenes lag dort und schlief friedlich. Der mit schwarzem Flaum bedeckte Kopf war auf einem blauen Seidentuch gebettet. Charlie sah, wie der Mann etwas zu der Frau sagte, konnte aber nichts verstehen. Es war still. Genauso still wie im Nebel zwischen den Welten. Der Mann beugte sich vor und berührte vorsichtig die Wange des Säuglings. Dann sah das Kind hoch und schlug die Augen auf. Charlie blickte geradewegs in ein grünes und ein blaues Auge!*

Charlie zuckte erschrocken zurück. Das Bild vor ihr verschwand in einem Wirbel von lila Nebel.

*Nein! Nicht weggehen!* Charlie griff verzweifelt nach dem Diamanten der lila Norne. Das Vibrieren breitete sich von neuem in ihrem Körper aus. Das gleißend helle, lila Licht erschien, es flimmerte.

*Jetzt,* dachte Charlie, *jetzt werde ich sie gleich wieder sehen! Meine Eltern!* Ein Bild erschien vor ihrem inneren Auge, genauso wie zuvor, von lila Nebel umgeben und in ein leicht vibrierendes Flimmern getaucht.

Das Bild wurde klarer, aber es war nicht die friedliche familiäre Szene, die Charlie erwartet hatte!

*Wie beim ersten Mal war es totenstill. Charlie hatte das Gefühl, von ganz weit oben, wie ein Vogel, die Szene zu beobachten. Sie sah, wie viele Dutzend Menschen in eine dicke Nebelwand traten und an einem ganz anderen Ort wieder herauskamen.*

*All diese Menschen – hauptsächlich erwachsene Frauen und Männer, aber auch einige Kinder – trugen Gepäck mit sich. Sie reisten von den verschiedensten Orten ab, aber alle traten an der gleichen Stelle aus dem Nebel heraus, auf einer fast kreisrunden, blumenübersäten Wiese.*

*Menschen aus allen nur erdenklichen Kulturkreisen versammelten sich dort. Menschen mit weißer, schwarzer, hellbrauner, rotbrauner, gelber oder fast olivgrüner Haut. Mit schwarzen, roten, blonden, braunen oder auch fast weißen Haaren. Männer mit Bärten oder ohne, in Leder gekleidet oder in bunte Tücher gehüllt, die mit seltsamen Symbolen und Mustern bestickt waren.*

*Die Menschen, die in den Nebel hineintraten, schienen sehr beunruhigt. Sie trieben einander zur Eile an. Sobald sie den Nebel passiert hatten, wurden sie ruhiger. Sie sahen sich neugierig um und suchten sich eine freie Stelle auf der großen Blumenwiese.*

*All diese Menschen flohen von den verschiedensten Orten. Einige aus tiefsten Urwäldern, andere aus der Nähe eines griechischen Hafens, an dem eine mächtige Statue stand – ein Koloss aus Stein, ein mehr als dreißig Meter hohes Standbild. Wieder andere flohen vor dem Hintergrund dreier großer Pyramiden.*

*Von oben betrachtet sah die flimmernde Szene aus wie mehrere kleine Flüsse, die sich durch den Nebel zu einem großen Fluss vereinigten. Ein Fluss, der seinen Zustrom aus vielen verschiedenen Gegenden eines anderen Planeten erhielt und auf einer Blumenwiese endete.*

*Plötzlich flog Charlie mit rasender Geschwindigkeit auf die Flussmündung zu. Die Flüchtlinge kamen schwindelerregend schnell näher. Eine vierköpfige Familie schaute zu ihr hoch. Als das Bild direkt vor den dunkelhaarigen Menschen inmitten der vielen bunten Blumen schlagartig zum Stehen kam, konnte Charlie es ganz genau sehen: Braune Augen! Alle Familienmitglieder hatten braune Augen!*

Das Bild verschwand in einem Wirbel von lila Nebel. Regungslos stand Charlie bis zu den Knien im See und hielt den Diamanten in ihren Händen.

*Braune Augen!*

Es hatte also Menschen mit braunen Augen in Vanaheim gegeben! Charlie war sich sicher: All diese Menschen waren dorthin geflohen. Doch bevor sie weiter darüber nachdenken konnte, kristallisierte sich ein weiteres flimmerndes Bild heraus.

*Ein Mann mit grauem, langem Bart stand mit hocherhobenen Händen auf einer sonnenüberfluteten, blumenübersäten Wiese vor einem Holzhaus mit einem Natursteinfundament. Seine linke Hand hielt etwas fest umschlossen.*

*Der Alte trug einen dunkelgrünen Umhang aus Seidenspinnergarn und ein Halsband aus purpurrotem Leder, an dem ein seltsam grüner Stein hing. Charlie konnte sehen, wie der alte Mann mit seiner freien rechten Hand einige rasche Bewegungen ausführte und die Lippen bewegte. Charlie konnte keinen Laut vernehmen, aber der Mann wiederholte die gleichen Lippenbewegungen mehrmals sehr deutlich. Dann öffnete er seine linke Hand und Charlie sah es: Ihr Amulett! Sie sah einen größeren, ovalen, weißen Stein, auf dem rote Symbole eingraviert waren. Als sich die Hand weiter öffnete, zerbrach der Stein in drei Teile. Zwei große und ein kleineres Bruchstück lagen auf der zerfurchten Handfläche des Magiers. Charlie erkannte sofort jenen Teil, den sie selbst um den Hals trug. Es war einer der beiden größeren Teile.*

*Die Szene veränderte sich. Ganz kurz wirbelte lila Nebel umher, dann stand der Alte, der sich eben noch auf der Blumenwiese befunden hatte, auf einer grünen Wiese inmitten hoher Berge. Charlie sah weiße Flächen, die wie Schnee aussahen. Aber weshalb bewegten sie sich?*
*Der Mann trug das kleinere Bruchstück des Steines um den Hals. Diesmal war er nicht alleine. Ein rabenschwarzes, geflügeltes Pferd graste seelenruhig neben ihm. Auf dem Rücken des großen Tieres saß ein kleines blondes Mädchen, vielleicht vier bis fünf Jahre alt, und beobachtete das Geschehen mit weit aufgerissenen Augen.*
*Der Alte hob seine Arme, zeichnete Symbole in den Himmel und sprach dazu stumme Worte. Plötzlich bildete sich direkt vor ihm Nebel auf der sonnigen Wiese. Der Nebel zog sich immer dichter zusammen und bildete bald eine Wand.*
*Der Alte ging zum Pegasus hinüber und hob das kleine Mädchen herunter. Er stellte das Kind ins Gras, kniete sich vor ihm nieder und sprach einige Worte. Dann holte er einen Lederriemen hervor: Ein Lederhalsband mit einem weißen Stein als Anhänger. Er hängte es dem kleinen Mädchen um den Hals und umarmte es. Anschließend gingen sie Hand in Hand in den Nebel und verschwanden.*

Wieder verschwamm das Bild in einem Strudel aus lila Nebel. Charlie starrte in die wirbelnde, flimmernde Struktur und fühlte, wie das Vibrieren immer stärker wurde. Gerade als sie den Diamanten der Norne wieder loslassen wollte, gab der Nebel eine neue Szene frei.

*Eine Berglandschaft lag flimmernd vor ihr. Die Sonne schickte ihre allerletzten Strahlen über den Horizont. Bald würde es dunkel sein. Der alte Magier saß auf einem Steinblock. In Gedanken versunken zog er an einer kunstvoll verzierten, schwungvoll gebogenen Holzpfeife und blies den weißen Rauch langsam durch die Nase wieder aus. Es war ein friedliches Bild. Er saß ruhig da und betrachtete einen kleinen Steinbruch, der nur wenige Meter vor ihm lag.*
*Das Gestein des Berges schillerte in einem seltsamen Grün mit vielen rotbraunen Einschlüssen und Maserungen. An den Bruchkanten glänzte es matt in der untergehenden Sonne. Der Alte saß einfach nur da und starrte verträumt vor sich hin. Lange. Sehr lange.*

Dann wirbelte der lila Nebel wieder hoch, Charlie zog ihre Hand von der Norne fort. Lange stand sie bewegungslos da. *Was hatte sie da soeben alles gesehen? Wer war dieser alte Mann?* Sie war durcheinander. Es war die Vergangenheit, da war sie sich ziemlich sicher – obwohl sie sich nicht genau erinnern konnte, welche der Nornen Zukunft, Gegenwart oder Vergangenheit zeigten.

Charlie atmete tief durch und sah über den See. Der Godheim Mond leuchtete stark, man konnte weit in das fahle Grau der Nacht sehen. Einige rosa Nornen wuchsen weit von der Hufeisenbucht entfernt, aber nur einige Meter weiter draußen konnte Charlie eine lachsfarbene Blüte ausmachen.

Ohne sich darum zu kümmern, dass ihre Beine nass wurden, watete sie weiter hinaus in den See, der rasch tiefer wurde. Da war sie, eine weitere Norne.

*War lachsfarben nun Gegenwart oder Zukunft?*

Charlie wusste es nicht.

Der süße Duft stieg betörend in ihre Nase, Charlie streckte ihre Hand nach dem leicht vibrierenden Diamanten aus.

*Wieder schien etwas sie mit sich fortzureißen. Ein gleißendes, lachsfarbenes Licht umgab sie. Flimmernd ging das Licht in ein unscharfes Bild über, das langsam an Konturen gewann und eine neue Szene freigab. Wieder war es totenstill.*

*Was? Aber das bin ja ich!* Aufgeregt sah Charlie genauer hin. Ja! Da stand sie, Charlie, im seichten Wasser der Hufeisenbucht unter der hellen Scheibe des Godheim Mondes!

*Sie beobachtete sich selbst dabei, wie sie still dastand und eine lachsfarbene Norne berührte. Langsam begann sich das Bild zu drehen. Es schwenkte in Zeitlupe zum schilfbewachsenen Ufer hinüber. Bald war Charlie aus der Szene verschwunden und die Hufeisenbucht kam zum Vorschein. Charlie erstarrte! Oben am Waldrand stand eine Person! Groß und aufrecht stand sie da und sah ruhig auf den See hinunter. Die Kapuze des Umhangs bedeckte das Gesicht, nur eine markante Kieferpartie war zu erkennen.*

Noch während die Szene in einem Wirbel von lachsfarbenem Nebel verschwamm, drehte sich Charlie hastig um.

Ihr Herz schlug wie wild in ihrer Brust.

*Wo war er? Er musste doch da sein!*

War das ein Rascheln dort im Gebüsch? Hastig suchte Charlie mit ihrem Blick das Ufer ab. Es war niemand zu sehen. Sie spürte, wie leichte Panik in ihr hochstieg.

*Was hatte sie dort eben gesehen?*

War es tatsächlich Biarn, der eben noch am Waldrand stand?

*Es war doch Biarn gewesen. Oder?*

Aber war es die Gegenwart, also jetzt, oder hatte sie in die Zukunft geblickt? Ein beklemmendes Gefühl stieg in ihr hoch. Etwas schien ihr den Brustkorb zuzuschnüren. Krampfhaft versuchte sie, ihre Gedanken zu ordnen.

*Falls es die Gegenwart gewesen war, hatte jemand, vermutlich Biarn, sie gerade eben beobachtet.*

Charlie wurde ganz heiß bei dem Gedanken. Aber falls es nicht die Gegenwart war, falls die lachsfarbene Norne etwas abbildete, was noch geschehen würde? Charlie sah sich um. Die Norne lag süß duftend und vibrierend vor ihr. Falls sie die Zukunft gesehen hatte...

*Ja, dann sollte sie wohl schnellstens von hier verschwinden, oder?*

Nach einem letzten Blick auf die vibrierende Norne watete sie hastig zurück ans Ufer. Nur allzu gerne hätte sie noch mehr gesehen. Aber vielleicht war es noch nicht zu spät. Vielleicht würde sie unentdeckt bleiben. Vielleicht hatte Biarn sie noch nicht gesehen – hatte nicht gesehen, dass sie unbeschadet die Nornen berühren konnte. Und damit ihr Geheimnis gelüftet, dass sie ein Mädchen war!

Charlie lief zum Waldrand hoch und sah sich wachsam um.

*Nichts.*

Bevor sie sich in die Büsche schlug und durch die klare Nacht zur Höhle eilte, wandte sie sich noch ein letztes Mal um. Der See lag ruhig da. Alle Blüten hatten sich geschlossen, die Nornen hatten sich zurückverwandelt in grüne Bälle, die auf dem See schwammen. Das Zeitfenster der Doppelvollmondnacht war geschlossen. Erst in einem halben Jahr würde wieder die Möglichkeit bestehen, durch die Nornen Urd, Verdandi und Skuld das Schicksal zu ergründen.

Zum Glück wurde Charlie von den anderen nicht vermisst. Sie hätte auch wirklich nicht gewusst, wie sie plausibel erklären sollte, warum sie nachts noch einmal auf Wanderschaft gegangen war.

Tora schlich blassfahl wie der Godheim Mond durch die Höhle und hatte für niemanden einen Blick übrig, abgesehen von Kunar, den sie dafür nicht aus den Augen ließ. Auch er und Biarn saßen wortlos da. Kunar machte sich Sorgen. Obwohl er Tora mit Fragen bedrängte, weigerte sich diese, ihm zu erzählen, was sie gesehen hatte. Stattdessen schluchzte sie leise. Kunar warf Biarn gereizte Blicke zu, die eindeutig besagten: *Was hast du uns da eingebrockt!* Charlie musterte Biarn ebenfalls, allerdings verstohlener.

*Hatte er sie vom Seeufer aus gesehen?*

Schließlich erhob sich Biarn. Er nahm Tora an der Hand und zog sie in Richtung Höhlensee. Seltsamerweise ließ sie es mit sich geschehen. Kunar protestierte dagegen in den lautesten Tönen.

»Ich werde ihr nichts tun, ich werde nur mit ihr reden!«, beruhigte ihn Biarn, »mit oder ohne dein Einverständnis. Sie leidet! Was auch immer sie gesehen hat, es hat sie schwer erschüttert. Du kommst im Augenblick nicht an sie heran! Aber sie braucht Hilfe! Und ich kann sie ihr geben!«

Vor Wut und Sorge zitternd ließ Kunar die beiden ziehen. Was Biarn und Tora beredeten, erfuhren weder Kunar noch Charlie. Aber nach dem Gespräch ging Tora ruhig zu ihrem Nachtlager aus getrocknetem Moos, wickelte sich in eine von Biarns Seidenspinnerdecken und schlief sofort ein.

So eindringlich Charlie Biarn auch beobachtete, sie konnte nichts Auffälliges entdecken. Falls er ihr am See nachspioniert hatte, verbarg er es jedenfalls meisterhaft! Wie immer wirkte er ruhig, freundlich und gelassen. Trotzdem traute sich Charlie nicht, ihn nach der Bedeutung der lachsfarbenen Norne zu fragen – aus Angst, Misstrauen zu erwecken.

Charlie schlief die Alvablotetnacht schlecht bis gar nicht. Immer wieder ging sie in Gedanken die Nornenvisionen durch.

Am Einfachsten zu verstehen war die erste Vision gewesen. Charlie war überzeugt, ihre Eltern gesehen zu haben. Das Neugeborene in der reich verzierten Wiege war vermutlich sie selbst gewesen. Die Gesichter ihrer Eltern, ihr Aussehen – krampfhaft versuchte Charlie die Erinnerung zu bewahren, sie in ihr Gehirn einzubrennen.

*Meine leiblichen Eltern! So haben sie also ausgesehen!*

Sie schienen glücklich über ihr Baby zu sein. Die Szene war so friedlich.

Allerdings gab die Vision keinen Aufschluss über Charlies Herkunft. Abgesehen von der kunstvoll verzierten Wiege, hatte der lila Nebel nichts von der Umgebung preisgegeben.

*Wo hatte die Wiege gestanden?*

In einem Haus in Vanaheim? Oder vielleicht doch irgendwo in Godheim? Godheim war im Vergleich zu Vanaheim riesig, hatten Tora und Kunar gesagt.

Die anderen Visionen waren weitaus schwerer zu deuten. Charlie war sich ziemlich sicher, dass all diese fliehenden Menschen hierher gekommen waren. Aber wann und warum? Und woher? Von der Erde vielleicht? Auf der Erde gab es Pyramiden. Charlie war die Szene vor dem Hintergrund der drei Pyramiden irgendwie bekannt vorgekommen.

*Aus einem Spielfilm oder einer Fernsehdokumentation vielleicht?*

Wenn all diese Menschen tatsächlich von der Erde gekommen waren, dann waren sie selbst, Tora, Kunar und Biarn Nachfahren dieser Flüchtlinge! Charlies Gedanken überschlugen sich.

*Wenn das der Fall war, musste es früher auf der Erde auch Magier gegeben haben.*

Oder vielleicht nicht?

*Haben sie erst hier ihre magischen Fähigkeiten entfalten können?*

Und dann war da noch etwas. Diese Familie hatte eindeutig braune Augen gehabt! Nach dem, was Jonas ihr erklärt hatte, müsste es hier dann auf jeden Fall auch Menschen mit braunen Augen geben. Gab es aber nicht.

*Warum nicht? Waren diese Menschen doch nicht hierher gereist?*

Oder waren diese Menschen mit den braunen Augen alle umgekommen?

*Hatte Oden sie alle umgebracht?*

So sehr Charlie auch darüber nachdachte, sie kam zu keinem befriedigenden Ergebnis.

Ja, und dann war da noch der alte Mann, der offensichtlich mit einem Zauber das Amulett zerbrochen hatte. Einen Teil besaß sie selber, das wusste sie. Doch wie war es in ihren Besitz gekommen und welchem Zweck diente es? Vermutlich hatte sie es aber von dem Mann erhalten.

Das andere größere Bruchstück hatte das blonde Mädchen bekommen, das dann durch den Nebel gegangen war.

*War es vielleicht auch zur Erde geschickt worden?*

Und wenn ja, wo war es jetzt? Und der Alte? Wo hielt er sich auf? Lebte er überhaupt noch? Und: Wer war er überhaupt und warum hatte er den Stein in drei Teile zerbrochen? Den kleineren Teil hatte er selbst behalten. Wenn das Amulett ein Schlüssel zur Reise zwischen den Welten war, hatte er ihn auch benötigt.

*Wenn!*

Charlies Gedanken kreisten.

Fragen über Fragen hatten sich aufgetan.

*Sollten die Nornen nicht Wissen vermitteln?*

Sie hatte nicht das Gefühl, Wissen erlangt zu haben. Eher war ihre Verwirrung größer geworden. Schlaflos wälzte sich Charlie auf ihrem Moosbett. Missmutig stellte sie fest, dass Wissen nichts brachte, wenn man es nicht einordnen und verstehen konnte. Charlie hatte noch nicht einmal die Möglichkeit, mit jemandem darüber zu diskutieren.

*Das ist schon Ironie: Tora will nicht reden und ich kann es nicht!*

Plötzlich fiel Charlie die Entführung wieder ein. Vor lauter Aufregung hatte sie vergessen, den anderen von Fulla, Hugin und Munin zu erzählen! Und vom Oden-Siegel.

*Na, zumindest gibt es etwas, wonach ich fragen darf.*

Irgendwann fiel Charlie dann doch noch in einen unruhigen Schlaf. Wirre Gedanken und Bilder huschten zusammenhangslos durch ihre Träume.

Als Charlie am nächsten Morgen aufwachte, saßen ihre Gefährten bereits vor der Höhle und schwiegen sich verbissen an. Charlie achtete nicht auf die angespannte Stimmung, sondern platzte gleich mit ihrer Neuigkeit von Fullas Entführung heraus.

Biarn wurde blass.

»Bist du sicher?«, fragte er eindringlich. »Bist du dir ganz sicher, dass es die alte Fulla war, die Heilerin?«

»Ja«, sagte Charlie.

*Natürlich war sie sich sicher. Was hatte Biarn bloß?*

»Kanntest du sie näher?«

Biarn nickte abwesend. Mehr war leider nicht aus ihm herauszubekommen. Charlie kramte die perlmuttglänzende Muschel hervor und betrachtete das seltsame Symbol.

»Was bedeutet das Siegel?«, fragte sie laut in die Runde.

Biarn erhob sich hastig, er hatte kaum zugehört.

»Ich muss gehen«, murmelte er. Seine Blässe war verschwunden, aber man merkte ihm die Unruhe an. Dann warf er einen Blick auf Charlie und sah den Oden-Taler in ihrer Hand.

»Das sind Runen«, sagte er zerstreut. »Odens Symbol. Das Symbol der Raidho, verbunden mit dem Element Luft, der Ass Rune.« Er griff nach seinem Umhang. Im Gehen drehte er sich noch einmal um.

»Seid vorsichtig!«, sagte er. Dann hielt er inne und kam ein paar Schritte zurück.

»Ihr werdet durch den Nebel gehen, morgen! Ich habe zu tun. Es ist sehr eilig. Vermutlich dauert es ein paar Wochen. Ich sehe euch also im nächsten Frühjahr...«, fügte er hinzu.

Er hob die Hand zum Abschied und eilte den Berg hinab.

Drei verdutzte Gestalten sahen ihm nach.

*Was war derart eilig? Was hatte die alte Fulla damit zu tun? Und woher wusste Biarn, dass sie morgen durch den Nebel gehen würden?*

Tora, Kunar und Charlie unterhielten sich eine Weile über Biarns überhasteten Aufbruch.

*Konnte er in die Zukunft sehen? Aber laut Fulla war dies unmöglich.*

»Und was ist mit den Nornen?«, fragte Charlie. »Eine der drei soll doch die Zukunft weisen. Das hat zumindest Biarn gesagt.«

*Wer hatte denn nun recht?*

Sie schwiegen eine Weile und dann fragte Charlie: »Was ist das Symbol der Raidho?«

»Das ist das Symbol für Magier der vier Elemente«, erklärte Kunar.
»Aber ich wusste nicht, dass es Teil des Oden-Siegels ist. Runen und
deren Bedeutung sind nur Magiern vorbehalten.«

»Ja«, sagte Tora. »Die Symbole, die ich in die Regin einarbeiten
musste, nennen sich Runen oder Runengalder.«

»Galder? So wie die Galdertrommeln?«, wollte Charlie wissen.

»Ja, frag mich aber nicht, warum«, antwortete Tora.

Charlie runzelte nachdenklich die Stirn.

*Runen...*

Sie hatte Runen in der Schule durchgenommen, altnordische
Schriftzeichen, die man heute noch auf vielen Runensteinen in Schweden und auch Norwegen und Dänemark findet.

*Ob in Vanaheim mit Runen das gleiche gemeint war?*

Charlie studierte das Symbol auf der Muschel.

*Hm.*

Sie konnte sich nicht daran erinnern, wie die nordischen Runen
genau ausgesehen hatten. Aber Ähnlichkeit bestand da schon.

»Bei uns auf der Erde sind Runen Schriftzeichen«, sagte Charlie.

»Tatsächlich?«, horchte Kunar auf. »Hier haben Runen lediglich
magische Bedeutungen. Ob man sie früher vielleicht zum Schreiben
verwendet hat? Es soll ja einst Schriften gegeben haben.«

Charlie dachte an ihre Nornenvisionen. Dass es hier Runen gab,
war zumindest ein Indiz dafür, dass die Menschen von der Erde hierher gekommen waren. Dann fiel ihr noch etwas ein.

*Natürlich! Wie konnte sie das nur übersehen haben!*

Die Fabeltiere! Menschen mussten früher zwischen Vanaheim und
der Erde hin und her gereist sein.

*Wie sollten sonst auf der Erde Beschreibungen von Tieren existieren,
die es nur hier gab?*

Dann kamen ihr wieder leichte Zweifel.

*Gab es vielleicht noch weitere Planeten, auf denen all diese Fabelwe-
sen existierten?*

Sie erklärte Tora und Kunar ihre Gedanken über die Fabeltiere.

»Schon möglich«, sagte Kunar. »Vielleicht ist eure Erde bei uns in
den Legenden vorhanden. Vielleicht heißt sie ja...«

Er überlegte.

»Jotunheim?«, schlug Tora vor.

»Nein, das ist doch die Welt der Tursen«, antwortete Kunar.

»Wartet mal«, rief Charlie aufgeregt und holte das Buch über nordische Mythologie hervor. Sie blätterte hastig, bis sie die richtige Seite gefunden hatte. Die neun Welten: Muspelheim, Alfheim, Vanaheim, Godheim, Svartalfheim, Helheim, Nifelheim und Mannaheim. Mannaheim!

»Mannaheim!«, sagte sie aufgeregt. »Die Welt der Menschen! Und ihr lebt in der Welt der Götter beziehungsweise Magier!«

Kunar sah sie verdutzt an.

»Du meinst, die Erde ist Mannaheim?«

»Ist nicht Gymers Frau Aurboda dorthin aufgebrochen?«, fragte Tora.

Das stimmte. Aurboda, ihre Tochter Gerd, ihr Mann und ihre Kinder! Riesentrolle auf der Erde? Das konnte sich Charlie nur schwer vorstellen.

»Ich weiß nicht...«, sagte Charlie skeptisch.

»Vielleicht doch!«, sagte Kunar. »Immerhin schlafen sie tausend Jahre! Es wäre lange her, dass ihr auf der Erde auch nur irgendetwas bemerkt hättet!«

»Du vergisst, dass die Zeit auf der Erde anders läuft als hier«, widersprach Charlie. »Nach Erdzeit gerechnet, ist Aurboda erst vor vierzehn bis fünfzehn Jahren angekommen. Falls die Erde Mannaheim ist, meine ich.«

»Ja, aber nicht Gerd und Geirröd! Sie wohnten schon länger da!«, sagte Kunar. Charlie versuchte sich das vorzustellen. Bei den ganzen Zeitunterschieden war es schwer, den Durchblick zu behalten.

»Schon möglich«, sagte sie langsam. »Wir werden es wohl nie herausfinden. Übrigens«, fügte sie hinzu, »wir sollten alles packen, was wir mitnehmen wollen und die Höhle für unsere Abwesenheit im Winter bereitmachen. Falls Biarn recht hat, gibt es morgen früh Nebel.«

Tora war scheinbar wieder fast sie selbst. Nachdem sie die Reisevorbereitungen getroffen hatten, legte sie in aller Seelenruhe ein neues Regin direkt neben dem Höhleneingang. Als Kunar sie nach den Erlebnissen bei den Nornen fragte, sagte sie ruhig, aber sehr bestimmt:

»Wenn ich soweit bin, Kunar, dann erzähle ich es dir. Vielleicht.«
Damit war für Tora das Thema offiziell erledigt. Doch tief in ihr schaute es anders aus, und das zeigte sich auch ansatzweise. Eine gewisse Grundgereiztheit blieb ihr erhalten. Kunar und Charlie bekamen diese in der nächsten Zeit häufig deutlich zu spüren.

Kunars Wunde verheilte langsam, aber zum Glück beeinträchtigte sie ihn nicht sonderlich. Lediglich der Verband störte ihn ein wenig. Tora hatte Charlies Hilfe angenommen und ein ihr unbekanntes Kraut aufgelegt. Es unterstützte den Heilungsprozess und vertrieb das anfangs sehr starke Pochen in Kunars Finger.

# 14. Hanna

*F*rüh am nächsten Morgen waren Charlie, Tora und Kunar reisefertig. Biarns Voraussage war eingetroffen: Gymers Berg lag in einem dichten Nebelmeer. Sie würden wieder durch den Nebel gehen.

»Seid ihr fertig?«, fragte Charlie erwartungsvoll. Kunar nickte. Tora wirkte gereizt.

»Ja, ja, ich komme ja schon!«, rief sie.

Sie fassten sich an den Händen und verschwanden im Nebel. Zurück blieben ein frisch gelegtes Regin und eine verlassene Höhle, die auf die Rückkehr der drei Freunde im Frühjahr wartete.

Als Charlie, Tora und Kunar am Trollsee in der Nähe von Storby aus dem Nebel traten, lag das Gewässer ruhig und verlassen vor ihnen. *Wie spät es wohl war?*

Nebelschwaden trieben über den See und hingen tief zwischen den Bäumen im småländischen Wald. Es sah alles genauso aus wie in dem Moment, als sie die Erde verlassen hatten.

Ein ganz feiner Nieselregen fiel herab. Sehr gut, denn der Nebel würde sich bei diesem Wetter vermutlich halten. Als sie vor zwei Tagen aus dem Heim geflohen war – Erdzeit natürlich – hatte ähnlich trübes Wetter geherrscht. Vielleicht hatten sie ja Glück.

In etwa drei Stunden auf der Erde würden sie den Winter in Vanaheim überbrücken können. Ihr Plan sah vor, nach Storby zu gehen und in der Bibliothek ein Buch über Runen auszuleihen. Vielleicht gab es Ähnlichkeiten mit den Runen in Vanaheim. Charlie nahm ihre Augenklappe ab und sah an sich hinunter.

*Lumpen,* dachte sie und verzog das Gesicht.

»Hört mal!« sagte sie dann zu Tora und Kunar. »Wenn euch jemand auf unsere Kleidung anspricht, erzählen wir, dass wir verkleidet sind.

Wir üben für ein Theaterstück in der Schule und machen bloß gerade Pause!«

»Theaterstück!«, schnaubte Tora. »So nennst du unser Leben also! Theater!«

Kunar sah seine Schwester beunruhigt von der Seite an.

Er sagte schnell:

»Natürlich, Charlie. Das ist eine sehr gute Idee. Wir werden zwar auffallen, aber es gibt eine Erklärung dafür.«

Als sie losmarschierten, blieb Tora ein wenig zurück. Missmutig schaute sie sich um.

Kunar rückte näher zu Charlie auf und raunte: »Hoffentlich wird sie bald wieder normal. Diese Launen hält ja keiner aus. Warum erzählt sie uns nicht einfach, was sie gesehen hat?«

Charlie teilte Kunars Meinung. *Geteiltes Leid ist halbes Leid, sagt man doch.* Aber vielleicht kam Tora mit der Zeit darüber hinweg. *Was auch immer es sein mochte.*

Sie brauchten etwa eine Stunde nach Storby. Als sie dort ankamen, war die Bibliothek geschlossen. Öffnungszeiten 10:00 Uhr bis 18:00 Uhr, Montag bis Freitag. Welcher Tag war heute? Sie war an einem Samstagmorgen aus dem Heim abgehauen. Am selben Tag war sie nach Vanaheim gegangen und abends mit Tora und Kunar wieder hergekommen. Dann waren sie von Samstag auf Sonntag bei Jonas gewesen und hatten dann von Sonntag auf Montag in der kleinen Jagdhütte am Trollsee übernachtet. Am Montagmorgen waren sie dann nach Vanaheim zurückgekehrt. Sie waren bloß etwa eineinhalb Monate dort gewesen, also war hier auf der Erde immer noch Montag. Da ging Charlie ein Licht auf.

*Es war noch zu früh! Noch vor zehn Uhr!*

Charlie führte Tora und Kunar durch das frühmorgendliche Storby. Nur vereinzelt liefen Menschen durch die Gassen. Autos fuhren dagegen viele. Ihre Insassen waren auf dem Weg zur Arbeit. Halb acht Uhr morgens zeigte die große Standuhr am Marktplatz der kleinen Stadt an. Die Geschäfte in der Einkaufsstraße würden erst in ein bis zwei Stunden aufmachen, nämlich um zehn Uhr, ebenso wie die Bibliothek.

Da Lebensmittelläden auch erst um acht Uhr öffneten, schlenderten die drei langsam im Nieselregen durch die Stadtmitte und spähten in die Schaufenster der menschenleeren Geschäfte. Für Charlie hielten sie nichts Besonderes bereit. Unzählige Male war sie an ähnlichen Auslagen vorbei gegangen.

Kunar dagegen ging mit großen Augen und offenem Mund an den Schaufenstern vorbei. Sogar Tora erwachte langsam aus ihrer Verdrossenheit und betrachtete neugierig das reichhaltige Sortiment. Da gab es Spielwaren, Kleidung in allen Farben und Formen, Schmuckgeschäfte, einen Laden mit Taschen aller Art, eine Apotheke, einen Pub, einen Bäcker mit angrenzendem Café und, und, und...

Vor dem Schaufenster des Optikers hielt Charlie jäh inne, angelockt durch ein großes Sortiment unterschiedlicher Kontaktlinsen. Ein Schild pries die Vorteile der jeweiligen Linsen an, aber was Charlie tatsächlich interessierte, war die Auswahl mit Mustern in verschiedenen Farben.

»Was ist das?«, fragte Tora gereizt. Sie hatte sich endlich vom Schaufenster des zweiten Juweliers losgerissen.

»Das sind Kontaktlinsen!«, sagte Charlie aufgeregt. »Man kann sie anstelle einer Brille tragen, oder wie diese dort aus Spaß.« Sie zeigte auf zwei Linsen mit jeweils einem Fadenkreuz und einem Spinnennetz. »Die Augen sehen dann wirklich sehr heftig aus. Sieh mal da!«

Hinter den ausgestellten Linsen war ein Mann auf einem Foto abgebildet. Er trug eine blutunterlaufene rote Linse im rechten Auge und eine mit einem Smiley im linken Auge.

»Ist ja irre!«, rief Kunar.

»Wozu soll das gut sein?«, fragte Tora skeptisch.

»Für Filme zum Beispiel. Du weißt schon, der Fernseher in Jonas Wohnung. Oder für Menschen, die ihre Augenfarbe ändern wollen...«, erklärte Charlie. Tora erinnerte sich an die Kiste, in der sich Menschen bewegten und ganze Landschaften Platz fanden.

»Für Gruselfilme wären die rote Linsen dort bestimmt nicht verkehrt«, meinte Charlie. Sie musste dann erklären, was Gruselfilme waren.

Tora verdrehte die Augen und wandte sich ab.

Charlie sah sehnsüchtig auf die farbigen Linsen, die neben dem Paar mit Spinnengewebe lagen:»Wenn ich die grüne da hätte, bräuchte ich die blöde Augenklappe nicht mehr«, sagte sie.

Tora drehte sich um.»Tatsächlich?«, fragte sie.

Ihr Interesse war endlich geweckt. Leider waren die Linsen viel zu teuer. Mit dem bisschen Geld, das Charlie von Jonas zugesteckt bekommen hatte, kam sie hier nicht weiter. Aber die Idee war schon nicht schlecht.

*Eine grüne Kontaktlinse!*

Keiner in Vanaheim würde etwas bemerken! Und die lästige und verdächtige Augenklappe wäre überflüssig!

»Ja, das wäre schon hilfreich«, fand auch Kunar.

Charlie seufzte.

*Es half nichts.*

So viel Geld hatte sie nicht und sie wollte auf keinen Fall Jonas um Hilfe bitten. Er war ja selbst ständig knapp bei Kasse. Außerdem hatte sie nicht vor, ihn heute gleich noch einmal in Gefahr zu bringen. Vermutlich musste er sich sowieso gerade bei der Polizei rechtfertigen, weil er nicht anzutreffen gewesen war.

»Kommt«, sagte Charlie mit einem letzten Blick auf das Schaufenster des Optikers. Tora stand mit einem grübelnden Gesichtsausdruck da.

»Es ist schon halb neun. Das Kaufhaus dort hinten hat offen. Wir sollten weitere Feuerzeuge besorgen. Danach setzen wir uns ins Café und essen etwas. Dafür reicht Jonas' Geld!«

Obwohl die drei von Kunden und Verkäufern seltsam angestarrt wurden, schien ihre Verkleidung nicht wirklich zu stören. Eine Verkäuferin lachte sogar freundlich und fragte:

»Nicht schlecht dieser Mittelalterlook! Habt ihr heute Kostümfest?«

Charlie lachte freundlich zurück.

»Ja, in der Schule. Wir nehmen gerade das Mittelalter durch und üben dafür ein Theaterstück ein!«

Auch einige neugierige Kunden hatten interessiert zugehört.»Wirklich eine gute Idee!«, hörte Charlie einen jungen Mann sagen.

»Ja, der Unterricht heutzutage ist viel interessanter als zu meiner Zeit«, mischte sich eine ältere Dame ins Gespräch. »So etwas hat es damals leider nicht gegeben.«

Charlie, Tora und Kunar lächelten freundlich und gingen weiter. *Mittelalter*, dachte Charlie. *So sehen wir also aus.*

Kurz darauf saßen die drei an einem sehr modernen Tisch des kleinen Cafés. Jeder hatte ein großes Stück Torte und eine Cola vor sich stehen. Zufrieden nippte Tora an dem kalten Getränk.

»Das schmeckt einfach magisch!«, schwärmte sie. Kunar sah seine Schwester hoffnungsvoll an. *War ihre schlechte Laune vorüber?*

Der Schokoladenkuchen schmeckte allen unglaublich gut. Etwas Vergleichbares hatten Tora und Kunar noch nie gegessen und auch Charlie genoss ihn. Es war lange her, dass sie Gebäck bekommen hatte. Sie saßen zufrieden am Fenster des Cafés und beobachteten, wie sich die Einkaufsstraße langsam füllte.

In einer Ecke war ein Fernseher an die Decke montiert. Leise lief er im Hintergrund. Charlie trank gerade den letzten Schluck aus ihrer Cola, als irgendjemand den Fernseher lauter drehte und laut »Tscht! Seid doch mal still!«, rief.

Charlie sah flüchtig zum Fernseher hoch. Das Programm war wegen einer Katastrophenmeldung unterbrochen worden. Ein Sprecher berichtete live aus dem Krisengebiet, während im Hintergrund Chaos herrschte. Hubschrauber kreisten um einen riesigen Berg, vor dem Häuser, Autos, Busse, Strommasten und Bäume in Schutt und Asche lagen! Entsetzt starrten Charlie, Tora und Kunar auf den Bildschirm.

»Hier hinter mir tobt das Chaos. Es ist eine Katastrophe ohnegleichen. Wir befinden uns in Österreich an der Grenze zu Deutschland im Bundesland Salzburg. Ob Sie es glauben oder nicht, der Berg den Sie hinter mir sehen, gehört nicht hierher. Noch vor gut einer Stunde lag der Untersberg rund zehn Kilometer von der Stadt Salzburg entfernt. Dann setzte er sich in Bewegung und wechselte seinen Standort. Wie? Fragen Sie nicht mich – ich habe dafür noch genauso wenig eine Erklärung wie alle anderen Menschen, die diese beispiellose Katastrophe überlebt haben. Der Berg hat innerhalb weniger Minuten den Standort gewechselt.

Es ist zu befürchten, dass die Katastrophe mehr als 150.000 Menschen das Leben gekostet hat! Denn der Untersberg hat auf seinem Weg hierher die Stadt Salzburg dem Erdboden gleichgemacht.«

Während der Nachrichtensprecher berichtete, schwenkte eine Kamera aus einem Hubschrauber heraus über das Katastrophengebiet. Man konnte sehr genau die Schneise erkennen, die der große Berg hinterlassen hatte. Überall verbrannte Erde und Lava. Am Rand der Schneise standen einige Gebiete in Flammen. Menschen und Tiere flohen vor dem Feuer. Im Café standen inzwischen alle Gäste um das Fernsehgerät herum und verfolgten gebannt die unvorstellbaren Ereignisse 1.000 Kilometer weiter südlich.

»Wie bei Gymers Berg!«, stieß Kunar hervor. »Genauso wie bei Gymers Berg!«

»Pst!«, zischte ein grobschlächtiger Mann und warf Kunar einen bösen Blick zu.

Charlie schüttelte ungläubig den Kopf.

*Aurboda, Gerd und ihre Familie – ob sie tatsächlich hier waren?*

*Waren sie der Grund für diese Katastrophe? War die Erde tatsächlich Mannaheim und gab es hier Tursen?*

»Wir bekommen gerade eine weitere Meldung herein...«, sagte der Nachrichtensprecher. »Laut Wissenschaftlern hat es vor 50 Millionen Jahren ein ähnliches Ereignis gegeben. In Wyoming riss sich ein großer Berg vom Untergrund los und raste vermutlich mit über 100 Stundenkilometern über die Erdoberfläche! Der Berg Heart Mountain legte innerhalb einer halben Stunde mehr als 50 km zurück, bevor er auseinanderbrach und zum Stehen kam! Wissenschaftler vermuten, dass die Felsmassen auf einem Lava-Wassergemisch glitten, nachdem enormer Druck aus dem Erdinneren sie von den unteren Gesteinsschichten getrennt hatten. Hier könnte sich etwas Ähnliches abgespielt haben. Nur, dass dieser Berg sehr viel größer ist. Der Untersberg hat eine Fläche von etwa 70 Quadratkilometern und misst an seiner höchsten Erhebung 1973 Meter. Zeugen berichten von einer heftigen Explosion. Die Erde bebte und dann schoss der Berg auch schon auf Salzburg zu. Zunächst werden Rettungskräfte...« Der Nachrichtensprecher fuhr mit seiner Berichterstattung fort.

Charlie sah Kunar und Tora ungläubig an. Sie war erschüttert.

*Ein wandernder Berg? Heute? So viele Tote! Und es hatte hier auf der Erde schon früher wandernde Berge geben!*

Und jetzt, gerade jetzt war es wieder geschehen?

*Konnte das denn Zufall sein?*

*Wie war das möglich?*

Hatten die Wissenschaftler mit ihrer Lava-Theorie recht, oder konnte es tatsächlich Riesentrolle, so genannte Tursen, auf der Erde geben? Da fiel Charlie ein, dass sie ja bald zurück wollten. Zurück zu Gymers Berg.

Charlie fragte die junge Bedienung nach der Uhrzeit.

»Es ist gleich zehn Uhr vorbei«, gab sie Auskunft, ließ dabei aber den Fernseher nicht aus den Augen. Als Charlie zahlen wollte, reagierte sie nicht. Charlie legte einige Kronenscheine auf den Tisch. Die drei verließen das warme Café. Keiner der Anwesenden bemerkte es. Sie verfolgten alle gebannt die TV-Sondersendungen. Draußen nieselte es noch immer. Es war grau und kalt. Charlie zog ihren zerlumpten Umhang fester um sich.

»Also auf zur Bibliothek und dann schnell zurück nach Vanaheim. Wir sind sowieso schon länger hier als geplant.«

»Ja, ich frage mich, wie weit das Jahr zu Hause schon fortgeschritten ist. Ob wir schon Gräs haben?«, dachte Kunar laut nach.

Schnell rechnete Charlie nach. Gräs war Mai.

»Ja, kann schon sein«, sagte sie dann. »Los, kommt! Was ist?«, fragte sie Tora, die unschlüssig stehen geblieben war.

»Geht schon vor. Ich komme gleich nach.«

Kunar war verdutzt.

»Wieso? Was willst du denn noch? Wir haben es eilig, das hast du doch gehört!«

»Ja und? Ich beeile mich ja!«, giftete Tora. »Ich komme gleich nach! Ich weiß schon, wo die Bibliothek ist!«

Tora ließ sich nicht umstimmen. Verärgert eilten Kunar und Charlie los. Ihnen blieb nicht mehr viel Zeit! Denn nach der Bibliothek mussten sie noch aus der Stadt hinaus. In den Straßen von Storby gab es nämlich kaum Nebel. Charlie hoffte, am Fluss oder auf den angrenzenden Wiesen noch welchen zu finden.

Keine Viertelstunde später traten Kunar und Charlie aus der großen Glastür der Bibliothek und hielten nach Tora Ausschau.

*Wo blieb sie bloß?*

Charlie hatte in der Bibliothek rasch zwei Bücher über Runen gefunden. *Runen: Schriftzeichen und Magie* hieß das eine und *Runen erkennen* das andere. Die Bibliothekarin Eva hatte Charlie und Kunar bei der Suche geholfen. Nach Erdzeit waren sie ja erst am Vortag mit Jonas hier gewesen. Kunar hatte sich außerdem noch ein Buch über Technik im 20. Jahrhundert ausgeliehen – Elektrizität, Autos und all die anderen spannenden Dinge auf der Erde faszinierten ihn sehr.

*Was war mit Tora los?*

Charlies Gedanken sprangen zwischen Tora und der Katastrophe hin und her. Die Bilder im Fernsehen hatten sie nur allzu sehr an das Desaster in Vanaheim erinnert. Auch dort waren viele Menschen und Tiere durch Gymers Verzweiflungstat getötet worden. Sie schüttelte ihre Gedanken ab und sah sich suchend um.

*Da kam sie endlich!*

Tora rannte ihnen entgegen. Charlie und Kunar atmeten auf. Jetzt konnten sie sich auf den Weg zum Fluss machen.

»Was hast du denn um Himmels Willen solange gemacht? Wo warst du?«, fragte Kunar aufgebracht.

Tora wühlte in ihrer Rocktasche und streckte die Hand aus.

»Hier!«, sagte sie zufrieden.

In ihrer Handfläche lag eine grüne Kontaktlinse!

Charlie war fassungslos. »Was? Wo hast du die denn her? Hast du die etwa gestohlen?«

Tora funkelte sie herausfordernd an.

»Ja, hat sie!«, sagte plötzlich eine fremde Stimme. Hinter Tora stand eine Jugendliche. Lässig an der Bibliothekswand gelehnt sah sie spöttisch zu ihnen hinüber.

Sie war etwa 16 Jahre alt, reichlich geschminkt und sehr modisch gekleidet – sie trug tief geschnittene, eng sitzende Jeans, ein rosa Top, Pumps und eine kurze hellgrüne Leinenstoffjacke mit vielen Taschen. Ihre blonden Haare waren modisch kurz geschnitten und mit dunklen Strähnchen durchzogen.

Toras grüne Augen schossen Blitze. »Was willst du hier? Misch dich nicht ein, das geht dich nichts an!«, rief sie.

Das Mädchen lächelte ironisch.

»Willst du mir etwa Angst machen? Pass auf, was du sagst, sonst zeige ich dich an, du kleine Lumpendiebin!«

Charlie und Kunar griffen gerade noch rechtzeitig nach Tora, bevor sie sich wutentbrannt auf das Mädchen stürzen konnte. Während sie Tora mit Mühe festhielten, fragte Charlie gepresst:

»Wer bist du und was willst du von uns?«

Die Jugendliche stieß sich gelangweilt von der Bibliothekswand ab.

»Die Frage ist wohl eher: Wer seid ihr?«, sagte sie.

Sie musterte die drei Gestalten mit leicht angeekeltem Gesichtsausdruck von oben bis unten.

»Gott! Wie seht ihr überhaupt aus!« Sie verdrehte die Augen und verzog die Mundwinkel. »Bettelarm, vermutlich. Kein Wunder, dass die Schlampe dort stehlen geht!«

Charlie und Kunar wurden langsam ebenso sauer wie Tora.

Charlie atmete tief durch und presste dann hervor:

»Dafür haben wir keine Zeit! Kommt, wir gehen einfach. Was bildet die sich überhaupt ein? Diese aufgeschneckte, versnobte Kuh!«

Charlie und Kunar setzten sich in Bewegung. Tora folgte ihnen widerwillig.

»He! Was soll das!«, rief das Mädchen und hielt ein Mobiltelefon in die Höhe. »Ich zeige euch an, wenn ihr nicht stehen bleibt!«

Die drei liefen weiter und versuchten, die lästige Blondine zu ignorieren. Doch die blieb ihnen dicht auf den Fersen. Nur noch eine Straße, dann waren sie am Stadtpark, wusste Charlie. Der idyllische kleine Park lag direkt am Ân, dem Fluss, der sich durch Storby schlängelte.

»Euer Lumpenmädchen versteckt übrigens noch mehr unter ihrem Umhang!«, zeterte die Verfolgerin.

Tora blieb stehen und funkelte sie böse an.

»Halt deinen Mund!«, zischte sie. »Das geht dich gar nichts an!«

Kunar zog seine Schwester wortlos weiter. Sie würden sich später um ihre Eskapaden kümmern. Zu ändern waren diese nun nicht mehr. Abgesehen davon, musste Charlie zugeben, dass ihr der Gedanke gefiel, jetzt eine grüne Kontaktlinse zu besitzen.

Die Flussniederung kam in Sicht, grau und trist lag sie da. Vereinzelte dünne Nebelschwaden hingen über den Wiesen des Parks.

»Glaubst du, dass der Nebel ausreicht?«, fragte Kunar und sah sich skeptisch um.

»Das werden wir gleich sehen«, antwortete Charlie und ließ ihr Amulett unter das Hemd gleiten.

Ohne sich um das ihnen nachschleichende Mädchen zu kümmern, griff sie nach Kunar und Toras Händen und ging quer durch eine der hauchdünnen Nebelschwaden. Nichts passierte!

»Mist!«, fluchte Charlie.

*Was nun?*

Sie starrte in den Nebel.

*Man müsste ihn irgendwie dichter bekommen!*

Aber wie? Sie hatte keine Zauberformel, wie der alte Mann in der Nornenvision. Und...

»Kannst du nicht mal still sein? Ich muss mich konzentrieren!«, fuhr Charlie ihre unerwünschte Begleiterin wütend an. Diese hatte gerade über Toras und Kunars Akzent gelästert. Verächtlich sah sie nun Charlie an.

»Konzentrieren? Worauf denn? Aufs Händchen halten vielleicht?«, höhnte das Mädchen.

Schnell ließen Kunar und Charlie einander los. Charlie kochte vor Wut über das hämisch lachende Mädchen, musste sich aber gleich wieder auf den Nebel konzentrieren.

Sie starrte durch die Millionen kleinen Tropfen der dünnen Schwaden und zwang gedanklich ein Standbild herauf. Gerade als sie sich in ihrem friedlichen Bild erholen wollte, wurde sie von hinten angestoßen. Plötzlich zog sich der Nebel vor ihr wie von Geisterhand zusammen!

Im Nachhinein konnte sich Charlie nicht erklären, wie sie dem Nebel ihren Willen aufgezwungen hatte. Ihr war nur noch eine unendliche Kraft bewusst, die in ihr hochgestiegen war. Die Kraft wollte als Wut über das Mädchen aus ihr herausbrechen, stattdessen hatte diese Energie vermutlich ihren letzten Gedanken verstärkt – den Wunsch, dass alle diese Millionen Tropfen dichter zusammenrückten.

Verblüfft blickte Charlie auf die dichte Nebelwand, die direkt vor ihr lag. Keiner sagte ein Wort. Sogar das lästige Mädchen schwieg und starrte Charlie mit einer Mischung aus Ungläubigkeit und Verwirrung an. Obwohl Charlie nicht genau wusste, wie sie den Nebel dazu gebracht hatte, sich zu verdichten, konnte sie sich einen bissigen Kommentar nicht verkneifen.

»Dafür!«, sagte sie ironisch. »Genau dafür wollte ich mich konzentrieren.« Sie wandte sich den Geschwistern zu.

»Wie...«, begann Tora, aber Charlie unterbrach sie.

»Später! Lasst uns jetzt gehen!« Wieder ergriff sie Kunars und Toras Hände und zog sie in den Nebel.

»Wartet!«, hörte sie das Mädchen rufen, dann wurde alles um sie herum totenstill. Der dichte Nebel, den sie selbst erschaffen hatte, umschloss sie vollkommen und erstickte jegliches Geräusch. Zwei Schritte noch, dann traten sie ins Freie.

Strahlender Sonnenschein empfing die Weltenreisenden in Vanaheim. Die Nebelwand verschwand unmittelbar nach ihrer Ankunft. Charlie atmete erleichtert auf.

*Sie hatten es geschafft.*

Vor ihnen lag der schmale Spalt, der Eingang zu ihrem Zuhause!

»Oh nein!«, hörte Charlie Tora aufschreien. »Das glaube ich einfach nicht! Wie konnte das passieren?«

Charlie drehte sich um. Sie war auf alles gefasst! Auf riesige Trolle, Hugin und Munin, Biarn, ja sogar auf Vampire mitten am Tag, aber nicht darauf: Neben Kunar stand niemand anderes als diese lästige, versnobte Teenagerin!

»Sie griff nach mir, genau in dem Moment, als du uns in den Nebel gezogen hast. Ich konnte sie leider nicht mehr abschütteln!«, sagte er achselzuckend.

Charlie starrte fassungslos auf das Mädchen, das blass und verstört neben Kunar stand und den Mund auf und zu machte, ohne dass auch nur ein Piep hervorkam. Langsam stieg ein Lachen in Charlie hoch.

»So kriegt man dich also mundtot!«, prustete sie.

Grinsend betrachteten Charlie und Kunar ihren blinden Passagier. Sie bemerkten nicht, dass Tora sich abwandte und unter ihrem Umhang herumzunesteln begann. Nach einer Weile drehte sie sich mit einem besorgten Gesichtsausdruck wieder zu den anderen zurück.

Nachdem sie sich von ihrem ersten Schrecken erholt hatte, fuhr das aufgestylte Mädchen die drei wütend an.

»Wer seid ihr? Und wo um Gottes willen bin ich? Was habt ihr mit mir gemacht?«

Charlie grinste noch breiter.

»Tja, weißt du, Gott hat damit nun wirklich nichts zu tun. Magie dagegen schon eher!«

Das Mädchen aus Storby wurde abwechselnd weiß und rot im Gesicht. Kunar erbarmte sich ihrer und begann zu erklären.

»Du bist hier in Vanaheim. Weit fort von deinem Planeten Erde. Das hier sind Charlie und Tora. Ich heiße Kunar. Und wir haben nichts mit dir *gemacht*. Du hast dich drangehängt, als wir durch den Nebel, also das Tor zwischen unseren Welten, hindurchgegangen sind.«

»Wenn du das so sagst, klingt das echt fast normal!«, grinste Charlie Kunar an. Er lachte in sich hinein.

»Und wer bist du, wenn ich fragen darf?«, fragte er freundlich. Das Mädchen funkelte ihn böse an.

»Bringt mich sofort wieder zurück!«, schrie sie aufgebracht. »Ich will *sofort* wieder zurück!«

»Na, zumindest scheint sie dir zu glauben«, sagte Charlie trocken zu Kunar.

»Wie du siehst, haben wir hier strahlender Sonnenschein. Man braucht Nebel, um wieder zurückzukommen«, erklärte er geduldig.

»Ja und?!«, schrie die Blondine. Ihre Stimme überschlug sich dabei. »Du da!« Sie zeigte auf Charlie. »Los, mach Nebel! Ich will sofort wieder nach Hause!«

*Nebel machen? Aus dem Nichts?*

Wie sollte Charlie das hinbekommen? Sie wusste ja nicht einmal genau, wie sie den Nebel so rasch verdichtet hatte.

»Kannst du das?«, fragte Kunar.

»Keine Ahnung«, antwortete Charlie wahrheitsgemäß.

»Tja, wie es aussieht, musst du wohl eine Weile bei uns bleiben. Verrätst du uns jetzt deinen Namen?«, sagte Kunar.

Aber so schnell gab das Mädchen nicht auf.

»Mach‘ *sofort* Nebel! Ich habe doch gesehen, dass du das kannst!«, schrie es Charlie an.

»Es ist eine Sache, Nebel zu verstärken, obwohl ich das heute auch zum ersten Mal gemacht habe, aber es ist eine ganz andere Sache, Nebel aus dem Nichts zu erschaffen. Hier sind ja nicht einmal kleine Tropfen zu sehen. Wie soll ich sie dann zusammenziehen?«, antwortete Charlie.

Die Jugendliche verstand offensichtlich kein Wort von dem, was Charlie da erklärte. Langsam mischte sich ein wenig Angst in ihre Stimme.

»Ich will hier weg! Das ist Entführung! Ihr habt mich entführt!«, schrie sie aufgebracht.

»Nun ja, so würde ich es nicht ausdrücken«, versuchte Kunar das Mädchen zu besänftigen. »Immerhin haben wir dich nicht gezwungen mitzukommen.«

Tora, die unruhig dem Gespräch gelauscht hatte, wurde langsam ungeduldig.

»Kapier es endlich, du eingebildete Zicke! Du sitzt hier erst mal fest! Entweder du erzählst uns jetzt, wie du heißt und bist ein wenig netter, oder du kannst dich verkrümeln! Ich kann jedenfalls gut auf eine Nervensäge wie dich verzichten!«, schnaubte sie und marschierte zum Höhleneingang.

Plötzlich piepste etwas laut und kläglich aus ihrer Richtung. Tora hielt kurz inne und eilte dann durch den Spalt in den Unterschlupf. Charlie schwante Böses.

»Tora! Was hast du da mitgebracht?«, rief sie. Charlie und Kunar ließen das Mädchen einfach stehen und stürmten in die Höhle.

In der Höhle war es dunkel. Charlie entzündete die Fackeln und ging dann zu Tora. In ihrem Umhang maunzte es.

*Das klingt verdächtig nach...*

Da holte Tora ihr Schmuggelgut auch schon hervor. Zwei Katzenkinder! Ein schwarzes und ein weißes mit einem kleinen dunklen Fleck auf der Stirn. Charlie fasste sich an den Kopf. Ihr stockte der Atem.

»Wo um Himmels willen, hast du *die* denn her!«, rief sie schließlich. Normale Katzenbabys wären schon schlimm genug gewesen. Aber was Tora da im Arm hielt, waren Großkatzenkinder!

Tora starrte mit hoch erhobenem Kopf trotzig zurück.

»Na, der Himmel hat damit wohl nichts zu tun«, sagte eine ironische Stimme vom Höheneingang her. »Eher ein kauziger alter Kerl mit bestimmt einem Dutzend verlauster Katzen!«

Das Mädchen hatte ihre spöttische Stimme wieder gefunden. Charlie kümmerte sich nicht um sie.

»Tora, wo sind die her! Das sind Löwenbabys oder so was ähnliches!«, fuhr sie ihre Freundin an.

»Als ich sie von dem alten Mann bekommen habe, waren sie noch klein!«, verteidigte sich Tora. »Ich kann ja nichts dafür, dass sich hier alles irgendwie verändert. Du hast ja auch den Drachen mitgebracht!«

»Ich habe einen Drachen mitgebracht? Ich kann ja wohl kaum verhindern, dass sich eine fette Fliege auf meine Schulter setzt! Du hast die da allerdings mit Absicht mitgenommen!«, entgegnete Charlie.

Das Mädchen war näher gekommen und starrte auf die riesigen Kätzchen.

»Das gibt's doch nicht!«, staunte sie verunsichert. »Ich schwöre, dass der alte Pelle ihr winzig kleine Kätzchen geschenkt hat!«

»Siehst du!«, rief Tora. »Sie waren winzig!«

Charlie ließ sich auf einen Steinblock an der Feuerstelle fallen.

»Ja, also gut, das lässt sich jetzt auch nicht mehr ändern«, sah sie die Großkatzenkinder an, die sich in Toras Arm kuschelten. »Noch sind sie ja klein und ungefährlich. Vielleicht fällt uns etwas ein!«

»Ich nehme sie einfach wieder mit, wenn ihr mich gehen lasst«, bot das Mädchen an und schaute hoffnungsvoll in die Runde. Tora platzte der Kragen.

»Wie oft soll ich es dir denn noch sagen: Du kannst jetzt nicht zurück auf die Erde! Aber wenn du willst, da geht's raus!«, zeigte sie wutentbrannt auf den Höhlenausgang.

Eine Stunde später hatte sich die Lage etwas beruhigt. Tora hatte ein Lager für die Katzenkinder gebaut und Charlie ein Feuer entzündet. Kunar war auf die Jagd gegangen. Sie würden etwas zu essen brauchen, der Nachmittag war noch lang.

Es stellte sich heraus, dass das Mädchen Hanna hieß und seit einiger Zeit in Storby wohnte – allerdings gegen ihren Willen, wie sie ausdrücklich betonte. Eigentlich war sie durch und durch ein Stockholmer Mädchen. Ihre Eltern waren sehr wohlhabend und aus Sorge um ihre einzige Tochter aus Schwedens Hauptstadt nach Storby gezogen. Sie meinten, dass ihre geliebte Tochter in der Großstadt auf die schiefe Bahn geraten war, weil sie in unerwünschten Kreisen verkehrt und mit Alkohol und Drogen experimentiert hatte. Aber laut Hanna war das alles halb so wild. Sie hätte immer alles unter Kontrolle gehabt.

*Na klar*, dachte Charlie. *Genau so siehst du aus.*

So ein verwöhntes, selbstgefälliges Gör! Die glaubte doch tatsächlich, sie sei etwas Besseres!

Nach einer kurzen Inspektion der Kräutervorräte entschlossen sich Charlie und Tora, auf Pilz- und Beerensuche zu gehen. Hanna musste wohl oder übel mit. Alleine wollten sie sie auf gar keinen Fall lassen. Sie trauten ihr jede Dummheit zu. Charlie hatte ihr das Höhlensystem gezeigt und sie eindringlich vor dem See gewarnt. Hanna hatte bloß verächtlich gefragt, ob Charlie ernsthaft glaube, sie würde ihr diese Schauermärchen abnehmen.

»Gut! Lass sie nur reingehen, dann sind wir sie los!«, hatte Tora daraufhin vor sich hin gemurmelt.

Sie hatte sich dafür einen warnenden Blick von Charlie und einen wütend funkelnden Blick von Hanna eingefangen.

Als die drei vor der Höhle standen, offenbarte sich im Licht der Sonne die nächste Katastrophe.

»Du hast ja blaue Augen!«, rief Charlie entsetzt.

»Ja, und? Sind doch schön! Wer will denn schon so ein genetischer Fehler sein wie du!«, schnaubte Hanna.

Charlie seufzte. Sie erklärte Hanna ausführlich, weshalb blaue Augen in Vanaheim nichts Gutes bedeuteten.

»Und deshalb«, schloss Charlie ihre Erzählung über Oden, Hugin und Munin und die Bärsärker, »haben wir jetzt ein Problem!«

Tora holte die grüne Kontaktlinse hervor.

»Deines ist jedenfalls gelöst, Charlie!«, sagte sie laut. »Die da muss dann wohl in der Höhle bleiben. Sie kann ja schlecht eine komplette Augenbinde tragen!«

Honigsüß lächelte Tora Hanna an: »Obwohl... dann würde sie wenigstens das meiste dieser grauenvollen Kriegsbemalung im Gesicht verdecken!«

Hanna kochte vor Wut.

»Als ob ich mit eurer Augenbinde herumlaufen würde! Glaubst du, ich will mich lächerlich machen?«

»Das brauchst du nicht. Das bist du schon!«, schnappte Tora zurück.

Zwei Sekunden später hingen sich die beiden in den Haaren. Sie schlugen wie wild aufeinander ein und zerrten sich an den Haaren. Büschelweise regnete es blonde und braune Strähnen. Charlie versuchte die beiden zu trennen und bekam dabei einen linken Haken ab. Das Kinn tat weh. Sie schlug frustriert mit den Armen aus und setzte sich auf einen großen Stein am Höhleneingang. *Sollen die zwei Verrückten das doch alleine ausmachen. Als ob es hier nichts Besseres zu tun gäbe!*

Charlie nutzte die Gelegenheit, um sich ihre neue Kontaktlinse einzusetzen. Sie brauchte eine ganze Weile, bis es ihr gelang. Ohne Spiegel musste sie sich ganz auf ihr Gefühl verlassen. Als es endlich klappte, standen sich Tora und Hanna verschwitzt und blutverschmiert gegenüber. Der Kampf war offensichtlich vorbei.

Charlie stand auf und griff sich ihren Umhang. Dann baute sie sich bedrohlich vor den beiden auf. Man konnte ihren Ärger förmlich riechen.

»*Ich* werde jetzt *alleine* losziehen und uns etwas zu essen besorgen! *Ihr* werdet *beide* hier bleiben. *Du,* Tora wirst dich um deine *und* um Hannas Wunden kümmern! Ich werde es persönlich kontrollieren, wenn ich zurück bin«, schrie sie.

Tora wollte protestieren.

»Sei still, Tora! Glaubst du etwa, dein Bruder würde das anders sehen? Ja, Hanna ist eine Nervensäge, und eine hochnäsige Göre, aber sowas hier können wir uns nicht leisten!«, setzte Charlie nach. Tora schwieg.

»Und sieh zu, dass sie nicht in die Nähe des Höhlensees geht. Passiert ihr etwas, schubse ich dich höchstpersönlich hinterher. Ist das klar?«, drohte sie ihr.

Tora und Hanna funkelten Charlie wütend an, aber beide schwiegen. Sie waren zu fertig, um sich großartig zu wehren.

*Ein Glück,* dachte Charlie. Gegen die beiden zusammen hätte sie kaum eine Chance gehabt. Sie war zwar sehr zäh, aber keineswegs Superwoman. Sie drehte sich um und stapfte davon. Zurück blieben zwei Gestalten, die ihr übelgelaunt nachstarrten. Sie würden sich schon wieder beruhigen, da war sich Charlie sicher.

Charlie war auf der Suche nach dem melonengroßen wilden Jordhuvud. Die unscheinbare Staude war schwer zu finden. Den Blick auf den Waldboden gerichtet, ging Charlie Schritt für Schritt vorwärts. Die eintönige Beschäftigung ließ ihr viel Zeit zum Nachdenken. Die Sonne schien warm und hell zwischen den Wichtelfichten herab. Es war ein wunderschöner Frühlingstag. Dem Sonnenstand nach musste es etwa zwei Uhr nachmittags sein. Charlie hielt inne, um ihre Armbanduhr neu zu stellen. Ungefähr zumindest.

*Wie weit das Jahr wohl fortgeschritten war?*

*War es noch April, also Vâr, oder schon Gräs?*

Charlie vermutete, dass sie sich irgendwo im Gräsmonat, also Anfang Mai befanden. Schon seltsam. Für sie waren gerade einmal zwei Tage seit der Nornen-Vision vergangen.

Den Abwurf der Wichtelfichten-Zapfen hatten sie jedenfalls verpasst. Überall sausten bereits die rötlichbraunen, schuppigen Gesellen umher und gaben die seltsamsten Töne von sich. Charlie lächelte bei dem Gedanken an ihre erste Begegnung mit einem Wichtel. Im Halbschlaf hatte sie ihn doch tatsächlich für ihren längst verstorbenen Kater Felix gehalten!

Grüne Knospen hatten die rennenden Zapfen noch keine bekommen, lange konnten sie also noch nicht in Vanaheims Wäldern unterwegs sein. Nur wenige Meter vor ihr versteckte sich ein sehr schmaler Wichtel unter einem Stein und grub seine kleinen Wurzeln in den feuchten Waldboden. Leicht gebückt verharrte er dort regungslos, bis Charlie an ihm vorbei geschlendert war.

Ihr Kinn war etwas angeschwollen. Hoffentlich schillerte es nicht bald in den gleichen Farben, die ihr Knie damals angenommen hatte, als Biarn wieder aufgetaucht war!

*Verflixte Streithähne!*

Hoffentlich war bald wieder Nebel im Anzug, so dass sie Hanna zurück zur Erde bringen konnte.

*Zurück ans Flussufer bei Storby.*

Charlie hielt inne.

*Ja, zurück ans Flussufer.*

Jedes Mal, wenn sie durch den Nebel ging, landete sie genau dort, wo sie aufgebrochen war! Zuerst mit Tora zurück auf dem Pfad, der auf den Schotterweg zuführte. Dann zurück vor den Höhleneingang, dann wieder auf dem Pfad, dann auf der Anhöhe, auf der sie mit Kunar und Tora vor Hugin und Munin geflohen war. Beim nächsten Mal waren sie vor der Höhle in den Nebel eingetaucht und auf der Erde am Trollsee wieder aufgetaucht, weil sie dort zuletzt gewesen waren. Diesmal waren sie am Fluss bei Storby in den Nebel gegangen, also würden sie Hanna auch dort wieder abliefern können. Sehr praktisch diese Art zu reisen. Plötzlich verstand Charlie!

*Die Blumenwiese!*

Die kreisrunde Wiese, auf der sie vor mehr als einem halben Jahr gelandet war! Sie war nicht nur der Ort, an dem sie angekommen war, sondern auch der Ort, von dem aus sie als etwa fünf bis sechs Monate altes Baby zur Erde geschickt worden war! Vor mehr als 14.000 Vanaheim-Jahren. Charlie ließ sich auf den Stamm eines umgestürzten Baumes nieder.

Irgendjemand war vor 14.000 Jahren zusammen mit ihr auf der Blumenwiese gewesen.

*Ihre Eltern vielleicht?*

Sie erinnerte sich, dort Steine gefunden zu haben. Die Grundmauern eines Hauses, wie sie vermutet hatte.

*Wer hatte dort gewohnt? Konnten es nach so langer Zeit Steine ihres Hauses sein?*

War es vielleicht einmal ihr Zuhause gewesen? Charlie saß lange da und stellte sich vor, wie es wohl gewesen sein könnte.

*Ihr Zuhause, ihre Eltern...*

Das Bild aus der Nornenvision – sie sah es klar und deutlich vor sich. Ein Mann und eine Frau, die sich über eine reichverzierte Krippe beugten.

*Hatte sich diese Krippe mit dem schwarzhaarigen Neugeborenen in einem Haus auf dieser Blumenwiese befunden? Was war bloß passiert? Was hatte ein Elternpaar, das offensichtlich glücklich über die Geburt ihres Kindes gewesen war, dazu bewogen, es fortzuschicken? Allein... In einem flachen Holzwagen...*

Charlie verspürte unvermittelt den Impuls, zurück zur Blumenwiese zu laufen und nach..., *ja, wonach genau* zu suchen? Nach Beweisen? Der verzierten Krippe? Das alles lag doch nun schon mehr als 14.000 Jahre zurück! Was konnte sie dort noch finden? Aber dennoch...

*Sie musste sich selbst davon überzeugen! Es war die einzige Verbindung zur ihrem früheren Leben!*

Aufgewühlt rutschte Charlie auf dem Baumstamm herum und überlegte. Zur Blumenwiese waren es mehr als zwei Tagesmärsche. Falls sie überhaupt noch da war. Charlies Orientierungssinn hatte sich zwar sehr verbessert, seitdem sie auf ihn angewiesen war, aber wie weit sich Gymers Berg erstreckte, wusste sie nicht genau. Egal wie, sie brauchte einen Plan. Wer in Vanaheim etwas überstürzte, konnte schnell im Kerker von Asgârd enden. Sie würde sich am Riemen reißen müssen. Irgendetwas würde ihr schon einfallen.

Letztendlich fand Charlie doch noch eine der schmackhaften Knollen, außerdem noch einige Laubpilze und eine Handvoll Vogeleier. Noch bevor sie die Höhle betrat, konnte sie schon Hannas keifende Stimme hören. Die Szene, die sich ihr nach ihrem Eintritt bot, war theaterreif.

Kunar stand stocksteif mitten in der Höhle und starrte Hanna mit einer Mischung aus Faszination und Ungläubigkeit an. Über seiner Schulter hingen zwei erlegte Leogriffe. Das Blut tropfte aus ihren aufgeschnittenen Hälsen auf seinen zerschlissenen Umhang und hinterließ eine Blutlache auf dem Boden. Den Bogen hielt er in seiner linken Hand. Tora stand mit funkelnden Augen, die Hände in die Hüften gestemmt, beschützend vor ihrem Bruder, während Hanna zeterte:

»Igitt, ist das ekelhaft! Überall Blut! Widerlich! Wie könnt ihr nur! Ihr seid stinkende, schmutzige Wilde! Die armen Tiere! So abscheulich! Wie kann man nur so grausam sein! Aber was soll man bei Gesindel wie euch auch erwarten! Widerwärtiges, verlaustes Pack! Wohnen wie die Aussätzigen in einer dreckigen Höhle, töten unschuldige Wesen! Mörder! Ja, das seid ihr! Dreckige, stinkende Mörder!«

Charlie ließ ihren Trageumhang samt Knollen und Pilze zu Boden fallen und griff im letzten Moment nach Tora, ehe die sich wieder auf Hanna stürzen konnte.

»Ja!«, keifte diese süffisant. »Halt das Miststück bloß fest! Die ist ja nicht ganz zurechnungsfähig, diese Lumpenbraut!«

Tora schrie und trat um sich. Charlie hatte alle Mühe, sie festzuhalten. Nun kam endlich wieder Leben in Kunar.

»Sei still!«, befahl er Hanna mit fester, sehr ruhiger Stimme. »Niemand spricht so über meine Schwester!«

Tora zappelte gegen Charlies festen Griff an und schrie:

»Ja, und über meinen Bruder auch nicht! Du eingebildete Zicke! Du widerliche Nidhöggsbraut! Du Stück Hippolektrion-Kötel!«

*Hippolektrion-Kötel?* Charlie konnte sich ein Lächeln nicht verkneifen.

Mit zwei Schritten war aber Hanna bei Charlie und Tora und holte wutentbrannt mit der Faust aus. Doch sie traf ins Leere. Kunar hatte sie zur Seite gestoßen und ihr eine saftige Ohrfeige gegeben.

»Jetzt reicht es mir aber!«, herrschte Kunar sie an. Der ansonsten so schwer reizbare Junge hatte die Fassung verloren! »Seid ihr denn von allen guten Geistern verlassen?«

Hanna stürzte sich auf Kunar.

»Was fällt dir ein! Du dreckiger stinkender Bastard!«, rief sie.

Glücklicherweise landete Hanna nicht einen einzigen Treffer. Kunar war ihr haushoch überlegen.

Die tägliche Jagd hatte aus Charlie in wenigen Monaten eine drahtige, flinke und wachsame Person gemacht, Kunar aber führte schon seit Kindesbeinen dieses Leben. Er packte Hannas fliegende Fäuste, drehte sie geschickt herum und drückte das fluchende Mädchen an die Höhlenwand.

Charlie sah Kunar an.

»Und was jetzt?«, fragte sie atemlos, während sie Tora weiterhin festhielt. Das war nicht einfach.

»Am liebsten würde ich sie beide fesseln und knebeln!«, entfuhr es Kunar. Er atmete tief durch und seufzte.

»Wir lassen euch jetzt los«, sagte er betont ruhig. »Ihr werdet euch benehmen. Beide!« Er warf Tora einen strengen Blick zu. Sie ruckte und riss an Charlies Klammergriff, ihre grünen Augen blitzten wütend.

»Ist das klar!«, rief Kunar und wartete sowohl Toras als auch Hannas Kapitulation ab.

Beide nickten zähneknirschend und wurden aus der Umklammerung entlassen. Sie sahen grauenvoll aus: Schrammen und Blutergüsse, zerzauste Haare. Trotzdem konnte Charlie sehen, dass die Wunden ausgewaschen und behandelt worden waren. Tora hatte sich tatsächlich an ihre Anweisung gehalten.

Als Kunar von dem vorangegangenen Zweikampf erfuhr, schüttelte er nur ungläubig den Kopf, sah seine Schwester traurig an und verließ wortlos die Höhle. Zwei blutige Leogriffe lagen mit verdrehten Hälsen am Höhlenboden. Tora starrte ihrem Bruder hinterher. Die Enttäuschung, die Kunar deutlich anzusehen war, hatte sie zutiefst getroffen. Tiefer, als Wut es je vermocht hätte. Sie warf Charlie einen hilfesuchenden Blick zu, dann stürzte sie hinter ihrem Bruder her.

Charlie hob die blutigen Vögel auf und brachte sie zu Toras Arbeitsfläche. Dann holte sie ihren Umhang und öffnete ihn. Darin lagen ein Dutzend Laubpilze, einige Vogeleier und die riesige Jordhuvudknolle.

Hanna stand noch immer dort, wo Kunar sie losgelassen hatte und verfolgte hochnäsig Charlies Schritte.

»Das hier ist eine Art Kartoffel. Du könntest sie schälen und in kleinere Stücke schneiden, während ich die Vögel rupfe. Es gibt heute Leogriff mit Kartoffeln und Waldpilzen«, sprach Charlie sie an.

»Du glaubst doch nicht im Ernst, dass ich die armen Tiere dort esse? Ich bin Vegetarierin!«, meinte Hanna herablassend. Sie warf einen angeekelten Blick in Richtung Arbeitstisch. »Und was sind Leogriffe überhaupt?«

*Vegetarierin! Wie lange die das wohl aushält? Von Pilzen allein wird man nicht satt!*

»Ein Leogriff ist eine Art Vogel mit spitzen kleinen Zähnen und einer Löwenmähne. Siehst du?«, hielt Charlie dem Mädchen das tote Tier entgegen. Perplex starrte diese auf das seltsame Tier.

»Das ist ja ein Monster! Ein Glück, dass es tot ist! Pfui, wie eklig!«, rief Hanna.

Charlie seufzte. Erst *die armen Tiere* und jetzt *Monster*!

»Es schmeckt fast wie Hühnchen«, sagte sie um Fassung ringend.

*So eine verwöhnte, zickige Göre! Die sollte froh sein, überhaupt etwas zu essen zu bekommen!*

Hanna wandte sich ab. »Wenn du das sagst! Du scheinst ja auch alles zu essen. Wie die Schweine, die sind auch Allesfresser!«

Charlie atmete heftig ein und aus.

*Nur die Ruhe bewahren!* redete sie sich ein. Sie fuhr sich mit der Hand durch ihre dicken schwarzen Locken. Blut blieb darin kleben.

»Also, jetzt pass mal gut auf!«, presste sie hervor. »Du wirst wohl oder übel noch eine Weile hier bleiben müssen. Uns gefällt das auch nicht, das kannst du mir gerne glauben. Also...«

Sie wurde von Hanna unterbrochen.

»Sobald Nebel da ist, bringst du mich nach Hause! Hast du verstanden?«, verlangte sie. »Ich bleibe nicht eine Sekunde länger als nötig, das kannst *du* mir glauben! Und das da...«, zeigte sie auf das Abendessen, »... esse ich ganz bestimmt nicht!«

Charlie zuckte mit den Schultern.

»Tja, ob es dir gefällt oder nicht, der Nebel kann noch ein paar Wochen auf sich warten lassen. Vielleicht auch Monate. Also: Wenn du nicht verhungern willst, wird dir wohl nichts anderes übrig bleiben!«

Hanna sah sie entgeistert an.

»Ein paar Wochen? Das geht aber nicht…! Meine Eltern…!«

Dann kniff sie die Augen zusammen.

»Du lügst! Nebel gibt es doch ständig!«

Charlie schüttelte den Kopf. Sie ertappte sich dabei, wie sie sich innerlich darüber freute, Hanna aus der Fassung gebracht zu haben.

*Sie ist aber auch wirklich zu nervig und eingebildet*, versuchte Charlie sich selbst zu rechtfertigen.

Den toten Vogel noch immer in der Hand, versuchte sie zu erklären:

»Nein, ich lüge nicht. Nachdem ich erstmals hier angekommen war, dauerte es mehrere Monate, bis es das erste Mal Nebel gab.«

Hanna sah sie skeptisch an.

»Aber du brauchst dir wegen deiner Eltern keine Gedanken zu machen. Es gibt so eine Art Zeitverzögerung. Vier Monate hier in Vanaheim sind bloß wenige Stunden auf der Erde. Deine Eltern werden also kaum etwas bemerken. Auch wenn du ein ganzes Jahr hier bleiben würdest, auf der Erde wird nicht einmal ein Tag vergangen sein«, versuchte sie das Mädchen zu beruhigen.

»Ich glaube dir kein Wort!«, schrie Hanna. »Du willst mich ja bloß verunsichern! Mir Angst machen! So einen Blödsinn soll ich dir glauben?« Mit einem giftigen Blick auf die Laubpilze und die Jordhuvud-knolle schnaubte sie:

»Und das da... Das kannst du alleine sauber machen!« Sie lief zum Höhleneingang und schlüpfte nach draußen. Zurück blieb Charlie allein, frustriert und müde.

*Das kann ja heiter werden*, dachte sie und machte sich an die Zubereitung des Abendessens.

Das Gericht mit Leogriff, Knolle und Pilzen schmeckte ausgezeichnet. Die Eier bewahrten sie für das Frühstück auf. Charlie, Kunar und Tora aßen mit großem Appetit, während Hanna schmollend in einer Ecke saß. Sie weigerte sich, die Mahlzeit auch nur anzurühren. Hannas giftige Bemerkungen ignorierten die drei einfach. Ja, sogar Tora! Was auch immer die Geschwister stundenlang gemacht hatten, während Charlie gekocht hatte, es trug bereits an diesem Abend Früchte.

Tora ließ sich zwar – in Hannas Abwesenheit – ausgiebig über ihre Kontrahentin aus, doch in ihrer Gegenwart riss sie sich zusammen, auch wenn es ihr so manches Mal sichtlich schwer fiel.

Kunar bemühte sich einige Male, Hanna in die Runde einzubinden. Mit leerem Magen schlief es sich nicht sonderlich gut, das wusste er aus eigener Erfahrung. Hanna ließ ihn arrogant und bissig abblitzen. Letztendlich wandte sich Kunar resignierend ab und widmete sich wieder seinem Abendessen. Charlie bewunderte seine Gelassenheit.

*Diese Hanna konnte wirklich Steine zur Weißglut bringen!*

Die Katzenkinder hatten bislang friedlich auf ihrem Lager geschlafen. Nun machten sie sich durch quengelndes Maunzen bemerkbar.

Tora sprang sofort auf die Füße und eilte zu ihnen hinüber. Die Riesenbabys im Arm kam sie an die Feuerstelle zurück.

»Was fressen solche Tiere eigentlich?«, fragte sie nachdenklich.

»Muttermilch!«, kam es überheblich aus Hannas Richtung. »Na? Wie willst du ihnen das geben? Gibt Mami ihnen jetzt die Brust?« Tora warf Kunar einen kurzen Blick zu und ignorierte Hanna. Dann sah sie Charlie fragend an.

»Tja«, überlegte Charlie. »Es sind immerhin kleine Katzen... Auch wenn sie größer sind als normale Katzenbabys...« Sie beugte sich vor und kraulte den beiden den weichen Pelz. »Ich glaube nicht, dass sie noch Muttermilch brauchen. Normalerweise trennt man sie erst von der Mutter, wenn sie entwöhnt sind. Dann fressen sie schon Katzenfutter.«

»Katzenfutter? Was ist denn Katzenfutter?«, fragte Tora unruhig. »Gibt es sowas hier überhaupt?« Sie drückte die beiden zaghaft an sich.

»Katzenfutter, das sind kleine Fleischhäppchen aus der Dose«, sagte Hanna mit einem hämischen Lachen.

Charlie sah die beiden Kätzchen nachdenklich an. »Eigentlich müsste ihnen auch Leogriff schmecken... Katzenfutter mit Huhn gibt es jedenfalls.«

Toras Gesicht leuchtete erleichtert auf.

»Katzen fressen eigentlich alle möglichen Sachen. Fleisch, Fisch, Mäuse... Ach ja, Mäuse sind ja Fleisch«, korrigierte sich Charlie schnell, nachdem Hanna wieder verächtlich die Augen verdreht hatte. Tora war schon dabei, kleine Stücke Leogriff abzureißen und die Kleinen damit zu füttern. Gierig schlangen sie das zarte, helle Fleisch hinunter und erwischten dabei auch Toras Finger.

»Au!«, rief sie und zog ihre Hand blitzschnell zurück. »*Dieses* Fleisch ist aber nicht für euch gedacht!«

Charlie und Kunar grinsten.

Tora knuddelte die beiden Kätzchen vorsichtig durch und sagte: »Ich glaube ihr zwei Frechdachse braucht eine gute Erziehung! Und außerdem noch einen Namen.« Nachdenklich fütterte sie dann ihre beiden Schützlinge mit mehr Leogrifffleisch. Kunar sah ihr zu. Dann räusperte er sich und gab zu bedenken:

»Hoffentlich fressen sie uns nicht alles weg. Dir ist schon klar, Tora, dass wir zuerst satt werden müssen? Ich gehe nicht stundenlang auf die Jagd, um dann selbst nichts abzubekommen.«

»Wie groß werden die eigentlich?«, fragte Tora.

Charlie sah sie etwas ratlos an.

*Wie groß? Vielleicht so groß wie ein Löwe?*

Aber woher sollte sie das wissen? Immerhin waren es ursprünglich normale Katzenbabys gewesen. Der dicke Drache war ja auch aus einer kleinen Fliege erwachsen. Woher sollte sie wissen, was sie hier erwartete? Sie zuckte mit den Schultern.

»Ich habe ehrlich gesagt nicht die geringste Ahnung. Aber wenn ich raten sollte, so groß vielleicht?«

Sie zeigte etwa Löwen- oder Tigergröße.

»Ach!«, entfuhr es Tora.

»Das haben wir nun wieder von deiner Impulsivität! Wie willst du die satt machen? Sobald wir Hanna durch den Nebel zurückschicken, gehen die zwei mit!«, verlangte Kunar.

Tora widersprach nicht, obwohl es ihr auf der Zunge lag. Sie nickte betreten und drückte die beiden Kätzchen an sich. Ihr war klar, dass für zwei erwachsene Katzen dieser Größe viel zu viel Fleisch notwendig sein würde.

»Wie rührend...«, kam es sarkastisch von hinten. Kunar warf Hanna einen strengen Blick zu. Dann sah er wieder zu seiner Schwester hinüber.

»Also gut. Bis dahin werde ich dafür sorgen, dass genug Fleisch da ist. Aber nur, wenn du mir versprichst, die beiden ohne Klagen wieder zur Erde zu schicken!«, sagte Kunar. Tora nickte und kuschelte ihr Gesicht in das weiche Fell der Riesenbabys.

Charlie und Tora spielten den ganzen Abend mit den Tieren. Genau wie richtige kleine Kätzchen liefen sie hinter allem her, was sich bewegte. Es waren wirklich drollige kleine Knäuel.

*Noch,* dachte Charlie, verwarf den Gedanken aber wieder. *Bevor sie ernsthaft zu einer Gefahr werden konnten, würden sie hoffentlich als normal große Katzenkinder zurück auf der Erde sein.*

Als es darum ging, wo und wie Hanna schlafen sollte, kam es zur nächsten Aufregung. Charlie, Tora und Kunar hatten in der zweiten, etwas kleineren, nierenförmigen Höhle ein dickes Lager aus getrocknetem Moos. Es war breit genug für vier, da auch Biarn mit eingeplant war.

Zuerst mokierte sich Hanna über das »schäbige, verlauste Lager, in dem sicher auch Mäuse hausten. Wie um Gottes willen konnte man bloß so schlafen!«

Das eigentliche Problem stellte sich aber ein, als es um die Decken ging. Dummerweise gab es nämlich nur drei Decken. Hanna wollte »auf gar keinen Fall und nur über ihre Leiche« mit einem Jungen unter einer Bettdecke schlafen. Und mit Tora natürlich erst recht nicht. Letztendlich schliefen Tora und Kunar gemeinsam unter einer Decke während Hanna die von Kunar für sich alleine bekam.

Angewidert rollte sie sich am äußersten Ende des Lagers in die Dekke ein und stieß dabei leise Flüche aus. Irgendwann atmeten alle vier tief und gleichmäßig.

Charlie erwachte mit dem Bild einer grünen Wand, die ihr gesamtes Innere auszufüllen schien. Langsam verschwand das Grün in einem Schleier, den ihre Traumwelt mit sich fort zog. Obwohl sie sich anstrengte, konnte sie das Bild nicht zurückholen. Sie hatte das Gefühl, von etwas Bekanntem geträumt zu haben – etwas Wichtigem – konnte sich aber beim besten Willen nicht erinnern. Das einzige, was ihr im Gedächtnis blieb, war das Bild der grünen Wand.

Charlie öffnete die Augen. Die Feuerstelle der ersten Höhle war fast erloschen. Nur vereinzelt züngelte hier und dort eine kleine Flamme empor und tauchte die Höhle in diffuses Halblicht. Charlie konnte den Schimmer durch den Eingang zur Höhle gut erkennen. Plötzlich huschte ein gebückter Schatten am Feuer vorbei! Charlie merkte, wie sich ihre Muskeln anspannten.

*Wer war dort?*

Langsam befreite sie sich von ihrer Decke und ließ den Eingang zur ersten Höhle nicht aus den Augen.

Als sie sich vorsichtig aufsetzte und neben dem Nachtlager auf die Beine kam, fiel ihr Blick kurz auf Hanna. Oder besser gesagt dorthin, wo Hanna hätte liegen sollen.

*Die Schlafstelle war leer!*
Obwohl Charlie sich nun ziemlich sicher war, dass der Schatten an der Feuerstelle Hanna gewesen war, schlich sie sich leise vorwärts. Im Eingang blieb sie stehen und spähte ins Halbdunkel.
*Ja, genau wie sie vermutet hatte.*
Charlie schlüpfte in die Höhle und lehnte sich grinsend, mit verschränkten Armen an den kalten steinernen Eingang.
»Na? Doch noch Hunger bekommen? Taugt die *ekelerregende, zusammengesammelte* Nahrung nun doch?«, fragte sie spöttisch. Hanna fuhr erschrocken herum. In ihren Händen hielt sie mehrere Jordhuvudstücke und auch ein Stückchen Leogriff, falls Charlie sich nicht gewaltig täuschte.
Wütend auf sich und die gesamte Welt warf Hanna die Knollenstücke nach Charlie, ohne sie aber zu treffen.
»Du solltest sorgsamer damit umgehen, Jordhuvud gibt es nicht jeden Tag. Die ist schwer zu finden. Da du ja Vegetarierin bist, bleibt dir nicht viel zur Auswahl«, sagte Charlie. Sie blickte spöttisch auf das Stück Leogriff in Hannas Hand.
Reflexartig versteckte sie es hinter ihrem Rücken, resignierte dann aber und ließ die Hand an ihrer Seite herabbaumeln.
»Hör auf, dich so anzustellen«, sagte Charlie.
Sie setzte sich ans fast heruntergebrannte Feuer und legte einige Holzscheite nach.
Sie sah, wie die kleinen Flammen langsam an der neuen Nahrung leckten.
»Iss so viel Leogriff, wie du willst. Da sind bestimmt auch noch ein paar Pilze. Aber lass uns allen noch etwas zum Frühstück übrig. Wir haben nichts anderes. Wir müssen erst wieder losziehen, zum Jagen und Sammeln.«
Hanna starrte stumm auf Charlie herunter. Die rückte ein wenig zur Seite und klopfte auf den Platz neben sich: »Du kannst dich gerne zu mir setzen. Hier ist es wärmer und im Sitzen isst es sich angenehmer. Bring mir bitte auch ein Stück mit.«

Minutenlang geschah gar nichts. Dann endlich kam Bewegung in Hanna. Sie ging zu Charlie, reichte ihr ein Stück Fleisch und sah sie unschlüssig an. Doch anstatt sich zu setzen, drehte sie sich um und verschwand in der Schlafhöhle. Charlie konnte hören, wie sie sich auf dem Mooslager zurechtlegte.

*Na, immerhin ein Anfang,* dachte Charlie. Sie erhob sich und schlenderte zum Höhleneingang hinüber. Zwei volle Monde erleuchteten den Himmel über Vanaheim.

*Doppelvollmondnacht!,* schoss es Charlie durch den Kopf.

*Heute blühen die Nornen der Zeit wieder!*

Sie war offensichtlich ziemlich genau sechs Vanaheim-Monate fort gewesen. Charlie überlegte fieberhaft. Sie war hin und hergerissen zwischen der Angst vor den unheimlichen Nächten in Vanaheim und dem Drang, die betörenden Blüten noch einmal zu berühren – um mehr über ihre Vergangenheit in Erfahrung zu bringen. Unschlüssig starrte sie in die Nacht hinaus. In diesem Moment erblickte sie sie:

*Die Nachtwesen aus der Schattenwelt!*

Es waren mindestens ein Dutzend. Unheimliche Wesen, die Charlie unwillkürlich an Vampire denken ließen. Die Nidhöggs kreisten nicht weit vom Höhleneingang über Gymers Berg. Lautlose Schatten auf der Jagd. Charlie zog sich schaudernd zurück.

*Sich jetzt vor die Höhle zu wagen, kam einem Selbstmord gleich!*

Gellende Schreie und Kampfgeräusche ertönten, dann wurde es wieder still. Irgendwo saugte ein Nidhögg gerade einer armen Kreatur das Leben aus.

Charlie ging zum Feuer zurück. Sie schob die Gedanken an einen blutenden Hirsch beiseite und dachte stattdessen an die Nornen. Sechs volle Monate würde es bis zur nächsten Doppelvollmondnacht dauern, bis zur nächsten Möglichkeit, die Pflanzenwesen zu berühren und bereits Geschehenes, Gegenwärtiges oder Zukünftiges in Erfahrung zu bringen.

Schlaftrunken setzte sich Charlie auf und fuhr sich durch ihre schwarzen Locken. Ein kleiner grüner Punkt verschwand langsam, ungreifbar weit entfernt, als Charlie aus der Traumwelt ins Halbdunkel der Höhle zurückkehrte. Sie saß allein auf dem weichen Mooslager und rieb sich die müden Augen. Ihr Kinn war immer noch leicht angeschwollen, tat aber kaum noch weh.

Sie streckte sich und gähnte laut. Sie hatte letzte Nacht eindeutig zu lange in die Flammen gestarrt. Während sie die schwere Seidenspinnerdecke beiseite schob und sich ihre verschlissene, graublaue Seidenspinnerhose und das Hemd überstreifte, liefen auf flinken Tatzen zwei Riesenbabys herbei und starteten einen Scheinangriff auf Charlies dunkelgrünen Umhang, von dem einige Fäden reizvoll herabhingen.

»He!«, rief Charlie. »Lasst das, ihr kleinen Racker! Den brauch ich noch!«

»Oh! Entschuldige Charlie! Es tut mir wirklich leid. Ich kümmere mich darum!«, stürzte sich Tora auf ihre Schützlinge und löste energisch deren Krallen aus Charlies Umhang.

Charlie hob stirnrunzelnd ihr Kleidungsstück hoch. Webstücke aus Seidenspinnergarn waren extrem reißfest, aber irgendwie hatten die beiden Kätzchen es trotzdem geschafft! Dutzende Fäden hingen lose, ihr Umhang sah aus wie ein grünes Stachelschwein. Tora sah Charlie zähneknirschend an. Die beiden Übeltäter hatte sie rechts und links unter den Arm geklemmt. Zappelnd versuchten die Katzen sich zu befreien.

»Ich bringe das wieder in Ordnung«, entschuldigte sich Tora. »Wenn ich alle Fäden nach innen ziehe, fällt es kaum noch auf.«

»Ist schon gut«, murmelte Charlie und ließ den Umhang auf ihr Nachtlager fallen. »Hauptsache er fällt nicht auseinander.«

Kunar erschien im Durchgang.

»Habt ihr Hanna gesehen? Ich dachte, wir hätten ihr unmissverständlich klargemacht, dass sie die Höhle nicht verlassen darf!«

Tora eilte mit den beiden Riesenbabys davon.

Charlie und Kunar sahen sich müde an.

*Als ob Hanna sich etwas sagen ließe!*

Ein Poltern aus einem der hinteren Vorratsräume ließ die beiden aufhorchen. Charlie war plötzlich hellwach!

»Oh nein! Nicht schon wieder!«, murmelte sie und eilte dicht gefolgt von Kunar in den kleinen Raum, der zur großen Grotte führte.

Mit hoch erhobener Fackel stand Hanna am See und ließ ihren Blick durch das Dunkel der großen Höhle schweifen. Sie hatte die Markierungen nicht überschritten.

*Zum Glück.*
Charlie erinnerte sich nur zu gut an Biarns Begegnung mit der siebenköpfigen Haga.

»He! Was soll das!«, rief Charlie wütend. »Ich dachte, ich hätte dich gewarnt! Es ist gefährlich hier!«

Hanna drehte sich um und sah Charlie spöttisch an.

»Ammenmärchen vermutlich«, sagte sie. »Ich kann nichts Gefährliches entdecken. Wolltest du mich erschrecken? Oder dich bloß wichtig machen?«

Obwohl Hanna breit grinste, überquerte sie die Markierungen nicht. Ein wenig unsicher war sie wohl doch.

*Kein Wunder,* dachte Charlie. *Ihr Weltbild war seit gestern gewaltig auf den Kopf gestellt worden.*

Eigentlich verkraftete Hanna das alles verhältnismäßig gut. Kunar ging auf Hanna zu und ergriff ihren Arm.

»Geh da lieber weg, Hanna«, sagte er freundlich aber bestimmt. »Es ist wirklich gefährlich.«

Hanna riss sich ärgerlich los.

»Lass das! Ich kann auf mich alleine aufpassen!«, fauchte sie.

»Das hier ist nicht deine Welt«, sagte er leise und zog sich etwas zurück. »Es ist keine Schande, Ratschläge anzunehmen.«

Hanna schnaubte verächtlich.

Charlie, die viel zu müde für solche Auseinandersetzungen war, sah sich nach einem geeigneten Stein um und warf ihn energisch ein gutes Stück hinter die Sicherheitszone an die Höhlenwand. Laut polternd prallte er ab und schlug dann am steinigen Ufer des Sees auf. Das Echo schallte ihnen aus allen Richtungen entgegen. Nur Sekunden später rührte sich etwas draußen im See. Wellen rollten auf das Ufer zu und der große schlangenförmige Körper der Haga glitt nur wenige Meter von ihnen entfernt am Ufer vorbei. Charlie wandte sich ab. Auf dem Weg zurück in die Vorratskammer rief sie Hanna zu:

»Jetzt weißt du, was dich erwartet! Mach damit, was du willst!«

Hanna ließ sich bereitwillig von Kunar aus der Grotte führen. Falls der Anblick der Haga sie mehr als bloß ein wenig erschreckt hatte, ließ sie es sich jedenfalls nicht anmerken. Ein wenig nachdenklich war sie vielleicht. Von diesem Tag an setzte sie sich zum Essen zu Kunar oder Charlie.

Hanna hielt sich auch an die Anweisung, die Höhle nicht unnötigerweise zu verlassen und sich nicht zu weit zu entfernen. Allerdings hegte Charlie den Verdacht, dass dies weniger auf Gehorsam als auf Faulheit beziehungsweise Gleichgültigkeit zurückzuführen war. Trotzig weigerte sich Hanna standhaft, auch nur einen Finger für die Gemeinschaft zu rühren. Sie half weder beim Essenzubereiten noch beim Saubermachen.

Tora nannte den schwarzen Kater Natt und die schneeweiße Katzendame Dag. Sie kümmerte sich in ihrer freien Zeit aufopferungsvoll um die beiden Kätzchen, baute ihnen auf Charlies Anraten ein Katzenklo, das sie jeden Tag gründlich säuberte, spielte mit ihnen und brachte ihnen kleine Kunststückchen bei. Bald konnten beide Männchen machen, sich auf Kommando hinsetzen und hinlegen und sich tot stellen. Auf diese Weise lernten sie auch sich zu benehmen und zu gehorchen.

Charlie war von Toras Geduld und Hingabe fasziniert, und sogar Kunar betrachtete Toras Arbeit voller Stolz und Respekt. Da Tora ihre üblichen Pflichten im Höhlenalltag nicht vernachlässigte, hatte er nichts gegen ihre neuen Lieblinge. Er war sogar erleichtert. Die beiden Katzen schienen Toras Unruhe und Gereiztheit abzumildern, obwohl diese nie ganz verschwand und Tora Hanna gegenüber unverändert feindselig eingestellt war.

Die trug natürlich das Ihre dazu bei.

Einige Tage später saß Charlie vor der Höhle und schmökerte in ihrem Buch über *Runen: Schriftzeichen und Magie.* Den Oden-Taler, die perlmuttschimmernde Muschel mit Odens Siegel, hielt sie in ihrer Hand und spielte geistesabwesend damit. Biarn hatte gesagt, dass es sich um eine Kombination aus der Ass Rune und dem Zeichen der Raidho handelte. Und Raidho war laut Kunar das Symbol für Magier der vier Elemente. Wenn Charlie richtig vermutete, handelte es sich dabei um Magier, die aus allen vier Elementen Kraft schöpften.

Solche Magier mussten sehr mächtig sein. Ob Oden wohl ein Raidho war? Er war der mächtigste aller Magier in Vanaheim und Godheim. Die ᚱ Rune hatte Charlie schnell gefunden. Sie gehörte offensichtlich zum FUTHARK, dem urnordischen ABC. Die ᚱ Rune wurde „r" ausgesprochen und Raidho genannt, was so viel wie Reiten, Wagen oder Rad bedeutete. Ohne Zweifel war ᚱ ein Teil des Oden-Siegels: ᚩ Das mit der Ass Rune war schon schwieriger. Die urnordischen Runen galten laut dem Buch als die ältesten. Sie waren bereits lange vor der Wikingerzeit verwendet worden. Fundstücke aus der Zeit um 200 n. Chr. – Schmuckstücke, Waffen und Werkzeuge – waren mit urnordischen Runen versehen worden. Später änderten sich Form und Anzahl der Runen im Runenalphabet. Das ursprüngliche FUTHARK bestand aus 24 Schriftzeichen. Später reduzierte man es auf 16.

Wie viele Runen wohl in Vanaheim verwendet wurden? Sie musste unbedingt Biarn danach fragen. Außerdem fragte sich Charlie, ob die magischen Runen aus Vanaheim wohl mit den Schriftzeichen von der Erde überein stimmten. Die ᚱ Rune Raidho hatte sie gefunden. Aber die zwei Häkchen oder Striche, die dann bei Odens Siegel übrig blieben, konnte sie nirgends entdecken.

Charlie wurde durch Toras aufgebrachte Stimme aus ihren Nachforschungen gerissen.

»Kann die sich nicht mal ein bisschen nützlich machen? Sitzt den ganzen Tag auf ihrem dicken Hintern und tut nichts anderes, als alles und jeden zu kritisieren!«, beschwerte sie sich über Hanna.

Charlie schlug das Buch zu.

*Wie sollte man sich dabei konzentrieren?*

»Zumindest aufräumen! Ein bisschen im Haushalt helfen! Das ist doch wohl nicht zu viel verlangt!«, wetterte Tora.

»Haushalt!«, kam es spöttisch vom Höheneingang her. »Was denn für ein Haus, bitte?«

»Beruhigt euch!«, versuchte Kunar die Gemüter zu besänftigen.

»Wieso *euch*?«, spottete Hanna. »Nicht ich keife hier herum wie eine hysterische alte Schachtel!«

Tora platzte fast vor Wut. Ihr ovales Gesicht war rot wie eine Tomate. Die Hände hatte sie in die Hüften gestemmt. Ihr Brustkorb hob und senkte sich hastig und zeigte deutlich die für ihr Alter bereits sehr ausgeprägten weiblichen Rundungen.

Charlie war genauso alt wie Tora, aber an ihr schien das Frauwerden vorüber zu gehen. Sie war flach wie das Neue Land. Charlie sah an ihrem sehnigen, knabenhaften Körper hinunter und zog eine Grimasse.

Hanna, ebenfalls unverkennbar fraulich gebaut, lehnte mit einem süffisanten Lächeln am Höhleneingang. Charlie seufzte.

*Tora hatte recht. Hanna sollte sich nützlich machen.*

Charlie klemmte sich das Buch unter den Arm und stapfte zu Kunar hinüber.

»Soll ich sie mitnehmen?«, fragte sie flüsternd und zuckte mit dem Kopf unmerklich in Hannas Richtung, ohne sie dabei anzusehen.

Kunar schien erleichtert. Endlich kam ihm jemand zu Hilfe! Doch dann legte er seine Stirn in Falten:

»Ist das nicht ein bisschen zu riskant? Was, wenn ihr jemandem begegnet? Ihre blauen Augen sind ja nicht zu übersehen...«

Lange, etwas zu lange, sah Kunar zu Hanna hinüber. Seine Gesichtszüge glätteten sich und ein träumerischer Ausdruck trat in seine runden, ausdrucksvollen Augen. Dann räusperte er sich, trat von einem Fuß auf den anderen. Zunächst sah er auf seine Zehenspitzen und dann zu Charlie auf.

»Was meinst du?«, fragte er mit belegter Stimme.

Charlie fixierte Kunar. Eine ganz leichte Röte zog sich über seine Wangenknochen. Charlie grinste.

Dann widmete sie sich wieder dem eigentlichen Problem: Hanna.

»Ich könnte ihr meine Kontaktlinse geben. Wir müssten dann beide eine Augenklappe tragen«, meinte sie.

Tora, die genauso wie Hanna nichts von Kunars kurzer geistiger Abwesenheit mitbekommen hatte, sah Charlie verwundert an.

»Wieso solltest du das tun?«, fragte sie. »Ihr wärt ja sofort beide verdächtig! Wieso solltest du dich in Gefahr begeben? Soll sie doch selbst das Risiko tragen!«

Hanna löste sich von der Höhlenwand und kam auf die drei zu.

»Ich pfeife auf eure grünen Augen! Ich komme so mit. Was soll mir denn schon großartig passieren?«

»Nein!«, schüttelte Kunar energisch den Kopf. »Viel zu gefährlich! Charlie hat dir doch von Odens Herrschaft erzählt.«

Hanna verdrehte die Augen und starrte die drei herausfordernd an:

»Ja und? Sehe ich vielleicht aus, als hätte ich Angst?«

»Nein«, sagte Charlie. »Leider, denn die solltest du besser haben. Es könnte dich sonst dein Leben kosten! Also, du bekommst meine grüne Linse!«

»Oh, nein!«, protestierte Tora. »Ganz bestimmt nicht! Die habe ich *dir* geschenkt! Damit *du* außer Gefahr bist!«

»Hast du eine bessere Idee?«, fragte Charlie. »Du willst, dass sie sich nützlich macht. Zwingen kannst du sie nicht! Ja, sie ist faul und arrogant! Du hast ja recht! Aber wenn sie mitkommt, wird sie vielleicht sehen, was es für Arbeit macht, Nahrung zu beschaffen! Und wenn sie bloß ein paar Stunden durch die Berge klettert!«

»Hallo!«, schrie Hanna aufgebracht. »Ich kann euch hören! Ich bin weder faul noch arrogant! Was fällt dir ein, so über mich zu reden! Ich bestimme, ob ich mitgehe oder nicht!«

Toras Augen blitzten kurz auf. Dann breitete sich ein überhebliches Lächeln auf ihrem Gesicht aus.

»Das werden wir ja sehen! Du wirst mit in die Berge gehen! Verlass dich drauf!«

Sie griff in ihre Mantelinnentasche und zog einen Stoffbeutel hervor. Demonstrativ schüttelte sie den Inhalt in ihre linke Handfläche.

Charlie traute ihren Augen nicht.

*Kontaktlinsen!*

Blaue, braune, solche mit Smileys und Spinnennetzen drauf und viele mehr! Tora durchsuchte ihren Schatz und hielt dann eine einzelne grüne Kontaktlinse hoch.

»Hier! Die wirst du tragen! Und eine Augenklappe!«

Charlie verstand die Welt nicht mehr! *Wieso rückte Tora erst jetzt damit heraus?*

Kunar stellte seiner Schwester dann genau diese Frage. Tora wich aus.

»Sie bringt uns am wenigsten in Gefahr, wenn sie die Höhle nicht verlässt. Ich dachte, so wäre es am besten. Eine Augenbinde ist doch ein wenig auffällig. Das Problem hatten wir ja schon mit Charlie«, erklärte sie.

Kunar sah seine Schwester skeptisch an.

»Und was hat sich jetzt bitte sehr geändert?«

Tora blickte wütend zu Hanna.

»Ich ertrage es einfach nicht, sie hier herumhängen zu sehen, während wir arbeiten. Wenn sie was essen will, soll sie auch etwas dafür tun. Und wenn sie, wie Charlie schon sagte, bloß den ganzen Tag durch die Berge wandert!«

Charlies Befürchtungen, dass Hanna eher in den Hungerstreik treten würde, als mit einer Augenbinde über Gymers Berg zu klettern, wurde durch Hanna selbst aus dem Weg geräumt. Wortlos und mit hoch erhobenem Kopf nahm sie die grüne Kontaktlinse entgegen. Sie streifte sich auch Charlies alte Augenklappe über und lief dann Kunar und Charlie voraus.

Kunar hatte ihr seinen braunen Umhang geliehen. Darunter schauten eng sitzende Jeans mit Pumps an den Füßen hervor.

*Sehr elegant.*

Charlie grinste. Sie und Kunar gingen in einigen Metern Abstand hinter Hanna her.

»Diese seltsame Kleidung ist trotz Umhang viel zu auffällig. Hoffentlich treffen wir niemanden!«, sagte Kunar besorgt.

Charlie grinste noch immer.

»Glaube ich nicht. Außer Hugin und Munin sind wir hier doch noch nie jemandem begegnet. Die meisten jagen und sammeln in der Ebene auf dem Neuen Land«, beschwichtigte sie.

Kunar beäugte Hannas Schuhe und schüttelte den Kopf.

»Wie kann man damit überhaupt gehen? Die sind doch so was von unpraktisch!«

»Auf *praktisch* kommt es dabei nicht an. Sie sollen gut aussehen. Das ist wichtig«, versuchte Charlie ihn aufzuklären.

»Hmpfn«, kam es bloß von Kunar, der Hanna weiterhin von oben bis unten musterte.

Nach einer Weile sagte er:

»Die Frauen hierzulande ziehen auch zu besonderen Anlässen hübsche Sachen an. Sie sind aber trotzdem nie so unpraktisch wie diese Schuhe. Wozu diese hohen Absätze? Sieh doch, sie knickt ständig damit um!«

Hanna blieb plötzlich stehen.

»Ich dachte, es gäbe hier vielleicht etwas Spannendes zu sehen. Im Gegensatz zur langweiligen Höhle. Hier sieht alles gleich aus! Wo gehen wir überhaupt hin?«, meckerte sie.

Charlie und Kunar schlossen zu ihr auf.

»Wir folgen dem Wildpfad hier noch etwa eine Stunde. In einem Tal gibt es einen kleinen Wald, wo Leogriffe in Scharen leben«, erklärte Kunar. »Aber vielleicht läuft uns ja auch schon vorher ein Kaninchen vor die Füße.«

»Eine Stunde? Durch dieses Gelände?«, protestierte Hanna.

»Japp!«, sagte Charlie. »Und wenn wir so weiter trödeln, dauert es noch länger. Lasst uns mal einen Zahn zulegen!«

»Ja, ich bekomme langsam Hunger. Hoffentlich findet Tora was Leckeres!«, stimmte Kunar zu.

Der Weg ins Tal war lang und beschwerlich. Bald fiel Hanna zurück und fing an zu jammern. Ihr wäre zu warm, ihre Füße täten ihr weh und ihr Make-up verschmiere. Sie erneuerte morgens doch tatsächlich mit Hilfe eines kleinen Taschenspiegels ihre Kriegsbemalung! Die Veilchen und Kratzer vom Ringkampf mit Tora spachtelte sie einfach zu.

Kunar bot ihr seine Schuhe an. Er könne ja auch barfuß gehen. Angeekelt sah Hanna ihn an.

»Igitt! Ich soll deine schweißigen, dreckigen Treter anziehen?«, giftete sie.

Zähneknirschend raffte sie sich auf und humpelte weiter. Sie brauchten fast zwei Stunden ins Tal. Mehrmals mussten sie längere Pausen einlegen. Hanna wollte umkehren, wusste aber, dass sie völlig orientierungslos war. Sie hätte den Weg zu Höhle zurück niemals allein gefunden.

Als sich das Tal mit seinem kleinen Wäldchen endlich vor ihnen ausbreitete, setzte sich Hanna völlig erschöpft auf einen Stein und trat in den Streik.

»Ich rühre mich nicht mehr vom Fleck! Ihr könnt mich nach der Jagd hier abholen!«

Sie zog ihre Pumps aus und bewegte laut stöhnend ihre Zehen.

»Aber ein paar Meter musst du dich doch noch bewegen!«, hielt ihr Kunar entgegen.

Hanna sah wütend zu ihm auf.

»Ich hab doch gesagt...!«, begann sie, doch Kunar unterbrach sie: »Keine Angst! Bloß bis da vorne. Siehst du? Der Felsvorsprung dort gibt dir Schutz. Ich glaube zwar nicht, dass hier jemand herumläuft, aber vor Odens Spähern sollten wir immer auf der Hut sein. Wir wissen nicht, in welchem Teil des Landes sie sich zur Zeit aufhalten.«

Charlie sah sich um und spähte in den Himmel. Nicht einmal ein Wölkchen war zu sehen. Die Sonne schien warm herab. Es war ein wunderschöner Frühlingsvormittag.

»Ja«, sagte sie. »Setz' dich unter den Felsvorsprung und warte auf uns. Es kann allerdings eine Weile dauern. Ohne dich wird es sowieso leichter, etwas zu erlegen. Für die Jagd muss man leise sein und sich ruhig verhalten.«

Hanna humpelte zu ihrem provisorischen Unterschlupf. Charlie und Kunar bereiteten sich auf die Jagd vor. Sie nahmen die Bögen in die Hände. Jeder legte einen Pfeil schussbereit auf die Sehne. Dann verschwanden sie im Wäldchen. Eine Schar Leogriffe erhob sich aus den Baumwipfeln, nur einige hundert Meter von ihnen entfernt.

# 15. Rheas Grabinschrift

*A*ls Sora erwachte, klang das Echo ihrer Träume deutlich nach. Sie wälzte sich herum und vergrub ihr Gesicht in das weiche Kopfkissen. Mit geschlossenen Augen holte sie Stück für Stück die verblassenden Bilder der Nacht zurück.

*Ein schwarzes Pferd mit Flügeln. Ein Pegasus. Schon wieder. Aber da war noch mehr.*

Auf einer saftig grünen Bergwiese graste eine Herde weißer Pferde. Nein, nicht Pferde, es waren ebenfalls Pegasus. Die perlmuttglänzenden Flügel der Tiere hingen locker herab und schwangen bei jedem Schritt sanft mit.

*Stimmen. Woher kamen sie?*

Sora zwang weitere Bilder in ihr Bewusstsein zurück. An einem Abhang standen Menschen, die sich angeregt unterhielten.

*Menschen? Nein, warte… Das waren keine Menschen... Oberkörper und Kopf waren menschlich, aber dann... Am Rumpf ging der menschliche Oberkörper dieser Wesen in den Körper von Pferden über. Es waren Kentauren! Ebenfalls Fabelwesen.*

Sora schlug die Augen auf.

*Was hatte das zu bedeuten?*

Weshalb träumte sie solche Dinge? Weshalb erschienen diese Bilder wie reale Erinnerungen an eine vergangene Zeit? Was hatte das Amulett in ihr ausgelöst? Was war die Bedeutung? Wurde sie vielleicht verrückt?

*Oder hatte das Amulett nur ihre lebhafte Fantasie entfesselt?*

Sora blieb noch eine Weile liegen und starrte mit offenen Augen an die Decke ihres kleinen Apartments. Ihre Gedanken kreisten. Immer wieder sah sie diese Bilder vor ihrem geistigen Auge. Weiße Pegasus in großen Herden auf einer Bergwiese, ein schwarzer Pegasus und dieses kleine Mädchen, das sich auf dessen Rücken in die Lüfte erhob.

*Nebel. Immer wieder Nebel. Der alte Mann mit dem langen grauen Bart. Sie folgte ihm durch den dichten Nebel... Sie? Es war ein kleines Mädchen... War sie das kleine Mädchen? Oder wer sonst? Fühlte es sich bloß so an, als wäre sie es selbst gewesen? Eine Art Einfühlungsvermögen, das die normalen Grenzen der Wirklichkeit überschritt? Aber ihre Kette.., ihr Stein..., der Stein mit den blutroten Linien... Das Mädchen trug ihn... Es hatte ihn von dem alten Mann bekommen... Woher hatte sie selbst das Amulett? Sie wusste es nicht, konnte sich nicht erinnern. Sie hatte es schon immer besessen...*

Sora schwang die Beine aus dem Bett und setzte sich auf.

*So kam sie nicht weiter.*

Sie musste mit jemandem reden und dieser jemand würde Archimedes sein.

Sora streifte sich ein Hemd über und lief barfuß zum Fenster. Die grellen Strahlen der drei Sonnen kitzelten sie in der Nase. Sie wandte sich ab. Sie hatte gesehen, was sie erwartete. Ein riesiger Teppich weicher, flauschiger Wolken lag direkt unter ihr. Sie hatte Recht behalten, die Regenzeit setzte ein. Falls es da unten nicht jetzt schon in Strömen goss, würde es spätestens in ein paar Stunden soweit sein.

Soras Apartment lag hoch oben, in einem der vielen tausend Türme von Alexandria. So hoch oben, dass hier fast immer die Sonnen schienen, auch zur Regenzeit. Ihre Wohnung war klein. Lediglich ein Zimmer mit Küche und Bad, alles in einem warmen Terrakotta und Sandbraun gestrichen.

Sora liebte Erdtöne. Ihre einzige Dekoration waren drei Pflanzen, die alle den gleichen betörenden Duft ausströmten und gleichermaßen hässlich waren. Der vertraute Geruch gab Sora das Gefühl von Heimat. Ein Zuhause, mehr als 14.000 Jahre ihrer Zeit voraus.

Immer noch barfuß eilte sie in die kleine Küche und setzte Kafes auf. Sie streckte sich und holte eine kleine Dose aus dem Regal. Der Geruch von Früchten strömte ihr entgegen. Eine Tasse grünen Kafes in der Hand und ein Stück Früchtekuchen zwischen den Zähnen, drückte sie wenig später eine Ziffernfolge auf einer Tastatur am Küchentürrahmen. Schon erschien Archimedes' verschlafenes Gesicht auf ihrer Küchentür.

»Sora?«, blinzelte er ihr entgegen. Er ließ sich auf einen Stuhl fallen und kratzte sich am Hinterkopf. Seine schulterlangen schwarzen Haare standen wie ein Wischmop zu allen Seiten ab. Sora schluckte einen Bissen Früchtekuchen hinunter.

»Hallo! Familienfest gut überstanden?«, fragte sie.

Archimedes rieb sich die Augen.

»Weißt du eigentlich, wie spät es ist? Was willst du um...« Er hielt inne und sah sich nach einer Uhr um. Sora lächelte. Es war keineswegs zu früh, um zu telefonieren. Archimedes hatte offenbar eine lange Nacht gehabt.

»Oh...«, murmelte er.»Schon so spät...« Er gähnte und warf einen sehnsüchtigen Blick auf Soras Kafes.

»Also, schieß los, was ist denn so wichtig?«, fragte er und begann die Schränke seiner Küche nach Kafes zu durchwühlen.

»Ist Juno noch auf Artemis geblieben?«, fragte Sora und beobachtete zugleich Archimedes.»Zweiter Schrank, links«, half sie ihm.

*Ein wacher Archimedes war besser zu gebrauchen.*

»Danke«, murmelte er gähnend.»Juno ist zu ihren Eltern nach Demeter weitergereist. Sie hat Menes mitgenommen, den kleinen Schreihals. Ich hätte heute das erste Mal seit seiner Geburt ausschlafen können«, sagte Archimedes grimmig.»Hoffentlich hast du einen wirklich guten Grund für deinen Anruf!«

Sora lachte und nippte an ihrem Kafes. Sie wusste, dass Archimedes ihr so schnell nichts übel nahm.

»In einenhalb Stunden auf *Minervas Dachterrasse*, zum Mittagessen. Ich verspreche, du wirst es nicht bereuen!«

Archimedes hob verwundert die Augenbrauen.

»Bei Minervas? Regnet es bereits?«, warf er einen Blick aus seinem runden Küchenfenster.

»Noch nicht, glaube ich«, antwortete Sora.»Aber bald. Sehen wir uns gleich? Es ist wichtig.«

»*So* wichtig?«, musterte er sie und wurde schlagartig wach, als er zu verstehen begann.

»Ja!«, antwortete Sora knapp.»Also in einenhalb Stunden.«

Mit einem Lachen drückte sie Archimedes weg. Sie hörte gerade noch ein:

»Moment! Warte! Ich…«

Dann verschwand Archimedes' Kopf von ihrer Küchentür.

Sie wusste, er würde kommen. Auch wenn er noch so müde war, die wissenschaftliche Neugier und sein Interesse für alles Mystische waren stärker als jede Babykrise. Hoffentlich konnte sich Juno bei ihren Eltern ein wenig erholen. Der süße, aber extrem anstrengende Menes hielt das junge Elternpaar ziemlich auf Trab. Die dunklen Schatten unter Junos ausdrucksvollen Augen waren seit Monaten nicht verschwunden. Eine Mahnung an Sora, jegliche Muttergefühle im Keim zu ersticken. Nicht, dass sie überhaupt ein Interesse gehabt hätte. Sie war ja noch nicht einmal liiert.

Ja, Juno und Archimedes waren ein Paar. Und ein glückliches dazu. Trotz der wenigen Schlafstunden, die ihnen ihr gemeinsamer Sohn Menes gönnte, führten sie eine glückliche Ehe.

Denn ja, obwohl Archimedes die verkürzte Interpretation von Rheas Orakel ablehnte, hatten die beiden auf Junos ausdrücklichen Wunsch unter dem Motto *Führe zusammen, was zusammen gehört* geheiratet.

Das war nun bereits gut eineinhalb Jahre her. Der Nachwuchs ließ nicht lange auf sich warten. Vor sieben Monaten war Menes zur Welt gekommen. Süß, aber anstrengend. Sora hatte überglücklich die Patenschaft des kleinen Neubürgers von Euripides übernommen, froh darüber, nicht selbst den Mutterpflichten nachkommen zu müssen. Tante zu sein war wirklich in Ordnung. Weinte das Kind, gab man es einfach wieder ab.

*Sehr praktisch.*

Juno hatte ihren Job im Wissenschaftszentrum aufgegeben. Sie und Archimedes besaßen nun eine gemeinsame Wohnung am anderen Ende der Stadt. Nichts Besonderes, aber geräumig und ebenfalls über der Wolkengrenze gelegen.

Sora setzte sich an den Küchentisch und sog den Duft ihrer Lieblingspflanze ein. Sie hatte noch genügend Zeit, um in Ruhe ihren Kafes zu trinken und sich einen Plan zurechtzulegen.

Minervas Dachterrasse war ein Restaurant am Stadtrand Alexandrias. Die gläserne Kuppel, die das vierstöckige Gebäude überspannte, enthielt einen UV Filter und konnte stufenlos verdunkelt werden. Zu

Sonnenzeiten sehr angenehm, da dieses System Sonnenschirme überflüssig machte; in Regenzeiten ein Segen, da ein Maximum an Sonnenlicht das gesamte Restaurant durchflutete. Die Kuppeln der PT
Gleiter verfügten übrigens über das gleiche effektive System.

Das Minervas war gut besucht. Sora hatte sich einen Tisch für zwei
gesichert und blickte zur Kuppel hinauf. Es regnete in Strömen. Die
schweren Tropfen prasselten lautstark auf das Glas und liefen dann
in großen Rinnsalen sternförmig hinab. Ein beabsichtigter Effekt, der
hübsch anzusehen war.

Wie gewohnt wurde Sora von allen Seiten angestarrt. Es war ihr
egal. Mit einer Handbewegung beförderte sie ihr nasses, langes Haar
hinter die Ohren und lehnte sich bequem zurück. Der Regen hatte auf
halbem Wege eingesetzt. Von einer Sekunde auf die andere hatte es
wie aus Eimern gegossen. Sora hatte ihr PTG im Keller des Minervas
geparkt. Sie hätte nicht nass werden müssen, denn es gab Fahrstühle
hinauf zur Dachterrasse.

Nach der extrem feuchten Hitze der vergangenen Wochen kam der
Regen wie eine Erlösung. Sora war nach draußen gelaufen, hatte ihre
Arme ausgebreitet und das wohltuende Nass begrüßt. Mit dem Gesicht nach oben hatte sie sich lachend im Kreis gedreht und damit
noch mehr als gewöhnlich die Aufmerksamkeit der Passanten erregt.
Kopfschüttelnd waren sie vorbeigeeilt. Ein Meer von Regenschirmen
in allen erdenklichen Farben.

Sora sah sich um. Archimedes war noch nicht da.

Euripiden aus allen Kasten gaben ihre Bestellungen auf, aßen, tranken, unterhielten sich angeregt oder warteten auf jemanden, genauso
wie sie. Ein farbenfrohes Treiben, im wahrsten Sinne des Wortes.

Die zu Sonnenzeiten dunkelhäutigen Euripiden liefen in Regenzeiten zur Höchstform auf, um das triste Wetter zu überstehen. Wie
Chamäleons änderten sie nicht nur ihre Haar-, sondern auch gleich
ihre Hautfarbe. Euripiden mit lila Haaren und rosa Haut saßen neben
solchen ganz in Grün oder Blau, andere trugen vornehme Cremetöne
zur Schau.

Sora schmunzelte. Sie erinnerte sich gut an ihren Schock zu Beginn
ihrer ersten Regenzeit in der neuen Zeit. Eine Technikerin mit feuer-
rotem Haar und oranger Haut war ihr über den Weg gelaufen. Juno

hatte sie über diese farbenfrohe Sitte aufgeklärt. Um sich bestmöglich vor den drei Sonnen zu schützen, trugen alle Euripiden auf Nanotechnologie basierende Prozessoren in ihrer Haut.

Da Dunkelbraun am besten vor den Sonnen schützte, gab es zu Sonnenzeiten kaum *bunte* Menschen. Das änderte sich allerdings in den Regenzeiten, also alle drei Monate. Früher hatte man lediglich zwischen brauner und heller Haut wählen können. Irgendwann war jemand auf die Idee gekommen, dass auch andere Farben möglich waren. Der Trend hatte sich schnell durchgesetzt, und jetzt konnte man nicht nur seine Hautfarbe spielend wechseln, sondern auch sämtliche Körperbehaarung, Fingernägel und sogar die Augenfarbe. Juno hatte es der verdutzten Sora vorgeführt.

»Man braucht sich nur zu konzentrieren und schon...«, hatte sie gesagt. Und schon stand eine schneeweiße Juno vor ihr! Sora lächelte bei dieser Erinnerung. Gerade als Juno ihr vorführte, dass sie ihre Wimpern und Augen unabhängig vom Rest des Körpers färben konnte, war Archimedes dazugekommen. Juno hatte wie ein Gespenst ausgesehen. Schneeweiß, mit blutrot unterlaufenen Augen und ebenso roten Fingernägeln. Archimedes war ein paar Schritte zurück gestolpert und davongeeilt. Sora und Juno waren daraufhin in schallendes Gelächter ausgebrochen.

Sora sah auf ihre braunen Hände herab und konzentrierte sich. Ihre Hautfarbe wechselte von Braun zu einem gesunden hellen Hautton, ihrer Originalfarbe. Diese Nanotechnologie war doch immer wieder erstaunlich.

*Sollte sie ihre Haarfarbe ändern? Vielleicht in ein glänzendes Schwarz-Blau?*

Sie drehte eine Strähne um ihren Finger und betrachtete die Verwandlung.

*Eine schöne Farbe. Wo hatte sie das schon einmal gesehen?*

*Ein rabenschwarzes Fell... Eine kleine Hand grub sich in das schwarzblaue Körperhaar eines Pegasus, der gemächlich in der Sonne graste und zufrieden vor sich hin schnaubte. Um sie herum grasten Hunderte weiße Pegasus. Plötzlich horchten sie auf. Eine Herde Kentauren galoppierte heran und trieb die Tiere mit den perlmuttglänzenden Schwingen ins Tal hinab. Fröhliche Stimmen und weit entfernte Rufe klangen an ihr Ohr.*

*Sie schwang sich auf den Rücken des schwarzen Pegasus und galoppierte ohne Eile hinterher. Das rhythmische Hämmern der Hufe wurde langsam dumpfer und kräftiger. Nebel umspielte die Hufe und der gedämpfte Galopp des Tieres wurde von Worten begleitet... Fast wie ein Echo drangen sie aus der Tiefe zu ihr empor.*

*»Die Vergangenheit holt dich Reisenden ein. Tritt ihr entgegen und heiße sie willkommen...« Nebel stieg auf. Ein beklemmendes Gefühl ergriff Sora. Die Worte drangen fast erstickt durch den Nebel zu ihr hindurch.*

*»Die Vergangenheit holt dich Reisenden ein. Tritt ihr entgegen und heiße sie willkommen...«*

*Der Nebel schien ihr die Luft zum Atmen zu rauben.*

Jemand rief von weit her ihren Namen »Sora... Sora...«

»Sora! Wach auf!«

Archimedes beugte sich besorgt zu ihr hinab. »Was ist passiert? Ist dir nicht gut?«

Sie schüttelte verwirrt den Kopf. Langsam lichtete sich der Nebel in ihrem Kopf.

*Archimedes. Es war Archimedes.*

Sie atmete tief durch und schüttelte sich leicht.

*Was war bloß mit ihr los?*

Archimedes setzte sich zu ihr.

»Du bist blass. Und damit meine ich nicht deine helle Hautfarbe«, konstatierte er. »Also, was ist los mit dir?«

Sora holte tief Luft.

»Tja, wenn ich das wüsste, bräuchte ich wohl kaum deine Hilfe«, verzog sie das Gesicht. Archimedes hob die Augenbrauen und wartete ab.

»Es passieren seltsame Dinge«, begann Sora zögernd.

»Was für Dinge?«, wollte Archimedes wissen. Seine Augen betrachteten sie allerdings besorgt.

»Wirst du mir helfen?«, gab Sora zurück. Doch bevor Archimedes antworten konnte, trat ein Kellner mit ihrem Essen an den Tisch. Archimedes sah Sora erstaunt an.

»Du hast für mich bestellt?«, fragte er.

»Du isst doch sowieso immer das gleiche. Ich dachte, ich erspare uns die Warterei«, antwortete Sora.

Archimedes schüttelte amüsiert den Kopf und wartete ab, bis der Ober außer Hörweite war. Dann sagte er:

»Selbstverständlich helfe ich dir«, und schnitt sich ein großes Stück von dem proteinreichen, pflanzlichen Burger ab.

»Und Anaximedes?«, bohrte sie weiter.

»Es geht also um das Amulett?«, fragte er, obwohl er die Antwort bereits kannte.

Sie nickte.

»Anaximedes soll von selbst auf Neuigkeiten kommen. Ich habe nichts mit ihm zu tun«, sagte er zu Soras großer Erleichterung.

»Der Hohe Rat?«, fuhr sie fort.

Archimedes wiegte den Kopf hin und her. Das war schon schwieriger. Eigentlich war es seine Pflicht, Veränderungen zu melden. Die Wissenschaft diente dem Allgemeinwohl.

Er räusperte sich.

»Vermutlich wirst du mir nicht alles sagen, wenn ich dir nicht mein Wort gebe?«, mutmaßte er.

»Also gut«, sagte Archimedes. »Ich platze vor Neugierde. Welches *Märchen* hast du dir ausgedacht?«

*Märchen, das war gut. Sie würde ihm einfach anstelle eines Berichts ein Märchen erzählen. Das brauchte Archimedes nicht zu melden.*

Eigentlich gar nicht so weit hergeholt. Immerhin mussten ihre Erlebnisse für die hochtechnisierten Euripiden tatsächlich wie ein Märchen klingen. Wie ein Märchen von mystischen Träumen, in denen Fabeltiere wie Kentauren und Pegasus vorkamen.

Sora erzählte also von ihrer Kanufahrt, dem erfrischenden Bad im Fluss und davon, dass der Stein plötzlich fast brennend heiß geworden war. Seitdem sah sie seltsame Dinge: Visionen, Träume, Erinnerungen an eine andere Welt, an eine andere Zeit, in der es Fabeltiere wie Pegasus und Kentauren gab und in der Nebel eine wichtige Rolle spielte.

Archimedes hörte ihr zu. Als sie ihren Bericht beendet hatte, sah er sie lange nachdenklich an und fragte sie schließlich:

»Und du meinst, das Amulett hat diese *Träume* ausgelöst?«

»Was sonst?«, antwortete Sora. »Es wäre mehr als ein Zufall, dass der Stein das erste Mal seit meinem langen Schlaf ungewöhnliche

Aktivitäten an den Tag legt und ich gleich darauf zu halluzinieren beginne!«

»Ja, Halluzinationen wären natürlich auch denkbar«, sagte er.

Sora sah ihn vorwurfsvoll an.

»Nein, nein, keine Panik… Und gerade eben, als du so abwesend warst, hattest du eine dieser…äh…hm… Visionen?«, fragte er.

Sora lehnte sich in ihrem Stuhl zurück.

»Ja, aber da war noch etwas. Während des Traumes hörte ich, wie jemand einen Teil von Rheas Orakel zitierte«, sagte sie.

Archimedes hörte auf zu kauen.

»Rheas Grabinschrift? Bist du sicher?«

»Selbstverständlich. Wir waren so oft dort, dass ich jedes Wort genau kenne!«, betonte Sora.

Archimedes sah sie fast mitleidig an.

»Das ist vielleicht genau der Grund. Dein Unterbewusstsein hat dir einen Streich gespielt und Realität mit…hm... *Traum* verbunden…«

So wie Archimedes das Wort *Traum* aussprach, klang es eher nach *Halluzination*.

Sora breitete die Arme aus.

»Dann werde ich jetzt also verrückt!«, meinte sie aufgebracht. Archimedes war mit seinen Gedanken weit fort. Dann fragte er:

»Welchen Teil der Inschrift hast du gehört?«

»Den Teil mit dem Reisenden. Du weißt schon. *Die Vergangenheit holt dich Reisenden ein. Tritt ihr entgegen und heiße sie willkommen.* Glaubst du, der Stein lässt mich wirklich halluzinieren?«

*Wenn ja, sollte sie ihn wohl schnellstmöglich ablegen.*

Aber eine innere Stimme sagte ihr, dass das nicht zutraf.

Archimedes schien in ähnlichen Bahnen zu denken.

»Nein. Nicht wirklich. Aber es wäre schon möglich«, sagte er. »Was wissen wir schon über diese seltsame, unbekannte Schwingungsenergie des Steins? Falls das Amulett nicht für dich bestimmt ist, wäre es denkbar, dass dein Körper *ungewöhnlich* darauf reagiert. Allerdings wäre das... sagen wir einmal... unlogisch? Zumindest, wenn wir mit unserer Theorie über deinen langen Schlaf recht haben. Gesetzt den Fall, der Stein hat dir das Leben gerettet. Weshalb sollte er dir dann nun schaden?«

Er runzelte die Stirn und setzte fort:

»Die Frage ist wohl eher, welche Kräfte am Werk sind und ob dein Körper dafür geschaffen ist, diese richtig zu verarbeiten. Es gibt meines Erachtens nur drei Möglichkeiten: Entweder die ganze Sache hat nichts mit dem Stein zu tun und es ist bloß Zufall, dass du seltsame Träume hast. Du hast immerhin viel erlebt. Es könnte in irgendeiner Weise posttraumatisch sein.«

Sora sah ihn zweifelnd an.

»Oder – falls wir davon ausgehen, dass der Stein die Ursache ist – dein Körper ist der Kraft oder Energie oder was auch immer seine Wirkung entfaltet, nicht gewachsen. Dann wären deine Träume eine Art Symptom, wie bei einer Krankheit. Die dritte Möglichkeit wäre, dass dieser Effekt erwünscht ist. Das würde bedeuten, dass deine Träume einen Grund haben, genauer gesagt einen Zweck erfüllen sollen. Wenn das so ist, müssen wir herausbekommen, welche Bedeutung sie haben«, schloss Archimedes.

*Da sprach der Wissenschaftler.*

Sora rutschte auf ihrem Stuhl umher und dachte nach.

»Also, wenn wir jetzt davon ausgehen, dass ich nicht verrückt werde und das Ganze eine Bedeutung hat, was schlägt der superschlaue Wissenschaftler dann vor?«, entgegnete sie.

Archimedes verzog die Mundwinkel.

»Ich weiß nicht. Die Visionen könnten metaphorisch gemeint sein. Oder aber, sie stammen tatsächlich aus einer anderen Welt. Unsere Geschichte besagt ja auch, dass wir von einem Planeten namens Erde hierher nach Euripides kamen. Unsere Zeitrechnung beginnt bei Null. Also vor 15.077 Jahren. Laut Überlieferung kamen wir durch einen Nebel hierher. Unsere führenden Astronomen gehen davon aus, dass es eine Art Wurmloch geben muss, oder gegeben hat, das sich in einer Nebulosa irgendwo im All befunden hat oder noch befindet. Möglicherweise ist es das, was du siehst?«

»Nein, in meinen Träumen ist es ein ganz normaler Nebel. Wie wir ihn hier in der Regenzeit oft haben…«, schüttelte Sora den Kopf.

»Es könnte doch metaphorisch gemeint sein. Das wäre doch möglich, oder nicht?«, meinte Archimedes.

Sora zweifelte. Irgendetwas sagte ihr, dass es echte Bilder waren.

»Du meinst, ich sehe die Erde?«, fragte sie.

»Vielleicht, obwohl in Überlieferungen von *Fabeltieren* gesprochen wird. So, als ob es diese Tiere auch dort nicht wirklich gegeben hat. Aber wer weiß das schon so genau? Es ist schon so lange her«, antwortete Archimedes.

Nach einer Weile fuhr Sora fort:

»Diese unbekannte Schwingungsenergie, was könnte das deiner Meinung nach sein?«

Archimedes lehnte sich zurück und hielt nachdenklich beide Hände ineinander verschränkt.

»Magie?«, stellte er als Frage in den Raum.

Sora sah ihn überrascht an.

»Es wäre durchaus möglich«, holte Archimedes zu einer Erklärung aus. »Genauso möglich oder unmöglich wie andere nicht bewiesene Theorien. Fakt ist, dass wir diese Energie nicht kennen. Wir haben sie noch niemals auf Euripides gemessen. Es gibt unzählige Sagen und Legenden über Magie. Kräfte, die den Menschen unerklärlich schienen. Genau wie heute die Kraft beziehungsweise Energie deines Steins. Magie könnte doch ein Wort für bestimmte Energien sein, die uns unbekannt sind. Dein Amulett ist etwas, was uns nicht erklärbar scheint. Wohlmöglich wäre es zu früheren Zeiten als magischer Gegenstand bezeichnet worden.«

Sora hatte ihm mit wachsendem Interesse zugehört.

»Rheas Grabinschrift strahlt, wie du weißt, auch eine uns unbekannte Energie aus. Wir können sie messen, doch konnte bisher niemand Genaueres herausfinden. Niemand weiß, was für eine Kraft in ihrem Grabstein wohnt und wozu diese gut sein soll«, sagte Archimedes.

Er hatte Sora davon bereits bei den früheren Ausflügen zu Rheas Grab erzählt. Allerdings hatte die Energie ihres Amuletts mit jener des Grabsteins nichts gemein. Außer, dass beide Energieformen unbekannt und unerklärlich waren.

»Und was hat es mit Rheas Orakel auf sich? Weshalb baue ich Teile davon in meine Träume ein?«, fragte Sora.

»Das kann ich dir beim besten Willen nicht sagen. Vielleicht aufgrund des Nebels? Eine unbewusste Kopplung deines Gehirns zu greifbarem Bekanntem? Im Orakel heißt es: *Eine Suche nach Herkunft führt durch den Nebel in die Heimat....*«, sagte er.

»Es war aber nicht dieser Teil aus dem Orakel, den ich im Traum vernommen habe«, gab sie zu bedenken.

Archimedes zuckte mit den Schultern. Da er nicht weiter wusste, stellte er einfach die Frage, die ihm gerade in den Sinn kam.

»Was hast du als Kind so getrieben? Ich meine, wir haben schon so viel über dein Leben vor deinem langen Schlaf gesprochen. Vor allem über Sitten und Bräuche sowie damalige Technologien und Errungenschaften. Aber wie warst du so als Kind? Mit, sagen wir einmal, drei bis vier Jahren? Womit hast du gespielt? Was hast du erlebt? An was kannst du dich erinnern?«

Archimedes hatte sich mit ihr oft und ausführlich über das Leben im Jahre 532 unterhalten. Für einen Archäologen wie ihn war Sora so etwas wie lebendig gewordene Geschichte. Vergangenheit zum Anfassen sozusagen. Er hatte sie verständlicherweise ausgequetscht wie eine Zitrone. Aber über ihre frühe Kindheit hatten sie nie gesprochen.

Sora dachte angestrengt nach.

»Das erste, an das ich mich erinnern kann, ist das *Schimmelblatt*«, sagte sie langsam. »Ich fand die Pflanze so furchtbar hässlich. Ich kann mich noch genau erinnern, wie mein Vater mir erklärte, dass ich nur die Augen zu schließen bräuchte und tief einatmen sollte, um die wirkliche Schönheit dieser Pflanze zu verstehen.«

Sie lächelte.

»Wie alt warst du damals?«, fragte Archimedes.

»Vielleicht vier oder fünf«, antwortete Sora.

»Deine ersten Erinnerungen setzen ein, als du etwa fünf Jahre alt warst? Etwas spät, oder? Bist du sicher, dass du keine früheren Erinnerungen hast?«, fragte Archimedes verwundert.

Sora sah ihn verblüfft an. Sie hatte nie darüber nachgedacht. Aber er hatte Recht. Wenn das ihre erste Erinnerung war, dann war das schon etwas seltsam. Sie konzentrierte sich und grub in den Tiefen ihres Gehirns.

*Nichts.*

Was hatte das zu bedeuten? Nebel tauchte vor ihrem inneren Auge auf, der schwarze Pegasus schritt wie in Zeitlupe heran, schemenhaft, von Nebel umgeben. Eine Stimme, ganz in der Ferne...

*... Die Vergangenheit holt dich Reisenden ein...*

»Sora?« Archimedes' tiefe Stimme holte sie in die Gegenwart zurück. »Schon wieder eine Vision?«

Sie nickte verwirrt. Die Worte klangen in ihr nach.

»Ich muss zu Rheas Grab!«, sagte sie plötzlich.

»Wie bitte?«, fragte Archimedes überrascht. »Jetzt?«

»Ja«, erwiderte Sora und erhob sich hastig. Ohne auf Archimedes zu warten, eilte sie schnurgerade zum Aufzug. Sie hatte ihr Essen kaum angerührt, während Archimedes hastig noch einen riesigen Bissen in den Mund schob, einige Geldscheine auf den Tisch warf und ihr dann schnell folgte.

Der Fahrstuhl hatte sich bereits in Gang gesetzt. Mit einem Satz sprang Archimedes in die kleine Kabine, die sofort anhielt, als sein Fuß das schwarze Feld berührte. Sora zog ihn rasch zu sich hinein und der Aufzug setzte seine Fahrt nach unten fort.

»Und was genau hoffst du hier zu finden?«, fragte Archimedes, während er im strömenden Regen neben Sora über das weite Feld mit Hügelgräbern eilte.

An diesem Ort hatten die ersten Siedler, die nach Euripides kamen, Jahrhunderte lang ihre Toten begraben. Heute war es ein Ort der Ruhe, nur besucht von Pilgern, die den sagenumwobenen Grabstein mit Rheas Orakel sehen wollten.

Zielstrebig suchte sich Sora den Weg entlang der vielen kleinen Hügel, jeder einzelne eine Erinnerung an längst vergangene Zeiten. Sora wischte sich den Regen aus dem Gesicht.

Die Sicht war trüb und die dicht herab prasselnden Tropfen waren wie ein Schleier, der alles um sie herum unscharf erscheinen ließ. Während der Regenzeit war sie noch niemals hier gewesen. Vereinzelt schossen meterhohe, weißgraue zapfenförmige Pilze zwischen den Gräbern empor. Der Ort wirkte nun anders – geheimnisvoll, mystisch. In den Sonnenmonaten blühten hier unzählige wilde Blumen.

Beide waren schon lange bis auf die Haut durchnässt. Archimedes packte Sora am Arm und sah sie an. Sie erwiderte unschlüssig den Blick.

*Was sollte sie sagen?*

Sie wusste doch selber nicht, welche Kraft sie trieb. Sie wusste nicht, was sie erwartete, oder ob sie überhaupt etwas erfahren würde. Es war nur ein Gefühl.

*Eine Intuition?*

Welchen Anhaltspunkt hatte sie denn schon? Irgendwo musste sie anfangen, wenn sie herausbekommen wollte, was mit ihr los war. Archimedes ließ ihren Arm los.

*Hatte er verstanden?*

»Jetzt bin ich ohnehin schon völlig durchweicht!«, sagte er.

Trotz des heftigen Regens konnten sie bereits von weitem den vier Meter hohen Steinbrocken sehen, der auf einem der vielen Hügelgräber thronte. Ein fast 14.000 Jahre alter Runenstein. Trotz des hohen Alters war er erstaunlich gut erhalten. Der Zahn der Zeit schien Rheas Grabstein auf mystische Weise verschont zu haben. Wie Sora aus früheren Unterhaltungen mit Archimedes wusste, war der Stein unter seinem Überzug aus Moos wie neu. Dieses Phänomen war von Forschern selbstverständlich zur Genüge untersucht worden. Leider ohne befriedigende Resultate.

Sora lief, dicht gefolgt von Archimedes, den grasgrünen Hügel hinauf und blieb einige Meter vor dem Monument stehen. Darunter, in einer kleinen Grabkammer, lagen Rheas sterbliche Überreste. Seit Jahrtausenden ruhten sie dort. Hoffentlich in Frieden.

Regen lief an Sora hinab, und ihre Haare – immer noch in einem glänzenden Schwarzblau – klebten ihr an Gesicht und Nacken. Sie spürte, wie kleine Rinnsale ihre Wirbelsäule als Flussbett missbrauchten. Archimedes bot keinen besseren Anblick. Er streifte sich das durchnässte Haar zurück und nahm gemeinsam mit Sora die Runen in Augenschein, die in Rheas Grabstein gemeißelt waren. Er las die Inschrift noch einmal, obwohl er den Text auswendig kannte.

ᚺ *Du wirst kommen, um den Kampf gegen das Böse aufzunehmen.*

ᚱ *Die Vergangenheit holt dich Reisenden ein. Tritt ihr entgegen und heiße sie willkommen.*

ᚦ *Du zweifelst an deiner Bestimmung, doch Idun wird dich überzeugen und dich leiten.*

ᛜ *Du kehrst zurück zu deinen Wurzeln. Eine Suche nach Herkunft führt dich durch den Nebel in die Heimat, wo dich ein Machtstreit um den Thron erwartet.*

ᛃ *Führe zusammen, was zusammen gehört und erkenne deine soziale Stellung.*

ᚷ *Unerwartete Begegnungen – durch tiefe Gefühle können sie auf dem Weg behilflich sein.*

ᛘ *Vertraue deinem Gefühl, vertraue deinen Freunden, ob nah oder fern. Hilfe in der Not.*

ᛗ *Idun wird dir den Weg zeigen, dich auf deine Reise schicken,*
ᛏ *auf der du mit starker Willenskraft Hoffnung schenken und Hilfe leisten wirst, bis zum Sieg über das Böse.*

ᚾ *Du wirst kommen, um den Kampf gegen das Böse aufzunehmen.*

Neben dem Runenstein stand eine moderne Tafel mit der Übersetzung in die moderne euripidische Sprache. Sora benötigte diese nicht. Die Inschrift stammte aus dem Jahre 1453, doch die Schrift war die selbe wie Anfang des sechsten Jahrhunderts. Für Sora war es jedes Mal, als würde sie nach Hause kommen. Obwohl sie mittlerweile fließend Neu-Euripidisch sprach, gaben diese alten Runen ihr ein Gefühl der Wärme und Geborgenheit.

»Also gut«, begann Archimedes, der direkt neben ihr stand. »Was wir wissen...Wir wissen, dass es sich um Rheas Grab handelt und dass die Inschrift vermutlich ein Orakel ist. Aufgrund der neun Zeichen hier neben der eigentlichen Inschrift gehen wir davon aus, dass es sich um die *Ziehung der neuen Welten* handelt. Nifelheim, Helheim, Jotunheim, Svartalfheim, Mannaheim, Ljusalfheim, Vanaheim, Godheim bzw. Asgârd und zu guter Letzt Muspelheim.« Er zeigte der Reihe nach auf die neun Symbole, die links neben dem Text untereinander angeordnet waren.

»Welche Runen bei den jeweiligen Welten gezogen wurden, können wir leider nur vermuten. Aber ich gehe davon aus, dass für Nifelheim wohl die Rune Hagal gefallen ist und für Helheim die Rune Raidho, da es sich um Reisen, beziehungsweise einen Reisenden, handelt. Für Jotunheim vermute ich die Runen Thurisaz oder Lagaz...«, erklärte er weiter.

Sora hörte ihm nur mit halbem Ohr zu. Dies alles wusste sie bereits. Sie und Archimedes hatten oft darüber gesprochen und das mögliche Ergebnis der Runenziehungen diskutiert. Ebenso über die Frage, die dem Orakel gestellt worden war. Trotz langem Hin und Her waren sie nicht wirklich zu einem guten Ergebnis gekommen.

Sie hatten auch viel über den Inhalt des Orakels nachgedacht. Was war mit *Machtstreit um den Thron* gemeint? In Euripides gab es keinen Thron und es hatte auch nie einen gegeben. Abgesehen davon, war hier denn überhaupt von Euripides die Rede? *Eine Reise in die Vergangenheit.* Konnte damit die Erde gemeint sein, die laut Überlieferung der Heimatplanet der Euripiden war?

Heimat... *Eine Suche nach Herkunft führt durch den Nebel in die Heimat.* Laut Legende kamen die Vorfahren der Euripiden einst durch den Nebel hierher. Führende Wissenschaftler sprachen von Wurmlöchern oder Nebelformationen im All. Der Legende nach war es aber Magie, die das Tor in eine damals fremde Welt geöffnet hatte. Menschen mit magischen Fähigkeiten sollen einen Weg gefunden haben, durch den Nebel zu reisen.

Für die moderne Denkweise war das selbstverständlich unmöglich: Bei Magie und Nebelreisen musste es sich um Metaphern handeln, mit denen eine hochentwickelte Technologie beschrieben wurde.

*War auch der Nebel in Rheas Orakel solch eine Umschreibung der Wirklichkeit?*

Sagte das Orakel einen Besucher voraus? Einen Reisenden aus einer anderen Welt, womöglich vom Heimatplaneten Erde, der allen Euripiden den Weg zurück weisen würde? Ohne die genaue Frage zu kennen, die dem Orakel vorausgegangen war, waren lediglich Spekulationen möglich. Obwohl seit Jahrtausenden das Gerücht kursierte, dass der Runenstein auch diese entscheidende Frage in sich barg, ließ sie sich, so es sie gab, nicht finden. Der Stein war mit moderner Technologie genauestens erforscht worden, jedoch ohne Ergebnis.

Sora ließ den Blick über die Inschrift gleiten. Und überhaupt: Was war mit dem *Bösen* gemeint? Euripides und seine Mondkolonien waren friedliche Welten. Es hatte seit der Entstehung des Hohen Rates keine Kriege mehr gegeben. Ging es um die Zukunft? Aber es hieß doch, die *Vergangenheit* holt dich ein…

Archimedes hatte seinen Vortrag beendet.

»Ich kann nichts Neues erkennen«, sagte er und wischte sich den Regen aus dem Gesicht.

Sora zermarterte sich das Hirn.

*Weshalb war sie hierher gekommen? Was hatte sie erwartet? Die Erleuchtung?*

Einer plötzlichen Eingebung folgend, beugte sie sich vor und berührte den Stein.

Eine unendliche Kraft durchströmte sie, und es war, als würde sie durch einen Strudel in die Tiefen der Zeit gezogen werden! Ihr Amulett – der weiße Stein auf ihrer Brust – pulsierte heiß und ein roter Schimmer schien sie einzuhüllen!

*Eine alte Frau mit langen, weißen Haaren lächelte ihr zu und wandte sich dem Runenstein zu. Drei Sonnen standen hoch über den Hügelgräbern und ließen ihr weißes Haar silbern schimmern. Auf einmal verwandelte sich die alte Frau in eine junge, wunderschöne Frau mit bodenlangem, goldenem Haar! Sie lachte und schwenkte einen Korb mit vielen kleinen Wildäpfeln.*

*Dann änderte sich die Szene. Sie befanden sich nun in einer anderen Welt, stellte Sora überrascht fest.*

*Dutzende von seltsamen Tieren zogen über eine sonnenbeschienene Ebene vorbei, darunter welche mit dichtem, weiß-grauem Fell und Geweih. Es waren Rentiere, doch Sora kannte diesen Namen nicht. Es gab nur eine Sonne. Plötzlich zog Nebel auf. Eine dichte Nebelwand türmte sich vor der jungen schönen Frau auf. Neugierig und voller Erwartung trat sie in den Nebel. Es war, als würde Sora ihr folgen. Das Amulett ruhte warm auf ihrer Brust. Wenige Schritte später befand sie sich erneut an einem vollkommen anderen Ort.*

*Es war Nacht. Zwei Monde erleuchteten einen dunklen Wald und tauchten ihn in ein fahles, graues Licht. Obwohl Sora es sich nicht erklären konnte, war sie sich sicher, dass dies eine weitere neue Welt war. Eine dritte Welt, weit fort von Euripides und dem Ort mit den hirschähnlichen Tierherden. Und da war noch etwas: Diese dritte Welt schien ihr vertraut, als ob sie schon einmal hier gewesen wäre. Der Anblick der zwei Monde – der eine fast voll, der andere als riesige helle Sichel am Horizont – gab ihr das Gefühl von Heimat.*

*Mit einem Schlag wurde es taghell! Winzige, schrumpelige Wesen mit spitzen Ohren überreichten der jungen Frau einen federbesetzten Kopfschmuck. Sie bedankte sich höflich und streifte ihn über den Kopf. Wie gelähmt sah Sora, wie sich die junge Frau innerhalb von Sekunden in einen großen Vogel mit rotbraunem Federkleid verwandelte! Und ehe sie sich versah, schwang sie sich selbst zusammen mit dem Vogel in die Lüfte. Es war, als würde sie als stiller Beobachter hinterher schweben. Sie flogen immer höher. Der Vogel machte ein paar kunstvolle Flugmanöver und segelte dann mit breiten Schwingen über das Land.*

*Es war überwältigend schön! Dichte Wälder mit fremden und doch seltsam bekannten Bäumen, weite Ebenen und Berge zogen unter ihnen vorbei. Sie sahen Pegasus-Herden über riesige Felder galoppieren. Einige Kentauren hoben die Köpfe und sahen dem Himmelswesen nach, das weiter und immer weiter über das Land flog. Sora sah andere Vögel. Riesige Exemplare, die den rotbraunen Vogel winzig erscheinen ließen. Sie sah große Herden von Hippogriffen, Einhörner und sogar einige Drachen und weitere Fabeltiere.*

*Abrupt ging der unglaublich intensive, wundervolle Traum zu Ende. Die junge, schöne Frau mit den langen, goldenen Haaren und dem Korb voller Äpfel stand wieder vor Sora an Rheas Grabstein. Sie verwandelte sich zurück in die alte Frau, die ihr schelmisch zuzwinkerte und eine ausladende Handbewegung folgen ließ. Nebel stieg auf. Dann nahm sie Sora an der Hand und ging mit ihr in den Nebel...*

Genauso ansatzlos, wie die Vision begonnen hatte, hörte sie auch wieder auf. Sora stand im strömenden Regen auf Rheas Grab und berührte mit ihrer rechten Hand den Runenstein. Sie war zurück, nur der rötliche Schimmer war immer noch da. Sie zog ihre Hand zurück und wandte sich verwirrt an Archimedes. Es dauerte einen Moment, bis sie erkannte, dass etwas nicht stimmte.

Sie folgte Archimedes' starrem Blick und sah gerade noch, wie eine blutrote Inschrift über dem alten Orakeltext langsam verblasste und dann im Stein verschwand, als hätte dieser die Schrift in sich aufgesaugt! Mit der Inschrift verschwand auch der rote Schimmer. Nun verstand sie: Das rote Leuchten war von den Runen ausgegangen, die nun wieder verschwunden waren. Nichts, aber auch rein gar nichts verriet, dass vor wenigen Sekunden eine weitere Zeile auf dem Runenstein zu lesen gewesen war!

»Was stand da?«, fragte Sora atemlos.

*Sie hatte sich doch nicht etwa getäuscht?*

Einen kurzen Augenblick dachte sie, dass alles vielleicht Teil ihrer Visionen gewesen war. Archimedes räusperte sich.

»Da... da...«, brachte er kein Wort heraus.

Er zeigte ungläubig über den Orakeltext auf den Stein. Seine beiden Extraarme hingen schlaff herab, während er mit den beiden normalen Händen unkoordinierte, ruckartige Bewegungen machte.

»Da...«, begann er noch einmal. Sora wurde ungeduldig. Sie streckte die Hand aus und berührte den Stein von Neuem.

Die unendliche Kraft durchströmte sie wieder. Langsam traten Linien hervor. Blutrote Schriftzeichen. Eine Inschrift, die einen roten Schimmer über Sora, Archimedes und den Stein warf. Die Schriftzeichen wurden kräftiger, bis Sora die Runen deutlich erkennen konnte. Jetzt konnte sie sie lesen. Es war eine Frage.

*Die* Frage!

In leuchtend roten Runen stand dort geschrieben:

*Wie lassen sich die Tore zwischen den Welten wieder öffnen?*

Obwohl kein Fragezeichen den Satz beendete, war es eindeutig. Diese leuchtend-blutroten Runen beschrieben, wonach Archäologen jahrtausendelang gesucht hatten. Die Frage, die der Ziehung der neun Welten vorausgegangen war! Sie hatten sie gefunden!

Wenig später saßen Sora und Archimedes am runden Küchentisch in ihrer kleinen Wohnung. Strahlendes Sonnenlicht durchflutete die winzige Küche, und ein Duft von Kafes lag in der Luft. Sie hatten sich ihrer nassen Kleider entledigt und saßen sich in Bademäntel gehüllt gegenüber. Archimedes hatte einen vom Soras Mänteln an, der ihm zwar etwas zu klein war, aber ihn andererseits fast normal erscheinen ließ. Für Sora extra angefertigt, besaß er bloß zwei Ärmel, was dazu führte, dass Archimedes' Arbeitshände darunter verborgen waren. Lediglich sein etwas zu groß geratener Kopf und seine katzenähnlichen, braunroten Augen erinnerten an die genetische Revolution und an Soras Einzel-Status in dieser hochmodernen Gesellschaft.

Archimedes nippte geistesabwesend an seinem Kafes. Sora beobachtete ihn aufmerksam und leicht beunruhigt.

*Was würde er nun tun?*

Würde er zu ihr halten und das Offensichtliche geheim halten? Oder würde er als gesetzestreuer Bürger von Euripides Vesta benachrichtigen? Die Wissenschaft diente schließlich dem Allgemeinwohl. Aber in diesem Fall würde sie zum Opfer werden, befürchtete Sora. Sie würde zwangsläufig von der Wissenschaft völlig vereinnahmt werden, trotz ihres Rechts auf Freiheit. Die Wissenschaftler würden sicher einen Weg finden, ihre eigenen Interessen durchzusetzen.

*Oder nicht?*

Anaximedes würde das Amulett von Neuem untersuchen wollen, was ihre Anwesenheit verlangte. Denn eines hatten sie und Archimedes eindeutig herausgefunden: Der Stein allein brachte keine blutroten Runen zum Leuchten. Sora selbst war der Schlüssel!

*Weiß Idun warum!*

Nachdem sie die Inschrift gelesen hatte, hatte sie den Runenstein wieder losgelassen, und wie beim ersten Mal war die Schrift wieder verschwunden. Vom Stein verschlungen. Archimedes hatte versucht, mit seinen Händen die Schrift hervorzulocken. Nichts. Auch als Sora ihm für kurze Zeit das Amulett umhängte, änderte dies nichts. Sie und der weiße Stein bildeten offenbar eine Einheit, die eine verborgene Kraft in Rheas Grabstein erweckten. Doch weshalb? Sie hatte diesen Runenstein schon unzählige Male zuvor berührt, ohne dass jemals blutrote Schriftzeichen hervorgetreten waren.

*Was war jetzt anders?*

Irgendetwas musste mit ihr passiert sein, als sie im Fluss schwimmen gewesen war. Aber was?

*Was hatte der Stein mit ihr angestellt? Warum war er heiß geworden? So hatte sich der Stein noch nie verhalten. Welchen Grund hatte das Ereignis und weshalb hatte sie nun Visionen? Hatte der Stein eine Kraft in ihr geweckt?*

Archimedes schien einen inneren Kampf auszufechten. Er musste eine Entscheidung fällen zwischen Wissenschaft – die ein Teil von ihm war – und Freundschaft.

»Ich werde niemandem etwas sagen, falls du es nicht selbst willst«, sagte er nach einer scheinbaren Ewigkeit. Sora hielt die Luft an. Sie spürte, dass er noch nicht fertig war. Archimedes lehnte sich auf dem Küchentisch vor.

»Meine Familie darf unter keinen Umständen unter Verdacht geraten. Du wirst Juno also *nichts, kein Sterbenswörtchen,* darüber sagen! Verstanden?«

Sora nickte.

»Was noch?«, fragte sie.

»Wir können nur hoffen, dass Anaximedes nicht Wind davon bekommt. Alles läuft weiter wie bisher, keine geheimen Treffen oder ähnlich Verdächtiges. Glücklicherweise haben wir beide uns schon immer zum Essen alleine getroffen. Da können wir, falls nötig, in Ruhe Informationen austauschen.«

Er sah lange und sehnsüchtig auf den seltsamen Stein an Soras Brust. Das Amulett musste ein Schlüssel zu dem sein, was die Menschen früher als Magie bezeichnet hatten.

»Ich wüsste zu gerne, was da am Werk ist. Was ist das für eine Energie? Leider wären Untersuchungen zu auffällig. Wir müssen uns damit begnügen zu erforschen, ob deine Visionen einen Sinn haben, und wenn ja, welchen.«

Archimedes starrte immer noch den Stein an.

*Welch eine Entdeckung! Eine völlig neue Kraft! Oder besser gesagt: Neu entdeckt...*

»Apropos Visionen!«, sagte Sora. In der Aufregung über die versteckte Inschrift auf Rheas Grabstein hatte sie Archimedes gar nicht erzählt, was sie gesehen hatte, als sie den Runenstein berührt hatte. Sie brachte Archimedes also auf den neuesten Stand ihres *Märchens.*

»Du hast Idun gesehen?«, frage Archimedes ungläubig. Als er Soras verwunderten Gesichtsausdruck sah, erklärte er:

»Die junge Frau mit den Äpfeln. Idun war eine der nordischen Göttinnen. Sie war die Bewahrerin der Wildäpfel, die ewige Jugend bringen. Laut nordischer Mythologie suchten die Götter regelmäßig Idun auf, um ihre Jugend zu erhalten. Vermutlich eine Sage aufgrund der Einzigartigkeit des Apfelbaumes. Wie du ja weißt, ist der Apfelbaum neben den Hohen Wipfeln die einzige Baumart auf Euripides. Unsere Vegetation besteht ja hauptsächlich aus Gewächsen, die sich durch

Sporen vermehren, also alle erdenklichen Formen von Pilzen und Moosen. Man hat die ehemals kleinen Wildäpfel von damals zu diversen großen Apfelsorten weitergezüchtet. Es heißt, Idun habe die Wildäpfel damals nach Euripides gebracht und lebe heute immer noch unter uns. Was natürlich unmöglich ist. Es wäre aufgefallen. Sieh uns an! Wir haben vier Arme! Idun müsste eher wie du aussehen«, fügte er hinzu.

Plötzlich bekam er einen seltsam verworrenen Gesichtsausdruck.

»Es sei denn, du bist Idun...«, flüsterte er und starrte Sora prüfend an.

»Ist das möglich?«, murmelte er. Sora fühlte sich unter seinem Blick unbehaglich und rutschte unruhig auf ihrem Stuhl umher.

»Hör auf!«, sagte sie. »Du machst mir Angst! Ich bin nicht Idun. Ich wusste bis vor wenigen Sekunden nicht einmal, wer sie genau war! Außerdem lebe ich nicht ewig!«

Sie hielt inne.

»Ja, gut. Ich habe ewig geschlafen. Aber ich kenne keine Wildäpfel oder irgendwelche Götter. Ich bin hier auf Euripides aufgewachsen. Im sechsten Jahrhundert.!«, sagte sie dann.

»Ja, das spricht schon eindeutig dagegen. Idun soll zu den ersten Siedlern von Euripides gehört haben. Sollte sie da schon ihre ewige Jugend besessen haben, muss sie bereits erwachsen gewesen sein. Trotzdem. Wer weiß. Irgendeinen Zusammenhang könnte es geben. Immerhin lebst auch du schon ewig...«, meinte Archimedes.

Sora schüttelte entschieden den Kopf.

»Ich bin bestimmt nicht Idun. Das müsste ich doch wissen! Und welchen Zusammenhang sollte es da geben?«

»Das weiß ich so auf die Schnelle auch nicht. Aber merkwürdig ist das alles schon. Du sagtest doch, es war, als wärst du Idun gewesen, als du all die Dinge...« – er machte eine hastige Handbewegung – »gesehen hast.«

»Nein!«, erwiderte Sora bestimmt. »Ich sagte, es wäre so, als ob ich als *Beobachterin* mit ihr geflogen wäre. Das ist ein Unterschied!«

Archimedes seufzte.

»Wie du willst. Also, gehen wir davon aus, dass du nicht Idun bist, sondern sie nur gesehen hast.« Er zögerte kurz.

»Also, warum hast du sie gesehen?«

Sora kräuselte bloß die Lippen.

»Also gut«, konstatierte Archimedes. »Fangen wir ganz von vorne an.« Er lehnte sich zurück und faltete die Hände.

»Vor gut zwei Jahren haben wir dich gefunden. Du scheinst ein ganz normaler Mensch aus dem sechsten Jahrhundert von Euripides zu sein. Zumindest ergaben die Untersuchungen von Sapfo und Galenus damals nichts Außergewöhnliches. Bis auf deine Krankheit natürlich, die unserer Meinung nach der Grund für deinen langen Schlaf war. Irgendwie vermochte dein Stein dich in einen langen Schlaf zu versetzen – vermutlich, um dich am Sterben zu hindern.«

Sora verzog das Gesicht.

»Außer einer stetig gleichbleibenden Energie, den Runen Lagaz und Ansuz sowie einigen undefinierbaren Linien, konnte man an dem Stein nichts Außergewöhnliches entdecken«, fuhr Archimedes fort. »Es gibt auch keine plausible Erklärung für deine Behauptung, dass der Stein dich von jeher gewärmt oder gekühlt hat.«

*Behauptung?*, dachte Sora. *Das war Tatsache!*

Aber sie unterbrach Archimedes nicht. Offensichtlich war er dabei, eine klare wissenschaftliche Linie zu definieren. Wer wusste, wozu dies gut war. Vielleicht hatten sie etwas übersehen?

»Der Stein kühlt oder wärmt niemanden anderen außer dich. Entweder du bildest dir das Ganze nur ein, oder du und der Stein gehört irgendwie zusammen. Eine Art Symbiose vielleicht? Seit deinem Erwachen bei uns gab es keine besonderen Vorkommnisse – bis zu dem Tag im Fluss.«

Er betonte den letzten Satz so, dass er in Soras Ohren wie eine Frage klang. Sie schüttelte den Kopf. Archimedes fuhr fort.

»An dem Tag wurde der Stein plötzlich aus unerfindlichen Gründen heiß und seitdem siehst du seltsame Dinge. Visionen, Erinnerungen, was auch immer. Heute berührst du Rheas Grabstein und plötzlich erscheint dort, wo niemand jemals irgendetwas Außergewöhnliches gesehen, gemessen oder erwartet hat, eine weitere Runenzeile, die noch dazu genau das fehlende Glied der Rhea-Legende ist.«

Sora atmete tief durch. So wie Archimedes dies alles zusammenfasste, klang es noch seltsamer und unglaubwürdiger, als sie es ohnehin schon empfand.

»Und du siehst Idun«, fuhr Archimedes fort. »Die Idun, die laut Rheas Orakel den *zweifelnden Reisenden* überzeugen soll und ihm den *rechten Weg* weisen wird. Wohin auch immer«, schloss er. Sora war nachdenklich geworden. Wenn vor ihr niemand eine ähnliche Erfahrung gemacht hatte, warum dann sie? Hatte Archimedes recht?

*Gab es zwischen ihr und Rhea, oder ihretwegen auch zwischen ihr und Idun, einen Zusammenhang?*

Sie war nicht Idun. Da war sie sich sicher. Diese junge Frau aus ihrer Vision war ihr eindeutig fremd. Die Dinge, die sie gesehen hatte, allerdings keineswegs. Der Unterschied war mehr als eindeutig. Sie fühlte es. Aus irgendeinem Grund hatte sie das Gefühl, den dritten Ort, den ihre Vision enthüllt hatte, zu kennen. Idun hatte nichts weiter getan, als all die Dinge, die Sora vorher bruchstückhaft in ihren Tagträumen erschienen waren, in ihr Bewusstsein zurückzuholen. Sie kannte all diese Dinge, da war sie sich sicher.

*Aber wieso? Wie konnte das sein?*

Sie begann wieder zu zweifeln. Bildete sie sich bloß ein, dass sie diesen Ort und diese Lebewesen kannte? Spielte das Gehirn ihr einen Streich? Waren es doch nur Halluzinationen?

*Sie musste krank sein.*

Unwillkürlich griff sie sich mit der Hand an die Stirn.

*Angenehm kühl. Kein Fieber.*

»Wir haben nie genau gewusst, was es mit Rheas Orakel auf sich hat und ob es überhaupt einen realen Hintergrund gibt. Das Orakel ist gut untersucht. Es gibt viele Versuche der Deutung, die ohne richtige Fragestellung allesamt reinste Spekulation waren«, sagte Archimedes. »Ich denke, wir sollten uns genauer ansehen, wie die neue Fragestellung das Orakel verändert.«

Sora stimmte zu. Irgendwo mussten sie ja anfangen. Die geheime Überschrift auf Rheas Grabstein schien ihr dazu mehr als geeignet.

»Also, die Frage lautet: Wie lassen sich die Tore zwischen den Welten wieder öffnen?«, sagte Archimedes.

»Setzt solch eine Frage nicht einiges voraus? Ich meine, wenn man fragt, wie sich Tore öffnen lassen, muss es Tore geben, oder?«, meinte Sora.

»Ja. Und nicht nur das«, betonte Archimedes. »Es heißt: Wie sie sich *wieder* öffnen lassen. Das setzt nicht nur voraus, dass es Tore gibt, sondern auch, dass sie zu Rheas Zeit geschlossen waren – und es wahrscheinlich auch heute noch sind.«

»Und es setzt voraus, *dass* sie sich wieder öffnen lassen«, fügte Sora hinzu.

»Richtig«, antwortete Archimedes, der nun ganz in seinem Element war und sich aufgeregt vorbeugte. »Und außerdem setzt es vermutlich voraus, dass der Fragesteller, also Rhea, wusste, wie man die Tore zuvor öffnete, sonst kann sie ja nicht gewusst oder festgestellt haben, dass sie nun verschlossen sind!«

Man sah förmlich, wie es in dem Wissenschaftler arbeitete. »Aber wie war das möglich? Rhea lebte viele Jahre nach der Besiedelung von Euripides. War das Wissen über die Tore von Generation zu Generation weitergegeben worden? Waren die Tore womöglich die ersten Jahrhunderte noch gar nicht geschlossen gewesen?«

Archimedes überschlug sich beim Überlegen förmlich. Sora schwirrte angesichts seines Tempos der Kopf.

*Irgendwie warf die Frage zu Rheas Orakel nur weitere Fragen auf.*

»Ich wüsste zu gerne, was oder wer die Tore verschlossen hat und warum. Wollte es jemand so? Oder war es vielleicht ein Versehen?«, spekulierte Archimedes. »Oder es war eine kosmische Fügung, ausgelöst etwa durch Planetenkonstellationen oder kosmische Strömungen, die das Öffnen unmöglich machen. Sozusagen eine Art Naturkatastrophe«, grübelte er weiter.

All diese Theorien hatten ihr Für und Wider. Die Frage war wohl, welche am wahrscheinlichsten war.

*Doch wie sollten sie das herausbekommen?*

»Vielleicht ist es gar nicht wichtig zu wissen, wer oder was dafür verantwortlich ist«, überlegte Sora laut. »Sonst hätte Rhea doch danach gefragt, oder? Tut sie aber nicht. Sie fragte danach, *wie* sich die Tore öffnen lassen.«

Archimedes strich sich aufgewühlt durch die immer noch feuchten Haare. Die drei Sonnen schickten warme Strahlen durch das runde Fenster. Unter ihnen breitete sich die dichte Wolkendecke aus. Unwillkürlich musste Sora an Nebel denken. Eine dichte Nebelwand erschien vor ihrem geistigen Auge.

»Ich sehe in meinen Visionen ständig Nebel«, sagte sie. »In Rheas Orakel ist ebenfalls von Nebel die Rede. *Eine Suche nach Herkunft führt durch den Nebel in die Heimat*«, zitierte sie die Stelle, an die sie dachte.

Archimedes verstand, worauf sie hinaus wollte.

»Ja, aber Nebel allein kann nicht die Antwort sein. Nebel gibt es hier ständig... Oder meinst du, dass man früher vielleicht bloß durch eine Nebelwand gehen musste, um in eine andere Welt zu gelangen?«, fragte er.

»Nein. Da muss es noch etwas anderes geben. Aber laut Rheas Orakel soll *der Reisende* schon irgendwie den Nebel passieren. Wie soll das möglich sein, wenn die Tore verschlossen sind? Man muss hindurch gehen, um sie zu öffnen, aber man kann nicht hindurch gehen, da sie verschlossen sind!«, antwortete Sora.

*Das war doch sehr verwirrend.*

Beide saßen sich eine Weile schweigend gegenüber. Dann setzte Archimedes seine Überlegungen fort:

»Es muss sich tatsächlich um eine andere Welt handeln. Das würde auch deine Visionen erklären. Einen Ort, an dem es entweder tatsächlich all diese Fabeltiere gibt, oder zumindest einen Ort, aus dem die Sagen über diese Tiere herkommen. Nicht auszudenken, wenn es sich dabei tatsächlich um die Erde handelte. Das wäre eine Sensation!«

Er sah Sora flehend an.

»Das könnte man nicht für immer für sich behalten. Die Menschen von Euripides erforschen seit Ewigkeiten ihren Ursprung. Sie haben ein Recht darauf, die Wahrheit zu erfahren«, betonte er.

Sora wusste, dass er recht hatte, aber noch war es ja gar nicht sicher, dass es sich um die Erde handelte. Und sie waren ihrer Meinung nach noch meilenweit davon entfernt, diese mystischen Tore zu öffnen. Ihr blieb noch genügend Zeit, eine Entscheidung zu treffen. Sora versprach Archimedes, zu gegebener Zeit ihren Standpunkt zu überdenken.

Sie diskutierten noch bis spät in die Nacht. Sie drehten und wendeten Rheas Worte in alle erdenklichen Richtungen und versuchten einen Sinn darin zu finden. Nach Mitternacht gaben sie auf. Sie mussten schließlich beide am nächsten Morgen früh aufstehen. Archimedes wollte Juno und Menes am Raumhafen abholen, während Sora die Arbeit rief. Sie hatte Junos Job im Restaurant des Wissenschaftszentrums übernommen, zumindest teilweise. Sie teilte sich ihre Aufgaben mit einem älteren Mann namens Domitian, einem netten Junggesellen, der immer gut gelaunt durch das Zentrum eilte.

Beim Abschied sagte Archimedes noch etwas, das Sora sehr nachdenklich machte.

»Du bist die einzige, die die Kraft in Rheas Grabstein aktivieren kann. Zumindest die einzige seit ewig langer Zeit. Da bin ich mir ganz sicher.«

Er fixierte Sora und sagte:

»Was, wenn du die Reisende bist, Sora? Immerhin hast du eine gewaltige Reise hinter dir. Eine Reise durch die Zeit. Was, wenn es dir möglich ist, durch den Nebel zu gehen? Was auch immer damit gemeint ist. Was, wenn du diejenige bist, die die Tore in die Heimat öffnen kann? Für alle Euripiden. Wenn das so ist, darf dir niemand das Amulett abnehmen. Du wirst es brauchen. Denke einmal darüber nach.«

Sora verbrachte eine unruhige Nacht. Wilde Träume verfolgten sie, in denen sie mit Idun über weite Ebenen voller galoppierender Fabelwesen flog. Rheas Grabinschrift hallte im Hintergrund nach, und immer wieder ging sie an Rheas Hand durch den Nebel.

Eine Stimme begleitete sie: *Du zweifelst an deiner Bestimmung, doch Idun wird dich überzeugen und leiten! Geh Sora! Geh durch den Nebel!* Idun drehte sich lachend im Kreis und schwenkte ihren Korb mit den Wildäpfeln.

Am nächsten Morgen fühlte sich Sora wie gerädert. Eine Kanne duftender, grüner Kafes weckte langsam ihre Lebensgeister. Das führte allerdings nur dazu, dass sie wieder zu grübeln begann.

*Konnte Archimedes mit seiner ungeheuren Vermutung recht haben?*

War sie die Reisende? Wenn das so war, sollte sie den *Kampf gegen das Böse aufnehmen.*

*Das klingt ja sehr verlockend!*, dachte sie und schnappte sich übel gelaunt ihren Regenschirm.

»Oh, nette Haarfarbe!«, wurde Sora fröhlich von Domitian im Restaurant begrüßt. Sie war so aufgewühlt gewesen, dass sie noch nicht einmal einen Blick in den Spiegel geworfen hatte. Sonst hätte sie natürlich bemerkt, dass ihre langen Haare immer noch in einem glänzenden Schwarzblau schimmerten. Sie konzentrierte sich kurz. Dunkelblond. Sie mochte ihre natürliche Haarfarbe immer noch am liebsten.

»Wie schade!«, rief Domitian über die Schulter hinweg. »Sah wirklich sehr interessant aus!«

Grinsend eilte er mit einem vollbeladenen Tablett davon.

Eigentlich war es ein Tag wie jeder andere. Sora ging ihrer Arbeit als Kellnerin im Restaurant nach, plauderte hier und da mit einigen Angestellten und eilte mit diversen Bestellungen die vielen Stockwerke des Wissenschaftszentrums hoch und wieder runter. Alles wie immer, bis auf ihre Gedanken, die unaufhörlich um ein einziges Thema kreisten. Rheas Orakel und ihre eigene mögliche Rolle in diesem Spiel.

Ja, eigentlich war es ein ganz normaler Tag. Bis Anaximedes auftauchte.

# 16. Das Runen-Orakel

*D*ie Jagd war gut verlaufen. Charlie und Kunar hatten nur etwa eine Stunde gebraucht, um zwei Leogriffe und ein dickes Kaninchen zu erlegen. Das Mittagessen war gesichert. Auch für das Frühstück am nächsten Morgen würde es reichen, obwohl sie nun zu viert waren und es außerdem auch noch zwei hungrige Katzenmäuler zu stopfen galt.

Jetzt befanden sich Charlie und Kunar auf dem Rückweg. Sie waren nicht mehr weit von dem Felsvorsprung entfernt, wo sie Hanna zurückgelassen hatten – da hörten sie Schreie. Sie sahen sich kurz an und rannten los.

*Hoffentlich war nichts passiert!*

Hanna stand nur wenige Meter von ihrem Unterschlupf entfernt, der Felsen über ihr schien in Flammen zu stehen. Als sie Kunar und Charlie auf sich zu laufen sah, rief sie:

»Feuer! Er ist einfach in Flammen aufgegangen! Oh Gott, oh Gott, oh Gott! Der arme Vogel verbrennt! Tut doch was!«

Charlie blieb wie angewurzelt stehen. Was sich hinter dem orangegelben Flammenvorhang abspielte, war nicht mehr zu erkennen. Sie blickte ratlos zu Kunar. Der stand da wie gebannt. Ehrfürchtig fast.

»Ein Phönix...Es ist ein Phönix!«, wiederholte er dann überwältigt. »Unglaublich! Erinnerst du dich, Charlie? Ich habe dir davon erzählt. Auf dem Markt von Bragesholm. Die Phönixsteine!«

Die hellen Flammen waren in ein rötliches Feuer übergegangen, das schnell an Hitze verlor. Schon bald würde es erloschen sein.

Hanna hatte sich halb abgewandt, konnte aber der Versuchung nicht widerstehen, dennoch hinzusehen. Sie schluchzte plötzlich laut auf und brach in Tränen aus.

»Er ist einfach verbrannt! Ich konnte doch nichts tun! Der Vogel war so groß und so schön... und... und... plötzlich stand er in Flammen! Einfach so!«

Die Verzweiflung stand ihr ins Gesicht geschrieben. Kunar ging näher, widerstand aber dem Impuls, das weinende Mädchen in den Arm zu nehmen.

»Es ist alles in Ordnung, Hanna«, erklärte er mit sanfter Stimme. »Das war ein Phönix. Dieser Vogel verbrennt sich selbst, um seine Brut zum Schlüpfen zu bringen.«

Hanna schüttelte ungläubig den Kopf.

»Das kann doch nicht sein«, flüsterte sie und wischte sich mit zitternder Hand über das Gesicht. Die Tränen hatten ihr Make-up verschmiert. Sie sah schrecklich aus.

»Aber genau so ist es!«, bekräftigte Kunar. »Die Eier des Phönix brauchen extreme Hitze, sonst können die Küken nicht schlüpfen. Sie würden es nicht schaffen, die Eierschale zu durchbrechen.«

Hanna schluchzte noch einige Male und sah zum Felsen hoch, wo nur noch ein leichtes Glimmen an die explosionsartige Verbrennung des großen Vogels erinnerte.

Charlie war Kunars Ausführungen stumm gefolgt.

*Die Eier des Phönix! Sie mussten dort oben liegen!*

Wenn Kunar recht hatte, schlüpften genau in diesem Moment kleine Phönixküken! Charlie begann, den Felsvorsprung hinaufzuklettern. Es war nicht ganz einfach, aber das hielt sie nicht davon ab. Sie war neugierig und aufgeregt. Sie wollte sich mit eigenen Augen überzeugen.

Tatsächlich! Dort auf dem Felsvorsprung, in der glühenden Asche des verbrannten Phönix, lagen fünf dunkelrote Eier! Es sah aus, als würden die Eierschalen glühen. Je näher Charlie heran robbte, desto wärmer wurde der Felsen unter ihr. Die Eier lagen dicht beieinander, ein leichter Windstoß verwirbelte die obere Schicht der Asche. Kleinste Glutstückchen flogen umher und erloschen in der Luft. Kunar war ihr nachgeklettert.

»Und? Tut sich was?«, fragte er.

Charlie schüttelte den Kopf.

»Vielleicht dauert es eine Weile, bis sie schlüpfen«, meinte Kunar.

*Ja*, dachte sie, *vielleicht müssen die Eier erst wieder abkühlen?*

Sie wandte sich endlich um und äußerte ihre Überlegungen laut.
»Schon möglich, es ist sicher ganz schön heiß da drinnen!«, meinte Kunar.

*Ja, anfassen werde ich die Eier bestimmt nicht,* dachte sich Charlie. Da hörte sie ein leises Pecken. Eines der fünf roten Eier vibrierte leicht. Das Pecken wurde lauter und dann war ein klägliches Fiepen zu hören.

»War das...«, begann Kunar.

»Ja, es kam aus einem der Eier!«, rief Charlie. Auch Hanna war ein Stückchen den Fels hochgeklettert und blickte an Kunars Schulter vorbei. Sie sah skeptisch auf das glühende Aschenest. Erkennen ließ sich nicht viel.

»Aber wenn die jetzt schlüpfen«, flüsterte Hanna, »dann haben die ja gar keine Mutter. Wer kümmert sich dann um die Küken?«

Charlie sah Hanna ungläubig an.

*So viel Mitgefühl hatte sie gar nicht von ihr erwartet! Erst vergoss sie Tränen für den Muttervogel und jetzt machte sie sich Sorgen um die ungeschützten Kleinen.*

Aber Hanna hatte recht. Wer versorgte die Phönixküken?

Bevor Charlie Kunar danach fragen konnte, hörte sie ein lautes Krachen. Das Ei war der Länge nach aufgesprungen. Es wackelte hin und her. Noch ein lautes Krachen. Noch ein Riss. Etwas bewegte sich mühsam und mit großer Anstrengung im Inneren. Charlie konnte verklebte goldene Federn erkennen. Ein drittes lautes Krachen, und die Eischale sprang auseinander.

Heraus kullerte ein kleiner, feuchter Ball. Langsam entfaltete er sich: Goldene, blaue und rote Federn, zwei Beinchen, ein kugeliger Rumpf und ein langer, schmaler Hals kamen zum Vorschein. Der kleine Vogel öffnete seinen goldenen Schnabel und stieß einen krächzenden Schrei hervor. Dann schüttelte er sich ein paar Mal wie ein nasser Hund und plusterte sich mit ausgestreckten Flügeln auf. Die noch warme Asche trocknete sein buntes Federkleid im Nu. Ein paar Mal noch schüttelte sich der kleine Vogel kräftig, dann stakste er auf bewundernswert sicheren Beinchen aus dem Nest. Er streckte sich, breitete die Flügel aus und stürzte sich Hals über Kopf über den Felsvorsprung.

Hanna stieß vor Schreck einen Schrei aus. Doch der kleine Vogel sackte nur einige Meter in die Tiefe, bevor er sich elegant abfing und mit ein paar überraschend kräftigen Flügelschlägen wieder an Höhe gewann. Er kreiste drei, vier Mal über dem Felsvorsprung, wobei er höher und höher stieg. Seine goldenen Federn schimmerten hell und wunderschön in der Frühlingssonne. Dann drehte der kleine Phönix ab und glitt im Segelflug auf das kleine Wäldchen zu.

Fasziniert sah Charlie dem kleinen Vogel hinterher. Er brauchte keine Mama. Der Phönix war vollkommen lebenstüchtig aus dem Ei geschlüpft. Ohne es zuvor gelernt zu haben, konnte er laufen und nahezu perfekt fliegen. Vermutlich würde er sich trotz seiner geringen Größe auch alleine versorgen können.

»Wow!«, entfuhr es Charlie. Kunars Gesichtsausdruck spiegelte die gleichen Gefühle wieder, und auch Hanna sah dem Vogel fassungslos nach!

Es krachte jetzt auch in den anderen Eiern. Ein Phönix nach dem anderen schlüpfte und stürzte sich wagemutig vom Felsen. Golden schimmernd flogen sie davon.

Das Erlebnis beflügelte sie. Ihre Stimmung war heiter, als sie den Heimweg antraten. Nichts kam ihnen unmöglich vor, alles schien leicht und beschwingt. Egal was sie anfassen oder in Angriff nehmen würden, es würde ihnen gelingen.

Hanna hatte sich so gut wie möglich die verschmierte Farbe aus dem Gesicht gewischt, sie trug ihre Pumps in der rechten Hand und schritt in Kunars Mokassins durch die Berge. Obwohl sie etliche Blasen an den Füßen hatte, beschwerte sie sich nicht. Ein seltsamer, fast seliger Ausdruck lag auf ihrem Gesicht. Sie vergaß sogar, spöttisch und überheblich zu sein.

Ein Vogel, der sich selbst verbrannte, um seine Jungen zum Schlüpfen zu bewegen. Hätten sie es nicht mit eigenen Augen gesehen…

Später wanderten sie schweigend ihrem Zuhause entgegen. Kunar hatte einen anderen Heimweg gewählt. Sie gingen nicht direkt über den Berg, sondern machten einen Abstecher zu den Ausläufern von Gymers Berg. Dort am Fuße zum Neuen Land wuchs ein Kraut, das

Tora bestellt hatte. Charlie wusste genau, wo sie es finden konnte. Fast beiläufig streiften ihre Augen über den Waldboden.

Plötzlich wurde sie von Kunar gepackt und zu Boden gerissen. Hanna, die ebenfalls in Deckung gezerrt wurde, schrie vor Schreck. »Scht! Sei still!«, zischte Kunar. »Da ist jemand!« Hanna verstummte und kauerte sich am Boden zusammen. Charlie spähte vorsichtig über den Felsen ins Neue Land.

Ein Reiter galoppierte schnell heran. Die lange, silberne Mähne seines eleganten Einhorns glitzerte in der Sonne. Der Reiter zügelte das Einhorn und es fiel in einen raumgreifenden Trab. Es schnaubte laut und bewegte den Kopf so heftig, dass seine lange wallende Silbermähne herumgewirbelt wurde. Der Reiter trug einen langen Umhang, die Kapuze hatte er weit ins Gesicht gezogen. Am Fuß des Berges angekommen, sprang er vom Einhorn und kraulte ihm den langen, kräftigen Hals. Der Hengst stupste seinen Herren kurz an und wandte sich dann dem saftigen, grünen Gras zu, das büschelweise am Rande des Waldes wuchs. Charlie konnte Hanna neben sich atmen hören.

»Wow!«, hauchte sie überrascht und blickte gebannt auf das wundervolle Tier und seinen Reiter. »Ein Einhorn!«

»Scht!«, zischte Kunar noch einmal.

»Biarn!«, rief Charlie und sprang aus ihrem Versteck. Biarn hob beide Arme und streifte seine Kapuze ab. Seine markante Kieferpartie breitete sich zu einem Lächeln aus. Die langen, hellen Haare trug er im Nacken zusammengebunden. Er blickte direkt in Charlies Augen. Seinem Lächeln folgte ein kurzer Augenblick des Erstaunens.

»Zu solch einer Magie sind nicht einmal Mitglieder der Raidho fähig«, sagte er dann gelassen. »Ich nehme an, es ist ein Trick aus deiner Heimatwelt?«.

Charlie grinste. Sie war froh, ihn zu sehen, um nicht zu sagen glücklich.

»Ja«, sagte sie. »Es nennt sich Kontaktlinse. Eine kleine gefärbte Gummischeibe, die man sich ins Auge setzt. Ich zeige sie dir später, wenn du willst!«

»Sehr gerne, das klingt wirklich interessant! Hallo, Kunar!«, nickte Biarn ihm respektvoll zu. »Es ist mir eine Freude, dich wohlauf zu sehen!«

»Die Freude ist ganz meinerseits«, sagte Kunar und strahlte über das ganze Gesicht. »Du hast dir dieses Mal Zeit gelassen! Wir sind schon mehrere Tage wieder hier!« Biarns flüchtiger Blick streifte Hanna, die ebenfalls hinter dem Felsen vorgetreten war.

»Zu meinem Bedauern hatte ich wichtige Angelegenheiten zu regeln, bevor ich hierher aufbrechen konnte. Ich hoffe, du verzeihst mir«, sagte Biarn.

*Wichtige Angelegenheiten?*

Womit beschäftigte sich Biarn eigentlich? Und hatte er tatsächlich gewusst, dass sie schon hier waren? Dieser kurze Blick... Es schien so, als hätten seine Augen aufgeblitzt, für den Bruchteil einer Sekunde nur.

»Du bleibst zum Essen, nehme ich an?«, fragte Kunar mit einem Blick auf die geschulterte Beute.

»Sehr gerne!«, erwiderte Biarn. Gemeinsam machten sie sich auf den Rückweg.

Hanna war vom ersten Augenblick an von Biarn begeistert und suchte ständig seine Nähe. Nachdem er von den Umständen ihres Daseins erfahren hatte, reagierte er auf ihre gewollt weibliche Aufdringlichkeit mit höflichem Interesse.

Hanna schilderte ihm gerade ausführlich ihr Erlebnis mit dem Phönix, als sie sich der Höhle näherten.

»Der arme Vogel ist direkt vor meinen Augen verbrannt! Du kannst dir vielleicht vorstellen, wie entsetzlich das war. Und so traurig«, sagte sie und sah mit mitleidsuchendem Augenaufschlag zu Biarn auf. Der ließ sich nicht beeindrucken. Vielleicht hatte er auch nicht bemerkt, wie Hanna dichter an ihn herangerückt war und kurz ihre Hand auf seinen Unterarm legte.

»Faszinierend, dieser Phönix«, sagte er freundlich. »Aber traurig ist es auf keinen Fall. Die Hitze ist eine Art Zündstoff – eine Triebkraft, die den Vorgang des Schlüpfens auslöst. Sie ist unumgänglich für das Fortleben der Gattung.«

Er sah Hanna lächelnd an. »Außerdem ermöglicht diese enorme Hitze die Herstellung der von euch Frauen so begehrten Phönixsteine!«

Auf ihren fragenden Blick erklärte Biarn ausführlich, wie sich die roten Steine formen ließen. Ihr Ursprungsmaterial, eine Harzart, war so widerstandsfähig, dass normales Feuer ihm nichts anhaben konnte.

Das Harz wurde von Phönixgießern in speziellen Keramikformen in den Nestern versteckt. Die besondere chemische Zusammensetzung und Hitze des Phönixfeuers brachte die undurchsichtigen Harzklumpen zum Schmelzen und brannte sie zu einem durchsichtigen roten Gestein in den gewollten Formen. Außerdem gab das Harz dann den Blick auf dunkelbraune bis schwarze Teilchen frei, die eingeschlossen waren. Dabei konnte es sich um kleine Steine, Pflanzenteile, Insekten und Ähnliches handeln. Je ausgefallener der Einschluss, desto wertvoller war der Phönixstein. Der Beruf des Phönixgießers war hoch angesehen, barg allerdings auch so seine Gefahren. Der Phönix bewachte sein Nest mit gefährlicher Reizbarkeit. Aber auch die Lage des Nestes selbst konnte zur Herausforderung werden.

Tora beobachtete vom Höhleneingang, wie Charlie, Kunar, Hanna und Biarn den Berg hinauf kamen. Als Biarn Tora sah, hielt er mitten in seiner Erzählung inne, ging rasch auf sie zu und ergriff ihre Hände. »Wie ist es dir ergangen, Tora?«, fragte er und beobachtete sie aufmerksam. Tora schluckte. Sie schielte an Biarn vorbei zu ihrem Bruder hinüber. Kunar wartete angespannt. Trotz der wohltuenden Beschäftigung mit den Katzen war Tora seit der Nornenvision noch immer nicht ganz sie selbst. Sie war unausgeglichen, streitsüchtig und schien eine schwere Last mit sich herumzutragen. Nur in Gegenwart der Großkätzchen entspannte sie sich und glich der Tora, die er kannte.

»Lass uns ein Stück gehen!«, schlug Biarn vor, als er ihr Unbehagen spürte. Charlie hielt Hanna zurück, die den beiden mit entschlossener Miene folgen wollte.

»Lass mich los!«, zischte sie.

»Das ist eine Sache, die nur die beiden allein klären können!«, erwiderte Charlie entschieden. »Halt' dich da raus!«

*Nach dem letzten Gespräch mit Biarn ist es Tora etwas besser ergangen*, dachte Charlie. Hanna sah den beiden missgünstig hinterher. Dann riss sie sich los und schlüpfte in die Höhle.

Kunar schaute betrübt. Er machte sich Sorgen um Tora und außerdem schien ihm zu missfallen, wie sich Hanna gegenüber Biarn verhielt. Charlie glaubte zu erraten, warum. Aber was sollte sie tun? *Zuneigung und Interesse lassen sich nicht erzwingen!*

Sie gab Kunar einen Schubs und forderte ihn mit einem Blick auf die erlegte Beute auf, ihr zu folgen. Gemeinsam machten sie sich daran, das Kaninchen zu häuten und die Leogriffe zu rupfen.

»Was ist das für ein Gestrüpp, das hier direkt am Höhleneingang wächst? Das war doch früher noch nicht da!«, fragte Charlie, nachdem sie die beiden Leogriffe auf einen Spieß gesteckt hatten.

»Blaukraut«, antwortete Kunar nach einem Blick auf das heideähnliche Gewächs.

»Ist es für irgendetwas gut?«, fragte Charlie und berührte es mit ihren Fingern. Sie spürte nichts.

»Nicht, dass ich wüsste«, antwortete ihr Tora, die gerade mit Biarn zurückgekommen war. »Nur seltsam, dass es hier wächst. Eigentlich findet man es in trockenen, sandigen Ebenen und nicht an Felsen!«

Tora begleitete sie in die Höhle und begutachtete den fertigen Drehspieß.

»Sehr gut!«, sagte sie. »Das könnt ihr schon mal übers Feuer legen!«

Sie nahm Kunar mit einem Lächeln das Kaninchen ab. *Mach dir keine Sorgen*, wollte sie ihm damit sagen. Er sah trotzdem nicht sehr beruhigt aus.

*Was hatte Tora gesehen? Warum machte es ihr so zu schaffen? Was quälte sie so sehr?*

»Heute Abend gibt es Kanincheneintopf«, verkündete Tora. »Ich habe einen großen Jordhuvud und einige Wurzeln gefunden, die wunderbar dazu passen!«

Als es Abend wurde, entzündete Biarn die Fackeln in der Höhle, indem er eine schnelle Handbewegung ausführte und dann über seine Handfläche pustete. Hanna machte große Augen.

»Wow!«, sagte sie und sah Biarn mit neugewonnenem Respekt an. *Was für ein Mann!*

»Wie hat er das gemacht?«, fragte sie.

Charlie lächelte.

»Das war Magie. Biarn ist ein Ken Magier!«

»Er ist was?«, fragte Hanna ungläubig.

Charlie wollte gerade zu einer Erklärung ansetzen, als ihr die beiden Kätzchen vor die Füße liefen. Sie stolperte und schimpfte leise.

Dag und Natt schlängelten sich dann laut maunzend um Toras Beine. Der Fleischgeruch ließ sie gierig an ihrem Rock hochspringen. »Lasst das! Ihr zwei Racker! Ihr bekommt schon etwas ab, keine Sorge!«, rief Tora. Sie entfernte ihre zwei stürmischen Schützlinge von ihrem Rock und befahl ihnen zu warten.

Biarn blieb wie angewurzelt stehen.

»Bei Tor! Sphinxe!«, entfuhr es ihm. »Wo um alles in der Welt habt ihr die her?«.

Biarn eilte mit derart energischen Schritten durch die Höhle zu Tora, dass sein Mantel flatterte.

»Wo kommen die her?«, wiederholte er mit fester, fast drohender Stimme. Sein Blick war hart und fordernd. »Wer hat sie euch gegeben?«

*Sphinxe?*

Charlie starrte Biarn fassungslos an.

*Was war in ihn gefahren und wieso Sphinxe?*

Das waren doch nur Großkatzen! Sie hatte in ihrem Buch über Fabeltiere das Bild einer Sphinx gesehen. Ein riesiger Löwe mit einem Menschenkopf, erinnerte sie sich.

»Beruhige dich«, sagte Hanna. »Das sind doch bloß Katzen. Die da hat sie von der Erde mitgenommen«, zeigte sie auf Tora.

»Ist das wahr?«, fragte Biarn etwas zu laut. Tora senkte verängstigt ihren Kopf.

»Ja. Sie stammen von der Erde«, mischte sich Charlie ein. »Es waren ganz normale kleine Kätzchen, bevor sie hierher kamen, also kein Grund zur Aufregung – hoffe ich zumindest. Könntest du uns aufklären, statt Angst und Schrecken zu verbreiten?«

Biarns Blick war immer noch unversöhnlich.

»Sphinxe sind ausgesprochen gefährliche Kreaturen. Sie leben ausschließlich in einem abgelegenen Teil Godheims und pflegen keinen Kontakt zu Menschen oder Magiern. Sie sind sehr intelligent und verständigen sich durch Telepathie. Jedes Lebewesen, das je versucht hat, sie zu beeinflussen, hat es mit seinem Leben bezahlt!«, erklärte er.

Danach sah er einen nach dem anderen eindringlich an. Sie hatten ihm zugehört, während Dag und Natt sich selig an Toras Beine schmiegten und wohlig schnurrten.

Biarn runzelte beim Anblick der beiden süßen Riesenkatzenbabies die Stirn.

»Wie dem auch sei«, fuhr er fort. »Das Schlimmste, was man machen kann, ist einer Sphinx-Mutter die Jungen wegzunehmen. Die Rache der gesamten Sippe verfolgt alle, die auch nur im Entferntesten damit zu schaffen haben, bis in den Tod!«

Dag schmiss sich vor Toras Füßen auf den Boden und machte ein Kullerchen.

Eine Weile herrschte betretenes Schweigen. Charlie räusperte sich leise und sah den Kätzchen zu, die nun alles dafür taten, die Aufmerksamkeit ihrer Ziehmutter Tora zu ergattern.

»Und du bist dir sicher, dass das da Sphinxe sind?«, fragte Charlie zweifelnd. Dag hatte Toras Rockzipfel ergattert und fing an zu treteln. Endlich beugte sich Tora herab und kraulte den beiden den Bauch.

»Ja«, antwortete Biarn. »Ganz sicher. Es sind Sphinxjunge.«

»Auf der Erde sagt man Katzen auch eine Art sechsten Sinn nach«, überlegte Charlie. »Allerdings sind Hauskatzen völlig ungefährlich. Die beiden stammen hundertprozentig von der Erde. Schon seltsam«, sagte sie leise. »Es ist jetzt schon die zweite Spezies, die von der Erde hierher gekommen ist und sich verändert hat. Erst die dicke Fliege, die zum Drachen wurde, und jetzt die Kätzchen, die hier zu Sphinxe geworden sind!«

Das erinnerte sie an etwas: »Was ist eigentlich aus unserem Drachen geworden?«

»Ehrlich gesagt, weiß ich es nicht. Er ist spurlos verschwunden. Obwohl manche ab und zu behaupten, ihn gesehen zu haben, ist das niemals von sicherer Quelle bestätigt worden«, erklärte Biarn.

Er runzelte die Stirn. »Alles verändert sich aber nicht«, sagte er dann. »Menschen sind offensichtlich ausgenommen. Weder du noch Hanna habt euch verändert, oder irre ich mich?«

*Nein, sie hatten sich nicht verändert. Und das galt auch für Kunar und Tora.*

»Vielleicht verändern sich nur Tiere«, spekulierte Charlie. Biarn betrachtete die kleinen Sphinxe, die sich laut schnurrend von Tora kraulen ließen.

»Schon möglich«, sagte er. »Ich frage mich, ob sie sich wohl zurück verwandeln, wenn sie wieder zur Erde kommen.«

Charlie erschrak. Sie, Kunar, Tora und auch Hanna waren davon ausgegangen, dass sich Dag und Natt wieder in Hauskatzen zurückverwandeln würden, wenn sie sie zur Erde zurückbrachten.

*Was, wenn nicht?*

Biarn war in seinen Überlegungen schon weiter.

»Falls sie sich wieder zurückverwandeln, frage ich mich, was an unserer Welt hier so besonders ist. Was bewirkt die Verwandlungen?«

*Sehr gute Frage,* dachte Charlie. *Wirklich eine gute Frage!*

»Tja«, sagte sie dann. »Das werden wir ja sehen, wenn Hanna zurückkehrt.«

Dann fiel ihr ein, wie sie in Storby den Nebel verstärkt hatte. Sie erzählte Biarn von ihrer neuen Fähigkeit, und der sagte anerkennend: »Du lernst schnell, Charlie! Für jemanden in deinem Alter sehr schnell. Nebel zusammenzuziehen ist schon eine reife Leistung! Speziell ohne unterstützende Zeremonie.«

Charlie dachte an die Nornenvision. Der alte Mann hatte aus dem Nichts eine dicke Nebelwand heraufbeschworen.

*Ob auch Biarn diese Kunst beherrschte? War eine Zeremonie dazu nötig?*

Charlie war sich sicher, dass Biarn neben seinen Ken-Fähigkeiten auch Bjarka-Kräfte besaß und womöglich auch das Element Wasser, also Lagu, beherrschte. Immerhin hatte er den Nebel vorausgesagt. Wenn ihre Vermutungen stimmten, musste er sehr mächtig sein. Ehe sie Biarn nach seinen Lagu-Fähigkeiten fragen konnte, erklärte er:

»Nebel zusammenzuziehen ist eine Sache. Aus Regen Nebel zu machen oder eine Nebelwand bei strahlendem Sonnenschein zu erschaffen, berührt allerdings eine ganz andere Ebene der Magie.«

Er sah Charlie direkt in die Augen. Eine helle, glatte Strähne hatte sich aus seinem zusammengebundenen Haar gelöst und fiel ihm ins Gesicht. Ein leicht verwegener Ausdruck war das Resultat.

»Was du zur Zeit nutzt, nennt sich *Intuitive Magie*. Sie kann durchaus sehr stark sein, wie es bei dir offensichtlich der Fall ist. Desweiteren gibt es zwei Stufen der *zeremoniellen Magie*«, sagte er und setzte sich ans Feuer. Der Leogriffspieß brutzelte über den Flammen. Langsam breitete sich ein köstlicher Geruch aus.

»Setz dich«, sagte er zu Charlie. Sie saßen sich gegenüber und sahen sich durch die Flammen hindurch an.

Nach einer Weile fuhr er fort:

»Die erste Stufe der zeremoniellen Magie beinhaltet bestimmte konkret ausgeführte Bewegungen, wie zum Beispiel beim Heraufbeschwören einer Flamme.«

Er hob seine Hand, führte langsam eine keilförmige Bewegung in alle vier Himmelsrichtungen aus und pustete dann über seine Handfläche ein dünnes Ästchen an. Eine kleine Flamme loderte auf und züngelte vor sich hin.

Hanna war fasziniert näher getreten und hing Biarn förmlich an Lippen und Augen. Auch Kunar und Tora beobachteten interessiert die Szene. Für sie war es allerdings nicht das erste Mal, dass sie Zeugen eines Feuerrituals wurden.

»Wenn ein *Bewegungsritual* nicht ausreicht«, fuhr Biarn unbeirrt fort, »geht man zur zweiten Stufe der zeremoniellen Magie über. Die *verbale Stufe*. Man verstärkt seine Bewegungen durch ein Wort aus der uralten Sprache der Magie.«

Biarn wiederholte die keilförmigen Bewegungen in rascher Folge, blies über seine Handfläche und rief:

»Kenaz!«

Explosionsartig entzündete sich der kleine Holzhaufen direkt neben dem Lagerfeuer. Charlie, Tora, Kunar und Hanna sprangen wie von der Tarantel gestochen zur Seite.

Biarn saß aufrecht und ruhig da und wartete ab, bis sich die Aufregung gelegt hatte. Charlie setzte sich wieder und sah Biarn erwartungsvoll an.

»Aber vergiss eines nie, Charlie!«, sagte er und blickte dabei in die Flammen. »Intuitive Magie kann äußerst wirkungsvoll sein. Je mächtiger der Magier, desto mehr kann er erreichen. Ein schwacher Magier benötigt vielleicht verbale zeremonielle Magie, um dieses Ästchen zu entzünden! Ein mächtiger, intuitiver Magier kann Großes auch ohne Zeremonie vollbringen...«

Seine Augen verengten sich zu Schlitzen, und plötzlich schoss die winzig kleine Flamme, die an dem Ästchen züngelte, empor! Kraftvoll loderte sie fast bis an die Höhlendecke, bevor sie wieder in sich zusammenfiel. Charlie hatte verstanden. Biarn erhob sich und ging quer durch den Raum zu einem der eingelassenen Höhlenregale. Er holte sich einen Holzbecher und füllte ihn mit klarem, kaltem Wasser, das in einem Krug bereit stand.

»Wie ist das Wort für Nebel?«, fragte Charlie. Biarn nahm einen kräftigen Schluck.

»Genau da liegt das Problem«, sagte er dann und kam wieder auf sie zu. »Das Wort für Nebel in der uralten Sprache der Magie ist über die Jahrtausende verloren gegangen. So wie die Sprache selbst. Oden ist der einzige Magier, der große Teile der alten Sprache beherrscht. Die meisten Menschen kennen lediglich noch die Bedeutung einiger weniger Runen, der Runen für die vier Elemente. Und damit meine ich nicht die Bedeutung beim Werfen der Runen, sondern ihre Bezeichnung. Das hier ist zum Beispiel die Rune für das Element Feuer. Also die Rune des Ken Magiers.«

Biarn malte ein $<$ auf den Höhlenboden.

»Die Rune steht für eine Zeit der Kreativität und auch für ein höheres geistiges Bewusstsein. Umgekehrt kann sie eine Warnung für die innere, zerstörerische Kraft des Feuers sein. Hierbei handelt es sich um die Bedeutung beim rituellen Werfen der Runen. Die Bezeichnung der Rune $<$ ist Kenaz, was in der uralten Sprache der Magie soviel wie Feuer bedeutet. Kenaz ist Teil der rituellen Feuer, die zum Frühlingsanfang, zu Mittsommer, Herbstanfang und Jul, also der Wintersonnenwende, angezündet werden. Außerdem ist Kenaz Muspelheims Rune.«

»Muspelheim?«, fragte Charlie.

*Hatte sie das nicht schon irgendwo gehört?*

»Muspelheim. Die Heimat der Eldtursen, der Feuertrolle«, sagte Biarn.

Charlie sah eine Weile stumm in das Feuer. Dann fragte sie:
»Ich bin eine Bjarka. Du sagtest, es gibt für jedes Element eine Rune. Welche ist die Rune des Elementes Erde?«

Biarn sah sie abschätzend an – fast, als wollte er herausfinden, ob sie für derartige Informationen bereit war. Dann sagte er:

»Ich werde dich in die vier Elemente einweisen. Aber nicht heute.« Damit war für ihn das Gespräch beendet.

Er wandte sich an Tora und Kunar.

»Ich würde heute Nacht gerne hierbleiben. Verzeiht mir, dass ich ohne Gaben eure Freundschaft beanspruche.«

»Hör auf, so geschwollen zu reden!«, sagte Tora.

Kunar trat heran.

»Du bist hier jederzeit herzlich willkommen, ob mit oder ohne Gaben«, erklärte er.

Biarn verneigte sich kurz.

*Stimmt*, dachte Charlie. *Biarn hat sonst jedes Mal etwas mitgebracht!*

Decken oder Lebensmittel waren es meistens gewesen. Charlie hatte sich nie darüber Gedanken gemacht, dass es hier vielleicht üblich war, etwas mitzubringen, wenn man uneingeladen aufkreuzte.

*Seltsame Angewohnheiten hatten die Menschen in dieser Welt!*

Sie verbrachten einen angenehmen Abend. Tora bereitete einen fantastischen Kanincheneintopf, und es stellte sich heraus, dass sie genügend Moos für einen weiteren Lagerplatz gesammelt hatte. Hauptsächlich natürlich, um Hanna nicht mehr in unmittelbarer Nähe zu haben. Nun erwies sich ihre Abneigung als ausgesprochen günstig, da Biarn auf diese Weise problemlos übernachten konnte.

Tora verkündete, am nächsten Tag noch mehr sammeln zu wollen, um die Lagerplätze zu erweitern. Sie waren doch ganz gut gewachsen in den letzten Monaten. Alle lachten amüsiert, als Tora dabei eindringlich Biarn anschaute und ihren Blick demonstrativ an ihm auf und ab gleiten ließ.

Als sie am späten Abend alle satt und zufrieden um das Lagerfeuer saßen, berichtete Biarn, was in Vanaheim und Godheim während ihrer Abwesenheit geschehen war. Tora, Kunar und Charlie waren nur wenige Stunden fortgewesen. Hier aber waren lange sechs Monate vergangen.

Der Winter war ungewöhnlich hart und lang gewesen. Etliche Schnee- und Hagelstürme waren über das Land gefegt und viele, sehr viele Menschen waren erfroren oder erkrankt. Das Gerücht ging um, dass Oden wieder einmal seine Finger im Spiel gehabt hatte und durch dunkle Magie das Schicksal der Menschen beeinflusste. Biarn bejahte Charlies Frage, ob auch er das glaube.

»Oden ist vermutlich ein Raidho. Seine stärksten Kräfte liegen allerdings im Element Luft. Wetterbeeinflussung in jeglichem Sinne ist seine größte Macht über diese Welt. Und ja, ich bin davon überzeugt, dass er die Menschen Vanaheims und Godheims mit Absicht leiden lässt«, sagte er.

»Aber weshalb?«, fragte Charlie aufgebracht.

»Eine sehr kluge Frage, Charlie. Ich schließe daraus, dass Boshaftigkeit eines Menschen allein deiner Meinung nach nicht als Erklärung für ein solches Verhalten ausreicht«, antwortete Biarn.

*Genau das war es. Genau da lag ihr Problem.*

Konnte jemand nur aus Boshaftigkeit und Spaß am Leid anderer den Tod unzähliger Menschen in Kauf nehmen? Schnitt sich Oden dadurch nicht ins eigene Fleisch? Er brauchte die Menschen dieser Welt. Durch ihre Fronarbeit erhielt er seinen Reichtum. Und seine Schreckensherrschaft übte er über die Bärsärker aus, die in seinem Auftrag folterten und töteten. Zudem hielt er das Volk im Unwissen. Er verwehrte ihnen das Privileg des Lernens und somit der Bildung. Biarn sagte es selbst: Der Großteil der alten Sprache der Magie war verloren gegangen. Niemand beherrschte die alte Sprache besser als Oden selbst.

*Er besaß alle Macht. Wieso quälte er dann die Menschen dieser Welt?*

»Nein!«, beantwortete Charlie Biarns Frage entschieden. »Meiner Meinung nach ergibt Odens Verhalten keinen Sinn.«

»Das bedeutet, dass wir mehr über seine Motive herausfinden müssen«, sagte Biarn.

»Ja«, sagte Charlie. »Genau das!«

Am nächsten Tag ging Tora Beeren und Moos sammeln. Kunar nahm Hanna mit auf die Jagd. Nicht ohne Proteste natürlich, denn sie wollte bei Biarn bleiben. Dieser hatte allerdings unmissverständlich klargemacht, dass er mit Charlie allein sein wollte. Das war jetzt auch der Fall.

Charlie hatte eine der Seidenspinnerdecken neben der Feuerstelle ausgebreitet, auf der sie sich nun gegenüber saßen.

Die Geheimnisse der Magie dürften nur an Magier weitergegeben werden, erklärte Biarn. Er verstoße ohnehin schon gegen die Regeln, da Charlie nicht getauft sei.

»Ach! Und dass du deine Bjarka-Fähigkeiten verschweigst, ist legal?«, gab sie zurück.

Er wäre zumindest getauft, antwortete Biarn. Dass er magische Fähigkeiten besitze, sei zumindest bekannt und das sei doch das Wichtigste.

»Bevor wir beginnen«, sagte Biarn, »solltest du wissen, dass Oden seine Suche wieder aufgenommen hat. Vermutlich gleich nachdem du wieder durch den Nebel gekommen bist.«

Obwohl Charlie schon so etwas vermutet hatte, stieg ein ungutes Gefühl in ihr hoch. Sie holte tief Luft.

»Danke für die Warnung«, sagte sie und spürte das Amulett warm und schwer auf ihrer Brust. Etwas Weiches kuschelte sich schnurrend an ihrer Seite. Dag und Natt hatten sich zu ihnen auf die Decke gesellt und rollten sich nun wohlig zu Wollbällchen zusammen. Instinktiv fing Charlie an, die Kleinen zu kraulen. Biarn schüttelte besorgt den Kopf.

»Ich hoffe wirklich, dass euch die beiden in Zukunft keinen Ärger bereiten. Hoffentlich erfährt keine der Sphinx-Sippen in Godheim von ihnen. Glücklicherweise entwickeln sie erst im Zuge ihrer Geschlechtsreife telepathische Fähigkeiten«, sagte Biarn. »Bis dahin habt ihr sie hoffentlich zur Erde zurückgebracht!«

»Du meinst, sie können sich sonst telepathisch mit ihren Artgenossen in Godheim in Verbindung setzen?«, fragte Charlie beunruhigt. So hatte sie das mit der Telepathie noch nicht gesehen. Die beiden kleinen Katzen konnten zu einer größeren Gefahr werden, als sie gedacht hatte.

»Sie könnten die Höhle preisgeben!«, entfuhr es ihr.

»Völlig richtig. Umso wichtiger ist es, dass die zwei so schnell wie möglich zurückgebracht werden«, sagte Biarn.

Charlie sah die Katzenkinder mit gemischten Gefühlen an.

*Konnte etwas so Süßes und Friedliches gefährlich werden?*

Löwen und Tiger wurden es. Das wusste Charlie. Sie waren Raubkatzen, wilde Tiere, die sich nie ganz zähmen ließen.

*Aber diese beiden?*

Sie stammten von zahmen Hauskatzen ab! Dann fiel ihr wieder die dicke Fliege ein, die zum Drachen geworden war. Die Veränderung war radikal gewesen. Biarn hatte recht. Um sicherzugehen, mussten die zwei Katzen so schnell wie möglich zur Erde zurück.

*Schade eigentlich,* dachte Charlie und begann die beiden wieder zu kraulen. Sie hatte sich schnell an sie gewöhnt. *Vielleicht könnten sie so etwas wie Freunde werden? Sphinx-Freunde?*

*Wie das klang!*

Charlie verzog das Gesicht.

Während sie überlegte, zog Biarn einen braunen Seidenbeutel aus seinem Umhang. Er öffnete ihn und holte einen zweiten Beutel aus schneeweißem seidenem Tuch hervor. Der Inhalt bestand aus rechteckigen Holzstückchen, etwa so groß wie Dominosteine. Sie waren poliert und abgegriffen. In das Holz waren deutlich sichtbar Symbole eingeritzt worden. Biarn breitete das weiße Tuch zwischen ihnen aus.

»Das hier sind Runen. Vierundzwanzig an der Zahl. Sie werden im Winkel gegen die Holzmaserung geschnitzt, um zu verhindern, dass die Zeichen beim Aufquellen oder Trocknen des Holzes unleserlich werden.«

Biarn zog eine der Runen und reichte sie Charlie.

»Das ist Kenaz, die Rune der Ken Magier.«

Charlie nahm sie entgegen und betrachtete sie.

»Wie ich gestern schon sagte, bedeutet Kenaz Feuer. Die Rune selbst steht aber für weit mehr!«, sagte Biarn.

*Ja,* sie erinnerte sich. *Kenaz stand für die rituellen Feuer, für Muspelheim und für eine Zeit der Kreativität oder so ähnlich.*

Biarn beugte sich vor, zog eine weitere Rune und reichte sie ihr ebenfalls. Auf dem Holzstückchen war das Zeichen ᛒ eingeritzt.

»Das ist *Biork.* Biork ist die Rune der Bjarka«, erklärte er.

Charlie betrachtete sie mit großem Interesse. Sie sah aus wie ein B. Würde ja auch passen, dachte sie. B wie in Biork und Bjarka.

»Biork bedeutet in der uralten Sprache der Magie Birke«, sagte Biarn.

»Wie der Baum Birke?«, fragte Charlie.

»Biork ist die Rune von Mutter Erde. Biork steht für Fruchtbarkeit und Geburt. Es ist eine weibliche Rune. Die Form erinnert an die Formen einer schwangeren Frau. Busen und dicker Bauch«, erklärte Biarn. »Taucht Biork beim Runenwerfen auf, kann sie eine bevorstehende Geburt bedeuten. Auch im weiteren Sinne die Geburt neuer Ideen oder Ähnlichem. Biork ist außerdem die Rune des Elementes Erde. Auch hier steht sie wieder für Fruchtbarkeit, für alles, was in und auf der Erde wächst. Es geht um das Gedeihen der Ernte, oder aber auch um Pflanzen mit Heilkräften.«

»Daher also meine Fähigkeit, die Energien der Pflanzen zu spüren«, sagte Charlie.

Biarn nickte.

»Was ist mit der Geburt neuer Ideen und den anderen Fähigkeiten?«, fragte Charlie.

»Deine Fähigkeiten werden weiter reichen, weit über die Pflanzenkunde hinaus«, sagte Biarn. »Die meisten Bjarka-Frauen werden Heilerinnen und Hebammen. Die Männer werden meist Heiler und Berater in Familienangelegenheiten. Sie helfen bei Hochzeitsplänen, Trennungsproblemen und ähnlichem.«

Charlie sah eine Mischung aus magischer Heiratsvermittlung und Scheidungsanwalt vor sich.

Biarn zog eine weitere Rune hervor. Das Zeichen ᛚ war in das Holzstückchen geritzt worden.

»Auch diese Rune dürfte dich interessieren, Charlie. Es ist das Zeichen des Elementes Wasser. Die Rune heißt *Lagaz* und bedeutet auch Wasser.«

Charlie sah erstaunt auf.

»Wieso bedeutet Kenaz Feuer, Lagaz Wasser, aber Biork Birke? Müsste es nicht Erde bedeuten?«, fragte sie.

»Es gibt bereits eine Rune, die Erde bedeutet. Ich weiß nicht, weshalb nicht sie für das Element Erde steht. Tatsache ist aber, dass die Bedeutung Erde bereits vergeben ist. Vermutlich ist Mutter Erde dem Element Erde näher, als die Erde selbst, also Sand und Steine. Aber dazu später mehr. Erst gehen wir die vier Elemente durch«, antwortete Biarn.

Charlie legte die Runen Kenaz und Biork vor sich ab und hielt nun nur noch Lagaz in ihrer ausgestreckten Hand.

»Lagaz repräsentiert intuitives Wissen und die Reisen der Gedanken. Durch Konzentration können psychische Kraft, Intuition und ästhetische Inspiration heraufbeschworen oder verstärkt werden. Wasser fließt und trägt uns an andere Orte. Vertraue deiner Intuition, besagt diese Rune. Da Lagaz auch für das Element Wasser steht, kann ein Lagu-Magier genau dieses nutzen, beeinflussen und nach seinen Vorstellungen formen.«

»Wie die Tröpfchen im Nebel«, räsonierte Charlie. »Irgendwie habe ich sie intuitiv dazu bewegt, sich zu dichterem Nebel zusammenzuziehen.«

»Ja«, sagte Biarn, während er nach einer weiteren Rune suchte. »Zuerst lernt man, seiner Intuition zu vertrauen. Später kann man die Dinge bewusst beeinflussen.«

Er hatte die vierte Rune gefunden und reichte sie Charlie.

Das vierte Element: Luft.

»Diese Rune heißt *Ansuz,* sie ist die Rune des Ass-Magiers«.

Charlie erwartete zwei Häkchen zu sehen, einen Teil des Oden-Talers. Aber auf dem Holzstückchen war ein anderes Zeichen eingeritzt worden. ᚠ Charlie sah von der Rune zu Biarn hinüber.

»Aber ich dachte, das Oden-Siegel besteht aus dem Zeichen der Raidho plus der Ass Rune?«

»So ist es. Ich zeige dir gleich die Raidho-Rune«, erwiderte Biarn.

Charlie hatte sie allerdings bereits entdeckt und griff danach.

»Aber wenn das hier ᚱ das Raidho-Zeichen ist, dann bleiben doch nur zwei Häkchen! Hier, warte mal...«, kramte Charlie in ihrer Tasche und zog die Perlmuttmuschel mit dem Oden-Siegel hervor.

ᚱ Überraschung zeichnet sich auf Biarns Gesicht ab.

»Woher kennst du die Raidho-Rune?«, fragte er mit leicht misstrauischem Unterton.

»Ach das. Aus dem Buch über Runen und Runenmagie«, gab Charlie zurück. »Aber ich konnte die beiden Häkchen dort nicht finden. Also dachte ich, dass die Runen der Erde sich wohl doch von denen in

Vanaheim und Godheim unterscheiden. Auf der Erde haben sie sich immerhin auch mit der Zeit verändert. Ich hatte leider noch nicht so viel Zeit, etwas über die Bedeutung der Runen nachzulesen, aber...«

Weiter kam sie nicht. Biarn sprang mit einem ungestümen Satz auf. »Es gibt auf deiner Erde Runen? Und auch Aufzeichnungen darüber, was sie bedeuten? Warum erzählst du mir das erst jetzt? Zeig' mir dieses Buch! Bitte!«, fügte er hinzu, als er Charlies verdutztes Gesicht sah.

Sie erhob sich wortlos und holte das Buch. Sie versuchte zu verstehen, warum es für Biarn so ungeheuer aufregend war, dass es Runen auch auf der Erde gab. Aber es gelang ihr nicht.

*Weshalb war Biarn derart erregt?*

»Hier«, sagte sie und schlug Seite 73 auf. Die Raidho Rune ᚱ stach ihnen entgegen. Darunter stand *Raidho*. In einem Begleittext wurde ihre Bedeutung erläutert.

»Was steht da?«, fragte Biarn. Er war aufgewühlt, zügelte sich aber. Charlie überflog den kurzen Text.

»Hier steht, dass Raidho *Reiten* bedeutet, aber auch *Wagen* oder *Rad* bedeuten kann.«

»Reiten! Ja, richtig! Raidho bedeutet Reiten in der uralten Sprache der Magie! Und du sagst, es bedeutet auch Wagen und Rad?«

»Ja, das steht hier«, vergewisserte sich Charlie noch einmal. Biarn lief aufgeregt auf und ab. Sein schwarzer Umhang flatterte um seine Beine.

»Das wusste ich nicht. Das weiß hier keiner!«, stieß er hervor. »Was steht da noch?«

Charlie las ihm vor:

»Raidhos Botschaft besteht darin, dass diejenigen, die in magische Weisheit eingewiesen werden wollen, Opfer bringen müssen. Opfer im Sinne von neuen Erfahrungen, die auf Reisen in ferne Länder gewonnen werden. Eine Reise muss nicht unbedingt materieller Art sein. Es besteht durchaus die Möglichkeit, sich spirituell fortzubewegen, um in seinem Inneren auf Entdeckungsreise zu gehen. Dazu kann man zum Beispiel für einige Stunden oder Tage einen isolierten Ort aufsuchen. Jesus ging in die Wüste, um Erleuchtung suchen, nordische Schamanen gingen für diesen Zweck in den Wald. Die Rune kündigt eine Reise an. Nach oben gewendet: Eine gute und gebende Reise steht bevor. Verkehrt herum: Negative Ereignisse können eine Reise unumgänglich machen.«

Charlie ließ das Buch sinken.

»Und? Stimmt das mit eurer Bedeutung der Rune überein?«, fragte sie.

Biarn setzte sich wieder auf die Decke und lud sie mit einer Handbewegung ein, ebenfalls Platz zu nehmen.

Sie kam seiner Einladung nach. »Was du da in Händen hältst, ist für mich unglaublich wertvoll«, betonte er. Seine Stimme war zwar ruhig, aber Charlie konnte die Anspannung hören.

»Das heißt also, es stimmt überein?«, fragte sie noch einmal.

»Ja! Aber um sicher zu sein... Könntest du bei den vier Elementen nachschlagen und sehen, ob sie das gleiche bedeuten wie bei uns?«

Charlie blätterte zurück. Auf Seite 19 fand sie die Übersicht über die germanischen Runen, die ältesten bekannten Runen.

»Biork bedeutet Birke, wie bei euch. Aber auch *Geburt*«, las sie vor.

»Das würde passen«, überlegte er murmelnd.

Charlie fuhr fort: »Lagaz heißt Wasser. Stimmt also auch. Kenaz bedeutet Feuer, aber auch *Wunde*.«

»Das ist erstaunlich!«, entfuhr es Biarn. »Wunde, sagst du?«

Charlie nickte.

»Und Ansuz bedeutet Weisheit«, fügte sie hinzu.

»Ja, Weisheit. Das stimmt!«, antwortete er.

Eine Weile saß Biarn stumm da. Charlie konnte förmlich spüren, wie es hinter seiner Stirn arbeitete.

»Charlie!«, stieß er dann hervor. »Das hier ist unglaublich!«

*Ja*, dachte Charlie. *Es war wirklich erstaunlich. Da gab es Runen, die auf der Erde und in Vanaheim und Godheim verwendet wurden, und sie hatten noch dazu die gleichen Bedeutungen. Aber eigentlich...*

»Eigentlich«, sagte Charlie, »ist das gar nicht so unglaublich. Ich meine, eure Sprache hier und meine Sprache sind sich ja auch sehr ähnlich. Vermutlich haben sie den gleichen Ursprung. Runen sind auch Schriftzeichen. Früher hat man damit geschrieben. ᚲ ist ein K, ᛚ ist ein L, ᛒ ist ein B und ᚨ ist ein A.«

Biarn sah sie lange und nachdenklich an.

»Du hast recht«, räumte er ein. »Schriftzeichen sind hier vor langer Zeit verloren gegangen, da Schreiben verboten ist. Möglich ist es schon, dass die Runen auch hier zuvor als Schriftzeichen verwendet wurden. Es besteht eine Verbindung zwischen unseren Welten!«

Er nahm eine weitere Rune auf und fragte:

»Hast du dieses Zeichen schon einmal gesehen, Charlie?«

Als sie die Rune berührte, wurde der Stein auf ihrer Brust sofort glühend heiß. Entsetzt ließ sie die Rune fallen und sprang auf die Beine. Das Amulett lag wieder angenehm warm auf ihrer Brust. Sie starrte auf die Rune zu ihren Füßen. ᛗ war in das Holzstückchen eingeritzt. Sie hatte dieses Schriftzeichen noch nie gesehen.

*Oder?*

Weshalb reagierte ihr Amulett auf diese seltsame Weise? Das hatte es noch nie getan! Obwohl... Das stimmte nicht ganz. Der Stein wurde jedes Mal heiß, wenn sie durch den Nebel ging. Gab es da einen Zusammenhang?

»Du hast die Rune also schon einmal gesehen!«, sagte Biarn. Charlie guckte ihn verwirrt an.

»Nein«, begann sie. »Das heißt, ich weiß es nicht. Schon möglich!«

*Aber wo?*, dachte Charlie. *Wo war ihr das Zeichen schon einmal untergekommen?*

Biarn sah sie skeptisch an. Charlies heftige Reaktion auf die Rune ᛗ war ihm selbstverständlich nicht entgangen.

»Ich weiß es wirklich nicht!«, sagte sie dann voller Überzeugung.

*Sie sprach immerhin die Wahrheit! Sie wusste es tatsächlich nicht!*

»Aber irgendwie hat sie mich erschreckt. Oder so ähnlich...«, fügte sie etwas lahm hinzu.

Biarn schaute skeptisch drein. Charlie schlug in ihrem Buch wieder die Seite 19 auf. ᛗ bedeutete *Mannaz*, was so viel wie *Mensch* hieß, stand da.

»Mannaz«, sagte sie leise.

»Mensch!«, bestätigte Biarn. »Ganz genau. Was aber viel interessanter ist: Mannaz ist Mannaheims Rune.«

»Mannaheim«, wiederholte Charlie. »Dann könnte die Erde also doch Mannaheim sein!«

»Wieso doch?«, fragte Biarn.

»Wir haben auch schon darüber nachgedacht, Kunar, Tora und ich. Es gibt ja die neun Welten. Zumindest der Sage nach. Jotunheim, Nifelheim und wie sie alle heißen«, sagte Charlie.

»Muspelheim, Helheim, Mannaheim, Vanaheim, Godheim, Svartalfheim und Alfheim«, zählte Biarn die verbleibenden sieben automatisch auf. »Die neun Welten. Die Pfeiler unserer Kultur.«

Charlie nickte.

»Ja, und da es Godheim, Vanaheim, Jotunheim und Muspelheim zu geben scheint, haben wir eben überlegt, ob die Erde bei euch vielleicht einfach einen anderen Namen hat. Der einzige, der zu passen schien, war Mannaheim. Auch wegen Gymer. Du weißt schon, die Sage, die du erzählt hast. Aurboda ist nach Midgård auf Mannaheim gegangen«, sagte sie.

»Gibt es auf der Erde Tursen?«, fragte Biarn. »Bis vor kurzem hätte ich das für unmöglich gehalten«, antwortete Charlie, »aber als wir auf der Erde waren, wurde in den Nachrichten gerade über einen *wandernden Berg* berichtet. Sie haben natürlich plausible, wissenschaftliche Erklärungen dafür. So genannte Theorien.«

Sie rümpfte die Nase. »Aber wer weiß? Vielleicht sind ja Tursen eine neue Theorie?«

Biarn überlegte. Mehrere Strähnen hatten sich aus seinem Haarband gelöst. In Gedanken versunken band er es los und sammelte seine langen, hellen Haare erneut im Nacken.

»Wissen können wir es nicht, aber annehmen können wir es schon. Und das mit recht großer Wahrscheinlichkeit. Dadurch würde so einiges zusammenpassen«, sagte er dann.

Er zog die Augenbrauen zusammen. Dann fasste er einen Entschluss.

»Wenn du mir alles vorliest, was in deinen Büchern steht, Charlie, und mir deine Vermutungen und dein Wissen zur Verfügung stellst, werde ich dir im Gegenzug alles beibringen, was ich kann und weiß«, schlug er vor.

*Das war ein Deal!*

Ein Deal, den Charlie auf gar keinen Fall ausschlagen konnte!

»Unter einer Bedingung«, schränkte Biarn ein. »Einige meiner Kenntnisse stammen aus geheimen Quellen. Um gewisse Mächte nicht zu gefährden, verlange ich einen Schwur von dir, den ich magisch binden werde. Brichst du ihn, wird dir großes Leid widerfahren. Der Schwur beinhaltet, dass du niemandem von meinem Wissen erzählen darfst und nicht danach fragen darfst, woher es stammt. Hast du verstanden?«

Charlie nickte.

»Schwöre!«, verlangte Biarn.

»Ich schwöre!«, sagte sie aufgewühlt, neugierig und äußerst gespannt.

*Was würde sie alles erfahren?*

Dass Biarn weitaus mehr wusste als er zugeben wollte, hatte sie schon lange vermutet!

Biarn malte ein Zeichen in alle vier Himmelsrichtungen, um ihren Schwur magisch zu binden. Dann sammelte er alle Runen ein und hielt sie in beiden Händen vereint.

»Dann können wir anfangen«, sagte er ernst. »Wir beginnen mit einem *Runen-Orakel.* Das ist ein wichtiges Hilfsmittel im Umgang mit den magischen Runen. So wirst du an ihre Bedeutungen herangeführt. Das Orakel wird dir zeigen, wie verwoben das Netz der Magie ist.«

Er sah ihr in die Augen.

»Hast du eine Frage an die Runen, Charlie?«

»Eine Frage? Wie meinst du das?«

Biarn lächelte. »Du kannst fragen, was du willst! Es kann sich um Liebe, Macht, Kräfte, Freunde, Feinde und um vieles mehr handeln. Nur zu! Befrage die Runen!«

*Feinde? Ja, sie hatte eine Frage.*

»Kann man Odens Macht stürzen? Und wenn ja, wie?«

»Zwei sehr wesentliche Fragen. Fragen, die schon etliche vor dir gestellt haben. Immer mit den gleichen Antworten in diversen Variationen«, sagte Biarn.

»Soll ich dann etwas anderes fragen?«, erwiderte Charlie.

Biarn lachte auf. »Oh, nein! Ganz und gar nicht! Entscheide dich aber für eine der Fragen. Sonst bekommst du keine klare Antwort!«

»Also gut!« Sie ging davon aus, dass es möglich sein musste, Oden zu besiegen. Also fragte sie: »Wie kann man Odens Macht stürzen?«

»Schließe die Augen«, verlangte Biarn.

Charlie folgte seiner Anweisung. Sie hörte, wie die geworfenen Runen auf das Tuch fielen.

»Und nun ziehe mit geschlossenen Augen hintereinander neun Runen und lege sie vor dich hin!«, befahl Biarn.

Charlie beugte sich vor und ließ ihre Hände über die Seidenspinnerdecke gleiten.

*Da waren sie.*

Weit verstreut lagen die Holzstückchen mit den eingeritzten Runen vor ihr ausgebreitet.

*Welche sollte sie nehmen?*

Sie ließ den Zufall entscheiden. Nacheinander erwählten ihre Finger neun Runen, die sie nebeneinander vor sich ablegte. Bei einer der Runen spürte sie deutlich, wie ihr Amulett reagierte.

»Nun kannst du die Augen wieder öffnen«, hörte sie Biarns Stimme.

Charlie sah die erwählten Runen vor sich liegen. Sie erkannte Mannaz ᛗ, Lagaz ᛚ, Kenaz ᚲ und Ansuz ᚨ. Die anderen waren ihr fremd.

Biarn studierte die Runen aufmerksam, dann sah er Charlie mit einem seltsamen Gesichtsausdruck an. Er wirkte überrascht und sehr nachdenklich. Endlich begann er zu erklären:

»Hier haben wir eine Botschaft, die so oder so ähnlich bei jedem auftaucht, der diese Frage stellt. Eine Art Rätsel, das Jahrhunderte, wenn nicht Jahrtausende, die Magier dieser Welt beschäftigt hat.«

Er zeigte nacheinander auf die einzelnen Symbole und erklärte ihre Bedeutung. Er übersprang die erste Rune: Lagaz ᛚ.

»Das hier ist die Rune *Eihwaz.* ᛇ An dieser zweiten Stelle, Helheims Platz im Runen-Orakel, würde ich sie wie folgt deuten: *Führe zusammen, was zusammengehört!*«

Biarn zeigte auf die dritte Rune. Sie lag verkehrt herum. Er nahm sie auf und wendete sie.

»Die Rune *Othala.* ᛟ Da sie mit der eingeritzten Rune nach unten gewendet lag und an dritter Stelle, also an Jotunheims Platz liegt, besagt sie: Führe zusammen was zusammengehört, *auch wenn es unmöglich erscheint.*

*Mannaz* liegt an Svartalfheims Platz im Runen-Orakel. Die Botschaft lautet: *Jemand muss sich erst selber finden!*«

Er übersprang Kenaz und tippte die sechste Rune an.

»*Ansuz!* An Ljusalfheims Platz: *Hilfe ist zu erwarten.* Und *Perdhra* ᚲ an Vanaheims Stelle: *eine unerwartete Gabe.* *Uruz* ᚾ an Godheims Platz: *eine Veränderung wird herbeigerufen* und zu guter, sehr guter Letzt«, betonte er ausdrücklich, »*Thurisaz* ᚦ an Muspelheims Stelle: *Gute Aussichten auf einen Sieg.* Zusammengefasst sagt das Orakel: *Führe zusammen, was zusammengehört, auch wenn es fast unmöglich erscheint.*

*Jemand muss sich erst selbst finden, um dann durch Hilfe von Einem oder Mehreren und dank einer unerwarteten Gabe eine Veränderung herbeizurufen. Es bestehen gute Aussichten auf einen Sieg*«, schloss Biarn.

Charlie atmete tief durch und versuchte, das gerade Gehörte zu verdauen. Es war ein bisschen viel auf einmal. Nicht nur, dass man die Bedeutungen der Runen kennen musste, es spielte offensichtlich auch eine Rolle, an welcher Stelle sie lagen.

»Was ist mit Lagaz und Kenaz?«, fragte sie schließlich. Wieder sah Biarn sie lange mit einem Gesichtsausdruck an, den sie nicht deuten konnte.

»Dazu komme ich noch«, sagte er dann. »Falls du dich erinnerst, sagte ich, dass schon viele vor dir die gleiche Frage gestellt haben.«

Charlie wartete ungeduldig ab.

»Die Botschaft ist, bis auf zwei Runen, immer ähnlich. Da viele Orakel bezüglich dieser Frage bekannt sind und schon etliche Male von mächtigen Magiern darüber meditiert wurde, hat man bereits ein recht vollständiges Bild über die einzelnen Komponenten des Orakels«, erklärte Biarn.

Charlie schwirrte der Kopf. Sie verstand nicht ganz, wovon Biarn da sprach. Und dann schlug er einen predigenden Ton an. Aufrecht saß er da und verkündete, was von den mächtigsten Magiern in den letzten Jahrtausenden zusammengetragen worden war:

*»Führe zusammen, was zusammengehört.*

Kämpfe dafür gegen die unendlich scheinende Kraft des Bösen! Überwinde sie, überliste sie! Gib nicht auf, auch wenn es unmöglich erscheint.

*Um dieses zu erreichen, lass diejenigen wirken, die dafür erwählt wurden, die dafür geboren wurden.*

*Der rechtmäßige Erbe des Throns muss sich erst selbst finden, bevor er die Hilfe und den Rat eines Weisen begreifen und annehmen kann.*

*Hilfe wird in Form von unerwarteten Verbündeten erfahren werden. Suche nach ihnen!*

*Aber ohne die Macht einer neuen, unbekannten Waffe, die als unerwartete Gabe kommen wird, kann keine Kraft der Welt eine Veränderung herbeirufen.*

*Das Volk muss sich erheben und voller Hoffnung für seine Freiheit und sein Glück kämpfen. Dann bestehen gute Aussichten auf einen Sieg über Odens Herrschaft!«*

Bevor Charlie auch nur ein Wort äußern konnte, wurden sie von Tora gestört.

»Ich bin wieder zurück!«, rief sie, noch bevor sie die Höhle erreicht hatte.

»So soll es sein!«, sagte Biarn, schob mit flinken Händen alle Runen auf einen Haufen und wickelte sie in das schneeweiße Seidenspinnertuch.

Er sah Charlie eindringlich an.

»Denk an unsere Übereinkunft. Halte dich an deinen Schwur! Sobald ich wieder da bin, werden wir weitermachen!«, sagte er.

»Willst du etwa heute noch weg?«, fragte Tora, die gerade mit einem Korb voller Beeren und Pilze durch den Höhleneingang schlüpfte. Außerdem schleifte sie noch einen Umhang voller Moos hinter sich her.

»Ja, aber ich bin bald wieder zurück!«, antwortete Biarn und erhob sich. Den Beutel mit den Runen ließ er in seine Tasche gleiten.

# 17. Die uralte Sprache der Magie

*T*ora war immer noch unausgeglichen und ausgesprochen schlecht auf Hanna zu sprechen, obwohl diese doch tatsächlich anfing, sich am Alltag der drei Höhlenbewohner zu beteiligen. Sie half Pilze und Beeren zu säubern, abzuwaschen und erledigte auch andere kleinere tägliche Arbeiten. Kunar und Charlie gingen oft auf die Jagd. Sie hatten viele Mäuler zu stopfen.

Dag und Natt wuchsen schnell. Bald würde nichts mehr die beiden davon abhalten können, die sichere Höhle eigenständig zu verlassen.

In seiner Freizeit las Kunar viel. Er war zwar immer noch recht langsam, aber sein Wissenshunger spornte ihn an. Das Buch über die Technik des 20. Jahrhunderts hatte er bald bis zur Hälfte verschlungen.

Charlie war unruhig. Jeden Morgen erwachte sie mit dem Bild einer grünen Wand oder eines grünen Punktes in der Ferne. Einmal schien der Punkt an einem Seil zu hängen. Das Bild der grünen Wand veränderte sich von Mal zu Mal. Anfangs erinnerte sie sich morgens nur an einen grünen Schimmer, doch mit der Zeit wurden die Träume immer realistischer. Wenn sie sich anstrengte, glaubte sie einen Felsvorsprung zu erkennen. Da sie nicht die geringste Vorstellung davon hatte, was diese Träume zu bedeuten hatten, begann sie diese nach ein paar Tagen zu ignorieren.

Aber Charlie war nicht die einzige, die schlecht schlief. Oft wurde sie von Tora geweckt, die sich im Schlaf unruhig hin und her wälzte und leise vor sich hin wimmerte. Kunar saß dann hellwach neben seiner Schwester und streichelte ihr beruhigend die klatschnasse Stirn.

Eigentlich hatte sich Toras Zustand nach dem letzten Gespräch mit Biarn verschlimmert. Diesmal schien er nicht die richtigen Worte gefunden zu haben. Tagsüber war Tora allerdings fast normal, bis auf ihre ständige, unterschwellige Gereiztheit.

Charlie setzte ihre Runen- und Mythologieforschung fort. Gleich am Abend nach Biarns Aufbruch hatte sie in einem unbeobachteten Moment ihr Amulett hervorgeholt und die roten Linien genauer betrachtet. Nun, da sie wusste, wie die Runen aussahen, konnte sie es gut erkennen: Auf der Seite, die sie für die Rückseite des Amulettes hielt, waren zwei Runen miteinander verbunden!

ᛗ

Es handelte sich ihrer Meinung nach um die Mannaheimrune Mannaz ᛗ und die Rune Ansuz ᚨ. Da Biarn über Ansuz nicht viel berichtet hatte, vertiefte sich Charlie in ihre Bücher. Und da fand sie eine Antwort. Ansuz war die Rune für Godheim. Ihr Amulett war heiß geworden, als sie Mannaz berührt hatte. Genauso wie bei den Reisen zur Erde.

*Bedeutete dies, dass die Rune Mannaz die Erde bezeichnete?*

War die Erde tatsächlich Mannaheim? Warum sollte die Rune sonst auf dem Amulett eingeritzt sein? Doch nur deshalb, weil man mit dem Amulett nach Mannaheim reisen konnte. Aber warum war Mannaz mit Ansuz verbunden? Konnte man damit vielleicht auch nach Godheim reisen? *Richtig*, erinnerte sie sich. *Godheim ist auch die Bezeichnung für diesen Planeten.*

Reiste sie also zwischen Mannaheim und Godheim hin und her, weil diese Runen an ihr Amulett gebunden waren?

*Vielleicht war es an der Zeit, Biarn zu vertrauen und ihm von dem Amulett zu erzählen. Er wusste möglicherweise eine Antwort.*

Charlie holte ein verkohltes Stück Holz aus der Feuerstelle und malte das Symbol in ihr Buch. Dann drehte sie das Amulett um und betrachtete die Linien auf der anderen Seite. Sie ergaben keinen Sinn. Noch nicht. Wo sie schon dabei war, malte Charlie auch eine Kopie der Amulett-Vorderseite neben das Runensymbol. Seltsame Linien, scheinbar ohne Zusammenhang. Dann fasste sie den Entschluss, Biarn zu Rate zu ziehen. Zu gegebener Zeit.

Nach etwa einer Woche fing es an zu regnen. Jeden Morgen waren sie alle früh wach und suchten den Berg nach Nebel ab. Nichts. Nur Regen, und davon sehr viel und in allen Varianten.

Während Hanna, Tora und Kunar missmutig durch die Gegend liefen, nutzte Charlie die Gelegenheit und trainierte ihre Fähigkeiten.

Stundenlang saß sie am Höhleneingang im Schutze des Felsvorsprunges und beschäftigte sich mit Regentropfen in allen erdenklichen Größen. Die Tropfen anzuhalten und einzeln zu drehen, gelang ihr mittlerweile spielend. Und es dauerte auch nicht lange, bis sich einzelne Tropfen von der Stelle bewegen ließen. Charlie konnte den Tropfen mit ihren Gedanken steuern, so dass er sich zum Beispiel einen Meter nach links oder rechts bewegte und dann dort zu Boden fiel.

Das war nicht ganz einfach, denn die Regentropfen stießen oft mit anderen zusammen und vereinigten sich mit diesen. Diese größeren Tropfen fielen dann leider unkontrolliert zu Boden.

Aber Charlie gab nicht so schnell auf. Was hatte Biarn gesagt?

*Intuitive Magie!*

Was man damit erreichen konnte, hing von den Kräften des Magiers ab. Da keiner ihr gesagt hatte, wo solche *Kraftgrenzen* lagen, sah Charlie unbegrenzte Möglichkeiten. Sie wusste zu wenig über Magie. Biarn hatte ihr im Prinzip vermittelt, dass alles möglich war.

Charlie war nicht bewusst, dass das, was sie betrieb, schon lange die intuitive Magie der meisten Vanaheim- und Godheim-Magier bei weitem überstieg. Da sie niemanden hatte, der ihr einen Maßstab vorhielt, übte sie ungerührt weiter. Sie spielte mit ihren Möglichkeiten und setzte sich immer neue Ziele. Momentan arbeitete sie daran, die sich verschmelzenden Tropfen gedanklich aufzufangen und weiter zu kontrollieren.

Sie konnte ja auch andere größere Tropfen bewegen, also warum nicht auch die Tropfen, die durch ihr Zutun gewachsen waren?

Es war harte Arbeit. Stundenlang, mehrere Tage hintereinander, saß sie am Höhleneingang und starrte in den Regen, bis es ihr letztendlich doch gelang. Sie hatte einen dicken Regentropfen auf einen kleineren prallen lassen und konnte den entstandenen neuen Tropfen trotzdem in der Luft halten und bewegen!

Der Bann war gebrochen. Sie machte sich einen Spaß daraus und ließ einen Tropfen nach dem anderen mit dem größeren Tropfen kollidieren und sammelte auf diese Weise den Regen in einer immer größer werdenden schwabbeligen Kugel. Fasziniert starrte sie auf die Stelle ein paar Meter über sich, wo nun ein medizinballgroßer Tropfen einfach in der Luft hing. Sie merkte nicht, dass Tora herangekommen war und ebenfalls fasziniert empor starrte.

»Was ist?«, fragte Hanna, die soeben aus der Höhle trat. Beim Klang ihrer Stimme ließ Charlies Konzentration nach und der dicke Tropfen fiel...

Toras Augen weiteten sich und sie öffnete den Mund, um einen Warnruf abzugeben. Zu spät! Hanna war direkt unter die Wasserkugel getreten, die nur den Bruchteil einer Sekunde später auf ihrem Kopf zerplatzte. Es war, als hätte jemand einen Zehnliter-Eimer Wasser über Hanna ausgeschüttet. Sie schrie auf und starrte an sich hinunter.

Hanna stand da wie ein begossener Pudel. Sie sah aus, als wäre sie mit Klamotten in Gymers See baden gewesen.

»Aber... was... wie... Wasser... wieso... was... was ist passiert?«, stammelte sie.

Während Charlie sich tausendfach entschuldigte, brach Tora in schallendes Gelächter aus. Sie lachte Tränen und hielt sich vor Anstrengung den Bauch!

»Aber wie... ich verstehe nicht...«, stammelte Hanna weiter.

Tora schlug sich nun vor Lachen auf die Oberschenkel.

Charlie blickte sie besorgt an, denn es war nur eine Frage der Zeit, bis Hannas Verwirrtheit in Ärger umschlagen würde.

»Hör auf zu lachen!«, zischte Charlie Tora an. Diese versuchte sich zu beruhigen und hielt sich selbst den Mund zu. Vergeblich! Sie kicherte und gluckste hinter vorgehaltener Hand weiter.

Kunar trat aus der Höhle. »Was ist denn hier los?«, fragte er in die Runde.

Tora brach erneut in schallendes Gelächter aus.

»Hanna!«, flehte Charlie. »Reg' dich bitte nicht auf! Es tut mir wirklich schrecklich leid! Ich habe einen riesigen Regentropfen geformt. Magisch, du weißt schon...«

Hanna wusste nicht. Sie starrte Charlie verständnislos an.

»Also, ich meine, ich habe durch Magie Wassertropfen dazu gebracht, sich zu vereinigen«, erklärte Charlie. Sie sprach rasend schnell, um Hanna bei Laune zu halten. »Ich habe geübt. Bloß geübt! Es war ein Unfall, dass du plötzlich darunter warst. Ehrlich! Irgendjemand hat was gesagt und da habe ich die Konzentration verloren...«

Plötzlich fing Hanna an zu kichern.

»Ich...das war ich! Ich habe Charlie gestört!«, sagte sie.

Sie ruderte mit den Armen. »Ich glaube das einfach nicht! Ich bin nass bis auf die Knochen, weil jemand Magie geübt hat. Magie! Das muss man sich einmal vorstellen! Eine magische Welt! Mit Einhörnern, Phönixen, Monstern und...und...«

Ihre Worte gingen in einem glucksenden, etwas hysterisch klingenden Lachen unter.

»Los, komm!«, brachte Tora endlich hervor. »Du solltest aus den nassen Sachen rauskommen!«

Hanna folgte ihr kichernd. Charlie und Kunar sahen verdutzt, wie beide durch den Spalt in der Höhle verschwanden.

Drinnen wurden sie sehnsüchtig von zwei süßen und sehr aufdringlichen Sphinx-Kätzchen erwartet. Aufgeregt liefen sie ihrer Ziehmutter hinterher, trotteten dann aber zu Kunar und Charlie, die sich ans wärmende Feuer setzten, während die beiden Mädchen in der *Schlafhöhle* tuschelten.

»Frauen!«, sagte Kunar seufzend. »Die soll mal einer verstehen!«

Charlie blickte verwirrt in Richtung der Schlafhöhle.

*Frauen? Sie war doch selbst eine!*

Aber weshalb die beiden da drinnen sich gerade jetzt versöhnten, war ihr vollkommen schleierhaft.

*Hanna hätte wirklich jeden Grund gehabt, sowohl auf Tora als auch auf sie sauer zu sein.*


Tja, auch Mädchen hatten unterschiedliche Vorstellungen. Hanna war zwar schwierig, aber sie konnte zumindest über sich selber lachen.

In warme Decken eingewickelt, tauchten die beiden wenig später wieder auf. Sie kicherten und grinsten immer noch, während sie in aller Ruhe ihre nassen Sachen aufhängten.

»Wie hast du das eigentlich gemacht?«, fragte Kunar und wandte sich kopfschüttelnd von den beiden albernen Mädchen ab. »Ich meine«, fuhr er fort, »hattest du nicht gesagt, du würdest alles langsamer werden lassen, doch wir konnten es nie sehen. Warum konnten die beiden deinen riesigen Regentropfen denn jetzt sehen?«

»Ich habe ihn nicht *gesehen*«, kicherte Hanna. »Bloß *gefühlt*!«

Tora prustete erneut los. Auch Kunar und Charlie mussten unwillkürlich grinsen.

»Ja, natürlich. Wie konnte *Tora* ihn sehen!«, sagte Kunar und richtete seine Aufmerksamkeit wieder auf Charlie.

»Kunar hat recht«, sagte Tora neugierig. »Wieso konnte ich ihn sehen? Habe ich jetzt auch Lagu-Fähigkeiten?«

Charlie überlegte.

»Nein«, sagte sie dann zögerlich. »Man muss es doch sehen, oder? Etwas so Großes?«

Sie suchte nach einer Erklärung.

»Ich glaube nicht, dass ich den Regen tatsächlich langsamer werden lasse. Es scheint mir nur so. Glaube ich... Aber ihn zu beeinflussen – das gelingt mir wahrscheinlich schon. Es sind nur so viele Tropfen. Wenn ein einzelner aus der Reihe tanzt, ist das bestimmt schwer für euch zu sehen. Ab einer gewissen Größe aber vielleicht nicht mehr.«

*Klang logisch, aber stimmte es auch?*

»Los kommt. Wir probieren es aus!«, sagte Charlie dann.

»Oh, nein!«, protestierte Hanna.

Tora grinste.

»Ihr braucht ja nicht mit rauszukommen! Ihr könnt im Eingang stehen bleiben!«, meinte Charlie und stand auf.

Kunar kam mit hinaus. Charlie fixierte den Regen und versuchte, einen Tropfen zu *fangen*, wie sie es nannte. Sie konzentrierte sich, bis die Welt um sie herum langsamer und durchsichtiger zu werden schien. Sie konnte wie jedes Mal alle einzelnen Tropfen sehen. Wie in Zeitlupe. Sie sah, wie sie langsam fielen und am Boden aufschlugen, wo sie in tausend kleinste Tropfen zersprangen, bevor sie dort zu kleinen Pfützen zusammenflossen und vom Berg aufgesaugt wurden.

Charlie wählte einen Tropfen aus und hielt ihn an. Sie drehte ihn ein paar Mal probehalber, bevor sie ihn zielsicher in den Nachbartropfen prallen ließ. Charlie begann, einen Tropfen nach dem anderen miteinander zu verschmelzen. Bald wuchs der Tropfen zu Tennisballgröße an.

»Da! Ich sehe ihn!«, rief Hanna plötzlich.

Mit einem *Klatsch* fiel der Tropfen zu Boden!

»Oh, entschuldige«, sagte Hanna zerknirscht. Dann fingen sie und Tora wieder an zu kichern.

*Nun gut, noch einmal,* dachte Charlie und begann von Neuem.

Als der Tropfen walnussgroß war, nickte Kunar stumm neben Charlie. Er hatte ihn gesehen. Dann entließ Charlie den Tropfen aus ihrer Gewalt. Er fiel zu Boden. Ihre Theorie stimmte.

*Das eröffnete neue Möglichkeiten!*

Wenn sie es schaffte, mehrere Tropfen gleichzeitig anzuhalten, vielleicht alle um sie herum, müssten andere es auch sehen können. Sie könnte also wirklich und nachhaltig den Regen beeinflussen! Charlie steckte sich ein neues Ziel: Sie wollte mehrere Tropfen gleichzeitig bändigen!

Als Biarn endlich wieder auftauchte, war sie diesem Ziel allerdings noch nicht viel näher gekommen. Jedes Mal, wenn sie die Konzentration auf einen zweiten Tropfen ausdehnen wollte, verlor sie die Kontrolle über einen der beiden. Manchmal auch gleich über beide.

Biarn bedeutete eine willkommene Abwechslung, nicht nur für Charlie. Hanna wich ihm wieder kaum von der Seite und machte ihm schöne Augen.

Tora, die in den letzten Tagen recht gut mit Hanna ausgekommen war, sah das äußerst ungern. Missmutig streifte sie umher und warf Kunar besorgte Blicke zu. Auch sie hatte also Kunars Schwäche für Hanna bemerkt, konnte aber genauso wenig wie Charlie Hannas Verhalten beeinflussen.

Obwohl sie es trotzdem versuchte. Tora lockte, so oft es nur ging, Hanna von Biarn fort. Sie wollte Hanna und Kunar miteinander in ein Gespräch verwickeln oder sie zu einer gemeinsamen Tätigkeit anleiten.

Ihr erster diesbezüglicher Anlauf scheiterte kläglich. Kunar wollte wie üblich auf die Jagd gehen, während Tora an Gymers See spezielle Kräuter für ihr Kaninchenragout sammeln wollte. Charlie wusste, dass Biarn es kaum abwarten konnte, mehr über Runen und Runenmagie auf der Erde zu erfahren. Deshalb hatte sie sich für diesen Tag nichts weiter vorgenommen.

»Ich bleibe auch hier!«, verkündete Hanna prompt.

»Warum gehst du nicht mit Kunar auf die Jagd?«, versuchte Tora sie umzustimmen. »Das ist doch für dich immer eine willkommene Abwechslung!«

Nach dem Erlebnis mit dem Phönix hatte Hanna tatsächlich Charlie und Kunar häufig auf die Jagd begleitet. Da sie und Tora sich bis vor kurzem vollkommen aus dem Weg gegangen waren, war ihr auch nicht viel anderes übrig geblieben. Alleine in der Höhle auszuharren, war nicht sehr aufregend. Trotz der Gesellschaft der beiden Sphinx-Jungen.

Dieses Mal schüttelte Hanna allerdings energisch den Kopf: »Nein, ich bleibe lieber hier!«

Sie streifte sich ihre Haare hinter das Ohr und sah mit einem zuckersüßen Augenaufschlag zu Biarn hinüber. »*Das* nenne ich Abwechslung!«

Tora seufzte. »Charlie und Biarn wollen bestimmt alleine sein! Na, los doch! Kunar ist schon fast fertig!«

»Nein! Ich muss mir nicht unbedingt mit ansehen, wie süße kleine Kaninchen getötet werden!«, entgegnete Hanna.

»Aber essen magst du sie schon ganz gerne, was?«, spottete Tora. Hanna verzog die Mundwinkel. Sie hatte ihre vegetarischen Zeiten hinter sich gelassen. Um hier in Vanaheim satt zu werden, konnte man auf Fleisch leider nicht verzichten.

Kunar kam heran. »Wie sieht es aus, Hanna? Bist du so weit?«

Hanna schenkte ihm einen gelangweilten Blick und sah dann wieder zu Biarn hinüber, der sich gerade erhob und auf sie zu schritt. Ihre Augen flirteten unübersehbar!

»Nein«, sagte Hanna laut. »Ich gehe heute nicht mit auf die Jagd!« Biarn hob die Augenbrauen. »Was für eine hervorragende Idee von dir, Hanna, dass du Tora begleiten möchtest«, sagte er.

Er lachte über das ganze Gesicht, während Hanna aussah, als hätte sie in eine Zitrone gebissen.

»Ja, ihr solltet wirklich mehr Zeit miteinander verbringen, ihr zwei!« Sowohl Hanna als auch Tora starrten Biarn entgeistert an.

»Aber…«, fing Hanna an.

»Ich wollte doch«, begann Tora, aber Biarn schob die beiden Mädchen gut gelaunt zum Höhlenausgang.

»Tora weiß sehr viel über Vanaheims Pflanzen und Tiere. Das wird sicherlich sehr interessant für dich, Hanna. Und Tora«, er zwinkerte ihr schelmisch zu, »Hanna kann dir sicherlich diesen unwiderstehlichen Augenaufschlag beibringen! So etwas gehört zu den unentbehrlichen Waffen einer Frau, weißt du? Bei deinem Temperament solltest du den richtigen Blick mindestens genauso gut beherrschen wie das Wetzen deiner Krallen!«

Damit schob er die beiden sprachlosen Mädchen durch den Spalt der Höhle. Kunar und Charlie konnten sich ein Grinsen nicht verkneifen. Zum Glück waren nicht sie das Ziel von zwei wütend blitzenden Augenpaaren, sondern Biarn.

Endlich allein, saßen Charlie und Biarn einander nun zum zweiten Mal für eine Unterweisung auf der Seidenspinnerdecke am Feuer gegenüber. Es war eine neue Decke, in Blau mit goldenen eingesponnen Fäden. Biarn hatte sie für sich selbst mitgebracht und außerdem noch eine weitere für Kunar, der seine eigene Decke selbstlos an Hanna verliehen hatte.

»Oh! Vielen Dank!«, hatte Hanna gehaucht und sich einfach die neue rotbraune Decke geschnappt. Sie hatte Kunars alte Decke achtlos zu ihm hinüber geworfen und *ihr* Geschenk schwärmerisch auf ihrem Lager ausgebreitet.

Charlie schüttelte die Erinnerung an Hannas unfreundliches Benehmen ab und schlug eines der beiden Bücher über Runen auf. Sie tippte auf die dort abgebildete Rune Ansuz ᚨ.

»Ansuz«, sagte sie und sah Biarn an. »Die Rune des Ass-Magiers, also des Elementes Luft.«

Sie holte die perlmuttglänzende Muschel mit dem Oden-Siegel hervor.

»Du sagtest, Ansuz wäre hier mit Raidho verbunden? Wo?«, fragte sie.

Biarn zeichnete das Zeichen der Raidho in die Asche am Feuer. ᚱ Dann malte er Ansuz davor, allerdings spiegelverkehrt.

»Wenn man die beiden Runen nun übereinander legt, erhält man

466

das Oden-Siegel $\maltese$«, erklärte er mit einem Lächeln.»Wir nennen das ein Runengalder.«

»Galder?«, wiederholte Charlie.»Wie die Galdertrommeln?«

»Ja, richtig«, sagte Biarn,»wie die Galdertrommeln. Mit diesen können wichtige Informationen weit über das Land getragen werden. Der Barde beherrscht die unterschiedlichen Trommelgalder. Galder bedeutet so viel wie Zauberei oder Zaubergesang. Durch das Zusammenfügen von Lauten, Klängen oder aber auch Zeichen werden kraftvolle Momente erschaffen, die man als Galder bezeichnet, wie hier das Oden-Siegel.«

Charlie sah den Oden-Taler nachdenklich an.

*Kraftvolle Momente?*

Biarn griff nach der Muschel und legte sie auf die Handfläche.

»Der Oden-Taler ist das einzig zulässige Zahlungsmittel in ganz Vanaheim und Godheim. Sein Runengalder gewährleistet die Durchsetzung dieses Gesetzes.«

Er sah Charlie direkt an.

»Solange Oden an der Macht ist, wird jeder, der versucht, seine Waren mit etwas anderem als dem Oden-Taler zu bezahlen, an Oden selbst oder an seine Bärsärker verraten.«

Charlie verstand nicht ganz.

»Wie?«, fragte sie.»Wie kann er davon erfahren, wenn alle schweigen?«

»Genau das ist der Punkt«, erklärte Biarn ernst.»Oden hat den Runengalder mit einem Bann versiegelt. Durch eine mächtige, kraftvolle Zeremonie hat er den Galder so verhext, dass derjenige, der mit etwas anderem bezahlt, zum Verräter wird. Zumindest solange sich ein Oden-Taler in näherer Umgebung befindet. Die Taler verraten den Verstoß an Odens Bärsärker. Tauschhandel wird auf diese Weise ungemein erschwert. Selbstverständlich findet er trotz allem statt, aber nur unter möglichst sicheren Bedingungen. Was nicht immer ganz einfach ist, da Hugin und Munin über das ganze Land verteilt Taler vergraben haben.«

»Aber warum?«, fragte Charlie entsetzt.

»Oh, ganz einfach«, erklärte Biarn und ließ die Muschel auf der Handfläche hin und her gleiten.»Oden erhält sich dadurch Macht und Kontrolle über die Menschen und die Schätze des Landes. Ohne seine Taler, die er selbst herstellt, kommen seine Untertanen nicht an lebensnotwendige Dinge – und Oden nicht an seinen Anteil!«

Charlie dachte an all die armen Menschen, die von diesem Zahlungsmittel abhängig waren. Dann fielen ihr die schwedischen Kronen ein, die ihr Jonas gegeben hatte.

*War das nicht das Gleiche? Oder zumindest ähnlich? Waren die Menschen in Schweden nicht genauso abhängig?*

Biarn unterbrach ihre Gedanken. »Im Übrigen ist es möglich, negative Kräfte zu binden und somit Flüche und Banne rückgängig zu machen. Dieser Taler hier ist ungefährlich. Er ist lediglich noch eine Muschel mit eingeritzten Runen, sonst nichts.«

Er nahm den Taler und warf ihn Charlie zu.

»Bezahlen kannst du natürlich trotzdem damit. Behalte ihn!«, fügte Biarn hinzu.«

Charlie sah ihn erstaunt an.

»Hast du…?«, fragte sie. Biarn schüttelte den Kopf.

»Nein, nicht ich. Der Vorbesitzer, vermute ich.«

»Die alte Fulla?«, entfuhr es Charlie. »Aber wenn es so einfach ist, die Kräfte zu binden, warum macht das dann nicht jeder, der magische Fähigkeiten hat?«

»Wer sagt, es wäre einfach? Ganz im Gegenteil, Charlie. Man braucht dazu die Kraft der vier Elemente«, antwortete Biarn.

*Die alte Fulla eine Magierin der vier Elemente? War das möglich?*

Charlie hatte doch nur ein Pentagramm gesehen – auf Fullas Hand. Aber sie hatte nie ihre Arme gesehen, natürlich wäre dort Platz für weitere Tattoos...

»Ist sie eine Raidho?«, fragte Charlie aufgeregt.

»Ja, sie hat sehr zurückgezogen gelebt. Raidhos werden von Oden besonders gut bewacht. Da sie sehr mächtig sind, können sie ihm gefährlich werden. Wer sich ihm nicht anschließt, muss sehr vorsichtig leben«, erklärte Biarn.

Charlie verstand. Je weniger Aufmerksamkeit man erregte, desto weniger Ärger bekam man.

*Das war wie in der Schule.*

Charlie verzog das Gesicht bei der Erinnerung an all das Aufsehen, das sie erregt hatte. Sie hatte dazugelernt. Auch hier hieß die Überlebensstrategie: So wenig auffallen wie möglich.

*Am besten unsichtbar sein...*

»Was hat Fulla gemacht? Warum wurde sie entführt?«

»Vielleicht verkehrte sie mit den falschen Leuten«, antwortete Biarn und blätterte in Charlies Buch über Runen und Schriftzeichen.

»Wie wär's, wenn du mir jetzt vorliest, was hier steht?«, fuhr er fort.

»Willst du, dass ich dir alles vorlese oder nur die Texte zu den einzelnen Runen?«, fragte sie.

»Alles! Aber wir fangen mit den Runen und ihrer Bedeutung an.«

»In Ordnung«, sagte Charlie.

Aber bevor sie sich an die Arbeit machten, wollte sie unbedingt noch etwas erfahren.

»Als du mir das Runen-Orakel vorgelesen hast, hast du zwei Runen übersprungen. Warum?«, fragte sie.

Biarn schwieg zunächst. Dann holte er seinen braunen Beutel hervor. Kurz darauf lagen zwischen ihnen alle Holzstückchen mit den eingeritzten Runen auf dem schneeweißen seidenen Tuch.

»Lagaz«. Biarn griff nach der Rune ᛚ und reichte sie Charlie. »Und Kenaz«. Er suchte die Rune mit dem Zeichen ᚲ heraus. »Das Orakel hat über Jahrtausende immer die gleiche Botschaft enthalten. Alle Runen erzählten in irgendeiner Form die gleiche Geschichte. Bis auf zwei Runen.«

Charlie sah Biarn gespannt an, der seinerseits Charlie aufmerksam beobachtete.

»Es waren natürlich nicht immer die gleichen Runen auf den gleichen Plätzen. Wie du sicherlich schon bemerkt hast, können verschiedene Runen eine ähnliche Geschichte erzählen«, sagte Biarn. »Zur Frage nach Odens Machtsturz erzählen in jedem Orakel zwei Runen *nicht* von der Prophezeiung. Also nicht von der unerwarteten Waffe, dem rechtmäßigen Erben des Throns oder der Veränderung, die dazu führen soll, dass sich das Volk erhebt. Zwei der Runen offenbaren dem Fragesteller, ob er Chancen hat, die Prophezeiung des Orakels wahr werden zu lassen. Sie erzählen entweder, was passieren würde, wenn der Fragesteller etwas unternimmt, oder welche seiner Charaktereigenschaften zu welchem Unheil führen würde.«

*Wieso Unheil?*, grübelte Charlie. *War in dem Orakel nicht von ‚guten Aussichten zum Sieg' die Rede gewesen?*

»Ja, Unheil!«, wiederholte Biarn. »Bisher haben die Runen den Befragern fast immer Unheil vorausgesagt! Es gab nur einen einzigen Orakelbefrager, der durch diese zwei Runen ermuntert wurde, zur Tat zu schreiten!«

Biarn sah Charlie eindringlich an. Er schien zu wachsen. Mächtiger zu werden. Seine leicht schief stehenden Augen trafen die ihren und bohrten sich tief in ihr Inneres.

Charlie schauderte. Sie war versucht, die Augen niederzuschlagen, aber sie hielt stand.

»Jetzt gibt es zwei!«, sagte Biarn mit fester, tiefer Stimme.

Charlie sah ihn sprachlos an.

Biarn nickte und ließ Charlie dabei nicht aus den Augen.

»Du meinst…«, begann sie heiser und schluckte. »Ich...?«

»Ja, du Charlie!«

Sie versuchte zu verstehen. Die Runen hatten allen Magiern vor ihr – allen, bis auf einem – davon abgeraten zu handeln, denn ihr Eingreifen würde nur Unheil bringen. Und ihr – Charlie von der Erde, die gerade erst begonnen hatte, die Bedeutung von Magie überhaupt zu verstehen – ausgerechnet ihr rieten die Runen, etwas zu unternehmen?

*Das konnte doch nicht sein!*

»Aber… was….«, stotterte Charlie und starrte auf die Runen in ihrer Hand. »Ich meine... was sagen die Runen?... Was raten sie mir?... Was soll ich tun?«

»Lagaz an Nifelheims Platz! Direkt vor Eihwaz: *Vertraue deiner Intuition* und führe zusammen, was zusammengehört!«, erklärte Biarn.

»Kenaz an Muspelheims Platz, direkt vor Ansuz und Perdhra: *Sei kreativ und benutze deinen Intellekt und deine Erfahrungen*, um unerwartete Verbündete zu finden und eine unerwartete Gabe zu einer Waffe zu formen!«

Charlie stand die Verblüffung ins Gesicht geschrieben.

Das war tatsächlich eine direkte Aufforderung zum Handeln, wenn auch mit etwas unspezifischer Anleitung.

»Sei dir der Bedeutung des Orakels bewusst, Charlie! Damit wird dir eine große Verantwortung auferlegt! Du bist derjenige unter Tausenden, der etwas bewirken kann! Du bist nicht gezwungen, diesen Weg zu gehen, diese Verantwortung zu tragen, aber alles was du tust – oder nicht tust – könnte ein Schritt in die richtige Richtung sein! Auch wenn du nicht bewusst deinen Weg gehst, beeinflusst du doch die Menschen um dich herum – durch das, was du preisgibst oder verschweigst, durch das, was du tust oder lässt und durch das, was du bist und auch nicht bist. Aber erst, wenn du dich bewusst dazu entscheidest, Oden zu bekämpfen, nach Verbündeten und nach der alles verändernden Waffe zu suchen, erst dann gibt es tatsächlich Aussichten auf einen Sieg! Nicht mehr und nicht weniger bedeutet dieses Orakel!«, sagte Biarn mit eindringlichem Tonfall.

Er saß aufrecht vor ihr und sah sie aufmerksam an.

»Aber...«, begann Charlie. »Ich... ich bin doch erst vierzehn, ja gut, fast fünfzehn, jedenfalls noch so jung! Ich... ich… weiß doch noch gar nichts über Magie und ich… ich weiß viel zu wenig über diese Welt und über Oden! Wie...«, seufzte sie leise, »wie... soll ich wissen, was für mich der richtige Weg ist?«

Biarn lächelte und senkte kurz den Blick.

»Dass du von allen möglichen Fragen als erste diese entscheidende Frage gestellt hast, dürfte dir zeigen, welcher für dich der richtige Weg ist!«, erklärte er kryptisch.

*Aha…*, dachte Charlie. Sie hatte doch nur eine Frage gestellt. Zugegeben, dieser Oden beschäftigte ihre Gedanken sehr. Aber noch viel mehr beschäftigten sie die Fragen, wer sie war, woher sie kam, weshalb sie zur Erde geschickt worden war, weshalb sie immer noch jede Nacht diese *grünen Träume* hatte und, und, und…

Dann überfiel sie ein erregender und zugleich erschreckender Gedanke.

*Vielleicht musste sie diesen Weg gehen, um Antworten auf alle ihre Fragen zu erhalten? Vielleicht war das so vorherbestimmt?*

Aber es war gefährlich! Das Orakel sagte nichts darüber aus, ob und wie sie am Ende bestehen würde. Es antwortete lediglich auf die Frage, wie Oden besiegt werden konnte.

*Es sagte nichts über mögliche Verluste auf dem Weg zum Sieg…*

Charlie schwirrte der Kopf. Sie, Charlie, als einzige unter vielen Tausenden. Dann fiel ihr ein, dass sie nicht als einzige solch eine Aufforderung zum Handeln erhalten hatte.

*Wer hat noch ein positives Orakel gehabt?*

»Wer noch, außer mir?«, fragte Charlie leise. »Und lebt er überhaupt? Ich meine...«

»Ich verstehe schon, was du meinst«, unterbrach Biarn sie. »Der einzige, der außer dir ebenfalls mit guten Voraussetzungen rechnen kann, ist ein Raidho mit dem Namen Tor. Und ja, er lebt. Er ist aus dieser Zeit.«

»Das heißt, die Zeit ist vielleicht gekommen«, flüsterte Charlie. »Die Zeit, Odens Macht zu brechen. Vielleicht würden heute mehrere ein positives Ergebnis erhalten, wenn sie die Runen befragen würden. Vielleicht ist einfach nur die Zeit reif und ich bin gar nicht so etwas Besonderes...«, fuhr sie leise fort.

»Schon möglich«, sagte Biarn. »Fakt ist aber, dass es bisher nur zwei gibt. Und einer davon bist du!«

Charlie schluckte und starrte vor sich auf den Boden.

»Wieso du, Charlie?«, fragte Biarn ernst.

Charlie sah zu ihm auf. »Ich weiß es nicht«, flüsterte sie.

Gedanken schossen ihr durch den Kopf. Sie, die einzige, die durch den Nebel gehen konnte, auch wenn nur zwischen Erde und Vanaheim; sie, die dieses seltsame Amulett besaß; sie, die hier in dieser Welt vor vielen Tausenden von Jahren geboren worden war; sie, die plötzlich magische Fähigkeiten besaß; sie, die enger mit dieser Welt verwoben zu sein schien, als es ihr lieb war, als sie es je geahnt hätte; sie, die doch noch ein Kind war! Was sollte *sie* schon ausrichten?

»Du bist ein Teil der Geschichte unserer Welt, Charlie. Du bist der Schlüssel zur Vergangenheit, und du spielst vermutlich auch eine wichtige Rolle für die Zukunft von Vanaheim und Godheim«, drang Biarns sanfte Stimme zu ihr durch.

Charlie fühlte sich unwohl in ihrer Haut. Unruhig rutschte sie auf der Seidenspinnerdecke umher, während Biarn unbeirrt fortfuhr:

»Welche Rolle du spielst, Charlie, werde ich herausfinden!«

Charlie starrte Biarn verblüfft an. Das war nicht das erste Mal, dass Biarn eine Art Macht demonstrierte, eine Entschlossenheit, die nicht viel Platz für Einwände ließ. Sie hatte sich an seine geheimnistuerische Art gewöhnt. Eine Art Kampfansage hatte sie trotz seiner Veränderung nicht von ihm erwartet.

*Aber warum eigentlich nicht?*

Sie wusste doch, dass sie Biarn niemals unterschätzen sollte. Wer war er? Genauso wie der kleine Junge mit dem schiefen Gesicht trug er immer noch einen alten zerschlissenen Umhang. Auch seine übrige Kleidung ließ auf eine ärmliche Herkunft schließen. Aber Biarns Haltung sagte etwas anderes.

*Wen hat er kennengelernt in den vier Jahren, die hier vergangen waren? Mit wem hat er verkehrt? Woher weiß er so viel, und wer sind seine Kontakte, seine geheimen Quellen?*

»Du wirst mir alles sagen, was du weißt, Charlie! Geheimnisse für sich behalten zu können ist eine sehr gute Eigenschaft. Aber man muss auch wissen, wann es Zeit ist, sie preiszugeben oder sie mit den richtigen Leuten zu teilen«, sagte Biarn.

Charlie fühlte ihr Amulett schwer und warm auf ihrer Brust liegen. Ihr Herz pochte schnell und laut. Sie war überzeugt davon, dass Biarn es hören musste.

*Ahnte er etwas? Wusste Biarn von dem Amulett? Nein, das war nicht möglich.*

Aber er wusste – oder vermutete zumindest – dass sie etwas verbarg. Er war davon überzeugt, dass Oden sie suchte oder etwas, das mit ihr zu tun hatte.

Biarn schwieg. Er wartete.

»Gut«, sagte er nach einer Weile. »Wir fangen damit an, dass du mir sagst, wo du angekommen bist!«

»Was?«, fragte Charlie konfus. »Womit angekommen?«

»Als du von der Erde, also vermutlich Mannaheim, hier nach Vanaheim kamst. Wohin hat dich der Nebel geführt? Dein Ankunftsort ist auch dein Abreiseort, Charlie. Ich nehme an, dass du dies weißt«, sagte Biarn.

*Richtig. Das hatte sie auch schon verstanden.*

Schlagartig wurde sie klar im Kopf. Hier eröffnete sich eine Möglichkeit. Sie hatte einen Plan gebraucht und jetzt hatte sie einen!

»Ich zeige dir den Ort!«, sagte sie.

Biarn schüttelte den Kopf.

»Nein, du brauchst nicht mitkommen. Es reicht, wenn du mir erklärst, wo es ist.«

Charlie streckte das Kinn vor und schob die Schultern zurück.

»Ich glaube, du verstehst nicht! Ich will auch dorthin! Und du wirst mich begleiten! Ich will mir den Platz noch einmal ansehen, von dem ich vor mehr als 14.000 Jahren durch den Nebel geschickt wurde!«, beharrte sie. »Meine Eltern haben vielleicht dort gelebt! Und auch wenn nicht, möglicherweise finde ich dort...« – sie suchte nach dem richtigen Wort. – »...Anhaltspunkte!«,

»Es kann gefährlich werden«, gab Biarn zu bedenken.

»Das ist mir egal!«, entfuhr es Charlie trotzig. »Ich muss einfach dorthin zurück! Ich hatte ja keine Ahnung, als ich hier ankam! Wer weiß, was wir dort finden? Du hast doch auch irgendeinen Verdacht oder eine Vermutung! Sonst würdest du nicht dorthin wollen!«

Biarn überlegte kurz. Er erhob sich und schritt einige Male in der Höhle auf und ab. Dann blieb er abrupt stehen und sah auf Charlie hinab.

»Gut! Ich bestimme, wann es soweit ist und hole dich dann hier ab! Du wirst als mein...«, er hielt kurz inne. »... Untergebener, als mein Dienstbote mitreiten und so wenig auffallen wie möglich! Ist das klar?«

Charlie nickte.

»Und jetzt lies mir aus deinen Büchern vor!«

Biarn setzte sich wieder zu ihr. Er verlor kein weiteres Wort über seine Vermutungen und seine Pläne für den Ausflug zur Blumenwiese. Charlie drängte nicht, denn sie würde es schon in Erfahrung bringen. Vor Ort. Sie würde dabei sein und Biarn nicht aus den Augen lassen. Sie waren beide auf der Suche nach Antworten!


»Ansuz ist also Asgårds Rune. Und dass Oden offensichtlich die negativen Seiten des Ass-Magiers verkörpert, ist interessant, aber hilft es uns weiter?«, sinnierte Biarn.

Nun stöberten sie schon fast eine Stunde in Charlies Büchern herum. Ganz offensichtlich verkörperte Oden die negativen Seiten von Ansuz: Intrigen, falsche Ratschläge, Lügen. Laut Biarn passte dies perfekt auf

Oden. Auch bei den anderen Elementen gab es Übereinstimmungen. Aber so war das wohl, wenn man zu den Bösen gehörte, oder?

Hauptsächlich interessierte sich Biarn allerdings für Wörter und Bedeutungen aus dem Germanisch-FUTHARK, wie es in Charlies Büchern bezeichnet wurde. Offensichtlich war die altnordische, germanische Sprache das, was Biarn als uralte Sprache der Magie bezeichnete. Jene Sprache, die hier über die Jahrtausende verloren gegangen war, und die man für die zweite Ebene der zeremoniellen Magie benötigte.

Viel war leider nicht zu finden, bis auf einige Doppelbedeutungen der Biarn bereits bekannten 24 Runen. So bedeutete Kenaz nicht nur Feuer, sondern auch Wunde und Biork nicht nur Birke, sondern auch Geburt und so weiter. Biarn sog diese Informationen gierig in sich auf. Charlie versuchte, sich die magischen Wörter ebenfalls einzuprägen, auch wenn sie das Buch hatte, um darin nachzuschlagen. Charlie versprach hoch und heilig, bei ihrem nächsten Besuch auf der Erde mehr über die alte germanische Sprache in Erfahrung zu bringen. Vielleicht gab es ein Wörterbuch oder ähnliches? Hier in Vanaheim und Godheim schien diese Sprache Goldes wert zu sein – zumindest Biarns Verhalten nach zu urteilen.

»Verstehst du denn nicht, Charlie?«, fragte er. »Jedes noch so unbedeutende Wort kann uns einen Vorteil verschaffen. Die uralte Sprache der Magie! Sie muss die Waffe sein, die im Orakel prophezeit wird. Und du hast die Möglichkeit, sie zu beschaffen!«

Charlie hatte ihn noch nie so enthusiastisch erlebt und ließ sich mitreißen. Gemeinsam suchten sie stundenlang nach weiteren Wörtern. Vergebens. Die meisten Übersetzungen von alten Runensteinen auf der Erde stammten aus der Wikingerzeit und zeigten bereits extrem abgewandelte Sprachen, wie das alte Norwegisch, das alte Schwedisch und das alte Dänisch.

Auf ihrer Suche stießen sie auch auf einige Runengalder und Symbole, zum Beispiel den *Drei-Finger-Schutz*. Charlie erinnerte sich nur zu gut an ihre erste Begegnung mit Tora und Kunar. Beide waren entsetzt zurückgewichen, als sie Charlies blaues Auge gesehen hatten!

»Tora hat die Hände hoch gerissen und mir drei Finger entgegengestreckt. Ungefähr so.« Charlie wiederholte die Geste.

Biarn grinste bei dem Gedanken an die beiden verschreckten Geschwister.

»Und ich glaube, sie hat so etwas wie *Tyr* oder *Tier beschütze uns* gerufen... Kann das sein?«

»Ja, *Tyr* – der Kriegsgott! Fälschlicherweise wird er heutzutage angerufen, um Schutz zu erlangen. Ursprünglich rief man Thurs an. Thurisaz ist eine kraftvolle und schonungslose Rune, die dazu verwendet werden kann, das Böse zu bekämpfen«, erklärte Biarn.

Charlie hörte aufmerksam zu.

»Tyr in Verbindung mit der Rune Algiz anzurufen – denn nichts anderes ist der Drei-Fingerschutz – bringt nicht viel«, sagte er.

»Hat der Drei-Finger-Schutz etwas mit der Rune Algiz zu tun?«, fragte sie und zeigte auf das ᛉ Symbol.

»Ja, streckst du deine Hand aus und spreizt drei Finger ab, gleicht es der Rune Algiz«, antwortete Biarn. »Verbindet man die Schutzrune Algiz mit der Urkraft der Thursen, also Thurisaz, hat man tatsächlich einen kraftvollen Schutzschild! Allerdings nur, wenn man magische Fähigkeiten besitzt. Für jeden anderen ist es leider nutzlos.«

»Das heißt, ich könnte es bei Gefahr anwenden?«, fragte Charlie.

Biarn wiegte den Kopf von einer Seite zur anderen.

»Bei magischer Gefahr lautet die Antwort: Ja«, sagte er.

»Magische Gefahr?« Charlie verstand nicht so recht.

»Wenn dir jemand per Magie, zum Beispiel durch eine Zeremonie oder durch einen direkten magischen Angriff, Kräfte entgegenschleudert, dann kannst du sie mit dem echten Drei-Finger-Schutz stoppen. Du kannst sie abprallen lassen. Normale Gefahren, wie wilde Hippolektrions oder eine Haga, kann man dadurch nicht abwehren«, erklärte Biarn.

»Also kann man Magie nur mit Magie bekämpfen?«, fragte Charlie nach einer Weile.

»So ist es!«

»Wie?«, fragte sie aufgeregt. Wenn das stimmte, musste sie unbedingt einige Abwehrtechniken lernen!

»Du willst Magie aufhalten? Es ist nicht ganz einfach«, sagte Biarn und zögerte.

»Gut. Ich denke, deine Kräfte sind groß genug und du hast auch schon einige Kontrolle darüber. Nur eines, Charlie!«

Er sah sie ernst an.

»Versuche niemals, die Magie abzufangen! Lass sie abprallen! Um Magie aufzufangen und zu binden, benötigt es ungemeine Kräfte. Es würde dich zerstören! Experimentiere niemals mit dem Drei-Finger-Schutz, Charlie. Verwende ihn, wenn nötig, immer ganz genau so, wie ich es dir zeigen werde!«

Charlie nickte.

*Magie binden, davon hatte Biarn schon gesprochen.*

Das Oden-Siegel. Die alte Fulla hatte die Magie des Runengalders gebunden. Man musste dafür ein Raidho sein, also Magie aus allen vier Elementen schöpfen. Magie abprallen zu lassen, klang doch auch schon ganz hoffnungsvoll!

»Heute werde ich dir die Theorie erklären. Wenn ich das nächste Mal komme, um dich abzuholen, können wir das Ganze in die Praxis umsetzen!«, kündigte Biarn an.

Charlie wollte gerade Einwände erheben, als er die Hand hob.

»Du wirst die Zeit brauchen, um zu üben, Charlie. Es bringt nichts, dich zu verteidigen, wenn du deine Energie nicht bündeln kannst.«

Charlie schwieg.

*Energie bündeln? Wenn es so ähnlich funktionierte wie mit den Regentropfen, würde sie tatsächlich Zeit zum Üben brauchen.*

Charlie versuchte, ihren Eifer zu bändigen.

Wieso hatte sie auch nur einen Moment lang angenommen, es würde schnell gehen?

Biarn machte es sich ihr gegenüber bequem. Er lächelte.

»In der Theorie ist es ganz einfach. Du hebst die Hand und streckst drei Finger deiner Wahl hoch. Probiere aus, welche für dich am angenehmsten sind. Mach es dir so einfach wie möglich.«

Charlie versuchte, einige Kombinationen und empfand Daumen, Zeigefinger und Mittelfinger als angenehm.

»Sehr gut«, sagte Biarn. »Jetzt bündelst du deine Energie in diese drei Finger und rufst Thurisaz!«

Sie sah ihn skeptisch an.

*Energie bündeln... Und wie?*

»Fühle es, Charlie!«

Sie seufzte. Das hatte sie doch schon ein paar Mal gehört. Fühlen!

»Spüre, wie sich die Energie in deiner Hand konzentriert. Halte sie fest. Das ist der erste Schritt und auch der wichtigste. Lass die Energie nicht wie Sand zwischen deine Finger gleiten. Halte sie fest! Hast du das geschafft, wird der Rest von alleine kommen. Probiere es jetzt aus«, ermunterte er sie.

Charlie hob die Hand und sagte: »Thurisaz!«

Nichts. Sie fühlte absolut gar nichts!

»Wie soll ich es fühlen? Was fühlt man? Woher weiß ich, ob es funktioniert?«

»Das kann ich dir nicht sagen, Charlie. Es ist für jeden von uns anders. Erst, wenn die Energie in deine Hand fließt, wirst du es wissen.«

*Na toll!*

So etwas liebte sie wirklich. Eine ganz exakte Anleitung! Sie hob noch einmal die Hand, versuchte, all ihre Kraft darin zu bündeln und sagte wieder: »Thurisaz!«

Wieder nichts. Sie schnaubte und ließ die Hand sinken.

Biarn lachte aufmunternd. »Ich sagte ja, es ist nicht ganz einfach! Du wirst es schon schaffen. Da bin ich mir ganz sicher!«

Charlie war sich da gar nicht so sicher. Sie hatte nicht einmal eine Ahnung, was sie fühlen sollte. Andererseits hatte sie das bei den verschiedenen Heilkräutern auch nicht gewusst – trotzdem hatte es irgendwie funktioniert. Sie würde es versuchen.

»Nicht verzagen, Charlie«, lachte Biarn. Dann wurde er wieder ernst.

»Vertraue deiner Intuition und habe Geduld! Schlafe darüber. Lass es in Ruhe in dir reifen! Das sind die Stärken eines Lagu. Deine Stärken! Du erhältst Einsicht durch Träume, Geduld und Intuition.«

*Träume?*

Ein grüner Blitz schoss durch Charlies Kopf! Verwirrt blinzelte sie und versuchte, sich wieder auf Biarn zu konzentrieren. Sie würde sich später mit ihren Träumen befassen. Jetzt war erst einmal ihre Intuition an der Reihe.

Charlie starrte auf ihre Hände, sie hielt drei Finger abgespreizt. Sie atmete tief durch und versuchte, all ihre Energie in ihre Hand fließen zu lassen. Plötzlich spürte sie ein leichtes Kribbeln! Erschrocken starrte sie ihre Hand an. Es war wieder weg. Ihre Konzentration war unterbrochen worden.

»Ein Kribbeln?«, fragte Charlie in den Raum hinein. Sie sah immer noch ihre Hand an.

»Möglich«, antwortete Biarn. »Aber ich bleibe dabei, wenn es soweit ist, wirst du es wissen!«

Mit diesen Worten erhob er sich und schritt zum Höhlenausgang. Er wurde von den beiden Sphinxkatzen verfolgt, die bislang friedlich auf ihrem Lager geschlafen hatten.

Charlie sprang auf die Beine, denn auch sie hatte etwas gehört. Gerade kamen Tora und Hanna mit einem Korb voller Pilze und Kräuter zurück. Der Unterricht war also für heute beendet.

Biarn brach früh am nächsten Morgen auf. Er versprach, sobald wie möglich wiederzukommen, um Charlie für die Reise zu Ihrem Ankunftsort abzuholen.

# 18. Kunars Geheimnis

*D*u willst zurück an den Ort, an dem du hier angekommen bist? Allein?«Bist du sicher, dass das so eine gute Idee ist?«, fragte Tora, während sie die beiden Sphinxe energisch vor sich her scheuchte.

Natt nahm Anlauf und sprang Dag in den Nacken. Beide schlugen fauchend Purzelbäume und jagten sich dann gegenseitig durch die ganze Höhle. Seltsamerweise war keiner der beiden je in die Grotte mit dem riesigen unterirdischen See gegangen. Als ob sie die Gefahr dort spürten, hielten sie sich von Anfang an von diesem Ort fern. Instinkt nannte Tora es stolz. Sie betrachtete ihre Schützlinge liebevoll.

Ein paar Tage zuvor hatten sie zum ersten Mal die Hürde nach draußen allein bewältigt. Tora hatte seitdem alle Hände voll zu tun, die beiden Sphinxe in der Höhle zu halten.

»Ich glaube ja nicht, dass ihnen da draußen etwas passieren würde...«, sagte sie.

»Aber«, mischte sich Kunar ein, »du weißt, was Biarn Charlie erzählt hat. Niemand darf sie hier sehen! Sphinxe gehören nicht nach Vanaheim. Es würde viel zu viel Aufmerksamkeit erregen. Wir können von Glück reden, dass sie noch keine telepathischen Fähigkeiten entwickelt haben!«

Charlie nickte nachdenklich.

Tora schlug die Augen nieder und lief leicht rot an. Sie fing sich schnell wieder, ehe jemand etwas bemerkte.

»Wir haben über deine bevorstehende Reise mit Biarn gesprochen«, sagte sie dann und gesellte sich ans Feuer.

»Hier!«, reichte ihr Hanna eine heiße Tasse Tee.

»Danke!«, sagte Tora. Sie setzte sich und fixierte Charlie: »Wozu soll das gut sein?«

»Aber verstehst du denn nicht? Von dort bin ich damals als Baby auf die Erde gereist!«

»Ja, ja, ich verstehe schon«, sagte Tora und nahm einen Schluck. »Aber was erhoffst du dir, da heute noch zu finden? Es ist mehr als 14.000 Jahre her!«

»Das weiß ich auch nicht«, antwortete Charlie etwas gereizt. »Aber Biarn ist auch daran interessiert. Auch er sucht nach Antworten, obwohl ich nicht weiß, warum.«

Sie blickte in die Flammen und fügte dann hinzu: »Ich glaube, er arbeitet daran, Oden zu stürzen.«

»Zumindest weiß er mehr, als er preisgibt. Und er scheint einflussreiche Quellen zu kennen«, sagte Kunar und warf ein Stück Holz ins Feuer.

Er zögerte kurz, fuhr dann aber fort: »Ich verstehe dich, Charlie. Ich würde auch mehr wissen wollen. Ich hoffe bloß, euer Ausflug verläuft reibungslos. Ihr müsst durch gefährliches Gebiet. Schloss Bilskirne und die umliegenden Ländereien werden von Lodur verwaltet. Er gehört zur Triade. Soweit ich weiß, geht Oden auf Schloss Bilskirne ein und aus.«

»Ja, genau!«, bestätigte Tora. »Glaubst du etwa, ich würde nicht mehr erfahren wollen?«

*Schwer vorstellbar,* dachte Charlie. Von ihnen beiden war eigentlich Tora die Draufgängerin.

»Ich habe bloß ein ungutes Gefühl«, sagte Tora und seufzte.

»Ach was!«, rief Hanna. »Was soll schon passieren? Biarn ist doch dabei! Der wird schon wissen, was er tut. Er ist so...«

»Ja, ja«, unterbrach Tora sie genervt. »Ist ja schon gut! Was soll denn schon passieren, wenn der geniale, gutaussehende Biarn dabei ist?«

Sogar Kunar grinste und stieß seine Schwester aufmunternd in die Rippen.

»Wird schon schief gehen«, sagte er dann zu Charlie gewandt, konnte aber nicht umhin, einen raschen Blick auf die schmollende Hanna zu werfen.

*Ein Glück, dass Biarn nicht an Hanna interessiert ist,* dachte Charlie. *Sie würde unausstehlich werden!*

Noch mehr Überheblichkeit wäre nicht zu ertragen.

Charlie wäre es im Übrigen gar nicht recht gewesen, wenn Biarn mehr als höfliches Interesse gezeigt hätte. Sie rechtfertigte dieses Gefühl damit, dass ein verliebter Biarn von seinen Plänen abgehalten worden wäre – Pläne, die hoffentlich beinhalteten, Oden zu stürzen und ihr zu helfen, die Prophezeiung zu erfüllen!

Es war die Zeit nach Mittsommer. Die Nächte wurden langsam wieder länger, was allerdings in dieser Gegend lediglich bedeutete, dass es nunmehr drei Stunden dunkel war, anstatt nur zwei wie zur Mittsommernacht. Die Tage waren also immer noch sehr lang.

Auch in Vanaheim wurde Mittsommer gefeiert. Wie schon bei Alvablotet war dabei ganz Vanaheim auf den Beinen. Neu-Bragesholm war schöner und größer als es das von Gymers Berg ausradierte Bragesholm jemals gewesen war. Menschen kamen von weit her, um hier ihre Jahreszeitenfeste zu feiern.

Tora, Kunar, Hanna und Charlie hatten die Tage um Mittsommer fast ausschließlich in nächster Nähe der Höhle verbracht. Auch wenn alle vier sehr gerne das große Fest in Neu-Bragesholm besucht hätten, wussten sie, dass es zu riskant war. Charlie erinnerte sich nur zu gut daran, wie sie wegen der vielen Menschen stundenlang am sandigen Weg im Neuen Land festsaß und dabei Fullas Gefangennahme beobachtete.

Die Sonne schien warm und heiß über Gymers Berg. Kein Nebel weit und breit – nicht einmal Regen zum Üben. Charlie trainierte stattdessen in jeder freien Minute den Drei-Finger-Schutz. Leider kam sie über das Kribbel-Stadium nicht hinaus, so sehr sie sich auch anstrengte. Ihre Intuition sagte ihr, dass es ein Anfang war, aber noch lange nicht die Kraft, von der Biarn gesprochen hatte.

Außerdem machte sich Charlie Gedanken über ihre *grünen Träume*, wie sie sie im Stillen nannte. Eine Lagu erhielt Einsicht durch Träume, Intuition und Geduld, hatte Biarn erklärt. Sie war schon einmal ihrer Intuition nach einem Traum gefolgt. Damals hatte sie sich selbst auf einem Baumstumpf in den Wäldern Smålands sitzen sehen. Als Junge, mit kurzen, schwarzen Locken.

Ihr war sehr schnell klar geworden, was ihr der Traum sagen wollte. Dieses Mal war es weitaus schwieriger. Charlie hatte trotz intensiver

Überlegungen nicht die leiseste Ahnung, was es mit diesem grünen Felsvorsprung auf sich hatte.

*Und wieso schien da etwas an einem Seil zu hängen? Was war das für ein grünes Zeug, von dem sie ständig träumte?* Auf einer gemeinsamen Jagd erzählte Charlie Kunar von ihren seltsamen Träumen. Auch er konnte ihr nicht weiterhelfen, gab ihr aber den Rat, die Träume zuzulassen.

»Irgendwann kommst du schon hinter das Geheimnis. Du wirst schon sehen!«, meinte Kunar.

*Ein schwacher Trost.*

Aber was blieb ihr anderes übrig, als diesem Rat zu folgen? Die Antwort lag in ihr, das fühlte sie.

An einem sonnigen Nachmittag, etwa zwei Wochen nach Biarns letztem Besuch, saß Charlie wieder einmal vor der Höhle und ließ ihren Blick von ihren drei Fingern in die Ferne gleiten. Die Vögel zwitscherten und die Strahlen der Sonne kitzelten auf ihrer Haut. Sie streckte sich wohlig und lehnte sich entspannt zurück.

Ohne Vorwarnung schoss es durch ihren Körper! Als ob ihr jemand den Boden unter den Füßen weggezogen hätte! Panik und Verzweiflung rollten über sie hinweg wie Flutwellen! Ihr wurde übel, schwindlig; kalter Angstschweiß perlte auf ihrer Stirn! Weit entfernt, wie durch eine fast undurchdringliche Wand, hörte sie jemanden rufen.

Ebenso schnell wie der Anfall gekommen war, war er auch wieder vorbei. Sie lag auf der Seite und blinzelte benommen zu Tora hoch, die sich über sie beugte.

»Charlie! Charlie? Charlie, wach auf!«

Charlie rappelte sich hoch.

»Ich bin wach«, flüsterte sie und blickte sich verstört um.

*Was war passiert?*

»Was war mit dir? Geht es dir wieder gut?«, fragte Tora.

Benommen starrte Charlie sie an.

Auch Hanna und Kunar waren, durch Toras erregtes Rufen alarmiert, herbeigeeilt.

»Was...? Wieso...?... Was meinst du damit?«, stammelte Charlie. Sie fühlte sich noch sehr mitgenommen.

»Du hast das Blaukraut berührt. Ich habe es durch Zufall gesehen. Und plötzlich bist du...«, sagte Tora und warf aufgebracht beide Arme in die Höhe. »Geht es dir wieder gut?«

Charlie nickte und drehte sich vorsichtig um.

*Ja, sie hatte sich offensichtlich gegen das Blaukraut gelehnt. Laut Tora war es jedoch keine Heilpflanze.*

Was hatte sie aber dann derart von den Füßen gehauen?

Misstrauisch betrachtete Charlie die hübsche, blaulila blühende, heidekrautähnliche Pflanze. Sie hatte ihre medizinische Wirkung vor längerem schon einmal getestet. Damals hatte sie das Kraut berührt und nichts gefühlt. Nachdem Kunar noch erklärt hatte, dass es in Vanaheim sehr häufig vorkäme, war sie täglich achtlos daran vorbeigegangen. Die blauen, kleinen Blüten schimmerten in der Sonne. Sie waren winzig, aber dafür unendlich viele. Wenn man nicht genauer hinsah, erkannte man die verborgene Schönheit des Gewächses kaum.

*Wann hatte es angefangen zu blühen?*

Charlie konnte sich nicht erinnern. Sie beugte sich vor und sah sich die Blüten genauer an.

»Du meinst, es war das Blaukraut?«, fragte sie und streckte vorsichtig die Hand danach aus.

»Ich glaube es zumindest«, sagte Tora. »Als ich dich davon weggestoßen habe, hast du aufgehört zu zittern und warst wieder ansprechbar.«

*Tora hatte sie weggestoßen?*

Das hatte Charlie nicht einmal bemerkt! Die Wirkung des Krautes, falls es das Blaukraut war, hatte sie überwältigt!

Sie atmete tief durch und überwand ihre Unlust, die Pflanze noch einmal zu berühren. Ihre Finger streiften die blauen Blüten. Diesmal war sie vorbereitet. Trotzdem verschlug ihr die Kraft des Krautes fast den Atem! Wieder brach kalter Angstschweiß aus allen Poren, wieder hatte sie das Gefühl, ihr würde der Boden unter den Füßen weggezogen! Als verlöre sie jeglichen Halt! Panik machte sich breit. Schnell zog sie ihre Hand zurück und setzte sich schwer atmend auf einen Felsblock. Benommen blickte sie in drei fragende, besorgte Gesichter.

»Es fühlt sich anders an als sonst«, brachte Charlie schließlich hervor.

Tora setzte sich neben sie und drückte ihre Hand. Die Wärme ihres Körpers ließ Charlies Lebensgeister zurückkehren.

»Anders?«, fragte Tora.

Charlie versuchte, ihre Gefühle zu sortieren.

»Ja, anders!«, sagte sie und betrachtete das unscheinbare Kraut, das seit einiger Zeit direkt neben dem Höhleneingang wuchs. »Essbare Pflanzen haben spezielle Schwingungen. Heilkräuter ebenfalls. Aber diese Schwingungen, ihre Energie, unterscheidet sich irgendwie.«

Sie sah Tora an.

»Du weißt doch, dass ich den Unterschied spüren kann. Diese Pflanze hier hat noch eine andere Art von Energie«, erklärte Charlie.

»Naja«, sagte Tora. »Blaukraut ist nicht essbar und es hat auch keine heilende Wirkung, weder das Kraut noch die Blüten. So gesehen könntest du recht haben, dass da noch etwas sein könnte, das wir nicht kennen...«

Tora ließ Charlies Hand los und senkte ihren Kopf.

»Was hast du gefühlt, Charlie? Bitte erkläre es mir«, sagte sie leise.

*Was war mit Tora los?*

Charlie wechselte mit Kunar einen Blick, dann versuchte sie in Worte zu fassen, was die Energie der Blüten bei ihr ausgelöst hatte.

Noch während sie sprach, traten Tora die Tränen in die Augen! Kunar kniete sich schnell zu seiner Schwester und streckte vorsichtig seine Hand nach ihr aus.

*Wollte sie Trost? Weshalb?*

Dankbar griff Tora nach Kunars Hand. Sie saßen sich gegenüber. Dann fing sie an zu sprechen. Erst stockend, zögernd, aber dann immer schneller und aufgewühlter.

»Ich...«, begann sie, »...das ist genau das, was ich gefühlt habe«, flüsterte sie. Tränen liefen ihr über die Wangen. »Genauso habe ich mich gefühlt, nachdem ich die lila Norne berührt hatte.«

Sie schluchzte laut auf.

Hanna stand etwas abseits. Stumm beobachtete sie die Szene, die sich am Höhleneingang abspielte. Obwohl sie die Zusammenhänge nicht durchschaute, spürte sie, dass es sich um etwas sehr Wichtiges handeln musste. Sie mischte sich nicht ein und blieb als stille Beobachterin im Hintergrund.

»Ich fand es seltsam, dass genau hier plötzlich Blaukraut wuchs«, flüsterte Tora. »Genau hier, wo ich am Tag nach...«, sie zögerte, »...am Tag danach ein Regin gelegt habe.«

Sie schwieg eine Weile. Dann fuhr sie unter Tränen fort. »Blaukraut wächst sonst nie in den Bergen. Ich weiß nicht warum, aber irgendwie habe ich gespürt, dass damit etwas nicht stimmt. Ich meine...«

Sie sah hilfesuchend zu Kunar und Charlie auf. »Genau da, wo ich mein Regin gelegt habe!«

Charlie nickte, obwohl sie eigentlich nicht ganz verstand, was gerade passierte. Aber eines war klar, Tora sprach von ihrer Nornenvision und von ihrem Gefühlszustand danach.

»Ich glaube, ich habe meine Gefühle, meine Verzweiflung in mein Regin gelegt. Biarn sagte, es würde mir helfen. Ich sollte etwas tun, was ich gerne mache. Etwas erschaffen. Er sagte, dass Künstler oft ihre Sorgen in ihren Werken verarbeiten, oder so ähnlich«, fuhr Tora fort.

Sie schluchzte wieder und wischte sich die Tränen aus dem Gesicht. Kunar räusperte sich.

»Was ist passiert, Tora?«, fragte er so leise, dass Charlie es fast nicht gehört hätte.

Ein Zittern lief durch Toras Körper.

»Ich habe etwas gesehen, Kunar. Etwas ganz furchtbar Schreckliches!« Ihr Gesicht verzerrte sich vor Schmerz. Trotzdem zwang sie sich dazu, weiterzureden.

»Da... da war so einen helles, lila Licht. Und dann ein seltsamer lila Nebel...Ich sah eine Frau, ich glaube es war unsere Mutter«, hauchte sie.

Kunar zuckte fast unmerklich zusammen, behielt aber die Ruhe und ließ Tora weiterreden. Ihre Augen blickten auf ihre Füße und doch in die Ferne. Sie schien weit, weit fort zu sein.

»Sie hatte klare blaue Augen, die junge Frau. Und sie weigerte sich, ihre Kinder herzugeben... Ein kleiner Junge von drei bis vier Jahren und ein kleines Mädchen...«

Tora sprach weiter, wie unter Zwang.

»Die Kinder, wir... wurden ihr entrissen. Dann verwirbelte sich der Nebel und ich sah... ich sah...«

Verzweifelt wiegte sie sich vor und zurück. Gequält presste sie die Worte hervor:»Ich sah, wie die Frau auf einem Marktplatz stand. Sie war an einen Pfahl gefesselt und blutüberströmt! Sie war... Sie war tot! Sie war tot!«, schrie Tora laut auf.»Sie hatten sie zu Tode gequält!«

Kunar drückte seine Schwester fest an sich. Er wiegte sie hin und her, wie ein kleines Kind.

»Ich weiß!«, stieß er hervor.»Ich weiß! Ich weiß. Es wird alles wieder gut. Du hast ja mich. Scht...«

Auch ihm liefen die Tränen herab.

Eine ganze Weile brachte niemand ein Wort hervor. Hanna stand weiter schweigend abseits und Charlie versuchte zu verarbeiten, was sie da soeben gehört hatte.

*Toras und Kunars Mutter: Tora hatte in der Nornenvision offensichtlich gesehen, wie sie zu Tode gefoltert worden war!*

Nach einer Weile beruhigte sich Tora wieder etwas. Sie klammerte sich schluchzend an ihrem Bruder.

Charlie merkte zuerst gar nicht, dass nun Kunar zu sprechen begonnen hatte. Seine Stimme klang fremd und hohl.

»Sie hat mich fast zwei Jahre lang versteckt. Und als du zur Welt kamst, hat sie auch dich geheim gehalten. Noch einmal zwei Jahre. Zwei Kinder in Godheim mit grünen Augen! Darauf steht die Todesstrafe. Sie hatte ihnen zu lange getrotzt. Vier Jahre lang! Die Dorfgemeinschaft hat uns geholfen, aber irgendwann hat der herrschende Bärsärker Ull von uns Wind bekommen. Von der Frau, die es geschafft hatte, zwei Kinder fast vier Jahre vor Odens Helfern zu verstecken. Sie sagten, es müsse ein Exempel statuiert werden. Ich wusste damals nicht, was das bedeutete... Dann zwangen sie mich, ihre Hinrichtung mit anzusehen, damit ich und alle Dorfbewohner niemals vergessen würden, was mit denen passiert, die es wagen, Oden zu trotzen.«

Kunars Worte klangen seltsam in Charlie nach, obwohl er schon lange schwieg.

Eine schwermütige Stimmung hatte sich in der Höhle breitgemacht. Kunar, Tora, Charlie und Hanna saßen gemeinsam am Feuer und starrten in die Flammen. Charlie hatte Hanna in kurzen Zügen von den Nornen der Zeit in Gymers See erzählt. Nun diskutierten sie zu viert in gedämpftem Ton über das Geschehene.

»Wie war sie… unsere Mutter?«, fragte Tora ihren Bruder und blickte auf ihre Hände, die leicht zitterten.

Kunar holte tief Luft.

»Sie war warmherzig und liebevoll... und voller Angst um uns. Sie hat uns sehr geliebt«, sagte er.

Tora wischte sich eine Träne aus dem Gesicht.

»Warum hast du nie von ihr erzählt? Ich habe die ganze Zeit gedacht, dass wir, also auch du, noch ganz klein waren, als wir hierher kamen. Ich dachte, du wärst schon vor mir auf dem Saligasterhof gewesen. Wenn ich gewusst hätte, dass du sie gekannt hast... dich erinnern kannst...«

»Ich wollte es dir und auch mir ersparen. Was damals passierte...«, sagte er mit schmerzverzerrtem Gesicht.

Er zögerte.

»Ich wusste einfach nicht, wie ich es dir hätte erzählen sollen. Es tut mir so leid!«

Tora starrte wieder auf ihre Hände.

»Ich verstehe«, sagte sie und sah zu ihrem Bruder hoch. »Und unser Vater? Wir müssen doch einen Vater gehabt haben?«

»Ja, natürlich«, antwortete Kunar. »Er war Seemann und fast nie zu Hause. Ich habe kaum eine Erinnerung an ihn… Ich weiß nicht einmal mehr seinen Namen. Er war zur See, als wir entdeckt wurden. Ich weiß nicht, was aus ihm wurde. Vermutlich hat man ihn ebenfalls irgendwann gefangen genommen.«

Kunars Augen schweiften in die Ferne. Charlie und Hanna saßen betreten neben den Geschwistern. Charlie konnte es kaum fassen.

Was für ein Schock musste es für Tora gewesen sein, durch die lila Norne die Wahrheit über sich und ihre Familie zu erfahren!

Sie musste in den letzten Wochen sehr gelitten haben. Charlie erinnerte sich daran, wie sich Tora im Schlaf unruhig hin und her gewälzt hatte. Jetzt wusste sie, was für Albträume es gewesen waren.

*Es war furchtbar und grausam.*

Charlie konnte sich gut vorstellen, was Tora durchgemacht hatte. Mit einem Ruck setzte sie sich kerzengerade auf! *Tatsächlich wusste sie sogar ganz genau, wie Tora sich gefühlt hatte!* Das Blaukraut! Charlie erinnerte sich an die Panik, die Schweißausbrüche, an das Gefühl, dass einem der Boden unter den Füßen weggezogen wurde! Ein Schock! Ein unendlicher Schmerz, ein traumatisches Erlebnis!

*Im Unterschied zu den ihr bekannten Heilkräutern hatte das Blaukraut bei ihr keine körperlichen Beschwerden ausgelöst, sondern ihre Gefühlswelt durcheinander gebracht!* Charlie wusste, dass auch die Seele krank sein konnte. Immerhin hatte man sie nach dem Tod ihrer Pflegeeltern Per und Lena und auch nach der Sache mit ihrem Pflegevater Åke zu einem Psychologen geschickt. Er hatte ihr erklärt, dass gewisse Erlebnisse Menschen krank machten und dass solche Krankheiten nicht mit Medikamenten geheilt werden könnten. Gegen Magenverstimmung sei ein Kraut gewachsen, gegen Trauer leider nicht, hatte er gesagt. *Was, wenn doch? Was, wenn sie gerade ein Kraut gegen eine Gefühlskrankheit gefunden hatte?*

Charlie war so in Gedanken versunken, dass sie nicht merkte, wie sich das Gespräch am Feuer weiter entwickelt hatte.

»Und Biarn hatte dir empfohlen, ein Regin zu legen?«, fragte Kunar gerade.

Tora nickte.

»Das war alles? Mehr hat er nicht getan?«, setzte Kunar nach.

»Oh, doch!«, lächelte sie etwas schief. »Er hat, ... wie soll ich sagen,... Er hat mir den Schmerz genommen. Er hat mir mein Gefühl genommen und nur das Wissen da gelassen. Dann hat er mir das Gefühl irgendwie häppchenweise wiedergegeben.«

Charlie, Kunar und Hanna blickten Tora verständnislos an.

»Ja, wie soll ich das erklären? Es war genauso, wie ich es sage. Jedes Mal, wenn er mich sah, hat er mir ein Stück mehr von meinem Gefühl zurückgegeben. Er sagte, dass es für mich auf diese Weise einfacher wäre, dieses schreckliche Erlebnis zu verdauen«, sagte Tora.

Sie schaute verlegen.

»Klingt ganz schön blöd, was?«

Nein, das fand Charlie gar nicht. »Du meinst«, fragte sie ungläubig, »Biarn hatte dich irgendwie...« Sie suchte nach den richtigen Worten »... verhext? Also mit Magie?«

Tora nickte.

»Wie?«, schoss es aus Charlie hervor.

»Ich habe keine Ahnung. Ich war froh, dass der Schmerz nachließ. Und dann habe ich getan, was er gesagt hat. Ich legte ein Regin«, antwortete Tora.

»Und all deine Gefühle flossen in das Regin?«, flüsterte Charlie.

»Ja, so muss es wohl gewesen sein«, sagte Tora. »Wahrscheinlich hat er mir das Gefühl gar nicht genommen, sondern es bloß... blockiert?«, fragte sie unsicher.

»Das klingt logisch«, pflichtete Hanna ihr bei. »Und dann hat er es häppchenweise freigegeben. Sozusagen in wohldosierter Form. Ist der Kerl Psychiater?«

Kunar und Tora blickten Hanna verständnislos an. Was war ein Psychiater?

»Ja«, murmelte Charlie. Ihre Gedanken wirbelten umher.

*In dosierter Form. Wie in einer Therapie.*

»Heißt das, dass du deshalb nach jedem Gespräch mit Biarn so merkwürdig gereizt warst?«, fragte Kunar.

Er begann zu verstehen. »Weil er dir wieder ein Häppchen Gefühl zurückgegeben hatte?«

»Ja«, bestätigte Tora und holte tief Luft. »Es war nicht leicht. Und vorhin, als Charlie das Blaukraut berührte, kam der übrig gebliebene Teil zurück.«

Sie sah etwas verlegen zu Charlie hinüber. »Aber ich habe es nicht allein erleben müssen. Du hast das Gefühl mit mir geteilt.«

Charlie erinnerte sich schaudernd an den überwältigenden Schock, als sie das Blaukraut berührt hatte.

*Stimmt also doch! Geteiltes Leid ist halbes Leid.*

»Das Regin. Du sagst, es lag genau dort, wo das Blaukraut jetzt wächst. Hältst du es für möglich, dass die Kraft des Regins genau die Pflanze hat wachsen lassen, die man zur Heilung benötigt?«, fragte Charlie.

»Wie meinst du das?«, entgegnete Tora interessiert.

»Arnika hilft bei Prellungen und Schwellungen. Ich kann die Wirkungsweise in Form von Energie spüren. Ich spüre, gegen welche Beschwerden eine Pflanze hilft. Auch das Blaukraut hat eine Kraft. Eine ganz eigene Schwingung. Ich habe es gespürt. Kann es sein, dass ich auch hier fühle, wogegen das Kraut hilft? Sozusagen eine Medizin gegen Gefühlskrankheiten?«

Drei Augenpaare fixierten Charlie mit Skepsis.

»Eine Pille für Gefühle?«, fragte Hanna mit leicht spöttischem Unterton. »Tja, obwohl hier ja wohl alles möglich erscheint!«, fügte sie schulterzuckend hinzu.

Tora runzelte die Stirn: »Du meinst, wenn ich Blaukraut zu mir nehme, geht es mir besser? Aber wie? Wie bereitet man es zu? Tee?«

Charlie hatte natürlich nicht die geringste Ahnung. »Das müssten wir wohl ausprobieren. Blaukraut ist ja ungiftig. Es kann dir zumindest nicht schaden.«

Die nächsten Tage verbrachten Tora und Charlie damit, das Blaukraut auf verschiedene Art und Weise zuzubereiten. Das heißt, eigentlich experimentierten sie bloß mit den Blüten, denn nach ein paar Versuchen war sich Charlie ganz sicher, dass nur die kleinen, blaulila Blüten Kräfte enthielten.

Tora und Charlie bereiteten aus den Blüten zunächst einen Tee. Da der nicht half, kochten sie die Blüten aus und verabreichten Tora den Sud. Auch das hatte nicht den gewünschten Effekt. Schließlich aß Tora die ungiftigen Blüten roh, was lediglich bewirkte, dass sie ihr Gesicht angeekelt verzog.

Charlie grinste. »Medizin muss eklig sein, sonst hilft sie nicht. Das hat Maria aus dem Heim immer gesagt.«

Tora schluckte den Blütenbrei in ihrem Mund angewidert hinunter.

»Wenn das auch nicht hilft, gebe ich auf! Dann hast du dich geirrt und es gibt keine Gefühlsmedizin! Wir verwenden die Blüten stattdessen als Dekoration. Sieh mal! Sieht doch hübsch aus!«

Tora hatte recht. In der kleinen Holzschüssel mit Wasser schwammen unzählige, kleinste blaulila Blüten. Die Sommersonne brachte das Wasser zum Glitzern und ließ die Farben der Blüten noch kräftiger erscheinen.

Gedankenverloren sah Charlie auf die dekorative Schale. Ihre Pflegemutter Lena hatte oft Rosenblüten zwischen Wasserkerzen schwimmen lassen. Während Per sich liebevoll über die romantische Seite seiner Frau lustig gemacht hatte, hatte Charlie Lena beigestanden. Sie hatte die Tischdekoration sehr hübsch gefunden.

Es war Zeit für das Mittagessen. Tora und Charlie ließen die Blaukrautblüten in ihrem Sonnenbad stehen und widmeten sich dem Haushalt.

Kunar und Hanna hatten sich um die Nahrungsbeschaffung gekümmert. Er hatte sie allerdings auf eigenen Wunsch an einem Abhang mit himbeerähnlichen Büschen zurückgelassen und sie später wieder abgeholt. Hanna hatte eine beträchtliche Menge Beeren gepflückt, die wirklich sehr gut zu dem erlegten Kaninchen passten.

Nach dem üppigen Mahl lehnte sich Charlie zufrieden zurück – obwohl sie das Gefühl hatte, dass irgendetwas fehlte. Sie hatte den Gedanken nicht einmal zu Ende geführt, als sich Kunar plötzlich kerzengerade aufsetzte.

»Wo sind die Sphinxe?«

In den nächsten Minuten herrschte helle Aufregung. Sie suchten jeden Winkel der Höhle ab, riefen nach Dag und Natt und sahen sogar am schwarzen See in der hinteren Grotte nach. Nichts! Letztlich konnten sie nicht umhin, sich einzugestehen, dass die beiden Sphinx-Katzen die Höhle verlassen haben mussten. Sie waren jetzt irgendwo da draußen auf Gymers Berg. Allein und unbeaufsichtigt.

Tora und Charlie machten sich große Vorwürfe. Sie waren so in ihre Experimente vertieft gewesen, dass ihnen das Verschwinden der Kätzchen gar nicht aufgefallen war. Trotz stundenlanger Suche fanden sie die beiden nicht. Niedergeschlagen kehrten sie kurz vor Einbruch der Dunkelheit zur Höhle zurück.

Charlie war sehr besorgt.

Was, wenn jemand die Sphinxe entdeckte? Was, wenn sie nicht wiederkamen und sie deshalb nicht zurück zur Erde geschickt werden konnten?

Die Zeit wurde sowieso schon knapp. In nicht allzu langer Zeit würden die beiden Kätzchen telepathische Fähigkeiten entwickeln.

Falls sie das als Besucher von der Erde überhaupt konnten. Aber es darauf ankommen zu lassen, war zu riskant. Charlie hatte keine Lust, die Rache einer ganzen Sphinx-Sippe auf sich zu ziehen. Es war schon schlimm genug, dass sie von Oden gesucht wurde.

Schweigend standen die vier am Höhleneingang und suchten mit den Augen den Berg ab. Charlies Blick fiel auf die Blütenschüssel, die immer noch dort stand, wo sie sie in der Mittagssonne zurück gelassen hatten. Wie dunkle, schwarze Punkte trieben die Blüten auf der Wasseroberfläche.

Die Sonne war längst hinter dem Berg verschwunden. Sie hatten es sich zur Gewohnheit gemacht, nichts draußen stehen zu lassen, was auf ihre Anwesenheit hinweisen konnte. Charlie trug die Schüssel in die Höhle und schöpfte die halb welken Blüten mit einem Holzlöffel ab.

Plötzlich schrie Hanna auf! Die beiden Sphinxe waren durch den schmalen Höhleneingang gehechtet und kullerten nun als schwarzweißes Wollknäuel über den Boden.

Vor Schreck vergoss Charlie etwas von dem Wasser, in dem die Blaukrautblüten ihr Sonnenbad genommen hatten, über ihre Hände.

Und da geschah es wieder!

Wie beim ersten Mal erwischte es Charlie unvorbereitet und mit voller Kraft! Panik, Angstschweiß, Kontrollverlust. Etwas zog ihr den Boden unter ihren Füßen weg! Am ganzen Körper zitternd, versuchte sie auf den Beinen zu bleiben, sackte aber trotz aller Anstrengung langsam in sich zusammen.

Von weit her hörte sie Tora rufen:

»Seht mal! Sie haben ein Kaninchen erlegt!«

Charlie kam wieder zu sich. Schnell trocknete sie sich ihre Hände an ihrer Hose ab und starrte zu Tora, Hanna und Kunar, die von Charlies Schwächeanfall nichts mitbekommen hatten.

Fasziniert beobachteten sie die jungen Sphinxe, die sich knurrend gegenüberstanden. Zwischen ihnen lag ein erlegtes, großes graubraunes Kaninchen. Offensichtlich waren sich die beiden nicht einig, wem die Beute gehörte.

»Sie haben bestimmt gemeinsam gejagt«, überlegte Kunar. »Und jetzt haben sie ein Problem!«

Er ließ die beiden Katzen nicht aus den Augen. So wie sich Dag und Natt gegenüberstanden – knurrend, fauchend, angriffsbereit – war ihre Wildheit nicht zu übersehen. Keine Spur mehr von den kleinen süßen Kätzchen, die Tora vor gar nicht langer Zeit von der Erde mitgebracht hatte. Hier standen sich zwei halbwüchsige, wilde Raubtiere gegenüber!

»He! Was soll das!«, rief Tora plötzlich mit erstaunlich kräftiger Stimme.»Ihr seid Geschwister! Vertragt euch gefälligst! Wenn ihr euch nicht einigen könnt, gehört das Kaninchen mir! Verstanden?« Charlie hielt den Atem an. Hanna und Kunar sahen Tora verdutzt an.

»Tora«, meinte Kunar vorsichtig.»Lass das! Die sehen nicht aus, als würden sie spaßen!«

Toras grüne Augen wurden zu schmalen Schlitzen.

»Ich auch nicht!«, presste sie mit unterdrückter Wut hervor.»Aus dem Weg! Dag, Natt! Ab!« Tora trat selbstsicher und sehr energisch zwischen die beiden Jungtiere und stellte sich genau über das erlegte Kaninchen.

»Geht ab! Habe ich gesagt!«, wiederholte sie und zeigte entschlossen mit dem Finger in Richtung Nachtlager. Fauchend rückten beide etwas zurück, kamen aber schnell wieder vor und führten drohende Angriffe auf Tora durch, indem sie mit ausgefahrenen Krallen in der Luft nach ihr schlugen.

»Jetzt passt mal gut auf, ihre zwei!«, wetterte Tora los. Kunar griff nach seinem Bogen und spannte innerhalb von Sekunden einen Pfeil auf die Sehne. Der zweite lag bereits griffbereit in seiner Hand.

»Tora! Weg da! Das ist kein Spiel!«, rief er

Tora hörte nicht auf ihn. Sie fixierte ihre Schützlinge erneut und starrte die beiden so intensiv an, als würde sie ihnen nur mit ihren Augen Befehle erteilen.

Zu Charlies Erstaunen schien es zu funktionieren. Dag und Natt zogen sich langsam zurück und ließen sich direkt neben Toras Arbeitstisch nieder. Jeder zu einer Seite. Ihre Schwänze peitschten unruhig hin und her. Tora hob langsam das Kaninchen hoch und trug es zur Arbeitsfläche hinüber. Kunar hielt den Bogen gespannt, während sie das Tier in zwei gleich große Teile zerlegte. Diese ließ sie auf dem Tisch liegen und ging zu ihrem Bruder.

»Du kannst den Bogen wieder weglegen, Kunar.«

Er senkte langsam seine Waffe, legte sie aber noch nicht weg. Charlie sah, wie sich jede Sphinx eine Hälfte der Beute holte und dann beide gemeinsam in Richtung Nachtlager verschwanden.

Alle atmeten erleichtert auf.

»So kann das nicht weitergehen«, sagte Kunar.

Hanna und Charlie pflichteten ihm bei. Die Situation war nicht gerade ungefährlich gewesen. Ganz zu schweigen davon, dass die beiden Sphinxe auf ihrer Jagd vielleicht gesehen worden waren!

»Sie sind gefährlich, Tora!«, sagte Kunar.

Doch Tora schüttelte den Kopf. »Nein, sind sie nicht. Sie sind in den Flegeljahren und brauchen feste Richtlinien. Es wird nicht wieder vorkommen. Sie haben gerade gelernt, was teilen heißt. Sie sind intelligent genug, das zu verstehen.«

Kunar und Hanna sahen sie zweifelnd an.

Charlie horchte auf.

*Es wird nicht wieder vorkommen?*

Woher wusste Tora das so genau? Sie schien sich ihrer Sache äußerst sicher zu sein. Zugegeben, sie hatte gute Arbeit geleistet. Die Sphinxe gehorchten ihr aufs Wort.

Keiner vermochte die beiden Wildkatzen so zu kontrollieren wie Tora. Vielleicht fühlte sie es einfach. Tora vertraute offensichtlich ihrer Intuition, wenn es um die Erziehung der Katzen ging. Und sie hatte bisher großen Erfolg gehabt. Charlie selbst wusste, wie viel Intuition bewirken konnte.

Oder aber Tora *kommunizierte* mit ihnen.

»Ich glaube, wir sollten den beiden noch eine Chance geben«, hörte sich Charlie selbst sagen.

Alle Augenpaare waren auf sie gerichtet.

»Sie lernen schnell, das hat Tora oft genug bewiesen. Und was das Wichtigste ist: Sie haben sich Toras Willen gefügt und gehorchen«, erklärte sie.

Kunar konnte das nicht recht überzeugen. »Ja«, sagte er grimmig. »Sie haben sich Tora gefügt. Ich bin mir aber keineswegs sicher, ob sie einem von uns gehorcht hätten.«

»Ich glaube, Kunar hat recht«, sagte Charlie. »Aber sie haben ihr gehorcht. Ich weiß nicht warum, aber ich habe das Gefühl, dass Tora auf jeden Fall die Kontrolle hat. Noch zumindest.«

Toras Augen blitzten auf. »Wenn ich sie nicht mehr habe, werde ich euch rechtzeitig warnen«, sagte sie mit einem ironischen Unterton.

»Also, wir haben eigentlich nicht viele Möglichkeiten. Falls wir die beiden nicht töten wollen, und das möchte ich auf keinen Fall, bleibt uns bloß noch eine Option: Vertrauen!«, sagte Charlie.

Dankbar sah Tora zu ihr hinüber.

»Ich verspreche dir, dein Vertrauen wird nicht enttäuscht werden. Die beiden haben gerade eine wichtige Lektion gelernt. Ich weiß es!«, fügte sie eindringlich hinzu.

Kunar gab mit einem kurzen Nicken seine Zustimmung. Auch Hanna war einverstanden.

Nur kurze Zeit später nahm Charlie Tora zur Seite.

»Komm. Ich muss dir etwas zeigen.« Sie schnappte sich die Schale mit dem kümmerlichen Rest des Blumenwassers und zog Tora in die Vorratskammer zwischen getrocknete Kräuter, Gewürze und Beeren.

»Seit wann?«, fragte Charlie.

Tora sah sie eine Weile schweigend an. Dann entschied sie sich offensichtlich für die Wahrheit.

»Schon seit einiger Zeit«, flüsterte sie und warf einen raschen Kontrollblick zum Höhleneingang.

»Und du bist dir der Gefahr bewusst? Was, wenn die beiden die Sphinxe in Godheim verständigen?«, fragte Charlie.

Tora schüttelte nachdenklich den Kopf.

»So weit sind sie noch nicht.«

Charlie blickte skeptisch.

»Sicher kann ich natürlich nicht sein«, seufzte Tora. Aber ich habe mit ihnen darüber gesprochen. Die beiden wissen, dass es da draußen weitere ihrer Art gibt und irgendwann werden sie sich auf die Suche nach ihnen begeben. Noch sind sie allerdings nicht so weit. Sie müssen sich erst selbst versorgen können.«

Charlie hob beide Augenbrauen.

»Ja, ich weiß«, sagte Tora. »Sie haben heute den ersten Schritt in diese Richtung getan. Aber sie werden uns nicht verraten. Wir sind ihre Familie! Sie würden doch nicht ihre Familie verraten, oder?«

Tora sah Charlie flehend an. Ganz so sicher war sie sich offensichtlich doch nicht. Aber wie Charlie nur kurze Zeit vorher so treffend gesagt hatte: Hatten sie eine Wahl?

Wenn es nach Kunar – und vermutlich auch nach Biarn – ging, dann ja. Nämlich die Wahl, sie zu töten! Aber für Charlie kam das nicht in Frage. Sie war sich dessen soeben bewusst geworden. Für den Fall, dass es ihnen nicht gelingen sollte, die Sphinxe zurück zur Erde zu bringen, würden sie darauf vertrauen müssen, dass das Band zwischen den jungen Sphinxen und ihrer Ziehmutter Tora stark genug war. Stark genug, um die einzige Familie, die sie kannten, zu schützen.

»Wir werden es für uns behalten müssen, Tora. Kunar und Biarn würden das Risiko vermutlich nicht eingehen.«

»Ich weiß«, flüsterte Tora und verknotete dabei ihre Hände. »Deswegen habe ich auch nichts gesagt.«

Charlie schwieg.

*Hatten sie das Recht, diese Entscheidung alleine zu fällen?*

Obwohl sie damit vielleicht ihren einzigen sicheren Ort aufs Spiel setzten? Obwohl sie riskierten, den Zorn der Sphinx-Sippen auf sich zu lenken und damit nicht nur sich selbst in Gefahr brachten?

Zweifel nagten an Charlie.

*Hoffentlich begehen wir keinen großen Fehler!*

Sie seufzte noch einmal und sah, wie Tora sich ebenso besorgt und schuldbewusst an die steinerne Wand der Vorratskammer lehnte.

Sie standen sich lange schweigend gegenüber.

Letztendlich sagte Charlie: »Hier, probier mal das Wasser!«

Sie hielt Tora die Holzschüssel mit dem Blütenwasser entgegen.

»Nimm nur wenig. Es ist sehr stark.«

Tora sah Charlie verständnislos an.

»Das ist das Wasser, in dem unsere Blüten ihr Sonnenbad genommen haben. Ich habe die Blüten abgeschöpft. Das Wasser hat die Energie des Blaukrautes übernommen. Frage mich nicht wieso, aber es ist so. Ich habe es genau gespürt, als ich etwas davon verschüttete«, erklärte Charlie.

Tora nippte an der Flüssigkeit. Die Wirkung setzte sofort ein. Ihr Blick wurde weich. Verträumt starrte sie ins Leere und seufzte wohlig.

Charlie beobachtete Tora genau.

»Tora?«, fragte sie nach einer Weile. »Tora? Ist alles in Ordnung?«

Tora lächelte sanft.

»Ja«, sagte sie. »Alles in Ordnung!«

»Du hast recht gehabt, Charlie. Eine Medizin für Gefühle.«

Sie zögerte.

»Es geht mir gut. Endlich geht es mir wieder gut«, sagte sie mit tränenerstickter Stimme. »Ich habe nichts vergessen, aber es ist jetzt gut. Ich kann nun daran denken, ohne zu verzweifeln. Ich kann wieder klar denken, Charlie.«

Sie schwiegen eine Weile.

»Es ist, als ob ich mein inneres Gleichgewicht wiedergefunden habe«, flüsterte Tora schließlich.

# 19. Oden

*A*m nächsten Morgen gingen sie früh ihren täglichen Aufgaben nach. Kunar war auf der Jagd, Hanna fegte die Höhle aus, Tora und Charlie räumten auf.

Biarn hatte für die getrockneten Kräuter und Wurzeln ein Tuch mitgebracht, das sie nun zu kleinen Seidenbeutelchen umarbeiteten, die dem kleinen braunen Beutel ähnelten, den Charlie von der alten Fulla bekommen hatte. So konnten sie ihre Kostbarkeiten aufbewahren.

»Und wie bewahren wir jetzt diese flüssige Medizin auf?«, fragte Charlie.

Glasflaschen gab es in Vanaheim nicht. Tora hatte von Tonkrügen erzählt, in denen Saligaster Jul-Med – ein Bier aus Honig – aufbewahrt hatte. Aber leider besaßen sie keine.

»Vielleicht kann man die Blüten getrocknet aufbewahren und sie dann frisch zubereiten?«, überlegte Tora.

»Du meinst, dass die getrockneten Blüten ein Sonnenbad nehmen sollten? Das müssten wir aber vorher ausprobieren.«

Das Ergebnis war äußerst unbefriedigend. Charlie und Tora mussten feststellen, dass offenbar nur frisch gepflückte Blüten ihre Energie auf das Wasser übertrugen.

In den nächsten Tagen erkannten sie außerdem, dass offensichtlich nicht das Wasserbad allein, sondern das *Sonnenbad* der Schlüssel zum Erfolg war. Nur wenn die Sonne den ganzen Tag auf die frischen Blüten schien, nahm das Wasser deren Energie auf. Eine recht aufwändige Herstellungsmethode.

Sie deckten die Flüssigkeit erst einmal mit einem Tuch ab und hofften darauf, dass Biarn ihnen kleine Tonkrüge besorgen konnte.

Nahezu drei Wochen mussten sie darauf warten. In der Zwischenzeit stellten sie fest, dass es an der Zeit war, Geburtstage zu feiern.

Zu diesem Schluss kamen sie, als Hanna eines Morgens eröffnete:
»Ich habe heute Geburtstag! Ich werde heute 16 Jahre alt!«

Tora schaute sie verdattert an.

»Ich dachte, du wärst schon 16?«

Hanna verzog ihr Gesicht.

»Na ja, ich war ja auch schon fast 16, oder?«

Kunar lächelte amüsiert und ließ wie immer seinen Blick einige Sekunden zu lange auf Hanna weilen.

»Bist du sicher?«, fragte Charlie.

Hanna sah sie verärgert an.

»Natürlich bin ich sicher, dass ich jetzt erst 16 werde!«

»Nein, ich meine, hast du die Zeitverschiebung eingerechnet, oder wirst du auf der Erde im Juli 16 Jahre alt?«, meinte Charlie.

»Ach so«, sagte Hanna. »Es waren noch genau sieben Wochen bis zu meinem Geburtstag. Heute bin ich genau sieben Wochen hier in Vanaheim. Zuhause ist, falls ihr recht habt, nicht einmal ein Tag vergangen...«

»Nur etwas mehr als eine Stunde«, verbesserte Charlie.

Hanna runzelte die Stirn.

»Schon verwirrend, nicht? Diese unterschiedlichen Zeiten. Hier werde ich heute 16 und zuhause wäre ich jetzt nicht einmal zwei Stunden älter. Aber wenn ich jetzt nach Hause kommen würde, wäre ich fast zwei Monate älter, bloß niemand außer mir wüsste es.«

Charlie stimmte ihr zu. Dann sah sie sich verdattert um.

»Sag mal, wann hatte eigentlich Tora Geburtstag?«, fragte sie.

Und dann ging die Rechnerei los. Bevor sie zum zweiten Mal zur Erde gereist waren, hatten sie ausgerechnet, dass Tora im Torre Monat, Kunar im Gräs Monat und Charlie im Göje Monat Geburtstag haben würden.

Das stimmte nach ihrem letzten Ausflug zur Erde natürlich nicht mehr. Nach vielem Hin und Her kamen sie zu dem Ergebnis, dass sie Toras Geburtstag um etwa zwei Wochen verpasst hatten und dass Charlie jetzt 15 werden musste. Ihren wahren Geburtstag kannte ja sowieso keiner.

So kam es also, dass sie im Juli, also Mitte Sommer, Toras und Charlies 15. und Hannas 16. Geburtstag feierten. Um etwas Festtagsstimmung aufkommen zu lassen, schmückten Tora und Hanna die Höhlen mit Blumen und grünen Zweigen, während Charlie und Kunar für den Geburtstagsbraten sorgten. Wie sollte es anders sein, es gab gegrillten Leogriff und Beeren. Keine große Abwechslung, aber trotzdem sehr lecker. Dann liefen sie zum Gymers See hinunter und badeten in dem herrlich erfrischenden Wasser der Hufeisenbucht. Seit einer Woche war es unerträglich heiß geworden. Die Abkühlung war eine tägliche, willkommene Abwechslung.

Gymers See wuchs nicht mehr, obwohl stetig frisches Wasser unter dem Vorsprung am Fuß des Berges hervorquoll. Ein kleiner Fluss sorgte dafür, dass es die Hufeisenbucht noch gab. Nur wenige hundert Meter von der Bucht entfernt, schlängelte sich der von Gymers See gespeiste Wasserlauf durch das Neue Land in Richtung Nordwesten.

Hanna hatte den kleinen Sandstrand der Bucht sofort begeistert in Beschlag genommen. Sie genoss es in vollen Zügen, sich zu sonnen und zu baden. Nicht einmal der leicht moderige Geruch, das Treibgut und die verfaulenden Pflanzenteile konnten ihr die Lust verderben. Sie war eine richtige Wasserratte und zu aller Erstaunen auch eine begnadete Fischerin.

Niemand fing so viele Fische wie sie. Mit einer Engelsgeduld stand Hanna stundenlang trotz sengender Hitze im seichten Seewasser und wartete auf den richtigen Augenblick. Mit einem Speer, den Kunar für sie angefertigt hatte, stieß sie dann derart pfeilschnell zu, dass die Fische keine Chance hatten. Alle vier freuten sich über die leckeren Extramahlzeiten.

Hanna war braun gebrannt. Von ihrer modischen Frisur war nicht mehr viel zu erkennen, und auch ihre dunklen Strähnen waren von der Sonne sehr ausgebleicht. Ihre Haare waren etwas länger geworden und ihr Haaransatz verriet eindeutig, dass Hannas Naturfarbe ein glänzendes Rotblond war. Sie schminkte sich auch nicht mehr. Aus dem modischen Stadtmädchen war langsam eine Bewohnerin Vanaheims geworden.

Mehr als das: Seit der unfreiwilligen Dusche hatte sie sich mehr und mehr in die Gruppe integriert. Zur allgemeinen Überraschung verbarg sich unter der widerborstigen Schale ein nettes Wesen. Außerdem entpuppte sich Hanna als aufgeweckt und sehr intelligent. Im

Gegensatz zu Charlie war sie eine Musterschülerin gewesen. Immer und überall die Klassenbeste, hatte sie bereits zwei Schuljahre übersprungen und sich daher altersbedingt nirgends so richtig zugehörig gefühlt.

Sie war unausgeglichen und aufsässig geworden und hatte auszubrechen versucht. In den Straßen Stockholms gab es dazu viele Möglichkeiten. Der Umzug nach Storby hätte Hanna wieder auf den rechten Weg bringen sollen.

In Vanaheim kam ihr ihre schnelle Auffassungsgabe zugute. Sie beherrschte den Vanaheim-Dialekt schon mindestens genauso gut wie Charlie und speicherte so ziemlich alles in ihrem Gedächtnis ab. Wie Tora besaß sie keine Bjarka-Fähigkeiten und konnte trotzdem bereits eine erstaunlich große Anzahl an Heilkräutern und essbaren Pflanzen erkennen. Charlies Bücher las sie von vorne bis hinten durch. Sie sprachen nie darüber, doch im Gegensatz zu Charlie behielt sie fast alles, was sie gelesen hatte, und konnte es jederzeit abrufen.

Nur einige Tage nach der Geburtstagsfeier sah Charlie Biarn in seinem langen schwarzen Umhang, mit tief im Gesicht hängender Kapuze, den Berg erklimmen. Es war früh am Morgen. Die ersten Sonnenstrahlen trafen auf die wenigen Büsche und Sträucher, die um den Eingang der Höhle wuchsen.

»Bist du bereit, Charlie? Ich will so schnell wie möglich aufbrechen. Hallo, Kunar! Tora!«, machte Biarn eine angedeutete Verbeugung in ihre Richtung. »Ich habe euch noch ein paar nützliche Dinge mitgebracht.«

Er reichte Tora einen grobgewebten Sack, den er über der Schulter getragen hatte.

Hanna erschien im Höhleneingang. »Biarn!«, rief sie und lief direkt auf ihn zu.

»Hallo, Hanna! Wie ich sehe, bist du noch da. Ja, Nebel ist äußerst selten um diese Jahreszeit«, sagte er.

Er sah sich um.

»Die Sphinxe sind dann natürlich auch noch hier. Haben sie Probleme gemacht?«

Tora und Charlie wechselten hastige Blicke.

»Sie waren jagen!«, platzte es aus Hanna hervor. Sie war glücklich, Biarn diese Neuigkeit als erste überbringen zu können. Doch Biarns Blick wurde ernst.

»Sie waren auf der Jagd?«, fragte er.

»Ja, und sie hätten uns fast angegriffen und...«, legte Hanna los.

»So ein Quatsch!«, brachte Charlie sie zum Schweigen. Biarns Blick wechselte zu Charlie, deren Augen unter der schwarzen Lockenpracht kaum mehr zu sehen waren, so sehr waren ihre Haare gewachsen. Obwohl er sehr besorgt war, huschte ein rasches Lächeln über Biarns Lippen.

»Sie haben uns nicht angegriffen!«, betonte Charlie. Dabei durchbohrte sie Hanna mit einem Blick der unmissverständlich sagte: »Sei still!«

»Sie haben sich bloß um die Beute gestritten. Tora hat das Problem gelöst. Es wird nicht wieder vorkommen,« sagte Charlie

»So?«, fragte Biarn.

Sein Blick bohrte sich in Charlies Augen. Ein seltsamer Druck entstand in ihrem Kopf, aber sie machte sich stark und der Druck ließ nach. Biarn schaute zur Seite. Als er Charlie wieder ansah, lag ein wohlbekannter ergründender Ausdruck auf seinem Gesicht.

*Was war da eben passiert?*

Biarn ließ ihr keine Zeit, darüber nachzudenken. Er fixierte sie von Neuem.

»Woher weißt du, dass es nicht wieder vorkommen wird?«, fragte er.

*Wieder dieser Druck!*

Und Biarns typischer Blick. Wieder machte sie sich stark, und wieder ließ der Druck kurze Zeit später nach. Sie antwortete so ruhig sie konnte: »Tora hat es gesagt und ich vertraue ihr. Ich vertraue meiner Intuition, Biarn. Du erinnerst dich?«

Biarn benötigte selbstverständlich keine Erinnerung an das Runen-Orakel. Er schwieg. Offensichtlich war er verblüfft über Charlies Reaktion, aber wie immer hatte er sich rasch wieder unter Kontrolle.

»Pack deine Sachen, Charlie. Wir brechen sofort auf«, sagte er und folgte Tora in die Höhle.

Sowohl Kunar als auch Hanna hatten den seltsamen Wortwechsel mitbekommen. Beide sahen Charlie fragend an.

»Ich erkläre es euch später«, flüsterte sie. Beide folgten ihr in die Höhle.

Tora hatte den Sack geleert. Er enthielt einige Küchenutensilien aus Holz und Ton sowie sechs Riesenigelborsten. Kunar war begeistert. Es war ein sehr kostbares Geschenk, das wusste sogar Charlie. Kunar hatte ihr erzählt, dass man daraus sehr haltbare, perfekte Pfeile und Speerspitzen machen konnte.

»Zwei sind für Tora«, hörte sie Biarn sagen. »Wie du weißt, geben sie hervorragende Nadeln zur Verarbeitung aller Arten von Leder ab. Ich nehme an, ihr habt mittlerweile eine ansehnliche Sammlung von Kaninchenfellen?«

Toras rundliche Wangen leuchteten und ihre Augen glitzerten vor Freude.

»Danke, Biarn!«, fiel sie ihm stürmisch um den Hals.

»Na, na!«, lachte er. »Mal langsam, junge Frau. Du erdrückst mich ja.«

Sowohl Charlie als auch Hanna sahen den beiden mit gemischten Gefühlen zu. Hanna aus Eifersucht. Und Charlie? Sie hatte Biarns Blicke von vorhin noch nicht vergessen.

*Hatte sie sich getäuscht?*

Schließlich kam er zu ihr hinüber.

»Und zwei Riesenigelborsten sind für dich, Charlie. Ich habe gehört, dass deine Jagdkünste mittlerweile sehr beeindruckend sind«.

Er blinzelte Kunar zu, der ebenfalls zwei Igelborsten in der Hand hielt.

Hanna stand etwas verloren abseits, so, als ob sie nicht dazu gehörte.

Dann holte Biarn einen sehr kleinen Anhänger hervor, der an einem Lederband baumelte.

Tora traute ihren Augen nicht: »Ein Phönixstein!«

Biarn lächelte wieder. »Ich muss dich enttäuschen, Tora. Obwohl ich weiß, wie fasziniert du von diesen Steinen bist, habe ich leider nur dieses einzige Exemplar mitgebracht. Da Hanna uns bald verlassen wird, denke ich, dass es ein schönes Abschiedsgeschenk für unser Erdenmädchen ist.«

Tora ließ den begehrten Stein trotzdem nicht aus den Augen.

Es war zwar kein überaus wertvoller Stein mit interessanten Einschlüssen, aber es war dennoch ein Phönixstein, gegossen in eine spezielle Form. Erst als Hanna die Kette strahlend um den Hals trug, erkannte Charlie, dass der Stein die Form der Rune *Algiz* aufwies. *Hatte Biarn nicht gesagt, solche Glücksbringer taugten nichts?* Es sei denn, ein Magier der vier Elemente belegte ihn mit einem Schutz!

»Bloß ein Erinnerungsstück, nehme ich an?«, raunte Charlie Biarn zu, als alle anderen Hannas Kette bewunderten.

Er blinzelte ihr zu: »Selbstverständlich. Sieh nur, wie sie sich freut!«

Ein leicht amüsierter Ton schwang in seinen Worten mit.

»So!«, sagte er dann laut. »Wir müssen nun aufbrechen. Erwartet uns in drei Tagen gegen Abend zurück.«

»Warte!«, rief Tora.

*Was wollte sie?*

»Charlie hat eine neue Medizin entdeckt«, begann Tora.

*Richtig, das hätte sie fast vergessen!*

Biarn blickte interessiert, sagte aber:

»Hat das nicht Zeit, bis wir wieder da sind?«

»Oh ja«, antwortete Tora. »Aber könntet ihr auf eurer Reise verschließbare kleine Tonkrüge auftreiben? Es wäre schade, wenn das Wasser verdunstet.«

»Wasser?«, fragte Biarn.

Sein Interesse war nun doch geweckt.

»Ja«, erklärte Charlie. »Aus irgendeinem Grund lässt sich die Wirkung der Blüten nur in Wasser binden. Und seltsamerweise funktioniert es auch nur mit frischen Blüten.«

»Es ist eine völlig neue und mir unbekannte Art der Herstellung von Medizin«, fügte Tora hinzu. »Klar, ich bin keine Bjarka, also ist es möglich, dass es andere Herstellungsmethoden gibt. Aber es ist nicht nur das!«

Toras Begeisterung war nicht zu überhören.

»Ich glaube, Charlie hat eine völlig neue *Art* der Medizin entdeckt!«

Da Biarn immer noch nicht ganz verstand, erzählten sie ihm von dem Blaukraut, Charlies Reaktion beim Berühren der Blüten, dem Regin und von ihrer Vermutung, dass Tora ihre Gefühle in dem Werk verarbeitet hatte.

Sie berichteten ihm, wie sie durch Zufall herausbekommen hatten, dass frische Blüten ein Sonnenbad nehmen mussten, um ihre Energie an das Wasser abzugeben. Als Tora und Charlie ihren Bericht beendet hatten, wirkte Biarn äußerst nachdenklich.

»Darf ich das Wasser einmal sehen?«, fragte er. Tora lief in die Vorratskammer und holte die Holzschüssel mit dem Blütenwasser.

Biarn zögerte.

»Und du meinst, man kann die Wirkung fühlen?«, fragte er.

»Ja! Du kannst es ja selbst ausprobieren. Hier!«, sagte Charlie und reichte Biarn die Schüssel.

Tora sah erstaunt von einem zum anderen. »Er ist ein Ken, kein Bjarka. Wie soll er die Wirkung fühlen?«, wandte sie ein.

Biarn berührte mit dem Zeigefinger die Wasseroberfläche.

»Du hast recht, Tora. Selbstverständlich fühle ich nichts.«

Er warf Charlie einen raschen Blick zu und schwieg.

*Hatte er nun etwas gefühlt?*

Wenn ja, ließ er sich jedenfalls nichts anmerken; was angesichts der heftigen Reaktion, die das Blaukraut bei Charlie verursacht hatte, eine besondere Selbstbeherrschung voraussetzte.

»Eine neue Medizin...«, murmelte Biarn. »Blaukraut hat meines Wissens nach keine spezielle Wirkungskraft, ob nun als Heil- oder Giftpflanze.«

Tora nickte aufgeregt.

»Ja, ganz genau! Aber es funktioniert! Ich habe es ja selbst erlebt!«

Charlie und Biarn verabschiedeten sich und machten sich auf den Weg zum Fuß des Berges.

»Bist du dir sicher, Charlie?«, fragte Biarn, nachdem sie außer Hörweite waren. »Ich habe nämlich nichts gespürt.«

»Ganz sicher! Beim ersten Mal hat es mich glatt umgehauen«, antwortete Charlie, die den unwegsamen Pfad vor sich ständig im Auge behielt.

Biarn kratzte sich am Kopf.

»Ich habe ehrlich gesagt noch niemals von solch einer Medizin gehört. Nicht einmal Fulla hat jemals Blütenwasser verwendet. Tora könnte mit ihrer Vermutung recht haben, dass du auf etwas völlig Neues gestoßen bist.«

»Fulla ist eine sehr mächtige Magierin, nicht wahr?«, fragte Charlie.

»Vor allem die Bjarka-Kräfte sind äußerst stark in ihr ausgeprägt«, bestätigte Biarn.

Charlie schwieg eine Weile. Dann nahm sie den Faden wieder auf.

»Ich frage mich, wie es ihr geht. Hast du etwas von ihr gehört?«

Biarn schüttelte den Kopf. Ein besorgter Ausdruck flog über sein Gesicht; er hielt inne, um über den Berg hinab in das Neue Land zu sehen. Dann drehte er sich langsam zu Charlie um und sah in ihre grünen Augen. Sie hatte für die Reise die zweite Kontaktlinse erhalten. Hanna würde so lange mit der Augenbinde vorlieb nehmen müssen, eine Kontaktlinse hatte sie ja.

Biarns Gesichtsausdruck war sehr ernst.

»Ich kenne niemanden, der schon so früh über derartige Kräfte in einem Element verfügt wie du, Charlie. Behalte dein Wissen und deine Erkenntnisse vorerst für dich. Ich kann es nicht oft genug sagen: Sei vorsichtig! Je mehr Wissen und Kraft man hat, desto gefährlicher wird es, Mitwisser zu haben«, mahnte er sie.

Charlie spürte Wut in sich aufsteigen.

»Ich kann Tora, Kunar und sicher auch Hanna vertrauen!«

»Ja, sicher glaubst du das, Charlie. Und sie sind sicherlich auch davon überzeugt, vertrauenswürdig zu sein. Aber inwieweit vertraust du auf ihr Schweigen, wenn sie Odens Bärsärkern oder Oden selbst in die Hände fallen?«, gab Biarn zu bedenken.

Charlie war unwohl zu Mute. Sie gab es nur ungern zu, aber vermutlich hatte Biarn recht. Das ärgerte sie. Schweigend ging sie weiter und ließ Biarn einfach stehen. Er folgte ihr, während sein Blick besorgt auf ihrem Rücken ruhte.

Charlie ritt im schnellen Trab neben Biarn her, der auf seinem prächtigen Einhornhengst *Skinfaxe* saß. Dessen lange, volle Mähne leuchtete silberweiß in der Sonne. Biarns langer, schwarzer Mantel verdeckte die kräftige Kruppe des Einhorns und flatterte bei jedem Schritt des Hengstes gegen dessen Flanken. Die Kapuze hatte er wie immer weit ins Gesicht gezogen. Aufrecht, fast eins mit dem Hengst, gab er ein stattliches Bild ab.

Charlie saß auf einem jungen Einhornwallach namens Gler, einem treuen und gutmütigen Tier. Nach einem fast sechsstündigen Ritt am Fuß des Berges entlang tat ihr das Gesäß weh und das nicht zu knapp. Sie war es nicht gewohnt, auf einem Einhornrücken zu sitzen. Die Jahre mit ihrem Isländer lagen lange zurück und auch die vereinzelten Ritte auf Gyller hatten ihr nicht das nötige Sitzfleisch zurückgegeben. Sie stöhnte leise und rutschte auf dem ansonsten wirklich sehr bequemen Sattel in eine andere Position.

Biarn zügelte seinen Hengst. »Wenn du willst, kannst du eine Weile absteigen und Gler führen.«

Charlie nahm das Angebot gerne an. Steif glitt sie an Glers Seite herab und streckte ihre Glieder. Ihre Gesäßknochen schmerzten heftig. Eine Weile ging sie schweigend neben ihrem Tier her. Nach und nach wurden ihre Muskeln wieder weicher und ihre Schritte schneller.

»Wir werden einen kleinen Umweg um Schloss Bilskirne nehmen«, sagte Biarn. »Man braucht uns dort nicht zu sehen.«

Er sprang von seinem Hengst hinunter und begann neben Charlie herzugehen.

»Tut dir etwa auch dein Hintern weh?«, fragte sie.

Biarn grinste breit und schüttelte den Kopf.

»Nein, aber wir sind schon sehr lange und sehr zügig unterwegs. Auch wenn Einhörner extrem ausdauernd sind und ohne Schwierigkeiten große Lasten tragen können, ist es hierzulande normal, sein Tier gelegentlich zu entlasten.«

Er spähte den sandigen Weg entlang. Links von ihnen türmte sich Gymers Berg auf. Zu ihrer Rechten breiteten sich Trudvangs Wälder aus.

Sie hatten das Neue Land längst verlassen, und dicke alte Bäume ragten mit weit ausladenden Schuppennadelzweigen meterhoch neben ihnen empor. Einige grüne Rennspinnen huschten über den Waldboden und verschwanden schnell zwischen den mächtigen Stämmen der uralten Wichtelfichten.

»Außerdem kommt dort vorne jemand. Es sähe wohl recht seltsam aus, wenn nur einer von uns sein Einhorn führt«, erläuterte Biarn.

Charlie spähte ebenfalls voraus.

Tatsächlich kamen dort zwei Personen im Schritttempo auf sie zugeritten. Das war nicht weiter ungewöhnlich. Sie waren in den vergangenen Stunden schon einigen Reisenden begegnet. Wie Biarn ihr geraten hatte, ging sie schweigend mit gesenktem Kopf ein paar Schritte hinter ihm.

Die Männer unterhielten sich angeregt. Charlie spitzte die Ohren.

»Ich habe gehört, dass sich die Triade zur Zeit hier in der Gegend um die Bilskirne-Ländereien aufhält. Offensichtlich wollen sie die Gegend um Gymers Berg noch einmal gründlich absuchen«, sagte der ältere der beiden und kratzte sich am Kinn.

Charlie gefror das Blut in den Adern.

*Gymers Berg? Jetzt?*

Kunar, Tora und Hanna... Sie mussten sie warnen!

Sie riss sich zusammen und lauschte weiter. Biarn schritt vor ihr her, als wäre nichts gewesen. Unter seinem langen Mantel und der Kapuze konnte niemand seine Anspannung bemerken.

»Nicht schon wieder!«, antwortete der Jüngere. »Haben wir nicht schon genug gelitten? Wieso noch einmal?«

»Bauern wollen vor einigen Tagen zwei Halbwüchsige auf der Jagd gesehen haben, einen Jungen und ein Mädchen...«, sagte der ältere Mann und warf dem Jüngeren einen vielsagenden Blick zu.

»Die Armen. Sie sind vermutlich harmlos. Odens Helfer werden sie wohl kaum entkommen lassen. Ich möchte nicht in ihrer Haut stecken«, seufzte der Jüngere.

Die beiden Männer nickten Biarn zum Gruß zu und ritten gemächlich weiter.

»Die Suche soll morgen früh beginnen, habe ich gehört...«

Mehr konnte Charlie nicht verstehen. In ihrer Brust erreichte die Anspannung ihren Höhepunkt. Sobald die beiden Reiter außer Hörweite waren, flüsterte sie aufgeregt:

»Biarn!... Biarn!«

Ohne sich umzudrehen ging Biarn scheinbar seelenruhig weiter neben Skinfaxe her.

»Sei still!«, befahl er leise. Charlie glaubte, aus ihrer Haut fahren zu müssen. Gler schien ihre Aufregung zu spüren. Trotz seines ruhigen Charakters fing er an zu tänzeln und schnaubte irritiert.

Charlie sah sich noch einige Male hastig nach den beiden Männern um. Es kam ihr wie eine Ewigkeit vor, bis sie endlich hinter der nächstliegenden Wegbiegung verschwunden waren.

Schnell schloss sie zu Biarn auf.

»Sie sind weg! Biarn! Wir müssen Kunar, Tora und Hanna warnen!«, rief sie aufgeregt.

Biarn hielt an und drehte sich zu ihr um. Nachdem er einen prüfenden Blick den Weg hinunter geschickt hatte, legte er Skinfaxe eine Hand auf den Mähnenkamm.

*Was war mit Biarn los? Wieso reagierte er nicht?*

»Biarn!«, rief Charlie eindringlich und trat hastig einige Schritte näher. »Wir müssen sofort umkehren!«

Die Angst um ihre Freunde, ihre einzigen Freunde, ließ sie die Beherrschung verlieren.

»Die Bauern haben bestimmt Kunar und Hanna gesehen!«

In Gedanken sah sie bereits Tora, Kunar und Hanna in Hugin und Munins Gewalt.

Skinfaxe scheute zur Seite und tänzelte an seinen Zügeln um Biarn herum. Auch Gler schnaubte nervös, während Charlie aufgebracht versuchte, ihren Fuß in den Steigbügel zu bekommen.

»Ich werde jedenfalls sofort umkehren!«, sagte Charlie. Ihre Worte kamen schnell und heftig. »Ich muss sie warnen! Wir müssen sofort zurückreiten!«

Sie hüpfte auf einem Bein hinter Gler her, während sie mit dem anderen Fuß im Steigbügel hing. Da wurde sie von hinten gepackt und von Gler fortgerissen.

Wütend versuchte sie sich zu befreien.

*Was war nur in Biarn gefahren?*

Wieso versuchte er sie aufzuhalten?

»Lass mich los!«, rief sie aufgebracht. »Lass mich *sofort* los! Ich kehre um! Wenn du nicht willst: Bitte sehr! Du kannst dich ja in Sicherheit bringen!«

»Sei still, Charlie, und beruhige dich erst einmal«, antwortete Biarn.

Er rief nicht, er wurde nicht einmal laut, aber seine Stimme klang eindringlich.

Doch stattdessen explodierte Charlie förmlich. Sie schrie und trat um sich. Biarn packte sie am Hemdkragen und zog sie unsanft heran. Seine grünen Augen trafen die ihren.

»Sei doch vernünftig, Charlie. Selbstverständlich werden wir umkehren«, sagte er.

Noch bevor sie begriff, was Biarn gesagt hatte, riss sie sich mit einem kräftigen Ruck los.

Sie fühlte es sofort! Das Lederband um ihren Hals gab nach und bevor sie wusste, was geschah, rutschte das Amulett an der Innenseite ihres Hemdes herunter und fiel zu Boden.

Schneeweiß mit blutroten Linien lag der Stein zwischen ihr und Biarn im Sand.

Charlie stand wie gelähmt da und starrte auf das Amulett. Sie versuchte fieberhaft ihre Gedanken zu ordnen. Es schienen Minuten zu vergehen, tatsächlich dauerte es doch nur Sekunden, bis Biarn sich bückte und den weißen Stein wortlos aufhob.

Da kam wieder Leben in Charlie. Sie sah Biarn an, der vergessen zu haben schien, dass sie existierte. Mit starrer Miene, fast ausdruckslos, fixierte er den Stein in seiner Hand.

»Das ist es also«, murmelte er kaum hörbar. »Das ist es also, was Oden so verzweifelt und beharrlich sucht... und es fehlt ein Stück...«

Dann reichte er Charlie das Amulett. »Selbstverständlich gehört es dir, Charlie«, beruhigte er sie. Er ließ sie dabei keinen Augenblick aus den Augen.

Charlie nahm den Stein rasch wieder an sich und knotete das Lederband zusammen.

»Und du hast es bisher auch erfolgreich geheim gehalten, obwohl ich natürlich vermutet habe, dass es eine Art *Schlüssel* geben musste, der es dir ermöglicht, durch den Nebel zu reisen«, sagte Biarn.

*Ja, natürlich musste er etwas vermutet haben,* dachte Charlie.

Das war zumindest logisch. Wieso sollte sonst lediglich sie allein die Fähigkeit haben, durch den Nebel zu reisen? Aber er hatte sie nie danach gefragt.

*Warum eigentlich nicht?*

Als ob Biarn ihre Gedanken gelesen hätte, sagte er:

»Es war nicht wichtig zu wissen, wie der Schlüssel aussieht, es war nur wichtig zu wissen, dass es ihn gibt. Allerdings hielt ich es für möglich, dass der Schlüssel *in* dir lag. Du bist ein Geschöpf der alten Zeit, Charlie, oder wie du auch immer in Wirklichkeit heißen magst. Wir wussten nicht, ob die Fähigkeit, durch den Nebel zu gehen, womöglich mit der Zeit verloren ging. Wir wussten und wissen nicht, weshalb die Tore zu den Welten versperrt sind und warum seit Tausenden von Jahren niemand mehr durch den Nebel zu anderen Welten gereist ist. Ich hatte gehofft, dass du mir irgendwann von alleine mehr erzählen würdest.«

Charlie starrte Biarn an.

»Wer ist *wir*?«, fragte sie schließlich, um irgendwo zu beginnen.

Biarn führte Skinfaxe an den Wegesrand und ließ ihn grasen.

Charlie folgte seinem Beispiel.

»Magier aus Vanaheim und Godheim. Oden sucht dich. Aus irgendeinem Grund weiß er, wann du den Nebel passierst. Ich vermute, dass es damit zusammenhängt, dass er womöglich so ist wie du«, sagte Biarn und sah Charlie prüfend an.

»Du weißt, was die Menschen sich erzählen? Man vermutet, dass Oden bereits seit Jahrtausenden lebt.«

*Ja, davon hatten Kunar und Tora erzählt.*

Einige glaubten, er lebe schon ewig, andere gingen davon aus, dass es sich um direkte Nachkommen handelte, alle auf den Namen Oden getauft.

*Glaubte Biarn tatsächlich an die erste Variante?*

Wie sollte denn jemand mehrere tausend Jahre alt werden?

»Du meinst, Oden könnte tatsächlich aus meiner Zeit stammen?«, fragte sie schließlich.

*Wie das klingt! Aus meiner Zeit...*

»Ich habe also recht mit meiner Annahme, dass der Stein der Schlüssel zur Erde ist?«, fragte Biarn.

Seine Frage kam eher eine Feststellung gleich. Charlie fühlte sich überrumpelt.

*Biarn hatte also gar nicht sofort gewusst, was das Amulett konnte!* Er hatte seine Vermutung als Tatsache dargestellt und Charlie war darauf hereingefallen.

*Nun gut, was soll`s,* dachte sie und nickte kurz bestätigend. Hatte sie sich nicht vorgenommen, vorsichtiger zu sein? Aber nun war es zu spät. Nun war der Zeitpunkt gekommen, Biarn entweder zu vertrauen, oder... Ja, was blieb ihr eigentlich anderes übrig? Sie war hier ganz allein, sechs Reitstunden von der sicheren Höhle und unendlich weit von der wirklich sicheren *Erde* entfernt. Nebel war in nächster Zeit wohl nicht zu erwarten, denn die Sonne schien trotz der späteren Stunde heiß auf sie herab.

»Ja«, antwortete Charlie endlich.

Biarn hatte die Antwort bereits geahnt.

»Wenn der Stein der Schlüssel ist, besteht die Möglichkeit, dass Oden einen ähnlichen Schlüssel besitzt«, überlegte er und machte danach eine vielsagende Pause. »Oder er besitzt dein Gegenstück!«, fügte er hinzu.

Bei Charlie fielen so langsam die Puzzlestücke an ihren Platz. Sie starrte das Amulett in ihrer Hand lange an. Die Bruchkante war gut zu sehen; die dunkle, rote Farbe hob sich deutlich von dem Weiß der Kante ab.

*Wenn Oden das Gegenstück besaß, dann konnte er womöglich ebenfalls durch den Nebel reisen!*

Wenn das zutraf und man die Zeitverschiebungen berücksichtigte, dann war Oden vielleicht gar nicht tausende Jahre alt! Für ihn waren vielleicht – genau wie für sie selbst – nur einige Jahre vergangen!

An diesem Punkt zögerte Charlie.

»Wie sollte das gehen?«, fragte sie geradeheraus. »Er kann nicht gleichzeitig hier und dort gewesen sein.«

Biarn verstand ihre Frage sofort.

»Ich weiß die Antwort darauf nicht«, sagte er. »Noch nicht. Aber falls wir mit unserer Vermutung recht haben, werde ich das herausfinden.«

»Und weshalb weiß er, wann ich durch den Nebel gehe?«, fragte Charlie, die ihre gewohnt ruhige Art wiedergefunden hatte.

Ihr Gehirn lief jetzt auf Hochtouren. Biarn band einen prallgefüllten braunen Wassersack von Skinfaxes Sattel los, öffnete ihn und nahm einen kräftigen Schluck Dann reichte er ihn an Charlie weiter. Während sie trank, fiel ihr erst auf, wie durstig sie war.

»Hätte ich dann nicht auch etwas von Odens Reisen mitbekommen müssen?«, fragte Charlie und gab Biarn den Wassersack zurück.

»Ja. Bei deinen ausgeprägten intuitiven Kräften sollte das der Fall sein«, gab er nach kurzem Nachdenken zurück. »Ich kann dir nicht sagen, weshalb das nicht passiert ist. Möglicherweise ist Oden in letzter Zeit nicht verreist. Ich wüsste ehrlich gesagt auch nicht wann. Er war nie längere Zeit fort.«

»Woher weißt du das so genau?«, fragte sie erstaunt.

Biarn strich sich eine blonde Strähne aus seinem Gesicht und verstaute sie unter der Kapuze.

»Ich habe so meine Quellen«, entgegnete er knapp.

*Ach ja,* dachte Charlie. *Ich soll ihn ja nicht fragen, woher er sein Wissen hat.*

»Tja, egal ob Oden nun auch so einen Stein besitzt oder nicht, wir haben jetzt Wichtigeres zu tun!«, sagte sie nachdrücklich und wandte sich Gler zu, der genüsslich und ausgiebig graste.

»Charlie, wir können jetzt nicht umkehren. Wir schaffen es vor Einbruch der Dunkelheit nicht zurück, und es gibt auf dem Weg keine sichere Übernachtungsmöglichkeit«, sagte Biarn.

Charlie hielt inne. Das war es also.

*So ein Mist! So ein verdammter Mist!*

Deshalb hatte Biarn so nachdenklich reagiert und war nicht sofort umgekehrt. Wieso hatte sie nicht selbst daran gedacht? Immerhin brachte sie sich nun seit geschlagenen acht Monaten jeden Abend vor Sonnenuntergang in Sicherheit.

»Verdammt!«, stieß sie hervor und ließ sich neben Gler ins verdorrte Gras fallen.

»Und noch dazu sind es fast zwei Stunden Schritttempo in die entgegengesetzte Richtung bis zu einer geeigneten Unterkunft«, fuhr Biarn fort.

»Gibt es keine andere Möglichkeit? Keine Eberesche und keinen Jordvätten auf dem Rückweg?«, fragte Charlie verzweifelt.

Biarn zögerte. Nach einer Weile sagte er: »Es gibt einen alten Steinbruch, etwa drei bis vier Stunden von hier entfernt. Wenn wir reiten wie der Wind, können wir es schaffen.«

»Warum hast du das nicht gleich gesagt!«, rief Charlie und sprang mit einem Satz auf die Beine. »Dann sind es morgen Früh nur noch etwa zwei Stunden bis zu Höhle.«

Biarn schüttelte den Kopf.

»Nein, es sind immer noch vier Stunden. Der Steinbruch liegt südwestlich von hier, aber es wären zumindest keine acht Stunden.«

»Also gut! Wir riskieren es!«, sagte Charlie entschlossen.

Biarn schwang sich elegant in den Sattel, während Charlie etwas steif auf Glers Rücken kletterte. Ihre Sitzknochen machten sich schmerzhaft bemerkbar, als sie sich zurechtsetzte und die Zügel aufnahm.

»Pass auf, dass deine Kapuze da bleibt, wo sie ist!«, rief Biarn und zügelte Skinfaxe, der merkte, dass sein Herr es eilig hatte und nervös vorwärts strebte. Charlie nickte und trieb Gler in den Galopp.

Sie hatten Glück. Die beiden Männer waren offensichtlich an der nächsten Weggabelung Richtung Schloss Bilskirne abgebogen. So konnten sie den Weg fast unbemerkt zurückreiten.

Die wenigen Reisenden, an denen sie im raschen Tempo vorbeizogen, sahen ihnen verwundert hinterher. Ihre Bemühungen, so unauffällig wie möglich zu reisen, wurden dadurch zunichte gemacht. Aber Charlie war es egal. Sie hatte nur ein Ziel: Ihre Freunde zu warnen.

Das Fell der Einhörner glänzte in der Sonne. Ihre Ausdauer war wirklich ungewöhnlich, doch der schnelle stundenlange Ritt zehrte an Charlies Kräften. Als die Nacht hereinbrach, konnte sie sich vor Anstrengung kaum noch im Sattel halten. Biarn zügelte Skinfaxe und ließ ihn am langen Zügel im Schritt vorwärts gehen. Froh über diesen unerwarteten Tempowechsel, schloss Charlie zu ihm auf.

Biarn suchte mit seinem Blick den Himmel ab.

»Jetzt gilt es, so wenig Lärm wie möglich zu machen«, sagte er leise. »Wenn wir Glück haben, jagen die Nidhöggs nicht gerade hier. Wir brauchen noch etwa eine Stunde bis zum Steinbruch.«

Charlie war zu erschöpft, um sich Sorgen zu machen. Sie hoffte trotzdem inständig, dass ihr nächtlicher Ritt unbemerkt bleiben würde.

Obwohl die Sonne längst untergegangen war, war es keineswegs dunkel. Die zwei Monde tauchten die Landschaft in ein fahles Licht und ermöglichten Charlie und Biarn nicht nur freie Sicht nach allen Seiten, sondern auch nach oben. Angespannt ritten sie dahin, ständig auf der Hut.

Und plötzlich waren sie da! Hoch über ihnen schwebten sie. Es waren mindestens fünf oder sechs Nidhöggs, die über dem Waldgebiet kreisten.

Auch Biarn hatte sie gesehen. Vermutlich bereits vor ihr, denn er zügelte den immer nervöser werdenden Einhornhengst und flüsterte: »Sobald sie uns entdecken, reitest du los, Charlie. Der Steinbruch ist nur noch zehn Minuten entfernt. Er liegt links vom Weg, du kannst ihn gut erkennen. Und warte nicht auf mich. Du reitest so schnell Glers Hufe dich tragen und kümmerst dich nicht um mich! Hast du verstanden? Ich bin direkt hinter dir!«

Charlie nickte. Der Schreck saß ihr in den Gliedern, und jeder einzelne Muskel in ihrem Körper war angespannt.

Sie ritten im Schatten der hohen Wichtelfichten zügig vorwärts und behielten den Himmel über sich ständig im Blick. Fünf Minuten vergingen. Fünf sehr lange Minuten. Charlie wagte schon zu hoffen, dass sie es unentdeckt bis zum sicheren Steinbruch schaffen würden, als plötzlich ein gellender Schrei ertönte!

»Los!«, brüllte Biarn und zog Gler einen Zweig über die Kruppe. Der Wallach stürmte erschreckt vorwärts, während Charlie sich festklammerte und um ihr Leben ritt!

Ein Blitz zuckte direkt über ihr durch die Nacht und schrille Schreie folgten! Charlie hörte Biarn unverständliche Wörter rufen; weitere Blitze erleuchteten den Himmel. Hinter und über ihr tobte ein erbitterter Kampf, während Gler im gestreckten Galopp über den Waldweg raste. Er trug Charlie mit jedem Schritt dichter an den rettenden Steinbruch heran.

Charlie versuchte in fieberhafter Verzweiflung an Glers Zügel zu gelangen, die ihr bei dem rasanten Abgang aus der Hand geglitten waren. Sie musste die panische Flucht rechtzeitig stoppen können. Festgeklammert wie ein Affe hing sie über Glers Hals und griff bei jedem Galoppsprung ins Leere. Währenddessen stieß Biarn weitere magische Beschwörungen aus, was die Wesen über ihnen völlig in Rage versetzte. Eine Beute, die sich offensichtlich zu wehren wusste.

Die Nidhöggs waren überall. Ihr ohrenbetäubendes Kreischen und Fauchen drang Charlie in Mark und Bein. Endlich fanden ihre suchenden Finger die Zügel! Ein gewaltiger Nidhögg stieß von vorne auf sie herab. In letzter Sekunde riss sie den Wallach herum und entkam den scharfen Krallen um Haaresbreite. Bevor sie Gler die Hacken in die Seite bohrte, warf Charlie einen Blick zurück.

Ihr bot sich ein fürchterliches Bild: Mindestens fünf Nidhöggs stürzten abwechselnd auf Biarn und Skinfaxe herab. Der Einhornhengst blutete aus mehreren klaffenden Wunden, und auch Biarn hatte etwas abbekommen. Ein blutender Schnitt lief quer über seine linke Wange. Biarn schien mit seinen Händen einen Dolch zu formen, den er mit aller Kraft in den Nidhögg direkt über sich bohrte.

»Vorwärts!«, brüllte er Charlie zu. Er selbst trieb Skinfaxe schonungslos voran.

Charlie zuckte zusammen und riss Gler unsanft herum. Seite an Seite rasten sie den Weg entlang, dicht gefolgt von einer Schar aufgebrachter, blutrünstiger Nidhöggs.

Rasend vor Zorn kreischten die Wesen der Schattenwelt auf, als Gler und Skinfaxe schweißgebadet und blutüberströmt den rettenden Steinbruch erreichten.

Charlie spürte sofort die gewaltige Kraft des hier hausenden Jordvätten. Sie blickte wild um sich und sah die dunklen Wesen nicht weit über ihnen innehalten. Biarn sprang sofort von Skinfaxes Rücken hinunter und eilte zu Charlie hinüber.

»Bist du in Ordnung? Bist du verletzt?«

Biarns kräftige Stimme drang zu ihr durch. Sie war viel zu aufgewühlt, um auch den besorgten Unterton wahrzunehmen. Zitternd glitt Charlie von Gler herunter. Ihre Beine waren weich wie Pudding. Biarn packte sie am Arm.

»Geht es dir gut?«, wiederholte er eindringlich.

Charlie bejahte benommen und stützte sich gegen Gler, der mindestens genauso zitterte wie sie selbst. Er schnaubte aufgeregt und presste sich schutzsuchend an Skinfaxe heran. Auch der Hengst zitterte nervös und suchte seinerseits Schutz bei seinem Herrn. Nachdem sich Biarn vergewissert hatte, dass Charlie mit dem Schrecken davon gekommen war, wandte er sich besorgt seinem Einhorn zu.

Die Nidhöggs hatten aufgehört zu toben. Nur vereinzelt hallte noch ein greller Schrei hoch über ihnen durch die Nacht. Im fahlen Mondlicht konnte Charlie die Wesen der Schattenwelt kreisen sehen.

Skinfaxe hatte ein Dutzend kleinerer und größerer Wunden. Bis auf einen großen, klaffenden Schnitt auf seiner Kruppe waren es glücklicherweise nur Kratzer der messerscharfen Nidhöggsklauen. Der Schnitt auf der Kruppe ging allerdings tief und das Blut lief dem zitternden Hengst am Hinterbein hinunter.

»Wir müssen die Blutung stoppen«, murmelte Biarn und wischte sich mit dem Handrücken sein eigenes Blut aus dem Gesicht.

»Du bist verletzt!«, rief Charlie.

»Nur ein kleiner Schnitt. Halb so wild. Das hier muss allerdings versorgt werden!«, deutete er auf Skinfaxes Kruppe. Einhornblut sickerte dick aus der Schnittwunde.

Biarn zog aus seinem Umgang einen kleinen Beutel hervor, in dem Charlie Heilkräuter vermutete. Sie selbst fischte die Dose Blauspray aus ihrer Manteltasche, die sie seit ihrem ersten Erdausflug für Notfälle bei sich trug, und einen kleinen Kräuterbeutel.

»Hier«, sagte sie und hielt die Spraydose hoch.

»Was ist das?«, fragte Biarn interessiert.

»Desinfektionsspray von der Erde. Es verhindert, dass sich die Wunden entzünden«, antwortete Charlie. »Allerdings müssen wir die Blutung erst stoppen. Im Beutel ist gemahlener Nidhöggzahn.«

»Sehr gut, in meinem auch!«, sagte Biarn. »Bei der großen Wunde werden wir wohl alles benötigen, was wir haben.«

Sie machten sich ans Werk. Nachdem sie mit den gemahlenen Nidhöggzähnen die Blutung auf Skinfaxes Kruppe gestoppt hatten, zückte Charlie das Blauspray.

»Halt' ihn gut fest!«, riet sie. »Pferde mögen das Geräusch des Sprays jedenfalls nicht. Außerdem brennt das Zeug höllisch.«

Biarn packte Skinfaxes Zügel. Charlie besprühte großzügig den klaffenden Schnitt. Das perlweiße Fell des Einhorns färbte sich blaulila. Der Hengst zuckte zusammen und fing an, im Kreis um Biarn herum zu tänzeln. Biarn beruhigte das Tier mit sanfter Stimme, so dass Charlie auch die vielen kleineren Schnittwunden versorgen konnte. Skinfaxe sah bald aus wie Pippi Langstrumpfs *Kleiner Onkel*, nur dass seine Punkte blaulila und nicht schwarz waren.

Biarn grinste breit und betrachtete seinen Einhornhengst. »Sehr hübsch.« Er kraulte ihm liebevoll den Hals und sah zu Gler hinüber. »Er hat nichts abbekommen. Gut.«

Nachdem Charlie mit den restlichen Krümeln gemahlener Nidhöggzähne auch die Blutung von Biarns Schnittwunde gestoppt hatte, suchten sie sich einen geeigneten Platz für die Nacht. Die Kraft des Jordvätten deckte den gesamten Steinbruch ab. Sie führten die Pferde in eine Art Bucht aus Steinen, die Schutzsuchende vor ihnen offensichtlich zu diesem Zweck errichtet hatten. Mit zwei Hölzern verschlossen sie den kleinen Auslauf, nachdem sie sich noch einmal vergewissert hatten, dass es den Tieren gut ging. Sie selbst übernachteten in einer kleinen Holzhütte nicht weit davon entfernt. Da gab es zwei Betten, einen Tisch, einige Stühle und eine Feuerstelle. Offensichtlich suchten hier Reisende häufig Schutz vor der Dunkelheit.

»Wieso wohnt hier niemand? Ich würde mich ja immer im Einzugsbereich eines Jordvätten niederlassen«, fragte Charlie, als sie endlich am flackernden Feuer beisammen saßen.

»Ja, aber die bekannten Schutzstellen gehören der Allgemeinheit«, antwortete Biarn. »Jeder soll hier auf seinen Reisen Schutz suchen können. Es ist eine Art stillschweigende Übereinkunft aller Bewohner der Umgebung, dass solche Stellen frei bleiben.«

Eigentlich eine sehr gute Einrichtung, fand Charlie und zog ihr Proviantbündel hervor. Sie starb fast vor Hunger.

*Schon seltsam*, dachte sie, während sie kaute. *Da heilte man doch tatsächlich Nidhöggwunden mit Nidhöggzähnen.*

Ihre Gedanken schweiften weiter.

*Tora hatte recht gehabt, gemahlene Nidhöggzähne wirkten Wunder.*

Als sie an Tora, Kunar und Hanna dachte, wurde ihr ganz flau in der Magengegend. Der letzte Bissen Leogriff wollte nur schwer hinunter.

*Hoffentlich ging es ihnen gut. Hoffentlich hatte die Suche noch nicht begonnen. Hoffentlich waren sie in der Höhle in Sicherheit.*

Sie schluckte einige Male, um sicher zu sein, dass der Bissen auch wirklich im Magen angekommen war. Es fühlte sich nämlich nicht so an.

Biarn aß schweigend seinen letzten Brocken. Auch er wirkte bedrückt.

»Was ist *die Triade* überhaupt?«, fragte Charlie in die Stille hinein. Sie konnte nicht einfach schweigend dasitzen und auf den Morgen warten. Beunruhigende, schreckliche Gedanken schossen ihr durch den Kopf.

*Was, wenn ihre Freunde gefangen genommen wurden? Eingesperrt und gefoltert?*

»Die Triade besteht aus Oden selbst und aus zwei seiner treuesten Bärsärker. Zurzeit sind dies Höner für Godheim und Lodur für Vanaheim«, erklärte Biarn.

»Lodur? Der Herr vom Schloss Bilskirne?«, fragte Charlie.

Biarn nickte. Lodur erschien ihr nun noch gefährlicher als zuvor.

»Alle Bärsärker dienen Oden aufopferungsvoll und bedingungslos. Meistens. Manchmal gibt es jemanden, der aus der Reihe tanzt, sich auflehnt oder eigene Geschäfte verfolgt. Höner und Lodur sind dafür zuständig, solche Machenschaften aufzudecken und Oden über alles in Kenntnis zu setzen, was in Vanaheim und Godheim vor sich geht.

»Ich dachte, dafür sind Hugin und Munin zuständig«, sagte Charlie.

»Oden verlässt sich niemals hundertprozentig auf jemanden, außer auf sich selbst. Hugin und Munin sind seine Leibeigenen. Manche behaupten sogar, sie seien ein Teil von Oden selbst. Wie dem auch sei, sie sind ihm hörig. Ohne eigenen Willen und Geist.«

Charlie schauderte es. Diese unheimlichen Kreaturen hinterließen jedes Mal ein beklemmendes Gefühl in ihr.

»Kann ich dein Amulett noch einmal sehen?«, fragte Biarn unvermittelt. »Darauf waren einige Runen abgebildet.«

Charlie wurde aus ihren Gedanken gerissen. Sie zögerte etwas, doch dann holte sie den Stein hervor und zog die Lederschnur über ihre schwarzen, widerspenstigen Locken. Das Band verfing sich, und Biarn musste ihr beim Entknoten behilflich sein. Er war sehr vorsichtig.

»So«, sagte er, »das hätten wir geschafft.«

Er hielt das Amulett lange in der Hand, drehte es ein paar Mal und fragte dann: »Du weißt, was das Runengalder bedeutet?«

»Ich glaube schon. Man hat die Mannaheim-Rune Mannaz mit der Rune Ansuz verbunden. Ich dachte, dass ich deshalb vielleicht nach Mannaheim, also zur Erde reisen kann, weil es eine Art Schlüssel ist«, antwortete Charlie.

»Ja, irgendjemand hat den *Zauber der Reisenden* an diesen Stein gebunden. Offensichtlich öffnet er bei Nebel das Tor nach Mannaheim«, meinte Biarn.

»Aber warum lande ich hier in Vanaheim?«, sprudelte es aus Charlie heraus. »Ansuz ist doch Godheims Rune, oder nicht? Weil auch dieser Planet so heißt?«

Biarn lächelte anerkennend.

»Ja, ganz richtig. Godheim ist nicht nur der Name des Landes im Osten, sondern auch die allgemeine Bezeichnung dieser Welt. Wie du schon ganz richtig erkannt hast, führt der Stein den Reisenden immer an den Ausgangspunkt der Reise zurück. Du bist vor mehr als 14.000 Jahren hier in Vanaheim abgereist, also führte dich der Schlüssel auch hierher zurück. Würdest du von Godheim aus reisen, würdest du selbstverständlich auch dorthin zurückkommen.«

»Weißt du, wie dieser *Jemand* den *Zauber der Reisenden* gebunden hat?«, fragte Charlie neugierig.

Biarn schüttelte den Kopf. Er wendete den Stein aufs Neue.

»Nein. Leider nicht. Ich hatte gehofft, irgendwelche Hinweise auf dem Stein zu finden. Aber hier ist nichts, außer diesen seltsamen Linien auf dieser Seite hier.«

Er betrachtete die roten Linien in dem weißen Stein in seiner Hand.

»Du weißt also auch nicht, was sie bedeuten?«, fragte Charlie etwas enttäuscht.

»Nein«, räumte Biarn ein.

Charlie runzelte die Stirn und starrte zum Fenster hinaus. Im fahlen Mondlicht konnte sie immer noch einige Nidhöggs kreisen sehen.

*Gaben die denn nie auf?*

Dann fiel Charlie etwas anderes ein.

»Sag mal, diese Nidhöggs. Bist du sicher, dass sie aus der Schattenwelt kommen?«

Biarn riss sich von dem Amulett los.

»Der Sage nach stammen sie aus Nifelheim, der Schattenwelt zwischen den Welten.«

»Und sie können nicht von einem anderen Planeten kommen? Zum Beispiel von der Erde, ich meine also aus Mannaheim?«, fragte sie.

»Wie kommst du darauf?«, fragte Biarn zurück.

»Na ja«, begann Charlie und überlegte laut. »Auf der Erde gibt es Sagen über Wesen, die sich Vampire nennen. Der Beschreibung nach passen sie wirklich gut auf eure Nidhöggs hier.«

»Tatsächlich?«, meinte Biarn.

»Ja, und die Fliege, die wir aus Versehen mitgebracht haben, hat sich in einen Drachen verwandelt – ich meine natürlich in einen Lindwurm. Und nicht nur das! Denk' mal an die Katzen, die hier zu Sphinxen wurden. Diese Verwandlungsgeschichte kann doch kein Zufall sein, oder? Ich frage mich, woran das liegt. Was ist hier in Vanaheim besonders? Du hattest diesen Gedanken doch auch schon«, sagte Charlie.

»Ich verstehe, was du meinst«, räumte Biarn ein. »Aber sagtest du nicht, es hätte in deiner Welt der Sage nach auch Lindwürmer und andere Wesen gegeben? Weshalb sollte es sie früher gegeben haben, in Fleisch und Blut, und heute sind es nur Fliegen oder Katzen?«

»Keine Ahnung. Aber seltsam ist es doch schon, oder nicht?«, antwortete Charlie.

»Eine interessante Idee, dass es hier auf Godheim etwas gibt, was es auf Mannaheim nicht gibt oder *nicht mehr* gibt«, sagte Biarn nachdenklich.

*Natürlich*, schoss es Charlie durch den Kopf. *Das muss es sein! Etwas, das es einmal gegeben hat, aber nun nicht mehr gibt! Das würde die alten Sagen erklären!*

»Dann müssen wir unbedingt herausbekommen, was an Godheim so besonders ist!«, rief Charlie.

Wäre sie nicht so erregt gewesen, hätte sie vermutlich dem grünen Blitz, der durch ihr Gehirn huschte, mehr Aufmerksamkeit geschenkt. So verschwand er unbeachtet in den Tiefen ihres Unterbewusstseins.

Die Nacht kam Charlie unendlich lang vor. Viele Male fuhr sie in die Höhe, aus Angst, den Sonnenaufgang zu verschlafen. Letztendlich musste Biarn sie sanft, aber bestimmt wachrütteln. Sie hatte wieder, wie schon so oft in den letzten Monaten, von einem grünen Felsvorsprung geträumt. Schlaftrunken setzte sie sich auf und fuhr sich mit beiden Händen durch die Haare. Sie gähnte, streckte sich und: Oh Mann, tat das weh! Sie fühlte jeden einzelnen Muskel in ihrem Körper, und durch ihre Sitzknochen fuhr ein stechender Schmerz. Die Ereignisse der vergangenen 26 Stunden forderten ihren Tribut. Charlie verzog das Gesicht und versuchte vorsichtig aufzustehen.

Biarn hielt ihr einen Proviantbeutel hin.

»Hier! Iss etwas und dann brechen wir sofort auf.«

Charlie nahm den Beutel wortlos entgegen und spähte zum Fenster hinaus. Die Sonne war hervorgekommen und der Himmel war wolkenlos.

Sie stöhnte erleichtert und wandte sich ihrem Frühstück zu. Während sie aß, fiel ihr Blick auf das Bett, in dem sie geschlafen hatte. Am Kopfende lag ihr Amulett und daneben der Hexenstein. Sie konnte sich nicht daran erinnern, diesen pflaumengroßen, fast schwarzen Stein mit dem auffälligen Loch am Abend zuvor hervorgeholt zu haben. Sie hielt beide Steine nebeneinander in der Hand und betrachtete sie gedankenverloren.

*Zwei Steine, die unterschiedlicher kaum sein konnten.*

Biarn riss sie aus ihren Gedanken. Er war bereits draußen und rief: »Bist du so weit, Charlie?« Er führte Gler und Skinfaxe an die Hüttentür. Charlie streifte sich schnell ihr Amulett über den Kopf. Den Hexenstein ließ sie in eine ihrer vielen Taschen gleiten. Vermutlich war er bloß herausgefallen. Immerhin hatte sie ihren Umhang als Bettdecke benutzt.


Biarns langer Mantel verdeckte Skinfaxes Kruppe und damit auch den Großteil seiner blauen Tupfen. Zum Glück lahmte er nicht. Biarn behielt die Umgebung – und dazu gehörte auch der Himmel – stets im Auge. Tagsüber brauchten sie die Nidhöggs zwar nicht zu fürchten, dafür aber Hugin und Munin umso mehr. Biarn war sich sicher, dass neben Lodur und Höner auch Odens Späher an der Suche am Berg teilnehmen würden. Er und Charlie konnten nur hoffen, dass die Suche an der nördlichen Seite beginnen würde, was ihnen den nötigen Vorsprung liefern würde.

Nur einige hundert Meter vom Steinbruch entfernt lag ein toter Nidhögg mitten auf dem sandigen Weg. Charlie schauderte bei diesem makaberen Anblick, denn er war bis zur Unkenntlichkeit verbrannt. Biarn steuerte Skinfaxe um die verkohlte Leiche herum. Der Geruch von verbranntem Fleisch lag in der Luft und ließ die Einhörner nervös tänzeln. Charlie hatte Mühe, Gler vorwärtszutreiben. Er scheute seitwärts in den Wald und stürmte dann hastig vorwärts, um den Anschluss an seinen Leithengst nicht zu verlieren.

Der zweite tote Nidhögg war etwas abseits des Weges zwischen die hohen Wichtelfichten gestürzt. Unmengen von Blut aus einer Stichwunde im Oberkörper tränkten den Waldboden. Biarn sprang aus dem Sattel und reichte Charlie die Zügel.

»Hier! Nimm Skinfaxe!«

Bevor Charlie fragen konnte, was er vorhatte, lief Biarn mit wehendem Umhang zu dem toten Nidhögg hinüber. Er holte ein Messer hervor und kniete sich am Kopfende nieder.

Mit Entsetzen sah Charlie, wie Biarn den menschenähnlichen Kopf des Wesens packte und ihn unsanft zu sich heran drehte. Rote Augen starrten aus einem kreideweißen Gesicht ins Leere und ein schwarzer, lederartiger Kragen umrahmte den kahlen Kopf mit den riesigen Eckzähnen.

Mit Hilfe seines Messers brach Biarn die gefährlichen und begehrten Zähne aus dem Kiefer des toten Nidhöggs.

Charlie hörte es knirschen und krachen. Sie sah, wie Biarn seinen ganzen Körper einsetzen musste, um genügend Hebelkraft zu erreichen. Bald lagen vier blutverschmierte Eckzähne im Moos und Biarn wischte sich das Nidhöggsblut von den Händen.

Er holte einen Stoffbeutel aus einer Tasche im Umhang und ließ die wertvolle Beute darin verschwinden. Dann kam er zu Charlie zurück.

»So etwas Wertvolles sollte man nicht verkommen lassen!«

Charlie warf einen letzten Blick auf den entzahnten Nidhögg. Angewidert wandte sie sich ab, aber Biarn hatte natürlich recht. Nidhöggszahn war einfach zu kostbar, um ihn einfach liegen zu lassen.

Nach diesem Aufenthalt kamen sie zügig voran und erreichten nach etwa vier Stunden Ritt Gymers See. Sie befanden sich direkt am Fuße des Berges, in der Nähe der Hufeisenbuch. Von hier aus war es nicht mehr weit bis zur Höhle.

»Warte hier«, sagte Biarn. »Ich werde die Einhörner tränken und sie dann in der Nähe verstecken.« Er sah sich nach allen Seiten um. Es war nichts zu sehen. »Bleibe trotzdem vorsichtshalber in Deckung«, mahnte er, bevor er im Dickicht verschwand.

Charlie kauerte sich hinter einen Busch und wartete. Sie behielt die Umgebung im Blick, auch den Himmel. Plötzlich hörte sie jemanden kommen.

Es war Hanna. Langsam schlenderte sie den Berghang hinunter, genau auf Charlies Versteck zu. Vermutlich war sie auf dem Weg zur Hufeisenbucht, um zu baden. Charlie kroch aus dem Dickicht hervor und versperrte ihr den Weg.

»Charlie!«, schrie Hanna erschreckt auf und machte einen Satz rückwärts. Sie hielt sich die Hand auf die Brust und knurrte.

»Musst du mich so erschrecken? Ich dachte schon, mein Herz bleibt stehen! Was machst du überhaupt hier? Ich dachte, du und Biarn wäret meilenweit fort!«

»Waren wir auch. Aber wir sind umgekehrt, um euch zu warnen«, sagte Charlie.

»Wieso warnen?«, fragte Hanna. Charlie erklärte ihr, was sie auf ihrer Reise gehört hatten.

»... und Biarn tränkt gerade die Einhörner, er kommt bestimmt gleich«, schloss sie ihre Erzählung.

Hanna war beunruhigt. Sie hatte ihr linkes Auge hinter der Augenklappe versteckt.

*Komisch,* dachte Charlie. *Irgendwie sah das anders aus als sonst.*

»Kunar und Tora wollten später nachkommen«, sagte Hanna zögernd und sah sich suchend um, als ob sie die beiden jeden Augenblick erwarten würde.

»Warum starrst du mich so an?«, fragte Hanna plötzlich irritiert. Charlie zuckte zusammen.

»Keine Ahnung«, sagte sie in leicht entschuldigendem Ton.

Doch dann fiel es ihr wie Schuppen von den Augen!

»Hanna!«, rief sie entrüstet. »Wenn du schon mit nur einer grünen Linse hinausgeht, dann sieh zumindest zu, dass du die Binde über dem *richtigen* Auge trägst!«

Hanna sah Charlie verdutzt an.

»Was meinst du?«, tastete sie ihr Gesicht ab.

»Ich habe die Kontaktlinse ins rechte Auge gesetzt und hier ist doch links, oder?«

Sie hob die Binde von ihrem linken Auge und gab den Blick in zwei klarblaue Augen frei.

»Du hast die Kontaktlinse ganz vergessen? Wie konntest du nur so unvorsichtig sein?«, rief Charlie entsetzt.

Hannas Gesicht lief rot an – dann wurde sie blass.

»Ich muss sie verloren haben«, flüsterte sie entsetzt. Sie griff nach ihrem Auge, als ob sie die verlorene Linse dadurch retten könnte.

»Das ist nicht gut«, sagte Charlie leise.

Ein beklemmendes Gefühl machte sich in ihr breit. Der Geruch von Verwesung stieg ihr in die Nase.

Und dann ging alles ganz schnell!

Sie wurde von hinten gepackt und von kraftvollen Händen auf den Boden gedrückt! Ein heller Aufschrei und ein dumpfer Aufprall direkt neben ihr verrieten Charlie, dass Hanna ebenfalls zu Fall gebracht worden war. Sie versuchte, den Kopf zu drehen, um etwas zu erkennen. Das letzte, was sie sah, war Hanna, die mit vor Schreck weit aufgerissenen Augen neben ihr im Dreck lag. Auf ihr kniete einer der unheimlichen, dunkelhaarigen Zwillinge und war gerade im Begriff, ihr einen Sack über den Kopf zu ziehen!

Dann wurde es dunkel. Jemand verzurrte einen Sack um Charlie. Sie stöhnte leise, als das Band fest in ihre Arme schnitt und diese an ihren Körperseiten fixierte. Dann wurde sie unsanft hochgezerrt und über irgendetwas drüber geworfen. Vermutlich hatten Hugin und Munin sie wie Mehlsäcke geschultert.

In der Nähe wütete Hanna.

»Lasst mich los! Ich will sofort runter! Was fällt euch ein! Charlie?«

»Ja, ich bin hier«, antwortete Charlie gepresst. Das Sprechen fiel ihr in dieser Lage schwer. Sie hatte die Worte kaum ausgesprochen, als ein harter Gegenstand sie am Kopf traf. Sie hörte Hanna vor Schmerzen aufschreien und sie selber biss sich auf die Lippe und stöhnte laut. Sie schmeckte Blut.

Hanna war verstummt.

*Entweder aus Angst vor weiteren Schlägen, oder...*

Charlie brummte der Schädel.

*Sie waren von Odens Helfern entführt worden!*

Falls Biarn die Entführung nicht zufällig gesehen hatte, was sehr unwahrscheinlich war, wusste niemand, was mit ihnen geschehen war! Tora und Kunar würden Hanna irgendwann vermissen, versuchte sie sich selbst zu beruhigen. Biarn würde die beiden aufsuchen und sie warnen und vermutlich würden sie sich denken können, dass sie erwischt worden waren.

*Aber was dann?*

Die Angst flammte von Neuem auf.

*Wo wurden sie hingebracht?*

In Odens Festung nach Asgârd? Wer sollte ihnen da helfen? Charlie war verzweifelt und machte sich selbst große Vorwürfe.

*Wieso hatte sie die Raben nicht kommen sehen?*

Sie verlor das Zeitgefühl.

*Wie lange wurden sie nun schon durch die Gegend getragen?*

Plötzlich hörte sie Stimmen.

»Habt Ihr sie erwischt?«, fragte eine raue, ungemütliche Männerstimme. Hugin und Munin antworteten nicht. Stattdessen wurde Charlie unsanft auf den Boden geworfen, wo sie mit dem Gesicht nach unten liegen blieb. Dann hörte sie Hufgeklapper und weitere Stimmen.

»Die Triade hält sich auf Schloss Bilskirne auf. Bringt sie dorthin!«, befahl eine bedrohliche Stimme. Charlie nahm an, dass sie einem der Zwillinge gehörte.

»Wir fliegen voraus! Haltet euch nicht unnötig lange auf!«

»Ja, mein Herr!«, vernahm Charlie wieder die erste Stimme.

Sie wurde wieder gepackt und über den Rücken eines Reittieres geworfen. Sie hörte es schnauben und spürte, wie es sich unter ihr bewegte.

*Ein Einhorn vermutlich.*

Charlie konnte das Geräusch von Flügelschlägen erkennen, Hugin und Munin machten sich auf den Weg.

»Ve, mach schon! Wir sollten uns beeilen«, brummte die raue Stimme. »Odens Späher melden der Triade, dass wir unterwegs sind. Oden duldet keine Verzögerungen.«

Eine dünne, schleppende Stimme antwortete.

»Keine Sorge, Vile. Ich bin gleich so weit.«

Jemand schwang sich hinter Charlie auf das Reittier, das sich nur Sekunden später mit zwei kräftigen Galoppsprüngen vorwärts stieß. Dann war plötzlich Ruhe. Kein Hufgeklapper, kein vertrautes auf und ab der Reitbewegungen.

»Wir sollten quer über den Berg fliegen!«, brüllte die raue Stimme. »Es ist der kürzeste Weg!«

Charlie wäre vor Schreck fast vom..., ja von was wäre sie eigentlich gefallen? Eines war zumindest klar, sie lag nicht quer über dem Rücken eines Einhorns. Dieses Tier konnte offenbar fliegen! Charlie bedauerte zutiefst, nichts sehen zu können. Abgesehen davon, beschlich sie ein mulmiges Gefühl, denn es hatte sich keiner die Mühe gemacht, sie an dem Tier festzubinden.

*Wie hoch flogen sie eigentlich?*

Charlie hoffte inständig, dass sie wertvoll genug war, um von diesem Ve nicht fallen gelassen zu werden.

Eine Stunde später hatte sie sich beruhigt. Die Flugbewegungen des Tieres waren sanft und ausgewogen. Sie hing verschnürt auf dem Rücken des Tieres und fröstelte leicht. Der Flugwind kroch ihr langsam in die Knochen.

*Wie weit war es wohl noch?*

Mit den Einhörnern hatten sie und Biarn für die Hälfte der Strecke bis zum Schloss ungefähr sechs Stunden gebraucht. Da mussten sie allerdings auch um den Berg herum reiten. Nun erfolgte der Transport per Luftlinie.

Charlie hatte das Zeitgefühl schon lange verloren und erwachte aus einer Art Kälte-Monotonie-Starre, als die Hufe des Tieres den Boden berührten. Einige schaukelnde Galoppsprünge folgten, dann parierte Ve das Tier zum Schritt durch. Die Hufe klapperten laut. Es klang, als würden sie auf hartem Untergrund reiten.

*Kahler Fels vielleicht. Oder Pflastersteine.*

Ve ließ sein Tier anhalten und sprang hinunter.

»Wir übernehmen jetzt!«, hörte Charlie einen der Zwillinge sagen. »Die Triade erwartet euch bereits im großen Saal.«

Charlie wurde gepackt und wieder wie ein Sack Mehl geschultert. Hugin und Munin trugen ihre beiden Opfer mit schweren Schritten eine Treppe hinauf, einen Korridor entlang und warfen sie dann wieder zu Boden. Hanna gab ein qualvolles Stöhnen von sich.

*Zumindest lebt sie noch,* dachte Charlie.

Jemand befreite die beiden Mädchen von ihren Fesseln und entfernte den Sack von ihren Köpfen.

Obwohl der Raum nicht sonderlich hell erleuchtet war, blendete sie das plötzliche Licht. Langsam gewöhnten sich Charlies Augen an die Umgebung und sie sah sich rasch nach allen Richtungen um.

Die Halle war groß und sehr hoch. An den Wänden aus perfekt verfugten Natursteinblöcken hingen Dutzende Fackeln, die die Halle in ein gespenstisches Licht tauchten. Zwischen den Fackeln hingen seltsame Bilder.

Erst als Charlie näher hinsah, erkannte sie in dem Bild zu ihrer Linken einen fast quadratischen Phönixstein, in dem ein merkwürdiges Insekt eingeschlossen war. Mehrere kleine und größere, bogenförmige Gänge gingen zu beiden Seiten von der Halle ab.

Zu Charlies Rechten lag Hanna zusammengekauert auf dem kalten Steinfußboden und zitterte am ganzen Körper. Auf ihrer Stirn war eine große Beule gewachsen. Sie fing Hannas Blick auf und lächelte ihr verkrampft zu. Sie wollte Hanna aufmuntern, ihr irgendwie Trost spenden.

Hanna verdrehte nur die Augen und stöhnte leise, während sie ihre Stirn abtastete und dabei schmerzhaft das Gesicht verzog.

Charlie wollte noch etwas Aufmunterndes sagen, aber dann wurde sie von hinten angestoßen.

»He! Aufstehen!«, befahl die unangenehme, tiefe Stimme. »Vorwärts!«

Sie und Hanna wurden hochgezerrt und unsanft vorangestoßen.

Am Ende der Halle saßen mehrere Personen an einem großen runden Tisch, der aus einer einzigen großen Steinplatte zu bestehen schien. Die Stühle waren aus massivem, altem Holz gezimmert, dicke Stämme dienten als Lehne und Tierfelle machten es den Männern auf den hölzernen Sitzflächen bequemer.

Sieben Holzkelche standen für die Männer bereit. Da fünf Personen am Tisch saßen, nahm Charlie an, dass die beiden übrigen Kelche auf Hugin und Munin warteten.

Der Bereich hinter dem Tisch lag im Dunkeln. Ein Schatten rührte sich.

Ein großer Mann trat an das Kopfende des Tisches. Er trug einen dunkelblauen, fast schwarzen Mantel und einen schwarzen Hut, dessen Krempe weit ins Gesicht gezogen war. Darunter erkannte Charlie eingefallene Wangen mit stark hervortretenden, spitzen Wangenknochen, an denen schwarze Koteletten vorbeiliefen, die sich am spitzen Kinn zu zwei langen, geflochtenen Bartzöpfen vereinigten.

»Oden, mein Gebieter! Wir bringen dir wie befohlen den Jungen und das Mädchen von Gymers Berg!«, sagte einer der Zwillinge zu der düsteren Gestalt.

»Danke, Munin!«

Charlie lief es eiskalt über den Rücken.

*Diese Stimme!*

Sie löste Beklemmung, Angst und Panik zugleich aus. Charlie fröstelte und schluckte ein paar Mal. Alles in ihr schien sich zu sträuben, und sie spürte das überwältigende Bedürfnis, weit, weit fortzulaufen – nur, dass ihre Beine stattdessen wie festgewachsen verharrten.

»Schafft sie her!«

Odens knochige Hakennase bewegte sich bei jedem Wort auf und ab. Charlie und Hanna wurden von Hugin und Munin vorwärts gestoßen. Sie stolperten um den Tisch herum, von dem aus ihnen fünf Augenpaare aufmerksam folgten.

Einige der Männer grinsten erwartungsvoll, und Charlie wurde unwillkürlich an die siebenköpfige Haga erinnert. Hier war sie nun, gefangen in einer großen, halbdunklen, steinernen Halle, mit diesen acht furchterregenden Personen.

Charlies Herz pochte irgendwo in der Halsgegend. Hätte sie die Wahl gehabt, hätte sie ohne zu zögern diesen Ort hier gegen den dunklen Höhlensee eingetauscht. Verstohlen spähte sie in die Runde.

Charlie spürte Feindseligkeit, Hass, Brutalität – aber auch Angst. Sie war also nicht die einzige, die die bedrohliche Kälte der Person fürchtete, die sich nun langsam erhob.

Oden war ein großer Mann. Obwohl Charlie seinen Körper, der von einem langen Mantel verdeckt wurde, nicht sehen konnte, hatte sie das Gefühl, dass er einmal kräftig gewesen sein musste – Hugin und Munin nicht ganz unähnlich. Aber das war offensichtlich ewig her. Lange, knöchrige Gichtfinger an einer vom Alter verschrumpelten Hand umfassten einen Speer, der mindestens zwei Meter lang war. Fast schien es, als würde Oden die Waffe als Krückstock gebrauchen. Die Speerspitze ragte senkrecht zu seiner Linken empor. Charlie spürte seinen kalten Blick auf sich ruhen. Sie fröstelte, widerstand aber dem Impuls, ihren Mantel enger um sich zu ziehen.

Oden musterte die beiden Gestalten eingehend. Um sich von der Eiseskälte abzulenken, die er ausstrahlte, fixierte Charlie einen Punkt an der steinernen Wand rechts von ihr.

Auch hier hing zwischen zwei Fackeln ein Bild. Wieder ein fast quadratischer Phönixstein. In seinem Inneren war ein wunderschönes Wesen eingeschlossen.

*Eine Fee*, dachte Charlie unwillkürlich. Tatsächlich war es ein libellenartiges Geschöpf mit menschlichen Zügen. Ihre vor Schreck geweiterten Augen, im Augenblick des Todes eingefroren, blickten auf Charlie herab.

»So, du interessierst dich also für Lodurs einzigartige Phönixstein-Sammlung«, sagte Oden. Seine vor Zynismus triefende Stimme ließ Charlie zusammenzucken.

Oden hatte nicht laut gesprochen, trotzdem hallten seine Worte kalt und bedrohlich nach. Er machte eine Handbewegung nach hinten.

»Deine Sammlung scheint nicht nur uns zu verzücken, Lodur, mein Freund. Keiner besitzt so wunderbare Exemplare wie du… Außer mir natürlich«, fuhr er eiskalt lächelnd fort.

Lodur war ein hochgewachsener, stattlicher Mann im besten Alter. Er trug seine langen, hellblonden Haare zu einem Schwanz zusammengebunden. Auch er – wie im Übrigen alle an diesem runden Steintisch – trug einen dunkelblauen, langen Mantelumhang. Bei Odens Worten zuckten seine Gesichtsmuskeln unter der auffällig blassen Haut, was wie die Andeutung eines Lächelns aussah, und grüne, wache Augen blitzten auf.

»Die Sammlung meines Großvaters hat schon viele begeistert, mein Herr«, sagte er mit einer angenehm melodischen Stimme. Charlie sah Lodur überrascht an. Seine Augen ruhten auf ihr – unergründlich, abschätzend, keine Gefühlsregung verratend. Dieser Blick kam ihr seltsam vertraut und zugleich unendlich fremd vor. Sie bekam keine Zeit, weiter darüber nachzudenken.

»Genug davon!«, befahl Oden. Er beugte sich vor, so dass Charlie seinen Atem riechen konnte. Ein modriger, grauenvoller Gestank schlug ihr entgegen und ließ Übelkeit in ihr hochsteigen. Dann wechselte Odens Blick zu Hanna hinüber.

»Was sucht ein Mädchen mit so eindeutig blauen Augen hier in Vanaheim...«

Charlie betete, dass Hanna nichts sagen würde.

Zu spät.

Hannas Augen blitzten wütend auf und trotzig schob sie das Kinn vor. »Was geht dich das an, du stinkender Krüppel!«, spuckte sie hervor. Charlie schloss resignierend die Augen. Sie wartete, sie war auf alles gefasst, aber nichts geschah.

Dann wandte sich Oden ab und befahl mit bebender Stimme: »Durchsucht sie!«

Hugin und Munin entrissen Hanna den Umhang. Sie wehrte sich, schrie und keifte, biss und trat um sich.

»Hanna, nein!«, schrie Charlie. Weiter kam sie nicht, denn jemand hielt ihr von hinten den Mund zu.

»Lasst mich gefälligst los, ihr dreckigen Bastarde!«, war das letzte, was Hanna brüllte, bevor ihr einer der Zwillinge eine schallende Ohrfeige gab. Hanna taumelte rückwärts und schlug mit dem Kopf auf dem Steinboden auf. Charlie versuchte verzweifelt, sich loszureißen, aber sie hatte keine Chance, ihr zu helfen. Ein eiserner Griff hielt sie fest umklammert. Sie wollte schreien, aber hinter der großen, übel riechenden Hand brachte sie nur einen undefinierten Ton heraus.

Hannas Arm bewegte sich, doch bevor sie etwas unternehmen konnte, zogen Hugin und Munin sie hoch und rissen ihr die restlichen Kleider vom Leibe.

Nackt und zitternd stand sie da, während ihre Arme kraftlos an ihr herunter hingen. Sie schwankte und ihre Augen verdrehten sich in regelmäßigen Abständen, so dass das Weiße zum Vorschein kam, aber ohnmächtig wurde sie nicht.

Hanna war überraschend zäh. Verzweifelt musste Charlie zusehen. Nachdem die Durchsuchung ergebnislos verlaufen war, sagte Oden in emotionslosem, fast gelangweiltem Gesprächston:»Tötet sie.«

Charlie war wie versteinert.

*Nein! Das konnte doch nicht sein!*

Eine dunkle Gestalt löste sich aus einer Ecke der Halle und kam langsam auf den großen Steintisch zugeschlendert. Der Mann trug ebenfalls einen dunkelblauen Mantel, hatte rote Haare und einen rötlichen Vollbart. In seinen Händen hielt er einen Kelch, den er bedächtig auf dem Tisch abstellte.

»Wenn Ihr erlaubt, mein Herr! Gebt sie mir!«, sagte er dann.

Er sah sich Hanna genauestens von oben bis unten an.»Sie ist ein kräftiges Mädchen mit viel Temperament. Sie ist stark. Sie wird gute Arbeit leisten.«

Er grinste wollüstig und ließ Hanna nicht aus den Augen.»Sie wird mir gefallen.«

Oden lachte leise. Ein grausames, verstehendes Lachen, dann machte er eine abfällige Handbewegung und wandte sich wieder ab.

»Von mir aus. Wenn es dich glücklich macht«, sagte er.

Er setzte sich und nahm einen genussvollen Schluck aus seinem Kelch. Der rothaarige Mann lächelte zufrieden und machte eine rasche Handbewegung. Einige Diener eilten herbei.

»Bringt sie weg!«, befahl er.»Wascht sie und kleidet sie zur Abreise bereit. Und passt auf…«, er grinste belustigt,»…sie ist wild wie eine Hippolektrionstute und ebenso unberechenbar!«

Ein grausam grollendes Lachen folgte. Ihre Verzweiflung und Wut waren Hanna ins Gesicht geschrieben. Charlie musste hilflos mit ansehen, wie sie fortgeschleppt wurde.

Oden wandte sich nun Charlie zu.»Lass' den Knaben los, Vile! Hugin, Munin! Durchsucht ihn!« Charlies Mund wurde freigegeben, der stählerne Griff ließ nach, aber nur um durch feste Griffe der erbarmungslosen Zwillinge ersetzt zu werden. Weit kamen sie mit ihrer Durchsuchung nicht.

»Halt!«, befahl Odens kalte Stimme.

Charlie konnte die unterdrückte Erregung spüren. Die Zwillinge hatten Charlie lediglich den Umhang und das Hemd entrissen. Sie stand nun in ihrem *Protected-by-Witchcraft*-Shirt zwischen Hugin und Munin.

Oden starrte auf den Stein an ihrer Brust. Auch durch das Shirt hindurch konnte sie das Amulett spüren. Ihr Herz sank in die Magengegend.

*Oden hat den Stein gesehen! Ihr Stein, ihr Amulett, ihr Schlüssel zur Erde!*

Charlie wusste nicht, was sie fühlen sollte.

*Angst? Verzweiflung? Unsicherheit?*

In ihr war nur eine resignierende Leere. Aus irgendeinem Grund wusste sie, dass der Mensch, vor dem das Amulett sie gewarnt hatte, nun vor ihr stand. Und er würde es gleich an sich nehmen. Nur wegen dieses einen Menschen war sie nie das Gefühl los geworden, ihren Stein geheim halten zu müssen. Sogar vor ihren Freunden.

*Nein*, mahnte eine innere leise Stimme. *Du darfst es nicht zulassen! Sei auf der Hut! Erfinde etwas! Lüge, wenn es sein muss! Oden kann nicht wissen, wie wertvoll dieser Stein ist! Oder?*

Charlie wappnete sich innerlich für die bevorstehende Prüfung. Langsam kehrten ihre Lebensgeister zurück, sie konnte wieder klar denken.

Was auch immer geschah, sie musste stark sein. Sie dachte an das Runen-Orakel und an Biarns Worte: *Intuition, vertraue deiner Intuition. Benutze deinen Intellekt, deine Erfahrungen, sei kreativ.*

Charlie schloss ihre Hände zu Fäusten und wartete.

Oden hatte nur Augen für das Amulett.

»Da ist es ja! Das, wonach ich so lange vergeblich gesucht habe!«, wisperte er gierig. »Das fehlende Teil... Der Schlüssel...«

Seine knöcherne Hand schnellte aus dem weiten Ärmel hervor und riss Charlie das Amulett vom Hals.

*Das fehlende Teil?*

Hieß das, dass Oden tatsächlich das Gegenstück ihres Steines besaß? Das bedeutete dann auch, dass er von den Fähigkeiten des Amuletts wusste!

Den Stein mit seinen langen Gichtfingern fest umschlossen, begann Oden sein Verhör. Lodur sah Charlie streng und respekteinflößend an, Vile und Ve hielten sich unsicher im Hintergrund. Höner, der letzte aus der Triade, sowie Hugin, Munin und der rothaarige bärtige Mann warteten regungslos die Geschehnisse ab. Alle außer Lodur hatten einen bösartigen Gesichtsausdruck. Ihre Gefühle spiegelten sich unverkennbar in ihren Gesichtern wider. Und doch schienen sie eingeschüchtert. Charlie spürte Neugierde und Überheblichkeit, aber eben auch Angst und Unsicherheit.

»Woher hast du diesen Stein?« fragte Oden mit eisiger Stimme. Doch Charlie schwieg. Hugin und Munin versetzten ihr jeweils einen Stoß in die Seite.

»Los! Antworte deinem Herren!«, befahlen sie.

Anscheinend besaßen beide Zwillinge exakt die gleiche tiefe, unbehagliche Stimme, denn beide hatten zugleich gesprochen und Charlie konnte keinen Unterschied erkennen. Sie sah sich nach den beiden um, die nun wieder regungslos neben ihr standen. Sie glichen einander wie ein Ei dem anderen.

*Bis auf...* Charlie sah genauer hin. *Ja, bis auf die Augen. Wie seltsam...*

Der eine hatte dunkle, grüne Augen und der andere kalte, blaue Augen! *Waren eineiige Zwillinge nicht in allem gleich?*

Dann spürte Charlie einen merkwürdigen, unangenehmen Druck! Sie hatte etwas Ähnlichem schon einmal widerstanden und sie wehrte sich instinktiv.

»Woher hast du diesen Stein?«, wiederholte Oden zischend. Charlie wurde unwillkürlich an ein bösartiges Tier erinnert.

Sie zuckte mit den Schultern.

»Gefunden«, sagte sie.

Oden machte einen abrupten Schritt auf sie zu.

»Lüge mich nicht an! Was ist das für ein Hemd? Fremde Schriftzeichen! Woher kommst du?«

Charlie widerstand dem Impuls, rückwärts zu treten. Ihr Herz pochte so wild in ihrer Brust, als würde sie einem Midgârdsorm ge-

genüberstehen. Sie riss sich mühsam zusammen und dachte fieberhaft nach.

*Wenn ich mich nicht irre, weißt du genau, woher ich komme und du kennst auch ganz genau die Fähigkeiten des Steines,* dachte Charlie grimmig. *Der Schlüssel, ja, du weißt es...*

Dann sagte sie in einem möglichst unterwürfig klingenden Ton: »Ich habe ihn tatsächlich gefunden, *mein Herr*«.

Widerspenstig verließen diese letzten Worte ihre Lippen.

*Sie konnte das!*

Sie atmete tief durch und fuhr fort.

»Allerdings nicht hier in Vanaheim, sondern auf meinem Heimatplaneten Erde.«

Sie sah verstohlen zu Oden auf. Würde er ihr das abkaufen? Oden hielt Charlie für einen Jungen. Es war also möglich, ihn zu täuschen!

»Ja«, murmelte Oden. »Das würde Sinn ergeben...«

*Tatsächlich?* Charlie musste sich anstrengen, um nicht zu verwundert zu wirken. *Wieso Sinn ergeben?*

»Wo hast du ihn gefunden? Oder hast du ihn etwa gestohlen?«

Charlie schüttelte in gekonnter Empörung den Kopf.

»Nein, mein Herr! So etwas würde ich nie tun! Ich habe ihn gefunden! Und dann...«

Sie zögerte.

»Was dann...«, lockte Oden mit bestechend weicher Stimme. Charlie entwickelte ein für ihre Begriffe erstaunliches schauspielerisches Talent. Nicht zu vergleichen mit Toras natürlich, aber immerhin. Mit weinerlicher Stimme fuhr sie fort:

»Und dann kam Nebel auf...«

Sie schauderte bei dieser eingebildeten Erinnerung.

»Und plötzlich war ich hier! Meinen Sie, mein Herr, dass dieser Stein Schuld ist?«, fragte Charlie unschuldig.

»Sei still!«, brummte Oden grimmig. »Du redest zu viel für einen so jungen Knaben!«


Charlie hatte recht gehabt. Oden wusste von dem Stein und wozu er gut war. Seine Bärsärker offensichtlich nicht, denn sie schauten sehr erstaunt aus ihren Umhängen. Was Charlie in diesem Moment außerdem noch klar wurde: Oden hatte auch nicht gewollt, dass sie es erfahren. Außer Lodur, der immer noch keine Gefühlsregung verriet, tuschelten die Männer leise miteinander und berieten sich. Mit einer herrischen Handbewegung brachte Oden sie zum Schweigen. Unter seiner breiten Hutkrempe musterte er Charlie eindringlich. Sie hatte das Gefühl, dass er mit aller Kraft den Wahrheitsgehalt ihrer Worte prüfte.

»Wie heißt du?«

»Charlie«, antwortete sie fast automatisch.

Oden grunzte leise.

»Wie viele Sommer bist du alt?«

*Sollte sie die Wahrheit sagen? Innerhalb von Sekunden fiel ihr ein, was Biarn gesagt hatte, als sie ihm ihr Alter genannt hatte:* »*Das hilft mir auch nicht weiter*«. *Vielleicht half es Oden auch nicht…*

»15«, antwortete sie und wartete gespannt die Reaktion ab.

Oden brummte leise vor sich hin. Charlie lauschte angespannt, konnte aber bloß ein paar Brocken verstehen.

»… zu jung… ein Zufall... Knabe... unwichtig...«

Dann fixierte Oden sie von Neuem.

»Wo hast du den Stein gefunden?«

»Oh«, log Charlie, »im Gras, auf einem Spielplatz…«

»Welche Stadt!«, wetterte Oden ungeduldig.

»Stockholm!«, platzte Charlie heraus.

*War das weit genug von Lillby entfernt, so dass er nicht auf ihre Spuren stoßen würde?*

Zumindest war es in Schweden die Stadt mit den meisten Einwohnern. Nahezu zwei Millionen Menschen lebten dort. Da würde er schon lange suchen müssen, um zu entdecken, dass sie gelogen hatte. Denn eines war Charlie soeben klar geworden: Oden würde zur Erde reisen.

Aber wieso hatte er es nicht schon vorher getan? Er besaß doch bereits den anderen Teil des Amuletts. Funktionierte dieser nicht? Plötzlich kam ihr ein erschreckender und beunruhigender Gedanke:

*Wozu waren zwei Teile des Steines fähig?* Ein Bruchstück allein besaß ja schon große magische Kräfte!

Eine ganze Weile passierte gar nichts. Oden schien tief in Gedanken versunken, während Charlie fast vergessen zwischen Hugin und Munin wartete.

Dann schien Oden zu einem Entschluss zu kommen.

»Ich brauche dich nicht mehr«, sagte er leicht abwesend. »Mir scheint, du warst und bist zur falschen Zeit am falschen Ort…«
Er fixierte Charlie erneut.

»Aber dennoch… man soll nie ein unnötiges Risiko eingehen.«
Charlie lief ein Schauer über den Rücken.

Seine Stimme wandelte sich von Wort zu Wort und gewann an Stärke und an kompromissloser Kälte!

»Tötet ihn!«, sagte er dann mit schneidender Stimme. »Nein, wartet! Lasst es mich tun!«

Eine sadistische Lust schwang in seinen letzten Worten mit. Charlies Herz sank von ihrem Bauch in die Hose. Odens grausames Lachen gab ihr unmissverständlich zu verstehen, dass sie keine Gnade zu erwarten hatte. Diesen *Spaß* würde er sich nicht nehmen lassen, für keinen Oden-Taler dieser Welt!

Für eine Sekunde dachte Charlie daran, einfach loszulaufen. Aber bevor der Befehl in ihren butterweichen Beinen angekommen war, wurde sie auch schon gepackt und festgehalten.

Charlie sah mit angsterfüllten Augen, wie Oden etwas aus seinem langen Mantel zog. Einen kleinen verkorkten Tonkrug.

»Hugin! Halt' ihm den Mund auf!«
Der Zwilling zu ihrer Rechten – der mit den blauen Augen – griff nach ihrem Gesicht.

Da kam wieder Leben in Charlie.

Oden wollte sie vergiften! Sie biss, schrie und schlug um sich!

Munin kam seinem Bruder zu Hilfe.

Charlie hatte keine Chance. Munin zwang ihren Kiefer auf. Mit einem makaberen Lächeln ließ Oden den Inhalt des kleinen Tonkruges in ihren Rachen laufen. Charlie verschluckte sich, hustete, spuckte und rang nach Luft. Es half nichts!

»Ihr könnt ihn loslassen«, sagte Oden ruhig.

»Du kannst jetzt gehen«. Seine Stimme verriet Belustigung, Erregung und Erwartung.

Charlie starrte ihn ungläubig an.

*Gehen?*

Etwas sagte ihr, dass sie nicht weit kommen würde. Trotzdem versuchte sie es. Sie stolperte drei Schritte rückwärts. Dann spürte sie es! Das Gift verteilte sich in ihrem Körper. Sie krümmte sich vor Schmerzen, alle ihre Muskeln verkrampften gleichzeitig. Wie eine Marionette zappelte sie herum, weit entfernt hörte sie schallendes, erbarmungsloses Gelächter! Dann lag sie regungslos da, die Augen vor Entsetzen weit geöffnet. Sie konnte nicht einmal mit der Wimper zucken, aber ihr Verstand arbeitete klar. Sie sah, wie Oden sich zu ihr hinunter beugte und mit seinem fauligen Atem sagte:

»Bald ist es vorbei...«

Er lachte grausam.

»Die Schmerzen werden unerträglich sein und dann...«

Er lachte wieder.

»...Und dann wirst du deinen letzten Atemzug getan haben.«

Er erhob sich und fügte beiläufig hinzu:

»Aber bis dahin bin ich schon weit fort. Fröhliches Sterben, wünsche ich!«

Ein lautes, beißendes Lachen begleitete ihn auf dem Weg durch die Halle.

Charlie hörte ihn noch ein paar Befehle erteilen.

»Lodur! Du sorgst für die Entsorgung der Leiche! Vile, Ve, ihr kennt eure Aufgaben! Steht nicht so faul herum! An die Arbeit! Hugin, Munin! Kündigt meine Ankunft auf Asgârd an und bereitet meine Reise nach Godheim vor. Höner, du begleitest mich, wir werden uns Ulls Grafschaft vorknöpfen. Mir sind da ein paar Ungereimtheiten zu Ohren gekommen. Der ehrenwerte Ull behält wohl einen Teil der Elfenmilchernte für sich!«

Dann richtete Oden sein Wort an den rothaarigen, bärtigen Bärsärker.

»Od, wenn du dein neues Spielzeug abgeholt hast, treffen wir uns an der Kutsche. Beeile dich! Ich warte nicht. Kommst du zu spät, kannst du dich von dem nackten Mädchen nach Asgârd ziehen lassen!«

Er lachte schallend über seinen geschmacklosen Scherz. Nach dem allgemeinen Aufbruch war es bald totenstill in der großen steinernen Halle.

Charlie lag wie in Phönixstein gegossen am Boden und starrte an die gegenüberliegende Wand, an der weitere Bilder hingen. Ein nixenähnliches Geschöpf in schillernden Farben starrte ebenso steif zurück. Panik machte sich in ihr breit!

Und dann fing es an. Oden hatte nicht untertrieben. Einzelne Zellen in Charlies Körper fingen an zu explodieren. Zumindest hatte Charlie das Gefühl, sie würden es tun. Wie kleine Stromschläge oder Minifeuerwerke zündeten ihre Nervenzellen eine Kaskade von unerträglichen Schmerzen. Hätte sie gekonnt, hätte sie sich gekrümmt, hin und hergeworfen und geschrien! So blieb ihr nur ein stummes Leiden und ihre Panik steigerte sich ins Unermessliche.

Genau in dem Moment, an dem sie dachte, verrückt zu werden, sah sie ihn!

*Biarn!*

Er löste sich aus dem Dunkel des nächstgelegenen Ganges und betrat die Halle.

Charlies Herz machte einen Sprung! Sie wollte schreien: *Hier bin ich! Hilf mir!*, aber kein Wort verließ ihre gelähmten Lippen.

Dann hörte sie Lodurs Stimme.

*So ein Mist!*, fuhr es ihr durch den Kopf. Lodur war noch da. Aber was sie dann hörte, war noch viel schlimmer und ließ ihr das Blut in den Adern gefrieren!

»Tor, mein Junge! Das ist nicht der richtige Augenblick für ein Gespräch.«

Lodur zögerte und sah vermutlich auf Charlie herab.

»Ich... habe zu tun.«

»Nein, Vater«, hörte Charlie Biarn antworten. Seine sonst so sanfte Stimme war fest und unerbittlich. »Es ist nicht nur der richtige Augenblick, Vater, sondern der einzige!«

Charlie war verwirrt, entsetzt und ungläubig zugleich.

*Biarn! Biarn, Lodurs Sohn?*

Hatte er sie verraten? Sie suchte seinen Blick, doch Biarn fixierte seinen Vater. Das Feuerwerk in Charlies Nervenzellen erreichte die Grenze ihrer Kräfte. Es wurde dunkel um sie herum.

# 20. Du wirst kommen, um den Kampf gegen das Böse aufzunehmen...

$\mathcal{E}$s war später Nachmittag. Sora saß zusammen mit Sapfo an einem der vielen Tische im Restaurant des Wissenschaftszentrums. Sie hatten es sich zur Gewohnheit gemacht, den Arbeitstag mit einem Plausch bei einer gemeinsamen Tasse Kafes ausklingen zu lassen.

»Ist dir nicht gut?«, fragte Sapfo, da Sora zum wiederholten Male geistesabwesend in das grüne Gebräu starrte. Sora blinzelte und sah auf.

»Oh, nein, es ist alles in Ordnung«, sagte sie schnell. »Mir geht bloß in letzter Zeit so viel durch den Kopf. Seltsame Träume aus meiner Vergangenheit.«

Das war zumindest nicht ganz gelogen. Sora hasste die Unwahrheit, aber was sollte sie tun? Sie konnte kaum verheimlichen, dass sie sich Gedanken machte, schließlich war Sapfo eine Ärztin. Sie musste ihre innere Anspannung gespürt haben. Soras körperliche Reaktion auf ihr derzeitiges Gefühlschaos war für eine euripidische Ärztin ein offenes Buch.

»Vermutlich holt mich mein früheres Leben ein. Ist es möglich, dass ich so lange Zeit nach meinem Erwachen versuche, das Erlebte zu verarbeiten?«, fragte Sora.

»Das ist durchaus möglich«, antwortete Sapfo. »Traumatische Erlebnisse verändern das Leben. Sie können schwere Störungen hinterlassen oder – im besten Fall – lediglich kurzfristig verwirren. Das Gefühlschaos, das sie hinterlassen, kann zu unterschiedlichsten Zeitpunkten ans Tageslicht treten. Bekommt man keine professionelle Hilfe, kann es passieren, dass man das Erlebte in sich einschließt und manchmal sogar gänzlich vergräbt, bis man soweit ist, den Ängsten entgegenzutreten. Viele Menschen erlangen niemals dieses Vertrauen in sich selbst. Manche Erlebnisse sind einfach zu ungeheuerlich, um ertragen zu werden. In meinen Gesprächen mit dir konnte ich keinen Bedarf an psychologischer Hilfe erkennen. Meiner Meinung nach hast du dein Trauma, hier bei uns gelandet zu sein, recht schnell überwunden. Trotzdem ist es natürlich möglich, dass sich einiges aufgestaut hat, das jetzt, da du dich hier gut eingelebt hast, verarbeitet werden will. Wenn du möchtest, helfe ich dir gerne dabei«.

Sora hatte ihr geistesabwesend zugehört.

Ihren langen Schlaf hatte sie gut überwunden, da war sie sich ziemlich sicher. Selbstverständlich war es ein entsetzlicher Schock, dass sie sich plötzlich 14.560 Jahre in der Zukunft befand und die Welt, wie sie sie kannte, nicht mehr existierte.

Jetzt aber beschäftigte sie etwas ganz anderes.

Eigentlich interessierte sie sich mehr dafür, ob es eine Zeit vor der Zeit gegeben haben konnte. Eine Zeit vor ihrem ersten Leben.

*War das möglich?*

Sie konnte sich nicht an ihre frühe Kindheit erinnern. Das hatte sie überrascht festgestellt, als Archimedes sie danach gefragt hatte. Und dann all diese seltsamen Träume, die wie Märchen schienen, ihr aber dennoch so seltsam real vorkamen... Fabeltiere, andere Welten, Nebelreisen und Rheas Grabinschrift.

*Magie? War Rhea tatsächlich eine Magierin gewesen?*

Archimedes schloss es jedenfalls nicht aus. Der Wissenschaftler schloss niemals etwas aus, bevor nicht eine der vielen möglichen Theorien bewiesen waren.

*Konnte es das sein? War es möglich, dass sie jetzt bereit war? Bereit, sich mit etwas auseinanderzusetzen, das sich tief in ihrem Unterbewusstsein verschanzt hatte? Gab es da ein unverarbeitetes, traumatisches Erlebnis aus ihrer frühen Kindheit, das nun nach außen drängte?*

»Danke für dein Angebot. Ich werde darüber nachdenken«, sagte Sora.» Ich glaube, ich werde jetzt nach Hause gehen und mich ausruhen. Ich brauche etwas Zeit für mich.«

Sapfo lächelte Sora vertrauensvoll zu: »Selbstverständlich. Ruf mich an, wenn du es dir überlegt hast«

»Ich muss auch los«, sagte sie mit einem kecken Gesichtsausdruck.

»Galenus hat mich zum Essen eingeladen!«

»Nein! Tatsächlich? Ich dachte schon, er wäre mit dem Institut verheiratet. Für ihn gibt es doch nur die Arbeit!«, sagte Sora überrascht. »Viel Spaß, kann ich da nur sagen!«

Während die zwei Frauen zum Ausgang schlenderten, diskutierten sie angeregt über Galenus' Vorzüge und Unarten. Plötzlich wurde Sora von hinten angerempelt.

»Oh, entschuldige bitte«, säuselte Anaximedes mit seinem üblichen, gehässigen Gesichtsausdruck, den er seit der Verhandlung vor zwei Jahren für Sora reserviert hatte. Sie wandte sich genervt ab. Auf diese fast täglichen *zufälligen* kleinen Treffen reagierte sie immer mit Nichtachtung.

Sora wusste, dass Anaximedes nach einem Vorwand suchte, das Amulett noch einmal untersuchen zu dürfen. Doch er benötigte dafür glaubhafte Gründe und Argumente bezüglich neuer Erkenntnisse – und die waren ihm bislang verwehrt geblieben.

Einem Impuls folgend, drehte sich Sora in der Eingangstür noch einmal nach Anaximedes um. Er lehnte nun an einem Pfeiler und holte etwas unter seinem Mantel hervor, das verdächtig nach einem Messgerät aussah. Entsetzt sah Sora, wie Anaximedes völlig entgeistert auf die Apparatur blickte und dann so schnell ihn seine kurzen Beine trugen in ihre Richtung rannte.

Sora handelte instinktiv.

»Sapfo, hilf mir! Anaximedes! Lenk ihn ab!«

Ohne Sapfos Antwort abzuwarten, rannte sie in den strömenden Regen hinaus. Ein Meer von bunten Menschen mit Regenschirmen zog Sora Sekunden später mit sich fort. Eine undurchsichtige Menschenmenge, die ihr zur Flucht verhalf.

Ob und wie Sapfo Anaximedes gestoppt hatte, wusste Sora nicht. Sie hastete vorbei an Restaurants, Bäckereien, Friseursalons, Boutiquen und einem Blumenladen. Immer wieder warf sie unruhige Blicke über die Schulter. Anfänglich dachte sie, Anaximedes einige Male in der Menschenmenge erkannt zu haben. Sora eilte weiter.

*Was sollte sie nun tun?*

Anaximedes musste etwas bemerkt haben. Hatte Anaximedes mit dem Gerät ihren Stein überprüft?

*Das musste es sein!*

Die stete Energie, die das Amulett abgab!

Sie war fest entschlossen, es nicht wieder abzugeben. Sie brauchte es.

*Was würde Anaximedes als nächstes tun?*

Hatte sie ihn auch wirklich abgeschüttelt? Ihr PTG im Keller des Wissenschaftszentrums war jetzt sowieso keine Hilfe mehr. Über die Eingabe der Flugroute konnte sie sofort geortet werden. Außerdem wäre es ohnedies dumm gewesen, ins Wissenschaftszentrum zurückzukehren.

Anaximedes' Messgerät musste eine Veränderung festgestellt haben, ging es durch Soras Kopf.

*Vielleicht eine höhere Energieabgabe?*

Anaximedes holte bestimmt gerade Vestas Erlaubnis ein, um das Amulett zu konfiszieren!

*Was sollte sie bloß tun? Wo sollte sie denn jetzt nur hin?*

Sora eilte weiter durch die Menschenmenge. Alle drängten in eine Richtung.

Auf einmal fand sich Sora im Einzugsbereich einer Magnetschwebebahn wieder. Sollte sie die Stadt verlassen?

Noch bevor sie sich entschieden hatte, wurde sie automatisch vorwärts geschoben. Sie stolperte die Stufen zur prallgefüllten MSB hinauf und zwängte sich zu einem der Stehplätze. Menschen redeten, lachten und riefen um sie herum. Sie hörte es kaum. Alles floss in einem tosenden Meer von Geräuschen zusammen.

Die MSB setzte sich mit einem sanften Ruck in Bewegung und schoss bald mit hoher Geschwindigkeit der nächsten Haltestelle entgegen.

Wenn Anaximedes das Recht auf erneute Untersuchungen bekam, würden bald alle nach ihr suchen. Sie dachte an Archimedes, Juno und auch an Sapfo, die ihr schon so viel geholfen hatten. Sie konnte nicht von ihnen verlangen, dass sie sich gegen das Gesetz stellten.

Einen Augenblick lang dachte Sora daran, zumindest Archimedes zu kontaktieren, verwarf aber diesen Gedanken wieder. Sie durfte ihn nicht verdächtiger machen, als er vermutlich ohnehin schon war. Er hatte Familie. Einen kleinen Sohn und Juno...

Die MSB näherte sich dem Stadtrand.

»Letzte Haltestelle vor Überlandfahrt nach Menander«, ertönte eine freundliche Stimme durch die Bahn.

Sora erwachte aus ihren Überlegungen und zwängte sich zum Ausgang.

»Letzte Haltestelle vor Überlandfahrt nach Menander«, ertönte die Durchsage von Neuem, während dieselbe Mitteilung an mehreren Wänden als Runentext vorbeizog.

Die MSB hielt mit einem sanften Ruck und einige Euripiden verließen zusammen mit Sora den Waggon. Neugierige Blicke folgten ihr. Für eine Exotin wie Sora war es fast unmöglich, unerkannt zu bleiben. *Wie um alles in der Welt sollte sie sich versteckt halten können?* Während sie am Stadtrand entlang wanderte, versuchte sie einen klaren Gedanken zu fassen.

Der Regen war schwächer geworden. Sie hatte aufgrund ihrer übereilten Flucht keinen Regenschirm dabei. Die Kleidung klebte auf ihrer Haut und die dunkelblonden Haare an ihrem Gesicht. Sie wurde unwillkürlich an den Vortag erinnert, als sie und Archimedes ebenfalls vollkommen durchnässt auf Rheas Grab standen.

*Rheas Grab.*

Jetzt erkannte sie, in welche Richtung ihre Füße sie trugen.

Sie war bereits mehr als zwei Stunden unterwegs, als sie endlich die ersten Hügelgräber erreichte. Der Regen hatte so gut wie aufgehört. Sie war nass bis auf die Haut, fror aber nicht. Sie spürte die wohlige Wärme, die das Amulett durch ihren Körper fließen ließ.

Ihre Beine trugen sie ganz automatisch zu Rheas Hügelgrab. Der Grabstein erhob sich viele Fuß hoch. Lange stand sie da und starrte ihn an.

Und was nun? *Idun wird dir den Weg zeigen...*

*Na hoffentlich*, dachte Sora. Auf ihrem langen Weg hierher war sie zu dem Schluss gekommen, dass sie chancenlos war. Sie konnte sich nirgends wirklich verstecken.

Euripides war zwar sehr groß und verfügte über unendlich weite Flächen unberührter Wildnis, aber da gab es die Spürhunde. Eine Kaste, eigens dafür geschaffen, Menschen oder Dinge aufzuspüren. Sie fanden einfach alles. Ihre rüsselähnlichen Nasen verfügten über einen extrem ausgeprägten Geruchs- und Spürsinn.

Sora konnte auf Dauer nicht entkommen. Abgesehen davon würde sie Nahrung brauchen und ein Dach über dem Kopf. Und was wäre das für ein Leben? Einsam und ständig auf der Flucht?

*Jetzt wäre wirklich ein guter Zeitpunkt für etwas Unterstützung,* dachte Sora. Falls sie tatsächlich die *Reisende* sein sollte, war nun der Moment gekommen, an dem ihr Idun den Weg weisen sollte. Die Zeit lief ihr davon. Sie war überzeugt davon, dass halb Euripides sie bald suchen würde.

*Aber vielleicht konnten Anaximedes und sein Team ja herausbekommen, was mit ihr geschah?* Womöglich brauchte sie die Wissenschaftler, um durch den Nebel zu gehen.

Sora verdrehte die Augen. *Was fantasierte sie da eigentlich zusammen?*

Glaubte sie wirklich, dass da etwas Wahres dran war? Konnte sie, Sora, die *Auserwählte* sein? Diejenige, die den Kampf gegen das Böse aufnehmen sollte?

*Das war doch absurd!*

Ihr Blick fiel auf eine Runenzeile in Rheas Grabinschrift:

*Du zweifelst an deiner Bestimmung, doch Idun wird dich überzeugen und dich leiten.*

»Na, dann leite mich mal«, murmelte Sora.

Sie streckte die Hände aus und berührte den nassen Grabstein. Genau wie am Tag zuvor traten blutrote Runen hervor. Die Frage, die dem Orakel vorangegangen war, leuchtete ihr entgegen und warf einen rötlichen Schimmer über ihre Hände.

*Wie lassen sich die Tore zwischen den Welten wieder öffnen?*

Im nächsten Moment winkte Rhea Sora entgegen und verwandelte sich in eine junge blonde Frau mit einem Korb voller Wildäpfel im Arm.

Idun!

Sie nickte Sora lächelnd zu und zeigte mit dem Finger hinter sie.

Sora wandte sich um. Nebel umgab plötzlich die Grabhügel.

Sora schien es, als befände sie sich auf einer von vielen kleinen, grünen Inseln inmitten eines Nebelmeeres, aus dem riesige, zapfenförmige Pfeiler emporragten – weiße Pilze.

*»Du musst durch den Nebel gehen. Vertraue mir...«*, lachte Idun ihr zu.

Dann war die Vision zu Ende, und Sora fand sich allein auf Rheas Grab wieder. Sie sah sich um. Die Dämmerung hatte eingesetzt, aber von Nebel war keine Spur.

*Und nun?*

Erschöpft vom langen Arbeitstag, von ihrer Flucht quer durch Alexandria und ihrem langen Fußmarsch durch die Wildnis, lehnte sich Sora an den Grabstein und ließ sich hinuntergleiten. Sie schloss die Augen.

»Wie soll ich durch den Nebel gehen, wenn hier keiner ist?«, flüsterte sie leise.

*Ich werde mich etwas ausruhen und dann nach Hause gehen,* beschloss Sora.

Sie atmete tief durch und fiel in einen schweren, traumlosen Schlaf im Schatten des großen Grabsteins.

In den frühen Morgenstunden stiegen aus den Tiefen ihres Bewusstseins Bilder empor. Ein schwarzer Pegasus, Herden von seltsamen Fabeltieren, der alte Mann mit dem kleinen Mädchen und – Nebel. Ein Nebelmeer, das die Hügel des Grabfeldes in grüne Inseln verwandelte.

Plötzlich ertönte eine Stimme:

*»Du musst durch den Nebel gehen. Vertraue mir... Jetzt!«*

Sora schlug die Augen auf und setzte sich abrupt auf. Sie fühlte sich steif und als sie sich aufrappelte, merkte sie, dass ihr linkes Bein eingeschlafen war, taub und schwer. Es kribbelte unangenehm, als langsam Leben in ihr Bein zurückkehrte. Unsicher trat sie ein paar Schritte vorwärts und blickte sich um. Träumte sie?

Kleine, grüne Grabhügelinseln waren im Morgengrauen zu sehen, friedvoll badeten sie in einem weißen Nebelmeer. Die großen, weißen Pilze wuchsen gespenstisch aus dem Nichts empor. Fasziniert starrte Sora über das Grabfeld.

*War dies Traum oder Wirklichkeit?*

Plötzlich drangen Stimmen an ihr Ohr, seltsam verzerrt durch den dichten Nebel. Dann erkannte Sora die Gestalt von Archimedes, die aus dem Nebel auftauchte, gefolgt von Sapfo und den Umrissen von etwa sechs bis sieben Spürhunden.

*Sie war umzingelt.*

»Anaximedes hat eine einstweilige Verfügung erwirkt«, rief Archimedes ihr zu. »Auf mein Bitten hin durften Sapfo und ich die Spürhunde auf der Suche begleiten.«

Archimedes und Sapfo sahen Sora eindringlich an.

»Ich habe ihnen erklärt, dass du sicherlich nur übereilt reagiert hast und einige Stunden für dich benötigen würdest«, fügte er hinzu.

»Du würdest niemals mit Absicht die Gesetze von Euripides missachten, habe ich recht?«, ergänzte Sapfo.

Sora verstand. Die beiden wollten ihr wieder helfen, hatten es bereits getan. Und nun reichten sie ihr die Hände.

Sora starrte in den Nebel hinein.

*Sollte sie es versuchen?*

Sie hatte nichts zu verlieren.

»Wie geht es dir, Sora?«, fragte Sapfo besorgt. »Hast du die ganze Nacht *hier* verbracht?« Sie machte eine Handbewegung, die das gesamte Grabfeld einschloss.

Sora lächelte und Archimedes lächelte zurück. Er verstand sie. Ihm war dieser Platz ebenso vertraut wie Sora.

Auf einmal vernahm Sora Iduns Stimme laut und deutlich durch den Nebel.

*»Geh jetzt... In den Nebel... Ich werde dich leiten... Jetzt ist der Zeitpunkt gekommen. Du wirst kommen, um den Kampf gegen das Böse aufzunehmen... Jetzt...«*

Verwirrt schaute Sora in die Gesichter ihrer Freunde. Sie hatten offensichtlich nichts gehört.

»Ihr habt recht«, sagte sie laut und deutlich, so dass die Spürhunde um sie herum jedes Wort verstehen mussten. »Ich brauchte nur etwas Zeit. Tatsächlich hatte ich gar nicht vor, solange hier zu verweilen. Ich muss eingeschlafen sein. Ich wollte gestern Abend schon nach Hause zurückkehren.«

Das entsprach sogar der Wahrheit. Sie lächelte Archimedes zu.

»Das Abenteuer beginnt nun. So oder so…«, sagte Sora und machte einige Schritte auf ihn und Sapfo zu. Ihr Amulett ruhte sanft auf ihrer

Brust. Sie griff danach. Sich der Aufmerksamkeit der Spürhunde bewusst, ließ sie Archimedes nicht aus den Augen.

»Wünsche mir Glück«, sagte sie in der alten Sprache. Sie sah noch, wie der Wissenschaftler große Augen bekam.

Nebel umschloss Sora. Schwer und undurchdringlich. Es wurde totenstill. Sora konnte ihr eigenes Herz laut im Brustkorb klopfen hören. Sie hielt den Stein fest in ihrer Hand. Er wurde heiß. Das Blut rauschte in ihren Adern und sie hielt angespannt den Atem an.

*War das möglich?*

Ging sie tatsächlich durch den Nebel, so wie es auf Rheas Grabinschrift vorausgesagt wurde? Ungläubig ging sie noch einen Schritt vorwärts. Die Angst, doch gleich Archimedes gegenüberzustehen, ließ sie zögern.

*Sie würden ihr das Amulett wahrscheinlich für immer wegnehmen...*

Noch ein zögerlicher Schritt und plötzlich riss der Nebel vor ihr auf. Sie stand im Freien!

Es regnete leicht. Der Nebel, aus dem sie gekommen war, verschwand wie von Geisterhand und gab den Blick auf eine gewaltige Bergkette frei. Sora sog die Luft durch ihre Zähne. Sie stand wie gelähmt da und starrte die Berge um sich herum an. Rau, majestätisch und wunderschön!

Trotz des Regens konnte sie ihren Blick weit schweifen lassen. Bergwiesen umgaben sie und dann bot sich Sora ein Anblick, der ihr den Atem raubte. Dort grasten sie! Große Herden geflügelter Pferde! Weiße Pegasus! Genauso wie in ihrer Vision.

*Eine neue Welt.*

Sie war tatsächlich durch den Nebel in eine andere Welt gelangt!

Sie starrte auf den weißen Stein mit den blutroten Linien, den sie immer noch fest umklammerte.

Plötzlich formte sich vor ihren Augen das Bild eines jungen Mädchens. Eines Mädchens mit schwarzen, lockigen Haaren, das sehr blass und mit geschlossenen Augen auf einer Pritsche lag.

*War es tot?*

Als Sora aufsah, blickte sie durch den Regen über die Berglandschaft. Sie war allein. Allein, mit einer großen Herde Pegasus.

# 21. Bei den Schwarzelfen

Charlie träumte wirres Zeug. Grüne Blitze zuckten an ihr vorbei. Ein grüner Felsvorsprung war zu sehen, und eine Gestalt, deren Gesicht und Körper sie nicht erkennen konnte. Sie trug eine Kette mit einem grünen Stein um den Hals.

Wesen, die aussahen wie schrumpelige Kartoffeln, wuselten um sie herum, und auf einmal segelte sie in einem Schiff durch die Luft.

An der Reling standen Tora und Kunar mit windzerzausten Haaren und besorgten Gesichtern. Auch Biarn war dort. Auf seiner Schulter saß eines dieser merkwürdigen Schrumpelwesen.

Eine junge Frau stand weit entfernt auf einem kleinen, grünen Hügel und blickte hinab in ein Nebelmeer, aus dem seltsame, weiße Gebilde emporragten.

Plötzlich faltete sich das fliegende Schiff vor Charlies Augen zusammen wie ein großes Tuch. Mehrere Schrumpelwesen trugen das gefaltete Schiff über ihren Köpfen schwebend davon.

Die Frau auf dem Hügel fasste sich an die Brust und berührte einen weißen Stein, der an einem Lederband um ihren Hals hing. Blutrote Linien überzogen den Stein. Die junge Frau umfasste ihn, atmete tief durch und strich sich ihre glatten, dunkelblonden Haare aus dem Gesicht.

Ihre Augen schimmerten wie Bernstein und ihr Gesichtsausdruck war ernst. Ihre Lippen bewegten sich, dann ging sie entschlossen in den Nebel hinein und verschwand.

Eines dieser kleinen Wesen ritt auf einer braunen Maus – oder war es eine Ratte? Dutzende berittene Nager kamen herbeigeeilt, und jedes dieser Tiere trug eines dieser kleinen, schrumpeligen Wesen auf dem Rücken.

Wie ein Echo tönte es von weit, weit entfernt her. Fast wie ein Flüstern, Wispern, wie eine Beschwörung...

*So… So…, ray… Sora… raya… So… ya…* Die Silben überlappten sich und klangen dumpf in ihr nach… *Soraya…*

Charlie sah sich selbst von oben. Leblos, blass lag sie auf dem Rücken und hielt die Hände auf der Brust gefaltet. Um sie herum gab es… nichts.

*Es war so ruhig.*

Plötzlich erstrahlte ihr Körper in einem blendenden Licht, das langsam schwächer wurde und den Blick auf eine wundersame Szene freigab.

Charlie lag immer noch auf dem Rücken. Sie konnte nun erkennen, dass sie auf einer Art Holzgestell mitten im Wald lag. Plötzlich näherten sich von allen Seiten die seltsamen Gnome. Winzig klein wie ein Finger, mit viel zu großen, spitz zulaufenden Ohren und knolligen Nasen. Eng, immer enger zogen sie den Kreis um sie herum und dann war er da.

*Biarn!*

Langsam beugte er sich über sie. Er hielt einen kleinen Tonkrug in der Hand...

*Nein!*, schrie Charlie laut auf. Aber niemand hörte sie.

Die junge Frau mit den Bernsteinaugen trat aus einer Nebelwand hinaus in den Regen. Der Nebel verschwand wie von Geisterhand und gab den Blick über eine imposante Bergkette frei. Trotz des schlechten Wetters konnte man erkennen, wie die Bergkette sich weit um sie herum ausbreitete und einzelne Gipfel an dutzenden Stellen hoch und majestätisch über die anderen Höhen hinauswuchsen.

Auf den ausgedehnten Bergweiden grasten große Herden geflügelter Pferde. Mit ihrem weißen Fell sahen sie aus wie vom Winter übriggebliebener Schnee.

Charlie schlug die Augen auf.

Sie lag im Halbdunkel eines Baldachins aus riesigen Blättern. Sie starrte das grüne Dach über sich verwirrt an.

*Wo war sie? Was war geschehen? Das hier war eindeutig nicht die vertraute Höhle auf Gymers Berg.*

Charlie versuchte sich zu bewegen, aber ihre Glieder schienen bleiern, als ob unsichtbare Fesseln sie festhielten. Sie versuchte, den Kopf anzuheben. Ein, zwei Zentimeter nur, aber er war schwer wie eine Bowlingkugel. Ihr Mund war trocken und ihre Lippen klebten aneinander. Sie hatte Durst. In ihrem Kopf herrschte eine seltsame Leere. So, als ob da etwas gewesen wäre, woran sie sich erinnern müsste.

*Aber da war nichts!*

Wieder versuchte sie, sich aufzusetzen, aber das einzige, das etwas zuckte, waren ihre Finger.

Sie hörte Stimmengewirr. Gedämpft klang es zu ihr hinüber, verstehen konnte sie nichts.

Plötzlich spürte sie, wie etwas auf ihr herumtrippelte! Unwillkürlich wurde sie an ihre erste Begegnung mit den Wichtelfichten erinnert.

Eine runzlige Gestalt tauchte an ihrem Kinn auf, gerade einmal so groß wie ein Finger. Hätte sie gekonnt, wäre Charlie mit einem riesigen Satz aufgesprungen. So blieb ihr nur, mit weit aufgerissenen Augen zu beobachten, wie dieses seltsame kleine Wesen mit den viel zu großen Ohren auf ihr Kinn kletterte und sich daran machte, eine Flüssigkeit in ihren halboffenen Mund zu kippen!

Ein Bild blitzte vor ihren Augen auf! Eine furchteinflößende Gestalt zwang einen Gifttrunk in Charlies Mund. Panik stieg in Charlie hoch, obwohl sie diese furchterregende Erinnerung nicht deuten, geschweige denn zuordnen konnte. Ihre Bemühungen aufzuspringen, resultierten lediglich in heftigen Zuckungen ihrer Hände und einem Zittern der Lippen.

»Oh!«, gab das Wesen auf ihrem Gesicht von sich und kämpfte um sein Gleichgewicht. Dabei schüttete es den Inhalt des Kruges großteils an Charlies Mund vorbei. Kleine Rinnsale suchten sich ihren Weg von ihren Mundwinkeln über ihre Wangen, bis zum Hals.

»Es ist wach, wie ich sehe!«, verkündete das Wesen entzückt. Es hatte eine fröhliche, helle Stimme.

»Tatsächlich?«, fragte eine weitere helle Stimme und Charlie spürte, wie etwas im Eiltempo über ihrem Brustkorb lief. Zwei dieser kleinen, schrumpeligen Wesen balancierten nun auf ihrem Gesicht und schauten nickend in ihre weit aufgerissenen Augen.

»Ja, eindeutig wach!«, kommentierte das zweite Wesen. Sie nickten übertrieben oft mit den Köpfen und kletterten dann flink wie kleine Mäuse von Charlie hinunter.

»Es ist wach!«, hörte Charlie die beiden fröhlich verkünden. Sie drehte den Kopf ein wenig. Es kostete sie fast all ihre Kräfte. Sie konnte gerade noch sehen, wie beide Gnome verblüffend schnell hinter dem Pfosten ihres Baldachins verschwanden.

Nur Sekunden später tauchte eine hochgewachsene stattliche Gestalt auf.

*Biarn!*

Auf seinen Schultern saßen sieben dieser Wesen und starrten wachsam auf Charlie herab.

*Biarn!*

Und plötzlich war alles wieder da! Wie im Schnelldurchlauf eines Films sah Charlie alles ganz genau vor sich. Sie sah, wie sie und Hanna entführt worden waren, wie Hanna von dem Bärsärker Od verschleppt wurde, wie Oden ihr Amulett entdeckt hatte und wie er sie letztendlich mit einer klaren, geschmacklosen Flüssigkeit vergiftet hatte!

*Und Biarn!*

Ganz deutlich sah Charlie ihn aus einem der bogenförmigen Seitengänge der Halle treten. Sie hörte, als ob es gerade jetzt geschah, Lodurs Stimme sagen:»Tor, mein Junge! Das ist nicht der richtige Augenblick für ein Gespräch. Ich… habe zu tun!« Und sie hörte Biarns ernste, unerbittliche Stimme:»Es ist nicht nur der richtige Augenblick, Vater, sondern der einzige!«

Charlies Herz schlug schnell und hart in ihrer Brust.

*Hatte Biarn sie verraten? Biarn, Lodurs Sohn? Er hieß Tor... Wieso lebte sie eigentlich noch? Sollte sie nicht tot sein? War sie vielleicht tot? Nein, das konnte wohl nicht sein, denn laut den kleinen Wesen war sie wach...*

Biarn beugte sich über sie und fühlte ihre Stirn.

»Charlie?«, sagte er.»Wenn du mich hören und verstehen kannst, dann blinzle.«

Charlie starrte ihn unsicher an, aber tat, was er von ihr erwartete. Blinzeln war das einzige, das ohne weitere Schwierigkeiten zu bewerkstelligen war. Biarn lächelte zufrieden.

»Sehr gut! Versuche jetzt, deine Finger zu bewegen.«

Charlie gehorchte.

»Deine Zehen?«, fragte er.

*Ja, es funktionierte.*

»Du hast es überstanden«, sagte er dann sanft und fasste ihre Hand. Er drückte sie vorsichtig und Charlie drückte so gut sie konnte zurück.

»Du wirst dich zwar noch etwas gedulden und fleißig üben müssen, aber du wirst wieder völlig gesund werden«, sagte Biarn aufmunternd. »Ich glaube, da sind zwei, die schon sehr lange darauf warten, dich endlich wieder unter den Lebenden begrüßen zu dürfen, Charlie!«

Biarn lächelte und sprach mit einem der Gnome auf seiner rechten Schulter.

»Bivor, wärst du so freundlich?«

Das Wesen mit dem Namen Bivor nickte kurz und eilte davon. Flink kletterte es an Biarns Mantelärmel herab und schwang sich zu Boden. Obwohl er sehr geschickt schien, waren Bivors Bewegungen nicht sehr elegant.

Alle diese kleinen Wesen bewegten sich zwar sicher, aber dennoch mit einer seltsam watscheligen Unausgewogenheit, was durchaus auf ihre *wirklich* kurzen Beine zurückzuführen war. Ihr proportional viel zu langer Oberkörper schaukelte bei jedem Schritt von rechts nach links.

Charlie hätte nur zu gerne tausend Fragen gestellt, aber ihre Lippen und Stimmbänder gehorchten ihr noch nicht. Sie brachte lediglich ein klägliches Röcheln zustande.

»Oh, keine Sorge«, grinste Biarn. »Deine Stimme hast du auch bald zurück.« Ein listiger Ausdruck huschte über sein Gesicht.

»Dann kannst du mit Tora um die Wette streiten und musst dennoch tun, was wir Männer dir sagen, *meine Süße*!«

Charlie riss die Augen auf. Es gab so vieles, was sie sagen, fragen und wissen wollte, aber gerade jetzt wollte sie nichts lieber, als ihrem Gegenüber empört zu widersprechen.

Biarn schmunzelte.

»Ja, Charlie. Ich weiß es. Und das nicht erst seit gestern. Ich hatte zwar nicht vorgehabt, es dich wissen zu lassen, bevor du nicht selbst damit herausrückst, aber deine *Situation* hier ließ mir keine andere Wahl.«

Charlie versuchte den Kopf zu heben, um an sich hinunter zu sehen. Biarn grinste noch breiter als zuvor.

»Oh, keine falsche Scham, Charlie. Ich habe schon einige nackte Frauen gesehen«, sagte er.

Siedend heiß lief ihr das Blut durch die Adern. Ihre Finger versuchten vergeblich, die Umgebung zu ertasten. Biarn beugte sich tief zu ihr hinunter.

Einen kurzen Moment lang dachte Charlie..., *aber nein! So ein Unsinn!*

Biarns Stimme war neckisch. Er blinzelte.

»Du liegst sicher verpackt unter einer Decke. Und außer mir und ein paar Dutzend Schwarzelfen hat keiner dein Geheimnis zu Gesicht bekommen!«

Entsetzt starrte Charlie in Biarns blitzende Augen. Nur *er* und ein *paar Dutzend* Schwarzelfen? Was waren denn Schwarzelfen überhaupt?

Biarn lächelte sanft, doch dann wurde er ernst.

»Tora und Kunar kennen dein Geheimnis nicht. Ich denke, es ist deine Aufgabe, es ihnen zu erklären«, sagte er.

»Da seid ihr ja!«

Biarn wandte sich um und begrüßte zwei Personen, die schnell an Charlies Bett traten.

»Tora! Kunar!«, versuchte Charlie zu rufen, aber wieder gab sie bloß ein krächzendes Geräusch von sich. Ihre Lippen schienen sich etwas bewegt zu haben, denn Tora und Kunar lächelten zurück.

»Ja, wir sind es«, sagte Kunar fröhlich.

»Ein Glück, dass es dir gut geht!«, rief Tora.

Charlie zuckte mit den Wimpern.

*Gut?*

Sie konnte weder sprechen noch sich bewegen.

Aber sicher, sie lebte noch.

»Bivor hat gesagt, dass du wieder ganz der Alte wirst«, grinste Tora.

»Genau genommen sagte er, du wirst genau *das* Alte. Seltsamerweise reden die immer so. *Will es noch etwas mehr Wasser?*«, sagte sie mit einer gekonnten Imitation der hellen, fröhlichen Stimmen, die zuvor auf Charlie herum gelaufen waren.

Kunar lächelte.

Charlie versuchte, es ihm gleich zu tun. Es zuckte in ihren Mundwinkeln.

»Es wird noch eine Weile dauern, bis es...« Biarn zog das Wort extra in die Länge und zwinkerte ihr zu, »...wieder sprechen und laufen kann«, beendete er seinen Satz.

Tora setzte sich zu Charlie ans Bett.

»*Es* macht jedenfalls jetzt schon Fortschritte«, sagte Biarn.

»Wir dachten, du würdest es nicht schaffen. Sogar einige der Schwarzelfen bezweifelten, dass du überleben würdest«, sagte Tora ernst. Dann flog ein Lachen über ihr Gesicht.

»Aber Biarn hat die Hoffnung nie aufgegeben. Er sagte immerzu so Zeug wie: *Charlie ist stark. Er wird es schaffen.* Und er und die Schwarzelfen haben irgendwelche magischen Rituale abgehalten, bei denen wir nicht dabei sein durften!«

Ihrem anklagenden Tonfall entnahm Charlie, dass Tora vermutlich lauthals dagegen protestiert hatte und es Biarn immer noch übel nahm.

Charlie grinste, und diesmal grinste sie tatsächlich. Biarn hatte recht, sie machte Fortschritte, wenn auch frustrierend langsam. Sie warf ihm einen Blick zu, der *Danke* sagen sollte.

Er sah sie lange an.

Charlie fragte sich, wie das alles zusammen passte.

*Biarn war offenbar Lodurs Sohn. In der Halle auf Bilskirne hatte er sie nicht einmal eines Blickes gewürdigt. Und diese feste, unerbittliche Stimme...*

*Wie war sie hierher gekommen? Wie war sie Lodur entkommen? Lodur, der von Oden höchstpersönlich den Befehl erhalten hatte, ihre Leiche zu beseitigen... Lodur, der zur Triade gehörte und somit einer von Odens stärksten Verbündeten war... Wie konnte sie gerettet werden? Sie war doch schon fast tot gewesen.*

Dann fiel ihr Hanna ein! Unruhig sah sie sich um, so gut sie es aus ihrer Position eben konnte.

»Was ist?«, fragte Tora besorgt. »Ist dir nicht gut?«

Charlie versuchte mit ihren Lippen *Hanna* zu formen.

Biarn trat vor.

Kunars Blick wurde hart und undurchdringlich. Er presste seine Zähne so fest zusammen, dass sein Unterkiefermuskel hervor quoll. Er sah aus, als wolle er Biarns Antwort nicht noch einmal zu hören bekommen.

Biarn räusperte sich. Auch er hatte einen harten Gesichtsausdruck bekommen.

»Ich konnte Hanna leider nicht retten... Es tut mir sehr leid, Charlie.«

»Wie?«, formte Charlie.

Seine Stimme verriet Besorgnis, Anteilnahme und Verbitterung.

»Sie wurde nach Asgård gebracht, wo sie als Braut und Sklavin in Ods Harem dienen wird!«

Charlie war schockiert. Aber was hatte sie erwartet? Erbarmen? Mitleid? Oden und seine Bärsärker kannten solche Regungen nicht. Das hatte sie spätestens verstanden, als sie Odens sadistische Vorfreude gespürt hatte, kurz bevor er ihr das Gift einflößte...

Ihre Genesung verlief langsam. Charlie brauchte mehrere Tage, um sich unter großer Anstrengung auf ihrem Lager aufsetzen zu können. Sprechen ging dagegen schon wieder ganz gut.

Durch Erzählungen von Tora, Kunar und nicht zuletzt Biarn hatte sie nach und nach erfahren, was seit jenem Tag auf Schloss Bilskirne passiert war. Sie konnte sich nun ein relativ vollständiges Bild machen.

Was sie von all den unglaublichen Geschehnissen am meisten verwirrte, war die Tatsache, dass sie offensichtlich mehr als einen Monat lang geschlafen hatte!

Sie wollte es einfach nicht glauben, bis plötzlich einige dieser furchtbar lauten Tennisballbrummer quer durch ihr Baldachinlager pflügten. Den Rüssel schlapp herabhängend, knatterten die Rieseninsekten unter ohrenbetäubendem Lärm davon.

»Die schwirren hier schon seit einiger Zeit umher«, grinste Kunar, als er Charlies erschreckten Gesichtsausdruck sah. »Ich sagte doch, dass du eine halbe Ewigkeit verschlafen hast!«

*Schwirren*, war wohl kaum das richtige Wort, dachte Charlie. *Schwirren passte auf kleine lästige Fliegen, aber kaum auf diese lärmenden Helikopter.*

Die Präsenz der lauten Brummer überzeugte Charlie davon, dass seit dem verhängnisvollen Tag auf Schloss Bilskirne wirklich mehr Zeit vergangen war als sie hatte wahrhaben wollen.

Tora und Kunar erzählten Charlie, sie hätten ihre und Hannas Entführung aus der Ferne beobachtet.

Verzweifelt seien sie kurz darauf Biarn in die Arme gelaufen, der geradewegs aus der Hufeisenbucht gekommen war.

Offenbar hatte Biarn daraufhin mitten im Wald laut das Wort *Petra* – oder so ähnlich – ausgestoßen und dabei ein seltsames Beschwörungsritual vollzogen.

Nur wenige Momente später sei direkt vor ihnen ein Schwarzelf auf einer Maus aufgetaucht, einer dieses kleinen schrumpeligen Gnome.

Irgendwie, so fuhr Kunar fort, hatte der Schwarzelf mit einer Art Galdertrommel andere Schwarzelfen kontaktiert. Auf jeden Fall waren wenig später fünf weitere mäusereitende Elfen aufgetaucht und hatten mit emsiger Geschäftigkeit ein großes Tuch auseinander gefaltet.

»Es war unglaublich!«, erzählte Kunar begeistert. »Das Tuch wurde innerhalb von Sekunden zu einem Segelschiff!«

Charlie runzelte die Stirn.

Das klang ja verdächtig nach einem ihrer seltsam wirren Träume. Biarn, Tora und Kunar waren mit diesem Schiff nach Bilskirne gesegelt. Durch die Luft?

»Gymers Berg ist riesig!«, sagte Kunar. »Ich hätte nie gedacht, dass er so groß ist!«

Sie waren über Trudheim und Trudvang geflogen, schließlich über die hohen Türme von Schloss Bilskirne, und dann waren sie inmitten einer Herde Einhörner gelandet.

»Ich habe Gyller gesehen«, sagte Tora mit nassglänzenden Augen.

»Es geht ihm gut. Er genießt sein Gnadenbrot. Biarn hat gut für ihn gesorgt, genauso wie er versprochen hatte.«

Sie wischte sich eine verirrte Träne aus dem Gesicht.

»Und als Biarn im Schloss war, um dich zu befreien, haben wir Oden gesehen«, erzählte Kunar.

Charlie sperrte die Augen auf.

Kunars Gesicht verfinsterte sich.

»Wenn ich gewusst hätte, dass sie Hanna bei sich hatten...«

Dann versagte seine Stimme und er biss sich auf die Lippe.

»Sie waren zu zweit. Einer von ihnen trug Hanna über den Schultern«, sagte Tora leise und schielte verstohlen zu ihrem Bruder hinüber.

Kunar starrte eisern auf seine Fingernägel.

»Wir wussten natürlich nicht, dass es Hanna war«, fügte Tora hinzu. »Sie war in irgendetwas eingewickelt. Biarn sagte, dass es Od war, der Hanna bei sich hatte. Od ist Odens Bärsärker auf Asgârd. Der andere war Höner aus der Triade.«

Charlie erinnerte sich. »Höner sollte Oden nach Godheim begleiten, um dort einen Bärsärker namens Ull des Elfenmilchdiebstahls zu überführen.«

Kunar erwachte aus seiner Starre.

»Ull?«, fragte er ungläubig. »Bist du sicher?«

Charlie nickte. Der Name war hängen geblieben, weil er so seltsam vertraut geklungen hatte. Kunar ballte seine Hände zu Fäusten und spuckte grimmig:

»Hoffentlich lassen sie ihn leiden, diesen Mörder! Und Hel auch! Sie sollen ihn alle leiden lassen!«

Jetzt konnte sich Charlie erinnern: Ull war jener Bärsärker, der die Mutter von Tora und Kunar so grausam hatte ermorden lassen! Charlie konnte sich Kunars Wünschen nur anschließen.

Dieser Ull tat ihr nicht im Geringsten leid. Hoffentlich hatten Oden und Höner ihn mit einer ganzen Badewanne voll Elfenmilch erwischt!

Oden und seine Begleiter waren laut Tora mit einer von Pegasus-Pferden gezogenen Kutsche davon geflogen.

Charlie ging ein Licht auf. Sie und Hanna waren mit Pegasus-Pferden nach Bilskirne gebracht worden! Geflügelte Pferde! Wie oft hatte sie nicht in der Werbung oder im Spielzeuggeschäft Pferde mit Flügeln gesehen und über diesen *Kitsch*, wie sie es genannt hatte, die Nase gerümpft.

Und nun war sie auf einem... eigentlich hatte Charlie an das Wort *geritten* gedacht. Tatsächlich hatte sie aber wie ein Rollbraten in einem Sack zusammengeschnürt über dessen Rücken gelegen.

Geflügelte Pferde... Eine Bergwiese tauchte vor ihrem inneren Auge auf. Große Herden von weißen, geflügelten Pferden grasten...

Doch bevor sie weiter darüber nachdenken konnte, fuhren Tora und Kunar mit ihrem Bericht fort.

Biarn war mit Charlie auf dem Arm aus dem Schloss gelaufen, dann waren sie alle gemeinsam mit dem fliegenden Schiff nach Svartalfheim gesegelt, der Heimat der Schwarzelfen.

Das Schiff hieß Skidbladner und hatte laut Bivor einmal einem mächtigen Magier namens Frej gehört. Als dieser starb, fiel es in die Hände der Schwarzelfen. Das Schiff hatte sich in Svartalfheim vor ihren Augen wieder zu einem Tuch zusammengefaltet und Biarn war mit Charlie und einer Schar Schwarzelfen davongeeilt.

Tora und Kunar durften der Zeremonie nicht beiwohnen. Von weitem hatten sie beobachtet, wie Biarn Charlie ein Gebräu einflößte und er dann mit hunderten Elfen einen Kreis um sie bildete. Sie murmelten dabei seltsame Beschwörungsformeln und zogen den Kreis um Charlie immer enger und enger.

»Dann hast du laut aufgeschrien«, sagte Tora und schauderte. »Ich dachte schon, du wärest gestorben. Aber dann, nach einer halben Ewigkeit, kam Biarn auf uns zu und sagte, du würdest jetzt schlafen. Wie lange könne keiner so genau sagen. Es würde von deiner Willenskraft abhängen und davon, inwieweit dein Körper bereits geschädigt war. Und er sagte, du wärest stark und würdest es schon schaffen.«

Tora lachte. »Zum Glück hatte er recht!«

Charlie lächelte.

*Ja, zum Glück.*

Die fehlenden Puzzlestücke erfragte sich Charlie bei Biarn. Allerdings wurde sie das Gefühl nicht los, dass Biarn ihr nicht alles erzählte. Bei einigen Dingen war es sogar offensichtlich.

»Wie habt ihr mich… gerettet?«, fragte Charlie. »Ich dachte, ich müsste sterben… Dieses Zeug, das Oden mir gegeben hat. Dieses… Gift…«

»Wir haben dir ein Gegengift gegeben«, antwortete Biarn.

»Und irgendwelche Beschwörungen abgehalten«, sagte Charlie. »Das sagen jedenfalls Tora und Kunar.«

»Oh, ja. Das ist richtig«, bestätigte Biarn.

Er saß bei Charlie unter dem grünen Baldachin und trank eine Tasse heißen Tee. Charlie atmete die Dämpfe, die in kleinen Schwaden zu ihr herüberzogen, tief ein. Sie selbst hatte soeben den gleichen köstlichen Tee genossen.

Biarn strich sich eine lange, blonde Strähne aus dem Gesicht. Seitdem sie hier bei den Schwarzelfen waren, verdeckte er sein Gesicht nicht mehr hinter der weit heruntergezogenen Kapuze. Außerdem trug er seine langen, glatten Haare nicht ständig zusammengeknotet. Er griff nach einigen Keksen, die neben Charlies Lager auf einem kleinen Baumstumpf lagen, der als Tisch diente.

Sie folgte seinem Beispiel. Das Gebäck schmeckte sehr gut. Es war Ewigkeiten her, dass Charlie irgendwelche Getreideprodukte gegessen hatte.

»Es war schon sehr viel Zeit vergangen, seit du das Gift bekommen hattest. Fast war es schon zu spät, Charlie«, erzählte Biarn weiter. Zuneigung spiegelte sich in seinem Blick und auch ein Schatten der Angst, die er um sie gehabt hatte. Dann fuhr er fort.

»Das Gift hätte dich getötet. Um ehrlich zu sein, warst du der Schwelle zu Hels Reich schon so nahe, dass alle fürchteten, wir wären zu spät gekommen.«

Charlie hörte ihm mit gemischten Gefühlen zu. Froh am Leben zu sein, aber auch schockiert darüber, wie schlimm es um sie gestanden hatte.

*Hels Reich, das Reich der Toten.* Sie hatte darüber gelesen, in ihrem Buch über nordische Mythologie.

»Das Gegenmittel wirkt sehr gut. Verabreicht man es innerhalb von zwei bis drei Stunden nach der Vergiftung, hat man gute Chancen auf eine vollständige Genesung«, sagte Biarn und machte eine kurze Pause.

»Die drei Stunden waren bereits verstrichen. Das Gegengift allein hätte dich nicht gerettet.«

Sie schluckte und wartete gespannt.

»Du wärst vermutlich für immer gelähmt geblieben. Die einzige Möglichkeit war, dich in einen magischen Schlaf zu versetzen. Schlaf, Charlie, kann Wunder vollbringen. Unser Körper ist zu Großem fähig, wenn er schläft«, sagte er.

Charlie erinnerte sich an einen Film, in dem ein Mann wieder völlig gesund aus einem Koma aufgewacht war. Verstanden hatte sie es damals allerdings nicht so ganz.

»Du meinst, die Zeremonie war für den Schlaf? Ich habe deswegen über einen Monat geschlafen?«

Biarn bejahte.

»Aber wie ...?«, fragte Charlie.

»Du bist wie immer neugierig«, schmunzelte Biarn. »Es ist etwas, das nur die Schwarzelfen beherrschen.«

»Aber du hast doch auch mitgemacht!«, sprudelte es aus Charlie hervor.

Biarn lächelte, antwortete aber nicht. Er erklärte auch nicht, wie diese Zeremonie vonstatten gegangen war, egal wie oft Charlie ihn danach fragte.

Stattdessen erfuhr sie, dass das Gift, das ihr fast das Leben genommen hatte, von der Padda-Kröte stammte. Laut Biarn bediente sich Oden häufig dieses Mittels, um Feinde zu beseitigen. Der blaue Körper der Padda-Kröte war mit blaugrünen Warzen übersät, die ein hochwirksames Sekret absonderten. Wie so oft in der Tierwelt, diente es der Kröte zum Schutz gegen Feinde.

Was allerdings weniger gewöhnlich war: Die Kröte selbst trug auch ein Gegenmittel mit sich. Eine ihrer Warzen war braunrötlich. Aus ihr konnte man das Gegengift förmlich *melken*. Die Schwierigkeit, Charlie zu retten, hatte darin bestanden, eine Padda-Kröte rechtzeitig aufzutreiben. Die Kröten lebten in kleinen Tümpeln mit Lokesranken, was die Sache erheblich erschwerte.

»Glücklicherweise konnte mir mein Vater erklären, welches Gift dir Oden verabreicht hatte und wie es wirkte. Immerhin gibt es viele Gifte, um einen Menschen zu töten.«

*Biarns Vater Lodur hatte also bei ihrer Rettung geholfen!*

Wie Biarn dies bewerkstelligt und was er Lodur genau erzählt hatte, erfuhr Charlie nicht. Biarn erklärte lediglich, dass er sie seinem Vater als Freund vorgestellt hatte. Charlie war sich allerdings sicher, dass diese Tatsache allein wohl kaum ausgereicht hätte, um Lodur dazu zu bewegen, Odens Befehl zu missachten.

Als Biarn seine Tasse absetzte und sich erhob, sagte er ernst:

»Zu gegebener Zeit, Charlie, wirst du die Zusammenhänge erfahren und verstehen. Wissen ist Macht, Charlie. Und Macht kann sehr gefährlich sein. Für den, der sie hat und auch für diejenigen, über die sie ausgeübt wird. Ich kann es nicht oft genug sagen.«

Charlie seufzte. Dann fiel ihr etwas ein.

»Dein Magiername ist also *Tor?*«, fragte sie.

»Ja«, antwortete Biarn. »Wie du siehst, hatte ich meine Gründe, ihn geheim zu halten. Jeder hier in Vanaheim kennt mich und meinen Magiernamen. Ich bin immerhin einer von Lodurs Söhnen.«

*Wir hätten ihm wohl kaum vertraut, dachte Charlie, hätten wir das gewusst!*

»Ich muss im Verborgenen handeln, um etwas zu bewirken«, fuhr Biarn fort. »Ich muss dir, genauso wie von Tora und Kunar vor dir, ein Versprechen abnehmen. Das Versprechen, mich unter keinen Umständen zu verraten.«

»Ja, selbstverständlich. Ich schwöre es«, sagte sie sofort.

Biarn lächelte.

»Das brauchst du nicht«, sagte er. »Dieses Wissen ist Teil des Schwures, den du bereits geleistet hast, Charlie. Ich wollte dich nur daran erinnern und dich wissen lassen, dass Tora und Kunar nun ebenfalls über einiges Bescheid wissen und demselben Eid unterliegen. Sie haben sich als sehr gute Freunde erwiesen. Wenn du es also als absolut notwendig empfindest, kannst du nun mit ihnen über alles sprechen, auch über mich. Aber bedenke dabei immer, dass du nicht nur dich selbst, sondern womöglich auch sie in Gefahr bringen könntest.«

Charlie fiel ein, dass sie Lodur mit Frau und zwei Söhnen auf dem Markt von Bragesholm gesehen hatte.

»Du hast einen Bruder, nicht wahr? Ich habe euch in Bragesholm gesehen, in der Kutsche mit den acht Einhörnern!«, rief sie aufgeregt.

»Du hast mir so intensiv nachgesehen!«

Biarns Blick schweifte in die Ferne.

»Das ist viele Jahre her. Für mich. Für dich natürlich nicht. Aber, ja, das war ich.«

Er zögerte.

»Mein Bruder heißt Heimdall. Er ist nicht wie ich, Charlie. Er hat große Ambitionen. Er gilt als hoffnungsvoller Nachfolger meines Vaters. Aber im Gegensatz zu Vater steht er ganz und gar in Odens Macht...«, fügte Biarn leise hinzu.

»Du musst dich jetzt ausruhen, Charlie. Wenn ich noch länger bleibe, reißt mir Bil den Kopf ab. Sie hat sich selbst zu deiner Schutzelfe erklärt. Deine Pflege ruht fest in ihren eisernen Händen.«
Er lächelte und sah der rundlichen, schrumpeligen Schwarzelfe entgegen, die soeben um die Ecke gewackelt kam. Charlie versuchte sich vorzustellen, wie so ein fingergroßer Gnom einem Bild von Mann, wie Biarn es war, den Kopf abreißen würde.

Drei Tage später konnte Charlie, auf einen dicken Stock gestützt, bereits durch das Schwarzelfenlager schleichen. Sie war noch sehr schwach, gewann aber so langsam wieder die Kontrolle über die vielen Muskeln in ihrem Körper. Bald würde sie wieder vollständig auf die Beine kommen.

Im Lager wimmelte es nur so vor Schwarzelfen. Es war später Abend, allerorts erleuchteten münzengroße Feuerstellen den Waldboden. Um diese herum saßen und standen Schwarzelfen in allen Formen und Farben, mit oder ohne Bart, dick oder dünn, lang oder kurz, allerdings niemals größer als etwa zehn Zentimeter.

Sie hörten auf Namen wie Lit, Fjalar, Berling, Grer, Hjuke, Finn, Allvis und Torin und waren allesamt sehr fröhliche Gesellen. Sie genossen das Leben mit einer Leichtigkeit, die Charlie seit ihrer Zeit bei Per und Lena nicht mehr erlebt hatte, und sie schienen alle Zeit der Welt zu haben.

Als Charlie langsam durch das Lager humpelte, erkannte sie, dass all die kleinen Feuerstellen direkt vor Öffnungen unter Bäumen brannten. Ab und an verschwand ein Elf zwischen den Wurzeln der Wichtelfichten, um dann mit einer Decke oder mit Lebensmitteln bepackt zurückzukehren.

An einem Feuer, das für die kleinwüchsigen Waldbewohner wie ein Waldbrand aussehen musste, hockten Biarn, Tora und Kunar.

Als Charlie näher kam, sah sie, dass sich auch einige Schwarzelfen zu ihnen gesellt hatten. Darunter Bil und Bivor, die laut Tora ein Ehepaar waren.

»Wohnen die *in* den Bäumen?«, fragte Charlie ungläubig, als sie sich mühsam niederließ.

Tora lachte.

»Sie wohnen unter den Baumwurzeln. Schwarzelfen sind Erdbewohner. Sie kommen meistens nur nachts an die Oberfläche. Über ausgedehnte unterirdische Gangsysteme können sie sich gegenseitig besuchen, ohne an die Oberfläche zu kommen«, sagte sie.

Charlie schaute sich fasziniert um. Das hätte sie sich zu gerne einmal näher angesehen, aber ein *Riese* wie sie passte natürlich nicht unter eine Baumwurzel.

Plötzlich stieß etwas direkt über ihr einen hohen Schrei aus, flatterte rasch an ihr vorbei und landete kopfüber an Biarns ausgestrecktem Finger!

Mit offenem Mund starrte Charlie in die schwarz glänzenden Augen einer Fledermaus. Auf ihrem Rücken saß ein Schwarzelf, der sich nun von seinem Reittier schwang und auf Biarns Hand landete.

»Guten Abend, Dvalin!«, sagte Biarn überrascht. »Wie schön, dich wiederzusehen!«

Dvalin verbeugte sich kurz und lächelte Biarn an.

»Gleichfalls!«, rief der Elf fröhlich und tätschelte die Fledermaus.

»Ich habe von Ivalde gehört, dass sich Tor unter dem Schutze unseres Volkes befindet. Leider hatte ich noch einiges zu tun, somit konnte ich erst jetzt den Weg hierher suchen.«

Biarn lachte hell auf.

»Ich fühle mich sehr geehrt, Dvalin, dass du extra wegen mir den weiten Weg auf dich genommen hast«, sagte er.

Dvalin winkte lachend ab und stieß einen hellen Laut aus. Die Fledermaus ließ sich von Biarns Finger fallen und flatterte hoch in einen der nächstgelegenen Bäume.

»Modin brauchte Bewegung«, erklärte Dvalin und sah zu seinem jetzt kopfüber hängenden Reittier hoch.

»So wird es sein! Setzt dich zu uns, mein Freund«, lud Biarn ihn ein, worauf der Schwarzelf Biarns Arm hochkletterte und sich auf seiner Schulter niederließ.

Charlie hatte die Szene staunend verfolgt.

*Faszinierend! Schwarzelfen ritten nicht nur auf Mäusen, sondern auch auf Fledermäusen.*

»Wie geht es dem Schwarzelfenfürst? Wir sind ihm zu großem Dank verpflichtet«, sagte Biarn.

»Ja, ich denke, Tor ist ihm etwas schuldig. Aber das hat Zeit. Es weiß ja, Ivalde ist sehr großzügig«, antwortete Dvalin.

»Ja, ich werde es ihm nie vergessen«, erwiderte Biarn. Dabei sah er Charlie seltsam lächelnd an. Sie hob die Augenbrauen. Offensichtlich stand Biarn ihretwegen in der Schuld des Schwarzelfenfürsten. Was auch immer das zu bedeuten hatte, fühlte sich Charlie zu Dank verpflichtet.

»Ich...«, begann sie heiser. Sie räusperte sich.

»Ich danke euch allen für eure Hilfe«, sagte sie an Dvalin gerichtet. Der kleine schrumpelige Elf musterte sie, als sähe er sie gerade in diesem Augenblick zum ersten Mal. Er hatte eine breite, sehr flache Nase mit zwei großen Schlitzen als Nasenlöcher.

*Ganz anders als seine Artgenossen in diesem Lager,* stellte Charlie fest.

»Ja«, sagte der Elf dann langsam. »Das wäre es – uns zu Dank verpflichtet – wenn nicht Tor es gewesen wäre, der unsere Hilfe erbeten hat. Es sollte Tor seine Dankbarkeit bekunden.«

Charlie sah verwirrt zu Biarn auf, der ihr verschmitzt zuzwinkerte.

»Ich werde es dich nie vergessen lassen! *Meine Süße*«, fügte er so leise hinzu, dass nur sie es hören konnte.

Sie spürte, wie sie rot anlief. Sie blickte verstohlen um sich, doch niemand hatte etwas bemerkt. Erleichtert nahm sie ein Stück Fleisch entgegen, das Kunar ihr auf einem Spieß reichte.

»Hier, iss!«, sagte er und sah sie von oben bis unten an. »Dein langer Schlaf hat dich ganz schön ausgemergelt. Du bist bloß noch Haut und Knochen!«

Charlie biss hungrig in ihren Fleischspieß.

*Kunar hatte recht, sie musste wieder zu Kräften kommen.*


Am Abend saßen sie lange und gemütlich zusammen, aßen, tranken und plauderten ausgelassen.

Charlie lag danach noch eine ganze Weile wach und dachte nach. Viele Dinge beschäftigten sie.

Da war zunächst Oden, der nun annahm, sie wäre tot. Und das hatte sie Biarn, nein *Tor*, zu verdanken. Ihm und seinem Vater Lodur. Beide hatten sich für sie in Gefahr begeben. Lodur war der Bitte seines

Sohnes gefolgt und hatte gegen Odens Befehle gehandelt – käme das heraus, drohte ihm bestimmt keine angenehme Zukunft.

*Und Biarn?*

Charlie hätte gerne gewusst, was er seinem Vater über sie erzählt hatte. Aber eines war sicher: Auch er schwebte in Gefahr, sollte sein Handeln Oden zu Ohren kommen.

Offensichtlich wusste niemand, dass er unter dem Namen Biarn gegen Oden und seine Bärsärker arbeitete und dabei – sagen wir einmal – *ungewöhnliche* Quellen besaß. Die Schwarzelfen waren sicher nur einer von vielen Kontakten, da war sich Charlie sicher.

Dann gab es da noch Heimdall, Biarns älteren Bruder, der nach Biarns eigener Aussage offensichtlich nicht seinem Weg folgte. Er schien Oden loyal gegenüberzustehen. Der Feind im eigenen Schloss.

*Aber was war mit Lodur? Wie passte er da hinein? Wie gelang es ihm, Odens Gunst zu erhalten? Er hatte Tor geholfen, aber hieß das auch, dass er gegen Oden war? Oder hatte er ganz einfach nur seinem jüngsten Sohn einen Gefallen getan?*

Charlie wusste es nicht, und Biarn äußerte sich nicht zu Fragen, die seinen Vater betrafen.

*Biarn...* Er war also ein getaufter Magier mit dem Namen Tor. Jeder in Vanaheim und Godheim kannte seinen Namen und hielt ihn vermutlich für einen treuen Diener Odens. Er musste durch seinen Vater und durch die anderen Mitglieder der Triade viele interne Kenntnisse besitzen.

Charlie sah ihn förmlich vor sich, wie er in einem der Gänge lauerte, um Geheimnisse und Botschaften zu erfahren, die in der großen, steinernen Halle auf Schloss Bilskirne den Besitzer wechselten. Er wurde aus erster Hand über Odens Machenschaften informiert.

Sie hatte sich einmal gefragt, ob Biarn ihre Rückkehr von der Erde irgendwie gespürt hatte, *gewusst* hatte. Jetzt war es ihr klar. Biarn hatte es tatsächlich gewusst.

Tor war informiert, denn er musste aus erster Hand erfahren haben, dass Oden die Suche wieder aufgenommen hatte. So hatte er auch erfahren, dass Oden überhaupt etwas suchte. Aus irgendeinem Grund hatte Oden ihre Anwesenheit gespürt, die Anwesenheit des Amuletts, von dem auch er einen Teil besaß. Nun besaß er zwei Teile…

*Ja, richtig,* durchfuhr es Charlie! Er besaß *zwei* Teile. Aber es gab noch einen *dritten Teil!* Das hatte sie in der Nornenvision erfahren, und sah es nun vor sich, als wäre es gestern gewesen. Der alte Magier hatte das Amulett in *drei Teile* geteilt! Das kleine Mädchen! Das Mädchen, das auf dem Rücken eines rabenschwarzen, geflügelten Pferdes saß, eines Pegasus!

Der Magier hatte diesem Mädchen einen Teil des Amuletts um den Hals gehängt und war dann mit ihr durch den Nebel verschwunden.

Eine einsame Berglandschaft blieb zurück. Große, weiße, schneebedeckte Flächen hoben sich leuchtend von den saftig grünen Bergwiesen ab. Sich bewegende Schneeflächen... Schnee, der sich bewegte? Ein Bild formte sich vor Charlies geistigem Auge.

Große Herden geflügelter, weißer Pferde, die auf ausgedehnten Bergweiden grasten: Wie Schnee auf saftig grünem Gras.

*Es war kein Schnee! Es waren Pegasus!*

Und plötzlich kehrten auch andere Details aus ihrem Traum zurück.

Eine junge Frau mit bernsteinfarbenen Augen, die aus einer Nebelwand hinaus in den regenverhangenen Tag einer Berglandschaft trat. Der gleichen Landschaft, die ein kleines Mädchen verlassen hatte und in die es nun als Frau zurückkehrte. Um den Hals der jungen Frau hing ein Lederhalsband, an dessen Ende ein schneeweißer Stein befestigt war. Die blutroten Linien waren deutlich zu sehen.

Charlie lag mit weit aufgesperrten Augen auf ihrem Baldachinlager und starrte in die Dunkelheit. Ihr Herz schlug dumpf und aufgeregt in ihrer Brust.

*Das Mädchen war jetzt eine junge Frau, und sie war zurückgekehrt!*

Charlie war sich dessen so sicher, wie sie sich der Energie des Jordvätten sicher war. Sie spürte es. Und wenn Oden ihre eigene Anwesenheit in Vanaheim gespürt hatte und es zwischen den Teilen des Amuletts eine Art Anziehungskraft gab, wusste nun auch Oden, dass das letzte, fehlende Teil des Amuletts nach Godheim zurückgekehrt war!

Auch wenn Oden bis zu diesem verhängnisvollen Tag auf Bilskirne nichts von dem dritten Teil gewusst hatte – jetzt war ihm mit Sicherheit bekannt, dass der Stein sich hier befand!

Obwohl Charlie nicht die geringste Ahnung hatte, wer die junge Frau war, hatte sie das seltsame Gefühl, sie zu kennen. Vielleicht war es nur das Amulett, das die beiden verband, aber sie hatte die Frau bestimmt nicht ohne Grund erst in einer Nornenvision und dann in ihren Träumen gesehen. *Sie musste sie suchen! Sie musste sie finden. Die junge Frau und den letzten, fehlenden Teil des Amuletts, bevor Oden es tat!* Welche Kraft das Amulett auch als Ganzes haben mochte, Charlie wollte es auf gar keinen Fall in Odens Besitz wissen. *Niemals!* Sie musste es verhindern! Sie musste diese Frau suchen und warnen. Charlies Gedanken schweiften wild umher. *Was war mit Tora und Kunar? Würden sie ihr glauben und sie begleiten? Was war mit Biarn? Konnte er Schloss Bilskirne solange verlassen und mitkommen?* Tora und Kunar... Sie musste ihnen die Wahrheit über sich erzählen. Würden sie sehr böse sein? Würde Charlie aufgrund ihres eigenen Misstrauens ihre einzigen Freunde verlieren?

Sie konnte sich ein Leben ohne Tora und Kunar gar nicht mehr vorstellen. Ihre Gedanken wirbelten wild durcheinander und überschlugen sich förmlich. *Was war mit Hanna?* Sie mussten doch irgendetwas für sie tun können... Das Amulett... Sie hatte es nicht mehr... Sie konnte Hanna nicht mehr zur Erde zurückschicken. Auch dann nicht, wenn sie Hanna irgendwie befreien konnten... Und auch sie selbst saß jetzt hier fest. *Jonas! Ihr Jonas... würde sie ihn je wiedersehen? Würde sie jemals zur Erde zurückkehren können?* Dann fielen ihr Dag und Natt ein. Die beiden kleinen Kätzchen, die in dieser Welt zu Sphinxen geworden waren und nun fast erwachsen waren. Sie würden sie nicht, wie geplant, zur Erde zurückschicken können. *Wie es ihnen jetzt wohl erging?* Hatte Tora Kontakt zu ihnen? Reichten ihre telepathischen Fähigkeiten so weit? Kamen die beiden alleine auf Gymers Berg zurecht? Konnten sie sich ihr Futter erjagen? Charlie musste unbedingt Tora danach fragen. Sie machte sich Sorgen um die beiden Katzen, die ihr trotz Biarns Warnung ans Herz gewachsen waren.

*Ob die beiden bereits Kontakt zu Sphinx-Sippen aufgenommen hatten? Würden sie sie alle in Gefahr bringen? Würden die Sippen Tora, Kunar, Hanna, Biarn und sie selbst jagen, da sie sie für Entführer hielten? Oder würden Dag und Natt der Sippe ihre Existenz verschweigen?*

Der Verlust des Amuletts hatte weitere Konsequenzen. Nicht nur, dass es Charlie nun nicht mehr in kalten Nächten wärmen konnte und sie bei unerträglicher Hitze kühlte, sie musste nun auch ohne die schützende und heilende Wirkung des Steins auskommen, die ihr schon einmal das Leben gerettet hatte.

Sie war durch den Schutz des Amuletts der tödlichen Wirkung des Makara-Sekrets entgangen. Charlie erinnerte sich nur zu gut an dieses Ereignis.

Automatisch hob sie ihre Hände, die von Blasen übersät gewesen waren. Charlie hatte einige Narben zurückbehalten, doch in der Dunkelheit konnte sie nur schemenhafte Umrisse erkennen.

Ihre Gedanken kehrten zu Kunar und Tora zurück. Sie wusste, dass sie ihnen die Wahrheit über sich selbst sagen musste. Unruhig wälzte sie sich auf ihrem Lager hin und her. Schuldgefühle plagten sie und auch Angst. Charlie hatte große Angst vor ihrer Reaktion.

*Was, wenn sie sich von ihr abwandten?*

Sie hätte es verstehen können, aber wie ertragen? Biarn wusste schon länger, dass sie kein Junge war – und sein Verhalten ihr gegenüber hatte sich nicht verändert. Auf jeden Fall hatte sie nichts bemerkt. Er war nicht böse, wütend oder enttäuscht von ihr.

*Er fand es offensichtlich sogar amüsant...*

Charlie verzog das Gesicht und wälzte sich wieder auf die andere Seite. Kunar würde es wohl kaum lustig finden, da war sich Charlie sicher.

*Und Tora?*

Charlie seufzte und starrte in die Dunkelheit. Wie die beiden auch reagieren mochten, sie musste das Risiko eingehen. Gleich am Morgen würde sie es ihnen erzählen.

Irgendwann schlief Charlie dann doch ein. Sie träumte wirres Zeug und wachte mit dem Gefühl auf, einen nächtlichen Marathon gelaufen zu sein.

Es war bereits taghell. Charlie verließ ihr Baldachinlager und ging auf ihrem Stock gestützt durch die Schwarzelfensiedlung. Sie war so gut wie leer. Nur die gewohnten Laute des Waldes waren zu hören. Hauptsächlich fröhlich trällernde Vögel, die den Tag begrüßten.

Tora war bereits auf den Beinen und reichte Charlie eine dampfende Tasse Tee.

»Danke«, murmelte sie und sah sich verschlafen um.

Einige der vielen, kleinen Feuer brannten noch immer, aber von den schrumpeligen Bewohnern war nichts zu sehen.

»Sie schlafen alle noch«, erklärte Tora und reichte Charlie einen Laib Brot. Gerade als sie sich ein großes Stück abschneiden wollte, sah sie, wie zwei rabenschwarze Vögel tief über ihren Köpfen hinweg flogen! Erschreckt riss Charlie Tora zu Boden, die sich laut fluchend wehrte.

»Du hast meinen ganzen Tee verschüttet!«, grollte sie.

»Tscht!«, zischte Charlie und sah sich panisch um. Hugin und Munin mussten jeden Augenblick auftauchen. Sie konnten Charlie und Tora nicht übersehen haben, so tief waren sie geflogen!

»So ein Mist«, zischte Charlie. Sie verfluchte sich selbst, so unvorsichtig gewesen zu sein. Die Unbeschwertheit der Schwarzelfen hatte ansteckende Wirkung gehabt. Sogar Biarn hatte sich nicht um Sicherheit gekümmert.

Tora rappelte sich auf und streifte sich ihre langen, dunklen Haare wieder zurecht.

»Beruhige dich, Charlie!«, murrte sie. »Hat dir denn keiner etwas gesagt?«

*Was gesagt? Was denn? Und wieso war Tora so um ihre Haare besorgt, anstatt sich zu verstecken?*

»Keine Angst, Charlie. Sie können uns nicht sehen!«, erklärte Tora.

»Wie? Sie können uns nicht sehen?«

»Na ja«, sagte Tora. »Es sind die Schwarzelfen. Irgendwie können sie sich selbst und Dinge in ihrer Umgebung unsichtbar machen.«

»Unsichtbar machen?«, wiederholte Charlie ungläubig. »Unsichtbar, wirklich *unsichtbar*?«

»Ja, aber frage mich bloß nicht, wie sie das machen«, ergänzte Tora schulterzuckend.

»Unsichtbar!«, wiederholte Charlie und sah sich nach allen Seiten um, als wäre *unsichtbar* sichtbar.

»Jeder, der hier entlang läuft oder auch drüber hinweg fliegt, sieht bloß eine Menge Wichtelfichten, Baumstümpfe und Steine.« Sie wies in die Richtung, in der die Raben gerade verschwunden waren.

»Aha«, meinte Charlie lahm. Dann fiel ihr etwas ein.

»Und hören? Können sie uns nicht hören?«

»Nein, irgendwie verbergen sie uns ganz, wenn ich das richtig verstanden habe«, sagte Tora.

»Du meinst, wir sind...weg?«, fragte Charlie ungläubig. »Ich meine, ich bin doch da und kann alles berühren!«

»Hm«, machte Tora. »*Weg* sind wir wohl kaum. Bloß *verborgen*.«

Charlie stützte sich auf ihren dicken Stock und mühte sich zu einem Baumstumpf hinüber. Sie setzte sich und nippte nachdenklich an ihrem Tee.

»Kann Biarn das auch?«, fragte sie nach einer Weile. Tora schüttelte den Kopf.

»Haben wir ihn auch schon gefragt. So etwas können nur Schwarzelfen.«

Tora setzte sich zu Charlie und reichte ihr den Laib Brot zum zweiten Mal. Charlie hatte ihn vor Aufregung fallen gelassen.

»Schwarzelfen sind sehr mächtige, magische Wesen«, erklärte Tora.

»Viel mächtiger, als wir Menschen es jemals waren oder sein werden. Sie waren die ersten intelligenten Wesen des Universums. Es gibt sie auf fast alle bewohnbaren Welten.«

Charlie sah Tora erstaunt an.

»Ich hatte auch keine Ahnung davon«, erklärte Tora. »Biarn hat es uns erzählt. Ich wusste bisher nur, dass es Schwarzelfen gibt und dass sie in Svartalfheim leben. Dass Svartalfheim aber im Prinzip überall dort ist, wo sich Schwarzelfen verbergen, davon wusste ich nichts.«

»Das heißt«, sagte Charlie überrascht, »wir sind gar nicht im Reich der Schwarzelfen?«

»Oh doch«, antwortete eine tiefe, sanfte Stimme direkt hinter ihr.

Sie hatte Biarn gar nicht kommen hören. Auch er hielt eine dampfende Tasse Tee in der Hand und griff nach dem Laib Brot.

»Das Reich der Schwarzelfen ist, wie Tora schon sehr richtig erklärte, immer genau dort, wo sich Schwarzelfenkolonien aufhalten.«
Er riss sich ein großes Stück Brot ab und kaute zufrieden.
»Gibt es viele von ihnen?«, bohrte Charlie nach.
Biarns Blick verdüsterte sich.
»Du verstehst es wirklich, immer die wesentlichen Fragen zu stellen. Deine Intuition ist gut ausgeprägt.«
Charlie sah ihn verdattert an. Sie hatte doch nur gefragt, was ihr als erstes in den Sinn gekommen war. Sie hatte sich doch gar nichts Besonderes dabei gedacht
»Leider gibt es nicht mehr sehr viele Schwarzelfen auf Godheim«, seufzte Biarn. »Aus einem Grund, den nicht einmal die Schwarzelfen selbst wissen, werden es immer weniger. Früher war ganz Vanaheim und Godheim im Prinzip auch Svartalfheim. Heute gibt es nur noch wenige Kolonien.«
»Das stimmt so nicht ganz, Tor«, meldete sich eine alte Stimme zu Wort. Charlie und Tora sahen sich suchend um. Ein kleiner, sehr, sehr alter Elf stützte sich schwer auf seinen kurzen Stock und sah mit erstaunlich wachen Augen zu Biarn auf.
»Andvare, welch eine Ehre, euch begrüßen zu dürfen!«, sagte Biarn und verbeugte sich tief vor dem uralten Elf.
»Wir würden uns sehr freuen, eure Gegenwart eine Weile genießen zu dürfen und an eurem unermesslichen Wissen teilzuhaben. Würdet ihr uns die Ehre erweisen, mit uns zu speisen?«
Biarn bot ihm den Baumstumpf neben Charlie an.
Charlie ließ verdutzt den Blick von Biarn zu dem kleinen, uralten Elf gleiten.
*Soviel Hochachtung war sogar für Biarns Verhältnisse ungewöhnlich.*
Dieser Andvare musste ein sehr einflussreicher Elf sein. Er schaute abschätzend in die Runde und ließ sich dann von Biarn auf den Baumstumpf helfen.
»Darf ich vorstellen«, sagte Biarn höflich. »Das ist Andvare, ein Schwarzelf des Ältestenrates.«
Charlie und Tora begrüßten ihn freundlich.
»Inwiefern war meine Ausführung nicht ganz korrekt, wenn ihr mir die Frage erlaubt?«, wollte Biarn wissen.

Andvare brach sich einen Krümel Brot ab und kaute gemächlich. Er hatte langes, fast weißes Haar, das kreisförmig um seine Glatze herum wuchs und einen fast ebenso langen, weißen Rauschebart. Seine Nase schien noch knolliger und seine Haut noch schrumpeliger als bei den übrigen Schwarzelfen. Und er schien noch mehr Zeit zu haben als seine Artgenossen, obwohl er so aussah, als könnte er jeden Moment in den Elfenhimmel auffahren.

Andvare begann leise zu erzählen:

»Diese Welt hieß bereits Svartalfheim lange bevor die ersten Menschen ihre großen Füße in diese Wichtelwälder setzten. Wir Schwarzelfen kamen aus dem Gymer-System in diese Welt. Man nennt es auch Jotunheim, die Welt der Riesen, Tursen oder Trolle, die auch die Heimatwelt der Schwarzelfen ist. Wir Schwarzelfen gehören ebenfalls dem Geschlecht der Trolle an. Trolle bereisten von Urzeiten an unzählige Weltensysteme und können somit mit sehr hoher Wahrscheinlichkeit behaupten, die ersten intelligenten Wesen dieses Universums zu sein.«

Andvare wirkte nachdenklich.

»Ja, soweit wir wissen, ist Jotunheim die Wiege allen Lebens, auch die der Menschen, denn Trolle waren auf allen bewohnbaren Welten die ersten Siedler.«

Charlie nickte Kunar zu, der sich leise zu ihnen gesellt hatte. Er brach sich ein Stück Brot ab und lauschte nun kauend der Erzählung des uralten Elfen, der ihn mit einem Lächeln willkommen hieß.

»Als die ersten Menschen vor sehr, sehr langer Zeit durch den Nebel nach Svartalfheim kamen, waren sie überwältigt von der Größe des Universums. Sie kamen zu unterschiedlichen Zeiten von einer Welt, die weit, weit fort lag und erzählten uns von den vielen Menschen, die dort lebten und die doch tatsächlich der Vorstellung erlagen, dass ihre Heimat der Nabel der Welt war«, sagte Andvare.

Er lächelte still in sich hinein. Dann fuhr er fort:

»Der Ältestenrat der Schwarzelfen schickte die kleinen Gruppen von Menschen mit der Wahrheit in ihre Heimat zurück. Die Wahrheit über Jotunheim und die vielen Welten des Universums. Wir nannten die Welt unserer Besucher Mannaheim.«

Charlie lauschte angespannt.

*Dann war Mannaheim also tatsächlich die Erde!*
Andvare nickte stumm vor sich hin.
»Es sollte sehr viel Zeit vergehen, bis wieder Menschen aus Mannaheim zu uns nach Godheim zu Besuch kamen. Dieses Mal kamen sie aber, um zu bleiben. Sie waren auf der Flucht. Auf der Flucht vor Menschen in Mannaheim, die die alten Lehren über die Welten verleugneten und nur einen Gott anbeteten. Ein neuer Glaube verdrängte die alten Götter. Götter…«

Andvare machte eine Pause.

»Die Boten unserer Geschichte, die wir mit der Wahrheit nach Mannaheim geschickt hatten, waren Menschen mit magischen Fähigkeiten. Menschen, wie sie unterschiedlicher nicht sein konnten, manche mit Haut so schwarz wie die Nacht. Sie hießen Zeus, Jupiter, Mars, Oden, Frej, Quirinus, Ares, Freja und Hera. Die Liste der Namen ist lang und leider nur unvollständig überliefert. Menschen mit magischen Fähigkeiten waren auf Mannaheim eine Minderheit. Und offensichtlich war über die Jahrtausende die Wahrheit… nun sagen wir einmal… etwas verdreht worden. Die Menschen schienen zu glauben, dass die Boten, die wir entsandt hatten, Götter gewesen waren. Unbesiegbar und unsterblich.«

Andvare schüttelte den Kopf.

»Für normale Menschen schien Magie widernatürlich zu sein, etwas, das nur mit dem Göttlichen erklärt werden konnte – und nun wurde ihr Glaube von einem neuen verdrängt.«

Er schwieg kurz.

»Nun ja, wie dem auch sei, Svartalfheim hieß die Flüchtlinge willkommen, und die Menschen Mannaheims, die dort als Hexen und Diener einer dunklen Macht gejagt wurden, fanden hier ein neues Zuhause. 500 Jahre lang lebten die vielen verschiedenen Menschen, die aus allen Teilen Mannaheims geflohen waren, friedlich nebeneinander. Mittlerweile gab es unzählige Nichtmagier unter ihnen, denn Magie wird nicht unbedingt weitervererbt. Bis zu jenem verhängnisvollen Tag vor über 14.000 Jahren vermehrten sich Menschen und Schwarzelfen in einem angemessenen Rahmen. Es herrschte Frieden. Ja, es bestand sogar eine Allianz zwischen Menschen und Drachen, wie Lindwürmer früher auch genannt wurden. Wir Schwarzelfen lebten weiterhin unser eigenes Leben. Wir erwarteten als Gegenleistung dafür, dass wir unser Land mit den Menschen teilten, lediglich in Ruhe gelassen zu werden. Schwarzelfen mischen sich nicht in die Belange anderer Völker ein. Wir leben unser eigenes Leben und schließen keine Bündnisse.«

Eine steile Falte bildete sich auf der Stirn des Elfen.

»Trotzdem geschah es, dass Menschen und Elfen Geschäfte machten. Menschen haben seltsamerweise oft das Bestreben nach Macht oder Einzigartigkeit. Sie schätzten unsere Fähigkeiten, unter Tage Schmiedearbeiten zu verrichten. Oft haben sie versucht, das Schmieden von magischen Kunstwerken nachzuahmen. Vergeblich, denn das können nur Schwarzelfen. Doch die Menschen ließen sich so einige Kunstwerke von willigen Elfen schmieden, die zum Beispiel in ihrer Schuld standen. Meist hatten diese Menschen den Elfen auf irgendeine Weise das Leben gerettet. Aber es gab auch Gelegenheiten, bei denen Elfen den Menschen halfen und diese dann in ihrer Schuld standen.«

Andvare sah Biarn lange und nachdenklich an. Die Falte auf seiner Stirn hatte sich wieder geglättet. Er lächelte in sich hinein.

Biarn lächelte zurück und wartete auf die Fortsetzung der Geschichte.

»Da wir so klein sind, nannten die Menschen uns auch Zwerge. Ein Begriff, den sie aus Mannaheim mitgebracht hatten.«

Er lachte laut auf und schmunzelte vor sich hin.

»Nicht die Größe eines Wesens verrät seine Kraft. Das lernten die Menschen schnell. Sie akzeptieren unsere magische Überlegenheit bis zum heutigen Tage. Daran hat sich nichts geändert, nur an unserer Anzahl. Vor mehr als 14.000 Jahren geschah etwas, das unser aller Leben sehr verändern sollte. Ein Magier namens Oden stürzte die beiden Häuser, die zuvor friedlich nebeneinander die beiden größten Vereinigungen der Menschen hier geleitet hatten. Nicht, dass dies für uns Schwarzelfen von größerem Belang gewesen wäre, doch zeitgleich geschah etwas anderes, schlimmeres. Die Tore zwischen den Welten schlossen sich.«

Andvare seufzte. »*Das* war für uns von Belang. Keiner hat je wirklich erfahren, weshalb das Reisen zwischen den Welten nicht mehr möglich war. Es gibt lediglich Vermutungen. Für unser Volk war es eine Katastrophe. Viele von uns hatten Familie und Freunde auf anderen Welten. Ebenso wie Gymer, der bis heute nicht aufgegeben hat, die Tore zu durchbrechen. Wir versuchten alles. Doch *alles* war zu wenig. Unsere enormen magischen Fähigkeiten ließen uns zum allerersten Mal im Stich. Die Tore blieben verschlossen und wir fanden uns damit ab. Doch dann, Generationen später, bemerkten wir, welche Konsequenzen die verschlossenen Tore für das Volk der Schwarzelfen hatten. Es geschah langsam, fast unmerklich, aber zu späterer Zeit haben wir es bis zu diesem verhängnisvollen Tag vor mehr als 14.000 Jahren zurückverfolgen können...«

Andvare sah traurig in die Ferne. »Wir sterben aus. Das Volk der Schwarzelfen auf dieser Welt wird früher oder später aussterben, und schuld daran sind die verschlossenen Tore.«

Biarn sah Andvare stirnrunzelnd an. »Wie kann das sein? Weshalb sollten die verschlossenen Tore solch eine Auswirkung auf euch haben? Sie beeinträchtigen kein anderes Wesen auf dieser Welt.«

»Als sich die Tore schlossen, geschah etwas Unvorhergesehenes«, erklärte Andvare. »Es gab eine Art Riss in der Zeit. Seither vergeht die Zeit hier in diesem System im Vergleich zum Rest des Universums rasend schnell. Offensichtlich vertragen unsere uralten Gene diese Zeitverschiebung nicht. Wir können nicht *schnell leben*. Der Ältestenrat ist sich sicher, dass dies der Grund für unser Aussterben ist.«

»Woher wisst ihr, das es eine Zeitverschiebung zwischen den Welten gibt?«, fragte Biarn verwundert. Auch Charlie blickte Andvare gespannt an.

»Oh, einige unserer Frauen besuchen regelmäßig die Nornen. Sie haben es gesehen«, sagte er.

*Ja natürlich*, dachte Charlie. *Die Nornen.* Auch sie hatte einiges darin gesehen. Da die Elfen unsichtbar waren, konnten sie jederzeit den Rat der Nornen einholen. Ob sie dabei auch Charlie gesehen hatten und das Amulett?

Als ob Andvare ihre Gedanken gelesen hatte, sagte er:

»Die Erkenntnis über die unterschiedlichen Zeiten ist schon sehr alt. Neues haben wir nicht mehr erfahren. Heute fragen die Frauen nicht mehr jedes Mal nach dem Grund. Andere Fragen beschäftigen ihre Gedanken. Nornen sind unparteiisch und antworten nur auf das, was einen momentan am meisten beschäftigt. In ihrer Antwort sind sie schonungslos objektiv. Ich glaube nicht, dass unser langsames Aussterben, das schon seit Jahrtausenden bekannt ist, unsere Frauen am meisten beschäftigt. Allerdings könnte sich dies bald ändern«.

Andvare schaute wissend in die Runde.

»Ich habe in den Trollspiegel geblickt und einiges Interessantes zu sehen bekommen«, sagte er.

Charlie sah sich fragend um.

*Trollspiegel? Was war denn das nun schon wieder?*

»Aber *weshalb* gab es eine Zeitverschiebung?«, fragte Biarn.

»Wir wissen es nicht«, antwortete der alte Elf. »Allem Anschein nach ging etwas schief. Ein mächtiger Magier hat vermutlich einen Fehler gemacht. Magie ist nicht ungefährlich. Überschätzt man sich, können die Konsequenzen unermesslich sein.«

Dann stützte sich Andvare auf seinen krummen Stock und kletterte mit Biarns Hilfe von dem Baumstumpf herab. Er schritt langsam davon, jeder Schritt fiel ihm sichtlich schwer. Plötzlich drehte sich der alte Elf um und schwenkte seinen Stock.

»Kommt!«, rief er.

Biarn, Tora, Kunar und Charlie sahen sich verblüfft an. Sie erhoben sich schweigend. Langsam, sehr langsam – der Elf schien kaum vorwärts zu kommen – folgten sie ihm. Einige Schwarzelfenkinder streckten neugierig ihre knolligen Nasen aus den kleinen Öffnungen unter den Baumwurzeln.

»Die Kleinen dürfen tagsüber nicht alleine raus«, flüsterte Tora und winkte den Elfenkindern zu. Charlie sah sie verblüfft an.

»Sie müssen den Unsichtbarkeitszauber erst lernen«, erklärte sie. »Auch wenn die Großen das ganze Gebiet hier verbergen, ist es für Kinder zu gefährlich. Sie wissen ja nicht genau, wo der Schutz aufhört. Bis sie ihr Handwerk erlernt haben, dürfen sie nur nachts an die Oberfläche.«

»Und die Nidhöggs?«, fragte Charlie.

»Schwarzelfen sind zu klein. Nidhöggs sehen zwar gut bei Nacht, aber so kleine Wesen können sie dann doch nicht erkennen. Abgesehen davon, wie viel Blut steckt schon in einem so kleinen Körper? Wohl kaum eine rentable Mahlzeit für Nidhöggs«, erklärte Tora.

Das stimmte. Klein zu sein hatte wirklich Vorteile. Schwarzelfen waren mächtige, magische Wesen, trotz ihrer geringen Größe.

Biarn hatte Tora offenbar zugehört.

»Wir sind übrigens nicht wirklich unsichtbar«, erklärte er und beobachtete, wie Andvare Zentimeter für Zentimeter vorwärts schlich.

»Die Schwarzelfen sind Meister ihrer Kunst. In jeder Hinsicht. Sie erschaffen eine Illusion des Unsichtbarseins, des nicht Vorhandenseins. Es sind faszinierende, intelligente Wesen.«

Charlie sah auf den kahlen Hinterkopf von Andvare, der soeben vor einer Art Altar halt gemacht hatte.

Als sie näher trat, sah sie, dass dort auf einem kleinen Tisch eine etwa walnussgroße, steinerne Schale stand. Andvare hob einen winzigen Krug mit einer milchigen Flüssigkeit hoch und begann, die Schale zu füllen. Erst als die Flüssigkeit den oberen Rand der Schale berührte, stellte er den Krug vorsichtig ab. Nur noch ein weiterer Tropfen und die Schale wäre übergelaufen. Einzig die Oberflächenspannung der Flüssigkeit hielt sie davon ab.

Charlie konnte trotz der geringen Größe der Schale deutlich erkennen, wie sich die Flüssigkeit über der Schale wölbte, wie eine milchige Kuppel. Weiße Schleier wirbelten in der Flüssigkeit umher, wie Farbe, die sich in Wasser auflöste.

Als sich der alte Elf über die Schale beugte, blitzte es in der Flüssigkeit plötzlich grünlich auf!

Charlie kniete sich aufgeregt neben dem Altar nieder und da sah sie es: Um den Hals des Schwarzelfen hing eine Kette, an deren Ende ein kleiner grüner Stein baumelte.

Grüne Blitze zuckten durch ihre Gedanken! All ihre seltsamen Träume über grüne Felswände und grüne Punkte schwirrten ihr durch den Kopf.

*Sie musste ihn fragen! Jetzt sofort!*

Charlie räusperte sich und der alte Elf sah zu ihr auf.

»Herr,… eh… Andvare… eh… würdet ihr mir vielleicht sagen, was das für ein Stein ist, den ihr da um den Hals tragt?«

»Oh, der«, antwortete der alte Elf wie nebenbei, während er sich wieder seinem Trollspiegel zuwandte.

»Das ist *Irminsul*. Es ist das Gestein, das ganz Vanaheim und Godheim durchzieht und somit trägt. Sozusagen Godheims Pfeiler. Wir Elfen nutzen es zum Schmieden. Der einzige Ort, an dem es in dieser Welt nicht vorkommt, ist die Felseninsel Asgârd.«

Er blickte in die prallgefüllte Schale und murmelte:

»Wir Elfen verwenden es auch unbearbeitet als Schmuck. Sehr hübsch. Nicht weit von hier ist ein kleiner Steinbruch, einer der wenigen Orte, an denen Irminsul an die Oberfläche dringt. Es kann sich ruhig bedienen. Sehr hübsch.«

Andvare starrte geistesabwesend in die Schale, während Charlies Gedanken kreisten. Sie war sich sicher.

*Von diesem grünen Gestein, das der Elf Irminsul nannte, hatte sie monatelang geträumt! Aber warum? Was war daran so wichtig? Und war es überhaupt wichtig? Biarn hatte gesagt, sie müsse ihrer Intuition und ihren Träumen vertrauen. Sie würden sie leiten. Die Gabe der Lagu. Hatte sie einfach nur von ihrer Rettung geträumt? Ohne die Schwarzelfen wäre sie definitiv nicht mehr am Leben. Oder hatte das Irminsul eine tiefere, wichtigere Bedeutung?*

Charlie sah abwesend und tief in Gedanken versunken, wie Andvare zur Seite trat und Kunar an den Altar winkte. Sie sah, wie er sich vornüber beugte und in die winzige, steinerne Schale blickte. Mit seinem Körper verdeckte Kunar komplett die Sicht. Charlies Gedanken wirbelten weiter. Sie hatte in ihren Träumen auch einen Steinbruch gesehen.

*Weshalb?*

Sollte sie ihn aufsuchen und sich *bedienen*, wie Andvare es genannt hatte? Aber wozu? Es war doch lediglich Schmuck. Nur Schwarzelfen konnten magische Gegenstände daraus schmieden...

Kunar richtete sich ruckartig auf und trat rasch einige Schritte rückwärts. Er prallte unsanft mit Charlie zusammen, die jäh aus ihren Gedanken gerissen wurde.

»Was ist los?«, fragte sie Kunar, dessen Gesicht kreideweiß war. Als ihre Frage unbeantwortet blieb, warf sie einen Blick auf den Trollspiegel. Die milchige Flüssigkeit wirbelte in Schleiern und Fäden darin umher. Gerade als sie Kunar noch einmal fragen wollte, wurde ihre Aufmerksamkeit abrupt auf das Geschehen im Spiegel gelenkt.

Der milchige Schleier sammelte sich am Rand der kleinen Schale und gab in der Mitte ein Bild frei. Charlie trat gebannt näher und starrte in den Trollspiegel. Je stärker sie sich konzentrierte, desto größer wurde das Bild.

*Sie blickte in ein großes Durcheinander. Menschen bewegten sich. Als mit einem Mal die Geräuschkulisse hinzukam, hatte Charlie das Gefühl, mitten in ein wichtiges Ereignis geraten zu sein. Männer und Frauen jeden Alters liefen aufgeregt umher und schienen sich auf etwas vorzubereiten. Tiere, wie sie sie noch nie zuvor gesehen hatte, stießen hohe Laute aus und trampelten unruhig umher. Eine erwartungsvolle Spannung lag in der Luft!*

*Dann reihten sich Hunderte von Männern an einer silberglänzenden Linie im Sandboden auf. Die meisten zu Fuß, andere kämpften darum, ihre Reittiere zurückzuhalten. Unbekannte Wesen, aber auch bekannte. Charlie konnte einen jungen Mann sehen, der alle Hände voll zu tun hatte, ein fuchsfarbenes Hippolektrion unter Kontrolle zu halten, und weiter hinten breitete ein pechschwarzer Pegasus seine Flügel aus.*

*Ein dunkler, alles erschütternder Knall ertönte. Charlie fuhr zusammen und konnte gerade noch erkennen, wie Hunderte von Menschen und Tieren vorwärts stürmten, bevor die milchigen Schleier um sie herum wirbelten! Das letzte, was Charlie sah, war ein Fenster, das sich hoch oben in einem steinernen Turm öffnete. Ein Mädchen mit fast taillenlangem Haar lehnte sich hinaus und atmete tief die salzig frische Brise ein, die um den Turm wehte. Ihre langen, rötlichen Haare flogen leicht im Wind. Das Mädchen lächelte.*

»Hanna!«, rief Charlie aufgeregt und taumelte zurück. »Ich habe Hanna gesehen!«

»Ich auch«, flüsterte Kunar, der immer noch leichenblass war, mit fast erstickter Stimme. »Sie wird sterben, nicht wahr? Wir haben die Zukunft gesehen...«

Er sah gequält zu Andvare hinunter.

Tora schlug sich die Hände vor den Mund.

Biarn legte ihr beruhigend eine Hand auf die Schulter.

Charlie starrte Kunar verwirrt an.

»Wieso sterben. Sie sah ziemlich gesund aus«, sagte sie und holte sich das Bild, das sie nur für den Bruchteil einer Sekunde gesehen hatte, ins Gedächtnis zurück.

*Tatsächlich hatte Hanna sogar sehr gesund ausgesehen und glücklich. Rosige Wangen, fraulicher Körper...*

»Sie schien viel älter...«, überlegte Charlie stirnrunzelnd. »Sie hatte sehr lange Haare, fast bis hierher.« Sie zeigte an ihre Taille. »Und außerdem hat sie gelächelt«.

Sie sah Kunar an. Ein Hoffnungsschimmer flog über sein immer noch blasses, unruhiges Gesicht.

»Tatsächlich...?«, flüsterte er. »Ich habe sie mit schulterlangem Haar gesehen, nicht viel älter als sie jetzt ist«, murmelte er so leise, dass sie ihn fast nicht verstehen konnte.

Dann verzog sich sein Gesicht zu einer schmerzhaften Grimasse.

»Ich..., ich habe... sie sterben sehen...«

Charlie schüttelte den Kopf. »Nein, sie war bestimmt schon 20 oder so, mindestens«, sagte sie laut. »Wie kann das sein? Zeigt der Trollspiegel die Zukunft? Warum haben wir dann beide etwas Verschiedenes gesehen?«

Andvare nickte langsam. Er stützte sich schwer auf seinen krummen Stock. »Ja«, sagte er dann ruhig. »Der Trollspiegel zeigt uns die Zukunft, und er zeigt sie auch wieder nicht.«

Verständnislose Blicke trafen den alten Elf.

*Wie konnte der Spiegel die Zukunft zeigen und dann doch wieder nicht?*

Andvare nickte mit seinem schrumpeligen Kopf auf und ab.

»Der Spiegel zeigt uns eine mögliche Zukunft«, sagte Biarn ernst.

»So ist es. Alles, was der Spiegel zeigt, ist möglich. Man kann die Zukunft nicht exakt voraussagen, denn sie hängt von viel zu vielen Faktoren ab«, erklärte Andvare. »Die mögliche Zukunft, die der Spiegel zeigt, beruht auf Hoffnungen und Ängsten, Wissen und Vermögen des Betrachters. Die Zukunft ist veränderbar. Wir alle formen mit unseren Taten den Weg, der vor uns liegt. Handeln wir oder verhalten wir uns abwartend? Die Zukunft hängt genau davon ab. Die Zukunft ist veränderbar«, wiederholte der uralte Elf. »Sie ist nicht von vornherein festgelegt und somit auch nicht voraussehbar.«

Alle schwiegen eine Weile.

»Dann muss Hanna also nicht unbedingt sterben, nur weil ich es im Spiegel gesehen habe?«, versuchte Kunar zu begreifen. »Es wäre also auch möglich, dass Charlie das Richtige gesehen hat. Was ist das Richtige?«, fragte er dann.

Andvare hob die weißen, buschigen Augenbrauen. »Viele haben geglaubt, durch ihr Handeln das Richtige zu tun, doch durch ihre Taten eine Katastrophe ausgelöst. Andere folgten ihrer Intuition und erreichten in ihren Augen etwas Gutes. Was für den einen gut ist, kann für den anderen schlecht sein. Wie soll also ich beurteilen, was das Richtige ist?«, sagte er.

Biarns Hand ruhte immer noch auf Toras Schulter, die nun um einiges entspannter wirkte.

»Wahrscheinlich hat keiner von beiden die wahre Zukunft gesehen«, meinte Tora.

»Ja, ganz richtig«, bestätigte Andvare. »Es waren lediglich zwei mögliche Varianten der Zukunft.«

Charlie blickte skeptisch drein. »Wozu gibt es dann den Trollspiegel überhaupt?«, fragte sie leicht irritiert.

Als Andvare und Biarn sie prüfend ansahen, fügte sie schnell hinzu: »Ich meine, wenn er nicht die Zukunft zeigt, wozu soll ich dann hinein sehen? Wenn der Spiegel doch nur meine Ängste oder Hoffnungen wiedergibt und daraus eine mögliche Zukunft formt, was bringt mir das dann? ... Ja gut«, überlegte sie weiter. »Er zeigt die Zukunft, allerdings nach Wissen und Vermögen des Betrachters...«

Charlie legte ihre Stirn in Falten. »Heißt das, ich sehe möglicherweise eine Zukunft, die ich mit meinem Wissen formen kann, solange ich meine Ängste irgendwie in den Griff bekomme?«

Andvare schien Charlie in einem neuen Licht zu sehen. Sein Blick verriet Neugierde und...*war es Achtung?*

Biarn lachte laut auf.

»Nicht übel!«, sagte er anerkennend. »Gar nicht übel! Ältere und weisere Frauen und Männer haben länger gebraucht, um diesen Zusammenhang zu erkennen.«

Sein Blick verriet Stolz, doch Charlie bemerkte es kaum. Gedanken wirbelten in ihrem Kopf umher.

»Ich habe eine Art Ereignis gesehen«, sagte sie in Gedanken versunken. »Es schien eine Art Wettbewerb zu sein. Hunderte von Teilnehmern, manche zu Fuß und andere auf seltsamen Reittieren. Was war das? Das kenne ich nicht, warum konnte ich es dann sehen?«

Biarns Blick verdüsterte sich, als schwante ihm Böses. Andvare dagegen antwortete in normal ruhigem Ton.

»Der Trollspiegel verbindet das Wissen und Vermögen mit allen möglichen Dingen oder Ereignissen der Realität, ob du sie bereits kennst oder nicht. Es hat *das große Rennen* gesehen«, erklärte er, als wäre es etwas Alltägliches. »Es findet alle sieben Jahre statt und nächstes Jahr ist es wieder so weit.«

»*Das große Rennen!*«, rief Kunar aufgeregt. Bewunderung und auch Ehrfurcht sowie ein Hauch von Unbehagen, fast Abscheu, spiegelten sich in seiner Miene wider, als er erzählte.

»Das große Rennen wird aus Tradition seit Urzeiten abgehalten. Jeder waffentaugliche Mann kann an den Start gehen. Der Gewinner bekommt ein magisches Geschenk. Außerdem...«, begann er, wurde aber von Biarn unterbrochen, dessen Gesicht Verachtung verriet.

»Ja, außerdem kämpfen die Teilnehmer um einen ganz anderen Preis. Oden verspricht jedem Gewinner, eine Person dessen Wahl zu begnadigen und freizulassen. Und tatsächlich tut er dies auch. Dieser *Anreiz*, wie er es nennt, kostet vielen, vielen guten Männern das Leben. Das Rennen ist ein magisches Rennen. Chancen haben nur die besten und einfallsreichsten Magier, aber auf gar keinen Fall einfache Menschen! Doch leider ist das Rennen für viele Verzweifelte die einzige Möglichkeit, einen Verwandten oder eine geliebte Person aus Odens Gefangenschaft zu befreien. Er missbraucht diese Menschen für sein eigenes perverses Vergnügen. Das Rennen ist extrem gefährlich und so gut wie *unmöglich* zu gewinnen.«

Biarn fixierte Charlie mit seinem Blick. »Und es sind ausschließlich Männer zugelassen«, setzte er nach.

Charlie hob trotzig die Augenbrauen. Eine Idee hatte in ihrem Kopf Form angenommen und Biarn hatte sie offensichtlich durchschaut.

»Das war vermutlich nicht immer der Fall, nehme ich an?«, fragte sie Andvare und ignorierte Biarns blitzende Augen.

»Oh, nein«, sagte der alte Elf munter. »*Das große Rennen* gab es schon lange vor Odens Zeit. Alle Magier waren in der alten Zeit zum Start zugelassen. Man machte keine Unterschiede zwischen Männern und Frauen.«

Charlie sah Biarn herausfordernd an.

»Habe ich mir doch gedacht! Nun, ich bin ein Mann«, sagte sie und ließ Biarn nicht aus den Augen. Seine Augen schossen Blitze.

»Auch wenn ich noch sehr jung bin. Ich habe beschlossen, an diesem *großen Rennen* teilzunehmen und Hanna zu befreien!«, kündigte Charlie an.

Kunar machte große Augen, dann rief er aufgeregt:

»Ganz genau! Ich auch! Das ist es, wir können sie befreien! Es gibt also eine Möglichkeit!«

Tora verschlug es die Sprache, als sie die Worte ihres Bruders hörte. Ihre Kehle war wie zugeschnürt.

»Oh, nein!«, klang Biarns tiefe Stimme bedrohlich, »das werdet ihr auf gar keinen Fall tun! Ich werde es zu verhindern wissen! Es ist viel zu gefährlich.«

»Das dürft ihr nicht!«, bettelte Tora und sah mit Tränen in den Augen ihren Bruder und Charlie an. »Es muss eine andere Möglichkeit geben!«

Kunar sah seine Schwester traurig an.

»Das verstehst du nicht«, begann er.

»Oh doch!«, schrie Tora wütend. »Und wie ich verstehe! Du liebst sie! Aber ist es wert, für sie zu sterben?«

»Ja«, flüsterte Kunar. »Ich würde für sie sterben.«

Tora schlug wild mit den Armen um sich und schrie:

»Aber sie liebt *dich* nicht! Sie weiß im Grunde kaum, dass du existierst! Wie kannst du bloß so blind sein!«

Kunar schüttelte traurig den Kopf.

»Das verstehst du nicht«, wiederholte er.

Tora war am Verzweifeln.

»Nein, da hast du recht! Das verstehe ich tatsächlich nicht! Aber ich werde es nicht zulassen! Hörst du?«, schrie sie. »Ich werde nicht einfach ruhig dabei zusehen, wie mein Bruder, mein einziger Bruder, sein Leben wegwirft! Ich nicht!«

Und damit machte sie auf dem Absatz kehrt und stürmte davon.

Biarn warf Charlie einen vielsagenden Blick zu. Sie erwiderte ihn giftig, aber in ihrem Inneren tobten Selbstvorwürfe. So hatte sie sich das nicht gedacht. Kunar sollte sein Leben nicht riskieren. *Sie* wollte zum Rennen antreten. Tora brauchte Kunar. Aber Charlie hatte nicht bedacht, dass außer ihr noch andere bereit waren, alles für Hanna zu riskieren.

*Wie war sie nur der Idee verfallen, dass nur sie Hanna helfen wollte? Wie konnte sie das so übereilt sagen? Wieso hatte sie ihre Idee nicht für sich behalten?*

Biarn hatte versucht, sie aufzuhalten.

Er hatte versucht, sie zu warnen.

*Für viele Männer war das Rennen die einzige Möglichkeit, geliebte Menschen wieder zurückzugewinnen. Er missbraucht die Menschen. Es ist fast unmöglich zu gewinnen.*

Er hatte Kunar gemeint – und sie natürlich auch. Aber für Kunar, für Kunar und Tora, hätte sie ihren Mund halten sollen. Sie hatte überreagiert, weil sie sich von Biarn bevormundet gefühlt hatte! Aber sie wusste, was sie zu tun hatte. Sie würde es wieder in Ordnung bringen und Kunar von seinem aussichtslosen, tödlichen Plan abbringen. Aber erst einmal musste sie Tora beruhigen.

»Ich rede mit ihr«, sagte sie zu Kunar. Dann nahm sie ihre improvisierte Krücke und eilte so schnell es eben ging Tora hinterher.

Auf dem Weg durch das Lager traf Charlie auf Bil und Bivor, die gerade auf dem Weg zu ihrem Baldachin waren. Bivor zog einen Karren voller Kekse hinter sich her, die sonst morgens immer neben Charlies Baldachin bereit standen.

Offensichtlich hatten die beiden ihren Einsatz verschlafen, denn Bil, die mit zockelnden Schritten voran lief, rief:

»Nun mach schon, Bivor! Das Menschenwesen braucht die stärkenden, großen Kuchen!« Dann entdeckte sie Charlie.

»Ach, oh je! Da ist es ja schon auf!«

Charlie nickte höflich und erklärte im Vorbeigehen:

»Das macht doch nichts! Habt vielen Dank. Ihr könnt den Karren gerne hier stehenlassen. Ich hole ihn dann gleich selbst ab.«

»Ich muss jetzt aber weiter...«, zeigte sie auf die davoneilende Tora.

Nur wenige Wichtelfichten weiter traf sie auf ein schluchzendes Häufchen Elend, das sich auf der höchsten Stelle eines riesigen bemoosten Findlings niedergelassen hatte. Tora war offensichtlich über das *wütend-sein*-Stadium hinweg. Als sie Charlie bemerkte, wischte sie sich hastig ihre Tränen aus dem Gesicht, blieb aber sitzen und starrte beharrlich in eine andere Richtung. Charlie lehnte sich gegen den großen Stein und stellte ihren Stock neben sich ab.

»Es tut mir leid«, begann Charlie. Sie wusste eigentlich nicht so genau, was sie Tora sagen sollte. »Ich…« Sie stockte und suchte krampfhaft nach den richtigen Worten. »Ich... öh… ich… es tut mir wirklich leid. Das wollte ich nicht. Ich... Ich werde alles dafür tun, um Kunar davon abzuhalten.«

»Ich mache mir ja auch Sorgen um Hanna«, sagte Tora leise und umfasste dabei ihre Knie. »Ihr müsst ja glauben, ich wäre froh, sie los zu sein, aber ich hatte mich an sie gewöhnt.«

*Wie kam Tora bloß auf solch eine Idee?*

Hanna und Tora waren doch letztendlich ganz gut miteinander ausgekommen und abgesehen davon…

»So ein Quatsch!«, rief Charlie aus. »Auch wenn ihr euch immer noch täglich in den Haaren gelegen hättet, würdest du nie froh darüber sein, dass sie von Oden entführt wurde!«

Tora sah Charlie dankbar an. Erneut kullerten Tränen über ihre Wangen.

»Ich habe doch nur solche Angst um Kunar«, schluchzte sie. »Und um dich natürlich auch«, fügte sie schnell hinzu, damit Charlie nicht auf falsche Gedanken kam.

Charlie lächelte.

»Na, noch sind wir nicht tot. Eigentlich fange ich dank euch allen gerade erst wieder an zu leben. Und wie ich schon sagte, werde ich es nicht zulassen, dass sich Kunar in Gefahr begibt. Hätte ich doch bloß meinen Mund gehalten. Ich hätte wissen müssen, dass er sie befreien will!«, sagte sie.

»Er wäre vermutlich auch von selbst darauf gekommen«, sagte Tora bitter. »Vielleicht nicht gerade jetzt, aber irgendwann schon. Das große Rennen ist das größte Ereignis in Vanaheim und Godheim. Es wird lange vorher geplant und Menschen und Magier kommen von überall her, um teilzunehmen oder zuzusehen. Kunar wäre irgendwann von selbst auf die Idee gekommen, das Rennen zu gewinnen, um Hanna zu befreien.«

*Vermutlich hatte Tora recht.*

»Aber es muss eine andere Möglichkeit geben, Hanna zu helfen. Das große Rennen ist einfach zu gefährlich. Ohne magische Fähigkeiten hat niemand eine Chance, es zu überleben...«

Ihre Stimme erstarb und sie starrte unruhig in die Tiefen des Wichtelwaldes.

»Ein Mann aus unserer Nachbarschaft hat es beim letzten Rennen versucht... Er wollte seine Frau befreien und ist dann selbst nicht mehr wiedergekehrt...«, fuhr Tora dann fort.

Charlie hörte gebannt zu.

»Das war vor drei Jahren. Seltsam diese Zeitverschiebungen. Hier sind die sieben Jahre schon wieder vorbei. Als ob man vier Jahre verschlafen hätte, oder so... Er hieß Arno...«

Charlie beobachtete, wie Tora mit glasigem Blick in die Vergangenheit schaute. Dann räusperte sie sich.

»Tora...«, begann sie zögernd. »Tora, ich muss dir etwas sagen.«

Tora kehrte ins Jetzt zurück.

Charlie biss sich auf die Lippe, ihr war nicht wohl in ihrer Haut. Am liebsten wäre sie ganz schnell davongelaufen.

Noch konnte sie einfach sagen: *Ach, war nicht so wichtig*, oder: *Wir halten Kunar gemeinsam davon ab*, oder ähnliche Ausflüchte.

Tora hob abwartend die Augenbrauen, während Charlie nervös von einem Fuß auf den anderen trat.

»Ich... Du weißt doch noch, als wir uns das erste Mal getroffen haben und ich euch von der Erde erzählt habe?«

Tora nickte. Man sah ihr an, dass sie nicht die geringste Ahnung hatte, worauf Charlie hinaus wollte. Charlie hob schuldbewusst ihre Schultern.

»Es war *so* viel einfacher... Und später.. Ja später, war es irgendwie *zu spät*«, sagte sie.

»Wovon redest du?«, fragte Tora perplex.

»Alle haben es geglaubt. Alle *sollten* es ja auch glauben, das war der

Plan, zumindest auf der Erde«, fuhr Charlie fort. »Ich wollte nicht, dass mich jemand erkennt, verstehst du?«

Charlie sah zu Tora hoch, die weiterhin gar nichts verstand.

»Ich war doch abgehauen, aus dem Heim. Und alle würden nach mir suchen und dann kam mir die Idee. Eigentlich war es ein Traum, der mich darauf brachte. Und dann, dann habe ich sie einfach abgeschnitten.«

Tora sah Charlie an, als wäre sie nicht bei Verstand.

»Wovon redest du, Charlie?«, wiederholte Tora eindringlich.

Charlie rang die Hände und atmete tief durch. Ängstlich sah sie zu Tora hoch.

»Davon, dass ich gar kein Junge bin. Ich bin ein Mädchen«, flüsterte sie fast unhörbar.

Tora saß kerzengerade und absolut regungslos auf dem Findling und starrte auf Charlie herab. Man konnte eindeutig erkennen, dass sie immer noch nicht verstand. Charlie machte einen Versuch der Erklärung.

»Ich hatte so lange Haare.« Sie zeigte bis weit über die Schultern. »Und im Traum habe ich mich mit kurzen Haaren gesehen und selbst geglaubt, ich wäre ein Junge. Ich wollte doch bloß nicht, dass mich jemand erkennt. Auf der Erde. Und als ich dann hier landete, hielten mich hier auch alle für einen Jungen. Ich wollte es euch erzählen. Bei unserem zweiten Treffen bei der Eberesche. Aber dann…«

Charlies Stimme überschlug sich fast, so schnell sprach sie jetzt. Die Verzweiflung war ihr deutlich anzumerken.

»Und dann erzählte Kunar von all den Verboten für Frauen und da konnte ich es einfach nicht mehr. Ich musste doch irgendwie klarkommen, da konnte ich keine Verbote gebrauchen. Und ich wusste doch nicht, ob ich euch vertrauen konnte und…«

Sie verstummte. Toras Blick hatte sich verdunkelt. Finster starrte sie vor sich hin. Charlie seufzte.

*Da hatte sie es. Tora war sauer und das zu recht. Sie würde ihr das nie verzeihen.*

»Diese verfluchten Verbote«, presste Tora zischend hervor. Dann sprang sie von dem Felsen hinunter und musterte Charlie ein paar Mal kopfschüttelnd von oben bis unten.

»So ein Quatsch«, murmelte sie vor sich hin. Charlie ließ sich ungeduldig und extrem angespannt von Tora betrachten. Als sie es nicht mehr aushielt, flüsterte sie:

»Nun sag doch etwas. Schrei mich von mir aus an aber sag etwas...«

Tora schüttelte wieder den Kopf.

»Ein Mädchen? Du?«

Charlie nickte vorsichtig.

»Ich heiße Charlotta. Charlotta Johansson. Charlie ist eine Abkürzung.«

»Charlotta«, murmelte Tora und kniff die Augen zusammen, als ob sie so besser das Mädchen hinter dem ihr so bekannten Jungen erkennen könnte.

»Das kann doch nicht wahr sein, oder?«, murmelte sie vor sich hin.

»Du hast doch gesehen, dass auf der Erde fast alle Mädchen Hosen tragen. Hanna doch auch«, versuchte Charlie ihr auf die Sprünge zu helfen.

»Ich habe dich nie nackt gesehen...«, sagte Tora dann. Und plötzlich machte sie große Augen.

»Nein! Und wir dachten, alle Menschen auf der Erde setzen sich zum Pinkeln hin! Und wir haben nichts gesagt! Kunar meinte, es wäre taktlos!«

Charlie grinste schuldbewusst.

»Bei uns pinkeln Jungs auch im Stehen«, sagte sie. »Ihr habt mich beim Pinkeln beobachtet? Und darüber geredet?«

Tora grinste zurück.

»Tja, das bleibt nicht aus, wenn man so viel Zeit miteinander verbringt.« Dann kehrte ihr ungläubiger Ausdruck zurück und sie betrachtete Charlie, als hätte sie sie nie zuvor richtig angesehen. Was ja auch zum Teil stimmte, musste Charlie ihr zugestehen. Tora hatte sie niemals als Mädchen gesehen, niemals als Ihresgleichen.

»Das wird Kunar nicht gefallen«, sagte Tora. »Hoffentlich sieht er das nicht als persönliche Niederlage oder so ähnlich...«

Charlie wusste, was Tora meinte.

»Und du?«, fragte sie vorsichtig. Tora zuckte mit den Achseln.

»Weiß ich noch nicht so genau…«

Ihre Augen verengten sich wieder.

»Hast du sonst noch irgendwelche Geheimnisse?«

»Nein, sonst wisst ihr alles über mich. Alles, was ich euch erzählt habe, entspricht der Wahrheit. Außer, dass ich ein Mädchen bin und kein Junge«, antwortete Charlie.

»Dann bist du ja im Grunde genommen keine *andere* Person. Abgesehen von einem kleinen Unterschied«, schielte Tora auf Charlies Intimgegend.

*Bis auf diesen kleinen Unterschied war sie tatsächlich immer noch genau dieselbe Person.*

Sie hatte ja nicht ihre Persönlichkeit verstellt oder andere falsche Eindrücke hinterlassen. Sie war schon immer sie selbst gewesen.

»Du bist wirklich unglaublich!«, stieß Charlie hervor. »Du hast recht! Ich bin ja keine andere Person, ich bin nur ein Mädchen.«

Tora lächelte. »Ja, ich glaube aber nicht, dass alle das so sehen werden. Biarn und Kunar…«, sagte sie.

»Biarn weiß es«, unterbrach Charlie. »Er hat mich bei den Nornen gesehen. Seitdem weiß er es.«

Tora machte große Augen.

»Aber er hat mir nie gesagt, dass er es wusste. Erst als ich hier wieder aufgewacht bin. Die Schwarzelfen wissen es auch«, erzählte Charlie weiter.

»Er hat sich nie etwas anmerken lassen«, sagte Tora nachdenklich. »Er hat es die ganze Zeit gewusst?« Dann fielen ihr die Nornen ein. »Aber du hast sie doch gar nicht berührt, wie…«

»Nein, aber ich bin später noch einmal hingeschlichen – als du damit beschäftigt warst, Kunar zu verarzten. Biarn ist mir wohl gefolgt«, sagte Charlie.

Tora blickte sie wieder seltsam an.

»Ein Mädchen... Die ganze Zeit... Und ich habe nichts gemerkt! Und Hanna auch nicht!«

Charlie grinste.

»Nein, Hanna auch nicht. Ich sehe wohl auch aus wie ein Junge. Ich habe ja noch keine…« Sie formte mit ihren Händen Brüste und schielte gleichzeitig auf Toras bereits recht üppigen Formen.

»Stimmt!«, sagte Tora. »Du siehst wirklich kein bisschen fraulich aus.«

»Oh, danke sehr«, erwiderte Charlie schnippisch. Tora verdrehte die Augen.

»Stell dich nicht so an. Du hast deine Figur ausgenutzt, um uns zu täuschen und hast uns die ganze Zeit in dieser Hinsicht belogen. Wenn du Mitleid gewollt hättest, hättest du das nicht tun sollen! Abgesehen davon«, holte Tora tief Luft, »glaube ich, ich würde das auch tun. Ich meine, einen Jungen spielen, wenn ich könnte! Die Freiheiten, die man dann hat!«

Sehnsüchtig sah sie Charlie an.

»Du bist mir nicht... böse?«, fragte Charlie hoffnungsvoll.

»Oh, doch. Das schon. Du hast mich belogen. Aber ich verstehe warum. In dieser Welt hier muss man tun, was nötig ist, um zu überleben. Gib mir nur ein bisschen Zeit. Ich muss mich erst an dich als Mädchen gewöhnen«, lächelte Tora.

»Alle Zeit, die du brauchst!«, brach es erleichtert aus Charlie heraus. Dann dachte sie an Kunar. Mit ihm würde sie es nicht so leicht haben.

Als ob Tora ihre Gedanken gelesen hätte, sagte sie:

»Vielleicht solltest du es weiterhin geheim halten. Vanaheim ist nicht gerade frauenfreundlich.«

Doch Charlie schüttelte langsam den Kopf.

»Ich muss es Kunar sagen. Ich will keine Geheimnisse mehr vor euch haben.«

»Ja, das musst du wohl«, sagte Tora.

*Keine leichte Aufgabe.*

Charlie hatte ein mulmiges Gefühl. Kunar war ihr Freund und hätte er gewusst, dass sie ein Mädchen war, wie sähe ihre Freundschaft dann wohl aus?

Kunar hatte ein etwas *anderes* Frauenbild, geprägt durch Vanaheims Gesetze. Er war damit aufgewachsen. Frauen mussten beschützt werden, zu ihrer eigenen Sicherheit. Er hatte sein Frauenbild im vergangenen, gemeinsamen Jahr etwas geändert. Tora und Hanna hatten es beeinflusst – und auch Charlie, da sie andere, für Kunar neue Ansichten mitgebracht hatte. Kunar hatte Charlies Ansichten geduldet, da er sie für einen Jungen hielt. Auch Biarn hatte Kunar beeinflusst. Biarn hatte von Anfang an keine Unterschiede zwischen den Geschlechtern gemacht.

»Lass uns etwas spazieren gehen«, forderte Tora sie auf. Sie gingen zunächst eine Weile schweigend nebeneinander her. Einige grüne Rennspinnen huschten über den Waldboden und eine etwas mickrig geratene, kleine Wichtelfichte nieste laut und schniefte dann offensichtlich erkältet vor sich hin.

»Erzähle mir von den Nornen, Charlie. Was haben sie dir gezeigt?«, fragte Tora.

»Ich habe meine Eltern gesehen«, antwortete Charlie und beobachtete, wie ein einzelner Leogriff sich nicht weit von ihnen niederließ.

»Tatsächlich? Wie sahen sie aus? Unglaublich eigentlich, wo es doch schon so unendlich lange her ist...«, meinte Tora.

Danach schweifte ihr Blick ab. Wahrscheinlich dachte sie gerade an ihre eigene Mutter, die sie in *ihrer* Nornenvision gesehen hatte.

»Meine Mutter hatte eine ähnliche Figur wie ich. Knabenhaft. Aber sie hatte blonde, lange Haare und blaue Augen«, erzählte Charlie.

Tora hörte schweigend zu und Charlie drehte eine ihrer schwarzen Locken um ihren Finger.

»Die Haare habe ich wohl von meinem Vater geerbt. Sie waren schwarz und lockig«, murmelte sie. »Und er hatte ein blaues und ein grünes Auge. Genauso wie ich.«

Sie schwiegen eine Weile.

Dann sah Tora Charlie vorsichtig von der Seite an.

»Hast du...«

Sie zögerte.

»Hast du irgendwas gesehen, das dir weiterhelfen könnte, herauszufinden, wer sie waren?«

»Das Baby, also ich, lag in einer Holzkrippe«, erläuterte Charlie. »Alles schien sehr... prunkvoll. Die Krippe hatte viele Verzierungen und die Kleider waren alle aus edelstem Seidenspinnergarn. Nicht so ein grober Stoff wie unsere Mäntel.«

Charlie seufzte. »Aber von der Umgebung habe ich nichts gesehen.«

»Tja. Vermutlich waren sie wohlhabend oder sogar reich. Aber wer weiß, vor Odens Zeiten war das vielleicht normal«, meinte Tora.

Charlie dachte an die Eheringe, die sie an den Händen ihrer Eltern gesehen hatte. Es waren Phönixsteine mit glitzernd goldenen Einschlüssen. Wunderschöne Ringe.

»Ich habe noch andere Dinge gesehen«, sagte Charlie nachdenklich. »Ich glaube, ich habe gesehen, wovon Andvare erzählt hat: Die Flucht der Menschen von der Erde.«

Tora sah Charlie erstaunt an, die ihre Vision Revue passieren ließ. Sie erzählte von den vielen Menschen, ihrer Vielfalt, den braunen Augen und anderen Hautfarben. Und dann erzählte sie von dem alten Magier, der ein Amulett in drei Teile geteilt hatte, wovon eines genau jenes war, das Oden ihr abgenommen hatte.

Sie berichtete von dem kleinen Mädchen und dem schwarzen Pegasus und davon, dass dieses Mädchen ebenfalls ein Bruchstück des Amuletts besaß. Und schließlich erzählte sie von ihrem seltsamen Traum. Von der Frau, die einst das kleine Mädchen war.

»Sie ist zurückgekehrt, Tora. Hierher. Ich fühle es so genau, als ob ich es selbst gewesen wäre!«

»Ein schwarzer Pegasus«, flüsterte Tora mit weit geöffneten Augen. »Es gibt keine schwarzen Pegasus, Charlie. Aber es gibt eine Legende, die unter Frauen erzählt wird. Es handelt sich um ein Mädchen, eine Prinzessin, der der letzte bekannte schwarze Pegasus gehörte. Sie verschwand spurlos und danach hat es nie wieder einen schwarzen Pegasus gegeben.«

Charlie sah Tora betroffen an.

»Glaubst du, ich habe genau dieses Mädchen gesehen? Ein Mädchen aus einer Legende?«

»Wer weiß? Seltsame Dinge geschehen«, antwortete Tora. »Du bist aus Mannaheim hierher gereist, obwohl alle Nebeltore verschlossen sind. Wir haben einen Drachen nach Vanaheim gebracht, der jetzt spurlos verschwunden ist, Hanna konnte nicht zur Erde zurückkehren und wird jetzt hier bleiben müssen, und dank mir leben seit Jahrtausenden das erste Mal wieder Sphinxe in Vanaheim und nicht nur in einer abgelegenen Region Godheims.«

»Dag und Natt!«, rief Charlie aufgeregt. »Wie geht es ihnen? Hast du... öh… Kontakt?«

Tora lächelte.

»Ja. Und es geht ihnen gut. Sie jagen in der Nähe der Höhle und leben auch noch immer dort. Wir kommunizieren fast täglich. Ich vermisse sie, aber sie kommen sehr gut alleine zurecht.«

»Wissen sie, wo wir uns aufhalten?«, fragte Charlie.

»Ja, aber sie könnten uns trotzdem nicht finden, oder? Wir sind doch unsichtbar«, antwortete Tora.

Charlie trat einen kleinen Stein beiseite und lächelte.

»Schön, dass es ihnen gut geht. Ich glaube nicht, dass sie uns verraten würden. Welchen Grund hätten sie? Durch uns sind sie ja erst zu Sphinxen geworden«, sagte sie.

»Ja, ich glaube du hast recht. Aber irgendwann werden sie sich auf den Weg nach Godheim machen und ihre Verwandten aufsuchen. Ich spüre es. Ich weiß es einfach«, sagte Tora.

»Partnersuche!«, rief Charlie grinsend. »Du spürst es?«, fragte sie dann. »Deine telepathischen Fähigkeiten, sind sie magischer Natur?«

Tora lächelte leise in sich hinein.

»Tja, nicht nur du hattest deine Geheimnisse«, sagte sie.

»In welchen Bereich fällt Telepathie?«, fragte Charlie überrascht.

»Das weiß ich leider nicht so genau. Ich habe mich nicht so recht getraut, Biarn zu fragen. Ihm würde es so gar nicht gefallen, dass ich mit Dag und Natt Kontakt habe.«

»Da hast du wohl recht«, überlegte Charlie. »Haben sich außer der Telepathie noch weitere Fähigkeiten gezeigt?«, fragte sie neugierig.

»Nein, noch nicht. Aber das kommt wohl noch, nehme ich an. Du bist ja das beste Beispiel, Charlie. Aber zurück zu deinen Nornen. Bist du dir ganz sicher, dass sich die Frau mit dem letzten Teil des Amuletts jetzt in Vanaheim befindet?«

»Ob hier in Vanaheim, weiß ich nicht. Gibt es hier hohe Berge? Aber *jetzt*, ja, ich bin mir sicher«, sagte Charlie.

»Berge? Du hast doch auf einem gewohnt. Schon vergessen? Gymer?«, meinte Tora.

»Nein. Ich meine richtige Berge. Lange, hohe Bergketten«, erwiderte Charlie.

Tora sah Charlie erstaunt an.

»Hast du sie dort gesehen, in den Bergen? Solche Berge gibt es, glaube ich, nur in Godheim«, überlegte Tora. »Das heißt also, die Frau aus deinem Traum ist das Mädchen aus der Nornenvision und sie besitzt das letzte, dritte Bruchstück deines Amuletts...«

»Ob es mein Amulett ist, weiß ich nicht. Vielleicht gehörte es ja auch diesem alten Magier«, erwiderte Charlie.

»Wer das wohl war«, grübelte Tora. »Oden vielleicht? Er hat ja auch ein Stück des Amuletts...«

Charlie starrte Tora überrumpelt an.

*Oden? Konnte der alte Mann aus der Nornenvision Oden sein?*

»Er sah so freundlich aus«, meinte Charlie skeptisch. »Er hat das Mädchen sogar umarmt...«

»Vielleicht war er nicht immer böse«, sagte Tora. »Kann doch sein. Menschen werden nicht böse geboren.«

*War das möglich?*

Sie hatte weder Beweise dafür noch dagegen. Außer, dass Oden, dem sie vor gar nicht so langer Zeit gegenüber gestanden hatte, nicht viel Ähnlichkeit mit dem Mann aus der Nornenvision zu haben schien. Allerdings war er jetzt auch tausende Jahre alt. Viel Zeit, um einen Menschen zu verändern, sowohl innerlich als auch äußerlich.

»Da ist noch etwas!«, rief Charlie. »Dieser alte Magier saß pfeiferauchend an einem Steinbruch. An einem grünen Steinbruch. Jetzt erinnere ich mich wieder!«

Tora blieb stehen und schaute Charlie erstaunt an.

»Die Kette, nach der du Andvare gefragt hast? Wird das *Irminsul* dort abgebaut?«

Charlie nickte aufgeregt.

»Es muss irgendetwas bedeuten. Etwas Wichtiges. Sonst hätte ich es nicht gesehen und so oft davon geträumt!«, sagte sie.

Tora wirkte nachdenklich.

»Andvare sagte, die Nornen zeigen einem nur, wonach man fragt. Unterbewusst vermutlich. Ich habe jedenfalls nicht bewusst nach meiner Mutter gefragt«, erinnerte sie sich.

»Er meint wohl eher, sie geben Antworten auf das, was einen gerade beschäftigt, bewusst oder unbewusst«, ergänzte Charlie. »Bei mir waren es das Amulett und meine Herkunft. Der Traum vom Steinbruch muss also etwas zu bedeuten haben.«

Tora setzte sich wieder langsam in Bewegung.

»Gut, dass bald wieder eine Nornennacht ist. Auch wenn wir noch gute zwei Monate bis Alvablotet warten müssen«, sagte sie.

*Ja*, dachte Charlie. Sie hatte so viele Fragen. Da war zum Beispiel die Frau mit dem letzten Drittel des Amuletts, da war der Magier, der vielleicht Oden war, und da war Hanna. Sie machte sich Sorgen um sie.

Aber dennoch gab es Hoffnung, wie ihr der Blick in den Trollspiegel gezeigt hatte. Da sie Hanna anscheinend gesund und glücklich gesehen hatte, wusste sie nun, dass es eine oder mehrere Möglichkeiten für eine gute Zukunft gab. Sie musste diese nur herausfinden. Sie musste auf ihre Fähigkeiten vertrauen, darauf, dass ihre Träume, ihre Intuition, ihre Erfahrung, ihre Intelligenz und ihre Magie sie leiten würden. Und alle diese *Hilfen* schrien förmlich, was sie zu tun hatte.

»Tora, weißt du, was ein Runen-Orakel ist?«, fragte Charlie.

»Ja, ich habe davon gehört. Wie kommst du jetzt darauf?«

Charlie holte tief Luft und begann zu erzählen.

»Es gibt ein uraltes Runen-Orakel. Biarn hat mir bei einer unserer Sitzungen davon erzählt. Er wollte mir die Runen anhand eines Orakels erklären. Also haben wir eine Runenziehung gemacht. Meine Frage war, wie man Odens Macht stürzen könnte.«

Tora riss erstaunt die Augen auf.

»Von allen Fragen stellst du so eine!«

Charlie lächelte.

»Ja, so ähnlich hat Biarn auch reagiert. Ja, jedenfalls scheinen schon viele vor mir diese Frage gestellt zu haben. Und die Antwort darauf ist laut Biarn immer ähnlich. In groben Zügen läuft sie darauf hinaus, dass man gegen die Kraft des Bösen kämpfen soll. Dafür soll man zusammenführen, was zusammengehört – was auch immer das bedeutet. Um das zu erreichen, soll man diejenigen wirken lassen, die dafür erwählt wurden, die dafür geboren wurden. Die rechtmäßigen Erben des Throns, die sich irgendwie erst selbst finden müssen, bevor sie Rat und Hilfe eines Weisen begreifen und in Anspruch nehmen können«, sagte sie.

Tora starrte Charlie gespannt an, während diese angestrengt versuchte, sich an alles zu erinnern.

»Hilfe soll in Form von unerwarteten Verbündeten und von einer neuen unbekannten Waffe kommen, ohne die ein Sieg nicht möglich ist. Zuletzt soll sich das Volk erheben und voller Hoffnung für die Freiheit kämpfen. Wenn all das eintritt, gäbe es gute Hoffnungen darauf, Oden zu stürzen.«

Charlie machte eine kurze Pause. Dann fuhr sie fort:

»Das Orakel prophezeit jedes Mal fast das Gleiche. Es geht bei den Runen immer um diese Voraussage. Bei allen Runen, bis auf zwei. Zwei Runen erzählen jeweils von den Chancen, die den Fragenden betreffen. Also inwieweit derjenige, der die Runen befragt, die Geschehnisse beeinflussen kann und welche Möglichkeiten er oder *sie* (Charlie lächelte entschuldigend) hat.«

Tora lächelte zurück, schwieg aber, denn sie wollte Charlie nicht unterbrechen.

»Diese beiden Runen haben bisher immer nur Unheil vorausgesagt. Sie haben den Fragenden davon abgeraten zu handeln. Alle Fragenden, bis auf zwei.«

Sie warf Tora einen andeutenden Blick zu. Tora starrte sie mit offenem Mund an.

»Du meinst...«, begann sie.

Charlie nickte.

»Du?«, fragte Tora ungläubig.

»Ja, ich und...«

Plötzlich fiel Charlie die Kinnlade herunter. Sie starrte mit weit geöffnetem Mund durch Tora hindurch, die einen äußerst besorgten Gesichtsausdruck bekam.

»Charlie?«, fragte sie vorsichtig. »Charlie!«

Sie fuchtelte vehement mit ihren Händen vor Charlies Nase herum.

»Tor...«, flüsterte Charlie. Sie war immer noch weit weg in ihren Gedanken.

»Tor?«, fragte Tora verdutzt. »Du meinst Biarn?«

Charlie sah Tora an, als hätte sie gerade eben erst entdeckt, dass sie da war.

»Biarn?«, wiederholte Tora ihre Frage und Charlie nickte langsam.

»Er sagte, außer mir hätte es in all den Jahrtausenden bloß einen gegeben, der nicht gewarnt wurde.«

Charlie starrte Tora fassungslos an. »Er sagte, es wäre ein Raidho mit dem Namen Tor!«

Nun fiel auch Tora die Kinnlade herab.

»Was?«, flüsterte sie ungläubig. »Aber wenn es Tor ist, ich meine wenn Tor Biarn ist, dann ist Biarn ja...«

»Ein Raidho!«, beendete Charlie Toras Satz.

Beide sahen sich sprachlos an.

»Tja«, sagte Tora, die sich schneller von diesem Schock erholte. »Eigentlich sollte uns das nicht wirklich wundern, oder?«

*Nein*, dachte Charlie. *Eigentlich nicht.*

Sie hatte schon immer vermutet, dass Biarn nicht nur Ken und Bjarka-Fähigkeiten hatte. Er wusste einfach zu viel.

»Was sagten deine beiden Runen im Orakel?«, riss Tora Charlie aus ihren Überlegungen.

»*Vertraue deiner Intuition* und *führe zusammen, was zusammengehört*«, zitierte Charlie Biarns Worte.

»Und: *Sei kreativ und nutze deinen Intellekt und deine Erfahrungen, um unerwartete Verbündete zu finden und eine unerwartete Gabe zu einer Waffe zu formen.*«

Tora holte tief Luft und atmete hörbar aus. »*Das* ist wirklich eine klare Aufforderung!«

Charlie erinnerte sich, das Gleiche gedacht zu haben.

Tora legte ihre Stirn in Falten und grübelte. »Wenn auch nicht sehr detailliert...«

*Ja*, dachte Charlie, das hatte sie auch gemeint.

»Weißt du, was Tors Runen sagen?«, fragte Tora.

Charlie verneinte.

»Hm«, machte Tora. »Ich glaube, ich sollte ihn wohl danach fragen!«, murmelte Charlie. »Aber egal, was die Runen ihm gesagt haben, er handelt. Er hat angefangen, gegen Oden zu arbeiten. Er hat gesagt, dass das Runen-Orakel mir eine große Verantwortung auferlegt hat. Ich wäre eine aus Millionen, die etwas bewirken könnte.«

Tora verzog das Gesicht.

»Verantwortung«, sagte sie. »Wohl wahr. Wie sollst du denn alleine etwas bewirken?«

Ja, genau das hatte Charlie sich auch die ganze Zeit gefragt. Aber so langsam wurde ihr klar, was Biarn gemeint hatte.

»Er meint, dass es egal ist, was ich mache, da alle meine Handlungen die Zukunft beeinflussen. Allerdings könnte man einen möglichen Sieg über Oden nur dann erreichen, wenn ich bewusst anfange, ihn zu bekämpfen, Verbündete suche und vor allem diese unerwartete Waffe aufspüre, mit der ich offensichtlich etwas zu tun habe.«

»Ich verstehe«, gab Tora zurück.

*Tatsächlich?* dachte Charlie. Sie fing doch selbst gerade erst an zu begreifen.

Trotzdem sagte sie mit Nachdruck: »Ich muss anfangen zu handeln, Tora. Ich muss Antworten auf alle meine Fragen bekommen. Ich muss die Frau mit dem Amulett finden, diese Frau. Oden darf das letzte Stück des Amuletts unter keinen Umständen in die Hände bekommen. Und ich muss...«

»*Wir* müssen«, fiel ihr Tora ins Wort.

Charlie hielt inne.

Sie wagte kaum zu glauben, was sie eben vernommen hatte.

»*Wir* müssen sie suchen, Charlie. Ganz richtig. Ich glaube auch, dass es wichtig ist. Und *wir* müssen wohl auch zu diesem Irminsul-Steinbruch, von dem Andvare erzählt hat. Und *wir* müssen einen Weg finden, Hanna zu helfen.«

Charlie schluckte.

*Wir... Und was war mit Kunar?*

Tora musste ihre Gedanken erraten haben.

»Los komm, Charlie«, sagte sie bestimmt. »Wir sollten Kunar suchen und ihm von alldem erzählen. Ich glaube, wenn er alles erfährt, könnte ihn das von dieser *Kleinigkeit* ablenken, dass du in Wirklichkeit ein Mädchen bist.«

Sie sah Charlie wieder von oben bis unten kopfschüttelnd an.

»Ich kann es immer noch nicht ganz glauben!«

»Danke!«, sagte Charlie voller Überzeugung. »Danke, dass du an mich glaubst, Tora.«

»Oh, gern geschehen. Und im übrigen habe ich es mir gerade anders überlegt.«

Charlie starrte Tora entsetzt an. Doch Tora lachte bei Charlies Anblick laut auf.

»Keine Panik. Das betrifft nur meine Angst um Kunar. Ich habe gerade verstanden, dass wir vor unserem Schicksal nicht davonlaufen können. Und wenn das so ist, dann will ich dem Ganzen doch lieber mutig entgegentreten.«

Ein kleiner Schauer lief durch ihren Körper, bei dem Gedanken, was ihr widerfahren könnte.

»Also ich meine damit, dass ich mir nicht entgehen lassen will, persönlich dabei zu sein. Ich will auch Antworten auf unsere Fragen – und wer fragt, scheint sich doch irgendwie immer in Gefahr zu bringen.«

Sie zuckte mit den Schultern, aber Charlie hatte schon verstanden, was Tora meinte.

»Also lass uns jetzt endlich Kunar suchen, damit wir anfangen können, Pläne zu schmieden«, sagte Tora schmunzelnd.

Charlie lachte jetzt auch. Egal, wie ihre Zukunft auch aussehen mochte, sie war bereit. Sie konnte sich in Ruhe vorbereiten. Sie war in Sicherheit. Sie stand, so lange sie es wollte, unter dem Schutz der Schwarzelfen. Sie hatte Freunde, die zu ihr hielten und sie unterstützten. Tora hatte dies bewiesen und auch Biarn. Echte Freundschaft zerbrach nicht daran, ob jemand ein Junge oder ein Mädchen war. Kunar würde das verstehen.

*Vielleicht nicht sofort, aber irgendwann.*

»Ja, lass uns gehen«, sagte Charlie. Sie fühlte sich ganz leicht ums Herz. »Ich habe Kunar viel zu erzählen!«

Gemeinsam schlenderten Tora und Charlie in das Lager der Schwarzelfen zurück, wo Kunar schon ungeduldig wartete.

# Die Runen

| | | | | | |
|---|---|---|---|---|---|
| Fehu | [f] | ᚠ | Sigil | [s] | ᛋ |
| Uruz | [u] | ᚢ | Tiwaz | [t] | ↑ |
| Thurisaz | [th] | ᚦ | Biork | [b] | ᛒ |
| Ansuz | [a] | ᚨ | Ehwaz | [e] | ᛗ |
| Raihdo | [r] | ᚱ | Mannaz | [m] | ᛉ |
| Kenaz | [k] | ᚲ | Lagaz | [l] | ᚱ |
| Gifu | [g] | ᚷ | Ingwaz | [ng] | ◇ |
| Wunja | [w] | ᚹ | Dagaz | [d] | ᛞ |
| Hagal | [h] | ᚺ | Othala | [o] | ᛟ |
| Naudiz | [n] | ᚾ | | | |
| Isaz | [i] | ᛁ | Odens Siegel | | ᛉ |
| Jera | [j] | ᛃ | | | |
| Perdhra | [p] | ᛈ | **Runengalder auf Amulett** | | |
| Eihwaz | [i/e] | ᛇ | Charlies | | ᛗ |
| Algiz | [z] | ᛉ | Soras | | ↑ |

603

# Danksagung der Autorin

Danke an meine Familie – ob Eltern oder Schwiegereltern, die an mich glauben und helfen wo sie nur können.

Ein extra Dankeschön an meine Mutter und meinen Bruder, der ganz richtig der Meinung war, dass ich einen Laptop brauchte und mir einfach einen schenkte!

Vielen Dank an meinen Mann, der mich liebt, wie ich bin und meine seltsamen Ideen und Anwandlungen mit Humor erträgt.

Danke an Dagmar, Anja, Melanie, Dags, die meine Bücher probegelesen, konstruktive Kritik geboten oder bei der Korrektur geholfen haben.

Mein besonderer Dank gilt natürlich dem Team von Santicum Medien/Grassroots Edition für ihre Bemühungen, mein Buch so gut wie möglich zu gestalten.

Mein Dank gilt natürlich auch einer ganzen Reihe von anderen lieben Menschen, wie z.B. Sara, für ihre Hilfe bei Computerproblemen, Kirsten, weil sie mein Buch kaufte, obwohl sie nicht einmal deutsch kann, Sophie, die wunderschöne Fotos von mir gezaubert hat, sowie den vielen Lesern, die mit ihren wunderbaren Kommentaren und Rezensionen geholfen haben, mir diese Chance zu geben: Mein Buch kommt in die Buchhandlungen!

## Danke!